원전으로 읽는 우리 고전 4

이씨 집안 이야기

이씨세대록

⑫

원전으로 읽는 우리 고전 4

이씨 집안 이야기

이씨세대록

12

장시광 옮김

이담북스

역자 서문

    <쌍천기봉>을 2020년 2월에 완역, 출간했는데 이제 그 후편인 <이씨세대록>을 번역해 출간한다. <쌍천기봉>을 완역한 그때는 역자가 학교의 지원을 받아 연구년제 연구교수로 유럽에 가 있을 때였다. 연구년은 역자에게 부담 없이 번역에만 전념할 수 있는 환경을 만들어 주었다. 덕분에 역자는 <쌍천기봉>의 완역 이전부터 이미 <이씨세대록>의 기초 작업을 동시에 수행할 수 있었다. 이 번역서 2부의 작업인 원문 탈초와 한자 병기, 주석 작업은 그때 어느 정도 되어 있었다. <쌍천기봉>의 완역 후에는 <이씨세대록>의 기초 작업에 박차를 가했다. 당시에 유럽에 막 퍼지기 시작한 코로나19는 작업에 속도를 내도록 했다. 한국에 우여곡절 끝에 귀국한 7월 중순까지 전염병 덕분(?)에 집안에만 틀어박혀 있을 기회가 많았기 때문이다.

    <쌍천기봉>이 역사적 사실에 허구를 덧붙인 연의적 성격이 강한 소설이라면 <이씨세대록>은 가문 내의 부부 갈등에 초점을 맞춘 가문소설이다. 세세한 갈등 국면은 유사한 면이 적지 않지만 이처럼 서술의 양상은 차이가 난다. 조선 후기의 독자들이 각기 18권, 26권이나 되는 연작소설을 흥미롭게 읽을 수 있었던 데에는 이처럼 작품마다 유사하면서도 특징적인 면이 있기 때문이었을 것으로 짐작된다.

역자가 대하소설에 흥미를 가지게 된 것도 이러한 면과 무관하지 않다. 흔히 고전소설을 천편일률적이라고 알고 있는데 꼭 그렇지만은 않다. 같은 유형인 대하소설이라 해도 <유효공선행록>처럼 형제 갈등이 두드러진 작품이 있는가 하면, <완월회맹연>이나 <명주보월빙>처럼 종법제로 인한 갈등을 다룬 작품도 있다. 또한 <임씨삼대록>처럼 여성의 성욕이 강하게 부각되어 있는 작품도 있다. <쌍천기봉> 연작만 해도 전편에는 중국의 역사적 사실을 토대로 군담이 등장하고 <삼국지연의>와의 관련성도 서술되는 가운데 남녀 주인공이 팔찌를 매개로 하여 갖은 갈등 끝에 인연을 맺는 과정이 펼쳐져 있다면, 후편에는 주로 가문 내에서 발생할 수 있는 다양한 부부 갈등이 등장함으로써 흥미의 제고와 함께 가부장제 사회의 질곡이 더욱 적나라하게 드러나게 하는 효과를 내고 있다.

 이 책은 현대어역과 '주석 및 교감'의 2부로 구성되어 있다. 책의 순서로는 현대어역이 먼저지만 작업은 주석 및 교감을 먼저 했다. 주석 및 교감 부분에서는 국문으로 된 원문을 탈초하고 모든 한자어에는 한자를 병기했으며 어려운 어휘나 고유명사에는 주석을 달고 문맥이 이상하거나 틀린 부분은 이본을 참조해 바로잡았다. 이 작업은 현대어역을 하는 것보다 훨씬 공력이 많이 든다. 이 작업이 다 이루어지면 현대어역은 한결 수월해진다.

 역자는 이러한 토대 작업이 누군가에 의해서는 반드시 이루어져야 한다고 생각한다. 물론 미흡한 점도 있을 것이다. 그러나 이러한 작업이 많아질수록 연구는 활성화하고 대중 독자들은 대하소설에 어렵지 않게 접근할 수 있을 것이다. 일은 고되지만 보람을 찾는다면 바로 그러한 이유에서일 터이다.

 <쌍천기봉>을 작업할 때와 마찬가지로 이 작업도 여러 분에게서

도움을 받았다. 해결되지 않은 병기 한자와 주석을 상당 부분 해소해 주신 황의열 선생님께 고마운 마음을 전한다. <쌍천기봉> 작업 때도 많은 도움을 주셨는데 어려운 작업임에도 한결같이 아무 일 아니라는 듯이 도움을 주셨다. 연구실의 김민정 군은 역자가 해외에 있을 때 원문을 스캔해 보내 주고 권20 등의 기초 작업을 해 주었다. 대학원생 남기민, 한지원 님은 권21부터 권26까지의 기초 작업을 해 주었다. 감사드린다. 대학원 때부터 역자를 이끌어 주신 이상택 선생님, 한결같이 역자를 지켜봐 주시고 충고를 아끼지 않으시는 정원표 선생님과 박일용 선생님께는 늘 빚진 마음을 지니고 있다. 못난 자식을 묵묵히 돌봐 주시고 늘 사랑으로 대해 주시는 양가 부모님께 감사드린다. 끝으로 동지이자 아내 서경희에게 사랑과 감사의 마음을 전한다.

차례

제1부

현대어역

이씨세대록 권23

위홍소는 남편과 갈등하고 이월주는 남편을 가르치며 이백문은 반역한 유현아를 죽이고 노몽화를 사로잡다

이때 광릉후 경문이 홀로 지낸 지 해가 다했다. 그런데 갈수록 위 씨에게 매몰차게 대하며 꿈에서도 위 씨를 생각하지 않았다. 초후 성문이 이 기색을 알고 자주 꾸짖으면 능후는 웃고 대답하는 것이었다.

"형님은 염려하지 마십시오. 제가 어리석으나 조강지처를 박대하겠습니까? 조만간 내실에 들어가 아내를 보려 합니다."

이에 상서가 잠자코 있었다.

소저가 마침 해산해 한 명의 딸을 낳았다. 왕의 부부가 무심중에 이 경사를 보고 매우 기뻐하고 위씨 집안에서도 기쁨이 진동했다. 능후 또한 부인이 딸을 처음으로 낳은 것을 속으로 기뻐했으나 부인을 밉게 여겨 내색하지 않고 또한 부인에게 들어가 안부를 묻지도 않았다. 그런데 양가의 부모는 이 사실을 알지 못하고 의약을 극진히 할 뿐이었다.

소저가 쾌차하자 시부모가 손녀를 데려다가 보았다. 그 영리하고 절묘한 모습은 미칠 사람이 없으므로 손녀를 크게 사랑했다. 위 공이 또한 와서 보고 손녀를 매우 사랑해 손바닥 위의 진주처럼 여기니 모두 위 공이 너무 주접댄다며 그윽이 웃었다.

광평후 흥문 등은 능후를 보아 기롱해 말했다.

"하늘이 너의 소원을 마디마디 맞춰 옥동과 옥녀를 두루 낳도록 했으니 네 복록이 아름다운 것을 치하한다."

능후가 이에 웃고 대답했다.

"딸 같은 것은 긴요하지 않으니 치하하는 소리는 듣기 싫습니다."

사람들이 크게 웃고 평후가 말했다.

"네 말도 과연 옳다. 너 같은 사위를 얻는다면 위 공처럼 괴로운 지경을 당할 것이라 장차 괴로워 어떠할까 싶으냐?"

능후가 미소하고 말했다.

"제가 저 늙은 도적처럼 사나워 사람에게 원한 맺은 일을 한 적이 있습니까? 부디 가리고 가려 저도 저 같은 사위를 얻을 것입니다."

평후가 크게 웃고 말했다.

"스스로를 기리니 할 말이 없구나."

초후가 이에 정색하고 말했다.

"네가 나이가 어리지 않은데 위 공을 이토록 업신여기고 모욕한 단 말이냐? 위 씨 제수께서 들으신다면 어찌 노하지 않으시겠느냐?"

능후가 웃고 대답했다.

"우연히 실언한 것이 그리 대단한 일이겠습니까? 위 씨 자기가 무슨 담력이 있다고 제게 노기를 보이겠습니까?"

초후가 말했다.

"실언도 할 말이 있는 법이다. 저 위 공은 조정의 대신이요, 아버님보다 나이가 많으신 데다 아버님과는 생사를 같이하는 벗이시다. 그런데 네가 한갓 장인이라 해 업신여기는 것이냐?"

능후가 미소 짓고 말이 없으니 평후가 웃으며 말했다.

"이보1)가 마땅히 제수씨께 책망을 입게 생겼구나. 제수씨가 이 말을 들으신다면 정말로 노하지 않으실까 싶으냐?"

능후가 말했다.

"형은 일생 양 공[2] 두 자에 넋을 잃어 계시지만 저는 두렵지 않습니다."

평후가 말했다.

"이 형은 너처럼 시원하지 못해 장인이라도 두렵기가 끝이 없더라."

이처럼 말을 할 적에 웅린[3]이 이때 네 살이었는데 매우 총명했다. 일어나서 들어갔다가 나오자 평후가 물었다.

"네 어디를 그리 급히 다녀온 것이냐?"

웅린이 대답했다.

"아까 하셨던 말씀을 모친께 고하러 갔나이다."

이에 모두 놀라 일시에 물었다.

"네가 고하니 무어라 하시더냐?"

대답했다.

"모친께서 들으시고는 낯이 잿빛처럼 되어 이르시기를, '이는 내 죄다.'라 하시고 여느 말씀은 안 하셨나이다."

이에 사람들이 크게 웃고 말했다.

"자식이 다니면서 이간을 하니 이보가 이제는 쫓겨나는 객이 되겠구나."

능후가 웃고는 잠자코 있었다.

이러구러 달이 지났다. 하루는 초후가 능후와 함께 내당에 들어가다가 중당에 이르러 위 씨를 만났다. 그러자 능후가 문득 몸을 돌려

---

1) 이보: 이경문의 자(字).
2) 양 공: 이흥문의 장인 양세정을 이름.
3) 웅린: 이경문과 위홍소 사이의 아들.

밖으로 나가는 것이었다. 초후가 그제서야 두 사람의 사이를 크게 의심했다.

이날 밤에 채성각에 들어가니, 여 씨가 초후를 향해 일렀다.

"상공께서는 둘째상공의 과도한 일을 알고 계십니까?"

후가 대답했다.

"학생이 또한 의심하는 일이 있으니 자세히 듣고 싶소."

여 씨가 미소하고 말했다.

"첩이 위 부인과 지척에 있으나 등하불명이라고 자세한 일을 알지 못하고 있었습니다. 그런데 둘째상공께서 초봄에 위 부인이 이러이러한 말씀을 하신 것을 두고서 안팎의 재물 창고를 다 봉하시고 홀로 거처하신 지 열두 달에 끝내 위 부인을 용서하지 않으셨습니다. 위 부인이 친정에도 이 일을 기별하신 일이 없고 첩 등에게도 이르지 않으셨는데 그 고초가 끝이 없다 하니 어찌 놀랍지 않나이까? 둘째상공의 처사가 참으로 과도하니 상공께서 금지시키시는 것이 옳을까 하나이다."

초후가 크게 놀라 말했다.

"둘째아우가 근래에 매양 서실에 있기에 학생이 여러 번 이르렀는데 그때마다 이리이리 이르러 그런 일이 있는 줄 알지 못했소. 그런데 이처럼 과도한 일이 있을 줄 알았겠소? 마땅히 아버님께 고해 금지하게 하시도록 하겠소."

여 씨가 말했다.

"둘째상공께서 우애가 극진하시니 상공께서 이르신다 해 어찌 듣지 않으시겠습니까?"

초후가 웃으며 말했다.

"둘째아우가 작은 일은 내 말을 듣겠지만 이 일은 고집을 심하게 낸 것이라 어찌 학생의 말을 잘 듣겠소? 아버님이 초장에 엄히 경계해 제어하는 것이 옳을 것이오. 대체 부인은 어디로부터 이제야 이런 말을 들으신 것이오?"

여 씨가 말했다.

"위 부인이 그런 고초를 겪으신 지 해가 지났으나 조금도 내색하지 않으셔서 일찍이 알지 못했습니다. 그런데 어제 난혜가 이곳에 와서 애달픈 사연을 수없이 이르며 또 눈물을 흘려 말하기를, '우리 소저께서 운명이 기박하셔서 온갖 고초를 두루 겪으시고 끝내는 어르신마저 소저를 싫어하시니 제가 죽어 이 일을 모르고자 하나이다.'라 하기에 바야흐로 안 것입니다. 제가 놀라움을 이기지 못해 상공 안전에 번거롭게 말을 뱉었습니다."

초후가 말했다.

"진실로 위 씨 제수께 액운이 있는 것이 맞는 것 같구려. 둘째아우가 본디 진중하나 제수씨를 향한 정은 주변 사람에게 놀림을 자주 받을 정도였소. 그런데 일 년이 다하도록 아우가 홀로 지내는 것은 참으로 괴이하니 이는 다 조물의 희롱인 듯하오."

여 씨가 웃고 대답하지 않았다. 상서가 또한 말을 안 하고 부인과 침상에 오르니 서로 사랑하는 정이 새로웠다.

다음 날 아침에 초후가 왕의 면전에서 지초지종을 자세히 고하자 왕이 크게 놀라고 어이없어 일렀다.

"이토록 괴이한 일이 있는 줄 어찌 알았겠느냐? 내 마땅히 잘 처리하겠다."

초후가 절해 사례하며 말했다.

"둘째아우가 한때 호기로 이러하면 제가 감히 어르신을 번거롭게 하지 않았을 것입니다. 그런데 이 아이가 이미 일생을 홀아비로 지

내려고 고집을 내었기에 만일 부모님이 아니시라면 타이르지 못할 것 같아 아뢴 것입니다.”

왕이 고개를 끄덕이고 말을 안 했다.

이윽고 광릉후가 들어와 왕을 모시고 앉았다. 그러자 왕이 안색을 엄히 한 채 성난 눈을 기울여 능후를 한참을 보았다. 준엄하고 엄숙한 기상이 추상같으니 능후가 매우 놀라고 두려워 곡절을 깨닫지 못한 채 식은땀이 등에 흘러내렸다. 몸 둘 곳이 없어 옥 같은 얼굴에 붉은 빛이 가득해 관을 숙이고 공수(拱手)⁴⁾한 채 무릎을 꿇고 엎드렸다.

한참 지나 왕이 소매를 떨치고 일어나자 능후가 더욱 두려운 빛으로 초후를 대해 말했다.

“제가 무슨 죄를 지었기에 아버님이 이처럼 불쾌해 하시는 것입니까?”

초후가 미소하고 말했다.

“내가 어찌 아버님의 뜻을 헤아릴 수 있겠느냐?”

능후가 더욱 놀라고 근심해 두 눈썹을 찡그리고 내당으로 들어갔다. 왕이 이에 있다가 소후를 향해 말했다.

“경문이가 아비 있는 줄을 알지 못하니 그대는 곁에 두지 마시오.”

그러고서 또 일어나니 능후가 더욱 황공해 어머니 앞으로 나아갔다. 소후가 능후에게 죄를 얻은 연유를 묻자 능후가 실로 알지 못한다 대답하고 말했다.

“소자가 진실로 아득해 허물을 깨닫지 못하겠습니다. 그러나 소자에게 죄가 있다면 대인께서 죄를 물으시는 것이 옳거늘 이처럼 말씀을 안 하시니 소자가 황송해 몸 둘 곳이 없나이다.”

---

4) 공수(拱手): 두 손을 앞으로 모아 포개어 잡음.

소후가 한참을 생각하다가 대답하지 않았다. 이때 조정에서 명패(命牌)[5]가 내려와 능후가 급히 조복(朝服)을 갖추고 나갔다. 초후가 들어와 소후를 뵈니 소후가 경문이 죄를 얻은 까닭을 물었다. 그러자 후가 웃고 자세히 고하니 소후가 크게 놀라 혀를 차고 말했다.

"이 아이가 범사에 이처럼 고집불통이니 큰 근심거리가 아니겠느냐?"

상서가 웃고 말했다.

"이 아이의 행동을 마저 보게 어머님도 모르는 체하소서."

소후가 이에 고개를 끄덕였다.

능후가 저물게야 돌아와 오운전에 가 저녁 문안을 하는데 왕이 성난 기색이 드높아 눈을 들지 않았다. 능후가 망극해 어찌할 줄을 몰라 육칠 일 동안 조정에도 병을 핑계해 나가지 않고 밤낮 왕을 모시고 있으면서 조금도 무례하고 거만한 빛이 없었다. 그러나 왕은 성난 빛이 점점 더해져 끝내는 능후를 서당으로 끌어 내쳤다. 능후가 이에 식음을 물리치고 눈물이 얼굴에 가득한 채 애를 태웠다.

초후가 하루는 정색하고 능후에게 말했다.

"네가 정말 저지른 죄를 모르는 것이냐?"

능후가 황급히 대답했다.

"제가 만일 알고 있다면 이토록 답답해 하겠나이까? 제가 어리석음이 크지만 대인께서 지금 불쾌해 하시는 까닭은 알지 못하겠습니다."

초후가 말했다.

"네가 대인의 온화한 낯빛을 보고 싶다면 규방에서의 자잘한 고집을 버려야 할 것이다."

---

5) 명패(命牌): 임금이 벼슬아치를 부를 때 보내던 나무패. '命' 자를 쓰고 붉은 칠을 한 것으로, 여기에 부르는 벼슬아치의 이름을 써서 돌림.

능후가 그제야 크게 깨달아 낯을 붉히고 일렀다.

"이런 괴이한 말을 누가 부질없이 고했나이까? 반드시 위 씨가 한 일일 것입니다."

상서가 정색하고 말했다.

"네가 요사이에 성정이 참으로 잘못되었다. 위 씨 제수가 무슨 일로 시부모 안전에서 아첨하시더냐? 네 가벼운 처자만 해도 그리 못할 것인데 위 씨 제수가 네게 어떤 아내시냐? 어려서부터 너 때문에 온갖 슬픈 일과 원망스러운 일을 두루 겪으시고 끝내는 무사하게 되신 지 한 해가 되었다. 네가 설사 제수씨에게 기분이 나빠 홀로 거처하는 것은 옳으나 재물 창고를 다 잠가 제수씨를 굶기고 얼어 죽으시게 할 수 있느냐? 위 씨 제수가 너의 실성한 모습을 보셨으나 끝내 내색하지 않으시고 친정에도 아뢰지 않으셨다. 쓸 것이 부족해 고초를 끝없이 겪으셨으나 여 씨도 지척에서 그런 일을 모르다가 며칠 전에 알고 나에게 말했다. 그래서 내가 부모님께 부질없이 고한 것이다."

능후가 황공해 문득 웃고 대답했다.

"처자에게 불만이 있을 때 재물 창고 잠그는 것은 형님에게 배운 것입니다."

상서가 어이없어 말했다.

"네가 나를 공연히 모욕하거니와 임 씨는 죄가 정말 커서 잘못을 뉘우치게 하려 내 그렇게 한 것이다. 그런데 위 씨 제수께서는 무슨 죄를 저지르셨단 말이냐?"

능후가 말했다.

"위 씨에게 진실로 죄가 없단 말입니까? 각 씨가 음란한 짓을 한 사람인 줄 알면서도 저의 사랑을 믿고 저를 그처럼 모욕했으니 어찌 괘씸하지 않습니까?"

초후가 말했다.

"위 씨 제수께서 일찍이 알지 못하고 그 말씀을 하셨으나 너는 서로를 잘 아는 부부로서 그토록 분노를 드러내는 것이 옳으냐? 원래 알고 그런 일을 하셨어도 네 조용히 경계해 이르고 예전처럼 지내는 것이 옳았을 것이다. 그런데 그만한 일에 너처럼 고집을 부리며 굴면 되겠느냐? 이 일이 정말 옳단 말이냐?"

능후가 다 듣고는 할 말이 없었다. 그리고 이날 밤에 봉각에 들어가 모든 창고를 다 열고 내쳤던 여종들을 다 불러들이고서 드디어 방으로 향했다.

이때 위 소저는 태부가 자신을 냉랭하게 대하는 것을 속으로 우습게 여기고 조금도 마음에 두지 않았다. 그러다가 아들이 전하는 말 중에 태부가 자기 아버지를 늙은 도적이라 했다는 말을 듣고 절로 탄식하며 말했다.

"이 군의 무식한 행실이 이와 같으니 내 차마 다시 부부의 의리를 이을 수 있겠는가? 몸이 마칠 때까지 저 사람과는 따로 거처해 아버님께 내 죄를 갚으리라."

그러다가 이날 태부가 들어와 재물 창고를 여는 것을 보고 속으로 냉소했다.

그런데 문득 태부가 휘장을 들치고 들어오는 것이었다. 소저가 놀라 몸을 일으켜 협실로 들어갔다. 능후가 마음속으로 소저가 자기의 박대를 원망해 그러는가 해 더욱 불쾌해 말을 안 하고 스스로 침상에 올라 자고서 나갔다.

왕이 바야흐로 능후를 앞에 꿇리고 크게 꾸짖었다.

"무릇 아내에게 죄가 있어도 그 법은 가혹하게 대하는 것이 옳지 않다. 그런데 위 씨는 비범한 것이 너의 스승이거늘 네 감히 고집불통으로 편협한 마음을 가지고 위 씨를 괴롭도록 보채서야 되겠느냐? 이 같은 괴이한 마음을 가지고서 감히 대신 노릇을 하며 어버이를 모시고 집을 진정시킬 수 있겠느냐? 남의 눈을 가리는 거짓된 모습으로 며느리를 대우한다면 내 너를 다시 보지 않을 것이다.”

능후가 아버지의 말에 두려워해 고개를 조아려 사죄한 후 바야흐로 자기의 과도한 행실을 깨달았다. 그래서 날마다 봉각에 들어갔으나 소저는 한결같이 피하고 능후를 보지 않으니 능후가 분노했다.

하루는 능후가 일찍 들어가 협실 문을 잠그고 등불을 꺼 놓고 어두운 데 앉아 있었다. 소저가 정당에서 나와 방 안으로 들어오자 후가 즉시 일어나 문 앞에 앉았다. 부인이 이에 크게 놀라 멀리 휘장 밑에 가 앉았다. 능후가 등불을 돋우고서 눈을 들어 보니 부인은 구름 같은 귀밑머리를 맑게 쓸고 붉은 치마에 채색 옷을 입고서 봉관(鳳冠)[6]을 바로 쓰고 있었다. 그 찬란한 광채가 새로이 눈에 기이했으나 안색이 엄숙해 이미 눈 위에 서리가 더한 듯했다. 매몰차고 준엄한 모습은 얼음 위에 눈이 더한 듯했다. 눈길을 낮추어 앵두 같은 입술을 다물었으니 이는 그림 속 여와(女媧)[7] 같았다. 능후가 속으로 또한 부끄러운 마음이 없지 않았으나 내색하지 않고서 정색하고 말했다.

“학생이 당돌함을 잊고 부인을 대해 품은 마음을 내뱉으려 하는데 용납할 수 있겠소? 아니면 또 피하겠소? 그 생각을 듣고 싶소.”

부인이 정색하고 대답하지 않자 후가 재삼 대답을 재촉했다. 이에

---

6) 봉관(鳳冠): 옛 부인들이 쓰던 관으로 봉황 모양을 장식한 예관.
7) 여와(女媧): 중국 고대 신화에서 인간을 창조한 것으로 알려진 여신이며, 삼황오제 중 한 명이기도 함. 인간의 머리와 뱀의 몸통을 갖고 있으며 복희와 남매라고도 알려져 있음. 처음으로 생황이라는 악기를 만들었고, 결혼의 예를 제정하여 동족 간의 결혼을 금하였음.

부인이 천천히 말했다.

"군자께서 무슨 말씀을 물으려 하십니까? 듣기를 원하나이다."

능후가 정색하고 말했다.

"부인이 나이 스물한 살이고 일을 많이 겪어 예의를 매우 잘 알 것이오. 지아비를 대해 말을 삼갈 줄 알 것인데 무슨 까닭에 학생을 대해 모욕하기를 능사로 아는 것이오? 여자가 색과 덕이 넘치면 지 아비를 억눌러 호령이 낭자하고 심지어 여후(呂后)[8]와 양귀비(楊貴妃)[9]는 나라를 망하게 했으니 참으로 두려워할 만하오. 생은 부인 알기를 부인이 조금도 잘못을 범하는 것이 없고 늘 조심해 부인 여 자로서의 도리를 잃지 않았는가 싶었소. 그런데 그대가 저번에 하는 말이 크게 놀라웠으니 이미 주머니 속의 송곳이 비치는 듯했소. 그 래서 내 절로 놀랍고 의아함을 이기지 못해 그대 얼굴을 보지 않아 그대의 제어를 감수하지 않으려 했소. 그런데 아버님께서 그대의 참 소(讒訴)[10]를 들으시고 생을 과도하게 그르다고 하시는구려. 내 아 버님의 명령을 들어 그대의 죄를 용서하고 얼굴을 보아 말을 물으려 하는데 그대는 여자의 염치로 부끄러워 사죄할 겨를도 없을 것이오. 그런데 도리어 생이 그대를 홀대한 것으로 알아 생을 원망해 마치 원수를 대하는 것처럼 생을 피하니 그대의 마음이 이토록 바뀌었단 말이오? 참으로 의아하니 그대는 속히 소견을 일러 생의 의심이 풀 리게 해 주시오."

---

8) 여후(呂后): 중국 전한의 시조인 고조(高祖) 유방(劉邦)의 황후. 유방이 죽은 뒤 자신의 소생인 혜제(惠帝)가 즉위하자 실권을 잡고 여씨 일족을 고위직에 등용시켜 여씨 정권을 수립하고, 유 방의 총비(寵妃)인 척부인(戚夫人)의 아들 유여의(劉如意)를 독살하고 척부인은 수족을 잘라 변 소에 가둠.

9) 양귀비(楊貴妃): 중국 당(唐)나라 현종(玄宗)의 후궁으로 본명은 옥환(玉環)임. 원래 현종의 아들 인 수왕(壽王)의 비(妃)였는데 현종이 보고 반해 아들을 변방으로 보내고 며느리를 차지하여 총 애함. 안록산(安祿山)의 난 때 현종과 함께 피난하다 마외역(馬嵬驛)에서 목매어 죽음.

10) 참소(讒訴): 남을 헐뜯어서 죄가 있는 것처럼 꾸며 윗사람에게 고하여 바침.

위 씨가 단정히 앉아 능후의 말을 다 듣고는 천천히 말했다.

"첩은 어리석고 아둔한 자질을 가지고 있어 일찍이 종들에게 죄가 있어도 소리 높여 꾸짖을 줄을 알지 못했습니다. 그러니 더욱이 남편을 억누르는 것은 제가 잘하는 일이 아니라 언급하는 것이 무익합니다. 저번에 각 씨에 대해 드린 말씀은 첩이 환란 중에 떠돌아다녀 일찍이 그사이의 곡절을 알지 못해 무심중에 실언한 것이어서 그 죄가 깊습니다. 그러니 군자께서 당당한 법으로 첩을 다스리시는 것을 원망하겠습니까? 더욱이 시부모님께 참소했다는 말씀은 참으로 가소로우니 답하는 것이 부질없나이다. 첩이 군을 피하는 것은 다른 까닭이 아닙니다. 오륜 가운데 부모가 먼저이시니 지아비가 비록 중요하나 부모가 만일 자식을 낳지 않으셨다면 자식이 장차 무엇을 알 수 있겠습니까? 군자께서는 일찍이 경서(經書)를 배우셨을 것입니다. 설사 장인이라 한들 그 자식을 데리고 살면서 집을 다스리려 할 적에 그 가친을 늙은 도적이라 하니 첩이 다시 군을 대하고 싶겠습니까? 그런 까닭에 몸을 마칠 때까지 심규에서 몸을 지켜 군을 보지 않으려 한 것이었습니다. 군은 모름지기 인정을 헤아려 이후에는 저를 아내로 알지 마시기 바랍니다."

말을 마치자 눈썹 사이에 분노한 기색이 은은하고 눈길이 몽롱하며 두 뺨에는 연꽃 같은 붉은색을 띠어 엄숙한 기색을 했으니 이전의 온화한 빛이 하나도 없었다. 능후가 속으로 미소하고 정색해 말했다.

"부인의 말이 다 옳소. 그러나 맨 끝의 사연은 내가 일찍이 알지 못하는 일이오. 누가 그런 말을 한 것이며 그대가 무슨 담대한 마음으로 나를 거절하려 하는 것이오?"

위 씨가 눈길을 낮춰 대답하지 않고 묵묵히 성난 빛을 띠었다. 능후가 이에 낯빛을 고치고 말했다.

"그대가 나를 어리석은 사나이로 알아 이처럼 까탈스럽게 분노한 빛을 해 나를 제어하려 하는 것이오? 내 참으로 장인을 늙은 도적이라 일렀어도 그대가 감히 분노한 빛을 내 눈에 보일 수 있는 것이오?"

소저가 옷깃을 여미고 말했다.

"첩이 각 씨에 대해 말한 것은 각 씨의 일을 알았으나 몰랐으나 죄를 감당할 것입니다. 그러나 군자께서 가친을 모욕한 한 가지 일은 항복할 수 없으니 첩이 군자와 말을 주고받으려는 마음이 생기겠습니까? 그러나 각 씨의 연고로는 첩의 죄를 밝게 다스리시고 뉘우치지 마소서."

능후가 분노한 빛으로 말했다.

"그대가 정말 분노한 기색으로 내 앞에서 말을 하려 하는 것이오?"

소저가 말했다.

"첩이 실언한 죄는 죽어도 감수하겠습니다. 그러나 자식의 도리로서 차마 군과 함께 다시 정다운 대화와 좋은 말을 할 수 있겠습니까? 이후에는 첩이 상공을 원수처럼 볼 것이니 괴이하게 여기지 마소서."

능후가 대로해 봉황의 눈을 부릅뜨고 말했다.

"그대가 이처럼 방자해 나를 원수라 하니 이 무슨 도리요? 빨리 나가고 다시는 내 방에 있지 마시오."

말을 마치자 능후가 소매를 떨쳐 침상에 올랐다. 소저가 즉시 문을 열고 난간에 나와 앉으니 이때는 늦겨울 초순이었다. 섣달의 눈이 어지럽게 날리고 찬 바람이 진동해 추위가 사람의 살을 깎는 듯했다. 난혜 등이 크게 근심해 소저 앞에 나아가 협실로나 들어가시기를 아뢰었으나 소저는 들은 체하지 않았다. 겨울밤이 괴롭게 길어 소저가 천금 같은 약질로 추위를 견디지 못해 온몸이 얼음 같았으나 소저는 끝까지 몸을 움직이지 않았다.

새벽닭이 자주 울며 대궐문에서 나는 종소리가 은은했다. 소저가 일어나 세수를 할 적에 능후가 또한 속으로 소저의 몸이 상할 것을 근심해 잠을 자지 않고 있다가 아무렇지 않은 듯이 일어나 의관을 갖추고 소저와 함께 아침 문안을 하고 돌아왔다. 소저가 또 난간에 앉자 후가 정색하고 팔을 밀어 들어갈 것을 청했다. 소저가 능후와 말하는 것을 싫어해 몸을 일으켜 방 안에 들어가 구석에 앉았다. 능후가 안색을 엄정히 하고 나아가 소저의 손을 만져 보니 매우 차서 자기의 살이 시릴 정도였다. 속으로 어이없어 소저의 눈을 보며 말했다.

"그대의 편협함을 일찍이 알지 못했구려. 그대가 무슨 까닭에 이처럼 구는 것이오?"

소저가 안색이 추상같아 손을 급히 떨치고 물러앉았다. 그러자 후가 노해 소저의 손을 이끌어 침상에 오르려 했다. 그러나 소저가 단정히 앉아 요동하지 않으니 후가 낯빛을 바꿔 말했다.

"그대가 참으로 이처럼 담이 큰 체하려 하는 것이오? 한기(寒氣)를 이기지 못해 병이 난다면 부모님께서 그릇 여기실 것인데 편히 쉬라 해도 어찌 말을 듣지 않는 것이오?"

부인이 용모를 가다듬고 대답했다.

"구태여 대단히 춥지 않고 날 밝는 것이 머지않았으니 눕는 것이 부질없나이다."

후가 노해서 말했다.

"그대가 정말로 유감의 마음을 풀지 않을 것이오?"

소저가 문득 미소하고 말했다.

"첩이 어찌 군에게 유감의 마음을 가지겠습니까?"

후가 저의 찬웃음과 흐르는 듯한 말을 듣고는 소저의 성이 쉬 풀리지 않을 줄 알고 분노해 밖으로 나갔다. 소저가 바야흐로 비단 이불을 찾아 몸을 의지하니 상한(傷寒)[11]이 크게 생겨 두통이 심하고 온몸이 불 같아서 일어나 움직일 길이 없었다.

소저가 이튿날 문안에 불참하고 난혜를 보내 사죄했다. 시부모가 이에 놀라 조심해 조리하라 하고 능후에게 명령해 병소를 떠나지 말라 했다. 후가 명령을 듣고 봉각에 들어가니 소저는 베갯머리에 비겨 잠들어 있었다. 아파하는 소리가 또렷이 들렸으니 후가 속으로 근심해 눈썹을 찡그리고 나아가 소저의 맥을 보았다. 이에 소저가 깨어나 눈을 떠 보고 즉시 일어나 앉았다. 후가 병의 증세를 묻자 부인이 자약히 대답했다.

"구태여 대단하지 않나이다."

후가 말했다.

"그대가 생을 역정 내어 부모께 근심을 끼치니 무엇이 좋소? 이제 장인께서 오실 것이니 그대는 빨리 장인을 따라가시오. 천하에 여자가 없어 구태여 지아비를 싫어하는 지어미에게 빌면서 데리고 살 수 있겠소?"

소저가 또한 대답하지 않자 후가 정색하고 말을 하려 했다. 그런데 이때 협실에서 딸의 유모가 아이를 안고 나아와 소저에게 드리는 것이었다. 후가 딸을 처음으로 보고 놀라 딸을 바삐 무릎에 앉히고 어루만지고 사랑하며 자세히 보았다. 어여쁜 자태와 옥 같은 기질이 참으로 기이했으므로 자연스럽게 기쁜 빛이 눈썹 사이에 드러났다.

---

11) 상한(傷寒): 추위로 인하여 생기는 병.

그러나 소저는 눈길을 낮추어 눈도 들지 않았다. 이윽고 후가 딸을 유모에게 주고 웅린을 불러 손을 주무르라 하며 안석(案席)[12]에 기대어 잤다.

이윽고 위 공이 이르러 딸의 병을 묻자 소저가 안색을 온화하게 하고 대답했다.

"우연히 상한 것이라 대단하지 않습니다."

공이 나아가 소저를 어루만지고 살갖이 불 같은 것에 매우 근심해 슬픈 빛을 하고 즐거운 모습을 보이지 않았다. 그러자 소저가 웃고 위로하며 말했다.

"어제 부질없이 찬 바람을 심하게 쐬고 두통이 생겼으나 땀이나 내면 상관없을 것이니 염려하지 마소서."

말을 마치자, 후가 깨어나 공이 온 것을 보고 급히 관을 찾아서 쓰고 옷과 허리띠를 바로잡아 앉았다. 공이 딸의 병을 근심하자 능후가 정색하고 말했다.

"접때 성상께서 아내에게 내려 주신 시녀 중에 각완의 딸이 들어 있었습니다. 소생이 전날에 그 여자와 예를 차려 만났을 때도 가까이하지 않아 그 때문에 환란이 일어났습니다. 지금에 이르러 보면 이 여자는 도적의 무리와 다니던 음란한 여자로서 더럽고 비루함이 끝이 없을 정도입니다. 그래서 소생이 한심하게 여겨 삼 척의 칼을 시험하려 했습니다. 그런데 위 씨가 방자하게 각 씨의 말을 해 생이 놀라움을 이기지 못해 홀로 처한 지 일고여덟 달이 넘었습니다. 소생이 부모님의 꾸중을 듣고서 내당에 들어왔으나 위 씨는 소생 피하는 것을 못 미칠 듯이 하고 스스로 난간에 나가 앉아 밤을 새워 저

---

12) 안석(案席): 벽에 세워 놓고 앉을 때 몸을 기대는 방석.

병을 얻은 것입니다. 장인께서는 이를 어떻게 여기십니까?”

공이 놀라 딸을 꾸짖자 소저가 고개를 숙이고서 한마디 말도 안 했다. 이에 공이 웃고 능후에게 말했다.

“딸아이가 과연 어려서부터 천한 집에서 성장해 배운 바가 없으니 너는 가난한 시절에 혼인한 큰 의리를 생각해 소소한 허물을 너그러이 용서하고 허물하지 마라.”

능후가 사례해 말했다.

“제가 또한 그처럼 알아 책망하는 일이 없었습니다. 그런데 큰일에 다다라 마지못해 책망했는데 아내가 매섭고 독한 노기를 이기지 못해 병으로 몸져눕기까지 했으니 이것이 방자한 일이 아니겠습니까?”

공이 웃으며 말했다.

“이는 너의 과도한 말이다. 딸아이가 남편에게 방자하게 굴 사람은 아니다.”

능후가 미소하고 눈으로 소저를 보니 소저는 안색이 엄숙해 조금도 요동하지 않았다.

이윽고 공이 돌아간 후 소저가 베개에 몸을 던져 새로이 신음하기를 마지않았다. 능후가 이를 우려해 외당에 나가 태의 정시현에게 보내는 서간을 써 하인을 불러 태의를 불러오도록 분부했다. 광평후가 이곳에 있다가 웃으며 물었다.

“정시현을 불러 무엇 하려 하느냐?”

능후가 대답했다.

“위 씨에게 병이 있어 진맥시키려 해서입니다.”

평후가 놀라서 말했다.

“내 전날 들으니 네가 일생을 홀아비로 살겠노라 하고 제수씨가 해산하셨는데도 들어가 보지 않더니 오늘은 무슨 날이냐?"

능후가 웃고 말했다.

"형님은 한 말이나 해 보소서. 제가 언제 일생을 홀아비로 지내겠다 했습니까?"

평후가 박장대소하고 말했다.

"네가 일찍이 사람들을 대해 이르지는 않았으나 네게 정말로 그 마음이 없었더냐? 그래서 내가 그 마음이 오래 가지 않을 것이라 했더니 이제 정말 맞혔구나."

초후가 또한 웃고 말했다.

"이전 미친 바람이 들었던 마음이 그저 있었다면 저 의원을 부를 생각이 없었을 것입니다. 의원을 부른 것을 보니 요사이에는 그 바람이 달아났나 봅니다."

능후가 말했다.

"과연 제가 행동을 어떻게 해야 할지 알지 못하겠습니다. 제가 위 씨를 박대한다 하고 모두 심하게 기롱하고 책망하시다가 이젠 위 씨를 잘 대우해도 비웃으시니 제가 장차 어찌해야 합니까? 미친 바람이 아니라 미친 병인들 제가 아버님의 말씀을 거역해서야 되겠습니까?"

초후가 웃으며 말했다.

"가소롭구나. 네가 누구를 속이려 하는 것이냐? 네가 정이 없다면 아버님이시라도 할 수가 없는 법이다."

평후가 이어 웃으며 말했다.

"이보[13]는 평생 자기 외에는 온갖 일을 아는 사람이 없다 헤아리고 사람들을 업신여겼으나 누구는 너만 못 하더냐?"

---

13) 이보: 이경문의 자(字).

능후가 하늘을 우러러 크게 웃고 말했다.

"제가 또 숙맥불변(菽麥不辨)14)이라 한들 스스로 저만 한 사람이 없을 것이라 했겠습니까? 과연 형님이야말로 저를 그렇게 아셨나 봅니다."

이에 모두 크게 웃었다.

이윽고 정 태의가 이르자 능후가 데리고 내당에 들어가 부인을 진맥하도록 청했다. 이에 소저가 놀라서 말했다.

"여자가 죽을병이 아닌 후에야 까닭 없이 남자에게 진맥을 받을 수 있겠습니까?"

그러고서 말을 듣지 않으니 후가 친히 들어가 소저의 고집을 책망하고 진맥을 받으라 재촉했다. 그러나 소저가 굳이 막으며 말했다.

"첩이 우연히 찬 바람을 맞아 잠시 몸이 평안하지 않으나 이는 큰일이 아닌데 외인에게 진맥하도록 하는 것은 절대 안 되는 일입니다. 만일 더 위중하다면 할 수 없겠으나 지금은 죽어도 명을 따르지 못하겠습니다."

후가 하릴없어 밖에 나와 태의를 대해 소저 병의 증상을 이르고 약을 처방받아 지어 가지고서 봉각에 나아갔다. 후가 약을 달여서 연속해 쓰니 이튿날 대개 병이 나았다.

소저가 생 보는 것을 꺼려 즉시 의상을 정돈하고 정당에 들어가 문안했다. 이에 시부모가 놀라 실섭(失攝)15)하지 말고 몸을 조리하라 하니 소저가 절하고 말했다.

"제가 우연히 찬 바람을 맞아 잠시 병세가 중했으나 오늘은 대단

---

14) 숙맥불변(菽麥不辨): 콩인지 보리인지를 구별하지 못한다는 뜻으로, 사리 분별을 못 하고 세상 물정을 잘 모름을 이르는 말.

15) 실섭(失攝): 몸을 잘 돌보지 못함.

하지 않아 일어났으니 특별히 아픈 데는 없나이다."

왕과 후가 이 말을 듣고는 얼굴에 기쁜 빛이 나타나고 그 온화하고 부드러운 모습에 새로이 기뻐했다.

이날부터 능후가 동궁에 입직(入直)해 며칠을 집에 없으므로 소저가 마음을 놓고 평안히 몸을 조리해 쾌차했다.

사나흘 후에 능후가 근무를 마치고 돌아와 부모를 뵙고 형제와 한담하다가 황혼에 봉각에 들어가 소저에게 병의 증세를 물었다. 소저가 마침 홑옷 차림으로 봉황이 그려진 베개에 기대 있다가 능후를 보고는 안색을 고치고 일어나 맞이했다. 그리고 멀리 자리를 정하고 대답했다.

"한때 찬 바람을 맞아 생긴 병이 그리 오랫동안 있겠습니까? 쾌차한 지 오래되었습니다."

능후가 고개를 끄덕이고 자녀를 앞에 두어 희롱하다가 야심한 후에 침상에 올랐다. 그런데 소저는 단정히 앉아 움직이지 않으니 후가 그 모습을 보려 해 스스로 누워 고요히 있었다. 심지가 다해 밝은 등불이 흐려지는 데 이르렀으나 부인은 눈길이 담담하고 눈썹 사이가 몽롱한 채 봉관(鳳冠)도 기울이지 않고 박힌 듯이 단정히 앉아 있었다. 이에 능후가 물었다.

"부인이 무슨 일을 스스로 경계하는 것이 아니오? 아니면 부처의 참선을 하는 것이오? 참으로 알고 싶구려."

부인이 정색하고 대답하지 않자 태부가 관을 쓰고 일어나 앉으며 대답을 재촉하는데 그 소리가 매우 좋지 않았다. 위 씨가 이에 천천히 대답했다.

"첩이 앉아 있는 것은 예삿일인데 시비하시는 것은 어째서입니까?"

후가 말했다.

"참선과 자기 경계를 안 하는 것이라면 그대는 생과 어제오늘 갓 만난 신부가 아닌데 수치스러운 일이 있어서 잠을 자지 않는 것이오? 참으로 괴이하니 자세히 일러 주시오."

부인이 다 듣고는 웃고 말했다.

"늙은 도적의 딸이 높은 대신과 자리를 함께 하지 않는 것은 염치가 있어서이니 새로이 물으실 바가 아닙니다."

말을 마치자 눈썹 사이에 노한 기색이 은은해 눈 위에 찬 바람이 부는 것 같았다. 후가 어이없어 낯빛을 엄히 하고 소리를 엄정히 해 말했다.

"지난번에 내가 비록 실언한 일이 있다 한들 그대가 감히 내 앞에서 낯빛을 삼가지 않는 것이 옳단 말이오?"

부인이 또한 안색을 엄숙히 하고 말했다.

"실언도 할 말이 있는 것입니다. 가친께서 군을 사랑하시는 것이 저보다 위에 있으신데 군에게 인심이 있다면 감격함이 설마 없어서 그런 말을 때도 없이 하는 것입니까? 벼슬로 일러도 군은 재상의 반열에 있고 아버님은 정승의 자리에 있으시니 군이 아버님을 소홀히 대하지 못할 것입니다. 체면으로 헤아려도 시아버님과 아버님은 생사를 같이하는 벗이시니 군이 참으로 제 아버님을 그토록 몹쓸 사람으로 비난하고 우롱할 수가 있겠습니까? 제가 여자로서의 도리를 잃고 부질없는 일로 그대 앞에서 삼가지 못한 낯빛을 했다면 책망을 감수하겠으나 이 일은 스스로 잘 헤아려 볼 것이니 첩에게 물을 일이 아닙니다."

후가 다 듣고는 문득 흔쾌히 웃고 말했다.

"내 과연 그날 취중에 실언했소. 그대에게 죄를 청하니 용서해 주기를 바라오."

소저가 그 희롱하는 말이 불쾌해 대답하지 않았다. 그러자 후가 몸을 일으켜 소저 곁에 나아가 그 손을 이끌어 베개에 나아갈 것을 청했다. 그러나 부인은 요동치 않고 천천히 후의 손을 밀치고 물러 앉으니 매몰찬 기색이 눈 위에 찬 얼음이 있는 것 같았다. 후가 이에 발끈 노해 말을 안 하고 다시 침상에 올라가 누워 몸을 움직이지 않 았다.

날이 밝자 소저가 일어나 문안에 들어가려 했으나 능후는 자는지 깨었는지 알 수 없게 몸을 움직이지 않았다. 그래서 위 씨가 홀로 정 당으로 갔다.

정당에 가니 이미 남공 등과 소년들이며 모든 여자들이 삼이 벌여 있듯 했다. 위 씨 또한 항렬에 있었는데 이윽한 후에 연왕이 좌우를 돌아보아 말했다.

"경문이는 어디에 갔느냐?"

초후가 말했다.

"어제 번(番)에서 돌아와 서당에 있더니 밤에는 없기에 사실(私室)16)에 갔는가 생각했나이다."

왕이 몸을 돌려 위 씨를 보고 묻자 소저가 나직이 대답했다.

"군자는 침소에 있나이다."

왕이 말했다.

"그렇다면 무슨 까닭에 일어나서 오지 않은 것이냐? 어디를 앓는 것이냐?"

소저가 손을 가지런히 하고 대답했다.

"알지 못하겠습니다."

---

16) 사실(私室): 침실이 있는 곳을 말하며, 남자에게는 자신의 부인이 거처하는 곳을 가리킴.

왕이 괴이하게 여겨 창문[17]을 시켜 능후를 불러오라 하자 공자가 봉각으로 갔다.

이때 능후는 봉황 베개에 기대 자는 것 같았으므로 공자가 나아가 능후를 흔들어 깨웠다. 후가 이에 소매를 젖히고 눈을 떠 공자에게 온 연유를 물었다. 공자가 왕의 명령을 전하자 후가 말했다.

"아프지 않다면 문안에 참여를 안 했겠느냐? 마을에 가 여러 날 시달리다가 와 그런지 몸이 평안하지 않아 일어나지 못하겠구나."

공자가 돌아가 그대로 고하니 왕이 잠자코 있었다.

위 씨가 생이 병을 핑계하는 줄 기미를 알고 매우 불쾌해, 문안 후에 시어머니를 모시고 숙현당에 가 종일토록 있으며 침소에 가지 않았다.

태부가 봉각에 홀로 있으면서 속으로 더욱 불쾌해 하더니 상서와 학사, 평후 등이 들어와 병을 물었다. 그러자 능후가 일어나 앉아 말했다.

"몸이 매우 혼곤(昏困)[18]한 듯하나 심하지는 않습니다."

평후가 웃으며 말했다.

"이는 반드시 오랫동안 홀로 있던 정을 삼가지 못해 생긴 증세로구나."

능후가 어이없어 말했다.

"형은 과연 괴이한 말씀도 하십니다. 이런 극한 추위에 두루 돌아다니다가 감기가 안 생기겠습니까?"

평후가 크게 웃고 다른 사람들도 모두 웃었다.

사람들이 일어난 후에 능후가 학사를 머물게 해 저물도록 바둑을

---

17) 창문: 이몽창의 넷째아들.
18) 혼곤(昏困): 정신이 흐릿하고 고달픔.

두며 승부를 다투었다. 석양에 위 씨가 이곳에 이르자 학사가 급히 일어나 맞아 자리를 정했다. 후는 안색을 자약히 하고 베개에 도로 누워 말을 안 했다.

이윽고 시녀가 저녁밥 먹을 것을 고하자 학사가 일어나고 난혜가 밥상을 받들어 앞에 이르렀다. 그러나 후는 버들 같은 눈썹을 찡그리고 밥을 먹지 않았다. 한참 지난 후에 소저가 마지못해 후를 향해 일렀다.

"기운이 많이 안 좋으시면 죽을 가져오라 하는 것이 어떠합니까?"

후가 낯빛을 고쳐 대답하지 않고 벽을 향해 누웠다. 소저가 속으로 우습게 여겨 다시 이르지 않았다. 날이 어두워지자 소저가 등불을 밝히고 난혜가 죽을 가져올지 청했으나 후가 듣고도 못 들은 체하고 밤을 지냈다. 부인은 존당에 들어가고 후는 홀로 있었는데 왕이 사람을 시켜 병을 물으니 후가 대단하지 않다고 대답했다.

이러구러 육칠 일을 봉각에 있으면서 능후가 입으로 말은 안 했으나 안색이 평안치 않고 음식을 때에 맞춰 먹지 않으며 준엄한 기상이 날로 더해졌다. 소저가 이를 자못 괴롭게 여겼으나 하릴없어 갈수록 기색을 온화하게 했다.

하루는 왕이 서헌에서 상서에게 물었다.

"경문이가 어디를 그리 오랫동안 앓는 것이냐?"

후가 대답했다.

"구태여 대단하지 않으나 일어나 다니지 않으니 괴이합니다."

왕이 다 듣고는 학사를 시켜 능후를 불렀다. 후가 급히 의관을 바르게 하고 왕의 앞으로 잰걸음으로 나아오자 왕이 물었다.

"요새 어디를 앓는 것이냐?"

후가 엎드려 대답하지 않으니 이는 대개 부모를 속이면 안 되는 줄을 알아서였다. 왕이 한참을 눈으로 보다가 다시 묻지 않고 다른 말을 했다. 왕이 이미 기미를 짐작하고 불쾌하게 여겼으나 그런 일을 어른이 알은체하는 것이 참으로 자질구레하고 또 알고서 잠자코 있는 것은 위엄이 약하므로 모르는 체한 것이다. 후가 속으로 기뻐해 저물도록 왕의 곁에서 모셨다.

옥토끼가 동쪽 고개에 오른 후에 후가 봉각에 들어갔다. 소저는 생이 들어오지 않을까 해 홑옷 차림으로 침상에 누워 있다가 생을 보고는 놀라서 일어났다. 후가 걸음을 가볍게 해 침상 앞에 나아가 소저를 막아 앉았다. 소저가 민망하고 면구스러워 몸을 움직이지 못하고 후는 두 눈이 맹렬하니 그 모습이 등불 아래에 빛났다. 서로 기색이 냉랭한 것이 겨울날 같았는데 밤이 매우 깊자 후가 바야흐로 입을 열어 말했다.

"내 그대 집의 노예가 아닌데 무슨 까닭에 이런 추운 밤에 앉아 새우게 하는 것이오?"

소저가 소리를 가지런히 해 대답했다.

"첩이 어찌 감히 상공께서 주무시는 것을 막겠습니까?"

후가 정색하고 말했다.

"부인이 나의 아내 도리를 해 자리를 편히 해서 내가 잘 수 있게 하고 있단 말이오?"

생이 밤이 다하도록 기다리다가 참지 못해 일렀다.

"그대의 답이 무슨 도리란 말이오?"

소저가 속으로 매우 괴롭게 여겼으나 마지못해 몸을 일으켜 자리와 베개를 편히 한 후에 침상에서 내려오려 했다. 후가 냉소하고 원숭이 같은 팔을 늘여 소저의 손을 잡아 구석에 앉혔다. 그리고 자기는 바야흐로 웃옷을 벗고 봉황 베개에 비겨 앞을 막았다. 위 씨가 하릴없어 다만 안색을 바르게 하고 단정히 앉아 있으니 찬 기운이 사방 벽에 쏘였다. 한참 지난 후에 후가 물었다.

"그대가 무슨 일로 자지 않는 것이오?"

소저가 대답하지 않자 후가 발끈 낯빛을 고치고서 소저의 어깨를 잡아 눕히며 말했다.

"내가 요사이에 그대의 행동을 보려고 잠자코 있었더니 그대가 참으로 담이 큰 체하는구려."

부인이 이 광경을 보고 바삐 몸을 일으켜 잡은 손을 뿌리쳤다. 생이 또한 일어나 앉아 물었다.

"부인이 어찌해 이처럼 가소롭게 구는 것이오? 내 마침 희첩(姬妾)이 없을망정 그대가 겨우 일고여덟 달을 홀로 처하고서 이토록 분노하니 더러움이 이와 같단 말이오?"

부인이 속으로 어이없어 또한 대답하지 않았다. 후가 또한 묻지 않고 죽침에 기대 닭이 울자 갑자기 몸을 일으켜 밖으로 나갔다. 이에 부인이 미소하고 말을 안 했다.

능후가 이후에 봉각에 들어와 밤을 지냈으나 맹렬한 소리와 성난 눈을 한 채 기색이 참으로 좋지 않았다.

세월이 흘러 새해가 되자 일가에 기뻐하는 소리가 자자하고 수레가 물 흐르듯이 왔다. 생들이 세배를 어지럽게 다니고 사오일 지난 후에 여자들이 친정에 근친(覲親)[19] 갈 적에 위 씨 또한 시부모에게 하직하고 위씨 집안으로 가려 했다. 그러나 태부가 수레를 차려 주지 않을 줄 알고 민망해 난혜를 시켜 태부에게 아뢰라 했다. 난혜가 서당에 가 이르자 능후가 홀로 있다가 이 말을 듣고 대로해 좌우를

---

19) 근친(覲親): 친정에 가서 어버이를 뵘.

시켜 난혜를 옥에 가두라 했다. 이에 모든 종들이 명령을 듣고 물러났다. 위 씨가 이 일을 듣고 어이없어 친정에 갈 생각을 하지 않았다.

위 공이 괴이하게 여겨 하루는 이씨 집안에 이르러 딸을 보고 친정에 오지 않은 연고를 물었다. 소저가 이에 나직이 대답했다.

"시부모님의 허락을 받았으나 사람과 수레가 없어 못 갔습니다."

승상이 놀라서 말했다.

"이보가 정말 차려 주지 않았단 말이냐?"

소저가 묵묵히 있자 승상이 속으로 분노해 돌아가 문채 나는 덩과 행렬을 갖춰 시랑 중량20)을 시켜 소저를 데려오라 했다. 시랑이 명령을 듣고 이씨 집안으로 가 연왕에게 고하고 소저를 데리고 돌아갔다. 공의 부부가 반기는 마음을 이기지 못하고 생이 보내지 않은 까닭을 묻자 소저가 웃고 대답했다.

"자기가 먼저 소녀를 밉게 여겨 말이 아버님께 미쳐 공손하지 않기에 소녀가 눈썹을 낮추어 자기를 보지 않았습니다. 그러자 일부러 소녀를 굴복시킨다고 수레를 주지 않은 것입니다."

부인이 웃으며 말했다.

"너희 부부가 만난 지 오래되었으나 한 번도 말다툼한 적이 없다고 하더니 이 또한 경사로구나."

이에 모두 웃었다.

소저가 자녀를 거느리고 이곳에서 한가히 있으면서 생의 삼가지 못하는 행동을 보지 않아 참으로 시원하게 여겼다.

십여 일 후에 능후가 공복(公服) 차림으로 이곳에 이르러 승상을 뵙고 공사(公事)를 의논했다. 승상이 사위를 새로이 사랑해 술과 안

---

20) 중량: 위공부의 둘째아들이자 위홍소의 둘째오빠.

주를 먹이며 밤에 머물기를 청했다. 이에 후가 사양하며 말했다.

"어렵지는 않으나 가친께 고하지 못했으니 돌아가야겠습니다."

말이 잠시 멈춘 사이에 초후가 사마(駟馬)[21]를 타고 종들이 갈도(喝道)[22]해 이르러 승상을 뵙고 또한 공사를 의논했다. 날이 저문 후에 두 사람이 일어날 적에 승상이 능후를 간절히 만류했으나 능후가 아버지의 명령이 없음을 일컬으니 초후가 조용히 일렀다.

"내 돌아가 부모님께 고할 것이니 너는 상국의 명령을 받들어 밤을 지내고 내일 오거라."

승상이 이에 매우 기뻐하며 말했다.

"이 말이 옳으니 이보는 좇으라."

능후가 부득이하게 앉자 승상이 기뻐하며 능후를 데리고 내당에 들어가 부인과 저녁밥을 함께 먹으며 능후를 매우 사랑했다.

날이 어두운 후에 후가 침소에 이르렀다. 소저가 일어나 맞아 자리를 정하자 후가 정색하고 소저가 마음대로 행동한 것을 두어 말로 꾸짖었다. 이에 부인이 몸을 굽혀 말했다.

"이미 아뢰고 죄를 입었으니 차라리 고하지 않은 것만 같지 못하나이다."

후가 어이없어 바야흐로 소리를 높여 말했다.

"그대가 요사이에 무슨 까닭으로 학생을 참으로 심하게 업신여기는 것이오? 집에서는 내가 부모님의 엄한 명령을 두려워해 그대의 매섭고 독한 행동을 좋은 일 보듯 해 잠자코 그대의 제어를 받으며 추운 밤에 자지 못하고 밥을 먹지 못했으나 감히 말을 못 했소. 그러

---

21) 사마(駟馬): 하나의 수레를 끄는 네 필의 말.
22) 갈도(喝道): 높은 벼슬아치가 다닐 때 길을 인도하는 하인이 앞에서 소리를 질러 행인들을 비키게 하던 일.

나 이곳에 와서조차 말을 못 하겠소? 내 나이 젊으나 조정의 대신이오. 그대를 가난한 시절에 혼인한 사이라 해 체면을 차려 주었더니 그대는 네다섯 살 먹은 아내처럼 행동해 버릇이 참으로 한심하니 생도 그것을 배워 그대와 겨뤄 보려 하오."

부인이 천천히 정색하고 말했다.

"군이 낮에 밥을 안 먹은 것과 잠을 안 잔 것을 첩이 어찌 알겠습니까? 이 일로 말씀하시는 것은 부질없는 일입니다."

후가 대로해 말했다.

"그대가 갈수록 생을 조롱하는 것이오? 그대가 진실로 아내의 소임을 충실히 해 나에게 밥을 권하며 침상을 편히 해 내가 잘 수 있도록 했단 말이오? 마치 지아비 잃은 홀어미의 모습을 해 밤이 다하도록 밝은 등불을 돋워 부친 듯이 앉아 있으니 내 어찌 잘 수 있겠소? 오늘도 어쨌거나 그대로 하시오."

말을 마치자 앞의 서안을 박차고 눈썹 사이에 노기가 등등해 그 기운이 소저에게 쏘였으나 부인이 조금도 움직이지 않았다.

한참 지난 후에 생이 의관을 벗고 침상에 올라 불을 껐다. 부인이 불쾌한 마음이 가득해 다만 단정히 앉아 누울 생각을 안 했다. 그러자 후가 나아가 부인의 손을 이끌어 눕히며 말했다.

"그대가 나를 매우 약하게 여겨 보았던 것이오? 내가 그대의 행동을 보려 가만히 있던 줄 몰랐소?"

말을 마치고 잠자리에 나아가 호방한 모습으로 부인을 제압하니 부인이 역시 노해 군이 막았으나 어찌 미칠 수 있겠는가. 후가 그 손을 잡고 말했다.

"그대가 이제도 힘센 체하겠소?"

부인이 대답하지 않았으나 분노와 한이 가슴에 가득해 견디지 못할 정도였다. 후가 다시 말을 안 한 채 이 밤을 지내고 새벽닭이 울자 일어나 세수하고 조회에 들어갔다.

소저가 안에 들어가자 시랑 등이 어젯밤에 두 사람이 싸우던 말을 옮기며 웃었다. 소저가 미소하고 대답하지 않자 큰오빠 최량이 웃고 말했다.

"너는 과연 담백한 사람이더라. 이보의 매운 노기와 부릅뜬 눈을 볼 적이면 말하기 싫을 것인데 너는 그 수하 사람으로서 맞서려는 뜻이 나더냐?"

소저가 웃으며 대답했다.

"오라버니는 우스운 말씀 마소서. 제가 여자로서의 도리를 차려 그 사람과 말을 안 한다 한들 그만 한 위엄에 피할 자가 누가 있겠습니까? 약한 말씀도 다 하십니다."

어사가 손을 저어 말했다.

"모질고 독한 여자로구나. 저러하니 이보의 배필이 되어 정 깊은 것이 남다르구나. 세속의 보통 여자라면 그 남편에게 숨인들 쉴 수 있겠느냐?"

소저가 웃고 대답하지 않았다.

이때 연왕의 셋째딸 월주 소저는 나이가 열네 살이었다. 꽃 같은 얼굴과 달 같은 자태는 달을 숨게 하고 꽃을 부끄럽게 할 만한 미색이었다. 또한 예도를 찬찬히 차리는 것이 성녀(聖女)와 흡사했다. 이에 부모들이 매우 사랑해 아름다운 사위를 택할 적에 연왕의 눈이 고산처럼 높아 동서로 재주 있는 남자를 구했으나 하나도 마음에 드는 자가 없었다. 그래서 구혼하는 매파가 구름 같았으나 혼인을 허락한 곳이 없었다.

연왕이 하루는 벗 정 상서 집에 가 상서와 말하다가 우연히 보니 서녘의 꽃계단에서 한 열네다섯은 되어 보이는 소년이 아이들과 장난치며 놀고 있는 것이었다. 이에 왕이 정 공에게 물었다.

"저 소년이 어떤 사람인가?"

정 공이 말했다.

"저 아이는 제 막내아들인데 천성이 매우 우매해 공부도 하지 않으면서 저렇듯 늘상 장난을 즐긴답니다[23]."

왕이 보자고 청하자 정 공이 동자를 시켜 소년을 불러 왕에게 뵈라 했다. 소년이 즉시 이르러 왕을 보고 공손히 절하고서 곁에 앉았다. 왕이 눈을 들어서 보니 흰 낯이 뚜렷해 한 덩이 옥을 깎은 듯했는데 푸른 머리가 어지러이 덮여 있었다. 이는 참으로 보름달이 검은 구름에 싸인 듯했으므로 자세히 볼 수 없었다. 그래서 왕이 곤룡포 소매를 들어 소년의 머리를 쓸고 다시 보았다. 밝은 봉황의 눈은 이미 온 세상을 꿰뚫을 듯했고 긴 눈썹에는 오색 빛깔이 어린 듯했으며 큰 코와 붉은 각진 입에 영웅의 골격이 은은했다. 희고 큰 키는 속된 사람의 모양이 아니었고 두 귀밑은 진주로 메운 듯했으며 두 어깨는 살대[24] 같고 두 팔은 무릎을 내려갔다. 비록 일시 그을리고 어리석은 듯하며 험상궂어 볼 만하지 않았으나 왕이 이미 알아보고 크게 기뻐해 이에 물었다.

"소년의 나이가 몇인고?"

정생이 몸을 굽혀 대답했다.

"열다섯 살이옵니다."

---

23) 저-즐긴답니다: 이몽창과 정광이 벗으로 설정되어 있으나 원문에 정광이 존댓말을 하는 것으로 되어 있어 이를 감안해 번역함.
24) 살대: 기둥이나 벽 따위가 넘어가는 것을 막기 위해 버티는 나무.

왕이 웃으며 말했다.

"나이가 약관인데 어찌 하는 행동이 목동의 모습이며 선비의 도리를 하지 않고 협객의 노릇을 하는 것이냐?"

정생이 웃고 대답했다.

"요순 시절에도 소부(巢父)25)와 허유(許由)26)가 있었으니 대왕의 곤룡포과 소생의 목동 모습이 하늘과 땅처럼 차이가 크나 스스로 즐기는 것은 거의 같은가 하나이다. 그러나 사람의 마지막은 재주로 가지 않는 법입니다. 옛 말씀을 들으니 강자아(姜子牙)27)는 나이 사십이 되도록 한 재주도 없다가 끝내는 공후의 벼슬을 해 빛나는 이름이 역사책에 드리웠고 유현덕(劉玄德)28)은 돗자리 짜고 신을 파는 사람이었으나 끝내는 황제가 되었습니다. 대왕께서는 소생이 목동으로 늙을 줄 어찌 아십니까?"

말이 끝나지 않아서 왕이 크게 기특하게 여겨 말했다.

"이 사람은 보통 아이가 아니구나."

드디어 정생의 손을 잡고 정 공을 향해 말했다.

"과인이 형을 대해 청할 말이 있으나 용납해 주겠는가?"

정 공이 공손히 대답했다.

---

25) 소부(巢父): 중국 요(堯)임금 때의 은사(隱士). 요임금이 천하를 주려 했으나 거절하고 요성(聊城)에서 은거하며 방목(放牧)하면서 일생을 마침. 산속에 숨어 세상의 이익을 돌아보지 않고 나무 위에 집을 지어 그곳에서 잤다고 하여 소부(巢父)라 불림.

26) 허유(許由): 중국 요(堯)임금 때의 현인. 자는 무중(武仲). 요임금이 천하를 그에게 물려 주려 했으나 거절하고 기산(箕山)에 들어가 은거함. 요임금이 또 그에게 관직을 주려 하자 그 말이 자기의 귀를 더럽혔다며 곧 영수(潁水) 가에서 귀를 씻음.

27) 강자아(姜子牙): 중국 주(周)나라의 제후국인 제(齊)나라의 시조 여상(呂尚)을 이름. 자아(子牙)는 그의 자(字)임. 강태공(姜太公)이라고도 함. 본래 은나라 주왕(紂王) 밑에 있던 관리였으나 주(周)나라에 투신해 무왕(武王)을 도와 은나라를 멸하는 데 공을 세움.

28) 유현덕(劉玄德): 중국 삼국시대 촉한의 제1대 황제(161-223)인 유비(劉備)를 이름. 현덕(玄德)은 그의 자(字)임. 시호는 소열제(昭烈帝). 후한의 영제(靈帝) 때에, 황건적을 쳐서 공을 세우고, 후에 제갈량의 도움을 받아 오나라의 손권과 함께 조조의 대군을 적벽(赤壁)에서 격파함. 후한이 망하자 스스로 제위에 오르고 성도(成都)를 도읍으로 삼음. 재위 기간은 221-223년.

"대왕이 무슨 말을 학생에게 청하려 하십니까? 듣기를 원합니다."

왕이 말했다.

"다른 일이 아니라 과인에게 세 딸이 있는데 첫째딸[29]은 동궁 정비가 되었고 둘째딸[30]은 최백만의 아내요, 셋째딸의 나이가 비녀 꽂는 데 이르렀으나 일찍이 그에 맞는 사람을 얻지 못해 지금까지 도요(桃夭)[31]를 읊지 못하고 있었네. 그런데 오늘날 영랑을 보니 천고에 없는 영웅이라 감히 외람함을 잊고 산닭이 봉황을 짝하려 하니 용납해 주기를 바라네."

정 공이 크게 놀라 황급히 말했다.

"대왕 같은 고견을 지닌 분이 저 무지한 속된 자식을 보시고 천금 같은 규수로써 허락하려 하시니 소생이 참으로 은혜에 감격합니다. 그러나 두 사람이 실로 어울리지 않으니 자세히 살피시고 후에 뉘우치지 마소서."

왕이 웃으며 말했다.

"과인이 나이 사십에 미쳤고 벼슬이 제후에 있는데 어찌 사람을 대해 두 번 말을 고치겠는가? 영랑의 너그러운 기상이 참으로 대인(大人)이라 할 만하니 얻으려 한들 쉽겠는가?"

그러고서 재삼 간청했다. 정 공이 참으로 괴이하게 여겼으나 마지 못해 허락하고 말했다.

"아들이 용렬해 실로 아무도 혼인을 청하는 이가 없었습니다. 그래서 지금까지 며느리를 얻지 못했는데 대왕이 한눈에 저 더럽고 비루한 것을 사위로 삼으셨으니 학생이 감격하면서도 참으로 의아함

---

29) 첫째딸: 이일주를 이름. 이일주는 태자비이고 자는 초벽임.
30) 둘째딸: 이벽주를 이름. 이벽주는 이몽창의 재실 조제염이 낳은 쌍둥이 중 여동생으로 어렸을 때 이름은 난심이었는데 이경문이 찾아서 벽주로 고침.
31) 도요(桃夭): 결혼할 때를 이름.

을 이기지 못하겠습니다.”

왕이 웃고 말했다.

“과인이 비록 볼 만한 것이 없으나 불초한 딸로 대인의 금슬을 방해하겠는가? 장래에 내 딸아이를 보면 내가 거짓말을 하지 않았음을 알 것이네.”

정 공이 사례해 말했다.

“영소저가 대왕의 딸인데 용렬할까 의심하겠습니까? 제 아들이 하도 불초하니 스스로 부끄러울 뿐입니다.”

왕이 사례해 답했다.

“영랑은 천고에 얻지 못할 귀인이라 딸아이가 감당하지 못할까 두려운데 어찌 이런 말을 하는 겐가?”

말을 마치자 자리 위에서 택일하고 돌아가 부모에게 월주의 혼사 정한 일을 아뢰었다. 승상이 신랑의 어짊 여부를 묻자 왕이 대답했다.

“당대에는 쌍이 없을까 하나이다.”

이에 모두 기뻐했다.

왕이 후에게 딸을 정혼시켰음을 이르자 후가 기뻐하지 않으며 말했다.

“월주는 심한 약질이라 나이가 장성한 후에 출가시키려 했더니 진실로 제 뜻과 같지 않습니다.”

왕이 사례해 말했다.

“후의 말씀이 옳으나 할머님께서 연세가 많아 경사를 보고 싶어 하시니 소소한 곡절을 헤아릴 수 있겠소?”

후가 이에 묵묵했다. 근친(覲親) 갔던 며느리들이 일시에 모여 어지럽게 혼수를 차렸다.

원래 정 공은 하남 사람으로서 이름은 광이고 자(字)는 사희다. 위인이 고결하고 청렴해 당대에 추앙받는 사람이었다. 소년 시절에 과거에 급제해 벼슬을 상서까지 하고 지금은 치사(致仕)[32]해 벼슬을 버리고 집에 있었다. 집에 부인 요 씨를 얻어 네 아들을 두었으니 맏아들 천은 과거에 급제해 한림 벼슬을 하고 둘째아들은 연이요, 셋째아들은 의요, 넷째아들은 희니 다 한결같이 옥처럼 아름다운 선비였다. 며느리들도 낱낱이 절색이었다.

다만 정희는 홀로 어렸을 때부터 개천과 길가를 숨 가쁘게 돌아다니며 놀음을 즐기고 머리 빗는 것을 죽기보다 싫어했다. 옷을 아침에 해 입히면 저녁에는 다 뜯어졌으니 보는 사람들이 다 거지라 비웃었다. 나이 열다섯 살이 되도록 하늘 천 자[지를 모르고 장기 두기와 종이접기로 일을 삼았다. 그래서 형들이 밤낮으로 꾸짖으며 몹쓸 것이라 하고 정 공이 엄히 금지시켰으나 듣지 않았다. 공의 벗들이 정희를 사람으로 알지 않아 구혼하는 이가 끊어졌으니 공이 또한 스스로 부끄러워 며느리 가릴 생각을 하지 않았다.

그러던 중에 뜻밖에도 연왕이 정희를 한번 보고 급히 혼인을 정했으니 감사한 마음을 이기지 못했으나 진실로 괴이하게 여겼다. 그래서 내당에 들어가 부인에게 이르니 부인이 놀라워하고 기뻐했으나 또 의심해서 일렀다.

"연왕이 제후로서 금지옥엽처럼 기른 딸을 무슨 까닭에 저 비루한 것을 사위로 삼으려 하겠습니까? 이는 반드시 그 딸이 병들었으므로 말 없는 저것에게 맡기려 하는 것입니다. 막내아들이 비록 어리석으나 차마 제 평생을 망치게 할 수 있겠나이까?"

정 공이 말했다.

---

32) 치사(致仕): 나이가 많아 벼슬을 사양하고 물러남.

"나도 진실로 그렇게 여기고 있소. 연왕의 딸이 만일 어질다면 그 집안을 가지고 어디에 가 재주 있는 남자를 못 얻겠소? 다만 그 말이 이러이러했으니 연왕은 일찍이 작은 일로도 사람을 속이지 않았는데 일이 이와 같으니 의심이 없지는 않소."

이때 맏아들 한림이 앞에 나아와 고했다.

"연왕은 기운이 엄숙해 어린아이를 대해서도 속이지 않는데 하물며 대인을 속이겠나이까? 필시 막내를 알아보는 눈이 있어 그 옥 같은 딸로 쉽게 허락한 것일 터이니 대인께서는 근심하지 마소서."

공의 부부가 이에 그렇게 여겼다.

길일이 다다르자, 정 공이 마지못해 큰 잔치를 베풀고 빈객을 모으자 이름난 선비와 재상들이 수풀같이 모였다. 빈객들이 일제히 혼인한 집을 묻자 공이 연왕의 셋째딸과 혼인을 맺었다고 일렀다. 그러자 모두 크게 놀라 낱낱이 돌아보고 말을 안 했다.

이윽고 신랑이 나와 길복(吉服)33)을 입고 예법을 익혔다. 모두 보니 갑자기 빗긴 머리는 섞인 풀을 묶어 놓은 듯했고 그을린 낯과 촌스러운 행동거지는 과연 볼 것이 없었다. 좌우의 사람들이 이를 기괴하게 여기고 그 가운데 연왕의 벗들은 분함을 이기지 못했다. 모두 부득이하게 신랑을 데리고 연왕부로 향했다.

이때 연왕부에서 이미 차림을 성대히 갖추고 백관이 일제히 모였으니 그 남은 사람이 조정에 몇이나 되겠는가. 한결같이 비단 도포에 옥띠 차림으로 오운전 너른 대청을 메워 신랑을 기다렸다. 이에 위 공이 물었다.

"내 일찍이 묻지 못했더니 뉘 집과 결혼하는고?"

---

33) 길복(吉服): 혼인 때 신랑, 신부가 입는 옷.

왕이 대답했다.

"상서 정 사희의 막내아들이라네."

공이 왕의 말을 듣고는 크게 놀라 말했다.

"이것이 참말인가?"

왕이 미소하고 말했다.

"내가 비록 늙어 정신이 어두우나 허언을 하겠는가?"

공이 말했다.

"신랑이 될 자를 형이 보았는가?"

왕이 웃으며 말했다.

"보고서 혼인을 맺지 안 보고 혼인을 맺겠는가?"

위 공이 말했다.

"그렇다면 왕의 눈에 신랑이 아름답던가?"

왕이 웃으며 말했다.

"형은 비웃지 말게. 요사이에 옥 같은 신랑들이 한때 사람의 눈을 치레하나 정씨 집안 아들에게는 미치지 못할 것이네."

위 공이 말했다.

"그 풍채와 태도는 잘생긴 아이지만 사람됨이 평평한 데도 못 가는데 차마 알고서 그런 사위를 얻을 수 있겠는가?"

모두 일시에 정 공의 아들이라는 말을 듣고 왕을 그르다고 하며 말했다.

"이는 요즘 사람들이 분개할 일이거늘 대왕이 어찌 딸의 일생을 저버리려 하시는가?"

왕이 이에 대답하지 않았다.

이윽고 생황과 퉁소, 북 소리가 야단스러운 가운데 신랑이 이르렀다. 모두 일시에 몸을 일으켜 벌여 서고 왕이 곤룡포에 옥띠 차림으로 천천히 팔을 밀어 생이 전안청(奠雁廳)[34]에 들어가 천지에 절하는 예를 마치게 하고 당에 올라 승상과 남공 등에게 예를 마치도록 했다. 정생이 모든 소년들과 예를 마치고 자리에 나아가니 모두 일시에 눈을 들어 보았다. 정생이 타고난 용모가 비범하게 생겼으나 한 벌 검은 그을음이 얼굴에 입혀졌으니 무엇이 볼 만하겠는가. 참으로 촌스럽고 행동거지가 매우 가소로웠다. 하물며 정생이 광평후 등 무궁한 소년의 빼어나고 시원한 안색 사이에 드니 더욱 아름다움을 빼앗겼다. 객들이 개탄해 낱낱이 연왕을 돌아보고 개국공 등은 낯빛을 잃었으며 소년들의 낯빛도 흙과 같이 되었다. 그러나 태연한 사람은 승상과 남공이요, 기쁜 빛이 가득한 사람은 연왕이며, 눈을 기울여 기이하게 여기는 사람은 광평후와 초후, 능후였다. 그 나머지야 놀라지 않은 이가 있겠는가. 다 각각 신랑을 눈을 씻고 보며 기색이 좋지 않았다. 정생이 단정히 앉아 눈을 들어 살피지 않으니 아는 사람은 더 기특하게 여기고 모르는 자는 부끄럽고 두려워서 그런 것이라 비웃었다. 승상이 안색을 고치고 나아오라 해 일렀다.

"네 나이가 몇인고?"

생이 공손히 대답했다.

"열다섯 나이를 헛되이 지냈나이다."

승상이 손을 어루만지며 말했다.

"너의 기상이 이처럼 너그러우니 이 늙은이가 저문 나이 육순에 처음 보는 아이로구나. 그러니 사랑하는 마음을 참지 못하겠구나."

이에 좌우의 사람들이 더욱 가소롭게 여겼다.

이윽고 신부가 온갖 보석으로 곱게 꾸미고 교자에 올랐다. 신랑이

---

34) 전안청(奠雁廳): 혼례 때, 신랑이 기러기를 가지고 신부 집에 가서 상 위에 놓고 절하는 전안이라는 예(禮)를 하는 자리.

가마를 다 봉하고 행렬을 지휘해 집안에 이르렀다. 대청 안에서 서로 절하는 예를 마치고 동상(東牀)에서 자하상(紫霞觴)³⁵⁾을 나눈 후 신부가 낯 가린 것을 열고 금련(金蓮)³⁶⁾을 돌려 시부모에게 폐백을 내어왔다. 시부모가 눈을 들어서 보니 이 어찌 의심하던 병인(病人)이겠는가. 보름달 같은 이마는 남전(藍田)³⁷⁾의 흰 옥을 공교롭게 다듬은 듯했고 푸른 눈썹은 채색 붓의 수고를 더하지 않아 이미 봉황 같은 눈썹을 닮았다. 두 뺨은 봄에 삼색도화(三色桃花)³⁸⁾의 이슬을 머금은 듯했고 입술이 붉은 것은 단사(丹沙)³⁹⁾를 점친 듯했으며 푸른 귀밑머리는 가지런해 구름이 몽롱한 듯했다. 영롱한 기질과 시원한 태도는 옥 연꽃이 물결에 잠긴 듯했으며 중추절 보름달이 푸른 하늘에 뚜렷해 엄숙한 광채를 토하는 듯했다. 영롱한 빛이 사방 벽에 빛나고 뚜렷하고 윤택한 살갗 한 덩이가 홍옥(紅玉) 같아 온갖 어여쁨과 아름다움을 갖추지 않은 것이 없고 미진한 곳이 없었다. 서왕모(西王母)⁴⁰⁾가 인간 세상에 내려오더라도 이보다 더하지 못할 정도였다. 좌우의 사람들이 크게 놀라 도리어 눈이 둥그레하고 공의 부부가 매우 기뻐 실소하는 줄 깨닫지 못한 채 말했다.

"연왕은 과연 인정 있는 사람이 아니로구나. 저와 같은 딸을 더러운 목동을 보고 쉽게 허락하셨으니 이 은혜는 삼생(三生)⁴¹⁾에 다 갚

---

35) 자하상(紫霞觴): 자하주(紫霞酒)를 담는 술잔. 자하주는 신선들이 마신다는 술로, 여기에서는 혼례 때 마시는 합환주(合歡酒)를 말함.
36) 금련(金蓮): 사뿐사뿐한 발걸음. 미인이 발걸음을 옮길 때마다 금으로 만든 연꽃이 피어나는 듯한 것을 이름.
37) 남전(藍田): 중국 섬서성의 옥이 많이 나는 지역.
38) 삼색도화(三色桃花): 한 나무에서 세 가지 빛깔의 꽃이 피는 복숭아나무의 꽃.
39) 단사(丹沙): 수은으로 이루어진 황화 광물. 진한 붉은 색을 띠며 다이아몬드 광택이 남. 붉은 색의 안료나 약재로 씀.
40) 서왕모(西王母): 『산해경(山海經)』에서는 곤륜산에 사는 인면(人面)·호치(虎齒)·표미(豹尾)의 신인(神人)이라고 하나, 일반적으로는 불사(不死)의 약을 가지고 있는 아름다운 선녀로 전해짐.
41) 삼생(三生): 과거, 현재, 미래의 삶.

지 못할 것이다."

빈객이 소리를 모아 치하하자 공의 부부가 더욱 기쁨을 이기지 못해 모든 시녀에게 크게 상을 내렸다. 그리고 종일토록 즐기다가 석양에 잔치를 마쳤다. 신부 침소를 채옥당에 정하니 소저가 유모, 시녀와 함께 돌아가 단정히 앉았다. 이윽고 생이 들어와 신부의 빛나는 용모와 자태를 보고 놀라며 기뻐해 즉시 등불을 끄고 소저와 함께 자리에 나아가니 그 깊은 은정을 헤아릴 수 없었다.

이날 연왕부에서 신랑을 보내고서 개국공이 바삐 일렀다.

"월주는 계궁(桂宮)[42]의 홍람화(紅藍花)[43]요, 규방의 매우 귀중한 자식인데 하루아침에 저 한낱 추레한 것을 얻었으니 실로 애달픔을 이기지 못하겠습니다."

왕이 웃으며 말했다.

"아우는 훗날을 보라. 이 사람의 귀함이 내 아래 있지 않을 것이니 한때 관옥(冠玉)[44] 같은 아름다운 남자에 비길 수 있겠느냐?"

승상이 또한 기뻐하며 말했다.

"내 또한 둘째처럼 오복(五福)[45]을 다 갖춘 사람을 보지 못했으니 너희가 어찌 신랑을 나무라는 것이냐?"

남공이 칭찬하며 말했다.

"둘째아우는 일마다 팔자가 기특해 저 같은 사위를 얻었으니 하례할 겨를이 없구나."

---

42) 계궁(桂宮): 항아(姮娥)가 산다는 달 속의 궁전.
43) 홍람화(紅藍花): 국화과의 두해살이풀로 높이는 1미터 정도이며, 잎은 어긋나고 넓은 피침 모양임. 7-9월에 붉은빛을 띤 누런색의 꽃이 줄기 끝과 가지 끝에 핌. 씨로는 기름을 짜고 꽃은 약용하고, 꽃물로 붉은빛 물감을 만듦.
44) 관옥(冠玉): 관 앞을 장식하는 둥근 옥. 잘생긴 남자의 얼굴을 비유적으로 이름.
45) 오복(五福): 유교에서 이르는 다섯 가지의 복. 보통 수(壽), 부(富), 강녕(康寧), 유호덕(攸好德), 고종명(考終命)을 이르는데, 유호덕과 고종명 대신 귀(貴)와 자손중다(子孫衆多)를 꼽기도 함.

이에 공들이 묵묵해졌다.

모든 여자들이 주렴 안에서 신랑을 보고는 다 놀라며 탄식을 마지 않자 주비가 웃고 말했다.

"부인들은 저 사람을 논박하지 마소서. 저 사람은 참으로 귀인입니다."

소후가 또한 얼굴에 기쁜 빛을 띠었다.

이날 밤에 능후 등이 잔칫상의 남은 음식을 가져다 서당에서 야화(夜話)했다. 광평후 등 일곱 명과 어사 형제, 철 학사, 남 학사, 화 수찬, 위 시랑, 여 어사 등이 일제히 모여 밝은 등과 화촉(華燭)을 돋우고 팔진미(八珍味)46)와 술을 앞마다 벌여 놓고 담소하니 이는 참으로 옥경(玉京)47)에 뭇 신선들이 모여 있는 듯했다. 정다운 말과 우스갯소리가 말마다 들을 만했다. 남 학사가 웃고 말했다.

"연 전하께서는 진실로 비위도 좋은 것처럼 보이십니다. 오늘 정생의 모습을 눈으로 보시고도 차마 사위 삼을 뜻이 났다는 말입니까?"

광평후가 말했다.

"이거48)는 이런 잘난 체하는 소리를 하고 싶으냐? 너는 얼마나 풍채가 좋기에 남을 나무라는 것이냐? 정생의 기이함을 너 같은 것은 열 명이 있어도 당하지 못할 것이다."

남생이 크게 웃고 말했다.

"형은 과연 저를 업신여기십니다. 제가 설마 정생 같겠습니까?"

평후가 말했다.

---

46) 팔진미(八珍味): 성대한 식상에 갖춘다고 하는 여덟 가지 진미.
47) 옥경(玉京): 하늘 위에 옥황상제가 산다는 곳.
48) 이거: 학사 남관의 자(字). 남관은 이몽현의 둘째딸 이초주의 남편임.

"네 두고 보라. 네가 열 번 죽어 환생해도 저 정생을 따라가지 못할 것이다. 네가 이제 다투지 말고 장래를 보라."

남생이 말했다.

"장래에는 일국의 대왕이 된다 칩시다. 그런데 지금은 한 글자를 알지 못하는 데다 풍채가 하도 추악하니 참으로 원숭이를 목욕 감겨 관을 씌운 것 같더이다."

광릉후가 말했다.

"그대의 한때 엷은 흰 낯과 붉은 입을 누가 그리 대수롭게 여기겠는가? 큰형님 말씀 같아서 그대가 열 명이라도 저 정생을 당하지 못할 것이네."

최생49)이 말했다.

"귀 가문의 눈동자는 진실로 알지 못할 일입니다. 신선 같은 사위는 다 나무라고 저 농부 같은 미친 객을 떠받드니 눈들이 과연 수상합니다."

이에 모두 크게 웃고 초후가 말했다.

"누가 사위를 나무라더냐? 사람이 다 같기 어려우니 고운 이도 있고 미운 이도 있을 것인데 구태여 남을 흉보아 무엇 하겠는가?"

최생이 함께 일렀다.

"우리는 고루한 풍채로 외람되게 사위에 들었더니 이제 천고의 영웅을 얻었으니 누가 시비하겠습니까?"

위 어사50)가 말했다.

"얼굴 곱고 재주 능한 사위는 장인을 헤아리지 않고 모욕하기를 즐기니 차라리 저런 이가 무던하네."

---

49) 최생: 이몽창의 둘째딸인 이벽주의 남편 최백만을 이름.
50) 위 어사: 위공부의 둘째아들이자 이경문 아내 위홍소의 둘째오빠인 위중량을 이름.

화 수찬[51]이 말을 이어 말했다.

"위 형의 말이 옳네. 좋은 풍채와 재주를 보아 얻은 이가 장인 욕은 둘째고 하마터면 딸을 죽일 뻔했으니 연 전하께서 식견이 높으셔서 이 사람을 얻은 것이네."

광릉후가 정색하고 천천히 일렀다.

"형제들이 모여 조용히 즐기고 있거늘 화 형은 부질없는 말을 들추는 것인가?"

철 학사가 말했다.

"너희 집 풍속은 과연 어렵구나. 자기 허물을 혹 남이 시비하면 성을 하늘같이 내니 그것이 어인 염치냐?"

화 수찬이 웃으며 말했다.

"이 말이 참으로 내 마음에 맞네. 원래 그중에서 더 어려운 체하는 사람은 광릉후라네."

능후가 미소하고 말했다.

"내 조정에 들어간 지 십여 년에 조금도 예가 아닌 일을 하지 않았는데 화 형의 말이 참으로 괴이하니 그 곡절을 듣고 싶네."

수찬이 말했다.

"내 다른 일은 알지 못하나 항주에 갔을 적에 자네가 운보[52]의 과실은 조금도 들추지 않고 도리어 나를 공연히 모욕했으니 그런 법이 어디에 있는가?"

능후가 말했다.

"이는 어렵다는 말이 당치 않고 인사상 예사로이 있는 일이네. 그대가 제수씨를 감춰 두고 사람을 보채려고 그렇게 말하는데 내가 편

---

51) 화 수찬: 화진의 아들이자 이백문 아내 화채옥의 오빠인 화숙을 이름.
52) 운보: 이백문의 자(字).

벽되게 동생을 그르다 해 그대에게 아첨할 수 있겠는가?"

수찬이 말했다.

"그대가 정말로 내 누이가 거기에 있는 줄 분명히 알고 그리한 것인가?"

능후가 말했다.

"내가 비록 총명하지 못하나 그대들 기색을 어찌 모르겠는가? 하물며 이십팔수 중 여성(女星)53)이 관아에 밝았으니 알지 못하겠는가?"

초후가 말했다.

"영무54)가 거짓말 잘하는 것은 지극한 특장이네. 당일에 나를 보고 호들갑스러운 소리로 안 나는 눈물을 떨어뜨리며 이리이리 하기에 내 말하기를, '훗날에 망언한 죄를 다스릴 것이다.'라고 했는데 지금에 이르러 정말로 들어맞았으나 일찍이 죄를 묻지 못했네. 오늘밤에 행해야겠네."

수찬이 웃고 말했다.

"그대들이 이러하니 운보가 더 호방한 체하지 않겠는가? 그때 누이가 겨우 천우신조로 다시 살아났으나 신세의 참담함은 죽은 이만도 못 했네. 그런데 어찌 눈물이 자연히 나지 않겠는가?"

최생이 말했다.

"지난 일은 일러 쓸데없으니 일컫지 말게. 화 부인이 지금은 빛나는 광채가 끝이 없는데 운보는 더운 떡이 되어 화 부인의 끝없는 호령을 좋은 말을 듣는 듯이 하는 데다 밤낮 머리를 규방에서 내지 않는 것은 이를 것도 없고 화 부인 뱃속을 가리키며 남자아이 낳기를 원한다 하니 한바탕 기이한 광경이 아닌가?"

---

53) 여성(女星): 이십팔수(二十八宿)의 열째 별자리. 무녀성(婺女星)으로, 베와 비단을 관장하는 별임.
54) 영무: 수찬 화숙의 자(字).

이에 모두 크게 웃고 학사를 보니 벌써 구석에 가 누워 단잠이 한 창이었다. 이에 낭문이 말했다.

"나는 일찍이 운보의 형인데도 알지 못하는 말을 그대들은 이토록 자세히 알고 있는가?"

최생이 말했다.

"내 존문(尊門)의 사위가 된 지 해가 오래거늘 이만 일을 모르겠는가?"

낭문이 부채로 땅을 치며 말했다.

"최 형의 공교한 말이 과연 기괴하니 이는 반드시 누이가 가르쳐 준 것이로다."

최생이 말했다.

"과연 영매가 이르기에 들은 것이네. 예전부터 두고 보니 네 집 풍속은 노소 없이 처자에게 엎드렸더라."

광평후가 말했다.

"아무렴 너희처럼 호걸 같기 쉽겠느냐? 우리는 녹록한 서생이니 처자에게만 엎드리겠느냐? 종들에게도 고개를 조아린다."

사람들이 크게 웃으며 서로 옛일을 이르고 희롱하는 가운데 밤이 깊었다.

홀연 시녀가 나와 말했다.

"화 부인이 잉태하신 기운으로 저물도록 찬 데 계셔서 그러한지 기운이 막혀 인사를 모르시니 약을 청하나이다."

이에 모두 놀라 학사를 흔들어 깨웠다. 학사가 놀라 연고를 묻자 최생이 황급히 소란스럽게 재촉하며 말했다.

"너는 과연 느슨하기도 하다. 화 부인이 졸도하셨다고 한다."

초후가 웃으며 말했다.

"그대는 과연 기이한 말도 하는구나."

그러고서 학사에게 말했다.

"화 씨 제수께서 기운이 막히셨다 하니 들어가 보라."

학사가 급히 관을 찾아 쓰고 띠를 끌어 들어가니 광평후가 말했다.

"진실로 알지 못할 것은 조물주로구나. 운보의 저와 같은 깊은 정이 예전에는 어디에 갔던고?"

초후가 대답했다.

"옛말에 이른바 미인은 운명이 기박하고 재주가 뛰어난 사람은 복이 없다고 했으니 제수씨가 너무 빼어나 세속의 모습이 적으시므로 재앙이 많으신 것입니다. 만일 그렇지 않았다면 수명이 많이 부족했을 것입니다."

평후가 옳다고 하니 사람들이 두 사람의 고명(高明)한 식견에 탄복했다.

학사가 운성각에 이르니 소저는 갓 깨어나 적이 정신을 수습한 상태였다. 학사가 나아가 연고를 묻자 화 씨가 정색하고 말했다.

"몸이 좋지 않다니 어디가 좋지 않겠나이까?"

학사가 말했다.

"그렇다면 아까 시녀의 전하는 말이 어찌 그와 같았단 말이오?"

소저가 말했다.

"사람에게 혹 기운이 아니꼬운 게 있는 것이 괴이하지 않은데 그것을 다 병이라 하고 야단법석을 떨 수 있겠나이까? 빨리 나가 남에게 초라한 모습을 보이지 마소서."

학사가 웃고 말했다.

"부인은 하 매섭고 독하게 꾸짖지 마오. 겹겹의 행각(行閣)55)과 곡란(曲欄)56)을 둘러 겨우 들어왔는데 또 어찌 나가겠소?"

말을 마치고는 의관을 벗고 자리에 나아가니 화 씨가 이에 묵묵히 말을 안 했다.

다음 날 아침에 초후 형제가 문안을 마치고 조회를 다녀온 후에 정씨 집안에 이르러 누이를 보았다. 소저는 마침 문안하고 물러와 있었다. 두 오빠가 왔다는 말을 듣고 부랴부랴 청해 반기는 마음을 이기지 못했다. 두 사람이 소저를 위로하고 눈을 들어서 보니 정생은 봉황 베개에 기대 비단 이불에 휘말려 단잠이 한창이었다. 능후가 이에 말했다.

"상유57)가 어디 몸이 불편한 것이냐?"

소저가 웃고 대답하지 않자 초후가 웃으며 말했다.

"둘째아우가 새로이 묻는 것은 어째서냐? 이는 손님의 예사로운 행동이다."

능후가 이에 웃음을 참지 못했다.

이윽고 정생이 기지개를 켜고 깨어 눈을 떴다가 두 후가 와 있는 것을 보고 놀라서 급히 의대(衣帶)를 찾아 입고 관을 더듬어 쓰고 일어나 앉았다. 그 덥수룩한 모습은 소저와 비교하면 하늘과 땅처럼 차이가 컸다. 두 후가 그윽이 아까워하고 능후가 웃으며 물었다.

"그대가 어디가 불편한 것인가?"

정생이 말했다.

"제가 앓지는 않나이다."

후가 말했다.

"그러면 이때까지 누워서 자는 것은 어째서인가?"

---

55) 행각(行閣): 행각. 집에서 몸채의 둘레를 둘러싼 줄행랑.
56) 곡란(曲欄): 좁은 난간.
57) 샹유: 정희의 자(字)로 보임. 앞부분에서는 자(字)가 소개되지 않았음.

정생이 웃고 대답했다.

"제가 본디 잠을 늦게야 깨니 무슨 까닭이 있겠습니까?"

후가 말했다.

"사람의 자식이 되어서 새벽에 일어나 부모께 문안 인사를 하지 않고 자기 소행대로 늦도록 자는 것이 옳은가?"

정생이 흔쾌히 대답했다.

"제가 나이가 어려 미처 살피지 못했는데 밝게 가르쳐 주신 것이 옳으니 마땅히 마음속에 새겨 잊지 않겠습니다."

능후가 칭찬해 말했다.

"그대의 너른 마음이 이와 같으니 어찌 기특하지 않은가? 그러하나 누이가 본디 나이 어린 약질이니 매사에 누이를 보호해 허물하지 말기를 바라네."

정생이 웃으며 말했다.

"저는 이 한낱 무용지물입니다. 영매(令妹)에게 배우기를 원하는데 제가 가르칠 것이 있겠습니까? 영매의 평생이 좋지 못할까 부끄럽습니다."

초후가 흔쾌히 말했다.

"그대는 대인(大人)으로서 어찌 겸손한 말을 과도히 하는 것인가? 나중에 신의 있게 한번 우리 집에 다녀가게."

생이 응낙했다.

두 후가 돌아간 후에 정생이 소저를 대해 말했다.

"장인께서 소생 같은 필부(匹夫)를 한눈에 허락하셔서 그대를 쉽게 허락하셨으니 은혜가 참으로 크오. 그런데 그대는 생의 더러움을 어떻게 여기는 것이오?"

소저가 몸을 수습해 대답하지 않으니 생이 매우 사랑했다.

소저가 이후에 시가에 머무르며 아침, 저녁 문안을 때에 어기지 않게 하고 모든 행동이 법도에 합해 몸가짐이 예법을 어기지 않으니 시부모가 매우 사랑하고 일가 사람들이 지극히 사랑했다. 정생이 소저를 매우 소중하게 대하며 밤낮으로 침소에 있으면서 소저가 일마다 평안하고 법답게 행동하는 것을 보고 자연히 그것에 물들었다. 그래서 방탕한 행동이 점점 줄어들고 세수도 날마다 하며 잠도 일찍 깨어 선비의 도리가 적이 있게 되었다. 이에 부모 형제가 매우 기뻐해 소저를 더욱 기특하게 여겼다. 소저가 당초부터 정생의 더러움을 조금도 괘념치 않고 자기 몸가짐을 옥같이 하더니 정생의 행동거지를 보고는 속으로 기뻐해 갈수록 매사에 예법을 넘기지 않아 정생이 보도록 했다. 생이 이에 스스로 깨달아 속으로 헤아렸다.

'이 사람은 열네 살 아녀자라도 행실이 이와 같은데 나는 당당한 남자로서 참으로 부끄럽구나.'

이렇게 생각하고 다시 나다니지 않고 한 달 넘게 고요히 집에 들어 있으니 과연 검은 그을림이 벗겨져 흰 낯이 드러나 준수하게 되어 용모가 소저에게 지지 않았다. 소저 유모가 처음에는 애달픔을 이기지 못하다가 지금에 이르러는 매우 기뻐했다.

하루는 정생이 난간에 앉아 있다가 꽃 계단에 꾀꼬리가 날아와 앉은 것을 보고 버선발로 달려들어 잡으려 하다가 꾀꼬리가 날아가자 좇아 달리다가 못 잡고 도로 올라와 앉았다. 소저가 이에 정색하고 천천히 말했다.

"첩이 당돌하나 한 말씀을 군자께 고하려 하니 용납하시겠나이까?"

생이 흔쾌히 사례해 말했다.

"그대가 무슨 말을 필부에게 하려 하오? 빨리 듣기를 원하오."

소저가 얼굴을 가다듬고 말했다.

"첩이 우매하나 잠깐 헤아리건대 선비의 도리로서 공자 문하의 칠십자(七十子)[58] 같지는 못해도 마땅히 글 읽고 몸을 바르게 가져 신을 신고서 마루 아래에 내려가고 새벽에 일어나 어르신께 문안하며 형제와 시대의 일을 토론해 남자의 행실을 하는 것이 옳습니다. 그런데 첩이 존문(尊門)에 온 지 몇 달에 군의 행동을 보니 한 일도 선비의 도리가 없습니다. 누워 자면 해가 돋은 후에 일어나고 세수를 날마다 안 하며 옷을 여미지 않고 분주하게 다니며 뜰에 내리면 신을 신지 않고 몸을 처할 적에 무뢰배와 벗하시니 어찌 개탄하지 않겠나이까? 소첩이 군자를 대하는 것이 어렵습니다. 군이 어르신의 가르침도 받들어 행하지 않으시는데 소첩의 간언(諫言)[59]을 받아들이지 않으실 줄 압니다. 다만 군의 행동을 보고 참지 못해 말을 내뱉었으니 괴이하게 여기지 마소서."

말을 마치자, 기운이 엄정하고 태도가 엄숙하니 정생이 부끄러워 낯빛을 고치고 사례해 말했다.

"학생이 천성이 우매하고 용렬해 몸이 그른 곳에 빠짐을 면치 못했소. 그러다가 그대의 어진 말을 들으니 깊이 감사하오. 잘못을 깨달아 고치려 하니 그대는 용서하오. 생이 어찌 부모님 말씀을 들으려 하지 않겠소? 다만 생이 나이 어리고 세상물정을 알지 못해 자못 그른 일이 많았소. 그런데 요사이 그대의 행동과 하는 일을 보니 진실로 아녀자라 하는 것이 옳지 않으니 학생이 참으로 부끄럽지 않겠소? 그대는 생의 높은 스승이라 생이 공경하기를 등한히 하지 못하겠소."

---

58) 칠십자(七十子): 공자의 제자 칠십 명을 이름.
59) 간언(諫言): 웃어른이나 임금에게 옳지 못하거나 잘못된 일을 고치도록 하는 말.

소저가 정색하고 말했다.

"첩이 옅은 소견을 고해 당돌한 죄를 입을까 했는데 군자의 말씀이 과도하시니 참으로 부끄럽습니다."

생이 웃고 소저에 대한 애틋한 정을 이기지 못했다.

며칠 후에 연왕부에서 가마를 보내 소저를 청했다. 소저가 시부모에게 하직하고 친정에 이르자 부모가 그사이에 소저가 장성해 아름다워진 것을 크게 기뻐하고 생들이 어지럽게 기롱하며 말했다.

"누이가 요사이에 비위가 상했을 것이니 비린 것은 주지 마라."

소저가 웃으며 답했다.

"제가 무슨 일로 비위가 상했겠습니까?"

평후가 말했다.

"나는 정생의 얼굴을 본 지 오래되었는데도 지금까지 그 추한 모습이 눈에서 없어지지 않아 아침저녁으로 구토할 지경인데 너는 밤낮으로 대하고 있으니 오죽하겠느냐?"

소저가 웃고 말했다.

"오라버니는 청결하신 것이 남다르셔서 그러하신 것이 괴이하지 않으나 저는 본디 둔한 자질이 정생만도 못하니 어찌 남을 나무라겠습니까?"

이에 모두 크게 웃으며 말했다.

"네 과연 정생을 때에 맞춰 났구나. 정생을 하도 귀하게 여겨 그 풍채를 기리는 것이냐? 네게 비하면 참으로 항아(姮娥)[60]의 곁에 두억시니[61]가 있는 것 같으니 부부라 하기 더럽구나."

소저가 이에 한가히 웃었다.

---

60) 항아(姮娥): 달 속에 있다는 전설 속의 선녀.
61) 두억시니: 모질고 사나운 귀신의 하나.

석양에 연왕이 정생을 청하자 소부(少傅) 이연성이 웃고 말했다.

"네 사위가 참으로 아리땁지 않으니 오라고 청하지 마라."

왕이 웃으며 말했다.

"저의 눈에는 아리따우니 보고 싶나이다."

소부가 말했다.

"사위란 것이 딸과 같아야 신방에서 쌍으로 노니는 모습을 보고 싶은 법이다. 그런데 이 정생은 마치 시골의 농부 같고 월주는 신선 같으니 대해 앉혀 두면 심증(心症)[62]이 먼저 나는데 무엇이 재미로 울까 싶으냐?"

이에 왕이 웃고 대답하지 않았다.

이윽고 정생이 검은 두건과 흰 도포를 매우 선명한 차림으로 하고 들어와 절했다. 옥 같은 얼굴이 봄꽃 같아 준수한 풍채는 겨룰 사람이 없었다. 왕이 놀라고 반겨 생의 손을 잡고 근래 안부를 물으니 생이 흔쾌히 대답했다.

"소생이 혼례 후 즉시 와서 뵈어야 했으나 일이 연이어 생겨 오늘에야 이르렀으니 죄를 청하나이다."

왕이 웃으며 말했다.

"사위가 장인과 같이 살고 있지 않은데 와서 보기 쉽겠느냐?"

정생이 말이 없으니 왕이 생을 데리고 안에 들어가 소후에게 보였다. 후가 또한 기뻐하고 사랑하는 것이 친아들보다 덜하지 않았다.

이윽고 생이 물러나 서당에 가 생들과 말할 적에 광평후가 생의 풍채가 기이한 것을 크게 사랑해 이에 웃고 물었다.

"군이 누이를 한번 데려간 후에 발부리가 임하지 않아 우리가 보

---

62) 심증(心症): 마음에 마땅하지 않아 화를 내는 일.

고 싶은 마음을 참지 못했더니 오늘은 무슨 날이기에 여기에 온 것이냐?"

정생이 대답했다.

"소생이 존택에 안 온 것은 다른 연고가 아닙니다. 소생은 베옷을 입은 가난한 선비인데 이곳에는 이름난 선비와 대신이 수풀처럼 계신 곳이라 스스로 꺼려 나아오지 못한 것입니다."

평후가 웃으며 말했다.

"그대가 어찌 이토록 조롱하는 것이냐? 그대도 오래지 않아 벼슬에 오른다면 우리와 같은 반열에 있는 것이 어렵지 않을 것이다. 그러니 꺼려서 못 왔다는 말은 거짓말이다."

정생이 웃으며 말했다.

"소생이 난 지 십오 년에 본디 말 꾸밀 줄을 모르니 명공(明公) 말씀이 싫지 않습니다."

이에 모두 웃고 그 순한 성품을 칭찬했다.

밤든 후에 생이 소저 침소에 이르러 밤을 지내고 다음 날 돌아가 부모를 뵌 후 날을 이어 처가에 왕래했다.

마침 정씨 집안에 여역(癘疫)[63]이 들어 둘째아들이 아프자 상서 부부가 아들들과 함께 부랴부랴 우환을 피해 집을 떠났다. 정생은 연왕부로 가자 생들과 연왕 부부가 크게 기뻐해 사랑으로 극진히 대하고 초후 등이 지극히 사랑했다. 그러나 정생은 말하는 것이 매우 드물고 성품이 맑고 한가했다. 대서헌, 소서헌, 매죽헌에 군관과 아전 들이 싸여 있음을 괴롭게 여겨 밤낮으로 소저 침소에 있으면서 날이 저물면 자고 해가 뜨면 낮에 일어나니 모두 괴이하게 여겨 생

---

63) 여역(癘疫): 전염성 열병을 통틀어 이르는 말.

을 비웃었다. 연왕과 초후 등은 일절 알은체하지 않았으나 소저는 이를 민망하게 여겼다.

그래서 소저가 하루는 조용히 일렀다.

"군자께서 나이 어린아이가 아니거늘 지금까지 한 글자를 알지 못하니 이는 금수(禽獸)보다도 심한 것입니다. 장차 어떻게 하려 하십니까?"

생이 웃고 대답하지 않자 소저가 다시 일렀다.

"마침 이리 와 오래 계시니 위로 두 오라버니는 나랏일에 분주하시나 셋째오라버니는 한가히 들어 계시니 군자께서 마땅히 셋째오라버니에게 배우시는 것이 어떠하십니까?"

생이 웃으며 말했다.

"내 비록 용렬하나 처남에게 배울 수 있겠소?"

소저가 말했다.

"옛날에 공자님이 도척(盜跖)64)을 대해 삼덕(三德)65)을 이르셨습니다. 공자님은 성인이시요 도척은 극악한 도적이었으나 공자님이 도척에게 말씀하시는 것을 더럽게 여기지 않으셨습니다. 가형이 미미하나 군자보다 나이 많고 벼슬이 높으니 스승으로 삼는 것이 그리 욕되겠습니까?"

생이 미소하고 대답하지 않으니 소저가 다시 이르지 않았다.

하루는 생이 소저와 함께 소후 안전에서 말하는데 홀연히 소씨 집안에서 서간이 이르렀다. 소후가 보고 소저에게 대신 답장을 쓰라 하자 소저가 즉시 써서 보내는데 붓을 비바람이 몰아치듯이 빨리 휘

---

64) 도척(盜跖): 중국 춘추시대의 큰 도적. 현인 유하혜(柳下惠)의 아우로, 수천 명을 거느리고 천하를 횡행하였다고 함.
65) 삼덕(三德): 정직(正直)과 강(剛)과 유(柔)의 덕목.

두르는 것이었다. 이에 생이 놀라 소후에게 고했다.

"형포(荊布)66)가 문자 통하기를 어찌 이토록 손쉽게 한 것입니까?"

후가 말했다.

"이 아이가 어렸을 적에 우연히 오빠들이 시를 짓고 읊는 것을 보고 글자를 알게 되었으니 이것이 그토록 대단한 일이겠는가?"

말이 잠시 멈춘 사이에 왕이 들어와 생이 소저와 쌍으로 있는 것을 보고 기뻐해 생의 손을 잡고 말했다.

"네 남자가 되어 어찌 매양 서당에 오지 않는 것이냐?"

생이 웃고 말했다.

"서헌이 만일 고요하다면 어찌 나가지 않겠나이까? 다만 매우 어수선하므로 제가 더러운 모습으로 장인어른의 낯을 깎을까 싶어 가만히 들어 있었나이다."

왕이 웃으며 말했다.

"그것은 옳거니와 선비가 되어 글을 안 하고 잠만 자는 것은 어째서냐?"

생이 웃음을 머금고 대답하지 않자 왕이 또 말했다.

"네 일찍이 잡기를 할 줄 아느냐?"

생이 대답했다.

"다른 것은 알지 못하나 장기 두는 것은 적이 아나이다."

왕이 말했다.

"그러면 내 딸과 내 앞에서 두어 보거라."

생이 크게 웃고 말했다.

---

66) 형포(荊布): 가시나무 비녀와 베치마라는 뜻으로 아내를 이름.

"장인어른께서 이 무슨 말씀입니까? 제가 재주가 아무리 우둔해도 저 아녀자와 승부를 다투겠습니까?"

왕이 웃으며 말했다.

"내 딸아이의 재주에는 아무도 미치지 못하니 너도 미치지 못할 것이다. 그러니 둘 만하다."

생이 웃고 즉시 명령을 들었다. 원래 정생이 어려서부터 장기를 익혀 수단이 천하에 능했으므로 소저와 판을 벌이는 것을 우습게 여겼다. 왕이 시녀를 시켜 서당에 가 장기판을 가져오라 해 소저와 두라 했다. 소저가 크게 민망하고 부끄러워 낯을 붉히고 사양해 말했다.

"소녀가 규방에서 수선도 능하지 못한데 남자의 일을 어찌 알겠습니까?"

왕이 웃고는 소저의 말을 듣지 않고 둘 것을 재촉했다. 소저가 능히 거역하지 못해 눈길을 낮추고 장기판 곁으로 갔다. 왕이 눈썹 사이에 기쁜 빛이 영롱한 채 두 사람을 좌우에 앉혀 승부를 보게 했다. 이에 정생이 소저를 향해 웃고 말했다.

"그대가 생을 감당할 것 같으면 그저 두고 아예 못 당할 것 같으면 내가 차포(車包)67)를 접어 주는 것이 어떠하오?"

소저가 냉소하고 대답하지 않자 생이 크게 웃고 기뻐 날뛰며 한걸음에 소저를 지우려 했다. 소저가 섬섬옥수로 장기돌을 어지럽게 놓자 잠깐 사이에 승리했다. 정생이 미처 시작과 끝을 알지 못하고 손을 놀리지 못해 무안하게 지고 한갓 웃을 뿐이었다. 이에 왕이 웃으며 말했다.

"네 당초에 내 딸을 업신여기더니 어찌 이기지 못한 것이냐?"

---

67) 차포(車包): 장기의 차(車)와 포(包)를 아울러 이르는 말로 이것들은 장기에서 매우 중요한 기능을 함.

생이 웃으며 대답했다.

"제가 길가에서 사방의 선비나 남자들과 장기를 두었을 때에는 지지 않았는데 심규의 아녀자에게 이런 담박한 재주가 있는 줄 어찌 알았겠습니까?"

왕이 웃으며 말했다.

"그러므로 네 아예 큰소리를 치지 않은 것이 옳다."

생이 웃고 말했다.

"제가 과연 아내의 재주를 알지 못하고 업신여겨 두다가 졌습니다. 그러니 다시 두어 보려 하나이다."

소저가 기뻐하지 않고 즉시 일어나 협실로 들어갔다. 생들이 문안을 들어오자 정생이 소저에게 진 일을 이르고 애달파하니 학사가 두 눈을 흘겨 떠 보며 잠시 웃고 말했다.

"누이의 재주가 능해 우리도 미치지 못하는데 네가 어찌 이기겠느냐?"

정생이 웃으며 말했다.

"제가 어찌 아녀자만 못하겠는가마는 업신여겨 두다가 졌으니 애달프다는 말입니다."

생들이 각각 미소하고 물러나 서당에 가니 학사가 정생에게 말했다.

"너를 요사이에 두고 보니 묻는 말에 재빨리 대답하지 못해 진실로 사랑할 만하지 않았다. 그런데 네가 장기를 둔다고 하니 내 일찍이 소임이 없이 집에 들어 있어 심심함을 이기지 못했는데 긴 날에 소일이나 해야겠다."

정생이 웃고 말했다.

"형은 아예 두지 마십시오. 이 목동에게 지고 분해서 어찌하려 하십니까?"

학사가 꾸짖어 말했다.

"누이도 너를 이기는데 내가 누이만 못하겠느냐?"

그러고서 서로 두더니 과연 학사가 미치지 못해 세 판을 연속해 졌다. 초후와 능후가 크게 웃고 정생이 판을 밀고 크게 웃으며 말했다.

"그러기에 당초에 내가 이르지 않았습니까? 손도 쓰지 못할 것을 부질없이 두었습니다그려."

학사가 이에 애달프고 분해 정생과 어지럽게 다퉜다.

이때 홀연 광평후 등 일곱 사람이 일시에 이르러 지저귀는 까닭을 물었다. 능후가 자세히 이르자 관문이 생을 우습게 여겨 판을 들고 정생 앞에 와 두기를 청했다. 정생이 사양하지 않고 순식간에 두니 관문이 아득히 수를 놀리지 못해 무료히 물러났다. 진문과 유문이 크게 분해 함께 달려들어 두더니 두 판씩 지고 물러났다. 좌우의 사람들이 박장대소하니 청양후68)가 나아가 모욕 갚기를 청하자 정생이 사양하고 말했다.

"소생 같은 필부가 어찌 감히 공후대신과 판을 벌일 것이며 또 패하신다면 소생이 황송할 것입니다."

후가 웃으며 말했다.

"그대가 잡기 잘하는 것을 자랑해 벼슬을 조롱하나 아까 두 아우와는 어찌 둔 것이냐?"

정생이 말했다.

"두 형님은 벼슬이 작은 문관이니 그리 두렵겠습니까?"

모두 그 일리 있는 말에 웃고 청후가 재촉해서 두더니 또 지고 말

---

68) 청양후: 이몽현의 둘째아들로 좌참정 청양후인 이세문을 이름.

았다. 좌우 사람들이 크게 웃고 기롱하니 어사 기문이 말했다.

"네가 진실로 기운이 센 척하나 나야 네게 지겠느냐? 나와 두자."

정생이 이에 사양하니 어사가 말했다.

"미리 겁내어 사양하는 것이냐?"

정생이 말했다.

"명공(明公)은 조정의 간관(諫官)[69]이니 속담에 이른바, 삼공(三公)의 정승은 고이 두지 않아도 살아남지만 대간(臺諫)[70] 벼슬은 고이 두어야 산다고 했습니다. 상공이 지신다면 한스러워 어찌 견디시겠습니까?"

어사가 크게 웃고 말했다.

"그대가 늘 말하는 것이 드물더니 대개 사람을 잘 보채는구나. 내 아무리 대간인들 사촌 매부를 마음대로 해하겠느냐? 두어 보자."

정생이 또한 웃고 판을 벌이더니 어사가 또 졌다. 어사가 몹시 분해 판을 밀고 말했다.

"과연 이제는 그대 말대로 그대를 해칠 것이다."

정생이 의기양양해 미미히 웃고 사람들에게 눈 주어 말을 안 하니 모두 분함을 이기지 못했다. 이에 청양후가 웃고 말했다.

"큰형님의 묘한 기술이 으뜸이시니 우리의 치욕을 씻어 주소서."

광평후 흥문이 웃으며 말했다.

"나는 더욱 녹록하고 평범한 재주라 아우들만도 못하다. 그러니 정랑 안전에서 어찌 장기 둘 생각을 하겠느냐?"

초후가 미소하고 말했다.

"형은 겸손한 말을 말고 장기를 두셔서 모든 사람의 분함을 풀어

---

69) 간관(諫官): 임금의 잘못을 간하고 백관의 비행을 규탄하던 벼슬아치.
70) 대간(臺諫): 간언을 맡아보던 관리.

주소서."

평후가 웃고 판을 내어와 말했다.

"그대가 학생을 더럽게 여기지 않을 것인가? 일찍이 열다섯 살 때 이 노릇을 해 보았더니 이제 삼십 살에 도로 어린아이의 노릇을 하는구나."

정생이 미미히 웃으며 자리를 가까이 하고 말했다.

"초야의 목동이 사리를 알지 못해 공후대신과 간관명사(諫官名士)들로 하여금 화가 나시게 해 장차 몸 둘 곳이 없었습니다. 상공께서는 하물며 조정의 공신이자 황실의 인척이며 일가의 어른이시라 소생이 감히 수를 사양해야 할 것입니다."

평후가 웃고 말했다.

"잡기 승부에는 공후의 세력을 쓰지 못하니 그대는 조금도 사정을 두지 마라."

말을 마치고는 흔쾌히 웃고 장기알을 어루만졌다. 생들이 일시에 묶은 듯이 앉아 평후가 이기기를 조마조마하며 바랐으나 순식간에 정생이 이기고 물러앉았다. 이에 모두 크게 놀라며 더욱 애달파 말을 못 했다. 이에 평후가 웃으며 말했다.

"내 어렸을 적에는 그대와 같은 사람에게 패하지 않았더니 진실로 괴이하구나. 내 그대의 재주에 항복한다."

광릉후가 천천히 웃으며 정생에게 말했다.

"그대가 저 자잘한 장기를 잘한다 하고 뭇 사람을 다 제어하는구나. 내 벌써 겨뤄 볼 것이었으나 과연 너와 잡기를 하는 것이 욕되어 안 했다. 그런데 큰형님께서 욕을 보셨으니 내 어찌 평안히 있겠느냐? 네가 정말 나도 이기겠느냐?"

정생이 웃으며 말했다.

"제가 형들을 업신여겨 이긴 것이 아니라 타고난 수단을 버리지 못하고 형님들이 무지해 지는 것을 어찌하겠습니까? 형도 가만히 앉아 계시는 것이 마땅합니다."

능후가 박장대소하며 말했다.

"네가 참으로 담이 큰 체하는구나. 어쨌거나 내기를 할 것이니 만일 거역한다면 인면수심이다."

생이 흔쾌히 응낙했다. 모두 능후의 말이 경솔한 것에 놀라며 기뻐하지 않았다.

능후가 정생과 판을 벌이는데 능후의 채색 소매와 정생의 흰 도포 소매가 섞여 어지러이 왕래했다. 이윽고 능후가 판을 밀며 크게 웃고 말했다.

"상유의 능란한 재주가 어디에 갔더냐?"

생이 미처 말을 못 해서 학사가 급히 동자를 불러 더러운 물을 가져오라 하며 말했다.

"이미 입에서 말을 내었으니 네 날개가 있어도 도망치지 못할 것이다. 그러니 빨리 시행하라."

정생이 흔쾌히 웃으며 말했다.

"다 같이 진 사람을 먹인다면 형으로부터 일곱 사람이 한결같이 먼저 먹고 나에게 권하십시오."

학사가 꾸짖어 말했다.

"당초에 우리는 재주 없는 줄 스스로 알고 내기를 안 했으니 무엇을 시행하겠느냐?"

생들이 일시에 일어나 생을 붙잡고 시노(侍奴)를 호령해 더러운 물을 가져오라 재촉하며 통쾌함을 이기지 못했다. 이에 정생이 말했다.

"형님이 크게 이겼다 해도 이토록 통쾌해 할지 저는 알지 못하겠습니다. 더욱이 이보[71] 형이 마침 천우신조해 가까스로 한 번 비벼 이겼다 한들 형들이 이처럼 구는 것이 가당키나 합니까?"

능후가 말했다.

"네가 말을 이처럼 하니 내 이제 너와 장기를 두어 일곱 판을 이긴다면 네 어찌하겠느냐?"

정생이 말했다.

"만일 그런다면 제가 감수하겠습니다."

능후가 즉시 장기판을 내어와 두어 연속해 일곱 판을 이겼다. 좌우의 사람들이 일시에 크게 웃고 정생을 붙잡고서 벌 먹을 것을 재촉했다. 사람들이 한데 모여 어지럽게 떠들더니 홀연 아전이 급히 아뢰었다.

"조정에서 명패(命牌)[72]가 내려와 백관을 다 명초(命招)[73]하시나이다."

사람들이 놀라 황급히 조복(朝服)[74]을 찾아 입고 어지럽게 나가니 정생이 크게 웃으며 말했다.

"그대들이 너무 흥을 내었더니 조물주가 곁에서 본 듯합니다."

어사가 말했다.

"네 죄를 어느 때인들 잊을까 여기느냐? 다녀와서 너를 죽도록 보챌 것이다."

말을 마치고는 사람들이 열을 지어 일시에 나갔다.

---

71) 이보: 광릉후 이경문의 자(字).
72) 명패(命牌): 임금이 삼품(三品) 이상의 당상관(堂上官)을 부를 때 보내던, '명(命)' 자를 쓴 붉은 칠을 한 나무 패(牌).
73) 명초(命招): 명령해 부름.
74) 조복(朝服): 조정에 나아갈 때 입는 의복.

이때 정통(正統) 황제(皇帝)[75]께서 즉위하신 지 오래고 춘추가 높으셨다. 드디어 한 병이 들어 달포 낫지 않으시더니 이날 위독하시기에 급히 백관을 부르셔서 신하들이 일시에 대궐로 나아갔다.

임금께서 승상을 누운 탑가에 부르셔서 그 손을 잡고 말씀하셨다.

"짐이 어리석은 위인으로 황고(皇考)[76]의 대위(大位)[77]를 이어 전후에 저지른 실덕(失德)이 많았으나 상부(相父)[78]의 보필에 힘입어 국가가 태평했도다. 그런데 불행히 경이 금주로 상을 치르러 돌아간 후에 짐이 초야에 파월(播越)[79]해 다시 태양을 보기가 어려워졌도다. 경이 삼년상을 지내고 큰 의리를 굳이 잡아 짐을 일만 가지 어려운 가운데 구해 다시 임금과 신하가 태평을 누린 지 오래더니 이제 짐이 돌아가니 부족함이 없도다. 경은 태자를 도와 국사를 힘쓰라."

승상이 무릎을 꿇고 황제의 말씀을 들으니 두 눈에서 눈물이 걷잡을 수 없이 흘렀다. 이에 고개를 조아려 말했다.

"성상(聖上)의 옥후(玉候)[80]가 잠시 평안하지 않으시나 어찌 이토록 불길한 말씀을 하시나이까? 지난 일은 신하로서 마땅히 해야 할 도리이니 폐하의 말씀에 황공함을 이기지 못하겠나이다."

임금께서 탄식하시고 연왕을 돌아보아 말씀하셨다.

"경은 짐의 은인이로다. 평소에 하루 못 보는 것을 삼추(三秋)처럼 여기다가 이제 이승과 저승으로 나뉘게 되었으니 참으로 느껍다 하

---

75) 정통(正統) 황제(皇帝): 정통은 중국 명나라 제6대 황제인 영종(英宗) 때의 연호(1435-1449)를 이름. 영종의 이름은 주기진(朱祁鎮, 1427-1464)으로, 복위 후에 연호를 천순(天順, 1457-1464)으로 바꿈.
76) 황고(皇考): 돌아간 황제를 높여 이르는 말.
77) 대위(大位): 높은 관위나 지위. 여기에서는 황제의 지위를 이름.
78) 상부(相父): 황제가 자신보다 나이가 많으면서 앞선 조정에서 재상을 한 사람을 높여 이르는 말.
79) 파월(播越): 임금이 도성을 떠나 다른 곳으로 피란함. 여기에서는 정통 황제가 오이라트 부족의 에센에게 붙잡혀 있던 일을 이름.
80) 옥후(玉候): 임금의 건강 상태.

겠으나 짐이 지하에 가더라도 경의 은혜를 잊지 않을 것이다."

왕이 팔채(八彩)[81] 버들 같은 눈썹에 슬픔을 머금은 채 머리를 두드리며 말했다.

"임금이 욕을 당하면 신하가 죽는 것은 예로부터 떳떳한 일이었습니다. 지난날 신이 세운 미미한 공로를 이토록 과도하게 일컬으시는 것입니까? 성후(聖候)[82]가 위독하시니 신의 간장이 마디마디 끊어지나이다."

임금께서 길이 탄식하시고 태자를 불러 하교해 말씀하셨다.

"짐이 이제 죽으면 국가 사직이 너 한 몸에 있다. 삼가고 삼가 천하를 태평하게 한다면 짐이 구천에서 웃음을 머금을 것이다. 상부(相父) 이 공은 천고에 드문 위인이다. 네 아비의 스승이니 한결같이 그 말대로 한다면 네가 명군(名君)이 되는 것을 근심하겠느냐?"

태자께서 울며 명령을 들으셨다.

임금께서 겨우 말씀을 마치시고 기운이 아득해지셨다. 그러자 태자께서 급히 칼을 빼어 손가락을 끊어 피를 내려 하셨다. 이에 연왕이 바삐 손을 멈추게 하고 울며 말했다.

"전하께서는 어버이로부터 받은 신체를 생각하소서."

태자께서 이에 오열하며 대답하지 않으시니 좌우 사람들이 모두 눈물을 흘렸다.

이날부터 성후(聖候)가 더욱 위독하시니 조야(朝野)[83]가 정신없어 어찌할 줄을 몰랐다. 계양 공주가 대궐에 들어와 대령하니 이씨 집안 일가의 흥이 사라졌다.

---

81) 팔채(八彩): 중국 고대 요(堯)임금의 눈썹에 여덟 가지 채색이 있었다는 전설에서, 임금의 위용(偉容)을 이르는 말.
82) 성후(聖候): 임금 신체의 안위.
83) 조야(朝野): 조정과 민간.

하남공의 여덟째아들 형문이 이때 나이가 열여섯이었다. 옥 같은 얼굴과 풍채가 당대의 아름다운 선비였으니 참정 왕맹이 형문을 지극히 사랑해 그 딸로써 혼인 날짜를 정했다. 날이 이미 다다르자 남공이 마지못해 정한 날에 공자를 보내고 신부를 맞는 예는 늦추었다. 안두후 둘째아들 인문은 나이가 열다섯이었는데 어사 두청의 딸과 혼례만 시켰다.

이후 삼 일 만에 황제께서 장락궁에서 붕(崩)하시고 태자께서 즉위하시니 이분이 곧 성화(成化) 황제(皇帝)[84]이시다. 황제께서 발상(發喪)[85]하시니 슬퍼하시는 것이 좌우 사람들의 마음을 움직일 정도였다. 예법대로 염빈(殮殯)[86]해 재궁(梓宮)[87]을 정침(正寢)[88]에 모시고 천자께서 팔방에 크게 사면한다는 명을 반포하신 후 이 승상에게 다시 서주 열 두 고을을 베어 식읍(食邑)[89]을 더하셨다. 이에 승상이 크게 놀라 죽기로 사양했으나 임금께서 울면서 말씀하셨다.

"선제(先帝)께서 돌아가실 때에 선생에게 짐을 의탁하셨으니 짐이 새로 즉위해 봉하는 일이 없어서야 되겠는가?"

승상이 머리를 두드리고 눈물을 흘리며 말했다.

"미미한 신이 선제의 큰 은혜를 태산과 북두처럼 입었으나 조그마한 일도 갚은 일이 없이 선제께서 중도에 붕(崩)하셨으니 뼈에 사무치는 깊은 한이 골수에까지 들었거늘 차마 다시 두터운 벼슬을 받

---

84) 성화(成化) 황제(皇帝): 중국 명(明)나라 제8대 황제인 헌종(憲宗) 때의 연호(1465-1487). 헌종의 이름은 주견심(朱見深)임.
85) 발상(發喪): 발상. 상례에서, 죽은 사람의 혼을 부르고 나서 상제가 머리를 풀고 슬피 울어 초상난 것을 알림.
86) 염빈(殮殯): 시체를 염습하여 관에 넣어 안치함.
87) 재궁(梓宮): 황제, 태후, 황후, 태자 등의 시신을 넣던 관.
88) 정침(正寢): 집의 몸체가 되는 방.
89) 식읍(食邑): 옛날에, 특히 국가에서 특히 공신에게 내리어 거두어 조세를 개인이 받아쓰게 한 고을.

겠나이까?"

그러고서 굳이 사양하니 이는 지극히 진심에서 우러나오는 것이
었다. 임금께서 다시 권하지 못하시고 감탄을 마지않으셨다.

비(妃) 이 씨를 황후에 책봉하시고 조 씨를 귀비에 봉하셨으며 연
왕을 황제의 장인이라 하셔서 다시 산음(山陰)[90], 하서(河西)[91], 하
북(河北)[92]의 사십 고을을 더하셨다. 왕이 끝내 굳이 사양해 받지 않
으니 임금께서 억지로 권하지 못하셨다. 그리고 조 황후를 높여 태
후로 삼아 미앙궁에 모셨다. 조후께서 비록 서러우셨으나 억지로 참
아 미음(米飮)을 내오셨다. 그러나 양 현비는 임금께서 빈천(賓天)[93]
하시면서부터 한 술 물을 내오지 않고 칠 일 만에 자진(自盡)[94]하고
죽을 적에 임금과 후(后)를 청해 울고 말했다.

"첩이 비루한 자질로써 선제의 알아주심을 입어 선제를 모신 지
해가 오래되었으나 이제 선제께서 돌아가셨으니 홀로 세상에 머물
기를 원하지 않습니다. 그래서 성상(聖上) 뒤를 좇으려 하거니와 임
금의 외로우신 사정을 보면 슬픕니다. 황후를 얻은 지 오래지 않아
유명(幽明)을 달리하니 참으로 슬픕니다. 임금께서 너무 투미하니
첩이 깊이 근심하는 바입니다. 황후의 착하고 참된 행실이 조금도
법도에 어긋남이 없으니 황제께서는 모름지기 백년을 황후와 잘 지
내 어려운 일이 없게 하소서."

말을 마치고서 죽으니 임금과 황후가 망극해 기운을 수습하지 못
하셨다. 좌우의 궁인이 일시에 통곡하니 산천이 무너지는 듯했다.

---

90) 산음(山陰): 현재 중국의 절강성(浙江省) 소흥(紹興) 일대.
91) 하서(河西): 중국의 황하 서쪽 지역을 통틀어 이르는 말.
92) 하북(河北): 중국의 황하 북쪽 지역을 통틀어 이르는 말.
93) 빈천(賓天): 천자와 같이 높은 지위에 있는 사람의 죽음.
94) 자진(自盡): 스스로 죽음.

황후는 더욱이 어려서 양 현비를 모셔 그 사랑을 자못 두텁게 입었다가 덧없이 여의었으니 지극한 효성에 설움이 끝없었다. 임금께서 한꺼번에 부모를 여의시고 하늘을 보고 부르짖는 고통이 끝없어 나물 밥과 채소 반찬을 드시며 기운이 끊어질 정도로 과도하게 슬퍼하셨으니 신하와 백성들이 이를 매우 우려했다.

세월이 빨리 지나 대행(大行)⁹⁵⁾ 황제의 재궁(梓宮)⁹⁶⁾을 선릉(先陵)에 모시고 양비의 장사를 또 지내니 임금의 망극하심이 비할 데가 없었다.

이때 이 승상이 선제께서 빈천(賓天)하시면서부터 과도하게 슬퍼해 거처하고 먹는 것이 상을 지내는 사람과 다름이 없게 했다. 남공 등 다섯 사람이 더욱 한결같이 부친을 따르는 중에 연왕이 과도히 서러워해 일찍이 내실에 들지 않고 외당에 거처하며 종일토록 입을 열어 담소하는 일이 없고 말이 선제께 미치면 눈물이 옷 앞을 적셨다. 사람들이 그 충의(忠義)에 감탄하고 아들들이 위로하며 슬퍼하고 태부와 상서가 밤낮으로 연왕을 모시고 한시도 곁에서 떠나지 않았다.

이때 정생이 들어가 소저를 대해 말했다.

"학생이 지금에 이르기까지 한 글자를 알지 못하니 진실로 남 보기 부끄러웠으나 수학할 곳이 없었소. 그런데 낮에 그대의 재주를 보니 그대는 나의 스승이오. 그대는 수고로움을 생각지 말고 학생을 가르쳐 주는 것이 어떠하오?"

소저가 정색하고 말했다.

---

95) 대행(大行): 큰 덕행. 임금이나 왕비가 죽은 뒤 시호를 아직 올리기 전의 칭호.
96) 재궁(梓宮): 황제, 태후, 황후, 태자 등의 시신을 넣던 관.

"첩이 어려서 글자를 겨우 배워 서간을 알아볼 수 있다 한들 남을 가르칠 만한 재주와 꾀가 있을 것이며, 더욱이 군자께서는 당당한 대장부로서 처자에게 수학하는 것은 지극히 가당치 않은 일입니다. 셋째오라버니에게 배우소서."

생이 웃으며 말했다.

"그대의 말이 옳으나 운보는 일찌감치 처자에게 너무 주접대 내실을 떠나지 않으니 어느 틈에 나에게 글을 가르치겠소? 그리고 남궁의 생들이 안다면 생을 더욱 업신여길 것이오. 고요한 밤에 그대와 묻고 논하는 것이 참으로 묘할 것이니 그대는 사양하지 마오."

소저가 이 말을 듣고 또한 일리가 있다고 여겨 생각했다.

'여자가 시를 짓고 읊는 것은 옳지 않으나 지아비를 공부시키는 것은 또한 외람된 일이 아니다.'

이렇게 생각하고 드디어 허락했다.

생이 크게 기뻐해 책을 가져와 소저에게 배웠다. 타고난 재주와 총명이 남보다 뛰어나고 소저가 정성으로 가르치니 자연히 일취월장해 문리(文理)97)를 매우 빨리 습득했으나 생들은 일찍이 알지 못했다.

이때 화 소저가 만삭이 되어 아들을 낳았다. 학사가 늦게야 처음으로 아들을 낳는 경사를 보고는 매우 기뻐하고 시부모도 즐거워했다.

처음에 소저가 해산을 하러 친정으로 돌아갔는데 학사가 날을 이어 왕래했다. 소저가 비로소 해산하게 되자 화 공이 사람을 보내 이씨 집안에 이 사실을 알렸다. 그러자 학사가 급히 이르러 의약을 다

---

97) 문리(文理): 글의 뜻을 깨달아 아는 힘.

스리며 눈썹 사이에 근심 어린 빛을 띤 채 자리에 앉아 있지 못했다. 그러다가 아이 울음소리를 듣고 몸이 날 듯해 급히 들어가서 보고 입을 다물지 못했다. 공의 부부가 기뻐하고 수찬 등은 사람 일이 윤회하는 것을 속으로 기뻐하며 학사의 행동을 우습다고 여겨 기롱했다. 그러나 학사는 들어도 못 들은 척하고 소저와 담소하는 것이 끝이 없었다.

칠 일 후에 아이를 씻겨 눕히자 하나의 옥덩이 같았다. 학사의 사랑이 미칠 듯해 아이를 어루만지며 소저를 향해 웃고 말했다.

"그대가 생을 원수로 치부하더니 이 아이는 누구 덕이겠소? 이제나 예전의 원한을 풀어 생을 은인으로 알기 바라오."

소저가 냉랭한 표정으로 대답하지 않고 베개에 기댄 채 몹시 신음했다. 이에 생이 크게 웃고 애틋한 은정이 무궁하니 화씨 집안 사람들이 이를 보고 매우 기뻐했다.

한 달 후에 소저가 예전과 같아지자 학사가 소저를 재촉해 데리고 본가로 갔다. 왕의 부부가 손자를 보고는 사랑함을 마지않아 이름을 영린이라 지었다. 학사가 더욱 소저에게 푹 빠져 소저 곁을 잠시도 떠나지 않았다. 소저가 비록 매섭고 독했으나 어린아이를 두어 자연스러운 사랑이 천성으로부터 생겨났으니 어찌 매양 학사에게 매몰차게 대하겠는가. 바야흐로 학사를 사귀어 금슬의 즐거움이 교칠(膠漆)98) 같게 되자 일가 사람들이 기뻐했다.

새로운 천자가 즉위하셔서 즉시 이백문을 병부상서에 제수(除授)99)하시자 학사가 상소해 스스로 죄명이 깊어 무거운 직책을 감당

---

98) 교칠(膠漆): 아교와 옻칠이라는 뜻으로, 매우 친밀하여 서로 떨어질 수 없는 관계를 비유적으로 이르는 말.
99) 제수(除授): 천거에 의하지 않고 임금이 직접 벼슬을 내림.

하지 못한다며 사양했다. 그러나 임금께서 듣지 않으시고 조서를 내려 위로하셨다.

'경(卿)이 예전에 과실이 있었으나 이는 모두 요망한 여자 노 씨의 죄라 어찌 경의 탓이겠는가? 선제께서는 매양 경의 큰 재주와 지략을 잊지 못했도다. 짐이 새로 즉위해 조정에 강직한 신하와 훌륭한 장수가 없으니 경은 모름지기 정성스러운 마음으로 짐을 도우라.'

그러자 학사가 다시 상소를 올려 말했다.

'예전에 지은 신의 죄와 허물이 비록 노 씨 여자의 탓이나 범한 바가 등한하지 않으니 해가 오래되어도 감히 무리의 반열에 나아가 금인(金印)과 자수(紫綬)[100]를 차지 못할 것입니다. 하물며 본성을 지키려 한 지 몇 년이 안 되었는데 무슨 지식으로 병부 큰 소임을 감당할 수 있겠나이까? 원컨대 폐하께서는 칙명(勅命)[101]을 도로 거두소서.'

임금께서 듣지 않으시고 공무에 나아갈 것을 재촉하셨다. 그러나 학사가 끝내 굳이 사양해 나가지 않으니 임금께서 짐짓 노해 조서를 내려 말씀하셨다.

'학사 이백문이 소년에 과거에 급제해 오랫동안 나랏일을 버렸기에 짐이 특명으로 제수했으나 사양하였으니 이는 신하의 도리가 아니다. 벼슬을 옮겨 남쪽 지방 뭇 고을의 안찰사(按察使)[102]를 시키니 일 년 내에 다스리고 상경한다면 상이 있을 것이고 만일 못 미친다면 중죄를 내릴 것이다.'

그러고서 삼 일 내에 벼슬에 나아오라 하셨다. 이씨 집안 사람들

---

100) 금인(金印)과 자수(紫綬): 금인은 관직의 표시로 차고 다니던 금으로 된 조각물이고 자수는 고위 관료가 차던 호패(號牌)의 자줏빛 술임. 모두 존귀한 관리를 비유하는 사물임.
101) 칙명(勅命): 임금이 내린 명령.
102) 안찰사(按察使): 지방 군현을 다스리며 풍속과 교육을 감독하고 범법을 단속하던 벼슬.

이 크게 놀라 매우 근심했으나 홀로 연왕이 태연한 채 학사를 불러 물었다.

"남쪽 지방은 중요한 땅이다. 하물며 뭇 고을이 천 리에 벌여 있으니 너처럼 어리석은 아이가 일 년 내에 다스리고 돌아올 수 있을까 싶으냐? 넉넉히 감당할 수 있을 것 같으면 갈 것이요, 여색에 푹 빠져 임금의 명령을 저버릴 것이라면 아예 가지 말고 대리시(大理寺)[103]에서 죄를 기다리는 것이 옳다. 네 스스로 헤아려 행하고 훗날 나에게 모욕이 있게 하지 마라."

학사가 절하고 말했다.

"신하된 자가 나라에 몸을 허락하고서 죽을 땅이라 한들 사양할 수 있겠나이까? 소자가 어리석으나 마땅히 폐하와 아버님을 욕되게 하지 않을 것이니 대인께서는 염려하지 마소서."

왕이 말했다.

"무릇 미래의 일은 헤아릴 수 없으니 너의 말이 말은 지나치고 실제가 없을까 한다."

학사가 대답했다.

"아버님의 가르치심이 지극히 마땅하시나 소자가 또한 적이 헤아리는 바가 있으니 편벽되게 나랏일을 그릇되게 하겠나이까?"

왕이 잠시 웃고 말이 없자 개국공이 이에 있다가 웃고 말했다.

"백문이가 예전에 운수 때문에 도리에 벗어난 일을 했으나 가슴에는 제갈량(諸葛亮)[104]의 꾀와 사마의(司馬懿)[105]의 슬기를 품었으

---

103) 대리시(大理寺): 추포(追捕)・규탄(糾彈)・재판(裁判)・소송(訴訟) 따위를 맡아보던 관아.
104) 제갈량(諸葛亮): 중국 삼국시대 촉(蜀)나라의 승상(181-234). 자(字)는 공명(孔明)이고, 또 다른 별호는 복룡(伏龍)임. 유비를 도와 오(吳)나라와 연합하여 조조(曹操)의 위(魏)나라 군사를 대파하고 파촉(巴蜀)을 얻어 촉한을 세움. 유비가 죽은 후에 무향후(武鄕侯)로서 남방의 만족(蠻族)을 정벌하고, 위나라 사마의(司馬懿)와 대전 중에 오장원(五丈原)에서 병사함.
105) 사마의(司馬懿): 중국 삼국시대 위(魏)나라의 명장(179-251). 자(字)는 중달(仲達). 촉한(蜀漢)

니 녹록한 남쪽 고을 수천 리를 못 다스리겠습니까? 형님은 부질없는 염려를 마소서."

왕이 웃고 말했다.

"너의 언변(言辯)이 참으로 소진(蘇秦)[106], 자공(子貢)[107]과 같구나. 백문이가 만일 네 말과 같다면 설사 어리석으나 내가 잡말을 어찌 하겠느냐?"

이에 공이 크게 웃었다.

학사가 즉시 대궐에 가 사은하고 돌아와 행장을 차려 길을 나려 했다. 이때 부모, 형제의 근심은 헤아릴 수 없었다. 학사가 또한 마음이 슬퍼 연일 뭇 형제들과 이별의 회포를 일렀다.

길을 떠나는 날이 밤을 가리자 평소 사귀던 벗들이 술과 술병을 갖춰 이르러 학사와 종일토록 이별하며 밤을 이었다. 광릉후가 크게 자리를 열어 자기 집 여러 부인에게 밤참을 해서 내라 하고 사촌형제, 벗 들과 벌여 앉아 담소했다. 용을 그린 등불이 별같이 벌여 있으니 대낮을 부러워하지 않을 정도였다. 사람들이 선명한 의관을 입고 벌여 있으니 옥 같은 얼굴들이 시원해 광채가 사방의 벽에 쏘였다. 광평후가 이에 학사에게 일렀다.

"나라의 은혜가 우리 집안에 태산보다 무겁게 있어 형제가 이런 무거운 소임을 맡아 불모지로 향하게 되었구나. 아우의 재주로 어설프게 하는 일이 없을 것이나 사정상 서운함을 참지 못하겠구나."

학사가 겸손히 사양해 말했다.

제갈공명의 도전에 잘 대처하는 등 큰 공을 세워, 그의 손자 사마염이 위(魏)에 이어 진(晉)을 세우는 데에 기초를 세움.

106) 소진(蘇秦): 중국 전국시대의 유세가(遊說家). 진(秦)에 대항하여 산동(山東)의 6국인 연(燕), 조(趙), 한(韓), 위(魏), 제(齊), 초(楚)의 합종(合從)을 설득함.

107) 자공(子貢): 중국 춘추시대 위나라의 유학자(B.C.520?-B.C.456?). 성은 단목(端木), 이름은 사(賜). 공자(孔子)의 제자로서 언어에 뛰어난 것으로 전해짐.

"저처럼 용렬한 사람이 어찌 성공하기를 바라겠습니까? 다만 황제의 은혜를 어기지 못해 말 머리를 남쪽으로 돌리게 되었으니 집에 계신 백발의 조부모를 염려하며 뭇 형제를 그리워해 장차 병이 될 것입니다."

초후가 안색을 온화히 하고 말했다.

"남자가 되어 나랏일이 몸에 있은 후에는 구구한 사정을 보일 수 있겠느냐? 아우는 형양(衡陽)을 잘 다스려 빛나는 이름을 후세에 드리우도록 하라."

능후가 이어 말했다.

"선비가 나라에 몸을 허락했으면 죽는 것을 헤아리지 않는 법이다. 너는 이 한 가지를 생각해 나랏일에 마음을 다하고 다른 일은 마음에 두지 마라."

학사가 사례해 가르침을 들으니 어사 기문이 웃고 말했다.

"모두 잡말을 그치고 운보에게 빨리 내당에 들어가게 하라."

학사가 웃으며 대답했다.

"제가 이제 천 리 길을 가며 형제와 손을 나누는데 돌아올 기약이 없으니 어찌 내실을 생각하겠나이까?"

평후가 웃고 말했다.

"마음에도 없는 사양을 마라. 이보[108]처럼 평생 정대한 체면을 가진 사람도 산동에 안대(按臺)[109]로 갈 적에 그 모습을 다 알아보았다. 하물며 너는 본디 색을 좋아하는 위인이 참기 쉽겠느냐? 우리가 허물로 삼지 않을 것이니 들어가 달게 자고 내일 평안히 가도록 하

---

108) 이보: 이경문의 자(字).
109) 안대(按臺): 중국 송나라·명나라 때에, 지방 군현을 다스리며 풍속과 교육을 감독하고 범법을 단속하던 벼슬. 안찰사.

라.”

능후가 미소하고 말했다.

“실로 이 말씀을 드리기 외람되니 우리 형제가 모여 흥미가 있다가도 형 때문에 자연히 흥이 줄어듭니다. 마음에 처자를 중요하게 여긴다 한들 염치 있는 사람이라면 동기보다 처자를 더 중요하게 생각하겠나이까?”

평후가 크게 웃으며 말했다.

“내 본디 입바른 말을 하기로 너희에게 미움을 받으나 거짓말은 안 한다.”

능후가 천천히 웃고 말했다.

“우리는 어쨌거나 몸이나 성하고 집에서 법대로 굴지만 누구는 비례(非禮)의 행동을 한 사람도 있더이다.”

평후가 웃고 말했다.

“네가 감히 나를 기롱하는 것이냐?”

능후가 웃으며 대답했다.

“형님이 무슨 허물이 있으시다고 제가 기롱하겠습니까? 자연히 그런 사람이 있으니 우리의 자잘한 과실은 대단하지 않다는 말입니다.”

모두 크게 웃고 초후가 또한 웃음을 그치지 않았다. 이에 영양후110)와 어사가 일시에 일렀다.

“경문이 지극히 방자해 큰형님을 조롱하니 그 죄가 가볍지 않구나. 마땅히 다스려야겠다.”

그러고서 좌우를 시켜 더러운 물을 가져오라 했다. 이에 능후가 웃으며 말했다.

---

110) 영양후: 이몽원의 둘째아들 이팽문을 이름.

"저는 큰형님을 조롱한 일이 없으니 죄 입을 일이 꿈에도 없습니다."

평후가 웃고 말했다.

"네가 갈수록 나를 대놓고 모욕하는구나. 내 비록 허물이 있다 한들 네가 감히 기롱해서야 되겠느냐?"

능후가 말했다.

"제가 언제 형님을 조롱했나이까?"

평후가 말했다.

"그러면 아까 그 말은 무슨 말이더냐? 자세히 아뢰어라."

능후가 소매로 입을 가려 웃고 대답했다.

"이르기가 가소로우니 내뱉지 않겠습니다."

영양후가 어지럽게 꾸짖어 능후에게 의관을 벗고 무릎을 꿇으라 하니 능후가 말했다.

"아무리 형의 위엄이 크신들 저에게 죄가 없는데 무슨 이유로 꿇겠나이까?"

어사가 말했다.

"네가 정말로 큰형님을 기롱하지 않았단 말이냐? 그 말의 곡절을 자세히 아뢰어라."

능후가 또한 술이 취했으므로 옥 같은 얼굴에 붉은빛을 띤 채 낭랑히 박장대소하고 말했다.

"큰형님이 우리가 사실(私室)에서 처자와 희롱하는 것을 큰 허물로 알고 계시나 요사이 한 재상은 귀양 가면서 무슨 경황이 있다고 자기 머무는 곳에서 부인과 잠자리를 해 옥동자를 낳았다고 합니다."

평후가 즉시 대답했다.

"이것은 내가 한 일이라 네가 날 기롱하는 것이 옳단 말이냐?"

능후가 놀라 말했다.

"형님처럼 정대하신 분이 이것이 정말입니까? 저에게 죄를 삼으시려고 스스로 만들어내신 것입니다."

평후가 말했다.

"네가 참으로 담이 큰 체하지만 내가 한 일인 줄을 네가 정말로 몰랐느냐? 내가 그렇게 했다."

능후가 급히 관(冠)을 벗고 무릎을 꿇어 말했다.

"저는 어리석고 못난 위인이기에 남이 이런 말을 하는데 듣고만 있었습니다. 그러다 아까 형님이 우리의 어린 시절 허물을 과도하게 말씀하시기에 소견을 내뱉은 것이었는데 누가 이런 줄 알았겠습니까? 저의 죄가 실로 중하니 죽기를 청하나이다."

좌우의 사람들이 일시에 크게 웃고 평후가 혀를 차며 말했다.

"이보가 희롱을 한다 한들 이 모습이 요괴롭지 않으냐? 그러나 죄는 다스리지 않을 수 없다."

초후가 또한 웃으며 말했다.

"둘째아우의 죄가 중하니 빨리 셋째숙부가 자시던 술을 가져오라."

동자가 명령을 듣고 돌아가 술을 가져오자 어사가 그릇을 들고 앞에 가 말했다.

"네 죄를 헤아리면 벌이 가벼우나 우리 형님이 너그럽고 도량이 커 작은 벌을 내려 주시는 것이니 너는 사양하지 마라."

후가 웃으며 말했다.

"저의 죄가 무거워 매 맞기를 기다리고 있었는데 이것이 큰 덕이라고 형이 이르시니 제가 아니라고 할 수 있겠습니까?"

말을 마치고서 세 그릇을 연속해 마시고 물러앉았다. 좌우의 사람들이 크게 웃고 철 학사[11]가 말했다.

"인간 세상에 아우 되기가 서러운 법이다. 바른말을 하고 죄를 받았으니 그 아니 딱하냐?"

능후가 웃고 말했다.

"아무리 바른 말인들 윗사람을 범했으니 그른 일이 아니겠습니까? 제가 만일 알았다면 말 것을 모른 죄가 깊습니다."

철 학사가 웃으며 말했다.

"네 과연 죄를 입어 싸다. 갈수록 간사히 꾸미니 어찌 밉지 않겠느냐?"

학사가 말했다.

"형이 벌주를 다 드시고 성을 푸실 데가 없어 하십니다. 전날에 정 상유[112]에게 내기에 진 벌을 아직 시행하지 못했으니 오늘 하도록 하십시다."

모두 깨달아 즉시 좌우를 돌아보니 정생이 없었다. 학사가 즉시 시녀를 시켜 부르니 시녀가 회답했다.

"침소에서 벌써 취침해 계십니다."

학사가 깨워 부르라 하자 초후가 말했다.

"정랑이 네 노예가 아닌데 자다가 뭐 하러 오겠느냐? 밤이 이미 깊었으니 너는 들어가 자는 것이 옳다."

학사가 대답했다.

"제가 불초하나 어찌 형제와 담소하는 것을 그치고 내실을 찾겠습니까?"

초후가 말했다.

"우리와는 이미 좋은 밤을 지냈으니 내일 아침에는 어수선할 것

---

111) 철 학사: 철수. 이몽현의 첫째딸인 이미주의 남편.
112) 상유: 정희의 자(字).

이라 이제 내실에 들어갔다 오너라."

학사가 명령을 듣고 몸을 일으켜 운성각으로 향했다.

이때 화 소저는 침상에서 아들을 품고 단잠이 한창이었다. 학사가 나아가 깨우자 소저가 놀라서 일어나 앉았다. 이에 학사가 말했다.

"그대는 만 리 길을 가는 남편의 행도(行途)[113]를 염려하지 않고 편히 잠만 자는 것이오?"

소저가 정색하고 말했다.

"군자가 멀리 가는 것이 염려롭지만 사별이 아닌데 구구히 염려해 잠을 안 잘 수 있겠습니까? 그런데 군자는 서당에서 자지 않고 또 들어오셔서 몸가짐의 구구함을 드러내시는 것입니까?"

학사가 웃으며 말했다.

"그대는 갈수록 사나운 말이 없어지지 않는구려. 서당에 있었는데 두 형님이 들어가라고 이르셨으니 어찌 말씀을 어기겠소?"

말을 마치고는 기쁜 빛으로 소저의 손을 어루만지며 몸 보중할 것을 당부하며 은근히 하는 말이 쇠와 돌이 녹을 정도였다. 이에 소저가 정색하고 말했다.

"몸 보중하는 것은 천 리 밖에 나가 공무를 보시는 상공께 있으니 집에서 편히 앉아 있는 첩의 편하기야 염려할 것이 있겠나이까? 한 걸음에 무사히 가셔서 임금께서 맡기신 일을 쉬 잘 다스리고 오시기를 바라나이다."

생이 겸손히 사양해 말했다.

"부인의 가르침이 옳으니 마땅히 띠에 새겨 잊지 않을 것이오. 밤이 많이 깊었으니 잠깐 자는 것을 막지 마시오."

---

113) 행도(行途): 멀리 가는 길.

그러고서 부인을 이끌어 침상 위로 나아가니 애틋한 은정이 태산과 북해 같았다. 그리고 아들을 어루만져 사랑하는 것이 헤아리지 못할 정도였다.

이윽고, 동녘이 밝아오자 학사가 일어나 세수하고 소저와 재삼 이별을 마친 후 정당에 들어가 모든 사람에게 하직했다. 유 태부인 등 어른들과 숙당들이 일시에 생의 손을 잡고 위로해 몸 보중할 것을 일컫고 어서 돌아올 것을 일렀다. 생이 두 번 절해 사례하고 부모 앞에 나아가 무릎을 꿇고 절할 적에 옥 같은 얼굴의 물결 같은 눈에 눈물이 어리는 것을 깨닫지 못했다. 이에 왕이 안색을 변치 않고 꾸짖었다.

"사람마다 부자가 사별(死別)을 당해도 슬픔을 참는 것은 대의(大義)를 돌아봐서이다. 그런데 네 어리석은 위인이 임금의 은혜가 깊어 큰 소임을 맡아 경사를 떠나면서 자질구레한 태도를 보이는 것이냐? 조금이라도 나랏일을 잘못한다면 생전에 너를 보지 않을 것이다."

학사가 황급히 절해 사죄하고 급히 일어났다. 대궐에 가 황월(黃鉞)[114]과 상방검(尙方劍)[115]을 받을 적에 임금께서 학사를 불러서 위로하시고 빨리 돌아올 것을 이르셨다. 학사가 여러 번 절해 사은하고 절월(節鉞)[116]을 거느려 길을 났다. 모든 형제가 십 리 밖 장정(長亭)[117]에 가 송별할 적에 피차 서운한 마음을 헤아릴 수 없어 서로 손을 잡고 어서 모이기를 원했다.

---

114) 황월(黃鉞): 황금으로 장식한 도끼.
115) 상방검(尙方劍): 상방서(尙方署)에서 특별히 제작한, 황제가 쓰는 보검. 중국 고대에 천자가 대신을 파견하여 중대한 안건을 처리하도록 할 때 늘 상방검을 하사함으로써 전권을 주었다는 표시를 하였고, 군법을 어긴 자가 있을 때 상방검으로 먼저 목을 베고 후에 임금에게 아뢰도록 하였음.
116) 절월(節鉞): 절(節)과 부월(斧鉞). 절은 수기(手旗)와 같고, 부월은 도끼같이 만든 것으로 생살권(生殺權)을 상징함.
117) 장정(長亭): 먼길 떠나는 사람을 전송하던 곳.

학사가 길을 급히 가 남경 지경에 이르러 각 관청을 순행(巡行)[118]해 옥사를 잘 다스리는 것이 귀신 같았다. 창고를 열어 백성들을 구휼하고 탐욕스러운 관리는 무겁게 다스려 조금도 잘 대우하지 않았다. 허물 있는 사람을 내쫓는 것이 분명하며 상과 벌이 엄숙하니 남도 뭇 고을이 넋을 잃고 간담이 서늘해 어찌할 줄을 알지 못했다. 학사가 스무 살 소년으로서 옥 같은 얼굴과 버들 같은 풍채가 하안(何晏)[119]과 왕자진(王子晉)[120] 같았는데 품복(品服)을 아름답게 갖추고 문채 나는 수레와 절월로 바람같이 길을 갔다. 각 고을의 수령이 본읍의 행렬을 갖춰 지경까지 나와 학사를 맞으니 학사의 위엄 있는 차림은 이를 것도 없고 빛나는 광채가 원근에 빛나고 학사를 치하하는 소리가 크게 울렸다. 안대가 두루 돌아 몇 달 만에 복건(福建)[121]의 경계까지 이르렀다.

이때 노 씨가 재앙을 만나 미처 부모, 동기도 생각지 못하고 정신 없이 홍영과 함께 남복으로 바꿔 입고 문을 나서 정처 없이 갔다. 마침 복건 장사꾼의 배를 만나 두둑한 값을 주고 배에 올라 복건에 이르렀다. 배에서 내려 시골 집을 찾아 머물고 바야흐로 홍영과 함께 의논해 말했다.

"우리의 죄악이 지극해서 한 번 드러나게 되자 죽음에서 도망치지 못할 것이었다. 그런데 요행히 벗어나 이곳에 왔으니 이제는 우리의 거처를 아는 사람이 없다. 우리가 좋은 계책을 생각해 원수를

---

118) 순행(巡行): 감독하거나 단속하기 위해 돌아다님.
119) 하안(何晏): 중국 삼국시대 위(魏)나라 사람(196-249)으로 자(字)는 평숙(平叔). 조조(曹操)의 의붓아들이자 사위. 반하(潘何)라 하여 서진(西晉)의 반악(潘岳)과 함께 잘생긴 남자의 대명사로 불림.
120) 왕자진(王子晉): 중국 주(周)나라 영왕(靈王)의 태자 진(晉)을 이름. 성은 희(姬). 자(字)가 자교(子喬)여서 왕자교(王子喬)로도 불림. 일찍 죽어 왕위에 오르지는 못함. 전설에 따르면 그는 신선이 되어 학을 타고 다니면서 영생하였다 함.
121) 복건(福建): 중국 동남부에 있는 지역으로 대부분이 산악 지대로 이루어져 있음.

갚는 것이 어떠하냐?"

홍영이 말했다.

"소저 말씀이 옳으시나 외로운 아녀자 두 사람이 천 리 밖 남쪽 지방까지 와 떠돌아다니면서 장차 무슨 계교를 이루겠습니까? 아직 고요히 있으면서 조정에서 찾는 기미가 없어진 후에 생각하는 것이 옳습니다."

노 씨가 옳게 여겨 한적하고 외진 집을 얻어 머물렀는데 이곳은 곧 유현아가 귀양 온 곳이었다. 현아가 귀양 와 거처한 지 해가 오래되었으나 죄악이 천지에 가득했으므로 살아 돌아갈 기약이 아득해 밤낮으로 초조해 했다. 그런데 그 아내 설 씨는 매우 착하고 순해 남편을 위로하며 밤낮으로 타일렀다. 그러자 현아가 적이 깨닫고 설씨가 또한 금과 비단을 내어 정결한 집을 사고 바느질해 겨우 세월을 보내며 머물렀다.

이날 노 씨가 객실에 머무는 것을 보고 현아가 즉시 나와 서로 인사를 마쳤다. 현아가 손님의 옥 같은 얼굴과 헌걸찬 풍채를 기특하게 여겨 성명을 묻자 노 씨가 대답했다.

"소생의 성명은 노화입니다. 존공의 큰 이름을 듣고 싶나이다."

현아가 제 이름을 감추고 유현이라고 하며 말했다.

"생은 이곳 사람으로 농사를 지어 먹고 살거니와 그대는 어떠한 사람으로서 이곳에 무엇 하러 이른 것이오?"

노 씨가 대답했다.

"자연히 떠돌아다니다가 이르렀나이다."

현아가 손님의 옥 같은 소리가 맑고 전아한 것을 자못 의심해 후하게 대접하고 서실에 머무르게 한 후 날을 이어 한곳에 모여 묻고 대답했다. 소인들의 뜻이 자연히 합하니 친한 것이 마치 알던 사람

같았다. 현아가 점점 의심이 동하고 사모함이 깊어졌다.

그래서 하루는 달밤을 타 노 씨가 있는 곳에 이르러 노 씨와 말했다. 밤이 깊자 홍영이 졸음을 견디지 못해 섬돌 아래에서 자니 현아가 짐짓 노 씨의 손을 잡고 웃으며 말했다.

"그대와 몇 달을 서로 따라 정이 동기 같으니 오늘은 한 자리에서 자는 것이 어떠오?"

노 씨가 속으로 오랫동안 홀로 처해 음란한 마음이 났으므로 사양하지 않고 침상에 올랐다. 현아가 그 사람이 여자인 줄 알고 매우 기뻐해 노 씨를 가까이 해 운우(雲雨)의 즐거움[122]을 이루며 말했다.

"그대는 어떤 여자이기에 이곳에 이른 것인가?"

노 씨가 울며 말했다.

"저는 본디 사족 여자로서 남편에게 의리를 잃고 내쳐졌으나 친가가 몰락하고 사방에 의지할 사람이 없어 남장을 하고 두루 다녔는데 군자에게 욕을 볼 줄 알았겠습니까?"

현아가 은근히 달래 말했다.

"그대가 이미 남편에게 의리를 잃고 나를 만난 것은 하늘의 인연이니 사양하지 말고 나와 함께 백년해로하는 것이 옳네."

노 씨가 다시 사양하지 않고 밤을 지냈다. 두 사람의 정이 두루 흡족해 이후에는 밤낮으로 음란하게 지냈으나 집안사람들이 이 사실을 몰랐다.

노 씨가 드디어 공교히 꾀를 내어 현아에게 설 씨를 참소하자 현아가 대로해 설 씨를 내쳤다. 노 씨에게 여자 옷으로 바꿔 입게 해

---

122) 운우(雲雨)의 즐거움: 구름과 비를 만나는 즐거움이라는 뜻으로, 남녀의 정교(情交)를 이르는 말. 중국 초나라의 회왕(懷王)이 꿈속에서 자신을 무산(巫山)의 여자라 소개한 여인과 잠자리를 같이했는데, 그 여인이 떠나면서 아침에는 구름이 되고 저녁에는 비가 되어 양대(陽臺) 아래에 있겠다고 했다는 고사에서 유래함.

집안일을 맡기자 설 씨가 분함을 이기지 못해 죽었다.

이후 두 사람이 거리낌 없이 삼 년을 즐기니 자연히 두 사람이 서로의 근본을 알게 되었다. 노 씨가 이에 아주 흉악한 계교를 내어 현아에게 일렀다.

"우리 두 사람이 다 애매한 일로 이처럼 버려진 사람이 되어 살아 돌아갈 기약이 없으니 직분을 지키고 있지 못할 것입니다. 그러니 이리이리 하는 것이 어떠합니까?"

현아가 크게 깨달아 손뼉 치고 말했다.

"나는 남자라도 이런 뜻이 없었더니 그대는 과연 기특한 여자일세."

노 씨가 매우 기뻐해 자기 행장에서 금과 비단을 내어 현아에게 인근의 무뢰배들과 수없이 많이 사귀도록 했다. 그리고 무뢰배들에게 무예를 익히게 한 후에 성안에 들어가 태수를 죽이고 고을을 웅거(雄據)[123]하도록 하니 복건 한 고을의 병사들이 자연히 다 속하게 되었다. 현아가 크게 기뻐해 노 씨를 더욱 높이고 귀하게 여기며 병장기를 다스려 장차 오와 초 고을을 아우르려 했다.

이 안찰이 복건 지경에 이르러 이 기별을 듣고 크게 놀라 말 머리를 돌려 양양(襄陽) 관아에 이르러 태수와 함께 의논했다. 태수 또한 적의 세력이 커 대적하지 못할 것이라 이르니 안대가 말했다.

"유현아는 전 승상 유영걸 첩의 자식이오. 사형(舍兄)[124]이 일찍이 유씨 집안에 의지하셨을 때 저 사람의 모해를 무궁히 입고 하마터면 몸을 보전하지 못할 뻔하다가 겨우 목숨을 지탱하셨소. 저 사람의 죄는 비록 죽어도 갚기 어려우나 가친께서 구하셔서 귀양 보냈

---

123) 웅거(雄據): 일정한 땅을 자리잡고 막아 지킴.
124) 사형(舍兄): 자기의 형을 남에게 겸손하게 일컫는 말. 여기에서는 이경문을 이름.

소. 그것도 과분한데 착한 본성을 지키는 것을 멀리하고 이런 반역의 마음을 품을 줄 어찌 알았겠소? 내가 근처의 군사를 일으켜 마땅히 쳐서 멸할 것이오."

태수가 말했다.

"안대 말씀이 옳으시나 유현아의 용맹과 힘이 빼어나고 그 부하 중에 용맹한 군사가 적지 않으니 경솔히 대적하지 못할 것입니다. 그러니 경사에 구원병을 청하십시다."

안대가 이에 분노해 말했다.

"대장부가 되어 초개(草芥)[125] 같은 도적을 두려워해 수고롭게 조정을 어지럽힐 수 있겠소? 학생이 마땅히 한 북에 이 도적을 무찌르지 못한다면 머리를 베어 제군에게 사죄할 것이오."

태수가 이에 두려워해 말을 그쳤다. 안대가 격서(檄書)[126]를 근처 고을에 날려 군사와 말을 조련하고 갑옷을 정돈해 사만 명의 정예병을 일으켰다. 그리고 다시 복건으로 가 격서를 보냈으니 내용은 다음과 같았다.

'천조(天朝) 특명(特命) 흠차(欽差)[127] 남경(南京) 안찰사(按察使) 이백문은 글을 너 현아에게 부친다. 네 본디 음흉하고 극악한 죄수로서 몸이 능지처참을 당해도 부족하지 않을 것인데 성상께서 일월 같으신 덕택으로 너의 죽을죄를 용서해 주시고 목숨을 살려 변방에 내치셨으니 이는 참으로 얻지 못할 큰 은택이다. 네가 만일 인심이 있다면 개과천선해 어진 길에 나아가기를 겨를치 못할 정도로 해야 했을 것이다. 그런데 어찌 또 고을을 침범해 대역부도를 꾀한 것이

---

125) 초개(草芥): 하찮은 사물.
126) 격서(檄書): 적군을 설복하거나 힐책하는 글.
127) 흠차(欽差): 황제의 명령으로 보내던 파견인.

냐? 네 공손히 묶여 군문(軍門)에 이른다면 용서해서 죽지는 않도록 하겠으나 그렇지 않는다면 대군이 한번 움직여 옥석(玉石)을 가리지 않을 것이다.'

현아가 다 보고는 하늘을 우러러 크게 웃고 말했다.

"이백문은 곧 철부지 어린 것이니 그자가 어찌 나에게 항거하겠는가?"

드디어 답서를 지어 돌려보냈다.

'이전에 오운(伍員)[128]이 처음에는 고초를 겪었으나 후에는 원수를 갚은 것이 자못 밝았고 구천(句踐)[129]이 오왕(吳王) 부차(夫差)[130]에게 욕을 보았으나 끝내는 직위가 오르고 뜻을 세웠다. 지금과 예전이 비록 다르지만 내가 하는 일이 이 사람들과 한가지인 줄을 네가 모르는 것이냐. 나에게 죄가 없는 것은 백옥에 흠이 없는 것과 같다. 너의 모습이 머리에는 관(冠)을 쓰고 몸에는 유자(儒子)의 옷을 입고서 사람의 집에 의탁해 해를 지어 가문을 엎어뜨리고 후사를 끊어 끝내 나를 타향의 귀양객으로 삼아 살아 돌아갈 기약이 끊어지게 했으니 내 어찌 나무를 지켜 토끼를 좇는 재앙을 취하겠느냐. 그러므로 철기(鐵騎)를 오와 초 지방에 벌여 놓고 병장기를 다듬어 뭇고을을 짓밟아 비록 천자가 되지는 못해도 동오(東吳)[131] 손권(孫

---

128) 오운(伍員): 중국 춘추시대 오(吳)나라의 정치가로 자는 자서(子胥, ?-B.C. 485). 원래 초나라 출신이었으나 아버지 오사와 형 오상이 평왕(平王)의 노여움을 사 처형된 뒤 초나라를 떠나 오나라로 감. 이후 오나라의 발전에 공헌했으나 오왕 부차(夫差)의 미움을 받아 부차가 준 칼로 자결함.

129) 구천(句踐): 중국 춘추시대 월(越)나라의 왕(?-B.C.464). 구천이 오(吳)나라의 왕 합려(闔閭)를 죽이자, 합려의 아들 부차(夫差)가 그 아버지의 원수를 갚기 위하여 섶 위에서 잠을 자며 구천과 싸워 항복시키고, 구사일생으로 살아난 구천은 오왕 부차에게 복수하기로 다짐하고 곰의 쓸개를 핥으며 지내다가 끝내 부차를 무찔러 자살하도록 만듦.

130) 부차(夫差): 중국 춘추시대 오(吳)나라 왕(?-B.C.473). 성은 희(姬). 월왕(越王) 구천(句踐)에게 패한 부왕(父王) 합려(闔閭)의 유언에 따라 구천에게 복수하기 위해 섶 위에서 자며 마침내 구천을 패배시켰으나 구천을 살려 주고, 후에 간의 쓸개를 맛보며 원한을 갚기 위해 애쓴 구천에게 패배해 자살함.

權)132)이 천하를 삼분한 것을 본받으려 한다. 너 어린 것이 알 바 아니니 수고로이 죽기를 다투지 말고 돌아가라.'

안대가 다 보고는 크게 놀라고 노해 손으로 서안을 치고 말했다.

"현아 도적이 이토록 방자한 것인가?"

즉시 대오를 정돈해 성 아래에 진을 치고 싸움을 청했다. 현아가 또한 차림을 웅장하게 하고 수천 철기를 거느려 나는 듯이 나아와 일자장사진(一字長蛇陣)133)을 치니 장졸들이 매우 사납고 날래 보였다. 현아가 몸에 홍금쇄자갑(紅錦鎖子甲)134)을 입고 구화전포(九花戰袍)135)를 껴입었으며 머리에는 봉시(鳳翅)투구136)를 쓰고서 백운총(白雲驄)137)을 탄 채 손에는 산호편(珊瑚鞭)138)을 들었으니 좌우에 용맹한 장수가 호위해 위엄이 늠름했다. 안대가 다 보지 않아서 노한 눈썹이 관을 가리켜 현아를 크게 꾸짖었다.

"너는 곧 유 씨 놈의 서얼이요 먼 지방에 귀양 온 사람이거늘 오늘 참람(僭濫)한 모습을 했으니 하늘의 재앙이 두렵지 않으냐?"

현아가 꾸짖으며 답했다.

"네 집 부자 형제는 조금의 공도 없으면서 왕(王)에 봉해지고, 공(公)에 봉해지며, 후(侯)에 봉해지며 승상에 봉해졌어도 어찌 하늘의 재앙이 없는 것이냐? 사람의 흥패(興敗)는 귀천에 있지 않다. 진시황(秦始皇)139)은 한낱 오랑캐였어도 지위가 천자에 이르렀으니 내 어

---

131) 동오(東吳): 중국 삼국시대 때, 222년에 손권이 건업(建業)에 도읍하고 강남에 세운 나라. 280년 서진(西晉)에게 멸망함.
132) 손권(孫權): 중국 삼국시대 오나라의 첫 번째 황제. 자는 중모(仲謀).
133) 일자장사진(一字長蛇陣): 한 줄로 길게 뱀처럼 벌인 군진(軍陣).
134) 홍금쇄자갑(紅錦鎖子甲): 붉은 비단에 철사로 작은 고리를 만들어 서로 꿰어서 만든 갑옷.
135) 구화전포(九花戰袍): 국화 무늬의 전포. 전포는 장수가 입던 긴 웃옷.
136) 봉시(鳳翅)투구: 봉의 깃 모양으로 만든 투구.
137) 백운총(白雲驄): 온몸의 털이 희고 입술만 검은 말. 백설총(白雪驄).
138) 산호편(珊瑚鞭): 산호로 꾸민 채찍.
139) 진시황(秦始皇): 중국 진(秦)나라의 제1대 황제(B.C.259-B.C.210). 이름은 정(政). 기원전 221

찌 홀로 저만 못하겠느냐? 마땅히 오와 초 땅을 아울러 천하 제후 중에서 패자(霸者)가 되려 하니 너는 잡말을 그치고 돌아가라."

안대가 이에 대로해 창을 들어 두 마리 말이 서로 싸웠다. 현아가 비록 한때 무예를 익혔으나 이 학사의 천 근과 같은 두 팔뚝의 용력을 당해낼 수 있겠는가. 십여 합에 스스로 말을 돌려 성으로 들어갔다. 학사가 뒤를 따라 군졸과 장수를 무수히 죽이고 갑옷과 물품을 앗아 요새에 돌아와 장수들의 공로를 치부했다.

학사가 다시 군사를 정비해 십여 일 동안 밤낮으로 성을 급히 쳤다. 현아가 대적하지 못해 가만히 노 씨를 싣고 북문으로 달아났다. 안대가 이 사실을 알고 매우 놀라 급히 비바람처럼 따라가 그들을 사로잡았다. 드디어 성안에 들어가 방을 부쳐 백성을 어루만지고 전 태수의 식구들을 찾았다. 현아의 남은 무리를 다 죄의 경중에 따라 의논할 적에 한때 무뢰배들이라 작은 용맹이 있으나 쉽게 잡혔고 실은 죄가 없으므로 다 놓아 보냈다.

현아 부부를 묶어 장막 앞에 꿇리자 안대가 눈을 들어 노 씨를 한번 보고는 크게 놀라 장수들에게 명령해 말했다.

"이 사람의 정체가 무엇인가? 자세히 물어 아뢰라."

사람들이 일시에 소리해 물었다.

"너는 어떤 사람이냐? 근본을 자세히 고하라."

노 씨가 이때 가냘프고 연약한 몸이 큰 쇠사슬에 매여 몸을 움직이지 못했으므로 안대를 알아보지 못하고 겨우 대답했다.

"첩은 이 땅의 양민(良民)입니다."

년에 중국을 통일하고 스스로 시황제라 칭함. 중앙 집권을 확립하고, 도량형·화폐의 통일, 만리장성의 증축, 아방궁의 축조, 분서갱유 따위로 위세를 떨침. 재위 기간은 기원전 247-기원전 210년.

모두 이처럼 아뢰니 안대가 의심해 옥에 내려 가두라 했다. 그리고 현아를 신문해 자세히 물으니 현아가 죽기에 임해 무엇을 숨기겠는가. 이에 대답했다.

"이 사람은 안대의 아내였던 노강의 딸이니 어찌 나에게 물으시는 것입니까?"

안대가 다 듣고 틀림없는 줄 깨달아 괘씸함을 이기지 못해 물었다.

"네가 저 사람을 어찌 얻어 아내로 삼은 것이냐?"

현아가 바른대로 고하자 안대가 다 듣고는 새로이 한심하게 여기고 이를 갈았다. 현아를 가둬 경사에 올리려 하다가 생각했다.

'둘째형님이 어지셔서 밤낮으로 저 사람을 잊지 못하셨는데 경사에 가 저자를 죽이면 형님의 슬픔을 돕는 일이라 이곳에서 죽이는 것이 옳다.'

그러고서 좌우 사람들에게 술을 가져오라 해 현아에게 먹이고 말했다.

"너의 죄악이 평범하지 않아 대역(大逆)을 범했으니 국법상 널 용서할 수 없다. 나는 사정을 돌아보지 않으나 가형(家兄)은 큰 덕을 지니셔서 네가 착한 본성을 지킬 것을 밤낮으로 바라셨다. 그래서 전에 틈을 얻어 널 살려 보내려 하실 적에 가형께서 먹는 것도 잊고 힘을 쓰시던 마음을 생각하면 스스로 쓸쓸해진 마음을 이기지 못하겠다. 그래서 내 한 잔 술로 형의 대신을 한다."

현아가 다 듣고는 눈물을 비처럼 흘리며 말했다.

"오늘에서야 저의 이전 죄악을 깨닫습니다. 죄악과 과실을 지극히 쌓아 끝내는 대역을 범했으니 어찌 남을 한하겠습니까? 영형(令兄)의 큰 덕을 마땅히 구천(九泉)에 가서도 새길 것입니다."

안대가 슬피 오열해 다시 묻지 않고 저자에 가 현아를 참해 수족을 사람들에게 보이고 가만히 심복 장수를 시켜 관을 갖춰 좋은 산에 묻었다. 아! 현아의 사나움이 이렇게 끝났으니 뒤의 사람은 경계할 일이다.

안대가 승리 소식을 경사에 아뢰고 다시 각 군대를 순행해 예닐곱 달 만에 관청의 일을 마치고 돌아갈 적에 치하하는 소리가 원근에 진동했다. 또다시 경사에서 사자가 이르러 도적 무찌른 것을 표장(表章)[140]하시고 호부상서 추밀사로 부르셨다. 학사가 관복을 고치고 행렬을 거느려 벼슬이 올라서 가는 영광이 온 길에 진동했다.

---

140) 표장(表章): 드러내어 칭찬함.

이씨세대록 권24

노몽화는 드디어 처형되고 이필주는 부모를 찾으며
이월주는 무식한 남편을 가르쳐 장원급제하게 하다

재설. 이씨 집안에서는 학사의 천 리 먼 길을 근심하는 것이 뱃속에 가득했다. 그런데 오래지 않아 차관(差官)[1]이 이르러 현아가 모역해 쳐서 무찔렀다는 기별을 아뢰는 것이었다. 이에 임금께서 놀라고 기뻐하셨으며, 이씨 집안 사람들은 기뻐하면서도 현아의 흉악하고 불량함을 새로이 탄식하고 현아가 죽은 것을 통쾌하게 여겼다. 그러나 능후는 자리에서 물러나 밖에 나가 크게 통곡하니 흐르는 눈물이 강물 같았다.

평후 등이 일시에 모두 말리고 부질없는 일임을 말하자 능후가 눈물을 흘리며 말했다.

"형님들이 어찌 이런 말씀을 하시는 것입니까? 현아가 어리석으나 어려서부터 저와 함께 자고 함께 수학해 정이 얽매였습니다. 중간에 이 아이가 저를 저버렸으나 이 아이와는 분명한 동기의 이름이 있습니다. 자기가 비록 국가에 죄를 얻었으나 사사로운 정에 슬픔을 참을 수 있겠습니까?"

말을 마치자 봉황 같은 눈에 맑은 눈물이 흘러넘쳤다.

---

1) 차관(差官): 일정한 임무를 맡기어 파견된 벼슬아치.

그리고 즉시 유씨 집안에 나아가 유 공을 조문했다. 공이 비록 현아의 죄를 몹시 한스러워했으나 자기의 피붙이가 마저 죽은 것을 크게 슬퍼해 슬피 부르짖었다. 능후가 이에 극진히 위로해 성복(成服)[2]을 마치고서 복제(服制)[3]를 극진히 했다. 그리고 날이 오래도록 소선(素膳)[4]을 내어와 지극히 슬퍼했다. 상서가 이에 감동해 칭찬하고 왕이 크게 기뻐하고 능후를 더욱 사랑하니 모두 능후를 기특히 여겼다.

오래지 않아 학사가 오는 선문(先聞)[5]이 이르렀다. 형제들이 일시에 교외에 가 학사를 맞아 이별의 회포를 이르며 반기는 마음을 이기지 못했다. 학사가 부모의 안부를 물으며 서로 기뻐하는 것이 헤아릴 수 없을 정도였다. 한참 지난 후에 학사가 평후를 향해 사례해 말했다.

"제가 예전에 지은 죄와 허물이 심상치 않았으나 어지신 형님께서 다시 그 일을 일컫지 못하게 하시는 바람에 한 번도 감사를 표하지 못했습니다. 그런데 이번 길에 요망한 여자 노 씨를 잡았으니 형님의 원한을 갚을 수 있게 되었습니다."

사람들이 이에 크게 놀라고 평후가 낯빛이 변한 채 말했다.

"그 여자가 어디에 있더냐?"

학사가 전말을 자세히 고하니 모두 놀랐다. 평후가 화가 나서 부채로 땅을 치고 이를 갈며 말했다.

"내가 몇 년을 잊은 듯했으나 한 마음에 맺힌 것이야 어디에 갔겠느냐? 다만 체면을 돌아보지 않는다면 친히 그 시체와 머리를 각각

---

2) 성복(成服): 초상이 나서 처음으로 상복을 입음. 보통 초상난 지 나흘째 되는 날에 입음.
3) 복제(服制): 상례(喪禮)에서 정한 오복(五服)의 제도.
4) 소선(素膳): 어물이나 육류가 없는 간소한 반찬.
5) 선문(先聞): 미리 알림.

내어 염통과 간을 꺼내고 싶으나 뜻과 같지 않아 도부수(刀斧手)[6]의 칼날을 더럽히겠구나.”

능후가 웃으며 말했다.

“능치처참하는 것이 족할 것이니 스스로 죽이신다 해서 더 통쾌하시겠습니까?”

철 학사가 여기에 왔다가 이 말을 듣고 크게 웃으며 말했다.

“노 씨가 두 지아비로 하여금 다 이를 갈도록 했으니 그 두 손에 죽을 것 같으면 수족도 남아나지 않게 되겠구나. 그러지 말고 성보[7]는 머리를 베고 운보[8]는 허리를 베라.”

평후가 정색하고 말했다.

“형은 욕된 말을 마십시오. 제가 어찌 저 사악한 음녀(淫女)의 지아비입니까?”

철 학사가 더욱 크게 웃고 말했다.

“아무리 욕된들 둘이 다 빙채(聘采)[9]와 백량(百兩)[10]으로 노 씨를 맞아들였으니 어디에 가 변명하겠느냐?”

사람들이 이에 일시에 크게 웃고 평후와 학사가 어이없어 또한 미소했다.

형제가 말 머리를 나란히 해 대궐에 이르러 사은하니 임금께서 불러서 보시고 흔쾌히 말씀하셨다.

“경이 나이가 소년이요, 하물며 고초와 우환을 두루 겪어 정력이 다 없어졌을 것인데 일 년이 안 돼 남쪽 수천 리 지방을 다스리고

---

6) 도부수(刀斧手): 큰 칼과 큰 도끼로 무장한 군사. 여기서는 망나니를 말함.
7) 성보: 광평후 이흥문의 자(字).
8) 운보: 이백문의 자(字).
9) 빙채(聘采): 빙물(聘物)과 채단(采緞). 빙물은 결혼할 때 신랑이 신부의 친정에 주던 재물이고, 채단은 신랑 집에서 신부 집으로 미리 보내는 푸른색과 붉은색의 비단임.
10) 백량(百兩): 신부를 맞아 오는 일. 백 대의 수레로 신부를 맞이한다 하여 이와 같이 씀.

역적을 쓸어 없애 국가의 근심을 덜어 버렸으니 어찌 기특하지 않으며 기쁘지 않은가?"

그러고서 드디어 호부상서 좌참정 추밀사 제남후에 봉하시니 학사가 굳이 사양하며 말했다.

"신은 본디 세상에서 버려진 사람으로서 폐하께서 부르시는 명령을 거역하지 못해 작은 땅을 다스리고 미친 도적을 쳤으나 지난 죄악을 다 갚지 못했습니다. 그러니 다시 몇 년을 착한 본성을 지키고 잘못을 뉘우쳐 폐하를 돕기를 원하니 후한 관직을 감당하지 못하겠나이다."

임금께서 웃고 말씀하셨다.

"경이 이전부터 형양(衡陽)을 잘 다스려 국가에 저지른 죄가 없거늘 무슨 까닭에 이런 말을 하는 것인가? 비록 국가에 죄가 있어 항주에 귀양 가 고초를 겪은 일이 많았는데 무슨 까닭에 한 가지 일로 경을 꾸짖겠는가? 모름지기 경은 짐의 미미한 뜻을 사양하지 말라."

학사가 황공해 다시 사양하지 못하고 무수히 절해 은혜에 감사하고 물러났다. 집에 이르러 바삐 어른들을 뵈었다. 천 리 밖 지방을 다스리고 돌아온 지 일 년이 되었으므로 부모와 어른들이 각각 웃음을 머금고 반가운 마음을 이기지 못해 기쁜 빛이 눈썹 사이에 드러났다. 학사가 또한 기쁨을 머금고 이별 후의 안부를 물으며 남쪽 지방에서 정사한 일들을 고하는데 말이 온화하고 기운이 나직했다. 부모와 어른들이 이를 더욱 아름답게 여기고, 승상이 학사의 손을 잡고 어루만지며 말했다.

"네가 늘 하는 일이 어설프고 행동거지가 활달해 이런 재주와 지략이 있는 줄 할아비가 알지 못했구나. 그러하나 작은 공로로도 폐하의 은혜가 태산보다도 무거우시니 갈수록 조심해 성상(聖上)을 돕거라."

학사가 사례하고 모두 말이 이어져 끊어지지 않았다. 한참 지난 후에 제남후가 공손히 자리에서 일어나 노 씨 잡은 일을 고하니 모두 크게 놀라고 기뻐했다. 이에 왕이 눈썹을 찡그리고 말했다.

"악인이 벌 받은 것이 이와 같으니 천도(天道)가 어찌 밝지 않은 가? 이미 잡았으면 나라에 고하고 죽일 것이지 언급하는 것이 욕되지 않겠느냐?"

남공이 더욱 한스러워해 말은 안 했으나 불쾌한 기색이 은은하고 사람들도 불쾌했으나 일컫지 않았다.

이윽고 물러나 서당에 이르러 뭇 형제가 모여 자리를 정했다. 능후가 참정을 향해 눈물이 낯에 가득한 채 다만 일렀다.

"아우가 천 리 밖에서 내 마음을 짐작할 수 있었느냐?"

참정이 슬픈 빛으로 대답했다.

"제가 어리석으나 어찌 알지 못했겠습니까? 현아의 죄가 비록 죽어도 갚기 어려우므로 법을 엄정히 했으나 시체와 머리를 후하게 장사지냈으니 너무 염려하지 마소서."

능후가 듣고서 기쁨을 이기지 못해 급히 칭찬해 말했다.

"아우의 어질고 자상한 것이 이와 같아 이 형의 지극한 한이 풀어지도록 했으니 어찌 감사하지 않겠느냐?"

참정이 탄식하고 현아가 죽을 때 하던 말을 베풀자 능후가 더욱 슬퍼 봉황 같은 눈에서 눈물이 샘 솟듯 했다. 이에 도어사[11]가 웃으며 말했다.

"이보는 실로 일마다 눈물 허비하는 일이 잘도 나는구나. 현아의

---

11) 도어사: 이몽현의 셋째아들 이기문.

죄가 중하나 너의 덕을 잊지 못하고 죽었으니 그것에 대해 슬퍼하는 것은 옳다. 그런데 이토록 서럽게 슬퍼하는 것이냐?"

능후가 탄식하고 말했다.

"형님이 어찌 이런 말씀을 하십니까? 현아가 그냥 죽었어도 저의 마음은 슬픔을 넘을 것인데 이 아이가 타향에서 떠돌아다녀 다시 보지 못하고 몸이 마디마디 끊겨 목이 매달렸으니 그 참혹함을 생각하면 돌과 나무와 같은 마음인들 참을 수 있겠나이까? 제가 또한 슬프고 근심스러운 일에 마음이 상해 날이 오랠수록 참지 못하겠습니다."

형양후[12]가 탄식하고 말했다.

"셋째아우의 말은 희롱이거니와 과연 너의 덕이 큰 것이 중니(仲尼)[13]의 경서에 지지 않으니 어찌 기특하지 않으냐?"

능후가 탄식했다. 이에 철 학사가 물었다.

"운보가 남쪽 지방 같은 번화한 땅에 가 절색 미녀를 얼마나 들였던고? 각 관청마다 들어 하나씩 얻어도 몇이나 되는고?"

남후가 웃으며 대답했다.

"각 관청마다 들어가 하나씩은커녕 겨우 돌아오느라고 하나도 얻지 못했으니 무엇을 대답하겠습니까?"

사람들이 이에 일시에 일렀다.

"네가 정말로 미녀를 들이지 않았더냐? 제수씨 귀에 갈까 두려워해서로구나."

후가 웃고 말했다.

---

12) 형양후: 이몽현의 둘째아들 이세문.

13) 중니(仲尼): 공자(孔子). 중니는 공자의 자(字)임. 공자는 유가의 교조로서 춘추시대 노(魯)나라 사람. 이름은 구(丘). 처음에 노나라에서 사구(司寇) 벼슬을 하다가 사직하고 여러 나라를 두루 돌아다니며 도를 행하려 하였으나 쓰이지 않아 노나라로 돌아와서 『시경(詩經)』·『서경(書經)』· 『예기(禮記)』·『악기(樂記)』·『역경(易經)』·『춘추(春秋)』 등 육경(六經)을 산술(刪述)함.

"화 씨는 매섭고 독한 사람이라 투기를 하라 해도 안 할 것입니다. 그러니 그것이 큰일이 아니요, 신령이 임한다 해도 제가 속일 일이 없나이다."

이에 사람들이 크게 웃었다.

이날 밤에 학사가 운성각에 들어가 소저와 반기는 마음을 이기지 못하고 아들 사랑이 과도해 담소가 그치지 않았다. 화 씨가 또한 힘써 화답하니 학사가 매우 기뻐하고 즐거워했다. 밤든 후에 침상에 나아가 동침하니 깊은 은정을 헤아릴 수 없을 정도였다. 그러나 소저는 남후가 창녀와 즐겼던가 싶어 그 모습을 더럽게 여기고 남후를 용납하지 않았다. 그러자 후가 놀라서 물었다.

"오래 떠나 있던 생을 거절하는 것은 어째서요?"

화 씨가 정색하고 대답했다.

"군이 먼 길을 달려 집에 갓 들어와 이토록 색을 좋아하는 것은 옳지 않습니다."

그러자 학사가 웃고 말했다.

"그대가 내가 창녀와 음란하게 놀았던가 여겨 나를 물리친 것인가 보오. 하늘을 두고 맹세하건대 한 명도 가까이한 여자가 없소."

소저가 묵묵히 대답하지 않았다.

이튿날 학사가 조회 후에 상소를 올렸다.

'전날에 신의 죄가 범상치 않았으나 이는 곧 요망한 여자 노 씨가 해로운 일을 지었기 때문이었습니다. 또 폐하께서 담당 관청을 시켜 노 씨에게 법을 물으시자 노 씨가 도주해 모습이 묘연한 지 삼 년이 지났습니다. 신이 더욱 근심과 분함을 이기지 못하고 있더니 죄인 유현아를 무찌르고 그 집안붙이를 노비로 삼으려 하는데 유현아의 아내가 곧 노 씨였습니다. 신이 이를 갈고 몹시 괘씸하게 여겨 함거

(轞車)14)에 가두어 왔으니 노 씨를 요망한 중 혜선과 대면시켜 본래 모습이 드러나게 하고 능지처참하소서.'

임금께서 매우 놀라 비답하셨다.

'노 씨 여자의 흉악함이 끝내 이와 같으니 생각건대 유현아가 반역한 것도 이 여자가 시킨 일이로다. 어찌 놀랍지 않은가. 마땅히 법대로 처치하라.'

참정이 이에 사은했다.

드디어 본부의 무사에게 명령하자 무사가 혜선을 가둔 데 가서 잡아 와 노 씨와 함께 보도록 했다. 오운전 너른 대청 위에 연왕 등 다섯 사람과 여러 생들이 삼대처럼 벌여 있고 궁궐 아래에는 장졸과 무사가 구름같이 좌우로 갈려 시립해 있었다. 무사들이 노 씨와 혜선을 끌고 앞에 이르자 모두 눈을 들어서 보니 노 씨는 맵씨 있고 아름다운 기질이 조금도 쇠하지 않았다.

연왕이 혜선에게 명령해 노 씨의 본래 모습을 내어 보이라 하자 혜선이 노 씨를 가리켜 꾸짖었다.

"너 요망한 여자 때문에 내가 무거운 형벌을 입고 삼 년을 내옥(內獄)에서 고초를 겪었으니 너는 나와는 하늘을 같이 이고 살 수 없는 원수다. 오늘 너를 보니 한 입에 물어 먹고 싶은데 너를 조금이라도 잘 대우할 수 있겠느냐?"

그러고서 즉시 부적을 읽으며 진언(眞言)을 외우고 품에서 환약을 내어 물에 타 먹였다. 그러자 노 씨가 갑자기 변해 본래 모습이 드러났다. 이전에는 스무 살 어린 여자로 부드럽고 가냘펐다가 이제는 서른 살 여자가 되어 있었으니 이는 의심 없는 노 씨였다. 자리에 가

---

14) 함거(轞車): 죄인을 실어 나르던 수레.

득한 사람들이 한심함을 이기지 못하고 연왕은 도리어 어이없어 소리 질러 물었다.

"네 이전의 과오는 이를 것도 없고 유현아를 맞아 북돋워 반역에 빠지게 한 것은 어째서냐?"

노 씨가 하릴없어 설 씨를 잡아 내친 일과 그 나머지 저의 죄상을 두루 고했다. 왕이 더욱 분노해 남공을 향해 말했다.

"자고로 소인과 사나운 여자가 왕왕 있다 한들 이 여자 같은 이가 만고에 어디에 있겠나이까? 홍문이를 그릇 만들지는 않았으나 백문이를 하마터면 역신(逆臣)으로 만들 뻔했고 유현아를 대역(大逆)에 넣어 능지처참하게 만들었으니 흉악하고 참혹하지 않습니까?"

남공이 낯빛이 찬 재같이 되어 말했다.

"이 사람은 이를 것이 없으니 시비해 부질없다. 빨리 저자에 데려가 형벌을 받도록 하라."

왕이 그 말을 좇아 무사에게 명령해 내어가라 했다. 참정이 몸을 일으켜 서당에 가 노 씨를 잡아 오라 해 결박해 꿇리고 큰 소리로 꾸짖었다.

"음란한 여자가 이제 몸이 토막 나 머리가 높이 달리게 되었으니 다스릴 만하지 않으나 네가 나를 잘못된 곳에 넣어 부자와 형제 사이를 다 이간했다. 그 죄를 내 스스로 다스릴 것이니 음란한 여자는 이를 아느냐?"

말을 마치자 힘센 무사에게 큰 매를 가리도록 했다. 그리고 죄를 하나하나 따지며 오십 대를 맹타하니 노 씨가 손으로 땅을 긁어 파며 못 견뎌 했다. 그러니 어느 곳이 드러나지 않겠는가. 붉은 살이 곳곳이 드러났으니 보는 사람들이 입을 가렸다. 학사의 노기가 점점 더해 친히 베어 버리고 싶었으나 아버지가 다스렸으므로 끌어 내치도록 했다. 무사가 수족을 껴들고 문밖으로 내가니 그 가운데 무사 위한이 노 씨를 꾸짖었다.

"어인 여자가 그리 사나워서 하는 짓이 그토록 엉큼해 이 지경에 이른 것이냐?"

노 씨가 눈을 감고 정신이 혼미해져 다만 가는 소리로 슬피 고할 뿐이었다. 위한이 또 주먹으로 노 씨의 뺨을 마구 치며 말했다.

"이 요괴로운 여자야! 네 이제도 옛일이 뉘우쳐지지 않으냐? 너 같은 년을 껴들어 가지고 다니기 우리가 욕되다."

이에 모두 웃으며 말했다.

"저것만도 못 한 도적놈도 데리고 다녔는데 욕되기야 무엇이 욕되겠는가?"

위한이 말했다.

"그대는 모르는 소리 마라. 도적놈이야 오죽 좋은가? 이 여자가 한 짓은 비교하기가 더럽고, 그대들도 역력히 알지는 못하겠지만 고금에 정말로 이런 발칙한 것이 있더냐?"

이에 모두 크게 웃었다.

이에 노 씨를 수레에 실어 저자에 가 목을 벨 적에 굿 보는 사람이 길에 메여 사람마다 손으로 가리켜 그 과실과 죄악을 이르며 꾸짖고 침 뱉으며 죽는 것이 시원하다 하는 소리가 진동했다. 이것을 보면 과연 하늘과 땅이 살피는 것이 밝은 줄을 깨달을 수 있다.

이미 형벌을 실시해 손발을 팔도에 효시(梟示)[15]하고 시신을 길가에 버리니 시신이 말발굽에 밟혔다.

아! 노 씨가 재상의 딸로서 귀한 것으로 말하면 금과 옥에 비하지

---

15) 효시(梟示): 목을 베어 높은 곳에 매달아 놓아 뭇사람에게 보임.

못할 정도인데 간악하고 음험하기가 고금에 없어 시체와 머리가 각각 떨어졌으니 응보가 분명한 것을 알 수 있다.

혜선이 삼 년을 옥중에서 무궁히 고초를 겪고 지난 일을 뉘우치며 설움을 이기지 못하다가 이날 모든 군사에게 밀려 문밖에 머무르며 윗사람의 처치를 기다렸다. 그런데 홀연히 난데없는 도사가 학창의(鶴氅衣)16)를 부치고 문밖에 이르러 능후 뵙기를 청하는 것이었다. 능후가 괴이하게 여겨 도사를 청했다. 이에 도사가 들어오니 이는 곧 익진관이었다. 능후가 놀라서 급히 섬돌을 내려와 맞아 말했다.

"선생과 손을 나눈 후에 다시 소식을 통하지 못한 지 오래였습니다. 그런데 오늘 귀한 분이 무슨 까닭으로 천 리 길을 이르신 것입니까?"

익진관이 공수(拱手)하고 말했다.

"빈도(貧道)가 또한 명공을 이별한 후에 누우나 앉으나 잊지 못해 늘 깊이 사모했습니다. 그런데 오늘은 부득이한 일로 이르렀나이다."

능후가 연고를 물으니 진관이 말했다.

"존부(尊府)에 두 해에 걸쳐 일어난 화란이 노 씨 여자의 죄 때문이나 이 모두 하늘의 운수가 크게 정해진 것을 따른 것입니다. 이제 노 씨 여자가 이미 죽었으니 그 나머지 따른 자들은 죽이는 것이 긴요하지 않습니다. 여승 혜선은 금년이 죽을 운수가 아니요 또 선가(仙家)에 인연이 있습니다. 그래서 빈도가 이자를 데리러 이르렀으니 허락을 얻을 수 있겠나이까?"

능후가 말했다.

"말씀이 옳으시나 이자는 평범한 여승이 아니라 훗날에 해로운

---

16) 학창의(鶴氅衣): 소매가 넓고 뒤 솔기가 갈라진 흰옷의 가를 검은 천으로 넓게 댄 웃옷.

일을 짓는 일이 있을까 두려우니 선생은 괴이하게 여기지 마십시오."

진관이 웃으며 말했다.

"빈도가 비록 어리석고 용렬하나 위로 하늘의 운수를 살피고 아래로 한 사람의 운수를 점칠 수 있으니 조금이나 어설픈 일을 하겠습니까? 혜선이 악한 일을 다시 하지 못할 것이니 명공(明公)께서는 의심하지 마소서."

능후가 또한 진관의 기이함을 알고 있으므로 즉시 허락했다. 진관이 사례하고 돌아갈 적에 약을 보내 학사를 구한 은혜를 칭송하자 진관이 웃으며 말했다.

"이 학사는 귀한 사람입니다. 빈도가 약을 주지 않는다 해서 어찌 살지 못할까 근심하겠습니까?"

드디어 날래게 나가 혜선을 앞세우고 화주로 돌아갔다. 그리고 혜선에게 선도(仙道)를 크게 가르치니 선이 속속들이 깨달아 이후에는 그른 뜻을 안 먹고 청정하게 세월을 보냈다.

능후가 모든 사람에게 익진군이 와서 혜선을 데려간 것을 고했다. 그러자 모두 놀라고 평후가 탄식하며 말했다.

"내가 이 요망한 여중을 만 조각을 내어 분을 풀려고 했더니 어찌 평안히 놓아 보냈단 말이냐?"

초후가 웃으며 말했다.

"이미 괴수를 죽이고 우리 집이 평안하니 구태여 저 요망한 중을 죽인다 해 무엇이 통쾌하겠습니까?"

평후가 미소하니 철 학사가 웃으며 말했다.

"아까 운보가 노 씨를 잔인하게 치는데 보기에 참혹했다. 어찌 그런 인정 없는 노릇을 할 수 있단 말이냐? 그런데 치려면 두 사람이 함께 치는 것이 옳았을 텐데 성보[17]는 어찌 안 친 것이냐?"

평후가 정색하고 말했다.

"듣고 싶지 않은 말을 다시 언급하지 마소서. 내 어찌 그런 악한 여자를 대해 앉아서 치겠습니까?"

철 학사가 박장대소하고 말했다.

"그래도 옛정이 우연하지 않구나. 치는 것을 불쌍히 여기니 노 씨가 저승에 가서도 감격하는 것이 적지 않겠구나."

평후가 낯빛을 고치고 말했다.

"형이 희롱이라 한들 저를 이토록 모욕하시는 겁니까?"

말을 마치고는 소매를 떨치고 발끈 일어나니 창린이 또 곁에 있다가 정색하고 말했다.

"숙부께서는 얼음처럼 맑으신 아버님께서 저 노 씨 여자의 말만 들으셔도 더럽게 여겨 풍물을 앞에 둔 것처럼 여기시거늘 어찌 저 사람을 비겨 옛정이라 하시는 것입니까? 진실로 애달픕니다."

학사가 웃으며 말했다.

"아무리 더럽다 한들 네 아비가 빙례(娉禮)[18]로 맞이했던 여자니 내 말이 그르냐?"

공자가 대답했다.

"비록 그러하나 당시에 노 씨 여자가 뭇 사람을 다 겪어 그 더러움을 헤아릴 수 없거늘 그 여자를 아버님께 비기신 것은 옳지 않습니다."

이에 모두 웃고 그 영리함을 칭찬했다.

이때 홍영이 노 씨를 따라 서울에 이르렀다가 노 씨가 이미 죽자 가만히 그 시체를 거두어 간사하고 스스로 머리를 깎아 보응사란 절

---

17) 성보: 광평후 이흥문의 자(字).
18) 빙례(娉禮): 혼인의 예식 가운데 하나로, 빙물(聘物) 즉 예물을 보내는 절차를 말함.

에 가 중이 되었다. 중들이 그 영리하고 시원한 것을 사랑해 함께 있으면서 의식을 후하게 차려 주었다. 영이 한 몸이 평안했으나 한 마음에는 이씨 집안에 복수할 것을 생각했으니 그 내용은 다음 회를 보시라.

이때 이씨 집안에서 노 씨 여자를 마저 찾아 죽이자 일가 사람들이 크게 즐거워했다. 바야흐로 시름 없이 기뻐해 아침마다 채색옷을 입고 춤추며 관청에 출입할 적에는 네 마리 말이 이끄는 수레와 두 바퀴의 수레가 집안에 가득해 그 번성함을 겨룰 집안이 없었다.

이해 가을에 알성과(謁聖科)[19]가 있어 관문[20], 행문, 수문[21], 최문[22]이 함께 과거에 급제했다. 각 부모의 기쁨은 헤아릴 수 없을 정도였고 이씨 집안의 영화와 복록은 당시에 겨룰 사람이 없었다. 국가의 인척이 되어 황후께서 사송(賜送)[23]하시는 은혜와 영광이 도로에 이어졌으니 사람마다 부러워하고 기특하게 여겼다.

급제자들이 삼일유가 후 관문, 행문은 한림학사에 임명되고 수문, 최문은 금문박사에 임명되었다. 네 사람이 다 일대의 풍류롭고 기이한 남자로서 푸른색 관복을 입고 임금을 곁에서 모시니 그 명망이 선비들 사이에 진동했다. 이에 부모들이 기쁨을 이기지 못했다.

차설. 필주 소저를 데려간 노옹의 이름은 안성이니 이 사람은 곧 남창 사람으로서 참정 왕맹의 종이었다. 왕 공이 남창에서 살아 집안 재물이 매우 많고 노복이 수도 없었다. 벼슬해서 경사로 올라가

---

19) 알성과(謁聖科): 황제가 문묘에 참배한 뒤 실시하던 비정규적인 과거 시험.
20) 관문: 이몽현의 일곱째아들. 계양 공주 소생.
21) 행문, 수문: 앞에 소개된 적이 없는 인물들임.
22) 최문: 이몽상의 첫째아들.
23) 사송(賜送): 황제가 신하 등에게 물건을 내려보냄.

자 안성의 부지런하고 미쁘며 충성스러움을 믿어 모든 전토(田土)의 출입을 다 안성에게 맡겼다. 안성이 또한 부지런하고 착실해 해마다 농사일을 가꾸고 소출을 일일이 받아 왕 공에게 올렸다. 자신의 재산도 남창 한 고을에서 으뜸이었으나 자식이 남녀간에 한 명도 없어 팔자를 탄식했다.

어느 날 밤에 산자락에서 사슴을 쫓아가다가 필주를 만났다. 그 영리함을 어여삐 여겨 데리고 집에 돌아가 그 아내 윤파에게 보이며 말했다.

"우리가 늦도록 자식이 없어 후사를 근심했는데 이 아이가 이처럼 기이하니 우리가 늘그막에 재미로 삼는 것이 어찌 묘하지 않겠소?"

윤파가 이 말을 듣고는 놀라고 기뻐해 바삐 필주를 나오게 해 보니 과연 천하에 무쌍한 미색이었다. 이에 다행하게 여겨 말했다.

"이는 하늘이 우리가 자식 없는 것을 불쌍히 여기셔서 이처럼 기특한 여자아이를 얻게 한 것입니다."

그리고서 필주에게 향기로운 과일을 주고 달랬다. 필주가 영리해 부모의 성씨를 기억했으나 나이 다섯 살 아이라 무엇을 알겠는가. 자연히 울음을 그치고 윤파를 따랐다. 윤파가 이에 크게 기뻐해 이후에 필주를 수놓은 비단에 싸 기르면서 만금의 보물처럼 귀중하게 여겼다.

필주가 일고여덟 살에 이르러 안성이 글을 가르치자 문리(文理)가 날로 나아졌다. 총명하고 재주가 뛰어나 일취월장하니 안 씨 노부부가 더욱 사랑했다.

참정의 조카 왕기가 이곳에 이르러 부모의 무덤이 황폐한 것을 보고 무덤을 다시 다스렸다. 그리고 이렇게 된 것은 안 씨 노인이 잘 살피지 않은 것이라 분노해 다른 사람에게 무덤을 지키게 하고 안

씨 노인을 잡아 경사로 갔다. 그러나 참정은 노인 탓이 아니라 해 문하에 머물게 하고 기실(記室)²⁴⁾로 삼았다. 이에 안 씨 노인이 황공하고 은혜에 감동해 윤파와 함께 작은 집에 머물렀다.

필주가 하루는 물었다.

"내 일찍이 사족의 여자로서 불행히 이곳에 이르러 노파와 어른의 큰 은혜를 입어 감격하나 본부모를 찾고 싶은데 부친이 두루 찾아 주는 것이 어떠합니까?"

안 씨 노인이 그 영리함을 칭찬했으나 필주가 본부모 생각하는 것을 기뻐하지 않아 허락하지 않았다.

필주가 나이 십여 세가 된 후에는 옛일이 역력해 자기 부친은 부마요 모친은 장 씨며 조부는 승상인 것이 낱낱이 기억났다. 이에 스스로 서러워하며 생각했다.

'내 팔자가 기박해 괴이한 지경을 만나 천한 집에서 떠돌아다니니 어찌 서럽지 않은가? 저 노인들은 내 부모를 찾아 줄 리가 없으니 내가 두어 해 더 길러졌다가 부모를 찾아야겠다.'

이렇게 생각하고 다시는 내색하지 않았다.

왕 소저가 하루는 필주를 보고 사랑해 윤파에게 이르고 시녀로 삼았다. 필주 소저가 불안했으나 다 함께 규수요, 밤낮 윤파의 무식함을 대하다가 왕 소저의 고상하고 슬기로우며 맑은 모습을 보고 자연히 사랑해 함께 장각(粧閣)²⁵⁾에서 밤낮으로 거처하며 시와 예악을 토론했다. 왕 소저가 필주를 매우 사랑해 동기처럼 대하고, 또 저의 기질이 절색일 뿐만 아니라 시원한 모습이 드높은 가을 하늘과 보름달 같아 조금도 하층민의 천한 모양이 없는 것을 괴이하게 여겼다.

---

24) 기실(記室): 집안의 기록을 담당하는 사람.
25) 장각(粧閣): 여자가 거처하는 집.

왕 공이 일자일녀를 두었는데 맏이는 곧 왕 소저요, 아들은 뛰어
난 재주를 가졌으니 이름은 선이요 자(字)는 봉희였다. 어려서부터
옥처럼 아름다운 외모와 버들 같은 풍모가 빼어나 하안(何晏)[26]과
반악(潘岳)[27]을 업신여길 정도였고 기질이 여수(麗水)[28]의 겸금(兼
金)[29] 같아 일대의 풍류랑이었다. 이에 공의 부부가 사랑하는 마음
을 이기지 못했다.

왕 소저가 열여섯 살이 되어 이 공자 형문에게 시집을 갈 적에 왕
생은 이때 열다섯 살이었다. 풍채가 맑고 고상해 두목지(杜牧之)[30]
와 왕희지(王羲之)[31]를 업신여기고 천성이 호방해 눈으로 보고 겪어
보지 않은 미인이 없었다. 그래서 필주가 그를 그림자가 응하는 것
처럼 피하고 왕 소저가 또한 그 남동생을 속였다.

혼인날에 필주가 공자를 피해 안 씨 노인의 집으로 나갈 적에 공
자가 우연히 필주를 보고 매우 혹해 평생에 필주를 놓아 주지 않을
것이라 맹세했다. 그러나 그 누이를 두려워해 내색하지 못했다. 다
만 매부를 만나 서로 잘 맞았으므로 밤낮 서로 즐겁게 지냈다.

임금의 장사를 지낸 후에 이생이 소저를 데리고 친가에 갈 적에
소저가 필주를 데려가려 하자 왕생이 웃고 말했다.

---

26) 하안(何晏): 중국 삼국시대 위(魏)나라 사람(196-249)으로 자(字)는 평숙(平叔). 조조(曹操)의
   의붓아들이자 사위. 반하(潘何)라 하여 서진(西晉)의 반악(潘岳)과 함께 잘생긴 남자의 대명사
   로 불림.
27) 반악(潘岳): 중국 서진(西晉)의 문인(247-300)으로 자는 안인(安仁). 하남성(河南省) 중모(中牟)
   출생. 용모가 아름다워 낙양의 길에 나가면 여자들이 몰려와 그를 향해 과일을 던졌다는 고사
   가 있음.
28) 여수(麗水): 금이 많이 난다고 하는, 형남(荊南) 땅에 있던 강.
29) 겸금(兼金): 품질이 뛰어나 값이 보통 금보다 갑절이 되는 좋은 황금.
30) 두목지(杜牧之): 중국 당(唐)나라 때의 시인인 두목(杜牧, 803-853)으로 목지(牧之)는 그의 자
   (字). 호는 번천(樊川). 이상은과 더불어 이두(李杜)로 불리며, 작품이 두보(杜甫)와 비슷하다
   하여 소두(小杜)로도 불림. 미남으로 유명함.
31) 왕희지(王羲之): 중국 동진(東晉)의 서예가(307-365)로 자는 일소(逸少)이고 우군 장군(右軍將
   軍)을 지냈으며 해서·행서·초서의 3체를 예술적 완성의 영역까지 끌어올려 서성(書聖)이라
   고 불림.

"제가 누님의 여종 천영이이는 안성이 개명한 것이다를 보지 못하다가 지난번에 잠깐 보니 천하의 절색이었습니다. 이 형이 방탕해 그저 보지 않을 것이니 천영이를 두고 가소서."

소저가 생의 깊은 뜻은 알지 못하고 생의 말을 옳게 여겨 허락하고 필주를 두고 갔다.

생이 속으로 기뻐하고 며칠 후 서당에서 시노(侍奴)를 시켜 윤파와 안성을 불러 일렀다.

"내 들으니 너의 딸 천영이의 재모와 용모가 민첩하다 하더구나. 잠깐 보려 하니 데려오라."

안 씨 노인이 명령을 듣고 윤파를 시켜 필주를 데려오라 했다. 윤파가 나가 필주를 보고 사연을 이르고서 가자고 하자 소저가 크게 놀라 말했다.

"소녀가 비록 천하나 규수의 몸인데 무슨 까닭으로 방 밖의 남자를 까닭 없이 보겠습니까? 죽을지언정 가지 못하겠습니다."

윤파가 원래 공자의 옥 같은 외모와 버들 같은 풍채가 필주의 짝인 줄 기뻐하는 데다 공자가 소저를 마음에 둔 것을 기뻐하거늘 어찌 소저의 말을 듣겠는가. 이에 재삼 타일렀으나 소저가 울면서 끝내 듣지 않았다. 노파가 하릴없어 돌아가 이대로 고했다.

공자가 이에 대로해 모든 시녀를 보내 소저를 잡아 오라 했다. 시녀들이 주인의 호령을 듣고 넋이 나가 나는 듯이 가서 소저를 위협해 서당으로 데려갔다.

공자가 매우 기뻐해 협문(夾門)을 닫고 사람들을 물러가라 했다. 그러고서 눈을 들어서 보니 이는 곧 월궁(月宮)의 소아(素娥)[32]가 누

---

32) 소아(素娥): 선녀. 곧 항아(姮娥)를 이름.

대에 내려오고 요지(瑤池)33)의 선녀가 떨어진 듯했다. 공자가 넋이 나가 급히 소저의 손을 이끌고 방으로 들어갔다. 소저가 이때 시비들에게 끌려와 어지러운 정신에 왕생의 이와 같은 모습을 보고 혼비백산해 황급히 손을 떨쳤다. 그러나 왕생이 어찌 놓겠는가. 이에 소저가 초조하고 급해 기운이 끊어질 듯하자 생이 웃고 달래 말했다.

"너는 내 집의 종이니 내가 어찌 너와 잠자리를 하지 못하겠느냐? 마땅히 첩의 항렬을 빛낼 것이니 너는 두려워 마라."

소저가 이 말을 듣고는 더욱 두렵고 겁을 내어 무수한 눈물이 북받쳐 흘렀다. 생이 이에 웃고 친히 눈물을 씻어 주며 소저의 옷을 벗겨 자리에 나아가려 했다. 그러자 소저가 겁을 내어 다만 말했다.

"첩이 천하다 하지만 상공께서 이 어찌 된 행동입니까?"

생이 말했다.

"너는 나의 종이니 무슨 예법이 있겠느냐?"

소저가 대로해 생을 힘써 밀치고 일어서자 생이 놀라서 소저를 붙잡고 급히 몸을 붙이려 했다. 소저가 이를 굳이 막아 끝내 듣지 않자 생이 크게 노해 철로 된 채찍을 들어 무수히 난타했다. 소저가 약질이라 이를 견디지 못해 기절해 거꾸러졌다. 생이 놀라서 소저를 붙들어 자리에 눕히고 구완하자 소저가 겨우 깨어났다. 소저의 흐르는 눈물이 연꽃 같은 뺨에 젖고 근심하여 탄식하는 소리를 내지르니 생이 슬피 여겨 위로하고 꾸짖었다.

"너 천한 종이 나의 좋은 뜻을 거스르니 내 어찌 너를 잘 대우하겠느냐? 다시 거스른다면 널 죽여서 나의 한을 풀 것이다."

소저가 이에 대답하지 않았다.

---

33) 요지(瑤池): 중국 곤륜산(崑崙山)에 있다는 연못으로 주(周) 목왕(穆王)이 서왕모(西王母)를 만나 즐겼다는 곳임.

이튿날 소저가 일어나려 했으나 온몸이 다 붓고 뚫어져 몸을 움직이지 못했다. 이에 누워서 분함과 한스러움을 헤아리지 못할 정도여서 울음을 그치지 않았다. 생이 그 괴이하고 독한 것을 답답하게 여기고 심하게 때린 것을 뉘우쳐 소저를 약물로 다스리고 다시 침범하지 않았다. 소저가 스스로 죽으려 생각해 약을 먹지 않고 종일토록 울었다. 생이 문안에 들어간 때에 윤파가 들어와서 보고 위로했으나 소저가 좋은 낯을 보이지 않았다. 윤파가 타일러 공자의 명령을 따른다면 복이 있을 것이라 일렀다. 그러자 소저가 화를 내며 말했다.

"노파가 비록 나를 길러 주었으나 나는 본디 사족인데 무슨 까닭으로 천한 무리에 있는 것을 감수하겠습니까? 마땅히 자결해 욕을 보지 않을 것이니 노파는 잡말을 그치소서."

노파가 무료히 나가고 공자가 다시 들어와 소저의 손을 잡고 분한 가슴을 어루만지며 안타까워하는 정이 무궁한 채 소저를 끝없이 달랬다. 소저가 더욱 죽을 마음이 급히 다만 벌떡 일어나 생이 찬 칼을 빼어 자신을 찌르려 했다. 생이 이에 황급히 칼을 빼앗고 그 굳세고 매운 데 크게 노했다. 그러나 하릴없어 다만 간절히 권하며 달랠 뿐이었다.

홀연 시동이 이 공자가 왔음을 고하자 공자가 이곳에 앉은 채 공자를 청해 서로 보았다. 형문이 들어와 인사를 마친 후 말을 할 적에 눈을 들어서 보니 구석에 한 여자가 눈물이 가득한 채 고개를 숙이고 앉아 있는 것이었다. 형문이 괴이하게 여겨 묻자 왕생이 웃으며 말했다.

"이 사람은 이러이러한 여자네. 내가 그 재주와 용모를 사랑해 불러 들여왔으나 행동이 이처럼 간악하니 참으로 중하게 다스리려 하네."

형문이 말했다.

"자기가 만일 원하지 않는다면 설사 종이라 한들 겁박할 수 있겠는가?"

왕생이 웃으며 대답하지 않자 형문이 또한 다른 말을 했다. 왕생이 이씨 집안의 번성함을 일컬으며 말끝마다 부마 상공을 일컬었다. 소저가 의심해 곁눈으로 이생을 보니 어렴풋이 반가운 듯하며 용모와 음성이 자기와 닮아 더욱 마음이 움직였다. 그러나 자기가 먼저 묻는 것이 가당치 않아 눈물만 앉은 자리에 고일 뿐이었다. 이에 형문이 자연히 타고난 정이 움직여 슬픈 빛으로 물었다.

"미인이 이 집의 여종으로 공자의 소실(小室) 되는 것이 만족할 일일 터인데 어찌 이토록 슬퍼하는 것인가?"

소저가 이 사람이 물은 것을 다행으로 여겨 즉시 대답했다.

"소첩은 본디 이 집의 종이 아닙니다. 가슴에 원통한 회포가 있으니 대상공께서 이 부마를 아십니까?"

형문이 놀라서 대답했다.

"이 부마는 나의 가친이시니 미인이 어찌 아는가?"

소저가 목이 쉴 정도로 울고 말했다.

"부마에게 딸 필주라는 아이가 있었나이까?"

이생이 소저의 말을 듣고 크게 놀라 말했다.

"네가 어찌 필주를 아느냐? 그런데 부마의 이름을 알고 있느냐?"

소저가 울고 말했다.

"첩이 과연 나이 다섯 살 때 부모를 따라 어디인지 가다가 미친 사람을 만나 길러졌습니다. 어렸을 적 일이 역력해 부친은 이 부마라 하고 모친은 장 씨라 하며 숙부는 문정후라 하고 큰언니는 미주라 기억합니다. 그러나 찾을 길이 없으니 애가 끊어질 것 같고 천한 집에서 자라 모욕을 감수하다가 끝내는 외간 남자의 그물에 들었으니 어찌 서럽지 않겠습니까? 아버님의 이름은 기억나지 않으나 남이 말할 적에 백균[34]이라 하던가 싶었나이다."

드디어 팔을 내어 보이며 말했다.

"앵혈(鶯血)[35]을 찍을 적에 우리 큰오라버니 홍문이 제 팔에 필주라 쓰던 일이 역력합니다. 이제 상공께서 이 부마의 공자라 하시기에 의심이 동해 근심 어린 회포를 아뢴 것입니다. 상공께서는 대자대비하셔서 첩이 부모를 찾게 해 주소서."

말이 끝나기도 전에 형문이 자신도 깨닫지 못하는 사이에 소저에게 달려들어 붙들고 말했다.

"네가 정말로 필주냐? 부모님께서 너를 잃으시고는 아침 구름과 저녁달에 밤낮으로 간장이 스러진 채 널 그리워하신 것이 몇 년이나 되었더냐? 그러나 끝내 그림자가 묘연해 네 소식을 듣지 못했더니 오늘이 무슨 날이기에 너를 만날 줄 알았겠느냐? 네가 이른 바는 아버님의 자(字)요, 미주 누님은 철 학사 부인이며 문정후는 둘째숙부니 너는 의심 없는 필주로구나."

소저가 이 광경을 보고 슬픈 마음이 구름 밖에 떠 기운이 혼미해졌다. 형문이 역시 눈물을 흘리며 소저를 구호할 적에 소저의 온몸이 다 상해 성한 곳이 없는 것을 보고 크게 놀라 왕생을 돌아보아 꾸짖었다.

"네가 경박해 나의 천금과 같은 누이를 겁박했구나. 또 내 누이가

---

34) 백균: 하남공 이몽현의 자(字).
35) 앵혈(鶯血): 순결의 표식. 장화(張華)의 『박물지』에서 그 출처를 찾을 수 있음. 근세 이전에 나이 어린 처녀의 팔뚝에 찍던 처녀성의 표시를 말하는 것으로 도마뱀에게 주사(朱沙)를 먹여 죽이고 말린 다음 그것을 찧어 어린 처녀의 팔뚝에 찍으면 첫날밤에 남자와 잠자리를 할 때에 없어진다고 함.

너에게 무슨 원한이 있기에 이토록 쳐서 상하게 한 것이냐? 그 죄는 죽고도 남지 못할 것이다."

왕생이 이때 자리에서 소저의 행동을 보고는 놀라고 기뻐 마음이 어린 듯하다가 이 말을 듣고 웃으며 말했다.

"내 일찍이 영매의 처소에 들어가 영매를 겁탈한 적이 없는 것은 이를 것도 없고 영매는 내 집 종의 딸인데 풍류를 가진 남자가 그 재주와 미색에 빠져 동침하려 했네. 그런데 영매가 말이 불순하고 나를 승냥이나 범처럼 물리치기에 내 괘씸한 마음을 참지 못해 약간 구타한 것이 있으나 이 여자가 어찌 영매인 줄 알았겠는가?"

형문이 분노해 말했다.

"네가 갈수록 사나운 말을 하느냐? 설사 내 누이인 줄 알지 못했다 해도 네 어린아이가 성욕이 과도해 이처럼 했으니 아버님이 이를 아신다면 어찌 노하지 않으시겠느냐?"

왕생이 웃으며 말했다.

"네 영매라 하고 뒤통수에 써 붙였으면 내가 알았을 것을, 모른 후에야 이름이 내 종인데 어찌 종을 치지 못할 것이며 부마 상공께서 아신들 모르고 저지른 일에 노하시겠느냐?"

이생이 분노해 대답하지 않고 좌우 사람을 시켜 안성을 부르게 해 필주 얻던 전말을 따져 물었다. 안성이 자세히 고하고 필주가 그때 입었던 옷을 가져오자 형문이 더욱 슬피 오열했다. 그리고 즉시 시동을 시켜 본부에 기별하도록 하고 수레와 말을 갖춰 오라 했다. 이에 왕생이 이를 막으며 말했다.

"영매가 이미 나와 함께 지내 이름상 부부의 의리가 있으니 형이 마음대로 하지 못할 것이다. 그러니 어찌 내게 말하지 않고 갈 수 있겠는가?"

생이 대로해 말했다.

"내 누이가 어찌 생사가 네 수중에 쥐여 있겠느냐? 마땅히 백금으로 속량(贖良)36)해 갈 것이다."

왕생이 웃고 말했다.

"그렇다면 속량했다가 다른 호걸을 맞으려 하는 것이냐?"

형문이 말했다.

"호걸을 맞으나 군자를 맞으나 너와는 상관없는데 무슨 잡말을 하느냐?"

왕생이 웃으며 말했다.

"너의 하는 일이 통쾌하나 영매는 이미 나의 나비 잡는 그물에 걸렸다. 그러니 나를 버리고 어디로 가겠느냐?"

말이 끝나기 전에 이씨 집안에서 하남공이 이르렀다. 왕생과 형문이 일어나 공을 맞으니 소저가 겨우 몸을 움직여 앞에 나아가 네 번 절하고 크게 통곡했다. 남공이 이에 바삐 소저의 손을 잡고 어루만지며 아들을 향해 소저 얻은 연고를 물었다. 형문이 드디어 사연을 자세히 고하자 공이 다 듣고는 한심함을 이기지 못해 묵묵히 있었다. 그러자 왕생이 자리를 떠나 사죄해 말했다.

"소생이 일찍이 알지 못하고 영소저께 무례하게 군 것이 많으니 죄를 청합니다."

공이 정색한 채 대답하지 않고 좌우를 불러 교자(轎子)를 가져오라 해 딸을 붙들어 넣고 훌쩍 돌아갔다. 이에 왕생이 매우 무안하게 여겼다.

장 부인이 필주 잃은 후에 필주를 잊은 적이 없는 데다 둘째딸 명

---

36) 속량(贖良): 몸값을 받고 노비의 신분을 풀어 주어서 양민이 되게 하던 일.

주를 이해에 혼인시켜 위생의 처로 삼고서는 필주 생각이 더욱 간절했다. 그러던 중 천만뜻밖에도 필주가 생존해 있다는 소식을 듣자 심신이 아득하고 넋이 날아갈 듯해 공이 필주 데려오기를 서서 기다리고 있었다.

이윽고 공이 돌아오고 소저의 채색 가마가 이르자 부인이 버선발로 중간 계단에 내달아 바삐 휘장을 들추었다. 소저가 남루한 의상으로 겨우 아픈 수족을 끌어 교자에서 나와 모친 옷을 잡고는 눈물이 옥 같은 뺨에 줄줄 흘러내리는 것이었다. 장 부인이 소저를 붙들고 몸을 구르며 통곡했다.

이렇게 굴 적에 광평후 등이 연이어 모여 중간 계단에 늘어서서 모친을 붙들고 말려 당에 오르도록 했다. 이때 주비(朱妃)가 칠보(七寶)37) 구슬 목걸이를 드리우고 소옥 등을 거느려 천천히 중당에 이르러 장 부인과 소저가 슬퍼하는 모습을 보고 슬픈 빛으로 위로했다.

"부인은 부질없이 마음을 사르지 마소서. 십 년을 떠나 있어도 견뎌 냈는데 이제 만나서 과도히 슬퍼하시는 것입니까? 그런데 딸아이는 어미를 보아도 어찌 알은체하지 않는 것이냐?"

소저가 깨달아 즉시 일어나 절했다. 주비가 나오게 해 손을 잡고 부인 방에 들어가 말했다.

"네 모습이 괴이하니 남이 보면 이상하게 여길 것이다. 피해 있는 것이 좋겠다."

말을 마치고 자리를 정하자 남공이 또한 들어와 소저를 쓰다듬어 사랑하며 기쁨을 이기지 못했다. 생들이 또한 기뻐했으나 소저를 찾은 연고를 몰라 궁금해 했다. 이때 형문이 이르자 소저는 새로이 부

---

37) 칠보(七寶): 금, 은, 구리 따위의 바탕에 갖가지 유리질의 유약을 녹여 붙여서 꽃, 새, 인물 따위의 무늬를 나타내는 공예. 또는 그 공예품.

끄러워 고개를 숙이고 눈물이 얼굴에 가득한데 생들은 괘씸함을 이기지 못해 말했다.

"누이가 운수가 기구해 역경을 두루 겪었으니 어찌 한스럽지 않으냐? 그런데 이렇게 모인 것이 천고에 없는 기쁜 일이거늘 누이는 편벽되게 슬퍼하는 것이냐?"

장 부인이 탄식하고 말했다.

"이 아이가 나의 천금처럼 어여쁜 아이로서 천한 집에서 비루하게 자랐으니 남도 불쌍히 여길 정도다. 그런데 외간 남자를 만나 더할 수 없는 모욕을 보았으니 서러워하는 것이 어찌 괴이하겠느냐?"

드디어 소저의 몸을 자세히 살폈다. 온몸이 푸르고 터져 성한 곳이 없는 가운데 더욱이 정수리와 두 팔에 혈흔이 낭자해 성한 곳이 없었다. 부인이 이를 보고 낯빛이 변한 채 오열하며 눈물을 흘렸다. 남공은 어이없어 말을 안 하고 생들은 크게 놀라 왕생을 한스러워해 말했다.

"왕가는 어떤 것이기에 이토록 흉악하고 포악한 심술이 있는 것인가? 우리가 마땅히 이 사람에게 모욕을 씻을 것이다."

주비가 정색하고 천천히 말했다.

"저 사람도 사족이요 너희도 사족이니 저에게 무엇이 못 한 것이 있어 저를 다스리려 하느냐? 필주가 아름다워 천하에 얻지 못할 미색이니 어린 남자가 그저 두고 보지 않는 것은 괴이하지 않다. 그런데 너희는 얼마나 행실을 잘 가졌다고 남을 시비하는 것이냐?"

생들이 이 말에 웃음을 머금어 엎드렸고 공은 낯빛이 좋지 않은 채 한마디를 안 했다.

승상부로부터 연왕 등 네 명과 생들이 일시에 모여 필주가 살아 돌아온 것을 치하하고 필주 얻은 연고를 물었다. 연왕이 소저를 나오게 해 어루만지며 흔쾌히 말했다.

"조카가 십 년을 어버이 곁을 떠났다가 이곳에 모였으니 기쁘구나. 그런데 장차 어디에서 이르렀기에 모습이 이처럼 구슬픈 것이냐?"

형문이 미소하고 사연을 자세히 고하자 모두 놀라고 의아해 했다. 연왕이 이에 웃으며 말했다.

"이는 또 조카딸의 운수가 기구해서 그런 것이니 어찌 남을 한스러워하겠느냐? 그러나 이처럼 모인 것이 기쁘니 형수님은 슬퍼하지 마소서."

개국공이 또한 웃고 말했다.

"조카딸에게 묻겠다. 왕생이 어떠한 사람이기에 너를 이토록 심하게 상하게 한 것이냐?"

소저가 부끄러워 묵묵하고 남공이 잠시 웃고 말했다.

"저 왕가가 어떤 것인지 딸아이가 어찌 알겠느냐?"

공이 크게 웃고 말했다.

"형은 너무 통쾌한 말을 마소서. 조카딸이 이제는 하늘이 무너지고 땅이 다해도 왕씨 집 사람입니다. 그 어짊 여부를 묻는 것이 괴이합니까?"

남공이 정색하고 말했다.

"딸아이를 심규에 늙히려 정했으니 어찌 왕씨 집에 가도록 하겠느냐?"

연왕이 웃으며 대답했다.

"형님처럼 이치에 통달하신 분이 이따금 되지 못할 말씀을 하시니 제가 수긍하지 않습니다. 필주가 특이한 용모를 타고나 조물주의 시기를 많이 입어 초년 운수가 사나워 남에게 없는 역경을 두루 겪었습니다. 그러나 일의 형세상 하릴없거늘 또 심규에 늙힌다는 말씀을 하시는 것입니까? 미주 때도 잘도 늙히셨습니다."

말을 마치자 공들이 크게 웃고 남공이 또한 미소했다.

이윽고 사람들이 다 헤어진 후에 공이 딸을 위로해 편히 누워 조리하라 하고 부인과 함께 탄식을 그치지 않았다.

소저가 부모를 만나 평생의 깊은 한이 풀어졌으나 왕생의 행동을 생각하면 몹시 한스러운 마음을 씻기 어려웠다. 스스로 자신의 운명을 탄식해 이불 속에 몸을 버려 두고 낯을 열어 오빠들을 마음대로 보지 않았다. 이에 부모가 그 신세를 불쌍히 여겼다.

왕 소저가 이 일을 듣고는 크게 무안해 부모에게 편지를 써 생이 호방함을 금하지 않았음을 애달파했다. 왕 공 부부가 처음으로 이 일을 알고 몹시 놀라 생을 불러 크게 꾸짖자 생이 대답했다.

"소자가 저 사람이 누구인지 알고 침범했으면 죄가 깊겠지만 일찍이 알지 못하고 우리 집 여종으로 알아 동침하려 했습니다. 그 여자가 매섭고 독해 끝까지 소자를 용납하지 않아 팔뚝 위의 붉은 점38)이 아직 그대로 있으니 소자의 죄는 추호도 없나이다."

공의 부부가 이에 묵묵히 있었다.

필주 소저가 십여 일 조리해 바야흐로 상처가 다 낫자 화장을 잠깐 하고 승상부에 이르러 조부모를 뵈었다. 승상 부부와 유 부인이 슬픔과 놀라움을 이기지 못해 소저를 어루만지며 말했다.

"금주에서 상경할 적에 너를 잃고 그 후에 너의 생사 소식을 듣지 못해 밤낮으로 잊지 못하고 있었단다. 그런데 천행으로 네가 집을 찾아 이르렀으니 어찌 기쁘지 않으냐?"

---

38) 팔뚝 위의 붉은 점: 앵혈(鶯血)을 이름. 앵혈은 순결의 표식으로, 장화(張華)의 『박물지』에서 그 출처를 찾을 수 있음. 근세 이전에 나이 어린 처녀의 팔뚝에 찍던 처녀성의 표시를 말하는 것으로 도마뱀에게 주사(朱沙)를 먹여 죽이고 말린 다음 그것을 찧어 어린 처녀의 팔뚝에 찍으면 첫날밤에 남자와 잠자리를 할 때에 없어진다고 함.

소저가 이에 절해 사례했다. 모든 숙당(叔堂)과 양 씨 등이 처음으로 소저를 보고 놀라며 칭찬하는 소리가 끊이지 않았다.

뭇 소년들이 모두 중당에 이르자 철 학사 부인 미주와 남 학사 부인 초주, 유 한림 부인 효주가 필주를 이끌고 자리에 이르러 함께 모인 것을 치하하니 담소하는 소리가 낭랑했다. 정생의 처 월주가 또한 이르러 필주를 매우 사랑해 그 손을 놓지 않았다. 필주가 또한 여씨, 위 씨 등의 특이한 얼굴과 월주의 시원스러운 모습이 뛰어나게 아름다운 것을 칭송하고 흠모해 복종했다. 골육의 정이 움직여 서로 친하고 사랑하는 정이 흘러넘쳤다. 여 씨 등이 철 학사 부인 등을 향해 필주가 생존한 것을 하례하니 철 부인이 흔쾌히 말했다.

"십 년을 떨어져 있던 동생을 기특하게 얻은 것은 조상의 덕으로 후손에게 경사가 생겨서이니 동생네 치하를 어찌 사양하겠는가?"

말을 마치고는 좌우를 시켜 성찬(盛饌)[39]을 내어와 술을 썩 많이 마셨다. 도어사 기문과 제남후 백문이 어깨를 나란히 해 지나가다가 휘장을 올리고 웃으며 말했다.

"누님은 오늘 무슨 행운으로 이처럼 모여 즐기시는 것입니까?"

철 부인이 낭랑하게 웃으며 말했다.

"오래 잃었던 동생을 얻은 데다 항아(姮娥) 같은 형제들로부터 옥이 부서지는 것 같은 치하를 받아 즐기고 있는 것이니 너희가 물어 알 바가 아니다."

도어사가 웃으며 말했다.

"누님이 즐기시는데 저희도 참여할 수 없겠습니까?"

부인이 웃으며 말했다.

---

39) 성찬(盛饌): 풍성하게 잘 차린 음식.

"내 어찌 한 자리를 허락하지 않겠는가마는 양 씨 등이 불쾌히 여길까 하는구나."

어사가 웃고 말했다.

"제수씨 등이 이미 우리 가문에 들어오신 지 오래니 우리를 어찌 내외하시겠습니까?"

남후가 미미히 웃으며 필주를 향해 말했다.

"누이가 왕생을 생각해 먹고 자는 것이 달지 않은 것이냐? 어찌 이토록 근심하는 빛이 은은한 것이냐?"

소저가 이 말을 듣고는 옥 같은 얼굴에 붉은빛이 모여 묵묵히 고개를 숙였다. 이에 철 부인이 남후를 꾸짖었다.

"그렇지 않아도 서러워하는 아이를 너조차 모욕하는 것은 어인 일이냐?"

어사가 웃으며 말했다.

"운보40)가 어찌 누이를 욕하는 것이겠습니까? 지극한 정론입니다. 왕생이 누이를 끌어 후린 이후에는 혼례를 올리지는 않았으나 부부나 다르겠나이까? 누이는 이미 왕 씨 집 사람이라 중요하지 않습니다."

철 부인이 말했다.

"그러나저러나 아우가 듣고 싶지 않은 말을 실없이 하는 것이냐? 빨리 나가라."

두 사람이 이에 크게 웃고 돌아갔다.

소저가 부끄러움을 이기지 못해 가만히 모친 침소로 돌아가 두문불출했다. 이후에는 사람들이 모이는 곳에 나다니지 않으니 부모가

---

40) 운보: 이백문의 자(字).

매우 불쌍하게 여기고 형제들도 불쌍히 여겨 그 원망이 왕생에게 돌아갔다.

며칠 후에 왕 참정이 매파를 보내 구혼하자 남공이 회답했다.

"딸아이가 나이 어리니 아직 혼사에는 생각이 없습니다."

이때 연왕이 이곳에 있다가 남공에게 간(諫)해 일렀다.

"필주가 미인이라 운명이 기박해 괴이한 지경을 다 겪었습니다. 왕생의 무식함은 놀라우나 일은 고요하게 처리하는 것이 옳습니다. 좋게 왕생을 맞이함만 같지 못하거늘 무슨 일로 고집을 부리시는 것입니까? 남아의 호방함은 예삿일이라 홀로 왕생을 꾸짖지 못할 것입니다."

공이 웃고 대답했다.

"내 또 아는 일이다. 그러나 왕생의 경박함이 괘씸하니 잠깐 징계하려 하는 것이다. 또 국상 삼년이 다하지 않았으니 훗날에 자연히 내 처치가 있을 것이다."

왕이 이에 사례했다.

남공이 이에 안 씨 부부를 불러와 크게 상을 내려 그 은혜를 갚으니 안성 부부가 황공해 고개를 조아리고 물러났다.

왕씨 집에서 부린 매파가 돌아가 남공이 허락하지 않았다고 고하자 참정이 매우 무료해 말했다.

"저 여자가 이미 우리 아이와 잠을 함께 자 의리상 저버리지 못할 것이므로 혼인을 청했더니 저 집에서 이처럼 굳게 거절할 줄 어찌 알았겠는가? 천하에 여자가 적지 않으니 며느리를 근심할 바는 아니나 저 여자의 행실 없는 것이 한심하고 이몽현이 군자라 하는 말이 거짓말이로구나."

왕생이 이 말을 듣고 마음이 급해 그윽이 이 공을 한스러워하고 물러나 서재로 돌아가 스스로 일러 말했다.

"대장부가 이 씨 같은 절색의 숙녀를 남의 손에 들어가게 하고 어찌 잠시나 인간 세상에 머무르겠는가? 저 여자가 절개를 잃는 것이 참으로 분하구나. 내가 마땅히 아무 계교나 내어 저 여자를 모욕해 다른 곳에 가지 못하게 해야겠다."

그러다가 또한 탄식하며 말했다.

"내 두 팔에 천 근을 들 수 있는 힘이 있는데 저 삼 척의 아녀자를 이기지 못해 그 비홍(臂紅)[41]을 없애지 않아 혼사가 어그러졌으니 어찌 애달프지 않은가?"

이처럼 근심하며 애를 태우다가 한 계교를 생각하고는 가만히 한 봉의 서간을 지어 윤파를 불러 이씨 집에 가 소저를 보고 전하라 했다.

윤파가 명령을 듣고 이씨 집안에 이르러 소저를 뵙고 싶다 했다. 여러 시비가 나와 윤파를 청해 작은 월랑(月廊)[42]에 앉혀 두고 술과 안주를 갖춰 대접했다. 윤파가 고마운 뜻을 표하고 소저 보기를 재촉하자 시녀가 들어가더니 나와 전했다.

"소저께서는 왕부에서 돌아오신 후에 병환이 깊어 이부자리를 떠나지 못하시므로 할멈을 보지 못하십니다."

이에 윤파가 놀라서 말했다.

"내가 소저를 길러 하루 떠나는 것을 삼추(三秋)처럼 여기다가 존부(尊府)에 오신 지 한 달이 다하도록 뵙지 못해 근심하는 마음이 사라지지 않고 염려를 이기지 못했네. 그래서 소저를 뵈려 하는 것인데 어찌 날 안 보시겠다는 것인가? 진실로 소저를 뵙지 못하면 못 돌아갈 것이네."

---

41) 비홍(臂紅): 팔뚝 위의 붉은 점. 앵혈을 말함.
42) 월랑(月廊): 행랑(行廊)과 같은 말로 대문 안에 죽 벌여서 지어 주로 하인이 거처하던 방.

시녀가 또 들어갔다가 다시 나와 소저의 말을 전했다.

"할멈의 정성 어린 후의(厚意)[43])에 감격하지 않음이 아니나 진실로 질병이 중해 보지 못하니 훗날에 오라 하셨습니다."

윤파가 하릴없어 다만 말했다.

"병소(病所)[44])에 들어가 뵙지 못하겠는가?"

시녀가 말했다.

"소저께서 부인 침소에 계시고 어르신이 지금 내전에 계시니 들어오라는 말씀을 못 하셔서 참으로 슬퍼하셨습니다."

윤파가 다시 청하지 못하고 돌아가 이대로 고하자 왕생이 더욱 실망해 말없이 대답하지 않았다.

왕생이 십여 일 후에 이씨 집안에 이르러 누이를 볼 적에 왕 소저가 동생을 보고 반겼으나 전날의 행동을 이르고 무례함을 꾸짖었다. 이에 생이 웃으며 말했다.

"누님은 편벽된 말씀을 마소서. 제가 저 이 씨를 규방 속에 들어가 겁탈했다면 제 행동이 잘못된 것이지만 저는 누님의 여종으로 알고 그 자색에 빠져 강제로 관계를 가지려 한 것입니다. 그것이 어찌 왕공에게 죄 되는 것이 그리 쉬울 줄 알았겠습니까? 그러나 이 씨가 여자로서의 행실이 없는 것이 더러우니 다시 일컫지 마소서."

소저가 이에 꾸짖었다.

"네가 잘못해 놓고서 사죄는 안 하고 이 무슨 말이며 또 시누이에게 무슨 여자로서의 행실 없는 일이 있단 말이냐?"

생이 대답했다.

"제가 저 여자와 이성(二姓)의 친(親)[45])을 이루지는 않았으나 두

---

43) 후의(厚意): 남에게 두터이 인정을 베푸는 마음
44) 병소(病所): 병을 치료하기 위하여 환자가 거처하는 방.

밤을 함께 잤습니다. 이처럼 굴면서 제 손이 저 여자 몸에 안 간 곳이 없으니 부부가 아니라 하기를 못 할 것입니다. 그런데 누님의 시아버님이 저를 나무라고 물리쳤으니 여자의 정절이 높다고는 못할 것입니다."

소저가 이에 낯빛을 바꾸고 말했다.

"네가 호방해 네 누이로써 낯을 들어 시가에 무안(無顏)[46]함을 보게 하고서 갈수록 실성한 말로 규중의 여자를 침범하는 것이냐? 시아버님이 어찌 천금 같은 딸을 너 허랑(虛浪)[47]한 사람에게 허락하시겠느냐? 어리석은 생각을 가지고 그런 일은 바라지도 마라."

생이 흔쾌히 웃으며 말했다.

"제가 어찌 바라겠습니까? 다만 저 여자의 실행(失行)[48]이 대단함을 이른 것입니다."

말을 마치고서 웃고 일어나 나갔다.

이때 광평후 등이 서당에 모여 있다가 생이 왔다는 말을 듣고 제남후가 형문을 부추겨 생을 청하도록 했다. 왕생이 이에 즉시 이르러 사람들에게 뵈니 너른 대청 위에 금빛 띠를 찬 사람들이 삼이 벌여 있듯 해 휘황한 차림새가 삼엄했다. 자연히 기운이 떨어져 용모를 낮추고 의관을 다시금 다잡아 사람들에게 인사를 마치고 말석에 앉았다. 광평후로부터 사람들이 일시에 팔을 들어 답례하고 눈을 들어서 생을 보았다. 왕생의 아름다운 외모가 당당하고 시원스러워 참으로 반악(潘岳)[49]이 죽지 않았고 위개(衛玠)[50]가 다시 살아나더라

---

45) 이성(二姓)의 친(親): 성씨가 다른 두 사람이 성교를 하는 것.
46) 무안(無顏): 수줍거나 창피하여 볼 낯이 없음.
47) 허랑(虛浪): 언행이나 상황 따위가 허황하고 착실하지 못함.
48) 실행(失行): 여자로서의 행실을 잃음.
49) 반악(潘岳): 중국 서진(西晉)의 문인(247-300)으로 자는 안인(安仁). 하남성(河南省) 중모(中牟) 출생. 용모가 아름다워 낙양의 길에 나가면 여자들이 몰려와 그를 향해 과일을 던졌다는 고사

도 이보다 더하지 못할 것 같았다. 빼어난 풍채와 당당한 골격이 사람들의 눈을 부시게 했다.

모두 놀라고 의아해 속으로 칭찬했으나 광평후 등은 누이 때문에 다 각각 불쾌한 마음을 품고 있던 터라 정색하고 가만히 생을 바라보았다. 광릉후가 먼저 흔쾌히 말을 폈다.

"일찍이 자유51) 형 덕에 공자의 빛나는 명성을 익히 듣고 우러러보는 것이 깊었으나 정작 얼굴을 뵙지 못했네. 그런데 오늘은 무슨 행운으로 옥 같은 외모를 구경하게 되었으니 들었던 것보다 나아 사랑하는 마음을 참지 못하겠네. 나이는 몇이나 하시는고?"

왕생이 공손히 자리에서 일어나 대답했다.

"상공께서 표형(表兄)52)과의 교분이 진번(陳蕃)53)을 본받으셔서 소생이 또한 아는 것이 서름서름하지 않았으나 부리가 누런 새 새끼처럼 어린아이가 대신 안전에 뵙는 것이 자연히 두려워 일찍이 뵙지 못했습니다. 그런데 오늘 우연히 누님을 뵈러 이르렀다가 여러 상공을 뵙고 어르신께서 위로해 주시는 말씀을 들으니 평생의 영화입니다. 천한 나이는 헛되이 열다섯 해를 지냈나이다."

능후가 칭찬해 말했다.

"공자의 나이를 들으면 약관의 서생인데 행동거지가 이토록 조숙한고?"

가 있음.

50) 위개(衛玠): 중국 서진(西晉) 때의 인물(286-312). 자(子)는 숙보(叔寶). 서진 때 태자세마(太子洗馬) 벼슬까지 함. 어려서부터 용모가 준수해 시장에 가면 사람들이 둘러싸 그를 '벽인(璧人)'이라 불렀다 함. 위개의 외삼촌인 표기장군 왕제(王濟)가 또한 용모가 아름다웠으나 매양 위개를 보면 탄식하며 주옥이 앞에 있어 자신의 더러움을 깨닫는다고 하였다 함.

51) 자유: 왕선의 사촌인 왕기의 자(字)로 보임.

52) 표형(表兄): 이종, 고종 및 외 사촌형.

53) 진번(陳蕃): 중국 후한(後漢) 때의 인물. 진번이 예장(豫章) 태수(太守)로 있을 적에 다른 빈객은 맞지 않고 오직 서치(徐稚)만을 위해서 걸상 하나를 준비하여 서치가 와 담소를 하고 떠나면 걸상을 다시 위에 올려놓았다는 고사가 전함.

말이 끝나지 않아서 도어사 기문이 봉황의 눈을 흘려 능후를 보며 말했다.

"이보⁵⁴⁾가 어려서부터 사람을 알아보는 눈이 있더니 어찌 이토록 어리석은 것이냐? 저 한낱 미친 사람을 숙성하다고 한다면 정말로 숙성한 사람에게는 장차 무엇이라 하겠느냐?"

말을 마치고 왕생을 향해 말했다.

"학생이 당돌하나 공자께 묻겠네. 나의 누이가 공자께 무슨 죄를 지었기에 참혹히 구타할 적에 온몸을 헤아리지 않아 괜히 중풍 맞은 사람이 되게 했는가? 그 까닭을 듣고 싶네."

왕생이 공손히 듣고 천천히 대답했다.

"소생이 비록 불학무식하나 난 지 열다섯에 오륜(五倫)의 윤리를 삼가고 남녀가 유별한 줄을 압니다. 그러나 영매는 규방 가운데 계시나 그렇게 하지 않았나이다."

어사가 이에 낯빛을 고치고 말했다.

"군이 한갓 말 잘하는 것을 자랑해 이와 같이 대답하나 우리 누이가 만일 규방 가운데 있었다면 무슨 청승으로 그대에게 매를 맞았겠는가?"

왕생이 미소하고 말했다.

"벌과 나비는 길가의 꽃을 그저 보지 않는 법이라 상공께서는 남자시니 마음은 다 같을 것입니다. 소생이 본디 풍류를 즐기는 협객이거늘 영매가 한 송이 연꽃으로 소생의 눈에 뵈었으니 어찌 가만히 두려는 마음이 있겠습니까? 만일 영매인 줄 알고 범했다면 소생의 죄는 죽어도 갚기 어려울 것입니다. 그러나 영매는 내 집 종의 딸로

---

54) 이보: 이경문의 자(字).

서 누이의 작은 여종이었습니다. 잠시 잠자리에서 정을 머무르는 것이 해롭지 않다 생각해 불러서 들여온 것입니다. 그런데 영매가 남자의 풍정 물리치기를 승냥이와 독사처럼 하기에 소생이 그때 영매인 줄 알지 못하고 여종으로 알았으므로 그 교만함을 괘씸하게 여겨 천한 성이 끝을 누르지 못해 과도하게 손을 놀렸습니다. 그러나 이는 알고 범한 일이 아니니 폐하 앞에 가더라도 벌을 받지 않을 것입니다. 그런데 영소저도 여자로서의 행실이 없습니다. 소생이 희롱할 때 이르러 조용히 근본을 일렀다면 소생이 놀라고 공경해 영매를 때리는 폐단도 없고 일마다 다 순조롭게 되었을 것입니다. 그런데 그윽이 일을 분명히 하지 않았으니 소생이 사광(師曠)[55]처럼 총명한들 어찌 깨달았겠습니까? 속절없이 영매를 천하게 대해 비록 부부간의 성교는 하지 않았으나 부부의 도리를 다했습니다. 그런데 지금에 이르러 영매가 소생을 나무라서 홍모(鴻毛)[56]처럼 소생을 버리고 다른 군자 옥랑(玉郞)을 맞이하겠다 합니다. 소생이 영매를 각별히 마음에 두는 바는 없으나 소생이 여자의 더러움을 개탄해 바로 상공들 안전에서 설파하려 했더니 대인께서 어찌 소생을 꾸짖으시는 것입니까?"

말을 마치자 사람들이 그 무산(巫山) 협곡[57] 같은 말을 속으로 칭찬하고 어사는 정색해 말했다.

"그대는 과연 염치가 좋은 사람이구나. 설사 우리 누이인 줄 당초에 몰랐어도 적어도 염치가 있는 남자라면 종이라 한들 그토록 칠

55) 사광(師曠): 중국 춘추시대 진(晉)나라 사람. 자는 자야(子野)로 저명한 악사(樂師)임. 눈이 보이지 않아 스스로 맹신(盲臣), 명신(瞑臣)으로 부름. 진(晉)나라에서 대부(大夫) 벼슬을 했으므로 진야(晉野)로 불리기도 함. 음악에 정통하고 거문고를 잘 탔으며 음률을 잘 분변했다 함.
56) 홍모(鴻毛): 기러기의 털이라는 뜻으로, 매우 가벼운 사물을 이르는 말.
57) 무산(巫山) 협곡: 사천성(四川省) 무산현(巫山縣)에 있는 협곡으로, 험하기로 이름 높은 곳임.

수 있겠는가? 누이가 본디 나이 어리고 기골이 장성하지 못한데 그대의 흉한 수단을 만나 뼈가 빻아진 것처럼 되었네. 우리 집에 온 후에 온갖 방법으로 다스렸으나 조금의 효과도 없어 사지를 영영 쓰지 못하니 아침저녁으로 밥 먹이는 것도 다 남이 해 주고 입조차 상해 말도 변변히 못 하네. 부모님께서 이를 뼈에 사무치도록 불쌍히 여겨 밤낮 울음으로 지내시는데 어느 경황에 혼사에 생각이 있어 그대를 맞으시겠는가? 누이가 또한 말은 안 하나 생전에 그대 보는 것을 원하지 않아 중이 되려 한다 하네. 그대는 남의 일생을 마쳤으면 부끄러워 잠자코 있을 것이지 도리어 달려들어 모욕하는 것은 어인 일인가?"

왕생이 웃으며 말했다.

"상공께서는 소생을 어둡게 여기지 마소서. 소생이 이 씨의 상처를 다 보았으니 곳곳이 푸르고 살점이 뜯어졌으나 뼈는 상하지 않았습니다. 그러나저러나 영매가 이제는 소생에게 간섭되지 않게 되었으니 소생에게 이르지 마소서. 소생은 풍채가 묻혀 숙녀에게서 버림받은 사람이 되었나이다."

어사가 말했다.

"누이가 그대를 버리며 버리지 않을 것이 있겠는가? 누이는 누이요, 그대는 그대니 서로 결정할 일이 없네."

왕생이 말했다.

"결정할 일이 본디 없으나 이 씨가 소생과 두 밤을 함께 자고 떠나 부부의 이름이 있으니 자연히 말이 그렇게 된 것입니다. 이 씨는 이미 절개를 잃었으니 소생이 다시 혼자서 결정하겠나이까? 근심 마소서. 그런데 상공의 벼슬이 간관(諫官)이시니 그런 여자는 엄히 다스리시는 것이 옳습니다."

말을 마치고서 기쁜 빛으로 웃으니 옥 같은 얼굴이 복숭아꽃처럼 붉은색을 띠고 붉은 입 사이로 흰 이가 비쳐 웃는 소리가 낭랑했다. 좌우의 사람들이 또한 웃음을 머금고 어사는 크게 소리 질러 말했다.

"그대가 어찌 나를 이토록 업신여기는가? 우리 누이가 절개를 잃을 때 그대가 증인이 되었는가? 그대가 이르지 않아도 내 청천백일하에 사대부가 규수를 더럽힌 도적놈을 다스려 풍속을 바르게 하려 하네."

왕생이 웃고 대답했다.

"상공께서는 분노를 삭이시고 제 말을 들으소서. 거룩하신 천자께서 중화와 오랑캐를 한 번 통일하셔서 정사가 귀신 같으시니 신하와 백성의 소소한 일인들 다 살피시지 않겠습니까? 누가 그리 맑고 착해서 자기 집 누이의 여종을 남의 사대부가 여자라 해 공경하겠습니까? 소생이 무심코 범했으나 팔뚝 위의 붉은 점이 분명하고 일찍이 존부에 와 까닭 없이 소저를 겁탈한 일이 없습니다. 법부(法府)에서 묻는 날 소생에게 입이 있으니 사연을 분명히 말하지 못하겠습니까? 풍속을 바르게 할 것 같으면 영매가 먼저 벌을 받는 것이 옳습니다. 소생은 모르고 저지른 일이나 영매는 당당한 사족 여자로서 다른 가문의 남자에게 여러 가지로 희롱당하고서 부모를 찾자 여러 동기의 위엄과 세력을 가졌다 생각해 소생을 물리치니 어찌 우습고 부끄러운 일이 아닙니까?"

어사가 더욱 노해서 말했다.

"누이가 언제 그대를 물리쳤는가?"

생이 웃으며 대답했다.

"접때 가친께서 좋은 뜻으로 존부에 혼인을 청했으나 허락하지 않으셨으니 이 어찌 영매의 실절(失節)이 아니겠습니까?"

어사가 말했다.

"아까 이르지 않던가? 누이가 사지를 움직이지 못해 괜히 병든 사람이 되었는데 어찌 움직여 혼인 대례를 지내겠는가? 지식과 이치를 통달했다 하고서 그만 한 일을 생각하지 못하는가?"

왕생이 말했다.

"소생이 또한 어리석지 않으니 상공에게 속겠습니까? 사지(四肢)를 쟁기로 눌렀다 해 사지를 쓰지 못하겠습니까? 저 사람은 약하고 소생은 굳세니 소생이 핍박할 때 마구 잡아 서로 힐난해 몸이 상했으나 대단하지 않았는데 그토록 되겠습니까? 상공께서는 황실의 친척으로서 벼슬이 조정의 재상을 지내시고 지금 재상의 반열에 계시거늘 소견이 이토록 녹록(錄錄)[58]하십니까? 한 명의 누이를 서방 맞게 하려 하셔서 그 전 남자에게, 멀쩡한 사람을 없는 병이 있다 속이시니 어찌 구차하지 않습니까? 몸이 성하다 해도 소생은 두 마음 두는 여자는 거두지 않을 것입니다."

말을 마치자 크게 웃고 소매를 떨쳐 돌아갔다.

좌우의 사람들이 일시에 웃고 왕생의 언변을 일컬었다. 어사가 한참을 잠자코 있다가 손에 들었던 부채를 내어 던지고는 크게 소리해 말했다.

"오늘부터 대대로 전해 가며 딸을 낳지 말라 하는 것이 옳다."

사람들이 무심중에 어사의 웅장한 소리를 듣고 놀라 그 까닭을 물었다. 어사가 이에 탄식하며 말했다.

"왕랑의 말을 너희가 듣고서 어찌 묻는 것이냐? 내가 할 말이 없는 것이 아니라 자연히 얽매이고 왕랑은 점점 말이 시원해지니 어찌

---

58) 녹록(錄錄): 평범하고 보잘것없음.

참으로 분하지 않겠느냐? 누이에게도 이러한데 딸에게 다다라서는 큰 욕을 먹을 것이니 마땅히 자손에게 전해 딸을 두지 말라고 해야겠다.”

이에 사람들이 크게 웃고 광평후가 말했다.

“너에게 처음에 말하라 하더냐? 나는 그럴 줄 알고 잠자코 있었다.”

어사가 말했다.

“어이 저 사람에게 말을 못 할까 싶습니까? 잠자코 있기는 더 분합니다.”

광릉후가 웃고 말했다.

“형님은 어려운 계훈(誡訓)[59]도 자손에게 내리려 하십니다. 자녀를 자기 마음대로 낳는다면 자식 없는 사람이 누가 있겠습니까? 먼 자손에게 유언을 마시고 지금 형에게 두 딸이 있는데 어찌하려 하십니까?”

어사가 머리를 흔들며 말했다.

“그러므로 밉기가 짝없으니 수도하는 여승에게 제자로 주려 한다. 그런데 네 딸도 부질없다.”

능후가 대답했다.

“저는 위 씨가 병이 많고 몸이 약해 다시 자식을 못 낳을까 싶어 딸아이 한 명을 천금의 보물처럼 여기니 어찌 부질없다 하십니까? 두고 보십시오. 열 딸을 낳아도 다 훌륭한 사위를 얻어 한 집에 거느리고 있어도 욕먹는 폐단이 없게 할 것입니다.”

어사가 말했다.

“너는 이리 이르지 마라. 우선 너부터도 위 공을 욕하더라.”

---

59) 계훈(誡訓): 경계와 가르침.

능후가 말했다.

"그 장인은 욕하고 싶어서 했지만 정답게 있다면 미친 사위를 얻는다 해도 욕을 먹겠습니까?"

광평후가 말했다.

"셋째아우가 공연히 앉아 있다가 왕생을 맡아 부질없이 말을 시작해 두고 저렇게 구니 어찌 괴이하지 않으냐? 이보에게 딸이 있으나 없으나 네게 상관이 있느냐?"

어사가 말했다.

"생각하니 딸의 해로움이 가볍지 않은데 그렇게 안 하겠습니까? 왕랑의 언변을 못 따른 것이 아니라 말끝마다 여자의 실행(失行)을 늘어 놓으니 무엇이라 사리를 밝혀 말하겠습니까?"

초후가 천천히 잠시 웃고 말했다.

"그러므로 아예 입을 다무는 것만 같지 못하거늘 부질없이 다투셨나이다."

어사가 기운이 어지러운 채 말을 그치지 않으니 모두 웃었다.

저녁 문안 때 안에 들어가 평후가 사람들에게 어사의 말과 왕생의 행동을 고하니 모두 어이없이 여겼다. 남공이 어사가 말을 경솔하게 해 누이를 욕먹인 것을 크게 꾸짖었다. 어사가 황공해 사죄하고 물러나 누이가 있는 곳에 가 소저에게 일렀다.

"나는 오늘 너 때문에 두루 꾸짖음을 들었으니 분함을 이기지 못하겠구나."

소저가 놀라서 물었다.

"무슨 일입니까?"

어사가 웃으며 말했다.

"낮에 왕생이 왔기에 하도 괘씸하고 미워 이리이리 꾸짖다가 도리어 왕생이 내 앞에서 꾸짖고 큰형님과 이보 등까지 다 그르다 하더니 아까는 아버님께 꾸지람을 크게 들었다. 그러니 원통하지 않으냐?"

소저가 아미(蛾眉)[60]를 숙이고 탄식하며 말했다.

"오라버니가 부질없는 일을 하셨습니다. 저 왕가는 한낱 미친 사람인데 그자와 겨뤄 말씀을 하신 것입니까?"

어사가 소저의 말을 듣고 크게 웃으며 말했다.

"너의 말은 너무 심하구나. 왕랑은 당당한 옥 같은 남자인데 어찌 미친 자에게 비기는 것이냐?"

소저가 말했다.

"행실이 그와 같으니 미친 것이나 다름이 있겠습니까?"

왕생이 돌아가 바야흐로 소저에게 다른 마음이 없음을 스쳐 알고는 기쁨을 이기지 못했다. 그리고 소저에게 병이 있음을 우려하고 과연 심하게 몸이 상했더니 진실로 사지를 쓰지 못하는가 초조했으나 알 길이 없어 답답해 했다. 왕 공은 다른 데 혼사를 구하려 했으나 생이 굳이 막고 왕 공의 말을 듣지 않았다. 공이 이에 하릴없어 드디어 구혼하는 일을 그쳤다.

생이 크게 기뻐해 이에 가만히 편지를 그 누이에게 보내 이 씨 병의 경중을 물었다. 왕 소저가 또한 공자를 믿게 생각했으므로 대답했다.

"의원이 날마다 대령해 침과 약을 안 쓰는 것이 없으나 시누이가 좌우의 팔을 쓰지 못하니 시누이가 만일 살 길을 얻지 못한다면 내가 장차 무슨 낯으로 이곳에 있을 수 있겠느냐?"

이 말에 생이 과연 그런 줄 알아 근심이 뱃속에 가득하고 그리운

---

60) 아미(蛾眉): 누에나방의 눈썹이라는 뜻으로, 가늘고 길게 굽어진 아름다운 눈썹을 이르는 말. 미인의 눈썹을 이름.

마음 한 가지가 때도 없이 생겼으나 할 수 없어 다만 깊이 들어 공부를 착실히 할 뿐이었다.

남공이 왕생을 나무라는 것이 아니었으나 그가 여색을 중히 여겨 체면 잃은 것을 불쾌하게 여기고 또 선제(先帝)[61]의 삼년상이 지나지 않은 것을 구애해 일절 혼삿말을 하지 않은 것이었다. 소저가 이를 매우 다행으로 여겨 밤낮 모친 곁에 있으면서 한시를 떠나지 않고 사람이 많이 모이는 곳에는 나다니지 않았다. 이는 그 여러 사촌과 오빠 등이 호방하게 보채는 것을 부끄러워하고 괴롭게 여겨서였다. 장 부인이 이에 소저를 더욱 애지중지해 앉으면 슬하에 두고 누우면 품에 품어 사랑하는 정이 간절하고 공이 자주 들어와 소저를 강보의 어린아이처럼 어루만졌다. 이처럼 소저 한 몸의 영화로움이 미진한 점이 없었으니 꿈에나 저 왕생을 생각하겠는가.

하루는 소저가 왕 소저 침소에 가 장기와 바둑을 두면서 담소하며 즐겼다. 이때는 늦봄이라 유 부인이 후당에서 꽃을 구경하는데 여자들을 다 모은 터였다.

왕 소저가 또한 일어나 나가고 소저가 홀로 서안에 기대 『예기』를 살피고 있었다. 마침 왕생이 이르러 누이를 뵙겠다 청하자 어린 시녀 초옥이 철도 모르고 왕생을 인도해 당 안으로 이끌었다. 생이 문을 열자 누이는 보이지 않고 필주 소저가 서안(書案)을 대해 글을 보고 있었다. 소저가 생을 보고 크게 놀라 몸을 일으키자 왕생이 또한 놀랐으나 자나깨나 그리워하던 미인을 만나 차마 던지고 갈 생각이 없어 소저에게 절을 했다. 소저가 온몸이 바늘 위에 앉은 듯해 움직이지 않자 생이 자신도 깨닫지 못하는 사이에 나아가 소저의 섬섬

---

61) 선제(先帝): 돌아가신 황제.

옥수를 쥐고 탄식하며 말했다.

"소생은 소저를 위한 정이 쇠와 돌 같은데 소저는 생 버리기를 헌신짝처럼 하고 다시 생을 용납하려는 뜻이 적으니 이 어찌 된 일이오? 생이 그대로 동방(洞房)[62]의 혼례를 행하지는 않았으나 전날 한 방에서 함께 자 부부의 도리를 다했으니 이제 이르러 새로운 수습할 바가 아니오. 청컨대 잠깐 앉아 정과 회포를 이르는 것이 어떠하오?"

소저가 일찍이 처음으로 왕생의 호방한 손길을 겪고서 그 후에 그 일을 생각하면 때때로 넋이 놀라고 꿈에 보일까 끔찍하게 여기고 있었다. 그런데 천만뜻밖에도 생을 다시 만나 생이 자신의 손을 잡고 낯을 가까이 하며 몸을 붙이는 모습을 대하자 몸이 만 길 구덩이에 빠진 듯하고 놀라워 머리에 급한 벼락이 떨어진 듯했다. 이에 대로해 급히 손을 뿌리쳤으나 어디에 가 손을 쓰겠는가. 어찌할 수가 없었고 난간에 시녀의 무리가 가득했으니 발악하지 못해 다만 안색을 엄숙히 한 채 말했다.

"군자가 어떤 사람이기에 이토록 무례하신 것입니까?"

왕생이 슬픈 빛으로 탄식하고 말했다.

"복(僕)[63]이 또한 잘 알고 있으나 정이 흘러넘쳐 예의를 돌아보지 못했으니 그대는 괴이하게 여기지 마시오. 그대는 이제 하늘이 무너지고 땅이 없어져도 생의 아내인데 무슨 까닭에 혼사를 늦추고 병들었다고 거짓 핑계를 대는 것이오?"

소저가 이 사람의 행동이 자기를 데리고 사는 아내처럼 구는 것에 어이없었다. 이에 분노가 지극해 발끈 안색을 바꾸고 말했다.

"군자가 선비의 몸으로서 이 어찌 된 행동입니까? 전날에 피차 무

---

62) 동방(洞房): 신방.
63) 복(僕): 남자가 자신을 낮추어 부르는 말.

심중에 체면을 잃어 지금까지 생각하면 할수록 한심합니다. 그러니 마음을 고쳐 가다듬지 않고 갑자기 내실에 들어와 남의 여자를 대해 말이 거칠고 거만한 것은 이를 것도 없고 엉큼하게 행동해 첩을 음란한 천한 여자처럼 여기고 있습니다. 마땅히 자결해 이 욕을 감수하지 않을 것입니다."

생이 흔쾌히 웃고 소저의 팔을 어루만지며 말했다.

"그대가 이미 내 손에 살을 피하지 못했으니 한 번 그리하나 두 번 이리하나 무엇이 관계되겠소? 만일 혼사를 빨리 택하겠다 허락한다면 내 즉시 그대를 놓고 돌아갈 것이오."

소저가 더욱 대로해 낯빛이 찬 재와 같이 되어 말했다.

"당당히 육례(六禮)⁶⁴⁾ 백량(百兩)⁶⁵⁾으로 맺어진 부부라도 대낮에 동침하지 않거늘 나는 다른 가문의 여자요, 군자는 외간 남자니 오늘 광경이 무슨 변이란 말입니까? 혼례 길사(吉事)는 부모께서 맡아 하실 일이라 규중의 아녀자가 알 바가 아닙니다. 군이 차마 첩을 이처럼 모욕하고 무슨 낯으로 하늘의 해를 보려 합니까?"

왕생이 대답했다.

"그대 같은 국색과 한 번 동침하고 죽는다 해서 무슨 한이 있겠소? 그대가 만일 허락하지 않는다면 홍점(紅點)을 이제 없앨 것이오.

---

64) 육례(六禮): 『주자가례』를 따른 혼인의 여섯 가지 의식. 곧 납채(納采)·문명(問名)·납길(納吉)·납징(納徵)·청기(請期)·친영(親迎)을 말함. 납채는 신랑 집에서 청혼을 하고 신부 집에서 허혼(許婚)하는 의례이고, 문명은 납채가 끝난 뒤에 남자 집의 주인(主人)이 서신을 갖추어 사자를 여자 집에 보내어 여자의 생모(生母)의 성(姓)을 묻는 의례며, 납길은 문명한 것을 가지고 와서 가묘(家廟)에 점쳐 얻은 길조(吉兆)를 다시 여자 집에 보내어 알리는 의례고, 납징은 남자 집에서 여자 집에 빙폐(聘幣)를 보내어 혼인의 성립을 더욱 확실하게 해주는 절차며, 청기는 성혼(成婚)의 길일(吉日)을 정하는 의례이고, 친영은 신랑이 신부 집에 가서 신부를 맞이하여 신랑 집에 돌아오는 의례.

65) 백량(百兩): 신부를 맞아 오는 일. 백 대의 수레로 신부를 맞이한다 하여 이와 같이 씀. 『시경(詩經)』, <작소(鵲巢)>에 "새아씨가 시집옴에 백량으로 맞이하도다. 之子丁歸, 百兩御之."라는 구절이 있음.

그대가 비록 여력(膂力)66)이 남보다 뛰어나나 내 수중을 벗어날까 싶소?"

소저가 이 말을 듣고 분노가 가득해 기운이 혼미해졌다. 이에 생이 놀라 즉시 소저를 놓고 돌아가니 이는 생들이 혹 알까 두려워해서였다.

소저가 한참 후에 겨우 정신을 차렸으나 새로이 심신이 떨리고 혼백이 달아나 죽고 싶었다. 그러나 그렇게 하지 못하고, 이곳에 온 것을 천 번 뉘우쳤으나 속절이 있겠는가. 한갓 속으로 한을 머금어 탄식하고 즉시 모친 침소에 가 두문불출하고 다시 나다니지 않았다. 그래도 때때로 왕생의 행동을 생각하면 온몸이 마구 떨렸다.

왕생이 돌아가 소저가 병들었다 한 것이 거짓말인 줄 깨닫고 그 옥 같은 용모와 어여쁜 자태를 다시 보자 사모하는 마음으로 더욱 미칠 것 같았다. 그래서 그 종형 왕기에게 이씨 집안에 가 혼인을 빨리 이룰 수 있게 하라고 청하니 왕 한림이 웃고 말했다.

"하남공 고집은 내가 어려서부터 알고 있으니 혼인이 끝내 되기는 되겠으나 빨리 될 리가 없다. 나에게 비록 소진(蘇秦)과 장의(張儀)67)의 말주변이 있으나 어찌할 수 있겠느냐?"

왕생이 말했다.

"형이 이경문을 보시고 말씀을 잘하셔서 왕이 하남공을 타이르도록 하시면 혼사가 쉽게 될 것입니다. 그러니 일이 잘되도록 하는 것은 형님께 있나이다."

---

66) 여력(膂力): 육체적인 힘.
67) 소진(蘇秦)과 장의(張儀): 중국 전국시대의 변론가인 소진(?-?)과 장의(?-B.C.309)를 이름. 소진은 합종(合從)을, 장의는 연횡(連橫)을 주장했음. 합종은 서쪽의 강국 진(秦)나라에 대항하기 위하여 남북으로 위치한 한·위·조·연·제·초의 여섯 나라가 동맹하자는 것이고, 연횡은 진나라가 이들 여섯 나라와 횡(橫)으로 각각 동맹을 맺어 화친하자는 것임.

왕 한림이 말했다.

"어려운 일은 아니나 이경문의 사람됨이 매우 맑고 대범해 세속의 번거로운 일을 배척하니 만일 이경문이 이런 일에 힘쓰지 않는다면 어찌하겠느냐?"

왕생이 말했다.

"일이 되나 안 되나 형님이 힘껏 살펴 주소서. 제가 만일 이 씨를 빨리 얻지 못한다면 목숨을 잃는 것이 쉬울 것입니다."

한림이 웃고 허락하자 왕생이 매우 기뻐했다.

왕 한림이 이에 이씨 집안에 이르러 능후를 찾아보고 조용히 한담하다가 물었다.

"사촌동생의 나이가 약관이 거의 되었고 기골이 장성하니 남교(藍橋)[68]의 기러기를 올리는 것이 하루가 바쁘다네. 그런데 존부에서는 어찌 택일하는 모양이 없는 겐가?"

능후가 대답했다.

"누이에게 일찍이 병이 있고 숙부께서 왕 공자의 방탕함을 좋지 않게 여기시니 어찌 친영(親迎)[69]을 이루겠는가?"

한림이 말했다.

"사촌동생에게 방자한 죄가 있으나 이는 또 알고 저지른 일이 아니오, 영매의 일이 사촌동생을 저버리지 못하게 되었거늘 편벽되게 사촌동생을 미워해 어찌하겠는가? 숙부께서 한 명의 며느리 보시기가 더뎌 매우 걱정하시고 나에게 대왕께 이 연유를 고하고 혼인이

68) 남교(藍橋): 여자를 만난다는 뜻. 남교는 중국 섬서성(陝西省) 남전현(藍田縣) 동남쪽에 있는 땅. 배항(裴航)이 남교역(藍橋驛)을 지나다가 선녀 운영(雲英)을 만나 아내로 맞고 뒤에 둘이 함께 신선이 됨. 당나라 배형(裴鉶)의 『전기(傳奇)』에 이야기가 실려 있음.
69) 친영(親迎): 친히 맞이함. 혼례의 여섯 가지 의식 중 신랑이 신부 집에 가서 신부를 맞이하여 신랑 집에 돌아오는 의례.

어서 되도록 청하라 하셨네. 그러니 이보는 주선해 보는 것이 어떠한가?"

능후가 한참을 생각하다가 천천히 일렀다.

"영제(令弟)가 한 일은 들을 만한 일이 아니니 다시 언급하지 말게. 만일 군자의 바른 행실이 있다면 여종을 몰래 간통하는 행동이 있었을 것이며 또 체면 없이 구타하는 것이 옳은가? 우리 누이인 줄 알지 못하고 했으나 참으로 한심하네. 숙부께서 누이를 다른 곳에 보내려고 생각하시는 것은 아니네. 다만 영제의 허랑(虛浪)함을 마땅치 않게 여기셔서 영제가 잘못 뉘우치기를 기다리시는 것이네. 또 선제(先帝)의 삼년상이 지나지 않았으니 혼인 대사를 지낼 때가 아니네. 형은 영제에게 일러 부지런히 마음을 닦고 행실을 가다듬어 어지럽게 염려를 하지 말라 하게."

말을 마치자 기운이 엄숙하니 왕생이 사례해 말했다.

"이보의 말이 지극히 바른 말이라 내가 항복하네. 그러나 선제(先帝)의 소기(小朞)[70]가 머지않았고 숙부께서 외아들을 장가보낼 기약이 늦는 것을 답답하게 여기고 계시니 이보는 편벽되게 내 아우를 책망하지 말고 일을 도모해 주길 바라네."

능수가 미소하고 말했다.

"내가 본디 배운 것이 용렬해 어른에게 외람된 말씀을 못 드리네. 또 숙부가 맑으셔서 세속의 이런 그윽하고 은밀한 일을 꺼리시네. 영숙(令叔)께서 중매를 보내 구혼하시거나 친히 오셔서 청하시거나 하는 것이 옳으니 내가 어찌 알겠는가? 형은 젊지 않은 사람이 방탕한 사촌동생의 청을 듣고 분주하니 이 어찌 된 일인가?"

---

70) 소기(小朞): 사람이 죽은 지 1년 만에 지내는 제사.

한림이 미소하고 말했다.

"사촌동생은 일찍이 한 말도 나에게 한 적이 없는데 이 무슨 말인가? 숙부 명령으로 그대에게 의논하려 한 것인데 그대의 물이 흐르는 듯한 언변에 패했네그려."

능후가 웃으며 대답했다.

"나는 본디 아둔한 자질을 가지고 있는데 무슨 언변이 있다 하는 것인가?"

한림이 이에 웃고 다른 말을 했다.

이윽고 한림이 돌아간 후에 후가 내당에 들어가 모친을 뵙고는 봉각으로 갔다. 이때 딸이 돌이 지나 걷고 달리기를 빨리 하고 말을 낭랑히 했으며 또 얼굴이 기이해 비할 사람이 없었다. 부친이 오는 것을 보고 나는 듯이 일어나 앞에 와 비단 도포 자락에 싸여 어리광을 부리며 예쁜 짓을 하는 모습이 두루 절묘했다. 후가 비록 엄숙했으나 딸 사랑을 참지 못해 딸을 나오게 해 안고 자리를 정했다. 웅린과 상린이 또한 일시에 달려들어 능후에게 가볍게 안겼다. 후가 얼굴과 눈에 기쁜 빛이 가득해 각각 어루만지며 놀았다. 그러나 부인은 한편에 단정히 앉아 눈을 들지 않고 있으니 후가 웃고 물었다.

"인생 백 년은 풀꽃의 이슬과 같소. 오늘날 이와 같은 재미 있는 광경을 대해 만사가 뜻과 같은데 부인은 아무 생각도 없는 것이 태곳적 사람 같구려."

부인이 정색하고 대답했다.

"자식이란 것이 있으면 밉지 않을 따름이니 그토록 심하게 어여뻐할 만하겠습니까?"

후가 미소하고 말했다.

"과연 모진 여자로다. 딸아이가 이처럼 기특하고 절묘한 것을 길가는 사람 보듯 하니 자식에게도 이렇듯 야박한데 남편에게야 이를 것이 있겠소?"

부인이 정색하고 말했다.

"딸자식은 본디 부모를 욕먹일 사람이니 사랑이 부질없지 않겠습니까?"

후가 무심코 웃으며 말했다.

"괴이한 말을 마시오. 딸이라도 구태여 어버이를 욕먹이겠소? 내가 잘 택해서 훌륭한 사위를 얻을 것이니 무엇 하러 욕먹도록 하겠소?"

부인이 편안한 빛으로 천천히 말했다.

"구태여 사위라고 장인, 장모를 다 욕하겠습니까? 다만 첩은 사람의 딸로서 부모께 불효는 이를 것도 없고 이유 없는 욕을 하도 들으시게 했으니 이런 까닭에 첩은 더욱 딸을 원수로 아나이다."

말을 마치자 능후가 미소하고 즉시 밖으로 나갔다. 난혜가 자리에 있다가 말했다.

"주군께서 우습지 않나이까? 부인께 낭패를 당해 말대답하기 싫으셔서 나가셨는가 하나이다."

소저가 눈을 흘겨보며 말했다.

"군자가 어찌 나에게 낭패를 당한 것이겠느냐? 어찌 된 일인지 마침 성을 내지 않아 순순히 나가셨으나 그 성이 났더라면 네가 되었거나 유모가 되었거나 매를 맞았을 것이다."

난혜가 크게 웃고 어린 소저를 어루만지며 말했다.

"이리 어여쁜 네 모습을 보시고 이제 와서 소저를 어찌 하시겠느냐?"

소저가 이 말을 듣고 미소 지으며 말했다.

"만일 나에게 죄가 있다면 내가 딸아이의 낯을 보는 것이 쉽겠느냐?"

이처럼 굴 적에 태부가 걸음을 멈춰 자세히 듣고는 그윽이 웃고 나갔다.

이때 왕 한림이 돌아가 왕생에게 자세히 이르니 생이 어안이 벙벙해 대답하지 않았다. 이후에는 만사에 무심해 밤낮 눈썹을 찡그려 매우 근심했다. 왕 공이 한 명의 아들이 이와 같이 된 것을 답답해 했다.

하루는 왕 공이 이씨 집안에 이르러 딸을 보고 서헌에 나가 남공 등과 말하다가 한참 지난 후에 참정이 남공을 향해 아들의 실례를 일컬었다. 그러자 남공이 사양해 말했다.

"이는 내 딸의 운수가 불리한 데서 비롯한 것이니 어찌 영랑을 한하겠는가?"

왕 공이 사례해 말했다.

"아들의 방자하고 호탕한 행실이 영녀의 평생을 어지럽힌 방해물이 되었으니 어찌 한스럽지 않겠습니까? 그러나 일이 이에 이른 후에는 탄식해도 할 수 없고 피차 서로 저버리지 못하게 되었으니 명공께서는 장차 어떻게 하려 하십니까?"

남공이 한참을 생각하다가 말했다.

"어떻게 하려는 것이 아니라 신하가 되어 임금의 최복(衰服)[71]이 몸 위에 있으니 자녀의 혼사를 어찌 의논할 수 있겠는가?"

왕 공이 말했다.

"말씀이 마땅하시나 제가 일찍이 불초자식뿐 아니라 신부를 얻는

---

71) 최복(衰服): 상중에 입는 상복.

것이 하루가 바쁜데 성상(聖喪)72) 삼년을 기다리고 있는 것이 형세가 절박합니다. 그러니 존공은 익히 헤아리시는 것이 어떠합니까?"

남공이 대답했다.

"내 또한 형의 절박한 형세를 알고 있으나 우리 집은 일찍이 임금의 은혜를 등한히 입지 않았으니 그 삼년상이 어찌 부모상과 다름이 있겠는가? 형은 너무 초조해 하지 말게. 이제 열석 달이 얼마면 지나겠는가? 선제의 재기(再朞)73)가 지난 후에 마땅히 육례(六禮)를 갖추겠네."

왕 공이 이에 하릴없어 다시 청하지 않고 돌아가 아들을 대해 남공의 말을 자세히 일렀다. 왕생이 다 듣고는 바라는 것이 끊겨 다만 길이 탄식하고 글을 착실히 읽어 서적으로 벗을 삼으며 세월이 어서 가기를 기다릴 뿐이었다.

이때 연왕의 넷째아들 창문의 자(字)는 옥보니 정궁 소 씨 소생이었다. 방년이 열네 살이니 옥 같은 얼굴과 풍채가 반악(潘岳)74)이 다시 세상에 나고, 예전의 위개(衛玠)75)가 다시 살아난 듯했다. 빼어난 풍채와 은은한 골격을 보면 참으로 훌륭한 벼슬을 할 그릇이었다. 성품과 행실이 단정해 행동 하나 몸가짐 하나를 예법 밖을 벗어나지 않으니 부모가 매우 사랑하고 뭇 형제들이 기대해 칭송하는 것이 다

---

72) 성상(聖喪): 천자의 상.
73) 재기(再朞): 죽은 지 이 년째 되는 날 지내는 제사.
74) 반악(潘岳): 중국 서진(西晉)의 문인(247-300)으로 자는 안인(安仁). 하남성(河南省) 중모(中牟) 출생. 용모가 아름다워 낙양의 길에 나가면 여자들이 몰려와 그를 향해 과일을 던졌다는 고사가 있음.
75) 위개(衛玠): 중국 서진(西晉) 때의 인물(286-312). 자(子)는 숙보(叔寶). 서진 때 태자세마(太子洗馬) 벼슬까지 함. 어려서부터 용모가 준수해 시장에 가면 사람들이 둘러싸 그를 '벽인(璧人)'이라 불렀다 함. 위개의 외삼촌인 표기장군 왕제(王濟)가 또한 용모가 아름다웠으나 매양 위개를 보면 탄식하며 주옥이 앞에 있어 자신의 더러움을 깨닫는다고 하였다 함.

른 무리와 같지 않았다. 이에 일가 사람들의 사랑이 더욱 깊었다.

하루는 장 상서 옥지가 연왕부에 이르러 공자를 처음으로 보고 매우 사랑해 연왕에게 일렀다.

"백달76)이 이런 기이한 아이를 두고서 어찌 지금까지 나에게 보이지 않은 것인가?"

왕이 잠시 웃고 말했다.

"형이 찾아보기를 늦게야 한 것이지 내 어찌 허다한 아이들을 불러 때마다 형 앞에 나아오게 해 절을 시키겠는가?"

장 공이 크게 웃으며 말했다.

"백달의 말주변이 아직도 없어지지 않았구나. 그러나 왕의 호방함을 자못 꺼려 인친(姻親)77)을 삼고 싶은 뜻이 없었더니 이제 이 아이를 보니 참으로 단정한 선비네. 내가 삼자삼녀를 다 혼인시키고 막내딸이 올해 열세 살이네. 얼굴과 행동이 뭇 형제 중에서 뛰어나나 아름다운 사위를 얻지 못했더니 마땅히 내 딸을 이 아이에게 보내고 싶네."

왕이 웃으며 말했다.

"내가 호방하나 일찍이 형에게 근심 끼친 일이 있던가? 그러하나 내 자식이니 아비를 어찌 닮지 않았겠으며, 이 아이는 형제 중에서 막내인데 형이 지나치게 칭찬해 옥녀(玉女)를 허락하려 하니 눈이 뚫어진 것이 분명하네그려."

장 공이 크게 웃으며 말했다.

"왕이 어찌 사람을 이토록 업신여기는 것인가? 영랑 현보78)는 일

---

76) 백달: 연왕 이몽창의 자(字).
77) 인친(姻親): 혼인으로 맺어진 관계. 또는 혼인 관계로 척분(戚分)이 있는 사람. 사돈.
78) 현보: 이몽창의 첫째아들 이성문의 자(字). 이성문은 아버지 이몽창의 친구 양세정의 사위임.

찍이 어려서부터 여 공의 사위요, 이보79)는 성장한 후에 부모를 찾았고 운보80) 또한 어려서 화 공과 혼인을 정했으니 내 어찌 앗겠는가? 이 아이는 아직 임자 없는 물건이요, 정혼한 곳이 없는 가운데 내 딸이 재주가 기특해 보통사람과 달라 그대의 며느리로 삼기에는 욕될 것이네. 그래도 이 아이를 차마 놓지 못해서 이러는 것이니 빨리 허락하게."

왕이 웃고 말했다.

"이처럼 난처히 여기는 혼인을 간절히 구하는 것이 부질없지 않은가? 형이 낳은 딸이 오죽했으면 나처럼 흐린 농판81)에게 맡기려 하는 겐가?"

장 공이 말했다.

"내 딸아이가 어리석은가는 그대가 장래에 보면 알 것이네."

왕이 말했다.

"이미 어리석다면 얻은 후에 아무리 본들 쫓아 내칠 수가 없으니 아예 정혼을 안 하는 것만 같지 못하네."

장 공이 크게 웃고 다시 청혼하자 왕이 흔쾌히 허락해 자리 위에서 약속을 정하고 혼례는 황제의 삼년상이 지난 후에 하기로 했다. 이에 서로 기뻐하고 장 공이 공자를 더욱 사랑해 훌륭한 사위라 일컬었다.

하남공 등이 들어와 일시에 자리에 앉자 장 공이 남공을 향해 웃고 말했다.

"내 오늘 불행해 백달과 혼사를 정했으니 어찌 욕되지 않은가?"

---

79) 이보: 이몽창의 둘째아들 이경문의 자(字). 이경문은 아버지 이몽창의 친구 위공부의 사위임.
80) 운보: 이몽창의 셋째아들 이백문의 자(字). 이백문은 아버지 이몽창의 친구 화진의 사위임.
81) 농판: 실없고 장난스러운 기미가 섞인 행동거지. 또는 그런 사람.

남공이 미소하고 말했다.

"욕된 혼인을 누가 정하라 하던가?"

장 공이 말했다.

"백균[82]이 보듯이 내 딸아이는 계궁(桂宮)[83]의 항아(姮娥)[84]요, 요지(瑤池)[85]의 선녀와 같네. 창문의 풍채가 비록 절승하나 어찌 내 딸에 미칠까 싶겠는가? 다만 백달의 낯을 보아 마지못해 허락했으나 시원하지는 않네."

남공이 말했다.

"둘째아우에게는 형의 딸이 아니어도 총부(冢婦)[86] 여 씨와 둘째 며느리 위 씨는 고금에 얻지 못할 국색이요, 셋째며느리 화 씨와 현보[87]의 재실(再室) 임 씨는 세상에 드문 경국지색이네. 비록 화 씨와 임 씨가 여 씨와 위 씨에게는 떨어지나 형의 딸에게는 이길 것이니 가소로운 소리를 말게."

왕이 웃으며 대답했다.

"장 형이 공연히 저를 보채 혼사를 정하고 도리어 이와 같이 구니 어찌 가소롭지 않습니까?"

개국공이 말했다.

"이는 반드시 장 형이 미친 병에 들어서 그런 것입니다. 성한 사람의 처사가 이러하겠습니까?"

공들이 이에 크게 웃고 각각 술을 실컷 마시다가 흩어졌다.

---

82) 백균: 하남공 이몽현의 자(字). 장옥지는 이몽현의 손위처남임.
83) 계궁(桂宮): 달.
84) 항아(姮娥): 달 속에 산다는 선녀.
85) 요지(瑤池): 중국 곤륜산(崑崙山)에 있다는 연못으로 서왕모(西王母)가 사는 곳으로 전해짐.
86) 총부(冢婦): 종자(宗子)나 종손(宗孫)의 아내. 곧 종가(宗家)의 맏며느리를 이름. 여 씨는 이몽창의 장자 이성문의 아내이므로 이와 같이 칭한 것임.
87) 현보: 이성문의 자(字).

세월이 빛처럼 흘러 이미 나라의 삼년상이 지났다. 이에 천자가 크게 과거를 베풀어 인재를 뽑으실 적에 팔방에서 과거 보려는 선비들이 구름이 모이듯 해 과거장에 참석했다.

이때 정생이 소저에게 수학한 지 삼 년이 지났다. 문리(文理)[88]가 크게 일어나 서서 천 마디 말을 이루는 재주가 있었으나 사람들이 알지 못했다. 이날 두 형을 따라 과거장에 드니 두 사람이 웃으며 말했다.

"네가 장차 무슨 글을 가지고 시험장에 참여하려 하느냐?"

생이 웃으며 대답했다.

"이는 두 형님이 아실 바가 아니니 염려 마소서."

이에 두 사람이 웃고 정생이 하는 모습을 보려 함께 대궐에 나아갔다. 천자께서 아홉 마리의 용이 새겨진 금 의자에 높이 앉아 계시고 좌우로 백관이 가지런히 항렬을 갖추었다. 창부(倡夫)[89]와 재인(才人)[90]은 문밖에서 방(榜)을 기다리고 황홀한 꽃가지는 옥계단에 풍성히 핀 듯했으니 이 참으로 모든 과거 보는 사람들의 애를 사를 때였다. 저마다 고개를 늘이고 답안을 생각해 글을 종이에 적는데 정희 홀로 자약히 이리저리 돌아다니며 선비들이 어지럽게 답안 적는 모습을 구경했다. 이에 셋째형 정의가 말했다.

"너에게 과거장을 구경하러 들어오라 하더냐? 빨리 글을 지어 바치거라."

원래 이 말은 생의 행동을 보려 한 것이었는데 정희가 웃고 말했다.

"형은 저를 비웃지 마십시오. 지어 바치는 이도 낙방하니 못 지어

---

88) 문리(文理): 글을 깨우치는 이치.
89) 창부(倡夫): 남자 광대.
90) 재인(才人): 재주를 넘거나 짓궂은 동작으로 사람을 웃기며 악기로 풍악을 울리던 광대.

바친다 해 그리 대수롭겠습니까?"

이에 두 형이 웃고 대신 지어 주마 하니 생이 말했다.

"내 이따가 다 지을 것이니 두 형님은 수고를 더하지 마소서."

두 사람이 그 아우의 말을 거짓말로만 여겨 다시 응하지 않았다. 이윽고 대궐 문의 북이 크게 울리며 글 지으라 재촉하는 소리가 진동했다. 정생이 선뜻 한 폭의 명지(名紙)[91]를 취해 급히 붓을 휘두르니 순식간에 종이 가득히 글씨가 자욱했다. 구마다 수 놓은 비단이요, 말마다 구슬과 옥이니 만경창파 같은 문장은 이두(李杜)[92]를 업신여길 정도였다. 두 사람이 다 보지 않아서 크게 놀라 말했다.

"네가 일찍이 한 글자도 알지 못하더니 오늘 이 광경이 어찌 된 까닭이냐?"

생이 웃으며 대답했다.

"형님들이 어찌 저를 이토록 업신여기는 것입니까? 스스로 깨달아 작년에 이씨 집안에 가 있을 적에 이생 등과 토론하고서 공부해 이렇게 된 것입니다."

두 형이 기특하게 여기고 칭찬을 마지않으며 말했다.

"네 선비의 몸으로 학문을 전폐해 부모 형제의 근심이 적지 않았다. 그런데 이처럼 능한 재주가 있으니 우리가 밤낮으로 글을 읽은 것이 부끄럽구나. 연왕이 과연 너를 알아본 것이 그르지 않구나."

정생이 미소한 후 말없이 즉시 답안지를 바쳤다. 또 이인문[93], 이형문[94] 등이 모두 정생과 점심을 먹는데 정연[95]이 이인문을 향해

---

91) 명지(名紙): 과거 시험에 쓰던 종이.
92) 이두(李杜): 이백(李白, 701-762)과 두보(杜甫, 712-770). 모두 중국 성당(盛唐) 때의 시인. 중국의 최고 시인들로 꼽히며 이백은 시선(詩仙)으로, 두보는 시성(詩聖)으로 칭하여짐.
93) 이인문: 안두후 이몽상의 둘째아들.
94) 이형문: 하남공 이몽현의 여덟째아들.
95) 정연: 정희의 둘째형.

아우의 재주를 일컫고 말했다.

"사제(舍弟)96)가 지난번에 존부에 우환을 피해 갔을 적에 어느 명공(明公)께 수학했던고?"

인문이 놀라 말했다.

"전날에 상유97)가 연왕부에 갔을 적에 밤낮으로 누이의 방에만 있고 서헌에는 자주 나오지도 않았으니 어느 틈에 수학했겠는가?"

정생이 웃고 말했다.

"그대 말이 가소롭구나. 그대가 일찍이 나를 따라다니며 보았는가?"

인문이 말했다.

"그렇진 않았으나 네 짓을 어찌 모르겠느냐? 이는 반드시 누이에게 배운 것이다."

정생이 크게 웃고 말했다.

"내가 비록 녹록하나 처자에게 글을 배웠을 것이며 영매에게 어찌 사람 가르칠 재주가 있겠는가?"

형문이 말했다.

"네가 누이를 알지 못하는구나. 소사(蘇謝)98)를 업신여길 만한 재주가 있다."

정생이 말했다.

"비록 그러나 나는 보지 않았으니 알지 못하겠네. 우리 집에 있을 적에 문자를 배웠으나 공부하지는 않았다가 존부에 갔을 때 울적하

---

96) 사제(舍弟): 자기 아우를 낮추어 부르는 말.
97) 상유: 정희의 자(字).
98) 소사(蘇謝): 소혜(蘇蕙)와 사도온(謝道蘊). 모두 중국 위진남북조 시기 동진(東晉) 때의 여류 시인. 소혜는 자(字)인 약란(若蘭)으로 더 잘 알려져 있는데, 남편 두도(竇滔)에게 보낸 회문시(回文詩)인 <직금시(織錦詩)>로 유명함. 사도온은 재상 사안(謝安)의 조카딸로, 문장으로 유명함.

게 들어 있어 두어 달 독서한 것이네. 누가 그대네처럼 밤낮으로 머리를 굽혀 깊이 생각하겠는가?"

사람들이 이에 크게 웃더니 이윽고 대궐 위에서 크게 외치는 소리가 들렸다.

"장원은 하남 사람 정희요, 아버지는 전임 상서 정광이다."

그러자 좌우에서 놀라고 기뻐해 바삐 정생에게 치하하고 임금의 명령을 받으라 재촉했다. 이에 정생이 급히 일어나 의관을 바로 하고 잰걸음으로 나아가 옥계(玉階)에 다다랐다. 옥 같은 얼굴과 버들 같은 풍채가 빼어나고 시원하며 몸과 행동거지가 은은해 긴 눈썹과 봉황의 눈이며 각진 입을 가졌으니 일대의 풍류 학사가 아니라 조정 재상의 골격이 드러나 있었다. 이에 대궐 위와 아래에 있던 사람들이 놀라고 의아해 했으며 임금께서 기뻐해 정 상서를 불러 보시고 각별히 술을 내려 주셨다. 그리고 정생에게 청삼(靑衫)[99]과 어화(御花)[100]를 내려 주셨다. 차례로 급제자를 불러들이니 둘째는 이인문이요, 셋째는 정의요, 넷째는 이형문이요, 다섯째는 왕생이었다. 다섯 신래(新來)[101]가 한결같이 옥 같은 얼굴과 풍채가 아름답고 세상에서 빼어나 높은 하늘에서 신선이 내려온 듯했고, 풍채 좋고 시원스러운 모습은 이태백(李太白)[102]과 두목지(杜牧之)[103]가 다시 살아

---

99) 청삼(靑衫): 조복(朝服) 안에 받쳐 입는 옷. 남빛 바탕에 검은 빛깔로 가장자리를 꾸미고 큰 소매가 달렸음.
100) 어화(御花): 임금이 하사하신 꽃.
101) 신래(新來): 과거에 급제한 사람.
102) 이태백(李太白): 이백(李白, 701-762)을 말함. 태백은 그의 자(字)이고 호는 청련(靑蓮)임. 젊어서 여러 나라에 만유(漫遊)하고, 뒤에 출사(出仕)하였으나 안녹산의 난으로 유배되는 등 불우한 만년을 보냄. 칠언절구에 특히 뛰어났으며, 이별과 자연을 제재로 한 작품을 많이 남겼음. 시성(詩聖) 두보(杜甫)에 대하여 시선(詩仙)으로 칭하여짐.
103) 두목지(杜牧之): 중국 당(唐)나라 때의 시인인 두목(杜牧, 803-853)으로 목지(牧之)는 그의 자(字). 호는 번천(樊川). 이상은과 더불어 이두(李杜)로 불리며, 작품이 두보(杜甫)와 비슷하다 하여 소두(小杜)로도 불림. 미남으로 유명함.

나더라도 이보다 더하지 못할 지경이었다. 임금께서 매우 기뻐하셔서 이 승상을 돌아보아 말씀하셨다.

"하늘에 계신 선조의 신령께서 도우셔서 짐이 처음으로 인재를 뽑았는데 이처럼 기이하니 종묘사직의 큰 행운이 아니겠소?"

승상이 머리를 조아리고 배무(拜舞)[104]해 거룩한 덕을 칭송하고 백관이 산호만세(山呼萬歲)[105]를 했다.

급제자들이 어화(御花)를 숙이고 청삼(靑衫)을 끌어 잰걸음으로 나아와 사은숙배(謝恩肅拜)[106]를 마치고 일시에 조정에서 물러나 대궐 문을 나섰다. 정 상서가 두 아들이 급제한 것에 놀라고 기뻐하는 가운데, 더욱이 정희는 일자무식한 아이로 알았다가 하루아침에 구름을 타는 경사가 있음은 이를 것도 없고 당당한 한 명의 장원이 되어 영화와 명망이 사람들을 놀라게 했으니 기쁜 마음을 헤아릴 수 없었다.

정 공이 자식들을 데리고 집에 이르러 가묘(家廟)에 현알(見謁)[107]하고 부인과 함께 하례했다. 백관(百官)이 일시에 집안에 메여 치하하고 장원의 훌륭한 풍채를 칭찬하고 바야흐로 연왕의 사람 보는 눈이 기특함을 일컬었다.

이윽고 연왕이 곤룡포에 옥띠 차림으로 세 아들을 거느리고 들어오자 사람들이 일시에 내려가 맞이했다. 연왕이 당에 올라 정생의 손을 잡고 상서를 향해 치하했다. 상서가 이에 사례해 말했다.

"어리석은 아들이 나이가 많도록 문자를 알지 못해 학생이 자식

---

104) 배무(拜舞): 엎드려 절하고 춤을 추는 행위로서 조정에서 절을 하는 예식.
105) 산호만세(山呼萬歲): 나라의 중요 의식에서 신하들이 임금의 만수무강을 축원하여 두 손을 치켜들고 만세를 부르던 일. 중국 한나라 무제가 숭산(嵩山)에서 제사 지낼 때 신민(臣民)들이 만세를 삼창한 데서 유래함.
106) 사은숙배(謝恩肅拜): 임금의 은혜에 감사하며 공손하고 경건하게 절을 올리던 일.
107) 현알(見謁): 낮은 사람이 높은 사람을 뵙는 것을 말함. 알현(謁見).

을 엄히 가르치지 못한 것을 스스로 부끄러워했습니다. 그런데 전하가 그 더러움을 괘념치 않고 거두어 사위로 삼으시고 또 학문을 힘써 가르치셔서 이제 몸이 섬궁(蟾宮)[108]에 올라 금계(金階)의 어향(御香)[109]을 쏘이고 세상에 다시 없는 폐하의 은혜를 입었으니 이는 평생의 영화입니다. 이 어찌 대왕의 덕택이 아니겠습니까?"

왕이 흔쾌히 웃으며 말했다.

"명공이 이 어찌 된 말인가? 내 사위는 이른바 까마귀와 까치 사이의 봉황이요, 소와 말 가운데 기린이라 과인은 오늘날이 있을 줄 이미 헤아린 일이니 내 어찌 사위를 가르쳤겠는가?"

정 공이 또 초후를 향해 웃고 말했다.

"요사이에 급제가 흔하기도 하지만 만생(晩生)[110]은 내 아들의 영광을 세상에 없이 여기네. 내 묻겠네. 어느 명공이 내 아들을 저처럼 가르쳤는고? 오늘을 맞아 치하하는 말이 없지 못할 것이니 빨리 일러 의심을 없애 주게. 비록 그러하나 만생의 어리석고 소탈함이 오늘을 맞아 더 부끄럽지 않은가?"

이때 광릉후 등은 정생이 과거에 급제한 것이 천만뜻밖이어서 실로 괴이하게 여기고 있었다. 그러다가 문득 누이가 한 일인 줄 깨달아 기특하게 여겼으나 발설하는 것이 옳지 않아 가만히 있다가 정 공이 묻는 말에 일시에 몸을 굽혀 말했다.

"상유는 재주가 총민한 아이라 소생 등이 가르치지 않았다 해 과거에 급제하는 것이 더뎠겠습니까? 접때 누이가 친정에 여역(癘疫)을 피해 왔을 때 우연히 상유와 함께 저희가 자주 토론한 일은 있으

---

108) 섬궁(蟾宮): 월궁(月宮)의 다른 말. 달에 두꺼비가 산다 하여 붙여진 이름.
109) 어향(御香): 궁중에서 쓰는 향. 천향(天香)과 같은 말.
110) 만생(晩生): 자신을 낮추어 부르는 말.

나 구태여 사부 소임을 한 사람은 없나이다."

정 공이 웃으며 말했다.

"자식을 아는 사람은 아비만 한 자가 없네. 내 아들의 일을 익히 알고 있으니 내 아들이 일찍이 한 글자를 몰랐는데 힘써 가르친 사람이 없이 어찌 과거에 급제하는 경사가 있겠는가? 명공네는 속이지 말고 바로 일러 주기를 바라네."

초후 형제가 속으로 웃는 것을 참지 못해 미미히 웃고 소매를 들어 제남후를 가리키며 대답했다.

"소생 등은 매일 관청 일에 분주해 남을 가르칠 틈이 없었으나 그때 마침 이 아이가 벼슬을 버리고 집에 들어 있었으니 가르친 일이 있는가 하나이다."

정 공이 황급히 제남후를 향해 사례해 말했다.

"운보의 뛰어난 재주는 안 지 오래되었으나 어찌 내 아들을 이토록 잘 인도해 오늘날 이름이 금방(金榜)[111]에 걸리고 몸이 만인 중에 으뜸이 되게 할 줄 알았겠는가? 이 은혜는 생의 부자가 죽어도 다 갚지 못할 것이네."

말을 마치고는 좌우를 시켜 큰 잔에 술을 부어 오라 해 친히 남후에게 권하며 말했다.

"명공의 은혜를 헤아리면 우리 부자가 머리털을 빼어도 다 갚지 못할 것이네. 다만 이는 만생이 지금 기쁜 마음에 갚는 것이니 사양하지 말게."

제남후가 뜻밖에 두 형이 자신에게 떠넘겨 정 공이 이와 같이 하는 모습을 보고 놀라서 문득 안색을 엄숙히 하고 해명하려 했다. 그

---

111) 금방(金榜): 과거에 급제한 사람의 이름을 써서 거리에 붙이던 글.

런데 두 후가 눈치를 주기에 마지못해 웃음을 머금고 겸손히 사양해 말했다.

"소생은 불학무식한 필부입니다. 스스로 죄를 집과 나라에 얻어 세상 사람들의 비웃음을 면치 못한 버려진 사람이거늘 어찌 남을 가르칠 만한 재주가 있겠습니까? 상유는 타고난 재주와 총명이 남보다 뛰어납니다. 소생이 접때 함께 토론한 적은 있으나 이는 형제지간에 예삿일인데 대인께서 이토록 칭찬하셔서 체면을 잃으시고 소생을 두렵게 해 몸 둘 곳이 없게 하십니까?"

정 공이 다시 사례해 말했다.

"내 아들이 존부에 들어가던 때에 적이 천지나 분간했으면 만생의 기쁨이 이토록 하지는 않았을 것이네. 동쪽과 서쪽을 구분하지 못했던 목동이 삼 년 내에 문장이 크게 통달해 오늘날 장원이 되었네. 명공이 힘써 가르친 것이 적지 않거늘 이토록 쌀쌀맞게 거절해 내 얼굴을 무안하게 하는고?"

그러고서 드디어 술을 힘껏 권하니 남후가 매우 불쾌하고 가소로움을 이기지 못했으나 마지못해 공손히 두 손으로 받아서 다 마셨다. 정 공이 또 장원에게 명령해 말했다.

"내가 너를 낳았으나 사람이 되게 한 것은 전혀 연왕 전하의 큰 덕 때문이다. 모름지기 연왕께 사례하라."

장원이 명령을 듣고 연왕을 향해 기쁜 빛으로 두 번 절했다. 정 공이 또 말했다.

"네가 사람이 된 것은 연왕 전하의 은혜나 입신양명하게 된 것은 제남후의 은덕이니 마땅히 사례하기를 연왕 전하께 한 것처럼 하라."

장원이 명령을 듣고는 문득 웃음을 머금고 남후를 향해 절했다. 초후와 광릉후가 참지 못해 넓은 소매로 얼굴을 가리고 한바탕 웃으며 남후를 보았다. 남후가 가소로움은 이를 것도 없고 속으로 부끄러움과 괴로움이 지극해 이에 정색하고 말했다.

"상유는 진짜로 수학한 사부에게 절하는 것이 옳거늘 애꿎은 나를 가지고 이처럼 괴이하게 구는 것이냐?"

정생이 이 말을 듣고 미미히 웃으며 물러갔다.

좌우의 사람들이 일시에 남후를 향해 제자 잘 가르친 것을 기롱하고 치하하는 가운데 시어사 여박이 웃으며 말했다.

"운보는 일찍이 복록(福祿)112)이 많은 사람이라 우연히 매부를 가르쳤는데 이토록 희한한 경사가 있어 정 대인께서 체면을 생각지 않으시고 무릎을 길이 굽히실 줄 어찌 알았겠는가?"

도어사 이기문이 그 소리에 응답해 말했다.

"여 형의 말이 참으로 옳네. 우리는 조정에 들어간 지 십여 년이 되었으나 일찍이 한 가지 일도 이름날 일이 없었는데 운보는 스무 살 소년으로 벼슬이 제후에 이른 데다 제자를 십 년을 가르친 사부도 욕 보는 사람이 흔한데 잠시 토론하고서 오늘 천고에 없는 장관을 만들어 냈구나. 그러니 우리가 부러워하는 것을 가히 미칠 수가 있겠는가?"

말을 마치자 자리에 있던 사람들이 박장대소하니 남후가 미소하고 말을 안 했다.

종일토록 즐거움을 다하고 석양에 왕이 정 공에게 청해 장원과 딸을 데리고 집에 가 노친께 보이기를 청했다. 이에 정 공이 흔쾌히 허락했다.

왕이 기뻐해 즉시 행렬을 갖추고 딸을 데리고 문을 나서니 쌍쌍

---

112) 복록(福祿): 타고난 복과 벼슬아치의 녹봉. 복되고 영화로운 삶을 이르는 말.

(雙雙)의 시녀와 무수한 추종(騶從)[113]이 길을 덮었다. 그런데 이는 예사 소저의 행렬이요, 뒤에 왕이 곤룡포와 옥띠 차림으로 네 마리 말이 끄는, 두 바퀴의 수레를 몰아 붉은 양산을 쓰고 수백 명의 추종을 거느려 천천히 길을 갔다. 그리고 초후 등 네 명이 다 벽제(辟除)[114]를 세우고 일품의 관면(冠冕)[115] 차림으로 뒤를 좇았다. 커다란 영광과 거룩한 행렬이 휘황한데 정 장원이 옥 같은 얼굴과 별 같은 눈동자에 꽃가지를 숙이고 재인과 악공을 거느려 함께 길을 갔다. 온갖 음악 소리가 맑고 낭랑해 높은 하늘에 사무칠 듯하고 재인이 이따금 휘파람 소리로 귀를 어지럽히니 길에 있던 사람들이 걸음을 멈춰 칭찬하고 부러워하는 환성이 자못 요란했다.

---

113) 추종(騶從): 윗사람을 따라다니는 종.
114) 벽제(辟除): 지위가 높은 사람이 행차할 때, 구종(驅從) 별배(別陪)가 잡인의 통행을 금하던 일.
115) 관면(冠冕): 갓과 면류관.

제2부

주석 및 교감

A. 원문

1. 저본은 한국학중앙연구원 소장본(26권 26책)으로 하였다.

2. 면을 구분해 표시하였다.

3. 한자어가 들어간 어휘는 한자 병기를 원칙으로 하였다.

4. 음이 변이된 한자어 및 한자와 한글의 복합어는 원문대로 쓰고 한자를 병기하였다. 예) 고이(怪異). 겁칙(劫-)

6. 현대 맞춤법 규정에 의거해 띄어쓰기를 하되, '소왈(笑曰)'처럼 '왈(曰)'과 결합하는 1음절 어휘는 붙여 썼다.

B. 주석

1. 다음과 같은 경우에 각주를 통해 풀이를 해 주었다.

　가. 인명, 국명, 지명, 관명 등의 고유명사

　나. 전고(典故)

　다. 뜻을 풀이할 필요가 있는 어휘

2. 현대어와 다른 표기의 표제어일 경우, 먼저 현대어로 옮겼다.

　예) 츄천(秋天): 추천.

3. 주격조사 'ㅣ'가 결합된 명사를 표제어로 할 경우, 현대어로 옮길 때 'ㅣ'는 옮기지 않았다. 예) 긔위(氣宇ㅣ): 기우.

C. 교감

1. 교감을 했을 경우 다른 주석과 구분해 주기 위해 [교]로 표기하였다.

2. 원문의 분명한 오류는 수정하고 그 사실을 주석을 통해 밝혔다.

3. 원문의 의미가 분명하지 않은 경우, 규장각 소장본(26권 26책)과 연세대 소장본(26권 26책)을 참고해 수정하고 주석을 통해 그 사실을 밝혔다.

4. 알 수 없는 어휘의 경우 '미상'이라 명기하였다.

니시세디록(李氏世代錄) 권지이십삼(卷之二十三)

1면

이젹의 광능후(--侯) 경문이 독쳐(獨處)ᄒ연 디 ᄒᆡ 진(盡)ᄒ야 가디 가지록 미믈ᄒ야 몽니(夢裏)의도 뉴렴(留念)[1]티 아니ᄒ니 초휘(-侯ㅣ) 이 긔식(氣色)을 알고 ᄌᆞ로[2] 칙(責)ᄒᆞᆫ대 능휘(-侯ㅣ) 웃고 디왈(對日),

"형댱(兄丈)은 념녀(念慮) 마ᄅᆞ쇼셔. 쇼뎨(小弟) 비록 블쵸(不肖)ᄒᆞ나 조강지쳐(糟糠之妻)를 박디(薄待)ᄒ리잇가? 조만(早晚)의 드러가 보려 ᄒᆞᆫᆫ이다."

ᄒ니 샹셰(尙書ㅣ) 줌줌(潛潛)ᄒ엿더라.

쇼졔(小姐ㅣ) 마춤 히만(解娩)[3]ᄒ야 일(一) 개(個) 녀ᄋᆞ(女兒)를 싱(生)ᄒ니 왕(王)의 부뷔(夫婦ㅣ) 무심듕(無心中) 경ᄉᆞ(慶事)를 보고 대열(大悅)ᄒ며 위부(-府)의셔 진동(震動)ᄒ야 깃거ᄒ니 능휘(-侯ㅣ) ᄯᅩᄒᆞᆫ 녀이(女兒ㅣ) 처음으로 나시믈 심하(心下)의 암희(暗喜)[4]ᄒᆞ나 부인(夫人)을 믜이 너겨 ᄉᆞ식(辭色)디 아니ᄒ고 ᄯᅩᄒᆞᆫ 드리미러 뭇디도 아니ᄒᆞ디 냥가(兩家) 부뫼(父母ㅣ) 능히(能-) 아디 못ᄒ고 의약(醫藥)을 극진(極盡)이 ᄒᆞ야,

쇼졔(小姐ㅣ) 임의 영ᄎᆞ(令差)[5]ᄒᆞ매

---

1) 뉴렴(留念): 유념. 잊거나 소홀히 하지 않도록 마음속에 깊이 간직하여 생각함.
2) ᄌᆞ로: 자주.
3) 히만(解娩): 해만. 해산.
4) 암희(暗喜): 속으로 기뻐함.

구괴(舅姑ㅣ) 녀ᄋᆞ(女兒)를 두려다가 보니 영오(穎悟)[6] 절묘(絕妙)ᄒᆞ 미 미ᄎᆞ리 업ᄂᆞᆫ디라 크게 사랑ᄒᆞ고 위 공(公)이 ᄯᅩᄒᆞᆫ 니르러 보고 혹이(惑愛)[7]ᄒᆞ야 쟝샹진쥬(掌上眞珠)[8]ᄀᆞ티 너기니 모다 너모 주접 들믈 그윽이 웃고,

광평후(--侯) 등(等)이 능후(-侯)를 보와 긔롱(譏弄)[9]ᄒᆞ야 ᄀᆞᆯ오ᄃᆡ,

"하ᄂᆞᆯ이 너의 원(願)을 졀〃(節節)이[10] 마텨 옥동옥녀(玉童玉女)를 ᄀᆞ초〃싱(初生)ᄒᆞ니 복녹(福祿)[11]이 졔미(齊美)[12]ᄒᆞ믈 티하(致賀)ᄒᆞ노라."

능휘(-侯ㅣ) 쇼이ᄃᆡ왈(笑而對曰),

"ᄡᅳᆯ ᄀᆞᄐᆞᆫ 거슨 블관(不關)[13]ᄒᆞ니 티하(致賀) 소ᄅᆡ 듯기 슬히여 ᄒᆞᄂᆞ이다."

졔인(諸人)이 대쇼(大笑)ᄒᆞ고 평휘(-侯ㅣ) 왈(曰),

"네 말도 과연(果然) 올타. 너 ᄀᆞᄐᆞᆫ 사회를 어들딘대 위 공(公)의 고경(苦境)[14]을 당(當)ᄒᆞ리니 쟝ᄎᆞ(將次ㅅ) 괴로와 엇딜가 시브뇨?"

능휘(-侯ㅣ) 미쇼(微笑) 왈(曰),

"니 뎌 노적(老賊)[15]ᄀᆞ티 사오나와 사ᄅᆞᆷ의게 결원(結怨)[16]ᄒᆞᆫ 일이

---

5) 영차(令差): '쾌차'의 뜻으로 보이나 미상임.
6) 영오(穎悟): 남보다 뛰어나게 영리하고 슬기로움.
7) 혹ᄋᆡ(惑愛): 혹애. 매우 사랑함.
8) 쟝샹진쥬(掌上眞珠): 장상진주. 손바닥 위의 진주.
9) 긔롱(譏弄): 기롱. 실없는 말로 놀림.
10) 졀〃(節節)이: 절절이. 마디마디.
11) 복녹(福祿): 복록. 타고난 복과 벼슬아치의 녹봉. 복되고 영화로운 삶을 이르는 말.
12) 졔미(齊美): 제미. 모두 아름다움.
13) 블관(不關): 불관. 중요하지 않음.
14) 고경(苦境): 괴로운 처지.
15) 노적(老賊): 늙은 도적.

잇느니잇가? 브디 굴히고 굴히여 나도 날 ㄱ튼 사회롤 엇사이다."

평휘(-侯ㅣ) 디쇼(大笑) 왈(曰),

"스스로 기리니

홀 말이 업도다."

초휘(-侯ㅣ) 졍식(正色) 왈(曰),

"네 나히 어리디 아냣거놀 위 공(公)을 뎌대도록 만모(慢侮)[17]ᄒ니 위쉬(-嫂ㅣ) 드르실딘대 어이 아니 노(怒)ᄒ여 ᄒ시리오?"

능휘(-侯ㅣ) 웃고 디왈(對曰),

"위연(偶然)이 실언(失言)ᄒ미라 그리 대단ᄒ리잇가? 위 시(氏) 제 므슴 담냑(膽略)[18]으로 내게 노긔(怒氣)롤 뵈리오?"

초휘(-侯ㅣ) 왈(曰),

"실언(失言)도 홀 말이 잇느니 뎌[19] 위 공(公)이 됴뎡(朝廷) 대신(大臣)이오 대인(大人)긔 나히 더으며 ᄉᆡᆼ붕위(死生朋友ㅣ)[20]시어놀 네 혼갓 악공(岳公)[21]이라 ᄒ야 업슈이 너기는다?"

능휘(-侯ㅣ) 미쇼(微笑) 무언(無言)이어놀 평휘(-侯ㅣ) 쇼왈(笑曰),

"이뵈[22] 당〃(堂堂)이 수〃(嫂嫂)긔 칙(責)을 닙게 ᄒ얏다. 추언(此言)을 드르실딘대 일뎡(一定)[23] 아니 노(怒)ᄒ실가 시브냐?"

---

16) 결원(結怨): 원한을 맺음.

17) 만모(慢侮): 거만한 태도로 남을 업신여김.

18) 담냑(膽略): 담략. 담력과 지략.

19) 뎌: [교] 원문에는 '댜'로 되어 있으나 문맥을 고려해 규장각본(23:3)과 연세대본(23:3)을 따름.

20) ᄉᆡᆼ붕위(死生朋友ㅣ): 사생붕우. 죽고 사는 것을 함께하기로 한 친구.

21) 악공(岳公): 장인.

22) 이뵈: 이보. 이경문의 자(字).

능휘(-侯ㅣ) 왈(曰),

"형(兄)은 일싱(一生) 양 공(公) 두 ᄌ(字)의 넉술 일허 겨시거니와 쇼뎨(小弟)는 두렵디 아녀이다."

평휘(-侯ㅣ) 왈(曰),

"우형(愚兄)은 너ᄀᆞ티 쾌(快)티 못ᄒᆞ매 악공(岳公)이라도 두렵기 ᄀᆞ이업더라."

정(正)히 말ᄉᆞᆷᄒᆞᆯ

제, 웅닌24)이 이ᄯᅵ ᄉ(四) 셰(歲)라 극(極)히 총명(聰明)ᄒᆞ더니 니러 드러갓다가 나오거ᄂᆞᆯ 평휘(-侯ㅣ) 문왈(問曰),

"네 어ᄃᆡ를 그리 ᄉᆞ이 ᄃᆞ녀온다?"

웅닌이 ᄃᆡ왈(對曰),

"앗가 그 말ᄉᆞᆷ을 모친(母親)긔 고(告)ᄒᆞ라 갓더니이다."

모다 놀라 일시(一時)의 문왈(問曰),

"고(告)ᄒᆞ니 므어시라 ᄒᆞ더뇨?"

ᄃᆡ왈(對曰),

"모친(母親)이 드르시고 ᄂᆞᆺ치 지빗 ᄀᆞᆺᄐᆞ야 닐오샤ᄃᆡ, 'ᄎᆞ(此)는 내 죄(罪)라.' ᄒᆞ시고 녀ᄂᆞ 말ᄉᆞᆷ 아니시더이다."

제인(諸人)이 대쇼(大笑) 왈(曰),

"ᄌᆞ식(子息)이 ᄃᆞ니며 반간(反間)25)을 ᄒᆞ니 이뵈 이제는 츌ᄎᆞᆨ(黜

---

23) 일뎡(一定): 일정. 반드시.
24) 웅닌: 웅린. 이경문과 위홍소의 아들.
25) 반간(反間): 둘 사이를 헐뜯어 멀어지게 함.

客)26)이 되리로다."

능휘(-侯ㅣ) 웃고 줌″(潛潛)ᄒ엿더라.

이러구러 둘이 디낫더니 일″(一日)은 초휘(-侯ㅣ) 능후(-侯)로 더브러 ᄂᆡ당(內堂)으로 드러가다가 듕당(中堂)의 니르러 위 시(氏)ᄅᆞᆯ 만나니 능휘(-侯ㅣ) 문득 번신(飜身)27)ᄒ야 밧그로 나가니 초휘(-侯ㅣ) 그제야 크게 의심(疑心)ᄒ더니,

ᄎᆞ야(此夜)의 치셩각(--閣)의 드러가니 녀 시(氏), 초후(-侯)ᄅᆞᆯ 향(向)ᄒ야 닐오디,

"샹공(相公)이 ᄎᆞ샹공(次相公)의 과도(過度)ᄒᆫ 소실(所實)28)을 아ᄅᆞ시ᄂᆞ니

5면

잇가?"

휘(-侯ㅣ) 디왈(對曰),

"ᄒᆞᆨ싱(學生)이 ᄯᅩᄒᆞᆫ 의심(疑心)ᄒᄂᆞᆫ 일이 잇ᄂᆞ니 ᄌᆞ시 듯고져 ᄒᄂᆞ이다."

녀 시(氏) 미쇼(微笑)ᄒ고 ᄀᆞᆯ오디,

"쳡(妾)이 위 부인(夫人)으로 디쳑(咫尺)의 이시디 등하블명(燈下不明)29)으로 아디 못ᄒ엿더니 슉″(叔叔)30)이 ᄆᆡᆼ츈(孟春)31)의 위 부

---

26) 츌긱(黜客): 출객. 쫓겨나는 사람.
27) 번신(飜身): 몸을 돌림.
28) 소실(所實): 행동.
29) 등하블명(燈下不明): 등하불명. 등잔 밑이 어두움.
30) 슉″(叔叔): 숙숙. 서방님. 여기에서는 시동생 이경문을 이름.
31) ᄆᆡᆼ츈(孟春): 맹춘. 초봄. 음력 정월.

인(夫人)이 여ᄎᆞ〃(如此如此)ᄒᆞᆫ 말ᄉᆞᆷᄒᆞ신 연고(緣故)로 ᄂᆡ외(內外) 지고(財庫)32)룰 다 봉(封)ᄒᆞ시고 독쳐(獨處) 십이(十二) 삭(朔)의 죵시(終是)33) 용샤(容赦)34)티 아니시니 위 부인(夫人)이 본부(本府)의도 긔별(奇別)ᄒᆞ시ᄂᆞᆫ 일이 업고 쳡(妾) 등(等)ᄃᆞ려도 니ᄅᆞ디 아니시매 고초(苦楚)ᄒᆞ미 ᄀᆞ이업다 ᄒᆞ니 엇디 놀랍디 아니리잇가? 슉〃(叔叔)의 쳐ᄉᆞ(處事ㅣ) 진실로(眞實-) 과도(過度)ᄒᆞ시니 샹공(相公)이 금지(禁止)ᄒᆞ시미 가(可)홀가 ᄒᆞᄂᆞ이다.”

초휘(-侯ㅣ) 대경(大驚) 왈(曰),

“ᄎᆞ뎨(次弟) 근ᄂᆡ(近來)의 미양 셔실(書室)의 이시니 혹ᄉᆡᆼ(學生)이 여러 슌(旬) 니ᄅᆞᆫ즉 여ᄎᆞ(如此)ᄒᆞ니 그리 아디 아냣더니 이러ᄐᆞᆺ 과도(過度)홀 줄 알리오? 당〃(堂堂)이 야〃(爺爺)긔 고(告)ᄒᆞ야 금(禁)ᄒᆞ시게 ᄒᆞ리라.”

녀 시(氏) 왈(曰),

“슉〃(叔叔)이 극(極)히 효우(孝友)35)

6면

ᄒᆞ시니 샹공(相公)이 니ᄅᆞ시다 엇디 듯디 아니ᄒᆞ시리잇고?”

초휘(-侯ㅣ) 쇼왈(笑曰),

“ᄎᆞ뎨(次弟) 져근 일은 ᄂᆡ 말을 드ᄅᆞ려니와 ᄎᆞ(此)ᄂᆞᆫ 제 고집(固執)을 극(極)히 ᄂᆡ엿거든 엇디 혹ᄉᆡᆼ(學生)의 말을 텽납(聽納)36)ᄒᆞ리오?

---

32) 지고(財庫): 재고. 재물 등을 넣어 둔 창고.
33) 죵시(終是): 종시. 끝내.
34) 용샤(容赦): 용사. 관대하게 용서함.
35) 효우(孝友): 효성스럽고 우애 있음.
36) 텽납(聽納): 청납. 의견이나 권고 따위를 잘 들어서 받아들임.

당초(當初) 엄교(嚴敎)[37]로 졔어(制御)ㅎ미 올흐리라. 대개(大槪) 부인(夫人)이 어디로조차 이졔야 이런 말을 드릭시뇨?"

녀 시(氏) 왈(曰),

"위 부인(夫人)이 그런 곡경(曲境)[38]을 만나셔 디히 진(盡)ㅎ디 츄호(秋毫)[39]도 ᄉ식(辭色)을 아니시니 일쯕 아디 못ㅎ더니 작일(昨日) 난혜 이곳의 와 애돌온 ᄉ연(事緣)을 수(數)업시 ㅎ며 또 눈믈을 흘려 골오디, '우리 쇼져(小姐)의 명박(命薄)[40]ㅎ시미 쳔만고경(千萬苦境)[41]을 ᄀ초 겻그시고 필경(畢竟)[42]의 노얘(老爺ㅣ) ᄆ자 염고(厭苦)[43]ㅎ시니 비지(婢子ㅣ)[44] 죽어 모릭고져 ㅎᄂ이다.' 하니 ᄇ야흐로 안다라 경히(驚駭)ㅎ믈 이긔디 못ㅎ야 번거히 샹공(相公) 안젼(案前)의 토셜(吐說)[45]ㅎ과이다."

초휘(-侯ㅣ) 왈(曰),

"진실로(眞實-) 위수(-嫂)의 운익(運厄)[46]이 이시미 올흐냥ㅎ야 추

· · ·

7면

뎨(次弟) 본디(本-) 팀듕(沈重)[47]ㅎ디 수ᄉ(嫂嫂) 향(向)ᄒᆫ 졍(情)이

---

37) 엄교(嚴敎): 엄격한 가르침이라는 뜻으로 아버지의 가르침을 말함.
38) 곡경(曲境): 몹시 어려운 지경.
39) 츄호(秋毫): 추호. 가을철에 털갈이하여 새로 돋아난 짐승의 가는 털이라는 뜻으로 매우 적거나 조금인 것을 비유적으로 이르는 말.
40) 명박(命薄): 운명과 재수가 기박함.
41) 쳔만고경(千萬苦境): 천만고경. 온갖 어렵고 괴로운 처지나 형편.
42) 필경(畢竟): 마침내.
43) 염고(厭苦): 싫어하고 괴롭게 여김.
44) 비지(婢子ㅣ): 비자. 여자 종이 자신을 낮춰 부르는 말.
45) 토셜(吐說): 토설. 숨겼던 사실을 비로소 밝혀 말함.
46) 운익(運厄): 운액. 운수와 액화.
47) 팀듕(沈重): 침중. 성격, 마음, 목소리 따위가 가라앉고 무게가 있음.

방인(傍人)[48]의게 취졸(醜拙)[49] 뵈미 줏던 거시어눌 일(一) 년(年)이 진(盡)토록 독쳐(獨處)ᄒ기 극(極)히 고이(怪異)ᄒ니 이논 도시(都是)[50] 조믈(造物)의 희롱(戲弄)이니이다."

녀 시(氏) 웃고 답(答)디 아니ᄒ니 샹셰(尙書ㅣ) 쏘흔 말을 아니ᄒ고 부인(夫人)으로 더브러 상(床)의 오ᄅ니 피치(彼此ㅣ) 견권지정(繾綣之情)[51]이 새롭더라.

평명(平明)[52]의 초휘(-侯ㅣ) 왕(王)의 면젼(面前)의셔 슈말(首末)[53]을 주시 고(告)ᄒ니 왕(王)이 크게 놀라며 어히업서 닐오디,

"이대도록 고이(怪異)혼 힝시(行使ㅣ) 잇논 줄 엇디 알리오? 내 당〃(堂堂)이 션쳐(善處)[54]ᄒ리라."

초휘(-侯ㅣ) 비샤(拜謝)[55] 왈(曰),

"ᄎ뎨(次弟) 일시(一時) 호ᄉ(豪肆)[56]로 이러ᄒ면 히이(孩兒ㅣ) 감히(敢-) 존젼(尊前)을 번거히 아니ᄒ올 거시로디 제 임의 일ᄉᆡᆼ(一生)을 환거(鰥居)[57]ᄒ려 고집(固執)을 내여ᄉᆞᆸᄂᆞ다라 만일(萬一) 부뫼(父母ㅣ) 아니실단대 기유(開諭)[58]티 못ᄒ리이다."

왕(王)이 고개 좃고 말을 아니터니,

이윽고 광능휘(--侯ㅣ) 드러와 시좌(侍坐)[59]ᄒ거

---

48) 방인(傍人): 옆의 사람.
49) 취졸(醜拙): 추졸. 비루함과 졸렬함.
50) 도시(都是): 모두.
51) 견권지정(繾綣之情): 견권지정. 마음속에 굳게 맺혀 잊히지 않는 정.
52) 평명(平明): 해가 뜨는 시각. 또는 해가 돋아 밝아질 때.
53) 슈말(首末): 수말. 일의 시작과 끝.
54) 션쳐(善處): 선처. 잘 처리함.
55) 비샤(拜謝): 배사. 삼가 감사의 뜻을 표함.
56) 호ᄉ(豪肆): 호사. 호방하고 방자함.
57) 환거(鰥居): 홀아비로 삶.
58) 기유(開諭): 개유. 사리를 알아듣도록 타이름.
59) 시좌(侍坐): 웃어른을 모시고 앉음.

8면

눌 왕(王)이 안식(顏色)을 엄(嚴)히 ㅎ고 노목(怒目)60)을 기우려 능후
(-侯)를 냥구(良久)히61) 보니 쥰졀(峻截)62) 엄슉(嚴肅)흔 긔샹(氣像)
이 츄상(秋霜)ヌ튼디라.63) 능휘(-侯ㅣ) 대경(大驚) 황공(惶恐)ㅎ야 곡
졀(曲折)64)을 능히(能-) 씨듯디 못ㅎ고 한〃(寒汗)65)이 텸비(沾背)66)
ㅎ니 몸 둘 곳을 업서 옥면(玉面)의 훈식(纁色)67)이 ヌ독ㅎ야 관(冠)
을 수기고 공슈(拱手)68) 궤69)복(跪伏)이러니,

　반향(半晌)70) 후(後) 왕(王)이 ᄉ매를 썰텨 니러나니 능휘(-侯ㅣ)
더옥 숑연(悚然)71)ㅎ야 초후(-侯)를 디(對)ㅎ야 굴오디,

　"쇼뎨(小弟) 므슴 죄(罪)를 지엇관디 야애(爺爺ㅣ) 미안(未安)72)ㅎ
시미 여ᄎ(如此)ㅎ시니잇고?"

　초휘(-侯ㅣ) 미쇼(微笑) 왈(曰),

　"우형(愚兄)이 엇디 셩의(盛意)73)를 탁냥(度量)74)ㅎ리오?"

　능휘(-侯ㅣ) 더옥 놀라고 근심ㅎ야 냥미(兩眉)를 싱긔고 니당(內
堂)의 드러가니 왕(王)이 이에 잇다가 후(后)를 향(向)ㅎ야 굴오디,

---

60) 노목(怒目): 성난 눈.
61) 냥구(良久)히: 양구히. 오랫동안.
62) 쥰졀(峻截): 준절. 매우 위엄이 있고 정중함.
63) 츄상(秋霜)ヌ튼디라: 추상같은지라. 호령 따위가 위엄이 있고 서슬이 푸르니.
64) 곡졀(曲折): 곡절. 복잡한 사정이나 이유.
65) 한〃(寒汗): 식은땀.
66) 텸비(沾背): 첨배. 등을 적심.
67) 훈식(纁色): 훈색. 붉은빛.
68) 공슈(拱手): 공수. 두 손을 앞으로 모아 포개어 잡음.
69) 궤: [교] 원문에는 '쾌'로 되어 있으나 문맥을 고려해 규장각본(23:8)과 연세대본(23:8)을 따름.
70) 반향(半晌): 반나절.
71) 숑연(悚然): 송연. 두려워하는 모양.
72) 미안(未安): 마음이 편하지 못하고 거북함.
73) 셩의(盛意): 성의. 큰 뜻. 여기에서는 '아버지의 뜻'을 이름.
74) 탁냥(度量): 탁량. 헤아림.

"경문이 아비 이시믈 아디 못하니 그디는 브티디 말라."

하고 또 니러나니 능휘(-侯ㅣ) 더옥 황공(惶恐)하야 모젼(母前)의 나아가매 휘(后ㅣ) 득죄(得罪)혼 연고(緣故)룰

뭇눈디라 능휘(-侯ㅣ) 실로(實-) 아디 못하믈 디(對)하고 왈(曰),

"쇼지(小子ㅣ) 진실로(眞實-) 아득하야 허믈을 끼둣디 못하나 죄(罪) 이실딘대 대인(大人)이 쟝춧(將次ㅅ) 수죄(授罪)[75]하시미 올숩거늘 이러툿 견집(堅執)[76]하시니 쟝춧(將次ㅅ) 황숑(惶悚)하미 몸 둘 곳 업서이다."

휘(后ㅣ) 팀음(沈吟) 브답(不答)이러니,

됴당(朝堂)[77]의 명패(命牌)[78] 누려 능휘(-侯ㅣ) 급(急)히 됴복(朝服)[79]을 ᄀ초고 나간 후(後) 초휘(-侯ㅣ) 드러와 뵈거눌 소휘(-后ㅣ) 경문의 득죄(得罪)하믈 무른대 휘(-侯ㅣ) 웃고 ᄌ시 고(告)하니 소휘(-后ㅣ) 대경(大驚)하야 혀 차 굴오디,

"이 아히(兒孩) 범시(凡事ㅣ)[80] 이러툿 블통(不通)[81]하니 큰 근심이 아니리오?"

샹셰(尙書ㅣ) 웃고 왈(曰),

---

75) 수죄(授罪): 죄에 대한 벌을 내림.
76) 견집(堅執): 의견을 바꾸지 않고 굳게 지님.
77) 됴당(朝堂): 조당. 조정(朝廷).
78) 명패(命牌): 임금이 벼슬아치를 부를 때 보내던 나무패. '命' 자를 쓰고 붉은 칠을 한 것으로, 여기에 부르는 벼슬아치의 이름을 써서 돌림.
79) 됴복(朝服): 조복. 관원이 조정에 나아갈 때에 입던 예복.
80) 범시(凡事ㅣ): 범사. 모든 일.
81) 블통(不通): 불통. 사리에 통달하지 못함.

"제 거동(擧動)을 채 보게 ㅈ당(慈堂)이 쏘훈 모ㄹㄴ 톄ㅎ쇼셔."

휘(后ㅣ) 고개 좃더라.

능휘(-侯ㅣ) 져믈거야 도라와 오운뎐(--殿)의 가 혼뎡(昏定)[82]ㅎ매 왕(王)이 노식(怒色)이 표연(表然)[83]ㅎ야 눈을 드디 아니ㅎ니 능휘(-侯ㅣ) 망극(罔極)ㅎ야 쟝ㅊ(將次ㅅ) 아모리 홀 줄 몰라 뉵칠(六七) 일(日)을 됴ㅅ(朝事)[84]의도 칭[85]병(稱病)

.·.

10면

ㅎ고 듀야(晝夜) 왕(王)을 뫼셔 츄호(秋毫)도 셜만(褻慢)[86]ㅎ미 업ㅅ디 왕(王)이 온[87]식(慍色)[88]이 졈〃(漸漸) 더어 필경(畢竟)은 셔당(書堂)으로 ㅆ어 내티니 능휘(-侯ㅣ) 식음(食飮)을 믈리티고 눈믈이 만면(滿面)ㅎ야 쵸조(焦燥)ㅎ니,

초휘(-侯ㅣ) 일〃(一日)은 졍식(正色)고 골오디,

"네 일뎡(一定)[89] 져즌 죄(罪)를 모ㄹㄴ다?"

능휘(-侯ㅣ) 년망(連忙)[90]이 디왈(對曰),

"쇼뎨(小弟) 만일(萬一) 알딘대 이대도록 답〃ㅎ리잇가? 스ㅅ로 블쵸(不肖)ㅎ믄 크건마ㄴ 즉금(卽今) 미온(未穩)[91]ㅎ시ㄴ 연고(緣故)ㄴ

---

82) 혼뎡(昏定): 혼정. 밤에 자기 전에 부모의 침소에 가서 잠자리를 살피고 밤 동안 안녕하기를 여쭘.

83) 표연(表然): 뚜렷이 드러남.

84) 됴ㅅ(朝事): 조사. 조정의 일.

85) 칭: [교] 원문에는 '친'으로 되어 있으나 문맥을 고려해 규장각본(23:9)과 연세대본(23:9)을 따름.

86) 셜만(褻慢): 설만. 하는 짓이 무례하고 거만함.

87) 온: [교] 원문에는 '은'으로 되어 있으나 문맥을 고려해 규장각본(23:9)과 연세대본(23:10)을 따름.

88) 온식(慍色): 온색. 성난 낯빛.

89) 일뎡(一定): 일정. 정말.

90) 년망(連忙): 연망. 황급한 모양.

91) 미온(未穩): 평온하지 않음.

아디 못ᄒᆞᄂ이다."

초휘(-侯ㅣ) 왈(曰),

"네 대인(大人)의 화식(和色)을 보ᄋᆞᆸ고져 ᄒᆞ거든 규듕(閨中)[92] 셰쇄(細瑣)[93]ᄒᆞᆫ 고집(固執)을 브릴디어다."

능휘(-侯ㅣ) 그제야 크게 ᄭᅵ두라 ᄂᆞᆾ출 븕히고 닐오디,

"이런 고이(怪異)ᄒᆞᆫ 말을 뉘라셔 브졀업시 고(告)ᄒᆞ니잇고? 반ᄃᆞ시 위 시(氏) 소실(所實)[94]이로소이다."

샹셰(尙書ㅣ) 졍식(正色) 왈(曰),

"네 요ᄉᆞ이 셩졍(性情)이 진실로(眞實-) 그릇되엿도다. 위 시(氏) 므ᄉᆞ 일을 구고(舅姑) 안젼(案前)의 드러 아당(阿黨)[95]ᄒᆞ시더뇨? 네 경(輕)

ᄒᆞᆫ 쳐ᄌᆞ(妻子)만 ᄒᆞ여도 그리 못ᄒᆞᆯ디 위쉬(-嫂ㅣ) 네게 엇던 안해시뇨? ᄋᆞ[96]시(兒時)로브터 너의 연고(緣故)로 쳔단비원(千端悲怨)[97]을 ᄀᆞ초 겻그시고 필경(畢竟)은 무ᄉᆞ(無事)ᄒᆞ연 디 ᄒᆞᆫ ᄒᆡ어ᄂᆞᆯ 네 셜ᄉᆞ(設使) 미온(未穩)ᄒᆞ야 독쳐(獨處)ᄒᆞ기ᄂᆞᆫ 올흐나 지고(財庫)를 다 ᄌᆞᆷ가 굼고 어러 죽게 ᄒᆞ리오? 위쉬(-嫂ㅣ) 너의 실셩(失性)ᄒᆞᆫ 거조(擧措)[98]를 보시디 죵시(終是) ᄉᆞ식(辭色)디 아니시고 본부(本府)의도

---

92) 규듕(閨中): 규중. 여자가 거처하는 곳.
93) 셰쇄(細瑣): 세쇄. 시시하고 자질구레함.
94) 소실(所實): 행한 일.
95) 아당(阿黨): 남의 비위를 맞추거나 환심을 사려고 아첨함.
96) ᄋᆞ: [교] 원문에는 '오'로 되어 있으나 문맥을 고려해 규장각본(23:10)과 연세대본(23:11)을 따름.
97) 쳔단비원(千端悲怨): 천단비원. 온갖 슬픈 일과 원망할 만한 일.
98) 거조(擧措): 말이나 행동 따위를 하는 태도.

알외디 아니시니 핍절(乏絕)[99] 고초(苦楚)ᄒ시미 측냥(測量)업ᄉ디 녀 시(氏) 디쳑(咫尺)의셔 모ᄅ다가 수일(數日) 젼(前) 알고 날ᄃ려 여차ᄼᄼ(如此如此) ᄒ거ᄂᆞᆯ 니 부모(父母)긔 고(告)ᄒ미 브졀업시 ᄒ엿노라."

능휘(-侯ㅣ) 황공(惶恐)ᄒ야 믄득 웃고 디왈(對曰),

"쳐지(妻子ㅣ) 미안(未安)ᄒ면 죄고(財庫) 줌으기ᄂᆞᆫ 형댱(兄丈)긔 비홧ᄂᆞ이다."

샹셰(尙書ㅣ) 어히업서 왈(曰),

"네 날을 공티(公恥)[100]ᄒ거니와 임 시(氏)ᄂᆞᆫ 죄목(罪目)이 호대(浩大)[101]ᄒ니 기과(改過)킥 ᄒ노라 그리ᄒ여시나 위쉬(-嫂ㅣ) 므ᄉᆞᆷ 죄(罪) 겨시더뇨?"

능휘(-侯ㅣ) 왈(曰),

"위 시(氏) 진실로(眞實-) 죄(罪) 업

ᄂᆞ니잇가? 각 시(氏) 음ᄒᆡᆼ지인(淫行之人)[102]인 줄 알며 나의 가챠[103] ᄒ믈 미더 그러툿 욕(辱)ᄒ니 엇디 통히(痛駭)[104]티 아니ᄒ리잇고?"

초휘(-侯ㅣ) 왈(曰),

"위쉬(-嫂ㅣ) 일 아디 못ᄒ시고 그 말ᄉᆞᆷ 이시나 네 디긔(知己)[105]

---

99) 핍절(乏絕): 핍절. 공급이 끊어져 아주 없어짐.
100) 공티(公恥): 공치. 대놓고 모욕을 줌.
101) 호대(浩大): 넓고 큼.
102) 음ᄒᆡᆼ지인(淫行之人): 음행지인. 음란한 행위를 하는 사람.
103) 가챠: 사랑함.
104) 통히(痛駭): 통해. 몹시 이상스러워 놀람.
105) 디긔(知己): 지기. 자기를 알아주는 사람이라는 뜻으로 매우 친한 사이를 이르는 말.

부"(夫婦)로 뎌대도록 은노(隱怒)106)ᄒᆞ미 가(可)ᄒᆞ냐? 원릭(元來) 알고 ᄒᆞ야 겨시다 니ᄅᆞ고 네 죠용이 경계(警戒)ᄒᆞ야 니ᄅᆞ고 녜 ᄀᆞ트미 올커ᄂᆞᆯ 그만 일의 너ᄀᆞ티 지리히107) 굴리오? ᄎᆞ시(此事ㅣ) 진실로(眞實-) 올흐냐?"

능휘(-侯ㅣ) 텽파(聽罷)의 홀 말이 업서 ᄎᆞ야(此夜)의 봉각(-閣)의 드러가 모든 고(庫)를 다 열고 내텻던 비ᄌᆞ(婢子)를 다 블러드리고 드드여 방듕(房中)의 니ᄅᆞ니,

ᄎᆞ시(此時) 위 쇼졔(小姐ㅣ) 태부(太傅)의 낙"(落落)108)ᄒᆞ믈 심듕(心中)의 우이 너기고 죠곰도 개렴(介念)109)티 아니터니 ᄋᆞᄌᆞ(兒子)110)의 뎐어(傳語)111)로조차 그 야"(爺爺)를 노적(老賊)이라 ᄒᆞ믈 듯고 스스로 탄왈(歎曰),

"니(李) 군(君)의 무힝(無行)112)ᄒᆞ미 여ᄎᆞ(如此)ᄒᆞ니 내 ᄎᆞ마 다시 부"지의(夫婦之義)를 니으리오? 종신(終身)113)토록 졀로 더브러

· ·

13면

각거(各居)114)ᄒᆞ야 내 죄(罪)를 속(贖)ᄒᆞ리라."

ᄒᆞ더니 이날 태뷔(太傅ㅣ) 드러와 지고(財庫)를 열믈 보고 심하(心下)의 넝쇼(冷笑)ᄒᆞ더니,

---

106) 은노(隱怒): 분노를 드러냄.
107) 지리히: 귀찮게.
108) 낙"(落落): 낙락. 남을 대하는 모습이 냉담함.
109) 개렴(介念): 개념. 어떤 일 따위를 마음에 두고 생각하거나 신경을 씀.
110) ᄋᆞᄌᆞ(兒子): 아자. 아들.
111) 뎐어(傳語): 전어. 전하는 말.
112) 무힝(無行): 무행. 볼 만한 행실이 없음.
113) 종신(終身): 종신. 몸을 마침.
114) 각거(各居): 각각 따로 거처함.

믄득 댱(帳)을 들고 드러오는디라 놀라 몸을 니러 협실(夾室)115)로 드러가니 능휘(-侯ㅣ) 무음의 주가(自家)의 박디(薄待)룰 티원(置怨)116)후미 잇는가 더옥 미온(未穩)후야 말을 아니코 스스로 상(床)의 올라 자고 나오니,

왕(王)이 부야흐로 능후(-侯)룰 알퍼 꿀리고 크게 칙(責)후야 굴오디,

"믈읏 안해 죄(罪) 이셔도 법(法)인즉 가찰(苛察)117)후미 가(可)티 아니후거눌 위 시(氏) 비범(非凡)후미 너의 스승이어눌 네 감히(敢-) 져근 블통(不通)훈 협심(狹心)118)을 내여 괴롭119)도록 보채리오? 이 ㄱ툰 고이(怪異)훈 심졍(心情)을 가지고 감히(敢-) 대신(大臣) 노륵술 후며 어버이룰 뫼시고 집을 진뎡(鎭靜)후리오? 거즛 놈의 눈 ㄱ리오는 형상(形狀)으로 현부(賢婦)룰 디졉(待接)홀딘대 너룰 다시 보디 아니후리라."

능휘(-侯ㅣ) 송연(悚然)120)후

. . .

14면

야 돈슈(頓首) 비샤(拜謝)후고 부야흐로 주긔(自己) 과도(過度)후믈 끼드라 년일(連日)121)후야 봉각(-閣)의 드러가나 쇼제(小姐ㅣ) 훈ᄀᆯ곳티 피(避)후고 보디 아니후니 휘(侯ㅣ) 노(怒)후야,

---

115) 협실(夾室): 곁방.
116) 티원(置怨): 치원. 원망을 함.
117) 가찰(苛察): 까다롭게 따지어 살핌.
118) 협심(狹心): 좁은 마음.
119) 괴롭: [교] 원문에는 '긔록'으로 되어 있으나 문맥을 고려해 규장각본(23:13)과 연세대본(23:13)을 따름.
120) 송연(悚然): 송연. 두려워하는 모양.
121) 년일(連日): 연일. 여러 날을 계속하여.

일〃(一日)은 일즉 드러가 협실(夾室) 문(門)을 줌으고 쵹(燭)을 도로혀 노코 어두은 디 안자시니 쇼졔(小姐ㅣ) 졍당(正堂)[122]으로조차 나와 방듕(房中)의 들거놀 휘(侯ㅣ) 즉시(卽時) 니러 밧 문(門) 알픠 안ᄌ니 부인(夫人)이 대경(大驚)ᄒ야 먼리 댱(帳) 밋틱 가 안거놀 능휘(-侯ㅣ) 쵹(燭)을 도〃고 눈을 드러 보니 부인(夫人)이 운빙(雲鬢)[123]을 묽게 ᄲᅳᆯ고 홍상치의(紅裳彩衣)[124]로 봉관(鳳冠)[125]을 졍(正)히 ᄲᅧ시니 찬란(燦爛)ᄒᆫ 광치(光彩)ᄂᆞ 새로이 눈의 긔이(奇異)ᄒᆫ 디 안식(顔色)의 식〃[126]ᄒ미 임의 셜샹가상(雪上加霜)[127] ᄀᆞ트야 미몰 쥰졀(峻截)[128]ᄒᆫ 거죄(擧措ㅣ) 어름 우희 눈을 더은 ᄃᆞᆺᄒ고 츄파(秋波)[129]ᄅᆞᆯ ᄂᆞᆺ초며 잉슌(櫻脣)[130]을 담으라시니 이ᄂᆞ 그림 가온대 녀와(女媧)[131] ᄀᆞᆺᄐᆫ디라. 능휘(-侯ㅣ) 심하(心下)의 ᄯᅩᄒᆫ 슈괴(羞愧)[132]ᄒ미 업디 아니ᄒᆞ디 ᄉᆞ식(辭色)디 아니코 졍

식(正色)고 굴오디,

　"학ᄉᆡᆼ(學生)이 당돌(唐突)ᄒᄆᆯ 닛고 부인(夫人)을 디(對)ᄒ야 소회

---

122) 졍당(正堂): 정당. 집안의 큰어른이 머무는 곳.
123) 운빙(雲鬢): 운빈. 여자의 귀밑으로 드려진 탐스러운 머리털.
124) 홍상치의(紅裳彩衣): 홍상채의. 다홍치마와 무늬 있는 옷.
125) 봉관(鳳冠): 옛 부인들이 쓰던 관으로 봉황 모양을 장식한 예관.
126) 식〃: 엄숙함.
127) 셜샹가상(雪上加霜): 설상가상. 원래 눈 위에 서리가 덮인다는 뜻으로, 난처한 일이나 불행한 일이 잇따라 일어남을 이르는 말이나 여기에서는 매우 냉랭함을 의미함.
128) 쥰졀(峻截): 준절. 매우 위엄이 있고 정중함.
129) 츄파(秋波): 추파. 가을 물결같이 고운 눈.
130) 잉슌(櫻脣): 앵순. 앵두같이 붉은 입술.
131) 녀와(女媧): 여와. 중국 고대 신화에서 인간을 창조한 것으로 알려진 여신이며, 삼황오제 중 한 명이기도 함. 인간의 머리와 뱀의 몸통을 갖고 있으며 복희와 남매라고도 알려져 있음. 처음으로 생황이라는 악기를 만들었고, 결혼의 예를 제정하여 동족 간의 결혼을 금하였음.
132) 슈괴(羞愧): 수괴. 부끄럽고 창피함.

(所懷)133)롤 토셜(吐說)134)코져 ᄒᆞᄂᆞ니 가(可)히 용납(容納)ᄒᆞ시랴?
ᄯᅩ 피(避)ᄒᆞ시랴? 수의(思意)롤 듯고져 ᄒᆞ노라.”

부인(夫人)이 졍식(正色) 브답(不答)ᄒᆞ니 휘(侯ㅣ) 지삼(再三) 디답
(對答)을 지쵹ᄒᆞᆫ대 부인(夫人)이 날호여 굴오디,

“군지(君子ㅣ) 므슴 말ᄉᆞᆷ을 뭇고져 ᄒᆞ시ᄂᆞ뇨? 가(可)히 듯기롤 원
(願)ᄒᆞᄂᆞ이다.”

능휘(-侯ㅣ) 졍식(正色) 왈(曰),

“부인(夫人)이 나히 이십일(二十一) 셰(歲)오, 수셰(事勢)135)롤 만
히 경녁(經歷)136)ᄒᆞ야 녜의(禮義)롤 수못가이137) 알리니 지아비롤 디
(對)ᄒᆞ야 말ᄉᆞᆷ 삼갈 줄 알 거시어ᄂᆞᆯ 엇던 고(故)로 학ᄉᆡᆼ(學生)을 디
(對)ᄒᆞ야 욕(辱)ᄒᆞ믈 능ᄉᆞ(能事)로 아ᄂᆞ뇨? 녀지(女子ㅣ) 식덕(色
德)138)이 ᄀᆞ존즉 지아비롤 업눌러 호령(號令)이 낭쟈(狼藉)139)ᄒᆞ고
지어(至於) 후비(后妃)140)ᄂᆞᆫ 나라흘 망(亡)히오니 가(可)히 두려올 거
시로디 ᄉᆡᆼ(生)의 부인(夫人) 알으믄 츄호(秋毫)롤 범(犯)ᄒᆞ미 업고 쇼
심익″(小心益益)141)ᄒᆞ미 부인(夫人) 녀ᄌᆞ(女子)의 도(道)롤 일티 아
낫ᄂᆞᆫ가

---

133) 소회(所懷): 마음속에 품고 있는 회포.
134) 토셜(吐說): 토설. 숨겼던 사실을 비로소 밝히어 말함.
135) 수셰(事勢): 사세. 일의 형편.
136) 경녁(經歷): 경력. 여러 가지 일을 겪어 지내 옴.
137) 수못가이: 매우 잘.
138) 식덕(色德): 색덕. 아름다운 외모와 훌륭한 덕행.
139) 낭쟈(狼藉): 낭자. 여기저기 흩어져 어지러움.
140) 후비(后妃): 여후(呂后)와 양귀비(楊貴妃)를 이르는 듯함. 여후는 중국 전한(前漢)의 시조인 고
조(高祖) 유방(劉邦)의 황후. 유방이 죽은 뒤 자신의 소생인 혜제(惠帝)가 즉위하자 실권을 잡
고 여씨 일족을 고위직에 등용시켜 여씨 정권을 수립하고, 유방의 총비(寵妃)인 척부인(戚夫
人)의 아들 유여의(劉如意)를 독살하고 척부인은 수족을 잘라 변소에 가둠. 양귀비는 당(唐)나
라 현종(玄宗)의 후궁으로 본명은 옥환(玉環)임. 원래 현종의 아들인 수왕(壽王)의 비(妃)였는
데 현종이 보고 반해 아들을 변방으로 보내고 며느리를 차지하여 총애함. 안록산(安祿山)의
난 때 현종과 함께 피난하다 마외역(馬嵬驛)에서 목매어 죽음.
141) 쇼심익″(小心益益): 소심익익. 더욱 조심함.

ᄒᆞ더니 뎌즈음긔 ᄒᆞᄂᆞᆫ 말이 크게 경희(驚駭)ᄒᆞᆫ디라 임의 낭듕(囊中)[142]의 송고시 비최ᄂᆞᆫ 둣ᄒᆞᆫ 고(故)로 스스로 경아(驚訝)[143]ᄒᆞ믈 이긔디 못ᄒᆞ야 그디 얼골을 아니 보와 그디 졀졔(節制)[144]ᄒᆞ믈 감슈(甘受)[145]티 아니려 ᄒᆞ더니 엄교(嚴敎ㅣ) 그디의 춤소(譖訴)[146]ᄅᆞᆯ 드르시고 싱(生)을 과도(過度)히 그르다 ᄒᆞ실ᄉᆡ 존명(尊命)을 인(因)ᄒᆞ야 그디 죄(罪)ᄅᆞᆯ 샤(赦)ᄒᆞ고 얼굴을 보와 말을 뭇고져 ᄒᆞ니 녀ᄌᆞ(女子)의 념티(廉恥) 붓그려 샤죄(謝罪)ᄒᆞ미 결을티 못ᄒᆞ려든 도로혀 싱(生)의 소디(疏待)[147]ᄒᆞ던 줄 원(怨)ᄒᆞ야 피(避)ᄒᆞ믈 구슈(仇讎)[148]ᄀᆞ티 ᄒᆞ니 그디 인ᄉᆡ(人事ㅣ) 이대도록 변역(變易)[149]ᄒᆞ엿ᄂᆞ뇨? 극(極)히 의아(疑訝)ᄒᆞᄂᆞ니 그디ᄂᆞᆫ 쾌(快)히 소견(所見)을 닐러 싱(生)의 의심(疑心)을 빙셕(氷釋)[150]ᄒᆞ라."

위 시(氏) 단졍(端正)이 위좌(危坐)[151]ᄒᆞ야 듯기ᄅᆞᆯ 뭇고 날호여 골오디,

"쳡(妾)이 우미둔질(愚昧鈍質)[152]로 일즉 비복(婢僕)이 유죄(有罪)ᄒᆞ나 소리ᄅᆞᆯ 놉혀 칙(責)홀 줄 아디 못ᄒᆞ니 더옥 소텬(所天)[153]

---

142) 낭듕(囊中): 낭중. 주머니 안.
143) 경아(驚訝): 놀라고 의아함.
144) 졀졔(節制): 절제. 조절하여 제한함.
145) 감슈(甘受): 감수. 달게 받아들임.
146) 춤소(譖訴): 참소. 남을 헐뜯어서 죄가 있는 것처럼 꾸며 윗사람에게 고하여 바침.
147) 소디(疏待): 소대. 소원하게 대함.
148) 구슈(仇讎): 구수. 원수.
149) 변역(變易): 변하여 바뀜.
150) 빙셕(氷釋): 빙석. 의심 등이 얼음 녹듯이 풀림.
151) 위좌(危坐): 몸을 바르게 하고 앉음.
152) 우미둔질(愚昧鈍質): 우매둔질. 어리석고 몽매하며 둔한 자질.
153) 소텬(所天): 소천. 아내가 남편을 이르는 말.

을 업누르믄 소댱(所長)154)이 아니니 거더러155) 무익(無益)ᄒ고 뎌즈
음긔 각 시(氏)의 말숨은 쳡(妾)이 환난(患亂)의 분찬(奔竄)156) 듕(中)
일즉 기간(其間) 곡절(曲折)을 아디 못ᄒᄂᆫ 고(故)로 무심듕(無心中)
실언(失言)ᄒ야 죄(罪) 깁흐니 군ᄌ(君子)의 당〃(堂堂)ᄒᆫ 법(法)으로
다ᄉ리시믈 원(怨)ᄒ리오? 더옥 구고(舅姑)긔 춤소(讒訴)ᄒᆮ 말숨은
극(極)히 가쇼(可笑)로은디라 답언(答言)이 브졀업ᄂ이다. 군(君)을 피
(避)ᄒ믄 다ᄅᆫ 연괴(緣故ㅣ) 아니라 오륜(五倫) 가온대 부뫼(父母ㅣ)
몬져시니 지아비 비록 듕(重)ᄒ나 부뫼(父母ㅣ) 만일(萬一) 나티 아
냐 겨실딘대 장ᄎᆺ(將次ㅅ) 므어슬 알리오? 군ᄌ(君子ㅣ) 일즉 경셔
(經書)ᄅᆯ 혹(學)ᄒ며 셜ᄉ(設使) 악뷘(岳父ㅣ)들 그 ᄌ식(子息)을 드리
고 집을 어(御)ᄒ고져 ᄒ며 가친(家親)을 노적(老賊)이라 ᄒ니 쳡(妾)
이 다시 군(君)을 디(對)코져 ᄒ리오? 그런 고(故)로 죵신(終身)토록
슈어157)심규(守於深閨)158)ᄒ야 군(君)을 보디 말고져 ᄯᆽ이니 군(君)
은 모로미 인졍(人情)을 츄159)탁(推度)160)ᄒ야 ᄎ후(此後) 날로뻐

---

154) 소댱(所長): 소장. 잘하는 바.
155) 거더러: 언급해.
156) 분찬(奔竄): 바삐 달아나 숨음.
157) 어: [교] 원문과 규장각본(23:17), 연세대본(23:17)에 모두 '의'로 되어 있으나 문맥을 고려해 이와 같이 수정함.
158) 슈어심규(守於深閨): 수의심규. 규방에서 몸을 지킴.
159) 츄: [교] 원문과 규장각본(23:17), 연세대본(23:17)에 모두 '췀'로 되어 있으나 문맥을 고려해 이와 같이 수정함.
160) 츄탁(推度): 추탁. 미루어 헤아림.

안해로 아디 말디어다.”

셜파(說罷)의 미우(眉宇)의 노긔(怒氣) 은″(隱隱)ᄒ야 츄패(秋波ㅣ)[161] 몽농(朦朧)ᄒ고 냥협(兩頰)[162]이 부용(芙蓉) 훈식(纁色)을 ᄯᅴ여 식″ᄒᆫ 긔식(氣色)이 이젼(以前) 화열(和悅)[163]ᄒ미 ᄒ나토 업ᄂᆫ디라. 능휘(-侯ㅣ) 심하(心下)의 미쇼(微笑)ᄒ고 졍식(正色) 왈(曰),

“부인(夫人)의 말이 다 올커니와 말단(末端) ᄉ연(事緣)은 니 일즉 아디 못ᄒᆞᄂᆫ 일이라 쟝ᄎᆞᆺ(將次ㅅ) 뉘 뎌 말을 ᄒ며 그ᄃᆡ 므슴 담냑(膽略)으로 날을 거절(拒絕)ᄒ려 ᄒᆞᄂᆫ다?”

위 시(氏) 츄파(秋波)ᄅᆞᆯ ᄂᆞ초와 답(答)디 아니코 믁″(默默)히 온식(慍色)을 ᄯᅴ여시니 능휘(-侯ㅣ) 변식(變色) 왈(曰),

“그ᄃᆡ 쟝ᄎᆞᆺ(將次ㅅ) 날을 어린 ᄉ나히로 아라 이러틋 폐(弊)로이[164] 노식(怒色)으로 관속(管束)[165]고져 ᄒᆞ뇨? 니 진실로(眞實-) 악댱(岳丈)을 노적(老賊)이라 ᄒᆞ엿다 니ᄅᆞ고 그ᄃᆡ 감히(敢-) 노(怒)ᄒ기ᄅᆞᆯ 내 눈[166]의 뵐다?”

쇼제(小姐ㅣ) 옷기술 념의여 굴오ᄃᆡ,

“쳡(妾)이 각 시(氏)의 말은 아라시나 몰라시나 죄(罪)ᄅᆞᆯ 당(當)ᄒᆞᆯ 거시로ᄃᆡ 군ᄌᆡ(君子ㅣ) 가친(家親)을

---

161) 츄패(秋波ㅣ): 추파. 가을 물결같이 고운 눈.
162) 냥협(兩頰): 양협. 두 뺨.
163) 화열(和悅): 온화함.
164) 폐(弊)로이: 성질이 까다롭게.
165) 관속(管束): 잘 단속함.
166) 내 눈: [교] 원문에는 ‘녀ᄌ’로 되어 있으나 문맥을 고려해 규장각본(23:17)과 연세대본(23:18)을 따름.

욕(辱)혼 일관(一貫)[167]은 가(可)히 항복(降伏)디 아닛ᄂ니 언어슈작(言語酬酌)[168]고져 뜻이 이시리오? 연(然)이나 각 시(氏)의 연고(緣故)로ᄂ 죄(罪)ᄅ 붉히 다ᄉ리시고 뉘웃디 마ᄅ쇼셔.”

능휘(-侯ㅣ) 노ᄉ(怒色) 왈(曰),

“그디 진실로(眞實-) 노ᄉ(怒色)으로 내 알ᄑ셔 말을 ᄒ려 ᄒᄂ냐?”

쇼제(小姐ㅣ) 왈(曰),

“첩(妾)이 실언(失言)혼 죄(罪)ᄂ 죽어도 감슈(甘受)ᄒ려니와 인ᄌ지도(人子之道)[169]의 ᄎ마 군(君)으로 더브러 다시 화담미어(和談美語)[170]로 고(告)하리오? ᄎ후(此後)ᄂ 첩(妾)이 샹공(相公) 보기ᄅ 슈인(讐人)[171]으로 ᄒᄂ니 고이(怪異)히 너기디 마ᄅ쇼셔.”

능휘(-侯ㅣ) 대로(大怒)ᄒ야 봉안(鳳眼)을 브ᄅᄯ고 굴오디,

“그디 방ᄌ(放恣)ᄒ미 이디도록 ᄒ야 날을 원슈(怨讐)라 ᄒ니 이 엇던 도리(道理)뇨? ᄲ리 나가고 다시 내 방(房)의 잇디 말라.”

셜파(說罷)의 ᄉ매ᄅ ᄯᆯ쳐 상(床)의 오ᄅ니,

쇼제(小姐ㅣ) 즉시(卽時) 문(門)을 열고 난간(欄干)의 나와 안자시니 이ᄯ 계동(季冬)[172] 초ᄉᆼ(初生)[173]이라 납셜(臘雪)[174]이 분″(紛紛)[175]ᄒ고 ᄎ 브람이 진동(震動)

---

167) 일관(一貫): 한 가지 일.
168) 언어슈작(言語酬酌): 언어수작. 말을 주고받음.
169) 인ᄌ지도(人子之道): 인자지도. 자식으로서의 도리.
170) 화담미어(和談美語): 정다운 대화와 아름다운 말.
171) 슈인(讐人): 수인. 원수.
172) 계동(季冬): 음력 섣달의 별칭. 늦겨울.
173) 초ᄉᆼ(初生): 초생. 음력으로 그달 초하루부터 처음 며칠 동안. 초승.
174) 납셜(臘雪): 납설. 납월, 즉 음력 섣달에 내리는 눈.
175) 분″(紛紛): 매우 어지러움.

흐니 칩기 사롬의 술흘 싹는 둣흐는디라. 난혜 등(等)이 크게 근심흐
야 쇼져(小姐) 알퓌 나아가 협실(夾室)로나 드루시믈 품(稟)흐디 쇼
졔(小姐ㅣ) 드른 톄 아니흐니 겨울밤이 괴로이 긴 고(故)로 쇼졔(小
姐ㅣ) 천금176)약질(千金弱質)177)이 치위롤 견디디 못흐야 만신(滿身)
이 어룸 ᄀ튼디 ᄆᄎᆷ내 동(動)티 아니흐더니,

계셩(鷄聲)178)이 ᄌ〃며 텬문(天門)179)의 죵괴(鍾鼓ㅣ)180) 은〃(隱
隱)흐디라. 니러 소셰(梳洗)181)홀 시 능휘(-侯ㅣ) 쏘흔 심하(心下)의 쇼
져(小姐)의 샹(傷)홀 줄 근심흐매 줌을 자디 아낫다가 의연(依然)182)이
니러 의관(衣冠)을 ᄀ초고 쇼져(小姐)로 더브러 신셩(晨省)183)흐고
도라오니,

쇼졔(小姐ㅣ) 쏘 난간(欄干)의 안거눌 휘(侯ㅣ) 졍식(正色)고 풀을
미러 드러가기롤 쳥(請)흐니 쇼졔(小姐ㅣ) 말흐기 슬히 너겨 몸을 니
러 방듕(房中)의 드러가 구석의 안ᄌ니 능휘(-侯ㅣ) 안식(顏色)을 졍
(正)히 흐고 나아가 옥슈(玉手)롤 ᄆᆫ져 보매 추기 극(極)흐매 ᄌ가(自
家)의 슬히 슬힌디라. 심하(心下)의

---

176) 금: [교] 원문에는 '좀'으로 되어 있으나 문맥을 고려해 규장각본(23:19)과 연세대본(23:20)을
따름.
177) 천금약질(千金弱質): 천금약질. 천금같이 귀한 몸과 약한 자질.
178) 계성(鷄聲): 계성. 닭 우는 소리.
179) 텬문(天門): 천문. 대궐의 문.
180) 죵괴(鍾鼓ㅣ): 종고. 쇠북과 북.
181) 소셰(梳洗): 소세. 머리를 빗고 낯을 씻는 일.
182) 의연(依然): 전과 다름이 없음.
183) 신셩(晨省): 신성. 아침 일찍 부모의 침소에 가서 밤사이의 안부를 살핌. 아침 문안.

어히업서 눈을 보며 굴오디,

"그디 조협(躁狹)[184]ᄒ믈 일즉 아디 못ᄒ닷다. 쟝ᄎᆞᆺ(將次ㅅ) 므슴 연고(緣故)로 이러 구ᄂᆫ다?"

쇼제(小姐ㅣ) 안식(顏色)이 츄상(秋霜)[185]ᄀᆞᇀ야 밧비 썰티고 믈러 안ᄌᆞ니 휘(侯ㅣ) 노(怒)ᄒ야 손으로 잇그러 상(床)의 오르고져 ᄒ나 쇼제(小姐ㅣ) 단정(端正)이 위좌(危坐)ᄒ야 요동(搖動)티 아니ᄒ니 휘(侯ㅣ) 변식(變色)고 굴오디,

"그디 진실로(眞實-) 이러틋 담(膽) 큰 톄ᄒ려 ᄒᄂᆫ다? 한긔(寒氣)를 이긔디 못ᄒ야 병(病)이 날딘디 부모(父母)긔 그릇 너기시믈 만날 거시니 편(便)히 쉬라 ᄒ여도 엇디 듯디 아닛ᄂᆫ다?"

부인(夫人)이 념용(斂容)[186] 디왈(對曰),

"구ᄐᆞ야 대단이 칩디 아니코 ᄇᆞᆰ기 머디아냐시니 누어 브졀업ᄂᆞ이다."

휘(侯ㅣ) 노왈(怒曰),

"그디 진실로(眞實-) 유감(遺憾)ᄒ믈 프디 아닐다?"

쇼제(小姐ㅣ) 믄득 미쇼(微笑) 왈(曰),

"쳡(妾)이 엇디 군(君)을 유감(遺憾)ᄒ리오?"

휘(侯ㅣ) 뎌의 ᄎᆞᆫ우움과 흐르ᄂᆞᆫ 듯ᄒᆫ 언ᄉᆞ(言辭ㅣ) 수이 프디 아닐 줄 알고 분(憤)ᄒ야 밧그로 나가니 쇼제(小姐ㅣ) ᄇᆞ야

---

184) 조협(躁狹): 성미가 너그럽지 못하고 좁음.

185) 츄상(秋霜): 추상. 가을의 찬 서리.

186) 념용(斂容): 염용. 자숙하여 몸가짐을 조심하고 용모를 단정히 함.

흐로 금〃(錦衾)187)을 추자 몸을 의지(依支)ᄒ매 크게 샹한(傷寒)188)
이 발(發)ᄒ야 두통(頭痛)이 듕(重)ᄒ고 만신(滿身)이 블 ᄀᄐ니 니러
움죽일 길히 업ᄉ니,

이튼날 문안(問安)의 블참(不參)ᄒ고 난혜롤 보내여 샤죄(謝罪)ᄒ
니 구괴(舅姑ㅣ) 놀라 조심(操心)ᄒ야 됴리(調理)ᄒ라 ᄒ고 능후(-侯)
롤 명(命)ᄒ야 병소(病所)롤 ᄯ려나디 말라 ᄒ니 휘(侯ㅣ) 슈명(受命)ᄒ
야 봉각(-閣)의 드러가니,

소제(小姐ㅣ) 침변(枕邊)189)의 비겨 좀드러시디 통셩(痛聲)190)이
의〃(依依)191)ᄒ거눌 심하(心下)의 근심ᄒ야 미우(眉宇)롤 싕긔고 나
아가 믹(脈)을 보더니 쇼제(小姐ㅣ) ᄭᆡ야 눈을 ᄯ려 보고 즉시(卽時) 니
러 안거눌 휘(侯ㅣ) 병증(病症)을 무룬대 부인(夫人)이 ᄌ약(自若)192)
히 디왈(對曰),

"구ᄐ야 대단티 아니ᄒ이다."

휘(侯ㅣ) 왈(曰),

"그디 싱(生)을 역졍(逆情)193)ᄒ야 부모(父母)긔 근심을 기티오니
쟝ᄎᆞ(將次ㅅ) 므어시 됴ᄒ뇨? 이제 악뷔(岳父ㅣ) 오실 거시니 ᄲᆞ리
ᄭᆞᆯ와가라. 텬하(天下)의 녀진(女子ㅣ) 업서 구ᄐ여 염고(厭苦)194)ᄒ눈

---

187) 금〃(錦衾): 비단 이불.
188) 샹한(傷寒): 상한. 추위로 인하여 생기는 병.
189) 침변(枕邊): 베갯머리.
190) 통셩(痛聲): 통성. 병으로 앓는 소리.
191) 의〃(依依): 뚜렷함.
192) ᄌ약(自若): 자약. 큰일에도 영향을 받지 않고 편안하여 평소와 다름이 없음.
193) 역졍(逆情): 역정. 몹시 언짢거나 못마땅하여서 내는 성.
194) 염고(厭苦): 싫어하고 괴롭게 여김.

지어미롤 비러 드리고 사도록 ᄒ리

오?"

쇼제(小姐ㅣ) ᄯᅩ혼 답(答)디 아니ᄒ니 휘(侯ㅣ) 정식(正色)고 말을
ᄒ고져 ᄒ더니 협실(夾室)로조차 녀ᄋ(女兒)의 유뫼(乳母ㅣ) 아히(兒
孩)롤 안고 나아와 쇼져(小姐)긔 드리거ᄂᆞᆯ 휘(侯ㅣ) 처음으로 보고
놀라 밧비 무릅히 안치고 어루ᄆᆞᆫ져 ᄉᆞ랑ᄒ며 ᄌᆞ시 보니 교ᄌᆞ옥질(嬌
資玉質)195)이 크게 긔이(奇異)ᄒᆫ디라 ᄌᆞ연(自然)ᄒᆫ 희식(喜色)이 미
우(眉宇)의 돌출(突出)ᄒᆞ디 쇼제(小姐ㅣ) 츄파(秋波)롤 ᄂᆞ초와 눈도
드디 아니ᄒ더라.

이윽고 휘(侯ㅣ) 녀ᄋ(女兒)롤 유모(乳母)롤 주고 웅닌을 블러 손
을 쥐므ᄅᆞ라 ᄒ며 안셕(案席)196)의 비겨 자더니,

이윽고 위 공(公)이 니ᄅᆞ러 녀ᄋ(女兒)의 병(病)을 무르니 쇼제(小
姐ㅣ) 안식(顔色)을 화(和)히 ᄒ고 디왈(對曰),

"우연(偶然)이 쳠샹(沾傷)197)ᄒ미라 대단티 아니ᄒ이다."

공(公)이 나아가 어루ᄆᆞᆫ져 긔뵈(肌膚ㅣ)198) 블 ᄀᆞᄐᆞᆷ믈 ᄀᆞ장 근심ᄒ
야 쳐연(悽然)199)이 즐겨 아니ᄒ니 쇼제(小姐ㅣ) 웃고 위로(慰勞) 왈
(曰),

"어제 브졀업시 ᄎᆞᆫ 바람을 심(甚)히 ᄡᅩ이고 두통(頭痛)이 이시나

---

195) 교ᄌᆞ옥질(嬌資玉質): 교자옥질. 어여쁜 자태와 옥처럼 맑은 자질.
196) 안셕(案席): 안석. 벽에 세워 놓고 앉을 때 몸을 기대는 방석.
197) 쳠샹(沾傷): 첨상. 감기가 더 심해짐.
198) 긔뵈(肌膚ㅣ): 기부. 살갗.
199) 쳐연(悽然): 처연. 슬픈 모양.

뚬이나 내면 관겨(關係)티 아닐 거시니 쇼려(消慮)[200]ᄒᆞ쇼셔.”

언필(言畢)[201]의 휘(侯ㅣ) 찌야 공(公)의 와시믈 보고 밧비 관(冠)을 추자 쓰고 의ᄃᆡ(衣帶)를 슈렴(收斂)[202]ᄒᆞ야 안ᄌᆞ니 공(公)이 녀ᄋᆞ(女兒)의 병(病)을 근심ᄒᆞ거ᄂᆞᆯ 능휘(-侯ㅣ) 졍ᄉᆡᆨ(正色) 왈(曰),

“뎌즈음긔 셩샹(聖上)이 형포(荊布)[203]를 시녀(侍女)로 ᄉᆞ급(賜給)[204]ᄒᆞ신 가온대 각완의 녜(女ㅣ) 드럿ᄂᆞᆫ디라. 쇼ᄉᆡᆼ(小生)이 당일(當日) 뎔로 더브러 녜(禮)로 만나실 적도 갓가이 아니ᄒᆞᆫ 연고(緣故)로 환난(患亂)이 이러낫거ᄂᆞᆯ 도금(到今)ᄒᆞ야 적뉴(賊類)[205]로 ᄃᆞ니던 음뷔(淫婦ㅣ)라 췌루(醜陋)[206]ᄒᆞ미 측냥(測量)업ᄉᆞ니 쇼ᄉᆡᆼ(小生)의 통훈(痛恨)[207]ᄒᆞ미 삼쳑검(三尺劍)을 시험(試驗)코져 ᄒᆞ거ᄂᆞᆯ 위 시(氏) 방ᄌᆞ(放恣)ᄒᆞᆫ 언에(言語ㅣ) 여ᄎᆞ〃(如此如此)ᄒᆞᆫ디라 ᄉᆡᆼ(生)이 통히(痛駭)[208]ᄒᆞ믈 이긔디 못ᄒᆞ야 독쳐(獨處) 칠팔(七八) 삭(朔)이 넘은 후(後) 부모(父母)의 ᄎᆡᆨ(責)ᄒᆞ시므로 인(因)ᄒᆞ야 이에 드러오매 피(避)ᄒᆞ믈 못 미출 ᄃᆞ시 ᄒᆞ고 스스로 난간(欄干)의 나가 안자 새와 뎌 병(病)을 어더시니 악댱(岳丈)

---

200) 쇼려(消慮): 소려. 근심을 없앰.
201) 언필(言畢): 말을 끝냄.
202) 슈렴(收斂): 수렴. 옷매무새를 바로잡음.
203) 형포(荊布): 가시나무 비녀와 베치마라는 뜻으로 아내를 이름. 형차포군(荊釵布裙). 중국 한(漢)나라 때 은사인 양홍(梁鴻)의 아내 맹광(孟光)이 남편의 뜻을 받들어 이처럼 검소하게 착용한 데서 유래함. 『후한서(後漢書)』, <양홍열전(梁鴻列傳)>.
204) ᄉᆞ급(賜給): 사급. 나라나 관청에서 금품을 내려 줌.
205) 적뉴(賊類): 적류. 도적의 무리.
206) 췌루(醜陋): 추루. 더럽고 비루함.
207) 통훈(痛恨): 통한. 몹시 분하거나 억울하여 한스럽게 여김.
208) 통히(痛駭): 통해. 몹시 이상스러워 놀람.

은 쟝ᄎ(將次ㅅ) 엇더킈 너기ᄂᆞ뇨?"

공(公)이 놀라 녀ᄋᆞ(女兒)ᄅᆞᆯ 칙(責)ᄒᆞᆫ대 쇼졔(小姐ㅣ) 고개ᄅᆞᆯ 수기고 ᄒᆞᆫ 말도 아니ᄒᆞ니 공(公)이 웃고 능후(-侯)ᄃᆞ려 글오ᄃᆡ,

"녀이(女兒ㅣ) 과연(果然) 어려셔브터 쳔가(賤家)의 싱댱(生長)ᄒᆞ야 비혼 배 업ᄉᆞ니 너는 조강결발(糟糠結髮)209)의 큰 의(義)ᄅᆞᆯ 싱210) 각ᄒᆞ야 쇼〃(小小) 허믈을 관샤(寬赦)211)ᄒᆞ고 허믈ᄒᆞ디 말라."

능휘(-侯ㅣ) 샤례(謝禮) 왈(曰),

"쇼셰(小壻ㅣ)212) ᄯᅩᄒᆞᆫ 이례로 아라 칙망(責望)ᄒᆞ미 업더니 큰일의 다ᄃᆞ라 마디못ᄒᆞ매 쵸독(楚毒)213)ᄒᆞᆫ 노긔(怒氣)ᄅᆞᆯ 이긔디 못ᄒᆞ야 지어(至於) 팀병(寢病)214)ᄒᆞ기ᄀᆞ디 니ᄅᆞ니 아니 방ᄌᆞ(放恣)ᄒᆞ니잇가?"

공(公)이 쇼왈(笑曰),

"ᄎᆞ(此)ᄂᆞᆫ 네 과도(過度)ᄒᆞᆫ 말이라. 녀이(女兒ㅣ) 쇼텬(所天)의게 방ᄌᆞ(放恣)ᄒᆞᆫ 뉴(類)ᄂᆞᆫ 아니니라."

능휘(-侯ㅣ) 미쇼(微笑)ᄒᆞ고 눈으로 쇼져(小姐)ᄅᆞᆯ 보니 안ᄉᆡᆨ(顔色)이 ᄉᆡᆨ〃ᄒᆞ야 일호(一毫)215)도 요동(搖動)티 아니ᄒᆞ더라.

이윽고 공(公)이 도라간 후(後) 쇼졔(小姐ㅣ) 침애(枕厓)216)의 몸

---

209) 조강결발(糟糠結髮): 가난할 때 혼인함. '조강'은 지게미와 쌀겨로 끼니를 이을 때의 아내라는 뜻으로 몹시 가난하고 천할 때에 고생을 함께 겪은 아내를 의미하고 '결발'은 상투를 틀고 쪽을 쪄서 정식으로 혼인한 것을 의미함.

210) 싱: [교] 원문에는 '식'으로 되어 있으나 문맥을 고려해 규장각본(23:23)과 연세대본(23:25)을 따름.

211) 관샤(寬赦): 관사. 너그럽게 용서함.

212) 쇼셰(小壻ㅣ): 소서. 사위가 장인과 장모를 상대하여 자신을 낮추어 이르던 말.

213) 쵸독(楚毒): 초독. 매섭고 독함.

214) 팀병(寢病): 침병. 병으로 몸져누움. 와병(臥病).

215) 일호(一毫): '한 가닥의 털'이라는 뜻으로 '극히 작은 정도'를 이르는 말.

216) 침애(枕厓): 베갯머리.

을 브려 새로이 신음(呻吟)ᄒᆞ믈 마²¹⁷⁾디아니ᄒᆞ니 능

· ·

26면

휘(-侯 l) 우려(憂慮)ᄒᆞ야 외당(外堂)의 나가 셔간(書柬)을 뼈 태의
(太醫)²¹⁸⁾ 명시현을 브르라 ᄒᆞ고 하인(下人)을 블러 분부(分付)ᄒᆞ거
눌 광평휘(--侯 l) 이에 잇다가 쇼이문지(笑而問之)²¹⁹⁾ 왈(曰),

"명시현을 블러 므엇 ᄒᆞ려 ᄒᆞᄂᆞ뇨?"

능휘(-侯 l) 디왈(對曰),

"위 시(氏) 유병(有病)ᄒᆞ니 진믹(診脈)ᄒᆞ려 ᄒᆞ미로소이다."

평휘²²⁰⁾(-侯 l) 경왈(驚曰),

"내 젼일(前日) 드르니 네 일싱(一生) 환거(鰥居)²²¹⁾ᄒᆞ렷노라 ᄒᆞ고
수쉬(嫂嫂 l) ᄒᆡ산(解産)ᄒᆞ시더 드리미러 보디 아니터니 금일(今日)
은 하일(何日)고?"

능휘(-侯 l) 웃고 굴오디,

"형댱(兄丈)은 ᄒᆞᆫ 말이나 디내 보쇼셔. 쇼뎨(小弟) 언제 일싱(一生)
환거(鰥居)ᄒᆞ렷노라 ᄒᆞ더니잇고?"

평휘(-侯 l) 박쇼(拍笑) 왈(曰),

"네 일즉 디인(對人)ᄒᆞ야 니르디 아니ᄒᆞ나 일뎡(一定) 그 ᄆᆞ음이
업더냐? 내 그러므로 오라디 아니ᄒᆞ리라 하니 이제 됴히 맛거다."

---

217) 마: [교] 원문에는 '아'로 되어 있으나 문맥을 고려해 규장각본(23:23)과 연세대본(23:25)을 따름.
218) 태의(太醫): 의약 일을 맡은 벼슬. 어의(御醫).
219) 쇼이문지(笑而問之): 소이문지. 웃고 물음.
220) 휘: [교] 원문과 연세대본(23:26)에는 '위'라 되어 있으나 오기로 보이므로 규장각본(23:23)을
따름.
221) 환거(鰥居): 홀아비로 삶.

초휘(-侯ㅣ) 쪼훈 웃고 왈(曰),

"이젼(以前) 광풍(狂風) 든 ᄆᆞ옴이 그저 이시면 뎌 의원(醫員) 브룰 ᄯᅳᆺ이 업술 거시로디 요ᄉᆞ이 그 ᄇᆞ람

· ·

27면

이 ᄃᆞ라나니이다."

능휘(-侯ㅣ) 왈(曰),

"과연(果然) 쇼뎨(小弟) 쳐ᄉᆞ(處事ㅣ) 아모리 홀 줄 아디 못홀소이다. 위 시(氏) 박디(薄待)ᄒᆞᆫ다 ᄒᆞ고 모다 긔롱(譏弄)과 슈ᄎᆡᆨ(授責)222)이 심(甚)ᄒᆞ시고 쏘 후디(厚待)223)ᄒᆞ여도 우ᄉᆞ시니 쟝ᄎᆞᆺ(將次ㅅ) 엇디ᄒᆞ리잇고? 광풍(狂風) 아냐 광증(狂症)인들 엄부(嚴父)의 말ᄉᆞᆷ을 거역(拒逆)ᄒᆞ리잇가?"

초휘(-侯ㅣ) 우어 왈(曰),

"가쇼(可笑)롭다. 네 눌을 소기려 ᄒᆞᆫ다? 네 졍(情)이 업ᄉᆞ면 엄뷔(嚴父ㅣ)시라도 홀일업ᄉᆞ니라."

평휘(-侯ㅣ) 니어 쇼왈(笑曰),

"이보224)ᄂᆞᆫ 평싱(平生) 혜오디 나 밧ᄀᆡᄂᆞᆫ 빅ᄉᆞ(百事)를 아ᄂᆞ니 업다 ᄒᆞ고 사ᄅᆞᆷ마다 업슈이 너기나 누고ᄂᆞᆫ 너만 못 ᄒᆞ더냐?"

능휘(-侯ㅣ) 앙텬대쇼(仰天大笑)225) 왈(曰),

"쇼뎨(小弟) 쏘 슉믹블변(菽麥不辨)226)인들 스ᄉᆞ로 날만 ᄒᆞᆫ 사ᄅᆞᆷ이

---

222) 슈ᄎᆡᆨ(授責): 수책. 책망을 줌.
223) 후디(厚待): 후대. 후하게 대함.
224) 이보: 이경문의 자(字).
225) 앙텬대쇼(仰天大笑): 앙천대소. 하늘을 쳐다보고 크게 웃음.
226) 슉믹블변(菽麥不辨): 숙맥불변. 콩인지 보리인지를 구별하지 못한다는 뜻으로, 사리 분별을 못

업스리라 흐리오? 과연(果然) 형(兄)이야 쇼뎨(小弟)를 그리 아르시느이다."

모다 대쇼(大笑)흐더라.

이윽고 뎡 태의(太醫) 니르매 능휘(-侯ㅣ) 두리고 너당(內堂)의 드러가 부인(夫人)의게 딘믹(診脈)

흐믈 쳥(請)흐니 쇼제(小姐ㅣ) 놀라 굴오디,

"녀지(女子ㅣ) 죽을병(病)이 아닌 후(後)야 무단(無端)227)이 남주(男子)의게 딘믹(診脈)흐리오?"

흐고 듯디 아니흐니 휘(侯ㅣ) 친(親)히 드러가 고집(固執)흐믈 칙(責)흐고 지촉흔대 쇼졔(小姐ㅣ) 구디 벙으리와다228) 굴오디,

"쳡(妾)이 우연(偶然)이 샹한(傷寒)으로 일시(一時) 블평(不平)흐나 관겨(關係)티 아니흐거늘 외인(外人)의게 딘믹(診脈)흐미 만〃블가(萬萬不可)229)흐니 만일(萬一) 더 즁(重)흔즉 홀일업거니와 즉금(卽今)은 죽어도 좃디 못홀소이다."

휘(侯ㅣ) 홀일업서 밧긔 나와 태의(太醫)를 디(對)흐야 병증(病症)을 니르고 명약(命藥)230)흐야 약(藥)을 지어 가지고 봉각(-閣)의 나아가 달혀 년(連)흐야 쓰니 이튼날 대셰(大勢) 나으매,

쇼졔(小姐ㅣ) 싱(生) 보기를 아쳐흐야231) 즉시(卽時) 의샹(衣裳)을

하고 세상 물정을 잘 모름을 이르는 말.
227) 무단(無端): 까닭 없음.
228) 벙으리와다: 막아.
229) 만〃블가(萬萬不可): 만만불가. 전혀 옳지 않음.
230) 명약(命藥): 약을 처방함.

정둔(整頓)ᄒ고 정당(正堂)의 드러가 문안(問安)ᄒ니 구괴(舅姑ㅣ) 놀나 실셥(失攝)232)디 말고 됴리(調理)ᄒ라 ᄒ대 쇼졔(小姐ㅣ) 비샤(拜謝)233) 왈(曰),

"아히(兒孩) 우연(偶然)이 쵹풍(觸風)234)ᄒ야 일

· ·

29면

시(一時) 통셰(痛勢)235) 듕(重)ᄒ오나 오늘은 대단티 아니ᄒ온 고(故)로 니러나니 각별(各別) 알픈 ᄃᆡ 업서이다."

왕(王)과 휘(后ㅣ) 희동안식(喜動顏色)236)ᄒ고 그 화슌(和順) 유열(愉悅)237)ᄒᄆᆞᆯ 새로이 두굿기더라.

이날브터 능휘(-侯ㅣ) 입딕동궁(入直東宮)238)ᄒᄆᆞ로 수일(數日)을 집의 업스니 쇼졔(小姐ㅣ) 방심(放心)239)ᄒ야 평안(平安)이 됴리(調理)ᄒ매 쾌차(快差)ᄒ엿더니,

사나흘 후(後) 능휘(-侯ㅣ) 츌번(出番)240)ᄒ야 부모(父母)긔 뵈옵고 형뎨(兄弟) 한화(閑話)241) 후(後) 황혼(黃昏)의 봉각(-閣)의 드러가 병(病)을 므르니, 쇼졔(小姐ㅣ) 졍(正)히 단의(單衣)242)로 봉침(鳳

---

231) 아쳐ᄒ야: 싫어하여.
232) 실셥(失攝): 실섭. 몸을 잘 돌보지 못함.
233) 비샤(拜謝): 배사. 존경하는 웃어른에게 공경히 받들어 사례함.
234) 쵹풍(觸風): 촉풍. 찬 바람을 쐼.
235) 통셰(痛勢): 통세. 병의 아픈 형세.
236) 희동안식(喜動顏色): 희동안색. 기쁜 빛이 얼굴에 드러남.
237) 유열(愉悅): 유쾌하고 기쁨.
238) 입딕동궁(入直東宮): 입직동궁. 동궁에서 입직함. 동궁은 태자가 거처하는 곳이고 입직은 관아로 들어가 차례로 숙직하는 것을 뜻함.
239) 방심(放心): 마음을 놓음.
240) 츌번(出番): 출번. 당직 등의 근무를 마치고 집으로 나옴
241) 한화(閑話): 한가하게 서로 이야기를 주고받음.
242) 단의(單衣): 홑옷.

枕)243)의 비겻다가 안식(顔色)을 고티고 니러 마자 먼니 좌(座)를 뎡
(定)고 디왈(對曰),

"일시(一時) 샹한(傷寒)이 그리 미류(彌留)244)리잇가? 쾌차(快差)
연 디 오라이다."

능휘(-侯ㅣ) 고개 좃고 ᄌ녀(子女)를 알픠 두어 희롱(戲弄)다가
야심(夜深) 후(後) 상(床)의 오를 시 쇼제(小姐ㅣ) 단졍(端正)이 단좌
(端坐)야 움죽이디 아니거놀 휘(侯ㅣ) 그 거동(擧動)을 보고져
야 스ᄉ로 누어

· ·

30면

고요히 이시니 쵹(燭)이 진(盡)고 명등(明燈)245)이 흐리기의 니르
디 부인(夫人)의 츄패(秋波ㅣ) 담〃(淡淡)고 미위(眉宇ㅣ) 몽농(朦
朧)야 봉관(鳳冠)도 기우디 아냐 박힌 ᄃ시 위좌(危坐)여시니 이
에 문왈(問曰),

"부인(夫人)이 므ᄉ 일을 아니 ᄌ계(自戒)246)ᄂ냐? 부쳐의 참션
(參禪)을 ᄒᄂ냐? 가(可)히 알고져 노라."

부인(夫人)이 졍ᄉᆨ(正色) 브답(不答)니 태뷔(太傅ㅣ) 관(冠)을 쓰
고 니러 안ᄌ며 답(答)을 지쵹니 소리 십분(十分) 됴티 아닌디라.
위 시(氏) 날호여 디왈(對曰),

"쳡(妾)의 안자시미 예ᄉ(例事ㅣ)라 시비(是非)시믄 엇디오?"

---

243) 봉침(鳳枕): 베갯모에 봉황의 모양을 수놓은 베개.
244) 미류(彌留): 병이 오래 낫지 않음.
245) 명등(明燈): 밝은 등.
246) ᄌ계(自戒): 자계. 잘못을 저지르지 않도록 스스로 경계함.

휘(侯ㅣ) 왈(曰),

"참션(參禪)과 주계(自戒)를 아니홀딘대 싱(生)으로 더브러 어제오늘 굿 만난 신뷔(新婦ㅣ) 아니니 슈티지ᄉᆞ(羞恥之事ㅣ)[247] 이셔 자기를 폐(廢)ᄒᆞᄂᆞ냐? 극(極)히 고이(怪異)ᄒᆞ니 주시 니를디어다."

부인(夫人)이 텽파(聽罷)의 웃고 왈(曰),

"도적(盜賊)의 녀이(女兒ㅣ) 공후대신(公侯大臣)과 탑(榻)[248]을 ᄒᆞᆫ가지로 아니믄 념티(廉恥) 이시미라 새로이 므ᄅᆞᆯ실 배 아니니이

··

31면

다."

셜파(說罷)의 미우(眉宇)의 노긔(怒氣)ᄂᆞᆫ "(隱隱)ᄒᆞ야 셜상한풍(雪上寒風)[249] 굿ᄐᆞ니 휘(侯ㅣ) 어히업서 ᄂᆞᆺ빗ᄎᆞᆯ 엄(嚴)히 ᄒᆞ고 소리를 졍(正)히 ᄒᆞ야 골오ᄃᆡ,

"향일(向日)[250]의 내 비록 실언(失言)ᄒᆞ미 이신들 그ᄃᆡ 감히(敢-) 내 알ᄑᆡ셔 블근ᄉᆞ식(不謹辭色)[251]ᄒᆞ미 가(可)ᄒᆞ냐?"

부인(夫人)이 ᄯᅩᄒᆞᆫ 안식(顏色)을 식"이 ᄒᆞ고 왈(曰),

"실언(失言)도 홀[252] 말이 잇ᄂᆞ니 가친(家親)이 군(君)을 ᄉᆞ랑ᄒᆞ시미 내 우희 겨시니 군(君)이 인심(人心)일딘대 감격(感激)ᄒᆞ미 현마 업서 그런 말을 무상(無常)[253]이 ᄒᆞ며 쟉위(爵位)[254]로 닐러도 군

---

247) 슈티지ᄉᆞ(羞恥之事ㅣ): 수치지사. 부끄러운 일.
248) 탑(榻): 길고 좁게 만든 평상. 자리.
249) 셜상한풍(雪上寒風): 설상한풍. 눈 위의 차가운 바람.
250) 향일(向日): 지난날.
251) 블근ᄉᆞ식(不謹辭色): 불근사색. 낯빛을 삼가지 않음.
252) 홀: [교] 원문에는 'ᄒᆞ고'로 되어 있으나 문맥을 고려해 규장각본(23:29)과 연세대본(23:31)을 따름.

(君)은 지녈(宰列)²⁵⁵)이오 야〃(爺爺)는 삼퇴(三台)²⁵⁶)시니 만홀(漫忽)²⁵⁷)티 못홀 거시오 톄면(體面)으로 혜아려도 존구(尊舅)와 야얘(爺爺 ㅣ) 슈싱붕위(死生朋友 ㅣ)시니 군(君)이 가(可)히 그대도록 못 쓸 디로 비우(非愚)²⁵⁸)ᄒ리오? 내 녀도(女道)를 일코 브졀업슨 일로 그디 알픠 블근(不謹)ᄒᆫ 슈싴(辭色)을 ᄒᆯ던대 칰(責)을 감슈(甘受)ᄒ려니와 ᄎ(此)는 스ᄉ로 샹냥(商量)²⁵⁹)ᄒᆯ디니 쳡(妾)두

· ·

32면

려 무룰 배 아니로다."

휘(侯 ㅣ) 듯기를 못고 믄득 흔연(欣然)이 웃고 굴오디,

"과연(果然) 그날 취듕(醉中)의 실언(失言)ᄒ야시니 그디긔 쳥죄(請罪)ᄒᄂ니 가(可)히 용샤(容赦)ᄒ라."

쇼졔(小姐 ㅣ) 그 희롱(戲弄)ᄒ믈 미온(未穩)ᄒ야 답(答)디 아니ᄒ니 휘(侯 ㅣ) 몸을 니러 겻히 나아가 손을 잇그러 벼개의 나아가믈 쳥(請)ᄒ니 부인(夫人)이 요동(搖動)티 아니코 완〃(緩緩)²⁶⁰)이 손을 밀고 믈러안ᄌ니 미몰ᄒᆫ 긔샹(氣像)이 셜샹한빙(雪上寒氷)²⁶¹) ᄀ툰디라. 휘(侯 ㅣ) 블연(勃然)²⁶²) 노(怒)ᄒ야 말을 아니코 다시 샹(床)의 올나

---

253) 무샹(無常): 정해진 때가 없음.
254) 쟉위(爵位): 작위. 벼슬과 직위.
255) 지녈(宰列): 재열. 재상의 반열(班列).
256) 삼퇴(三台): 삼태. 중국 고대 세 종의 최고 벼슬. 주(周)나라 때는 태사(太師) 태부(太傅), 태보(太保)를 일렀음. 삼공(三公).
257) 만홀(漫忽): 한만하고 소홀함.
258) 비우(非愚): 비난하고 우롱함.
259) 샹냥(商量): 상량. 헤아려 생각함.
260) 완〃(緩緩): 느린 모양.
261) 셜샹한빙(雪上寒氷): 설상한빙. 눈 위의 차가운 얼음.
262) 블연(勃然): 발연. 왈칵 성을 내는 모양.

누어 요동(搖動)티 아니ᄒ더니,

날이 붉으매 쇼졔(小姐ㅣ) 니러 문안(問安)의 드러가더 능후(-侯)
ᄂ 자며 씨여시믈 아디 못ᄒ게 움쥭이디 아니ᄒ니 위 시(氏) 홀노 정
당(正堂)의 니ᄅ니,

임의 남공(-公) 등(等)과 쇼년(少年) 졔ᄉᆡᆼ(諸生)이며 모든 녀ᄌᆡ(女
子ㅣ) 삼(蔘) 버ᄃᆞᆺ ᄒ여시니 위 시(氏) ᄯᅩᄒ 항녈(行列)의 잇더니 이
윽ᄒ 후(後) 연왕(-王)이 좌우(左右)ᄅᆞᆯ 도라보와 ᄀᆞᆯ오디,

33면

"경문이 어디 가뇨?"

초휘(-侯ㅣ) 왈(曰),

"작일(昨日) 츌번(出番)ᄒ야 셔당(書堂)의 잇더니 밤의ᄂ 업ᄉ니
ᄉ실(私室)263)의 갓ᄂ가 ᄒᄂ이다."

왕(王)이 도라 위 시(氏)ᄅᆞᆯ 보고 무ᄅᆫ대 쇼졔(小姐ㅣ) ᄂᆞ쥭이 디왈
(對曰),

"군지(君子ㅣ) 침소(寢所)의 잇ᄂ니이다."

왕(王) 왈(曰),

"그릴딘대 무ᄉᆷ 연고(緣故)로 니러 오디 아닛ᄂ뇨? 어디 알ᄐ냐?"

쇼졔(小姐ㅣ) 념슈(斂手)264) 디왈(對曰),

"아디 못홀소이다."

왕(王)이 고이(怪異)히 너겨 챵문265)으로 브ᄅ라 ᄒ니 공지(公子

---

263) ᄉ실(私室): 사실. 침실이 있는 곳을 말하며, 남자에게는 자신의 부인이 거처하는 곳을 가리킴.
264) 념슈(斂手): 염수. 두 손을 마주 잡고 공손히 서 있음.
265) 챵문: 창문. 이몽창의 넷째아들.

l) 봉각(-閣)의 니르니,

능휘(-侯l) 봉침(鳳枕)의 비겨 자는 둣ᄒᆞ거ᄂᆞᆯ 나아가 흔드러 ᄭᆡ온대 휘(侯l) ᄉᆞ매ᄅᆞᆯ 앗고 눈을 ᄶᅥ 보고 온 연고(緣故)ᄅᆞᆯ 무르니 공ᄌᆡ(公子l) 왕(王)의 명(命)을 뎐(傳)ᄒᆞᆫ대, 휘(侯l) 왈(曰),

"알프디 아니ᄒᆞ면 문안(問安)의 아니 참예(參預)266)ᄒᆞ야시랴? 마을의 가 여러 날 비텨267) 오니 그러ᄒᆞᆫ디 ᄆᆞ이 블평(不平)ᄒᆞ니 능히(能-)니러나디 못ᄒᆞ노라."

공ᄌᆡ(公子l) 도라와 이대로 고(告)ᄒᆞ니 왕(王)이 줌〃(潛潛)ᄒᆞ엿더라.

위 시(氏) ᄉᆡᆼ(生)의 칭병(稱病)인

34면

줄 디긔(知機)268)ᄒᆞ고 ᄀᆞ장 블쾌(不快)ᄒᆞ야 문안(問安) 후(後) 존고(尊姑)ᄅᆞᆯ 뫼셔 슉현당(--堂)의 도라가 종일(終日)ᄒᆞ고 침소(寢所)의 가디 아니ᄒᆞ니,

태뷔(大傅l) 봉각(-閣)의 홀로 이셔 심하(心下)의 더옥 미온(未穩)ᄒᆞ더니 샹셔(尙書)와 혹ᄉᆞ(學士)와 평후(-侯) 등(等)이 드러와 병(病)을 뭇거ᄂᆞᆯ 능휘(-侯l) 니러 안자 굴오ᄃᆡ,

"몸이 심(甚)히 혼곤(昏困)269)ᄒᆞᆫ 둣ᄒᆞ나 관겨(關係)튼 아니ᄒᆞ이다."

평휘(-侯l) 쇼왈(笑曰),

---

266) 참예(參預): 어떤 일에 참여하여 관계함.
267) 비텨: 일에 시달리어서 몸이나 마음이 몹시 느른하고 기운이 없어져.
268) 디긔(知機): 지기. 기미나 낌새를 알아차림.
269) 혼곤(昏困): 정신이 흐릿하고 고달픔.

"이 반드시 오래 독쳐(獨處)호 셩졍(性情)의 삼가디 못호 증셰(症勢)로다."

능휘(-侯ㅣ) 어히업서 왈(曰),

"형(兄)은 과연(果然) 고이(怪異)호 말도 호시느이다. 이런 극한(極寒)의 두로 분주(奔走)호야 돈니다가 샹한(傷寒)이 업스리잇가?"

평휘(-侯ㅣ) 대쇼(大笑)호고 모다 웃더라.

제인(諸人)이 니러난 후(後) 흑스(學士)를 머므러 져므도록 바독 두어 승부(勝負)를 도토더니,

셕양(夕陽)의 위 시(氏) 이에 니루니 흑시(學士ㅣ) 급(急)히 니러마자 좌(座)를 뎡(定)호매 휘(侯ㅣ) 안식(顔色)을 주약(自若)270)히 호고 벼개의 도로 누어 말을 아니호더니,

이

· ·

35면

읏고 시녜(侍女ㅣ) 셕식(夕食)을 고(告)호니 흑시(學士ㅣ) 니러나고 난혜 상(床)을 밧드러 알픠 니루니 휘(侯ㅣ) 뉴미(柳眉)271)를 싱긔고 먹디 아니호니 식경(食頃)이 디난 후(後) 쇼졔(小姐ㅣ) 강잉(强仍)272)호야 후(侯)를 향(向)호야 닐오디,

"긔운273)이 무이 블평(不平)호실딘대 쥭(粥)을 가져오라 호미 엇더 호니잇고?"

---

270) 주약(自若): 자약. 평안하고 침착함.
271) 뉴미(柳眉): 유미. 버들잎 같은 눈썹.
272) 강잉(强仍): 억지로 참음.
273) 운: [교] 원문에는 '은'으로 되어 있으나 문맥을 고려해 규장각본(23:33)과 연세대본(23:35)을 따름.

휘(侯ㅣ) 작식브답(作色不答)²⁷⁴⁾ᄒᆞ고 향벽(向壁)²⁷⁵⁾ᄒᆞ야 눕ᄂᆞ니라.
쇼제(小姐ㅣ) 심하(心下)의 우이 너겨 다시 니ᄅᆞ디 아니터니 날이 어
두으매 쵹(燭)을 붉히고 난혜, 쥭(粥)을 가져오믈 쳥(請)ᄒᆞ디 휘(侯ㅣ)
텽이블문(聽而不聞)²⁷⁶⁾ᄒᆞ고 밤을 디내니 부인(夫人)은 존당(尊堂)의
드러가고 후(侯)ᄂᆞᆫ 홀로 잇더니 왕(王)이 사ᄅᆞᆷ으로 병(病)을 므ᄅᆞ대
휘(侯ㅣ) 대단티 아니므로 디(對)ᄒᆞ더라.

이러구러 뉵칠(六七) 일(日)을 봉각(-閣)의 이셔 입으로 말을 아니
나 안식(顏色)이 평샹(平常)티 아니ᄒᆞ고 식음(食飮)을 ᄲᆡ의 나오디
아냐 쥰졀(峻截)²⁷⁷⁾ᄒᆞᆫ 긔샹(氣像)이 일〃(日日) 층가(層加)²⁷⁸⁾ᄒᆞ니
쇼제(小姐ㅣ) ᄌᆞ못 괴로이 너기나

· ·

36면

홀일업서 가지록 긔식(氣色)을 화(和)히 ᄒᆞ더니,
일〃(一日)은 왕(王)이 셔헌(書軒)의셔 샹셔(尙書)ᄃᆞ려 므러 글오디,
"경문이 어디를 그리 지리히 알ᄂᆞ뇨?"
휘(侯ㅣ) 디왈(對曰),
"구투야 대단티 아니ᄒᆞ디 니러 ᄃᆞ니디 아니ᄒᆞ니 고이(怪異)ᄒᆞ여이
다."
왕(王)이 텽파(聽罷)의 혹ᄉᆞ(學士)로 능후(-侯)를 브르니 휘(侯ㅣ)
급(急)히 의관(衣冠)을 졍(正)히 ᄒᆞ고 면젼(面前)의 추딘(趨進)²⁷⁹⁾ᄒᆞ

---

274) 작식브답(作色不答): 작색부답. 불쾌한 느낌을 얼굴빛에 드러내고 대답하지 않음.
275) 향벽(向壁): 벽을 향함.
276) 텽이블문(聽而不聞): 청이불문. 들어도 못 들은 것처럼 함.
277) 쥰졀(峻截): 준절. 매우 위엄이 있고 정중함.
278) 층가(層加): 한층 더해짐.

매 왕(王)이 문왈(問曰),

"요수이 어디룰 알탄다?"

휘(侯ㅣ) 부복(俯伏)[280]호야 답(答)디 아니호니 대개(大槪) 부모(父母)룰 소기디 아니홀 줄 알미라. 왕(王)이 냥구(良久)히 눈으로써 보다가 다시 뭇디 아니호고 다룬 말 호니 왕(王)이 임의 스긔(事幾)[281]룰 짐쟉(斟酌)고 블쾌(不快)히 너기나 그런 일을 어른이 오론톄호미 극(極)히 쇼쇄(小瑣)[282]호고 또 알며 줌〃(潛潛)키는 약(弱)혼 고(故)로 모로는 톄호니 휘(侯ㅣ) 암희(暗喜)[283]호야 져므도록 시측(侍側)호엿다가,

옥퇴(玉兎ㅣ)[284] 동녕(東嶺)[285]의 오론 후(後) 봉각(-閣)의 드러가니 쇼제(小姐ㅣ) 싱(生)이 아니 드러

올가 호야 단의(單衣)로 상(床)의 누엇다가 싱(生)을 보고 놀나 니러나거눌, 휘(侯ㅣ) 거룸을 가보야이 호야 상(床) 알픠 나아가 막아 안주니 쇼제(小姐ㅣ) 민[286]면(憫面)[287]호야 능히(能-) 움죽이디 못호고 후(侯)는 쌍셩봉목(雙星鳳目)[288]이 밍녈(猛烈)호야 등광지하(燈光之

---

279) 추딘(趨進): 추진. 잰걸음으로 빨리 나아감.

280) 부복(俯伏): 고개를 숙이고 엎드림.

281) 스긔(事幾): 사기. 일의 기미.

282) 쇼쇄(小瑣): 소쇄. 자질구레함.

283) 암희(暗喜): 마음속으로 남몰래 기뻐함.

284) 옥퇴(玉兎ㅣ): 옥토끼. 옥토끼가 산다는 달을 이름.

285) 동녕(東嶺): 동령. 동쪽 고개.

286) 민: [교] 원문에는 '안'으로 되어 있으나 문맥을 고려해 규장각본(23:34)과 연세대본(23:37)을 따름.

287) 민면(憫面): 민망하고 면구스러움.

288) 쌍셩봉목(雙星鳳目): 쌍성봉목. 별처럼 빛나는, 봉황의 눈같이 가늘고 길며 눈초리가 위로 째

下)289)의 부이니 피치(彼此ㅣ) 긔식(氣色)이 닝낙(冷落)290)ᄒᆞ미 겨울

날 ᄀᆞᆺ더니 ᄀᆞ장 밤이 깁흐니 휘(侯ㅣ) ᄇᆞ야흐로 입을 여러 ᄀᆞ로오디,

"내 그디 집 노예(奴隷) 아니니 엇던 고(故)로 이런 치운 밤의 안

져 새오려 ᄒᆞᄂᆞ뇨?"

쇼제(小姐ㅣ) ᄂᆞ죽이 디왈(對曰),

"쳡(妾)이 엇디 감히(敢-) 상공(相公)의 줍자시믈 막으리잇가?"

휘(侯ㅣ) 정식(正色) 왈(曰),

"부인(夫人)이 능히(能-) 나의 안해 도리(道理)룰 ᄒᆞ야 자리룰 편

(便)히 ᄒᆞ야 날을 자게 ᄒᆞᄂᆞᆫ다?"

싱(生)이 기ᄃᆞ리기룰 밤이 진(盡)킈 된 후(後) ᄎᆞᆷ디 못ᄒᆞ야 니ᄅᆞ매,

"그디 디답(對答)이 쟝ᄎᆞᆺ(將次ㅅ) 므슴 도리(道理)뇨?"

쇼제(小姐ㅣ) 심하(心下)의 괴로이 너기믈 이긔디 못ᄒᆞ나 마디못

ᄒᆞ야 몸을 니러

돗과 벼개룰 편(便)히 ᄒᆞᆫ 후(後) 상(床)의 ᄂᆞ리고져 ᄒᆞ니 휘(侯ㅣ) 닝

쇼(冷笑)ᄒᆞ고 진납291)의 풀흘 ᄂᆞ리혀 옥슈(玉手)룰 잡아 구석의 안치

고 ᄌᆞ긔(自己) ᄇᆞ야흐로 옷오슬 벗고 봉침(鳳枕)의 비겨 알플 막아시

니 위 시(氏) ᄒᆞᆯ일업서 다만 안식(顔色)을 졍(正)히 ᄒᆞ고 단좌(端坐)

ᄒᆞ여시니 ᄎᆞᆫ 긔운이 ᄉᆞ벽(四壁)의 ᄡᅩ이니 냥구(良久) 후(後) 휘(侯ㅣ)

지고 붉은 기운이 있는 두 눈.

289) 등광지하(燈光之下): 등불 아래.

290) 닝낙(冷落): 냉락. 서로의 사이가 떨어져 정답지 않고 쌀쌀함.

291) 진납: 원숭이.

무러 굴오디,

"그디 므스 일로 잣디 아닛는다?"

쇼졔(小姐ㅣ) 브답(不答)ᄒ니 휘(侯ㅣ) 불연(勃然)이 ᄂᆞᆺ빗ᄎᆞᆯ 고티고 엇게ᄅᆞᆯ 잡아 누이고 굴오디,

"내 요ᄉᆞ이 그디 거동(擧動)을 보려 ᄌᆞᆷ〃(潛潛)코 이시니 ᄀᆞ장 담(膽) 큰 톄ᄒᆞᄂᆞᆫ도다."

부인(夫人)이 ᄎᆞ경(此景)을 보고 밧비 몸을 니러 잡은 손을 ᄲᅮ리티니 ᄉᆡᆼ(生)이 ᄯᅩᄒᆞᆫ 니러 안자 문왈(問曰),

"부인(夫人)이 어이ᄒᆞ야 이리 가쇼(可笑)로이 구ᄂᆞ뇨? 내 마ᄎᆞᆷ 희쳡(姬妾)이 업술시만뎡 계유 팔구(八九) 삭(朔) 독쳐(獨處)ᄒᆞᆫ대 이대도록 노(怒)ᄒᆞ니 더러오미 이 ᄀᆞᆺᄐᆞ뇨?"

부인(夫人)이 심니(心裏)292)

· ·

39면

의 어히업서 ᄯᅩᄒᆞᆫ 답(答)디 아니ᄒᆞ니, 휘(侯ㅣ) ᄯᅩᄒᆞᆫ 뭇디 아니ᄒᆞ고 듁침(竹枕)의 비겨 ᄌᆞᆷ이 울매 번연(飜然)293)이 니러나 밧그로 나가는디라 부인(夫人)이 미쇼(微笑)ᄒᆞ고 말을 아니ᄒᆞ더라.

능휘(-侯ㅣ) ᄎᆞ후(此後) 봉각(-閣)의 드러와 밤을 디내나 밍셩(猛聲)294)과 노목(怒目)으로 긔식(氣色)의 블호(不好)ᄒᆞ미 측냥(測量)업더니,

광음(光陰)295)이 임염(荏苒)296)ᄒᆞ야 신년(新年)이 되니 일가(一家)

---

292) 심니(心裏): 심리. 마음속.

293) 번연(飜然): 갑작스러운 모양.

294) 밍셩(猛聲): 맹성. 사나운 소리.

의 환셩(歡聲)²⁹⁷⁾과 거매(車馬ㅣ) 여류(如流)²⁹⁸⁾ᄒᆞ고 졔싱(諸生)이
뎡됴하례(正朝賀禮)²⁹⁹⁾를 분〃(紛紛)이 돈녀 수오(數五) 일(日) 디난
후(後) 모든 녀ᄌᆞ(女子ㅣ) 친뎡(親庭)의 근친(覲親)³⁰⁰⁾홀 시 위 시(氏)
ᄯᅩ흔 구고(舅姑)긔 하딕(下直)ᄒᆞ고 위부(-府)로 가려 ᄒᆞ나 태뷔(大傅
ㅣ) 거마(車馬)를 츌혀 주디 아니홀 줄 알고 민망(憫憫)ᄒᆞ야 난혜로
ᄎᆔ품(就稟)³⁰¹⁾ᄒᆞ라 ᄒᆞ니 난혜, 셔당(書堂)의 니ᄅᆞ매 능휘(-侯ㅣ) 홀로
잇다가 ᄎᆞ언(此言)을 듯고 대로(大怒)ᄒᆞ야 좌우(左右)로 난혜를 옥
(獄)의 가도라 ᄒᆞ니 모든 시뇌(侍奴ㅣ) 텽녕(聽令)³⁰²⁾ᄒᆞ고 믈러나니
위 시(氏) ᄎᆞᄉᆞ(此事)를 듯고 어히업서

40면

갈 의ᄉᆞ(意思)를 아니ᄒᆞ더니,

위 공(公)이 고이(怪異)히 너겨 일〃(一日)은 니부(李府)의 니ᄅᆞ러
녀ᄋᆞ(女兒)를 보고 오디 아닛는 연고(緣故)를 므론대 쇼졔(小姐ㅣ) ᄂᆞ
죽이 디왈(對曰),

“구고(舅姑)긔 허락(許諾)을 밧ᄌᆞ와시디 인매(人馬ㅣ) 업서 못 가
ᄂᆞ이다.”

승샹(丞相)이 놀나 왈(曰),

---

295) 광음(光陰): 시간이나 세월을 이르는 말.
296) 임염(荏苒): 세월이 흐름.
297) 환셩(歡聲): 환성. 즐거워서 지르는 소리.
298) 여류(如流): 물이 흐르는 듯함.
299) 뎡됴하례(正朝賀禮): 정조하례. 정월 첫날 아침에 세배함.
300) 근친(覲親): 친정에 가서 어버이를 뵘.
301) ᄎᆔ품(就稟): 취품. 웃어른께 나아가 여쭘.
302) 텽녕(聽令): 청령. 명령을 들음.

"이뵈303) 일뎡(一定) 아니 출혀 주더냐?"

쇼제(小姐ㅣ) 믁″(默默)ᄒ니 승샹(丞相)이 심하(心下)의 노(怒)ᄒ
야 도라가 치뎡(彩)304)과 위의(威儀)305)를 ᄀ초와 시랑(侍郎) 듕
냥306)으로 쇼져(小姐)를 두려오라 ᄒ니 시랑(侍郎)이 슈명(受命)ᄒ야
니부(李府)의 니르러 연왕(-王)긔 고(告)ᄒ고 쇼져(小姐)를 두려 도라
가니 공(公)의 부뷔(夫婦ㅣ) 반기믈 이긔디 못ᄒ여 싱(生)의 아니 보
내던 연고(緣故)를 무르니 쇼제(小姐ㅣ) 웃고 디왈(對曰),

"뎨 몬져 쇼녀(小女)를 믜이 너겨 말솜이 야야(爺爺)긔 미처 블슌
(不順)307)ᄒ니 쇼녜(小女ㅣ) 눈섭을 ᄂ초와 보디 아니매 짐즛 굴강
(屈降)308)ᄒ게 ᄒ노라 거마(車馬)를 주디 아니ᄒ더이다."

부인(夫人)이 쇼왈(笑曰),

"너히 부뷔(夫婦ㅣ)

만난 디 오라디 ᄒᆫ 번(番)도 샹힐(相詰)309)ᄒᆫ 적이 업다 ᄒ더니 이
쏘ᄒᆫ 경시(慶事ㅣ)로다."

모다 웃더라.

쇼제(小姐ㅣ) ᄌ녀(子女)를 거ᄂ려 이곳의 한가(閑暇)히 잇고 싱
(生)의 블근(不謹)ᄒᆫ 거동(擧動)을 아니 보니 ᄀ장 싁훤이 너기더니,

---

303) 이뵈: 이보. 이경문의 자(字).
304) 치뎡(彩): 채뎡. 문채 나는 뎡. 뎡은 가마를 이름.
305) 위의(威儀): 위엄이 있고 엄숙한 태도나 차림새.
306) 듕냥: 중량. 위공부의 둘째아들이자 위홍소의 둘째오빠.
307) 블슌(不順): 불순. 공손하지 않음.
308) 굴강(屈降): 굴항. 굽혀 항복함.
309) 샹힐(相詰): 상힐. 서로 트집을 잡아 비난함.

십여(十餘) 일(日) 후(後) 능휘(-侯ㅣ) 공복(公服)으로 이에 니르러 승상(丞相)긔 뵈고 공스(公事)를 의논(議論)ᄒ니 승상(丞相)이 새로이 ᄉ랑ᄒ야 쥬찬(酒饌)³¹⁰)을 먹이며 밤을 머믈믈 쳥(請)ᄒᆫ대 휘(侯ㅣ) 비샤(拜辭) 왈(曰),

"어렵디 아니ᄒ디 가친(家親)긔 고(告)티 못ᄒ여시니 도라가리로소이다."

졍언간(停言間)³¹¹)의 초휘(-侯ㅣ) ᄉ마(駟馬)³¹²) 알도(喝道)³¹³)로 이에 니르러 승상(丞相)을 비견(拜見)³¹⁴)ᄒ고 ᄯᅩᄒᆫ 공스(公事)를 의논(議論)ᄒ더니 날이 져믄 후(後) 이(二) 인(人)이 니러날 시 승상(丞相)이 근졀(懇切)이 능후(-侯)를 말뉴(挽留)ᄒ디 능휘(-侯ㅣ) 존명(尊命) 업스믈 일ᄏᆞᆺᄂᆞᆫ디라 초휘(-侯ㅣ) 죠용이 닐오디,

"내 도라가 부모(父母)긔 고(告)ᄒᆯ 거시니 샹국(相國) 명(命)을 밧ᄌᆞ와 밤을 디내고

명일(明日) 오라."

승상(丞相)이 대희(大喜) 왈(曰),

"이 말이 올ᄒ니 이보ᄂᆞᆫ 조ᄎ라."

능휘(-侯ㅣ) 브득이(不得已) 안ᄌᆞ니 승상(丞相)이 깃거 ᄃᆞ리고 니

---

310) 쥬찬(酒饌): 주찬. 술과 안주.
311) 졍언간(停言間): 정언간. 말이 잠시 멈춤.
312) ᄉ마(駟馬): 사마. 하나의 수레를 끄는 네 필의 말.
313) 알도(喝道): 갈도. 높은 벼슬아치가 다닐 때 길을 인도하는 하인이 앞에서 소리를 질러 행인들을 비키게 하던 일.
314) 비견(拜見): 배현. 절하고 뵘.

당(內堂)의 드러가 부인(夫人)으로 더브러 셕식(夕食)을 흔가지로 먹으며 스랑ᄒᆞ미 측냥(測量)업더라.

날이 어두은 후(後) 휘(侯 ㅣ) 침소(寢所)의 니른니 쇼졔(小姐 ㅣ) 니러 마자 좌(座)를 뎡(定)ᄒᆞ매 휘(侯 ㅣ) 정식(正色)고 ᄌᆞᄒᆡᆼ(恣行)³¹⁵⁾ᄒᆞ믈 두어 말로 칙(責)흔대 부인(夫人)이 몸을 굽혀 왈(曰),

"임의 취품(就稟)ᄒᆞ고 죄(罪)를 닙어시니 출하리 아니 고(告)흠만 ᄀᆞᆺ디 못ᄒᆞ더이다."

휘(侯 ㅣ) 어히업서 부야흐로 소리를 놉혀 굴오디,

"그디 요스이 므슴 연고(緣故)로 흑ᄉᆡᆼ(學生)을 능멸(凌蔑)³¹⁶⁾ᄒᆞ기를 태심(太甚)³¹⁷⁾이 ᄒᆞᄂᆞ뇨? 집의셔는 부모(父母) 엄교(嚴敎)를 두려 그디 쵸독(楚毒)³¹⁸⁾흔 거동(擧動)을 됴흔 일 보둧 ᄒᆞ며 줌〃(潛潛)코 졀졔(節制)를 바다 치운 밤을 자디 못ᄒᆞ고 밥을 먹디 못ᄒᆞ디 감히(敢-) 말을 못 ᄒᆞ엿거

니와 이곳의 와셔조차 말을 못 ᄒᆞ랴? 내 나히 졈으나 뎡듕(庭中)³¹⁹⁾ 대신(大臣)이오, 그디를 조강결발(糟糠結髮)이라 ᄒᆞ야 톄면(體面)을 출히더니 그디 ᄉᆞ오(四五) 셰(歲) 먹은 안히 인ᄉᆞ(人事) ᄀᆞᆺ야 버릇시 극(極)히 한심(寒心)ᄒᆞ니 ᄉᆡᆼ(生)도 비화 결워 보려 ᄒᆞ노라."

부인(夫人)이 날호여 정식(正色) 왈(曰),

---

315) ᄌᆞᄒᆡᆼ(恣行): 자행. 마음대로 행동함.
316) 능멸(凌蔑): 업신여기어 깔봄.
317) 태심(太甚): 너무 심함.
318) 쵸독(楚毒): 초독. 세차고 독함.
319) 뎡듕(庭中): 정중. 궁중(宮中) 혹은 조정(朝廷)을 의미함.

"군(君)이 나지 밥 아니 먹음과 줌 아니 자믈 쳡(妾)이 엇디 알리오? 추ᄉ(此事)로 말솜ᄒ시기는 브졀업도소이다."

휘(侯ㅣ) 대로(大怒) 왈(曰),

"그디 가지록 싱(生)을 죠롱(嘲弄)ᄒᄂ냐? 그디 진실로(眞實-) 빈번(蘋蘩)320)의 소임(所任)을 ᄀ죽이321) ᄒ야 날로ᄡ 밥을 권(勸)ᄒ며 상(床)을 편(便)히 ᄒ야 자게 구던다? 마치 지아비 일흔 홀어미 거동(擧動)을 ᄒ야 밤이 진(盡)토록 명등(明燈)을 도〃아 브틴 ᄃ시 안잣거든 내 어이 자리오? 오놀도 아모커나 그대로 ᄒ라."

셜파(說罷)의 알퓌 셔안(書案)을 박추고 미우(眉宇)의 노긔등〃(怒氣騰騰)

· ·

44면

ᄒ야 쇼져(小姐)의게 ᄡᅩ이나 부인(夫人)이 죠곰도 동(動)티 아니ᄒ더니,

냥구322)(良久) 후(後) 싱(生)이 의관(衣冠)을 그ᄅ며 상(床)의 올라 블을 ᄡ니 부인(夫人)이 블쾌(不快)ᄒ미 ᄀ독ᄒ야 다만 단졍(端正)이 안자 누울 의ᄉ(意思)를 아니ᄒ니 휘(侯ㅣ) 나아가 손을 잇그러 누이고 굴오디,

"그디 날을 무이 잔약(孱弱)323)히 너겨 보왓던다? 내 그디 거동(擧動)을 보려 ᄀ만이 잇던 줄 모르ᄂ냐?"

셜파(說罷)의 동침(同寢)의 나아가 호방(豪放)ᄒ기로 친근(親近)ᄒ

---

320) 빈번(蘋蘩): 마름과 쑥이라는 뜻으로 변변치 않으나 정성스럽게 차린 제사 음식을 비유하는 말임. 여기에서는 제사를 담당하는 아내의 의미로 쓰임.
321) ᄀ죽이: 충실히.
322) 구: [교] 원문에는 '조'로 되어 있으나 문맥을 고려해 규장각본(23:41)과 연세대본(23:44)을 따름.
323) 잔약(孱弱): 가냘프고 약함.

니 부인(夫人)이 역시(亦是) 노(怒)ᄒ야 구디 밀막으나 엇디 미추리오. 휘(侯ㅣ) 그 손을 잡고 왈(曰),

"그디 이제도 힘센 톄ᄒᆞᆯ다?"

부인(夫人)이 답(答)디 아니나 분훈[324](憤恨)[325]이 튱식(充塞)[326]ᄒ야 능히(能-) 견디디 못ᄒ니 휘(侯ㅣ) 다시 말을 아니코 이 밤을 디내고 계명(鷄鳴)의 니러 관셰(盥洗)[327]ᄒ고 됴회(朝會)의 드러가니,

쇼제(小姐ㅣ) 안히 드러가매 시랑(侍郎) 등(等)이 작야(昨夜) ᄡ호던 말을 옴기며 웃는디라

· ·

45면

쇼제(小姐ㅣ) 미쇼(微笑) 브답(不答)이더니 최량[328]이 웃고 왈(曰),

"네 과연(果然) 담박(淡泊)[329]ᄒ더라. 이보의 미온 노긔(怒氣)와 브릅뜬 눈을 볼 적이면 말ᄒ기 슬터고나 너는 그 슈하(手下) 스룸으로 항형(抗衡)[330]코져 ᄯᅳᆺ이 나더냐?"

쇼제(小姐ㅣ) 답쇼(答笑) 왈(曰),

"거〃(哥哥)는 우은 말 마르쇼셔. 쇼미(小妹) 녀도(女道)를 츨혀 뎌과 말을 아니혼들 그만 위엄(威嚴)의 뉘 피(避)홀 재(者ㅣ) 잇더니잇가? 잔약(屛弱)혼 말씀도 ᄒ시ᄂᆞ이다."

324) 분훈: [교] 원문에는 '분'으로 되어 있으나 의미를 더욱 명확히 하기 위해 규장각본(23:41)과 연세대본(23:44)을 따름.
325) 분훈(憤恨): 분한. 분노와 한.
326) 튱식(充塞): 충색. 가득함.
327) 관셰(盥洗): 관세. 손발을 씻음.
328) 최량: 위공부의 첫째아들이자 위홍소의 첫째오빠.
329) 담박(淡泊): 욕심이 없고 깨끗함.
330) 항형(抗衡): 서로 지지 않고 맞섬.

어시(御史ㅣ) 손을 저어 왈(曰),

"모딜고 독(毒)훈 녀지(女子ㅣ)로다. 뎌러흘시 이보의 비필(配匹)이 되야 졍듕(情重)331)ㅎ미 뉴(類)다른디라 셰속(世俗) 범〃(凡凡)332)훈 녀지(女子ㅣ)야 그 가부(家夫)의게 감히(敢-) 숨인들 무이 쉬랴?"

쇼졔(小姐ㅣ) 웃고 답(答)디 아니ㅎ더라.

이째 연왕(-王)의 삼녀(三女) 월쥬 쇼졔(小姐ㅣ) 년(年)이 십수(十四) 셰(歲)라. 화용월티(花容月態)333) 폐월슈화지식(閉月羞花之色)334) 이 잇고 덕도(德道)의 안샹(安詳)335)ㅎ미 셩녀(聖女)로 흡수(恰似)ㅎ니 부뫼(父母ㅣ) ᄀ장 ᄉ랑ㅎ야 동상(東床)336)

· ·

46면

의 가랑(佳郎)337)을 틱(擇)홀 시 연왕(-王)이 눈 놉기 고산(高山) ᄀ트 야 동셔(東西)로 지랑(才郎)338)을 구(求)ㅎ나 ㅎ나토 유의(留意)ㅎ디 아니ㅎ니 구혼(求婚)ㅎᄂ 미시(妹氏)339) 구롬 ᄀ트나 허친(許親)340) 훈 디 업더니,

연왕(-王)이 일〃(一日) 친우(親友) 뎡 샹셔(尚書) 집의 니르러 샹

---

331) 졍듕(情重): 정중. 정이 깊음.
332) 범〃(凡凡): 평범함.
333) 화용월티(花容月態): 화용월태. 꽃과 달처럼 아름다운 얼굴과 자태.
334) 폐월슈화지식(閉月羞花之色): 폐월수화지색. 달이 숨고 꽃이 부끄러워할 정도로 아름다운 용모.
335) 안샹(安詳): 안상. 성질이 찬찬하고 자세함.
336) 동상(東床): 동쪽 평상이라는 뜻으로 사위를 이름. 중국 진(晉)나라의 태위 극감이 사윗감을 고르는데 왕도(王導)의 집 동쪽 평상 위에 엎드려 음식을 먹고 있는 왕희지(王羲之)를 골랐다 는 고사에서 온 말.
337) 가랑(佳郎): 재질이 있는 훌륭한 신랑.
338) 지랑(才郎): 재랑. 재주 있는 젊은 남자.
339) 미시(妹氏): 매씨. 매파.
340) 허친(許親): 혼인을 허락함.

셔(尙書)로 말슴ㅎ다가 우연(偶然)이 보니 셧녁(西ㅅ-) 화계(花階)341)
의 흔 십ㅅ오(十四五)는 흔 쇼년(少年)이 모든 아히(兒孩)들과 ㄱ래
고342) 놀거놀 왕(王)이 뎡 공(公)ᄃ려 문왈(問曰),

"뎌 쇼년(少年)이 엇던 사롬이뇨?"

뎡 공(公) 왈(曰),

"이 쇼뎨(小弟)의 필ᄌ(畢子ㅣ)343)로디 제 텬셩(天性)이 심(甚)히
우미(愚昧)344)ㅎ야 흑공(學工)도 아니ㅎ고 뎌러툿 샹(常)노ᄅ슬345)
즐기ᄂ이다."

왕(王)이 보기를 쳥(請)흔대 뎡 공(公)이 동ᄌ(童子)로 쇼년(少年)
을 블러 왕(王)긔 뵈오라 ㅎ니 쇼년(少年)이 즉시(卽時) 니ᄅ러 왕
(王)을 보고 공슌(恭順)이 절ㅎ고 겨퇴 안거놀 왕(王)이 눈을 드러 보
니 흰 ᄂᄎ치 두렷ㅎ야 흔 덩이 옥(玉)을 각근 둣ㅎ거놀 프ᄅᆫ 머리 어
ᄌ러이 덥

· ·

47면

혀시니 이 졍(正)히 망월(望月)346)이 흑운(黑雲)의 ᄡ인 둣ㅎ야 ᄌ시
보디 못ㅎ매 왕(王)이 뇽포(龍袍) ᄉ매를 드러 헤ᄹ고347) 다시 보니
명〃(明明)흔 봉안(鳳眼)이 임의 두우(斗宇)348)를 ᄻᆌ틸 둣 긴 눈섭이

---

341) 화계(花階): 살림집이나 궁궐·절 등의 집 뜰에 층계 모양으로 단(段)을 만들고 단마다 화초
  를 심은 시설.
342) ㄱ래고: 장난치고.
343) 필ᄌ(畢子ㅣ): 필자. 막내아들.
344) 우미(愚昧): 우매. 어리석고 사리에 어두움.
345) 샹(常)노ᄅ슬: 상노릇을. 천한 사람들의 놀음을.
346) 망월(望月): 보름달.
347) 헤ᄹ고: 헤집고.
348) 두우(斗宇): 온 세상.

오치(五彩)349) 어린 듯ᄒ고 큰 코와 블근 모던 입이 영웅(英雄)의 골격(骨格)이 은〃(隱隱)ᄒ고 희고 큰 킈 쇽ᄌ(俗者)의 모양(模樣)이 아니오 두 귀밋350)치 진쥬(眞珠)로 메온 듯 두 엇게 살대351) 곳고 두 풀히 무릅히 ᄂ려디니 비록 일시(一時) 그을고 향암(鄕闇)352)되여 험상(險相)353)되오미 보왐 죽디 아니ᄒ나 왕(王)이 임의 아라보고 대희(大喜)ᄒ야 이에 문왈(問曰),

"쇼년(少年)의 나히 몃치다?"

뎡싱(-生)이 흠신(欠身)354) 디왈(對曰),

"십오(十五) 셰(歲)로소이다."

왕(王)이 쇼왈(笑曰),

"나흔 약관(弱冠)이로디 엇디 거동(擧動)이 목동(牧童)의 형상(形象)이며 션비 도리(道理)를 폐(廢)ᄒ고 협킥(俠客)의 노ᄅ슬 ᄒ눈다?"

뎡싱(-生)이 웃고 디왈(對曰),

"요슌(堯舜) 시졀(時節)의도 소부(巢父)355) 허유(許由ㅣ)356) 이시니 대왕(大王)의

---

349) 오치(五彩): 오채. 푸른빛, 누른빛, 붉은빛, 흰빛, 검은빛의 다섯 가지가 보기에 아름답게 섞인 빛.
350) 밋: [교] 원문에는 '의'로 되어 있으나 문맥을 고려해 규장각본(23:44)과 연세대본(23:47)을 따름.
351) 살대: 기둥이나 벽 따위가 넘어가는 것을 막기 위해 버티는 나무.
352) 향암(鄕闇): 시골에서 지내 온갖 사리에 어둡고 어리석음.
353) 험상(險相): 험상. 험상궂게 생긴 인상.
354) 흠신(欠身): 공경하는 뜻을 나타내기 위하여 몸을 굽힘.
355) 소부(巢父): 중국 요(堯)임금 때의 은사(隱士). 요 임금이 천하를 주려 했으나 거절하고 요성(聊城)에서 은거하며 방목(放牧)하면서 일생을 마침. 산속에 숨어 세상의 이익을 돌아보지 않고 나무 위에 집을 지어 그곳에서 잤다고 하여 소부(巢父)라 불림.
356) 허유(許由ㅣ): 중국 요(堯)임금 때의 현인. 자는 무중(武仲). 요임금이 천하를 그에게 물려주려 했으나 거절하고 기산(箕山)에 들어가 은거함. 요임금이 또 그에게 관직을 주려 하자 그 말이 자기의 귀를 더럽혔다며 곧 영수(潁水) 가에서 귀를 씻음.

48면

농포(龍袍)와 쇼싱(小生)의 목동지형(牧童之形)357)이 쇼양(宵壤)358)
이 현격(懸隔)359)ㅎ나 스스로 즐기믄 거의 ㄱᄐㄴ가 ㅎ누이다. 연(然)
이나 ᄉ룸의 필경(畢竟)360)은 지조(才操)로 가디 아닛ᄂ니다. 녯 말
ᄉᆷ을 듯ᄌ오니 강ᄌ아(姜子牙)361)는 나히 ᄉ십(四十)이 되도록 혼 지
조(才操)도 업다가 필경(畢竟)의 위거공후(位居公侯)362)ᄒ며 영명(榮
名)363)이 듁빅(竹帛)364)의 드리오고 뉴현덕(劉玄德)365)은 돗 ᄰ고 신
ᄑᄂ 사룸이로디 필경(畢竟) 황뎨(皇帝) 되여시니 대왕(大王)이 쇼싱
(小生)의 목동(牧童)으로 늙을 줄 엇디 아ᄅ시ᄂ니잇고?"

언미필(言未畢)366)의 왕(王)이 크게 긔특(奇特)이 너겨 왈(曰),

"ᄎ인(此人)이 범이(凡兒ㅣ)367) 아니로다."

드디여 손을 잡고 뎡 공(公)을 향(向)ᄒ야 왈(曰),

"과인(寡人)이 현형(賢兄)을 디(對)ᄒ야 쳥(請)홀 말ᄉᆷ이 잇ᄂ니 가
(可)히 용납(容納)ᄒ시믈 어드랴?"

---

357) 목동지형(牧童之形): 목동의 형상.
358) 쇼양(宵壤): 소양. '천지(天地)'를 달리 이르는 말로 높은 하늘과 넓은 땅이라는 뜻.
359) 현격(懸隔): 차이가 뚜렷함.
360) 필경(畢竟): 끝. 결과.
361) 강ᄌ아(姜子牙): 강자아. 중국 주(周)나라의 제후국인 제(齊)나라의 시조 여상(呂尙)을 이름.
     자아는 그의 자(字). 강태공(姜太公)이라고도 함. 본래 은나라 주왕(紂王) 밑에 있던 관리였으
     나 주(周)나라에 투신해 무왕(武王)을 도와 은나라를 멸하는 데 공을 세움.
362) 위거공후(位居公侯): 지위가 공후에 거함.
363) 영명(榮名): 영광스러운 이름.
364) 듁빅(竹帛): 죽백. 서적(書籍), 특히 역사를 기록한 책을 이르는 말. 종이가 발명되기 전에 대
     쪽이나 헝겊에 글을 써서 기록한 데서 생긴 말.
365) 뉴현덕(劉玄德): 유현덕. 중국 삼국시대 촉한의 제1대 황제(161-223)인 유비(劉備)를 이름. 현
     덕은 그의 자(字). 시호는 소열제(昭烈帝). 후한의 영제(靈帝) 때에, 황건적을 쳐서 공을 세우
     고, 후에 제갈량의 도움을 받아 오나라의 손권과 함께 조조의 대군을 적벽(赤壁)에서 격파함.
     후한이 망하자 스스로 제위에 오르고 성도(成都)를 도읍으로 삼음. 재위 기간은 221-223년.
366) 언미필(言未畢): 말이 끝나지 않음.
367) 범이(凡兒ㅣ): 범아. 보통 아이.

뎡 공(公)이 공경(恭敬) 디왈(對曰),

"대왕(大王)이 므슴 말슴을 혹싱(學生)의게 쳥(請)코져 ᄒ시ᄂᆞ니잇가? 가(可)히 듯기ᄅᆞᆯ 원(願)ᄒᄂ이다."

왕(王) 왈(曰),

"다

ᄅᆞᆫ 일이 아니라 과인(寡人)의게 삼녀(三女ㅣ) 이셔 댱녀(長女)368)ᄂᆞᆫ 동궁(東宮) 뎡비(正妃) 되고 ᄎᆞ녀(次女)369)ᄂᆞᆫ 최빅만의 쳬(妻ㅣ)오, 삼녜(三女ㅣ) 나히 빈혀 곳기의 니ᄅᆞ러시ᄃᆡ 일즉 그 사ᄅᆞᆷ을 엇디 못ᄒ야 지금(至今) 도요(桃夭)370)ᄅᆞᆯ 읇디 못ᄒ엿더니 오ᄂᆞᆯ날 녕낭(令郞)을 보매 쳔고영웅(千古英雄)이라 감히(敢-) 외람(猥濫)371)ᄒᆞᆷ믈 닛고 산계(山鷄), 봉황(鳳凰)을 비(配)코져 ᄒᄂᆞ니 가(可)히 용납(容納)ᄒᆞᆷ믈 ᄇᆞ라노라."

뎡 공(公)이 대경(大驚)ᄒ야 년망(連忙)372)이 글오ᄃᆡ,

"대왕(大王)의 고견(高見)으로 뎌 무디쇽ᄌᆞ(無知俗子)373)ᄅᆞᆯ 보시고 쳔금규슈(千金閨秀)374)로 허(許)코져 ᄒ시니 쇼싱(小生)의 감은(感恩)

---

368) 댱녀(長女): 장녀. 이몽창의 첫째딸 이일주를 이름. 이일주는 태자비이고 자는 초벽임.
369) ᄎᆞ녀(次女): 차녀. 이몽창의 둘째딸 이벽주를 이름. 이벽주는 이몽창의 재실 조제염이 낳은 쌍둥이 중 여동생으로 어렸을 때 이름은 난심이었는데 이경문이 찾아서 벽주로 고침. 최백만의 아내임.
370) 도요(桃夭): 결혼할 때를 이름. 도요는 『시경』, "주남(周南)"의 편명으로 젊은 남녀가 제때에 결혼하는 것을 찬미하는 내용임.
371) 외람(猥濫): 하는 짓이 분수에 넘침.
372) 년망(連忙): 연망. 매우 급함.
373) 무디쇽ᄌᆞ(無知俗子): 무지속자. 무지한 속된 자식.
374) 쳔금규슈(千金閨秀): 천금규수. 천금처럼 소중한 규수.

흐믄 극(極)ᄒ나 실로(實-) 블ᄉ(不似)375)ᄒᆫ디라 ᄌ시 술피시고 후(後)의 뉘웃디 마ᄅᆞ쇼셔."

왕(王)이 쇼왈(笑曰),

"과인(寡人)이 나히 ᄉ슌(四旬)의 미첫고 쟉위(爵位) 쳔승(千乘)376)의 이시니 엇디 사ᄅᆞᆷ을 디(對)ᄒ야 두 번(番) 말을 고티리오? 녕낭(令郎)의 어그러온377) 긔샹(氣像)이 진짓 대인(大人)이라 엇고져 ᄒᆫ들 쉬오랴?"

인(因)ᄒ야 지삼(再三) 근쳥(懇請)ᄒ

· ·

50면

니 뎡 공(公)이 실로(實-) ᄡᅥ 고이(怪異)히 너기나 마디못ᄒ야 허락(許諾)고 굴오디,

"ᄌ(子ㅣ) 용샹(庸常)378)ᄒ니 실로(實-) 아모도 구친(求親)379)ᄒ리 업ᄉᄆᆡ 지금(至今) 취실(娶室)380)티 못ᄒ엿더니 대왕(大王)이 일안(一眼)의 녀 취루(醜陋)381)ᄒᆫ 거ᄉᆞᆯ 동샹(東床)의 향긱(香客)382)을 삼으시니 혹ᄉᆡᆼ(學生)이 감격(感激)ᄒᆫ 밧 진실로(眞實-) 의아(疑訝)ᄒᆷ을 이긔디 못ᄒᆯ소이다."

왕(王)이 웃고 왈(曰),

---

375) 블ᄉ(不似): 불사. 꼴이 격에 맞지 않음.
376) 쳔승(千乘): 천승. 천 대의 병거라는 뜻으로, 제후를 이르는 말. 제후는 천 대의 병거를 낼 만한 나라를 소유하였음.
377) 어그러온: 너그러운.
378) 용샹(庸常): 용상. 중요하게 여길 만하지 아니하고 예사로움.
379) 구친(求親): 혼인하기를 청함.
380) 취실(娶室): 취실. 아내를 얻음.
381) 취루(醜陋): 추루. 추하고 더러움.
382) 향긱(香客): 향객. 향기로운 손님.

"과인(寡人)이 비록 무상(無狀)[383]호나 블쵸(不肖)혼 녀으(女兒)로 대인(大人)의 금슬(琴瑟)을 희지으리오[384]? 당니(將來) 녀으(女兒)룰 보면 나의 거줏말 아닛눈 줄 알리라."

명 공(公)이 칭샤(稱謝) 왈(曰),

"녕으쇼졔(令兒小姐ㅣ) 대왕(大王) 녀으(女兒)로 용샹(庸常)홀가 의심(疑心)호리오? 돈이(豚兒ㅣ) 하 블쵸(不肖)호니 스스로 붓그리미로소이다."

왕(王)이 답샤(答謝) 왈(曰),

"녕낭(令郎)은 쳔고(千古)의 엇디 못홀 귀인(貴人)이니 녀이(女兒ㅣ) 당(當)티 못홀가 져허호느니[385] 엇디 이런 말솜을 호느뇨?"

셜파(說罷)의 듯 우히셔 틱일(擇日)호야 도라가 부모(父母)긔 월쥬

· ·

51면

의 혼수(婚事) 뎡(定)호여시믈 알외니 승샹(丞相)이 신낭(新郎)의 현부(賢否)[386]룰 무른대 왕(王)이 디왈(對曰),

"당디(當代)예는 둘히 업손가 호느이다."

모다 깃거호더라.

왕(王)이 후(后)드려 녀으(女兒)의 뎡혼(定婚)호여시믈 니른대 휘(后ㅣ) 블열(不悅) 왈(曰),

"월쥬는 심(甚)혼 약질(弱質)이라 나히 댱셩(長成)혼 후(後) 츌가

(出嫁)킈 ᄒᆞ려 ᄒᆞ더니 진실로(眞實-) ᄠᅳᆺ 굿디 아니ᄒᆞ이다.”

왕(王)이 샤왈(謝曰),

“현후(賢后) 말ᄉᆞᆷ이 올ᄒᆞ나 조뫼(祖母ㅣ) 님년(稔年)387)ᄒᆞ샤 경ᄉᆞ(慶事)ᄅᆞᆯ 보고져 ᄒᆞ시거ᄂᆞᆯ 쇼〃(小小) 곡졀(曲折)을 혜아리리오?”

휘(后ㅣ) 믁연(黙然)ᄒᆞ고 근친(覲親)388) 갓던 ᄌᆞ뷔(子婦ㅣ) 일시(一時)의 모다 분〃(紛紛)이 혼슈(婚需)ᄅᆞᆯ 출히더라.

원ᄅᆡ(元來) 뎡 공(公)은 하람인(--人)이오 명(名)은 광이오 ᄌᆞ(字)ᄂᆞᆫ 슈희니 위인(爲人)이 쳥고(清高)389)ᄒᆞ고 념딕(廉直)390)ᄒᆞ야 일시(一時) 미뢰ᄂᆞᆫ391) 사ᄅᆞᆷ이오 쇼년(少年) 츌신(出身)으로 벼ᄉᆞᆯ이 샹셔(尚書)ᄀᆞ디 ᄒᆞ고 즉금(卽今)은 티ᄉᆞ(致仕)392)ᄒᆞ고 기직(棄職)393)ᄒᆞ야 드럿고 샤듕(舍中)394)의 부인(夫人) 뇨 시(氏)ᄅᆞᆯ 춰(娶)ᄒᆞ야 ᄉᆞ(四) ᄌᆞ(子)ᄅᆞᆯ 두어시

· · ·

52면

니 댱ᄌᆞ(長子) 텬은 츌신(出身)ᄒᆞ야 한님(翰林)이오 ᄎᆞᄌᆞ(次子)ᄂᆞᆫ 연이오 삼ᄌᆞ(三子)ᄂᆞᆫ 의오 ᄉᆞᄌᆞ(四子)ᄂᆞᆫ 희니 다 ᄒᆞᆫ굴ᄀᆞ티 옥인가ᄉᆞ(玉人佳士ㅣ)오 ᄌᆞ뷔(子婦ㅣ) 개〃(個個)히 졀식(絕色)이로디,

뎡희 홀로 어려실 적브터 기쳔(-川)과 길ᄀᆞ으로 헤디ᄅᆞ며395) 노롬

---

387) 님년(稔年): 임년. 나이가 많음.
388) 근친(覲親): 어버이를 뵘.
389) 쳥고(清高): 청고. 사람됨이 맑고 고귀함.
390) 념딕(廉直): 염직. 청렴하고 강직함.
391) 미뢰ᄂᆞᆫ: 추앙하는.
392) 티ᄉᆞ(致仕): 치사. 나이가 많아 벼슬을 사양하고 물러남.
393) 기직(棄職): 벼슬을 버림.
394) 샤듕(舍中): 사중. 집안.
395) 헤디ᄅᆞ며: 숨 가쁘게 헤매며.

을 즐기고 머리 빗기룰 죽기도곤 슬히 너기며 오솔 아젹396)의 ᄒ여
닙히면 져녁의 다 ᄣᅥ러ᄇᆞ리니 보ᄂᆞ니 다 걸인(乞人)이라 지시(指
笑)397)ᄒ고 나히 십오(十五) 셰(歲) 되도록 하ᄂᆞᆯ 텬(天) ᄌᆞ(字)룰 모ᄅᆞ
고 쟝긔(將棋) 두기와 조애398) 놀기로 위업(爲業)399)ᄒ니 졔형(諸兄)
이 듀야(晝夜) ᄭᅮ지저 못ᄡᅳᆯ 거시라 ᄒ고 뎡 공(公)이 엄(嚴)히 금지
(禁止)ᄒ나 듯디 아니ᄒ니 공(公)의 친붕졔비(親朋儕輩)400) 사ᄅᆞᆷ으로
아니 아라 구혼(求婚)ᄒ리 젼연(翦然)401)ᄒ니 공(公)이 ᄯᅩᄒᆞᆫ 스ᄉᆞ로
붓그려 ᄐᆡ부(擇婦)402) 길흘 아니ᄒ엿다가,

념외(念外) 연왕(-王)이 ᄒ번(-番) 보고 뎡친(定親)403)ᄒᆞᆯ 수이 ᄒᆞ
니 감샤(感謝)ᄒᆞᆯ 이긔디 못ᄒᆞ나 진실로(眞實-) 고이(怪異)히 너겨
드러가

．．

53면

부인(夫人)ᄃᆞ려 니ᄅᆞ니 부인(夫人)이 놀라고 깃거ᄒᆞ나 ᄯᅩ 의심(疑心)
ᄒᆞ야 닐오ᄃᆡ,

"연왕(-王)은 쳔승국군(千乘國君)404)으로 금지옥엽(金枝玉葉)이어
ᄂᆞᆯ 므ᄉᆞᆷ 연고(緣故)로 뎌 추루(醜陋)405)ᄒᆞᆫ 거슬 사회 삼으려 ᄒ리오?

---

396) 아젹: 아침.
397) 지시(指笑): 지소. 지목해 비웃음.
398) 조애: 종이.
399) 위업(爲業): 일을 삼음.
400) 친붕졔비(親朋儕輩): 칭붕졔배. 벗의 무리.
401) 젼연(翦然): 전연. 끊어진 모양.
402) ᄐᆡ부(擇婦): 택부. 며느릿감을 고름.
403) 뎡친(定親): 정친. 혼인을 정함.
404) 쳔승국군(千乘國君): 천승국군. 천 대의 병거를 낼 만한 제후.
405) 추루(醜陋): 더럽고 지저분함.

반드시 병인(病人)일시 말 업순 뎌거술 맛디려 ᄒᆞ미라. 필ᄋᆞ(畢兒ㅣ) 비록 블효(不肖)ᄒᆞ나 ᄎᆞ마 제 평싱(平生)을 희지으리오?"

뎡 공(公) 왈(曰),

"내 진실로(眞實-) 이러킈 너기ᄂᆞ니 연왕(-王)의 녀ᄋᆞ(女兒ㅣ) 만일 (萬一) 현텰(賢哲)⁴⁰⁶ᄒᆞᆯ딘대 그 가계(家系)ᄅᆞᆯ 가지고 어ᄃᆡ 가 지랑(才郎)을 못 어드리오마ᄂᆞᆫ 그 언단(言端)⁴⁰⁷이 여ᄎᆞ(如此)ᄒᆞ니 연왕(-王)이 일죽 져근 일로 사ᄅᆞᆷ을 소기디 아니ᄒᆞᆮ 여ᄎᆞ(如此)ᄒᆞ니 의심(疑心)이 업디 아니ᄒᆞ여라."

댱ᄌᆞ(長子) 한님(翰林)이 진젼(進前) 고왈(告曰),

"연왕(-王)이 긔위(氣威)⁴⁰⁸ 엄슉(嚴肅)ᄒᆞ야 쇼ᄋᆞ(小兒)ᄅᆞᆯ 디(對)ᄒᆞ여도 긔이디 아니ᄒᆞ옵거ᄂᆞᆯ ᄒᆞᆯ며 대인(大人)을 소기리잇가? 필연(必然) 아라보미 이실시 옥녀(玉女)로 수이 허(許)ᄒᆞ미니 대인(大人)은 근심티 마

· ·

54면

ᄅᆞ쇼셔."

공(公)의 부뷔(夫婦ㅣ) 그러히 너기더라.

길일(吉日)이 다ᄃᆞᄅᆞ매 뎡 공(公)이 강잉(强仍)ᄒᆞ야 대연(大宴)을 ᄀᆡ댱(開張)⁴⁰⁹ᄒᆞ고 빈ᄀᆡᆨ(賓客)을 모흐니 명공지샹(名公宰相)이 수플 ᄀᆞᄐᆞ야 일제(一齊)히 혼가(婚家)ᄅᆞᆯ 뭇ᄂᆞᆫ디라 공(公)이 연왕(-王)의 뎨

---

406) 현텰(賢哲): 현철. 어질고 사리에 밝음.
407) 언단(言端): 말하는 모양.
408) 긔위(氣威): 기위. 말의 기운과 위엄.
409) ᄀᆡ댱(開張): 개장. 넓게 벌여 놓음.

삼녀(第三女)로 결친(結親)⁴¹⁰⁾ᄒᆞᄆᆞᆯ 니ᄅᆞ니 모다 대경(大驚)ᄒᆞ야 눗〃
치 도라보고 말을 아니ᄒᆞ더니,

이윽고 신낭(新郞)이 나와 길복(吉服)⁴¹¹⁾을 닙고 습녜(習禮)⁴¹²⁾ᄒᆞ
니 모다 보건대 블의(不意)예 빗긴 머리 섯귄 플을 뭇거 노흔 둣ᄒᆞ고
그은 눗과 향암(鄕闇)⁴¹³⁾흔 거지(擧止) 과연(果然) 볼 디 업ᄂᆞᆫ디라 좌
위(左右ㅣ) 긔괴(奇怪)히 너기고 기듕(其中) 연왕(-王)의 친우(親友)
ᄂᆞᆫ 분(憤)ᄒᆞᄆᆞᆯ 이긔디 못ᄒᆞ더라. 모다 보드이⁴¹⁴⁾ 신낭(新郞)을 드리
고 왕부(王府)의 니ᄅᆞ미,

이ᄊᆡ 왕부(王府)의셔 임의 위의(威儀)⁴¹⁵⁾를 셩비(盛備)⁴¹⁶⁾ᄒᆞ고 빅
관(百官)이 일졔(一齊)히 모다시니 그 놉이언 머치리오. 흔굴ᄀᆞ티 금
포옥ᄃᆡ(錦袍玉帶)⁴¹⁷⁾로 오운뎐(--殿) 너룬 대텽(大廳)의 몌여 신낭(新
郞)을 기ᄃᆞ리더

니 위 공(公)이 문왈(問曰),

"소뎨(小弟) 일즉 뭇디 못ᄒᆞ엿더니 뉘 집과 결혼(結婚)ᄒᆞᄂᆞ뇨?"

왕(王)이 디왈(對曰),

"샹셔(尙書) 뎡 ᄉᆞ희⁴¹⁸⁾ 필지(畢子ㅣ)니라."

---

410) 결친(結親): 혼사를 맺음.
411) 길복(吉服): 혼인 때 신랑, 신부가 입는 옷.
412) 습녜(習禮): 습례. 예법이나 예식을 미리 익힘.
413) 향암(鄕闇): 시골에서 지내 온갖 사리에 어둡고 어리석음. 또는 그런 사람.
414) 보드이: 부득이하게.
415) 위의(威儀): 위엄이 있고 엄숙한 태도나 차림새.
416) 셩비(盛備): 성비. 성대하게 갖춤.
417) 금포옥ᄃᆡ(錦袍玉帶): 금포옥대. 비단 도포와 옥으로 만든 띠.
418) ᄉᆞ희: 사희. 정광의 자(字).

공(公)이 텽파(聽罷)의 대경(大驚) 왈(曰),

"이 진짓 말가?"

왕(王)이 미쇼(微笑) 왈(曰),

"쇼뎨(小弟) 비록 노혼(老昏)[419] ᄒᆞ나 허언(虛言)을 ᄒᆞ리오?"

공(公) 왈(曰),

"신낭쟈(新郎者)ᄅᆞᆯ 형(兄)이 본다?"

왕(王)이 쇼왈(笑曰),

"보고 결친(結親)을 ᄒᆞ디 아니 보고 결친(結親)을 ᄒᆞ랴?"

위 공(公) 왈(曰),

"연(然)즉 왕(王)의 눈의 아ᄅᆞᆷ답더냐?"

왕(王)이 우어 왈(曰),

"형(兄)은 웃디 말라. 요ᄉᆞ이 옥낭(玉郎)이 일시(一時) ᄉᆞᄅᆞᆷ의 눈을 티례[420] ᄒᆞ나 뎡ᄌᆞ(-子)의 밋디 못ᄒᆞ리라."

위 공(公) 왈(曰),

"그 풍도(風度)[421]ᄂᆞᆫ 잘삼긴 아ᄒᆡ(兒孩)어니와 위인(爲人)이 평〃(平平)ᄒᆞᆫ ᄃᆡ도 못 가거ᄂᆞᆯ ᄎᆞ마 알고 그런 사회ᄅᆞᆯ 어드리오?"

모다 일시(一時)의 뎡 공(公)의 ᄋᆞᄌᆡ(兒子ㅣ)ᄆᆞᆯ 듯고 왕(王)을 그ᄅᆞ다 ᄒᆞ여 왈(曰),

"이ᄂᆞᆫ 당시(當時) 감개(感慨)[422]어ᄂᆞᆯ 대왕(大王)이 엇디 ᄋᆞ녀(兒女)의 일ᄉᆡᆼ(一生)을 져ᄇᆞ리려 ᄒᆞ시ᄂᆞ뇨?"

왕(王)이 답(答)디[423]

---

419) 노혼(老昏): 늙어서 정신이 흐림.

420) 티례: 치레. 무슨 일에 실속 이상으로 꾸미어 드러냄.

421) 풍도(風度): 풍채와 태도.

422) 감개(感慨): 매우 느껴 마음속 깊이 탄식함.

423) 디: [교] 원문과 연세대본(23:56)에는 이 뒤에 '디'가 있으나 부연으로 보아 규장각본(23:52)을 따라 삭제함.

아니ᄒ더니,

이윽고 싱쇼고악(笙簫鼓樂)424)이 드레며425) 신낭(新郎)이 니ᄅ니 모다 일시(一時)의 몸을 니러 느러셔고 왕(王)이 뇽포옥디(龍袍玉帶)426)로 완〃(緩緩)이427) 풀 미러 뎐안텽(奠雁廳)428)의 드러와 텬디(天地)긔 비례(拜禮)를 뭇고 당(堂)의 올라 승샹(丞相)과 남공(-公) 등(等)의게 녜(禮)를 뭇고 모든 쇼년(少年) 졔싱(諸生)으로 더브러 녜필(禮畢)ᄒ매 좌(座)의 나아가니 모다 일시(一時)의 눈을 드러 보매 뎡싱(-生)이 텬싱특용(天生特容)429)이 비범(非凡)이 삼겨시나 ᄒ 벌 거ᄃ 그으름이 닙혓거든 므러시 보왐 죽ᄒ리오. 극(極)히 향암(鄕闇)되고 거지(擧止) 심(甚)히 가쇼(可笑)로오니 ᄒ믈며 광평후(--侯) 등(等) 무궁(無窮)ᄒ 쇼년(少年)의 슈려쇄락(秀麗灑落)430)ᄒ 안식(顏色)의 들매 더옥 식(色)을 아이니 졔긱(諸客)이 개탄(慨歎)ᄒ야 눗〃치 연왕(-王)을 도라보고 기국공(--公) 등(等)이 신식(神色)이 져상(沮喪)431)ᄒ며 쇼년(少年) 졔싱(諸生)이 눗비치 흙 ᄀ트디 타연(妥然)432)ᄒᄆ 승샹(丞相)과 남공(-公)이오 희식(喜色)이 ᄀ득

424) 싱쇼고악(笙簫鼓樂): 생소고악. 생황과 퉁소, 북의 소리.

425) 드레며: 야단스럽게 떠들며.

426) 뇽포옥디(龍袍玉帶): 용포옥대. 곤룡포와 옥으로 된 띠.

427) 완〃(緩緩)이: 천천히.

428) 뎐안텽(奠雁廳): 전안청. 혼례 때, 신랑이 기러기를 가지고 신부 집에 가서 상 위에 놓고 절하는 전안이라는 예(禮)를 하는 자리.

429) 텬싱특용(天生特容): 천생특용. 타고난 뛰어난 용모.

430) 슈려쇄락(秀麗灑落): 수려쇄락. 빼어나게 곱고 시원스럽게 생김.

431) 져상(沮喪): 저상. 기운을 잃음.

432) 타연(妥然): 편안한 모양.

57면

흐믄 연왕(-王)이며 눈을 기우려 긔이(奇異)히 너기ᄂᆞ니ᄂᆞᆫ 광평후(--侯)와 초후(-侯), 능휘(-侯ㅣ)라 기여(其餘)야 뉘 아니 놀라리오. 다각〃(各各) 신낭(新郞)을 괄목(刮目)⁴³³⁾ᄒᆞ야 긔식(氣色)이 블호(不好)ᄒᆞ니 뎡싱(-生)이 단졍(端正)이 위좌(危坐)⁴³⁴⁾ᄒᆞ야 눈을 드러 술피디 아니ᄒᆞ니 아ᄂᆞ니ᄂᆞᆫ 더 긔특(奇特)이 너기고 모ᄅᆞᄂᆞᆫ 쟈(者)ᄂᆞᆫ 붓그려 구속(懼愯)⁴³⁵⁾ᄒᆞ미라 웃더니, 승샹(丞相)이 안식(顔色)을 고티고 나아오라 ᄒᆞ야 닐오ᄃᆡ,

"네 나히 몃친다?"

싱(生)이 공경(恭敬) 디왈(對曰),

"열다ᄉᆞᆺ 튠츄(春秋)ᄅᆞᆯ 헛도이 디내엿ᄂᆞ이다."

승샹(丞相)이 손을 어ᄅᆞ만져 ᄀᆞᆯ오ᄃᆡ,

"너의 긔샹(氣像)이 이러틋 어그러오니 노뷔(老父ㅣ) 모년(暮年)⁴³⁶⁾뉵슌(六旬)의 처음 보ᄂᆞᆫ 배라 이모(愛慕)⁴³⁷⁾ᄒᆞᄆᆞᆯ 춤디 못ᄒᆞ리로다."

좌위(左右ㅣ) 더욱 가쇼(可笑)로이 너기더라.

이윽고 신뷔(新婦ㅣ) 칠보응⁴³⁸⁾장(七寶凝粧)⁴³⁹⁾으로 옥교(玉轎)의 오ᄅᆞ매 신낭(新郞)이 봉교(封轎)⁴⁴⁰⁾ᄒᆞ기ᄅᆞᆯ ᄆᆞᆺ고 위의(威儀)ᄅᆞᆯ 휘동(麾動)⁴⁴¹⁾ᄒᆞ야 부듕(府中)의 니ᄅᆞ러 텽듕(廳中)의 셔로 비(拜)ᄅᆞᆯ ᄆᆞᆺ고

---

433) 괄목(刮目): 업신여겨 하찮게 대함.
434) 위좌(危坐): 몸을 바르게 하고 앉음.
435) 구속(懼愯): 두려워함.
436) 모년(暮年): 늘그막.
437) 이모(愛慕): 애모. 사랑하고 사모함.
438) 응: [교] 원문과 규장각본(23:53), 연세대본(23:57)에 모두 '옹'으로 되어 있으나 문맥을 고려해 이와 같이 수정함.
439) 칠보응장(七寶凝粧): 온갖 보석으로 꾸미고 곱게 화장함.
440) 봉교(封轎): 가마를 닫음.

동상(東牀)

의 조하상(紫霞觴)442)을 논혼 후(後) 신뷔(新婦ㅣ) 눗 マ리온 거술 열고 금년(金蓮)443)을 두로혀 구고(舅姑)긔 폐빅(幣帛)을 나오니 구괴(舅姑ㅣ) 밧비 눈을 드러 보니 이 엇디 의심(疑心)ᄒ던 병인(病人)이리오. 만월(滿月) 니마ᄂ 남뎐(藍田)444) 빅옥(白玉)을 공교(工巧)히 다듬은 둣 프른 눈섭은 치필(彩筆)의 슈고롤 더으디 아냐 임의 봉황미(鳳凰眉)445)롤 샹(像)ᄒ고 냥협(兩頰)은 삼춘(三春) 삼식도홰(三色桃花ㅣ)446) 이슬을 먹음은 둣 쥬슌(朱脣)의 붉으믄 단사(丹沙)447)롤 뎜(點)틴 둣 프른 운환(雲鬟)448)이 제〃(齊齊)449)ᄒ야 구름이 몽농(朦朧)ᄒ 둣 녕〃(玲玲)450)ᄒ 긔질(氣質)과 쇄락(灑落)ᄒ 퇴되(態度ㅣ) 옥년(玉蓮)이 믈결의 줌긴 둣 듕츄(仲秋) 망월(望月)이 청공(靑空)의 두렷ᄒ야 식〃ᄒ 광치(光彩)롤 토(吐)ᄒᄂ 둣 녕농(玲瓏)ᄒ 광휘(光輝) 소벽(四壁)의 죠요(照耀)451)ᄒ고 두렷 윤틱(潤澤)ᄒ 긔빅(肌

---

441) 휘동(麾動): 지휘하여 움직임.
442) 조하상(紫霞觴): 자하상. 자하주(紫霞酒)를 담는 술잔. 자하주는 신선들이 마신다는 술로, 여기에서는 혼례 때 마시는 합환주(合歡酒)를 말함.
443) 금년(金蓮): 금련. 사뿐사뿐한 발걸음. 미인이 발걸음을 옮길 때마다 금으로 만든 연꽃이 피어나는 듯한 것을 이름. 중국 남조(南朝) 때 동혼후(東昏侯)가 금으로 만든 연꽃을 땅에 깔아 놓고 반비(潘妃)에게 그 위를 걷게 하였다는 고사에서 유래함.
444) 남뎐(藍田): 남전. 중국 섬서성의 옥이 많이 나는 지역.
445) 봉황미(鳳凰眉): 봉황의 눈썹처럼 아름다운 눈썹.
446) 삼식도홰(三色桃花ㅣ): 삼색도화. 한 나무에서 세 가지 빛깔의 꽃이 피는 복숭아나무의 꽃.
447) 단사(丹沙): 수은으로 이루어진 황화 광물. 진한 붉은 색을 띠며 다이아몬드 광택이 남. 붉은 색의 안료나 약재로 씀.
448) 운환(雲鬟): 구름 모양으로 쪽찐 탐스러운 머리.
449) 제〃(齊齊): 제제. 가지런함.
450) 녕〃(玲玲): 영령. 곱고 투명함.
451) 죠요(照耀): 조요. 밝게 비쳐서 빛남.

膚ㅣ)452) 흔 덩이 홍옥(紅玉) ᄀ트야 천교빅미(千嬌百美)453) 궃디 아
닌 거시 업고 미진(未盡)흔 곳이 업서 셔왕뫼(西王母ㅣ)454) 하셰(下
世)의 누리미라도 이에 더으디 못흘디

· ·

59면

라. 좌위(左右ㅣ) 대경(大驚)ᄒ야 도로혀 눈이 둥그러ᄒ고 공(公)의
부체(夫妻ㅣ) 하 깃브니 실쇼(失笑)ᄒᄆᆯ ᄭᅵ둣디 못ᄒ야 굴오디,

"연왕(-王)이 과연(果然) 인정(人情)이 아니시로다. 뎌 ᄀ툰 녀ᄋ
(女子)ᄅᆯ 취루(醜陋)흔 목동(牧童)을 보시고 허(許)ᄒᄆᆯ 수이 ᄒ시니
이 은혜(恩惠)ᄂᆫ 삼싱(三生)455)의 다 갑디 못ᄒ리로다."

빈직(賓客)이 졔셩(齊聲) 티하(致賀)ᄒ니 공(公)의 부뷔(夫婦ㅣ) 더
옥 깃브믈 이긔디 못ᄒ야 모든 시녀(侍女)ᄅᆯ 크게 샹ᄉ(賞賜)456)ᄒ고
죵일(終日)토록 즐겨 셕양(夕陽)의 파연(罷宴)ᄒ매 신부(新婦) 침소
(寢所)ᄅᆯ 치옥당(--堂)의 뎡(定)ᄒ니 쇼졔(小姐ㅣ) 유모(乳母)와 시녀
(侍女)로 더브러 도라와 단좌(端坐)ᄒ엿더니, 이윽고 싱(生)이 드러와
뎌의 용광식ᄐᆡ(容光色態)457)ᄅᆯ 보고 놀나며 깃거 즉시(卽時) 쵹(燭)
을 ᄭᅳ고 쇼져(小姐)로 더브러 자리의 나아가니 은졍(恩情)458)의 딘듕

---

452) 긔비(肌膚ㅣ): 기부. 피부.
453) 천교빅미(千嬌百美): 천교백미. 천 가지 아리따움과 백 가지 아름다움이라는 뜻으로 매우 아
　　름다움을 이르는 말.
454) 셔왕뫼(西王母ㅣ): 서왕모. 서왕모는 『산해경(山海經)』에서는 곤륜산에 사는 인면(人面)·호치
　　(虎齒·표미(豹尾)의 신인(神人)이라고 하나, 일반적으로는 불사(不死)의 약을 가지고 있는
　　아름다운 선녀로 전해짐.
455) 삼싱(三生): 삼생. 과거, 현재, 미래의 삶을 의미함.
456) 샹ᄉ(賞賜): 상사. 칭찬하여 상으로 물품을 내려 줌.
457) 용광식ᄐᆡ(容光色態): 용광색태. 빛나는 얼굴과 곱고 아리따운 자태.
458) 은졍(恩情): 은정. 사랑하는 마음.

(珍重)459)ᄒᆞ미 측냥(測量)업더라.

이날 왕부(王府)의셔 신낭(新郎)을 보내고 긔국공(--公)이 밧비 닐오ᄃᆡ,

"월쥬ᄂᆞᆫ 계궁(桂宮)460)의 다람ᄒᆡ(--花ㅣ)461)오 규

60면

리옥슈(閨裏玉樹ㅣ)462)어ᄂᆞᆯ 일됴(一朝)의 뎌 ᄒᆞ낫 추(醜)ᄒᆞᆫ 거술 어드시니 실로(實-) 애돌오믈 이긔디 못ᄒᆞᆯ소이다."

왕(王)이 쇼왈(笑曰),

"현뎨(賢弟)ᄂᆞᆫ 타일(他日)을 보라. 추인(此人)의 귀(貴)ᄒᆞ미 내 아래 잇디 아니ᄒᆞ리니 일시(一時) 관옥가랑(冠玉佳郎)463)의 비기리오?"

승샹(丞相)이 ᄯᅩᄒᆞᆫ 희열(喜悅)ᄒᆞ야 ᄀᆞᆯ오ᄃᆡ,

"ᄯᅩ한 ᄎᆞᄋᆞ(次兒)ᄀᆞ티 오복(五福)464)이 구젼(俱全)465)ᄒᆞᆫ 사ᄅᆞᆷ을 보디 못ᄒᆞ엿ᄂᆞ니 여등(汝等)이 엇디 뎌를 남으라ᄒᆞᄂᆞᆫ다?"

남공(-公)이 칭찬(稱讚) 왈(曰),

"ᄎᆞ뎨(次弟)ᄂᆞᆫ 일〃마다 팔ᄌᆞ(八字ㅣ) 긔특(奇特)ᄒᆞ야 뎌 ᄀᆞᄐᆞᆫ 사회를 어드니 칭하(稱賀)ᄒᆞ믈 결을티 못ᄒᆞ노라."

---

459) 딘듕(珍重): 진중. 아주 소중히 여김.
460) 계궁(桂宮): 항아(姮娥)가 산다는 달 속의 궁전.
461) 다람ᄒᆡ(--花ㅣ): 홍람화(紅藍花)를 의미함. 홍람화는 국화과의 두해살이풀로 높이는 1미터 정도이며, 잎은 어긋나고 넓은 피침 모양임. 7~9월에 붉은빛을 띤 누런색의 꽃이 줄기 끝과 가지 끝에 핌. 씨로는 기름을 짜고 꽃은 약용하고, 꽃물로 붉은빛 물감을 만듦.
462) 규리옥슈(閨裏玉樹ㅣ): 규리옥수. 규방의 매우 귀중한 자식.
463) 관옥가랑(冠玉佳郎): 관옥처럼 잘생긴 남자. 관옥(冠玉)은 관 앞을 장식하는 둥근 옥을 이름.
464) 오복(五福): 유교에서 이르는 다섯 가지의 복. 보통 수(壽), 부(富), 강녕(康寧), 유호덕(攸好德), 고종명(考終命)을 이르는데, 유호덕과 고종명 대신 귀(貴)와 자손중다(子孫衆多)를 꼽기도 함.
465) 구젼(俱全): 구전. 다 갖춤.

제공(諸公)이 믁연(默然)이러라.

모든 녀지(女子ㅣ) 념닉(簾內)⁴⁶⁶)의셔 신낭(新郞)을 보고 다 차악(嗟愕)⁴⁶⁷)ᄒ야 탄(歎)ᄒ믈 마디아니ᄒ니 쥬비(朱妃) 웃고 왈(曰),

"제(諸) 부인(夫人)은 녀를 논박(論駁)디 마ᄅ실디니 진짓 귀인(貴人)이로소이다."

소휘(-后ㅣ) 또흔 희동안식(喜動顔色)⁴⁶⁸)ᄒ더라.

ᄎ야(此夜)의 능후(-侯) 등(等)이 연상(宴床)의 남은 음식(飮食)을 가져 셔당(書堂)의셔 야화(夜話)

61면

홀 시 광평후(--侯) 등(等) 칠(七) 인(人)과 어ᄉ(御史) 형뎨(兄弟)와 텰 혹ᄉ(學士), 남 혹ᄉ(學士), 화 슈찬(修撰), 위 시랑(侍郞), 녀 어ᄉ(御史) 등(等)이 일졔(一齊)히 모다 명등(明燈)과 화쵹(華燭)을 도〃고 팔딘미(八珍味)⁴⁶⁹)와 호상쥬(壺觴酒)⁴⁷⁰)를 압마다 버려 담쇼(談笑)ᄒ니 이 졍(正)히 옥경(玉京)⁴⁷¹)의 군션(群仙)⁴⁷²)이 모닷눈 둣ᄒ거놀 화담쇼어(和談笑語ㅣ)⁴⁷³) 언〃(言言)이 드림 죽ᄒ더라. 남 혹시(學士ㅣ) 웃고 골오디,

"연 뎐하(殿下)는 진실로(眞實-) 비위(脾胃)도 됴흔 양ᄒ샤 오늘 뎡

---

466) 념닉(簾內): 염내. 주렴 안.
467) 차악(嗟愕): 몹시 놀람.
468) 희동안식(喜動顔色): 희동안색. 기쁜 빛이 얼굴에 드러남.
469) 팔딘미(八珍味): 팔진미. 성대한 식상에 갖춘다고 하는 여덟 가지 진미.
470) 호상쥬(壺觴酒): 호상주. 술병과 술잔. 술.
471) 옥경(玉京): 하늘 위에 옥황상제가 산다는 곳.
472) 군션(群仙): 군선. 신선들.
473) 화담쇼어(和談笑語ㅣ): 화담소어. 정답게 주고받는 말과 우스갯소리.

싱(-生)의 거동(擧動)을 ᄎ마 안도(眼覩)[474]ᄒ시고 사회 삼을 ᄠᅳᆺ이 나시리오?"

광평휘(--侯ㅣ) 왈(曰),

"이[475]거[476]는 이런 어슨[477] 소ᄅᆡ를 ᄒ고 시브냐? 너는 언마나 풍신(風神)[478]이 됴콴디 눔을 남으라ᄒᆞᆫ다? 명싱(-生)의 긔이(奇異)ᄒᆞᆷ믈 너 ᄀᆞᄐᆞ니 열히 이셔도 당(當)티 못ᄒ리라."

남싱(-生)이 대쇼(大笑) 왈(曰),

"형(兄)은 과연(果然) 쇼뎨(小弟)를 업슈이도 너긴다. 내 현마 명싱(-生) ᄀᆞᄐᆞ랴?"

평휘(-侯ㅣ) 왈(曰),

"네 두고 보라. 네 열 번(番) 죽어 환[479]싱(還生)ᄒ여도 뎌 명싱(-生)을 ᄯᅩ

· ·

62면

오디 못ᄒ리니 네 이제 ᄃᆞ토디 말고 댱ᄂᆡ(將來)를 보라."

남싱(-生) 왈(曰),

"댱ᄂᆡ(將來)는 일국(一國) 대왕(大王)이 된다 니ᄅᆞ고 즉금(卽今) 일ᄌᆞ브디(一字不知)[480]오, 풍신(風神)인 배 하 추악(醜惡)ᄒ니 진짓 진

---

474) 안도(眼覩): 눈으로 봄.
475) 이: [교] 원문과 연세대본(23:61)에는 '어'로 되어 있으나 앞의 예와 규장각본(23:61)을 따라 이와 같이 수정함.
476) 이거: 학사 남관의 자(字). 남관은 이몽현의 둘째딸 이초주의 남편임.
477) 어슨: 잘난 체하는.
478) 풍신(風神): 풍채.
479) 환: [교] 원문에는 '화'로 되어 있으나 문맥을 고려해 규장각본(23:57)과 연세대본(23:61)을 따름.
480) 일ᄌᆞ브디(一字不知): 일자부지. 한 글자도 알지 못함.

납이481) 믁욕(沐浴) 곰겨 관(冠) 쓰임 굿더라.”

광능휘(--侯 l) 왈(曰),

“그딕의 일시(一時) 여튼 흰 낫과 블근 입을 뉘 그리 대亽(大事)로 이 너기ᄂᆞ냐? 빅시(伯氏)482) 말숨 ᄀᆞᄐᆞ야 그딕 열히라도 뎌 졍싱(-生)을 당(當)티 못ᄒᆞ리라.”

최생(-生) 왈(曰),

“존문(尊門)483) 안졍(眼睛)484)은 진실로(眞實-) 아디 못홀 일이로다. 신션(神仙) ᄀᆞᄐᆞᆫ 사회ᄂᆞᆫ 다 남으라고 뎌 농부광긱(農夫狂客)485)을 위와드니486) 눈들이 과연(果然) 슈상(殊常)토다.”

모다 대쇼(大笑)ᄒᆞ고 초휘(-侯 l) 왈487)(曰),

“누고 너히를 남으라ᄂᆞ냐? 사ᄅᆞᆷ이 다488) 굿기 어려오니 고으니도 잇고 믹오니도 이실 거시어ᄂᆞᆯ 구ᄐᆞ야 ᄂᆞᆷ을 흉(凶)보와 므엇 ᄒᆞ리오?”

남싱(-生), 최싱(-生)이 흠긔 닐오디,

“우리ᄂᆞᆫ 고긔489)ᄒᆞᆫ 풍치(風采)로 외람(猥濫)이 동상(東牀)의 참예(參預)ᄒᆞ엿더

- -

63면

니 이제 천고영웅(千古英雄)을 어드시니 뉘 시비(是非)ᄒᆞ리오?”

---

481) 진납이: 원숭이.
482) 빅시(伯氏): 백씨. 큰형. 광평후 이흥문을 이름.
483) 존문(尊門): 다른 집안의 가문을 높여 부르는 말.
484) 안졍(眼睛): 안정. 눈동자.
485) 농부광긱(農夫狂客): 농부광객. 농부와 미친 사람.
486) 위와드니: 떠받드니.
487) 왈: [교] 원문과 연세대본(23:62)에는 이 글자가 없으나 문맥을 고려해 규장각본(23:58)을 따름.
488) 다: [교] 원문에는 ‘라’로 되어 있으나 문맥을 고려해 규장각본(23:58)과 연세대본(23:62)을 따름.
489) 고긔: 고기. 문맥상 ‘고루함’의 의미로 보이나 미상임.

위 어시(御史ㅣ) 왈(曰),

"얼골 곱고 지릉(才能)⁴⁹⁰흔 사회는 악공(岳公)을 혜디 아니코 욕(辱)ᄒ기를 즐기니 출하리 더러니야 무던ᄒ니라."

화 슈찬(修撰)이 말ᄉᆞᆷ을 니어 골오디,

"위 형(兄)의 말ᄉᆞᆷ이 올토다. 표티(標致)⁴⁹¹와 지조(才操) 보와 어드니 악댱(岳丈) 욕(辱)은 둘재오, ᄒ마 ᄯᆞᆯ을 죽일 번ᄒ니 연 뎐해(殿下ㅣ) 식견(識見)이 놉흐샤 ᄎᆞ인(此人)을 어드시니라."

광능휘(--侯ㅣ) 정식(正色)고 날호여 닐오디,

"형뎨(兄弟) 모다 죠용이 즐기거ᄂᆞᆯ 화 형(兄)은 브졀업ᄉᆞᆫ 말을 들추ᄂᆞ뇨?"

텰 혹시(學士ㅣ) 왈(曰),

"너희 집 풍쇽(風俗)은 과연(果然) 어렵더라. 즈가(自家) 허믈을 혹(或) 눔이 시비(是非)ᄒ면 성을 하ᄂᆞᆯᄀᆞ티 내니 긔 어인 념티(廉恥)뇨?"

화 슈찬(修撰)이 쇼왈(笑曰),

"ᄎᆞ언(此言)은 정합오심(正合吾心)⁴⁹²이라. 원릭(元來) 기듕(其中) 더 어려온 톄ᄒᄂᆞ니ᄂᆞᆫ 광능휘(--侯ㅣ)라."

능휘(-侯ㅣ) 미쇼(微笑) 왈(曰),

"쇼뎨(小弟) 닙됴(立朝)⁴⁹³ 십

64면

여(十餘) 년(年)의 죠곰도 비례(非禮)ᄅᆞᆯ 힝(行)티 아냐시니 화 형(兄)

---

490) 지릉(才能): 재능. 재주와 능력 있음.
491) 표티(標致): 표치. 얼굴이 매우 아름다움.
492) 정합오심(正合吾心): 정합오심. 나의 마음에 딱 맞음.
493) 닙됴(立朝): 입조. 벼슬에 오름.

의 말숨이 극(極)히 고이(怪異)ᄒᆞ디라 그 곡절(曲折)을 드러디라."

슈찬(修撰) 왈(曰),

"내 다ᄅᆞᆫ 일은 아디 못ᄒᆞ디 항쥐(杭州ㅣ) 가실 제 운보의 과실(過失)을 죠곰도 들추디 아니코 도로혀 날을 공치(公恥)494)ᄒᆞ니 그럴 길히 어디 이시리오?"

능휘(-侯ㅣ) 왈(曰),

"이ᄂᆞᆫ 어려오매 당(當)티 아냐 녜ᄉᆞ(例事) 인ᄉᆞ(人事) 샹(像)이라. 그디 수〃(嫂嫂)롤 굼초와 두고 사ᄅᆞᆷ을 보채려 언단(言端)이 그러ᄒᆞ거든 내 일편도이 동ᄉᆡᆼ(同生)으로 ᄒᆞ여금 그ᄅᆞ다 ᄒᆞ야 그디긔 아쳠(阿諂)ᄒᆞ리오?"

슈찬(修撰) 왈(曰),

"그디 일뎡(一定) 미ᄌᆡ(妹子ㅣ) 게 잇ᄂᆞᆫ 줄 분명(分明)이 알고 그리ᄒᆞᆫ다?"

능휘(-侯ㅣ) 왈(曰),

"쇼뎨(小弟) 비록 총명(聰明)티 못ᄒᆞ나 그ᄃᆡ니 긔ᄉᆡᆨ(氣色)을 엇디 모ᄅᆞ며 ᄒᆞᄆᆞᆯ며 이십팔슈(二十八宿) 녀셩(女星)495)이 아듕(衙中)496)의 붉앗거눌 아디 못ᄒᆞ랴?"

초휘(-侯ㅣ) 왈(曰),

"영무497)의 거즛말 잘ᄒᆞ기ᄂᆞᆫ 극(極)ᄒᆞᆫ 소댱(所長)498)이라. 당일(當日)의 날을 보고 흐들저온499)

---

494) 공치(公恥): 대놓고 모욕을 줌.
495) 녀셩(女星): 여성. 이십팔슈(二十八宿)의 열째 별자리. 무녀셩(婺女星)으로, 베와 비단을 관장하는 별임.
496) 아듕(衙中): 아중. 관아(官衙).
497) 영무: 수찬 화숙의 자(字).
498) 소댱(所長): 소장. 잘하는 일.
499) 흐들저온: 호들갑스러운.

소리로 아니 나는 눈믈을 쓰들리며 여추〃(如此如此)ᄒ거ᄂᆞᆯ 니 ᄒᄃᆡ, '후일(後日) 망언(妄言)ᄒᆞᆫ 죄(罪)를 다스리리라.' ᄒᆞ엿더니 도금(到今) ᄒᆞ야 졍(正)히 마자시ᄃᆡ 일죽 죄(罪)를 뭇디 못ᄒᆞ엿더니 금야(今夜) 의 힝(行)ᄒᆞ리라."

슈찬(修撰)이 웃고 왈(曰),

"그ᄃᆡ니 뎌러커든 운뵈 더 아니 긔승(氣勝)500)ᄒᆞᆫ 톄ᄒᆞ랴? 그ᄲᆡ 쇼미(小妹) 겨유 텬우신조(天佑神助)501)ᄒᆞ야 깅싱(更生)ᄒᆞ믈 어더시나 신셰(身世)의 참담(慘憺)ᄒᆞᆷ믄 죽으니만 못 ᄒᆞ거ᄂᆞᆯ 엇디 눈믈이 아니 비로서 나리오?"

최싱(-生) 왈(曰),

"왕년(往年)은 닐러 ᄡᅳᆯ디업ᄉᆞ니 일ᄏᆞᆮ디 말고 화 부인(夫人)이 즉금(卽今) 영요(榮耀)502)ᄒᆞᆫ 광치(光彩) ᄀᆞ이업거ᄂᆞᆯ 운보ᄂᆞᆫ 더은 쎡이 되여 화 부인(夫人)의 ᄀᆞ업슨 호령(號令)을 됴흔 말 듯ᄃᆞ시 ᄒᆞ고 듀야(晝夜) 머리를 규방(閨房)의 ᄂᆡ왓디 아니ᄆᆞᆫ 니ᄅᆞ도 말고 복듕(腹中)을 ᄀᆞᄅᆞ쳐 싱남(生男)ᄒᆞ시믈 원(願)ᄒᆞᆫ다 ᄒᆞ니 일댱(一場) 긔관(奇觀)503)이 아니리오?"

모다 디쇼(大笑)ᄒᆞ고 혹ᄉᆞ(學士)를 보

---

500) 긔승(氣勝): 기승. 성미가 억척스럽고 굳셈.
501) 텬우신조(天佑神助): 천우신조. 하늘이 돕고 신령이 도움.
502) 영요(榮耀): 영예가 빛나고 아름다움.
503) 긔관(奇觀): 기관. 기이한 볼거리.

니 볼셔 구셕의 가 누어 돈줌이 부야히러라. 낭문 왈(曰),

"나눈 일죽 운보의 형(兄)이로디 아디 못ᄒᆞ눈 말을 뎌디도록 ᄌ시
아눈다?"

최싱(-生) 왈(曰),

"내 존문(尊門)의 향킥(香客)504)이 되연 디 셰지(歲載)505) 오라거
눌 이만 일을 모르리오?"

낭문이 션ᄌ(扇子)로 짜흘 텨 굴오디,

"최 형(兄)의 니언(利言)506)ᄒᆞᆫ 말이 과연(果然) 긔괴(奇怪)ᄒᆞᆫ디라
이 반ᄃᆞ시 져〃(姐姐)의 교령(敎令)507)이로다."

최싱(-生) 왈(曰),

"과연(果然) 녕미(令妹) 니르거눌 드럿노라. 원(元) 두고 보니 네
집 풍쇽(風俗)은 노쇼(老少) 업시 쳐ᄌ(妻子)의게 복디(伏地)508)ᄒᆞ엿
더라."

광평휘(--侯ㅣ) 왈(曰),

"아모리면 너히쳐로 호걸(豪傑) ᄀᆞᆺ기 쉬오랴? 우리눈 녹〃(錄錄)509)
셔싱(書生)이니 쳐ᄌ(妻子)의게분510) 복디(伏地)ᄒᆞ랴? 비복(婢僕)의
게도 돈슈(頓首)511)ᄒᆞ노라."

---

504) 향킥(香客): 향객. 향기로운 손님이라는 뜻으로 사위를 이름.
505) 셰지(歲載): 세재. 해.
506) 니언(利言): 이언. 말을 좋게 함.
507) 교령(敎令): 무엇을 하도록 시킴.
508) 복디(伏地): 복지. 땅에 엎드림.
509) 녹〃(錄錄): 녹록. 평범하고 보잘것없음.
510) 분: [교] 원문에는 '부'로 되어 있으나 문맥을 고려해 규장각본(23:62)과 연세대본(23:66)을 따름.
511) 돈슈(頓首): 돈수. 고개를 조아림.

제인(諸人)이 대쇼(大笑)ᄒ며 서로 고ᄉ(故事)를 니ᄅ고 희롱(戲弄)ᄒ야 밤이 깁헛더니,

　홀연(忽然) 시녜(侍女ㅣ) 나와 굴오디,

　"화 부인(夫人)이 잉ᄐㆍ(孕胎)ᄒ신 긔운으로 져므도록 ᄎᆫ 디 겨시더니 그러ᄒᆫ디

막혀 인ᄉ(人事)를 모ᄅ시니 약(藥)을 쳥(請)ᄒᄂㅓ이다."

　모다 놀라 혹ᄉ(學士)를 흔드러 씨온대 혹시(學士ㅣ) 놀라 연고(緣故)를 뭇거눌 최ᄉᆡᆼ(-生)이 년망(連忙)이 혼동512)ᄒ야 굴오디,

　"너ᄂᆫ 과연(果然) 완〃(緩緩)513)도 ᄒ다. 화 부인(夫人)이 졸(卒)ᄒ야 겨시다 ᄒᆫ다."

　초휘(-侯ㅣ) 쇼왈(笑曰),

　"그디ᄂᆫ 과연(果然) 고이(怪異)ᄒᆫ 말도 ᄒᄂᆫ도다."

　혹ᄉ(學士)ᄃ려 왈(曰)

　"화쉬(-嫂ㅣ) 막혀 겨시다 ᄒ니 드러가 보라."

　혹시(學士ㅣ) 급(急)히 관(冠)을 ᄎ자 ᄡ고 ᄯㅢ를 ᄯㅢ어 드러가니 광평휘(--侯ㅣ) 왈(曰),

　"진실로(眞實-) 아디 못ᄒᆯ 거슨 조믈(造物)이라. 운뵈514) 뎌 ᄀㆍᄐᆫ 듕졍(重情)515)이 당년(當年)은 어디 갓던고?"

---

512) 혼동: 큰 소리로 꾸짖거나 소란스럽게 재촉함.
513) 완〃(緩緩): 느슨한 모양.
514) 운뵈: 운보. 이백문의 자(字).
515) 듕졍(重情): 중정. 깊은 정.

초휘(-侯 |) 디왈(對曰),

"고어(古語)의 니론바 홍안(紅顔)이 박명(薄命)516)ᄒ고 지승재(才勝者 |) 박복(薄福)517)이라 ᄒ니 수쉬(嫂嫂 |) 너모 츌뉴(出類)518)ᄒ샤 딘티(塵態)519) 져그시므로520) 지앙(災殃)이 만ᄒ시미라. 만일(萬一) 그러티 아닐딘더 슈훈(壽限)521)이 ᄀ장 낫브시리이다."

평휘(-侯 |) 올타 ᄒ니 졔인(諸人)이 냥인(兩人)의 고명(高明)ᄒᆫ 소견(所見)을 항복(降伏)ᄒ더라.

흑

· ·

68면

시(學士 |) 운셩각(--閣)의 니르니 쇼졔(小姐 |) ᄀ 씨야 져기 졍신(精神)을 슈습(收拾)ᄒ거ᄂᆞᆯ 흑시(學士 |) 나아가 연고(緣故)ᄅᆞᆯ 무르니 화 시(氏) 졍식(正色) 왈(曰),

"블평(不平)522)ᄒ다니 어디를 블평(不平)ᄒ리오?"

흑시(學士 |) 왈(曰),

"연(然)즉 앗가 시녀(侍女)의 뎐언(傳言)이 여ᄎᆞ(如此)ᄒ더뇨?"

쇼졔(小姐 |) 왈(曰),

"사름이 혹쟈(或者) 아니쏘은 적이 이시미 고이(怪異)티 아니커ᄂᆞᆯ

---

516) 홍안(紅顔)이 박명(薄命): 홍안박명(紅顔薄命). 얼굴이 예쁜 여자는 팔자가 사나운 경우가 많음을 이르는 말.
517) 지승재(才勝者 |) 박복(薄福): 재승자 박복. 재주가 뛰어난 사람은 복이 없음.
518) 츌뉴(出類): 출류. 무리 중에 빼어남.
519) 딘티(塵態): 진태. 세속의 모습.
520) 므로: [교] 원문에는 '믈'로 되어 있으나 문맥을 고려해 규장각본(23:63)과 연세대본(23:67)을 따름.
521) 슈훈(壽限): 수한. 타고난 수명의 한정.
522) 블평(不平): 불평. 몸이 평안하지 않음.

그룰 다 병(病)이라 ᄒ고 혼동523)ᄒ리오? 섈리 나가 ᄂᆞ믜게 주졉524)
들믈 뵈디 말라."

혹시(學士ㅣ) 웃고 왈(曰),

"부인(夫人)은 하 쵸독(楚毒)525)히 ᄭᅮ짓디 말라. 졉〃 ᄒᆡᆼ각(行
閣)526)과 곡난(曲欄)527)을 둘러 겨유 드러왓거든 ᄯᅩ 엇디 나가리오?"

셜파(說罷)의 의관(衣冠)을 그ᄅᆞ고 자리의 나아가니 화 시(氏) 믁
연(默然)이 말을 아니ᄒ더라.

평명(平明)의 초후(-侯) 형뎨(兄弟) 문안(問安)을 ᄆᆞᆺ고 됴참(朝參)528)
후(後) 뎡부(-府)의 니ᄅᆞ러 누의룰 볼 시, 쇼졔(小姐ㅣ) 졍(正)히 문안
(問安)ᄒ고 믈러왓더니 냥(兩) 거〃(哥哥)의 와시믈 듯고 뎐도(顚
倒)529)히 쳥(請)ᄒ야 반기

· ·

69면

믈 이긔디 못ᄒ니 냥인(兩人)이 위로(慰勞)ᄒ고 눈을 드러 보니 뎡싱
(-生)이 봉침(鳳枕)의 비겨 슈530)금(繡衾)531)의 휘몰리여 돈줌이 ᄇᆞ
야히어늘 능후(-侯ㅣ) 왈(曰),

"샹위532) 어디 블평(不平)ᄒ야 ᄒᄂ냐?"

---

523) 혼동: 큰 소리로 꾸짖거나 소란스럽게 재촉함.
524) 주졉: 옷차림이나 몸치레가 초라하고 너절한 것.
525) 쵸독(楚毒): 초독. 매섭고 독함.
526) ᄒᆡᆼ각(行閣): 행각. 집에서 몸채의 둘레를 둘러싼 줄행랑.
527) 곡난(曲欄): 곡란. 좁은 난간.
528) 됴참(朝參): 조참. 중앙에 있는 문무백관이 정전(正殿)에 모여 황제에게 문안을 드리고 정사
(政事)를 아뢰던 일.
529) 뎐도(顚倒): 전도. 엎어지고 넘어진다는 뜻으로 여기서는 마음이 바쁘고 경황이 없다는 말임.
530) 슈: [교] 원문에는 '쇼'로 되어 있으나 문맥을 고려해 규장각본(23:64)과 연세대본(23:69)을 따름.
531) 슈금(繡衾): 수금. 수놓은 이불.
532) 샹위: 상유. 정희의 자(字)로 보임. 앞부분에서는 자(字)가 소개되지 않았음.

쇼제(小姐ㅣ) 웃고 답(答)디 아니ㅎ거눌 초[533]휘(-侯ㅣ) 쇼왈(笑曰),

"추뎨(次弟)는 시로이 무릇믄 엇디오? 손의 녜ㅅ(例事) 힝시(行使ㅣ)라."

능휘(-侯ㅣ) 우음을 춤디 못ㅎ더니,

이윽고 뎡싱(-生)이 기지게 혀고 씨야 눈을 써 냥후(兩侯)의 와시믈 보고 눌[534]나 급(急)히 의디(衣帶)[535]룰 추자 닙고 관(冠)을 더드머 뼈 니러 안즈니 텁샹된[536] 거지(擧止) 쇼져(小姐)로 비(比)컨대 쇼양(霄壤)[537]이 현격(懸隔)ㅎ니 냥휘(兩侯ㅣ) 그윽이 앗겨 능휘(-侯ㅣ) 쇼이문지(笑而問之)[538] 왈(曰),

"그디 어디룰 블평(不平)ㅎ야 ㅎ눈다?"

뎡싱(-生) 왈(曰),

"쇼뎨(小弟) 알티 아닛ᄂ이다."

휘(侯ㅣ) 왈(曰),

"연(然)즉 이씨ㄱ디 누어 자믄 엇디오?"

뎡싱(-生)이 웃고 디왈(對曰),

"쇼뎨(小弟) 본디(本-) 좀을 늣게야 씨미라 므슴 연괴(緣故ㅣ) 이시리오?"

휘(侯ㅣ) 왈(曰),

"인지(人子ㅣ) 되

---

533) 초: [교] 원문에는 '쇼'로 되어 있으나 문맥을 고려해 규장각본(23:64)과 연세대본(23:69)을 따름.
534) 눌: [교] 원문에는 '놀'로 되어 있으나 문맥을 고려해 규장각본(23:64)과 연세대본(23:69)을 따름.
535) 의디(衣帶): 의대. 옷과 띠.
536) 텁샹된: 텁수룩한.
537) 쇼양(霄壤): 소양. '천지'를 달리 이르는 말. 높은 하늘과 넓은 땅이라는 뜻.
538) 쇼이문지(笑而問之): 소이문지. 웃고 나서 물음.

야 계명(鷄鳴)539)의 니러나 부모(父母)긔 문침(問寢)540)을 아니ᄒ고
ᄒ갓 ᄌ긔(自己) 소힝(所行)대로 늦도록 자미 가(可)ᄒ냐?"

뎡싱(-生)이 흔연(欣然) 디왈(對曰),

"쇼뎨(小弟) 나히 어려 미처 슬피디 못ᄒ엿더니 붉이 ᄀ르치시미
올흐니 당″(堂堂)이 심곡(心曲)541)의 사겨 잇디 아니ᄒ리라."

능휘(-侯ㅣ) 칭샤(稱謝) 왈(曰),

"그디의 너르미 여ᄎ(如此)ᄒ니 엇디 긔특(奇特)디 아니리오? 슈연
(雖然)이나 쇼미(小妹) 본디(本-) 년쇼약질(年少弱質)542)ᄒ니 미ᄉ(每
事)를 두호(斗護)543)ᄒ야 허믈티 말믈 ᄇ라노라."

뎡싱(-生)이 쇼왈(笑曰),

"쇼뎨(小弟)ᄂ 이 ᄒ낫 무용필뷔(無用匹夫ㅣ)544)라 녕미(令妹)의게
비호믈 원(願)ᄒ거ᄂ ᄀ르칠 거시 이시리오? 녕미(令妹) 평싱(平生)이
쾌(快)티 못ᄒᆯ가 슈괴(羞愧)545)ᄒ여이다."

초휘(-侯ㅣ) 흔연(欣然) 왈(曰),

"그디ᄂ 대인(大人)이라 엇디 겸ᄉ(謙辭)ᄒ믈 과도(過度)히 ᄒᄂ다?
ᄆᄎᆷ내 유신(有信)546)ᄒ고 ᄒ번(-番) ᄌ가(自家)의 와 ᄃ녀가라."

싱(生)이 응낙(應諾)ᄒ더라.

---

539) 계명(鷄鳴): 닭이 욺.
540) 문침(問寢): 문안 인사.
541) 심곡(心曲): 여러 가지로 생각하는 마음의 깊은 속.
542) 년쇼약질(年少弱質): 연소약질. 나이 어리고 몸이 약함.
543) 두호(斗護): 남을 두둔하여 보호함.
544) 무용필뷔(無用匹夫ㅣ): 쓸모없는 평범한 사내.
545) 슈괴(羞愧): 수괴. 부끄러움.
546) 유신(有信): 신의 있음.

냥후(兩侯ㅣ) 도라간 후(侯) 뎡싱(-生)이 쇼져(小姐)룰 디(對)ᄒᆞ야 굴오디,

"악댱(岳丈)

이 쇼싱(小生) ᄀᆞᄐᆞᆫ 필부(匹夫)룰 일안(一眼)의 허(許)ᄒᆞ샤 그디로 허(許)ᄒᆞ믈 수이 ᄒᆞ시니 은혜(恩惠) 가(可)히 크도다. 연(然)이나 그디ᄂᆞᆫ 싱(生)의 취루(醜陋)547)ᄒᆞ믈 엇더킈 너기ᄂᆞᆫ다?"

쇼졔(小姐ㅣ) 슈습(收拾)ᄒᆞ야 디답(對答)디 아니ᄒᆞ니 싱(生)이 극(極)히 이듕(愛重)ᄒᆞ더라.

쇼졔(小姐ㅣ) 인(因)ᄒᆞ야 머므러 신셩혼뎡(晨省昏定)548)을 ᄢᆡ의 어긔디 아니ᄒᆞ고 믈읫 ᄒᆡᆼ시(行使ㅣ) 규구(規矩)549)의 합(合)ᄒᆞ야 동졍(動靜)이 녜(禮)의 어긔디 아니ᄒᆞ니 구괴(舅姑ㅣ) 크게 ᄉᆞ랑ᄒᆞ고 일가(一家)의 칭이(稱愛)550)ᄒᆞ미 극(極)ᄒᆞ여 뎡싱(-生)이 극(極)히 듕디(重待)551)ᄒᆞ야 듀야(晝夜)룰 침소(寢所)의셔 녀의 일ᄂᆞ마다 안졍(安靜)552)ᄒᆞ고 법다옴을 보매ᄂᆞᆫ 주연(自然) 므드러 방일(放逸)553)ᄒᆞ미 졈ᄂᆞ(漸漸) 쇼삭(蕭索)554)ᄒᆞ고 소셰(梳洗)도 날마다 ᄒᆞ여 줌도 일 ᄭᆡ야 션비 도리(道理) 져기 이시니555) 부모(父母) 형뎨(兄弟) 대희(大

---

547) 취루(醜陋): 추루. 추하고 비루함.
548) 신셩혼뎡(晨省昏定): 혼정. 문안 인사. 이른 아침에 부모의 침소에 가서 밤새의 안후를 살피고, 잠자리에 들 때에 부모의 침소에 가서 잠자리를 살피고 밤 동안 안녕하기를 여쭘.
549) 규구(規矩): 그림쇠와 곱자라는 뜻으로 일상생활에서 지켜야 할 법도를 이름.
550) 칭이(稱愛): 칭애. 칭찬하고 사랑함.
551) 듕디(重待): 중대. 소중히 대우함.
552) 안졍(安靜): 안정. 몸과 마음이 편안하고 고요함.
553) 방일(放逸): 제멋대로 거리낌 없이 방탕하게 놂.
554) 쇼삭(蕭索): 소삭. 생기가 사라짐.

喜)ᄒᆞ야 쇼져(小姐)를 더옥 긔특(奇特)이 너기고 쇼뎨(小姐ㅣ) 당초
(當初)브터 뎌의 취루(醜陋)ᄒᆞ믈 죠곰도 개회(介懷)[556]티 아니코 ᄌᆞ
긔(自己) 몸가지믈 옥(玉)ᄀᆞ티 ᄒᆞ더니 뎌의 거지(擧止)를

보고 심하(心下)의 희힝(喜幸)[557]ᄒᆞ야 가지록 ᄆᆡᄉᆞ(每事)를 녜(禮)의
넘고디 아냐 뎌를 보게 ᄒᆞ니 싱(生)이 스스로 ᄭᅵ두라 ᄆᆞ음의 혜오디,

'뎌는 십ᄉᆞ(十四) 셰(歲) ᄋᆞ녀지(兒女子ㅣ)라도 힝실(行實)이 뎌 ᄀᆞᆺ
거ᄂᆞᆯ 나는 당"(堂堂)ᄒᆞᆫ 남ᄌᆞ(男子)로 가(可)히 붓그럽도다.'

ᄒᆞ고 다시 나ᄃᆞᆫ니 아니코 월여(月餘)를 고요히 드러시니 과연
(果然) 거믄 그으름이 버거뎌 흰 ᄂᆞᆺ치 쳠강준슈(添剛俊秀)[558]ᄒᆞ야 쇼
져(小姐)의게 지디 아니ᄒᆞ니 쇼져(小姐) 유뫼[559](乳母ㅣ) 처엄은 애
ᄃᆞᆲ기를 이긔디 못ᄒᆞ더니 도금(到今)ᄒᆞ야 크게 깃거ᄒᆞ더라.

일"(一日)은 뎡싱(-生)이 난간(欄干)의 안잣다가 화계(花階)[560]의
ᄭᅬᄭᅩ리 ᄂᆞ라와 안ᄌᆞ믈 보고 보션 바닥으로 ᄂᆞ리ᄃᆞ라 잡으려 ᄒᆞ니 ᄭᅬ
ᄭᅩ리 ᄂᆞ라나니 좃ᄎᆞ ᄃᆞᆺ다가 못 잡아 도로 올라안거ᄂᆞᆯ 쇼졔(小姐ㅣ)
졍식(正色)고 날호여 ᄀᆞᆯ오디,

"쳡(妾)이 당돌(唐突)ᄒᆞ나 ᄒᆞᆫ 말ᄉᆞᆷ을 군ᄌᆞ(君子)긔 고(告)코져 ᄒᆞ니
가(可)히 용납(容納)ᄒᆞ시랴?"

---

555) 니: [교] 원문에는 '나'로 되어 있으나 문맥을 고려해 규장각본(23:66)과 연세대본(23:71)을 따름.
556) 개회(介懷): 어떤 일 따위를 마음에 두고 생각하거나 신경을 씀.
557) 희힝(喜幸): 희행. 기쁘고 다행스러움.
558) 쳠강준슈(添剛俊秀): 첨강준수. 강직함이 더하고 풍채가 뛰어남.
559) 뫼: [교] 원문에는 '의'로 되어 있으나 문맥을 고려해 규장각본(23:67)과 연세대본(23:72)을 따름.
560) 화계(花階): 뜰 한쪽에 조금 높게 하여 꽃을 심기 위해 꾸며 놓은 터.

싱(生)이 흔연(欣然) 손샤(遜辭) 왈(曰),

"지(子ㅣ) 므슴 말

을 필부(匹夫)의게 ᄒᆞ고져 ᄒᆞᄂᆞ뇨? ᄲᆞ리 듯기를 원(願)ᄒᆞ노라."

쇼제(小姐ㅣ) 념용(斂容)561) 왈(曰),

"첩(妾)이 우미(愚昧)ᄒᆞ나 잠간(暫間) 혜아리건디 션비 도리(道理)ᄂᆞᆫ 공문(孔門)의 칠십ᄌᆞ(七十子)562) ᄀᆞᆺ디 못ᄒᆞ나 당〃(堂堂)이 글 닑고 몸을 졍(正)다이 가져 신을 신어 당하(堂下)의 ᄂᆞ리고 새벽의 니러 존당(尊堂)의 문안(問安)ᄒᆞ며 형데(兄弟)로 시ᄉᆞ(時事)를 논문(論問)ᄒᆞ야 남ᄌᆞ(男子)의 ᄒᆡᆼ실(行實)을 ᄒᆞ미 올커ᄂᆞᆯ 첩(妾)이 존문(尊門)의 니ᄅᆞ런 디 수월(數月)의 군(君)의 ᄒᆡᆼ지(行止)를 보매 ᄒᆞᆫ 일도 션비 도리(道理) 업서 누어 자매 ᄒᆡ 도든 후(後) ᄂᆞ러나시고 소세(梳洗)를 날마다 아니시며 오슬 념의디 아니ᄒᆞ고 분주(奔走)히 ᄃᆞ니시며 ᄯᆞᆯᄒᆡ ᄂᆞ리매 신을 신디 아니시고 몸을 쳐(處)ᄒᆞ시매 무뢰비(無賴輩)로 벗ᄒᆞ시니 엇디 가연(慨然)티 아니ᄒᆞ리잇고? 군ᄌᆞ(君子)의 어려오시미 대인(大人) 교훈(敎訓)도 봉ᄒᆡᆼ(奉行)563)티 아니시니 쇼첩(小妾)의 간언(諫言)564)을 치랍(採納)565)디 아니실 줄 아로디 안도(眼睹)566)ᄒᆞ매 ᄎᆞᆷ디 못ᄒᆞ야

---

561) 념용(斂容): 염용. 자숙하여 조심스러운 몸가짐을 함.
562) 칠십ᄌᆞ(七十子): 칠십자. 공자의 제자 칠십 명을 이름.
563) 봉ᄒᆡᆼ(奉行): 봉행. 시키는 대로 받들어 행함.
564) 간언(諫言): 웃어른이나 임금에게 옳지 못하거나 잘못된 일을 고치도록 하는 말.
565) 치랍(採納): 채납. 의견을 받아들임.
566) 안도(眼睹): 눈으로 직접 봄.

토셜(吐說)[567]ᄒᄂ니 고이(怪異)히 너기디 마ᄅ쇼셔."

셜파(說罷)의 긔되(氣度ㅣ)[568] 뎡〃(貞正)[569]ᄒ고 티되(態度ㅣ) 식식ᄒ니 뎡싱(-生)이 슈연(羞然)[570]이 ᄂ빗출 고티고 칭사(稱謝) 왈(曰),

"혹싱(學生)이 텬셩(天性)이 우미(愚昧)ᄒ고 용녈(庸劣)ᄒ야 몸이 그ᄅᆫ 굿의 ᄲ디믈 면(免)티 못ᄒ엿더니 ᄌ(子)의 현언(賢言)을 드르니 깁히 감사(感謝)ᄒ야 ᄭᅵ드라 고티고져 ᄒᄂ니 용사(容赦)ᄒ라. 싱(生)이 엇디 부모(父母) 말ᄉᆞᆷ을 아니 듯고져 ᄒ리오마는 나히 어리고 셰졍(世情)[571]을 아디 못ᄒ야 ᄌ못 그ᄅ미 만터니 요ᄉᆞ이 ᄌ(子)의 ᄒᆡᆼ동(行動) 쳐ᄉ(處事)를 보니 진실로(眞實-) ᄋᆞ녀지(兒女子ㅣ)라 ᄒ미 블ᄉᆞ(不似)[572]ᄒ니 혹싱(學生)이 가(可)히 붓그럽디 아니랴? ᄌ(子)는 싱(生)의 놉흔 스승이라 공경(恭敬)ᄒ믈 등한(等閑)이 못 ᄒ노라."

쇼졔(小姐ㅣ) 졍식(正色) 왈(曰),

"쳡(妾)이 여튼 소견(所見)을 고(告)ᄒ야 당돌(唐突)ᄒᆫ 죄(罪)를 닙을가 ᄒ더니 군ᄌ(君子)의 말ᄉᆞᆷ이 과도(過度)ᄒ시니 깁히 슈괴(羞愧)[573]ᄒ여이다."

싱(生)이 웃고 견권(繾綣)[574]ᄒ믈 이긔디 못ᄒ니라.

---

567) 토셜(吐說): 토설. 숨겼던 사실을 비로소 밝히어 말함.
568) 긔되(氣度ㅣ): 기도. 기운과 태도.
569) 뎡〃(貞正): 정정. 곧고 엄정함.
570) 슈연(羞然): 수연. 부끄러워하는 모양.
571) 셰졍(世情): 세정. 세상 물정.
572) 블ᄉᆞ(不似): 불사. 어울리지 않음.
573) 슈괴(羞愧): 수괴. 부끄러움.
574) 견권(繾綣): 정의가 살뜰하여 못내 잊히지 않거나 떨어질 수 없음.

수일(數日) 후(後) 왕부(王府)

· ·

75면

의셔 거마(車馬)룰 보내야 쇼져(小姐)룰 쳥(請)ᄒ니 쇼제(小姐ㅣ) 구
고(舅姑)긔 하딕(下直)ᄒ고 본부(本府)의 니ᄅ매 부뫼(父母ㅣ) 그럿
ᄉ이 댱셩(長成) 슈미(秀美)575)ᄒ여시믈 크게 두굿기고 제싱(諸生)이
어ᄌᆞ러이 긔롱(欺弄)ᄒ야 굴오디,

"쇼미(小妹) 요ᄉ이 비위(脾胃) 패(敗)ᄒ여시리니 비린 거ᄉ란 주
디 말라."

쇼제(小姐ㅣ) 답쇼(答笑) 왈(曰),

"쇼미(小妹) ᄆᆞᄉ 일로 비위(脾胃) 패(敗)ᄒ여시리오?"

평휘(-侯ㅣ) 왈(曰),

"나는 뎡싱(-生)의 샹(相)을 보완 디 오라디 지금(至今) ᄶ(醜)ᄒ
거시 업디 아냐 됴셕(朝夕)의 듀야(晝夜) 구토(嘔吐)ᄒ는 형샹(形相)
인디 너는 듀야(晝夜)로 디(對)ᄒ여시니 오죽ᄒ야시랴?"

쇼제(小姐ㅣ) 웃고 왈(曰),

"거〃(哥哥)는 쳥결(淸潔)ᄒ시미 뉴(類)다ᄅ시니 그러ᄒ실 시 고이
(怪異)티 아니ᄒ나 쇼미(小妹)는 본디(本-) 둔질(鈍質)576)이 뎡싱(-生)
만도 못 ᄒ니 눔을 어이 남으라ᄒ리오?"

모다 대쇼(大笑) 왈(曰),

"네 과연(果然) 뎡싱(-生)을 응시(應時)577)ᄒ야 낫도다. 뎡싱(-生)을

---

575) 슈미(秀美): 수미. 빼어나고 아름다움.
576) 둔질(鈍質): 둔한 성질이나 기질.
577) 응시(應時): 때에 응함.

하 귀(貴)ᄒ야 ᄒ노라니 그 풍치(風采)를 기리ᄂ냐? 네게 비(比)ᄒ매 진짓 ᄒ아(姮娥)[578]의 겨퇴

두억신이[579] 이심 ᄀ트니 부뷔(夫婦ㅣ)라 ᄒ기 더럽도다."

쇼제(小姐ㅣ) 한가(閑暇)히 웃더라.

셕양(夕陽)의 연왕(-王)이 뎡싱(-生)을 쳥(請)ᄒ거놀 쇼뷔(少傅ㅣ) 웃고 골오디,

"네 사회 진실로(眞實-) 아릿답디 아니ᄒ니 쳥(請)ᄒ야 오디 말라."

왕(王)이 쇼왈(笑曰),

"쇼딜(小姪)의 눈의ᄂ 아릿다오니 보고 시브이다."

쇼뷔(少傅ㅣ) 왈(曰),

"사회란 거시 ᄯ과 ᄀ툴시 동방(洞房)[580]의 쌍유(雙遊)ᄒᄂ 양(樣)을 보고 시브디 이 뎡싱(-生)은 마치 향촌(鄕村) 농부(農夫) ᄀ고 월쥬ᄂ 신션(神仙) ᄀ트니 디(對)ᄒ야 안쳐 두고 심증(心症)[581]이 몬져 나디 므어시 지미로을가 시브뇨?"

왕(王)이 웃고 답(答)디 아니터니,

이윽고 뎡싱(-生)이 흑건빅포(黑巾白袍)[582]로 ᄀ장 션명(鮮明)이 ᄒ고 드러와 졀ᄒ매 옥면(玉面)이 츈화(春花) ᄀ트야 쥰슈(俊秀)[583]

---

578) ᄒ아(姮娥): 항아. 달 속에 있다는 전설 속의 선녀.
579) 두억신이: 모질고 사나운 귀신의 하나. 두억시니.
580) 동방(洞房): 신랑, 신부가 첫날밤을 치르도록 새로 차린 방. 신방(新房).
581) 심증(心症): 마음에 마땅하지 않아 화를 내는 일.
582) 흑건빅포(黑巾白袍): 흑건백포. 검은 두건과 흰 도포.
583) 쥰슈(俊秀): 준수. 재주와 슬기, 풍채가 빼어남.

흔 풍치(風采) 결오리 업스니 왕(王)이 놀라고 반겨 손을 잡고 근니(近來) 안부(安否)를 무르니 싱(生)이 흔연(欣然) 디왈(對曰),

"쇼싱(小生)이 셩녜(成禮)584) 후(後) 즉시(卽時) 와 뵈올 거시로디 수괴(事故ㅣ) 년텹(連疊)585)ᄒ야 금일(今日)

. . .

77면

이야 니르오니 쳥죄(請罪)ᄒᄂ이다."

왕(王)이 쇼왈(笑曰),

"사회 악공(岳公)을 우혈(寓穴)586) 업시 와 보기 쉬오냐?"

뎡싱(-生)이 무언(無言)이어늘 왕(王)이 드리고 안히 드러가 소후(-后)를 보니 휘(后ㅣ) 또흔 두굿기고 ᄉᆞ랑ᄒ미 친ᄌᆞ(親子)의 감(減)티 아니ᄒ더라.

이윽고 믈러 셔당(書堂)의 와 졔싱(諸生)으로 말슴홀 시 광평휘(--侯ㅣ) 뎌의 풍치(風采) 긔이(奇異)ᄒ믈 크게 과(過)ᄒ야 이에 웃고 문왈(問曰),

"군(君)이 흔번(-番) 쇼미(小妹)를 드려간 후(後) 발부리 님(臨)티 아니ᄒ니 아등(我等)이 비린지밍(鄙吝之盲)587)을 ᄎᆞᆷ디 못ᄒ더니 금일(今日)은 하일(何日)이완디 이에 님(臨)ᄒ뇨?"

뎡싱(-生)이 디왈(對曰),

"쇼싱(小生)이 존턱(尊宅)의 아니 오미 다른 연괴(緣故ㅣ) 아니라.

---

584) 셩녜(成禮): 성례. 혼인의 예식을 지냄.
585) 년텹(連疊): 연첩. 잇따라 겹침.
586) 우혈(寓穴): 같이 삶.
587) 비린지밍(鄙吝之盲): 비린지맹. 견문이 비루한 것이 소경과 같음.

쇼싱(小生)은 포의한시(布衣寒士ㅣ)[588]니 이곳의 명공대신(名公大臣)이 수플 구틋신 곳이라 스스로 져허 능히(能-) 나아오디 못호엿노이다."

평휘(-侯ㅣ) 쇼왈(笑曰),

"그디 엇디 이대도록 죠롱(嘲弄)호노뇨? 그디도 오라디 아냐 금마옥당(金馬玉堂)[589]의 오롤딘대 우리 구틋미

어렵디 아닐디라 져허 못 오더니란 말은 사언(詐言)[590]이로다."

뎡싱(-生)이 쇼왈(笑曰),

"쇼싱(小生)이 싱아(生我) 십오(十五) 년(年)의 본디(本-) 말 꾸밀 줄을 모르노디라 명공(明公) 말숨이 실티 아니호이다."

모다 웃고 그 슌(順)호믈 칭찬(稱讚)호더라.

밤든 후(後) 싱(生)이 쇼져(小姐) 침소(寢所)의 니르러 밤을 디내고 명일(明日) 도라가 부모(父母)긔 뵈온 후(後) 츄일(追日)[591]호야 왕니(往來)호더니,

마춤 명부(-府)의 녀역(癘疫)[592]이 드러 뎡 이랑(二郞)이 알흐니 샹셔(尚書) 부뷔(夫婦ㅣ) 졔주(諸子)로 더브러 창〃(倀倀)이[593] 피우(避憂)[594]호야 집을 떠나니,

---

588) 포의한시(布衣寒士ㅣ): 포의한사. 베옷을 입은 가난한 선비.
589) 금마옥당(金馬玉堂): 금마문(金馬門)과 옥당서(玉堂署). 한(漢)나라 때에 학사들을 초대하였던 곳이었는데, 뒤에는 한림원이나 한림학사를 지칭하는 데 쓰임.
590) 사언(詐言): 속이는 말.
591) 츄일(追日): 추일. 날을 이음.
592) 녀역(癘疫): 여역. 전염성 열병을 통틀어 이르는 말.
593) 창〃(倀倀)이: 창창히. 갈 길을 잃어 갈팡질팡하고 마음이 아득하게.

뎡싱(-生)은 연부(-府)의 와 잇눈디라 제싱(諸生)과 연왕(-王) 부뷔(夫婦ㅣ) 크게 깃거 이디(愛待)[595]ᄒᆞ믈 극진(極盡)이 ᄒᆞ고 초후(-侯) 등(等)이 극(極)히 ᄉᆞ랑ᄒᆞ디 뎡싱(-生)이 말숨이 심(甚)히 드믈고 셩졍(性情)이 쳥한(淸閑)[596]ᄒᆞ야 대셔헌(大書軒), 쇼셔헌(小書軒), 미듁헌(--軒)의 군관(軍官), 니비(吏輩)[597] 들 ᄡᅳ믈 괴로이 너겨 듀야(晝夜) 쇼져(小姐) 침소(寢所)의셔 날이 져믈면 자고 히 나지 니니 모다 고이(怪異)히 너겨 지시(指笑)[598]ᄒᆞ

79면

디 연왕(-王)과 초후(-侯) 등(等)은 일졀(一切) 아른 톄 아니ᄒᆞ나 쇼졔(小姐ㅣ) 민망(憫憫)ᄒᆞ야,

일〃(一日)은 죠용히 닐오디,

"군지(君子ㅣ) 나히 동치ᄋᆞ동(童穉兒童)[599]이 아니어놀 지금(只今)ᄀᆞ디 일ᄌᆞ(一字)를 브디(不知)ᄒᆞ니 금슈(禽獸)도곤 심(甚)ᄒᆞᆫ디라 쟝ᄎᆞᆺ(將次ㅅ) 엇디코져 ᄒᆞ시나뇨?"

싱(生)이 웃고 답(答)지 아니ᄒᆞ니 쇼졔(小姐ㅣ) 다시 닐오디,

"마춤 이리 와 오래 겨시니 우흐로 두 형(兄)은 국ᄉᆞ(國事)의 분주(奔走)ᄒᆞ시거니와 삼형(三兄)은 한가(閑暇)히 드러 겨시니 군지(君子ㅣ) 맛당이 슈흑(修學)ᄒᆞ시미 엇더ᄒᆞ시니잇고?"

싱(生)이 쇼왈(笑曰),

---

594) 피우(避憂): 우환을 피함.
595) 이디(愛待): 애대. 사랑스럽게 대우함.
596) 쳥한(淸閑): 청한. 청아하고 한가함.
597) 니비(吏輩): 이배. 이서의 무리. 이서는 관아에 속하여 말단 행정 실무에 종사하던 구실아치.
598) 지시(指笑): 지소. 지목해 비웃음.
599) 동치ᄋᆞ동(童穉兒童): 동치아동. 나이가 적은 아이.

"내 비록 용녈(庸劣)ᄒ나 쳐남(妻男)의게 슈ᄒᆨ(修學)ᄒ리오?"

쇼제(小姐 ㅣ) 왈(曰),

"녜 공지(孔子 ㅣ) 도쳑(盜跖)600)을 디(對)ᄒ야 삼덕(三德)601)을 니ᄅ시니 공ᄌ(孔子)ᄂᆞ 셩인(聖人)이시오 도쳑(盜跖)은 극악(極惡)ᄒᆞᆫ 도적(盜賊)이로디 말ᄉᆞᆷᄒᆞ믈 더러이 아니 너기시거ᄂᆞᆯ 가형(家兄)이 미(微)ᄒ나 군ᄌ(君子)의게 나히 더ᄒ고 쟉위(爵位) 고대(高大)ᄒ니 스승을 삼으미 그리 욕(辱)되리오?"

싱(生)이 미쇼(微笑) 브답(不答)ᄒ니 쇼제(小姐 ㅣ) 다시 니ᄅ디 못ᄒ더니,

일〃(一日)

⠐⠂

80면

은 싱(生)이 쇼져(小姐)로 더브러 소후(-后) 안젼(案前)의셔 말ᄉᆞᆷᄒᆞ더니 홀연(忽然) 소부(-府) 셔간(書簡)이 니ᄅ러 소휘(-后 ㅣ) 보고 쇼져(小姐)로 디작(代作)602)ᄒ라 ᄒ니 쇼제(小姐 ㅣ) 즉시(卽是) ᄡᅥ 보ᄂᆞ디 풍우(風雨) ᄀᆞ티 휘쇄(揮灑)603)ᄒ거ᄂᆞᆯ 싱(生)이 놀라 소후(-后)ᄀᆞ 고왈(告曰),

"형푀(荊布 ㅣ)604) 문ᄌ(文字)ᄅᆞᆯ 통(通)ᄒᆞ믈 엇디 뎌리 수이 ᄒ노니

---

600) 도쳑(盜跖): 도척. 중국 춘추시대의 큰 도적. 현인 유하혜(柳下惠)의 아우로, 수천 명을 거느리고 천하를 횡행하였다고 함.

601) 삼덕(三德): 정직(正直)과 강(剛)과 유(柔)의 덕목.『서경(書經)』,「홍범(洪範)」에 나옴.

602) 디작(代作): 대작. 남을 대신하여 글을 씀.

603) 휘쇄(揮灑): 글을 쓰거나 그림을 그림.

604) 형푀(荊布 ㅣ): 가시나무 비녀와 베치마라는 뜻으로 아내를 이름. 형차포군(荊釵布裙). 중국 한(漢)나라 때 은사인 양홍(梁鴻)의 아내 맹광(孟光)이 남편의 뜻을 받들어 이처럼 검소하게 착용한 데서 유래함.『후한서(後漢書)』, <양홍열전(梁鴻列傳)>.

잇고?"

휘(后ㅣ) 왈(曰),

"제 어려실 적 우연(偶然)이 졔ᄌᆞ(諸子)들의 작시(作詩) 음영(吟詠)ᄒᆞ믈 보고 글ᄌᆞᄅᆞᆯ ᄒᆞ니 그대도록 대단ᄒᆞ리오?"

경언간(停言間)[605]의 왕(王)이 드러와 쇼져(小姐)의 빵(雙)으로 이 시믈 보고 두굿겨 ᄉᆡᆼ(生)의 손을 잡고 ᄀᆞᆯ오ᄃᆡ,

"네 엇디 남ᄌᆡ(男子ㅣ) 되야 ᄆᆡ양 셔당(書堂)의 오디 아닛ᄂᆞ뇨?"

ᄉᆡᆼ(生)이 웃고 왈(曰),

"셔헌(書軒)[606]이 만일(萬一) 고요ᄒᆞ올딘대 엇디 아니 나가리잇고마ᄂᆞᆫ 하 분요(紛擾)[607]ᄒᆞ니 쇼셰(小壻ㅣ) 취루(醜陋)ᄒᆞᆫ 형상(形狀)으로 악댱(岳丈) ᄂᆞᆺ ᄲᅵᆺ길가[608] ᄀᆞ만이 드럿ᄂᆞ이다."

왕(王)이 쇼왈(笑曰),

"그ᄂᆞᆫ 올커니와 션ᄇᆡ 되야 글을 아니코 ᄌᆞᆷ만 자믄 엇디오?"

ᄉᆡᆼ(生)이 함쇼(含笑) 브답(不答)이러니 왕(王)이 우왈(又曰),

"네 일

81면

ᄌᆞᆨ 잡계(雜計)[609]ᄅᆞᆯ ᄒᆞᄂᆞᆫ다?"

ᄉᆡᆼ(生)이 ᄃᆡ왈(對曰),

"다ᄅᆞᆫ 거ᄉᆞᆫ 아디 못ᄒᆞᄃᆡ 쟝긔(將棋) 두기ᄅᆞᆯ 져기 아ᄂᆞ이다."

---

605) 정언간(停言間): 정언간. 말이 잠시 멈춘 사이.
606) 셔헌(書軒): 서헌. 공부하는 방.
607) 분요(紛擾): 어수선하고 소란스러움.
608) ᄲᅵᆺ길가: 바르지 아니하고 한쪽으로 기울어지거나 쏠릴까. 삐뚤어질까.
609) 잡계(雜計): 잡다한 놀이. 잡기(雜技).

왕(王) 왈(曰),

"그러커든 녀ᄋ(女兒)로 더브러 내 알ᄑᆡ셔 두라."

ᄉᆡᆼ(生)이 대쇼(大笑) 왈(曰),

"악댱(岳丈)이 이 엇던 말슴이니잇고? 쇼셰(小壻ㅣ) 지죄(才操ㅣ)610) 아모리 우둔(愚鈍)611)ᄒᆞᆫ들 뎌 ᄋ녀ᄌ(兒女子)와 승부(勝負)ᄅᆞᆯ ᄃᆞ토리오?"

왕(王)이 쇼왈(笑曰),

"녀ᄋ(女兒)의 지릉(才能)612)ᄒᆞ미 아모도 밋디 못ᄒᆞᄂᆞ니 네 능히(能-) 밋디 못홀 거시니 둘 만ᄒᆞ다."

ᄉᆡᆼ(生)이 웃고 즉시(卽時) 슈명(受命)ᄒᆞ니 원ᄂᆡ(元來) 명ᄉᆡᆼ(-生)이 ᄌ쇼(自少)로 장긔(將棋)ᄅᆞᆯ 니겨 슈단(手段)이 텬하(天下)의 능(能)ᄒᆞᆫ 고(故)로 쇼져(小姐)과 작판(作板)613)ᄒᆞᆷᄅᆞᆯ 우이 너기미라. 왕(王)이 시녀(侍女)로 셔당(書堂)의 가 판(板)을 가져오라 ᄒᆞ야 쇼져(小姐)로 두라 ᄒᆞ니 쇼졔(小姐ㅣ) 크게 민망(憫惘)ᄒᆞ고 붓그려 ᄂᆞᆾ출 븕히고 ᄉᆞ양(辭讓) 왈(曰),

"쇼녜(小女ㅣ) 규듕(閨中)의셔 슈션(修繕)도 능(能)티 못ᄒᆞ거든 남ᄌ(男子)의 ᄉᆞ업(事業)을 엇디 알리잇고?"

왕(王)이 웃고 듯디 아냐 두기ᄅᆞᆯ 지쵹ᄒᆞ니 쇼졔(小姐ㅣ) 능히(能-) 말ᄅᆞᆯ 엇디 못ᄒᆞ야 츄파(秋波)

---

610) 지죄(才操ㅣ): 재조. 재주.
611) 우둔(愚鈍): 어리석고 둔함.
612) 지릉(才能): 재능. 재주가 능함.
613) 작판(作板): 놀이의 판을 벌임.

룰 ᄂᆞ초고 판(板)ᄀᆞ의 니ᄅᆞ매 왕(王)이 희긔(喜氣) 미우(眉宇)의 녕농
(玲瓏)ᄒᆞ야 냥인(兩人)을 좌우(左右)로 안쳐 승부(勝負)룰 볼 시 뎡ᄉᆡᆼ
(-生)이 쇼져(小姐)룰 향(向)ᄒᆞ야 웃고 왈(曰),

"그ᄃᆡ 능히(能-) ᄉᆡᆼ(生)을 당(當)홀가 시브거든 그저 두고 아이의
못 당(當)홀가 시브거든 챠포(車包)614)룰 졉으미 엇더뇨?"

쇼제(小姐ㅣ) 넝쇼브답(冷笑不答)ᄒᆞ니 ᄉᆡᆼ(生)이 크게 웃고 용약(踊
躍)615)ᄒᆞ야 ᄒᆞᆫ 손의 쇼져(小姐)룰 디우려 ᄒᆞ더니 쇼제(小姐ㅣ) 옥슈
셤지(玉手纖指)616) 난낙(亂落)617)ᄒᆞ야 경직(頃刻)618) ᄉᆞ이의 승텹(勝
捷)619)ᄒᆞ니 뎡ᄉᆡᆼ(-生)이 미처 두미(頭尾)620)룰 아디 못ᄒᆞ고 손을 놀리
디 못ᄒᆞ야 무류621)히 디고 ᄒᆞᆫ갓 우을 분이어놀 왕(王)이 쇼왈(笑曰),

"네 당초(當初) 녀ᄋᆞ(女兒)룰 업슈이 너기더니 엇디 이긔디 못ᄒᆞᆫ
다?"

ᄉᆡᆼ(生)이 쇼이ᄃᆡ왈(笑而對曰),

"쇼셰(小壻ㅣ) 길ᄀᆞ의셔 ᄉᆞ방(四方) 션비나 한ᄌᆡ(漢子ㅣ)622)나 쟝
긔(將棋)의ᄂᆞᆫ 디디 아냣더니 심규(深閨) ᄋᆞ녀ᄌᆡ(兒女子ㅣ) 이런 담박
(淡泊)ᄒᆞᆫ 지죄(才操ㅣ) 잇ᄂᆞᆫ 줄 엇디 알리잇고?"

---

614) 챠포(車包): 차포. 장기의 차(車)와 포(包)를 아울러 이르는 말로, 모두 장기에서 다른 말들에
　　비해 중요한 기능을 하는 것들임.
615) 용약(踊躍): 좋아서 뜀.
616) 옥슈셤지(玉手纖指): 옥수섬지. 옥처럼 부드러운 손과 가냘픈 손가락.
617) 난낙(亂落): 난락. 어지러이 떨어짐.
618) 경직(頃刻): 경각. 눈 깜박할 동안.
619) 승텹(勝捷): 승첩. 싸움에서 이김.
620) 두미(頭尾): 일의 시작과 끝.
621) 무류: 무안.
622) 한ᄌᆡ(漢子ㅣ): 한자. '남자'를 낮잡아 이르는 말.

왕(王)이 쇼왈(笑曰),

"그러므로 네 아이의 큰말623)을 말미 올터니라."

싱(生)이 웃고 왈(曰),

"쇼셰(小壻)) 과연(果然) 아디 못ᄒ고 업슈이 너겨 두다가 뎌시니 다시 두어 보고져 ᄒᄂ이다."

쇼졔(小姐))) 블열(不悅)ᄒ야 즉시(卽時) 니러 협실(夾室)로 드러가고 졔싱(諸生)이 문안(問安) 드러오매 뎡싱(-生)이 쇼져(小姐)의게 던 말을 니르고 애돌와ᄒ니 혹시(學士))) 냥목(兩目)을 흘니 ᄡᅥ 보며 잠쇼(暫笑) 왈(曰),

"쇼미(小妹)의 지릉(才能)ᄒ미 우리 밋디 못ᄒ거든 네 엇디 이긔리오?"

뎡싱(-生)이 쇼왈(笑曰),

"내 엇디 ᄋ녀ᄌ(兒女子)만 못ᄒ리오마는 업슈이 너겨 두다가 뎌시니 애둛다 말이로다."

졔싱(諸生)이 각〃(各各) 미쇼(微笑)ᄒ고 믈러 셔당(書堂)의 와 혹시(學士))) 뎡싱(-生)ᄃ려 왈(曰),

"너를 요ᄉᆞ이 두고 보니 믄은 말숨을 편〃(便便)624)이 못 츌ᄒ니 진실로(眞實-) ᄉᆞ랑홉디 아니터니 쟝긔(將棋)를 둔다 ᄒ니 내 일즉 소임(所任)이 업서 드러 이시니 심〃키를 이긔디 못ᄒ더니 긴 날의

---

623) 큰말: 큰소리.
624) 편〃(便便): 아무 불편 없이 편안함.

쇼일(消日)[625]호쟈."

뎡싱(-生)이 웃고 왈(曰),

"형(兄)이 아이의 두디 말라. 이 목동(牧童)[626]의게 디고 분(忿)호야 엇딜다?"

혹시(學士ㅣ) 꾸

84면

지저 왈(曰),

"쇼미(小妹)도 너룰 이긔눈디 내 쇼미(小妹)만 못 호랴?"

호고 서로 두더니 과연(果然) 혹시(學士ㅣ) 밋디 못호야 세 판(板)을 년(連)호야 디니 초후(-侯)와 능휘(-侯ㅣ) 크게 웃고 뎡싱(-生)이 판(板)을 밀고 대쇼(大笑) 왈(曰),

"그러므로 당초(當初) 쇼뎨(小弟) 아니 니르더냐? 햐슈(下手)도 못홀 거술 브졀업시 호엿다."

혹시(學士ㅣ) 애둛고 분(忿)호야 어즈러이 다토더니,

홀연(忽然) 광평후(--侯) 등(等) 칠(七) 인(人)이 일시(一時)의 니르러 지져괴눈 연고(緣故)룰 뭇거눌 능휘(-侯ㅣ) 주시 니르니 관문이 우이 어겨 판(板)을 들고 뎡싱(-生)의 알피 와 두믈 쳥(請)호니 뎡싱(-生)이 스양(辭讓)티 아니코 슌식간(瞬息間)의 두어 관문이 아독이 슈(手)룰 눌리디 못호야 무류(無聊)히[627] 믈러나니 진문, 유문이 크게 분(忿)호야 홈긔 돌려 두더니 두 판(板)식 디고 믈러나니, 좌위(左右

---

625) 쇼일(消日): 소일. 어떤 일에 마음을 붙이어 심심하지 않게 시간을 보냄.
626) 목동(牧童): 소치는 아이. 여기서는 정생이 자신을 가리킨 말임.
627) 무류(無聊)히: 무료히. 부끄럽고 열없이.

ㅣ) 박쇼(拍笑)ᄒᆞᆫ디 쳥양휘(--侯ㅣ)628) 나아가 셜티(雪恥)629)ᄒᆞᆷ믈 쳥(請)ᄒᆞ니 뎡싱(-生)이 ᄉᆞ양(辭讓) 왈(曰),

"쇼싱(小生)은 필뷔(匹夫ㅣ)라 엇디 감(敢)

85면

히 공후대신(公侯大臣)과 작판(作枳)ᄒᆞ며 ᄯᅩ 견패(見敗)630)ᄒᆞ실딘디 황숑(惶悚)홀소이다."

휘(侯ㅣ) 쇼왈(笑曰),

"그디 잡계(雜計) 잘ᄒᆞᆷ믈 쟈랑ᄒᆞ야 벼슬을 죠롱(嘲弄)ᄒᆞ나 앗가 이뎨(二弟)과ᄂᆞᆫ 엇디 둔다?"

뎡싱(-生) 왈(曰),

"냥형(兩兄)은 져근 문관(文官)이라 그리 두려오리잇가?"

모다 그 유톄(有體)631)ᄒᆞᆫ 말ᄉᆞᆷ믈 웃고 쳥휘(-侯ㅣ) 지쵹ᄒᆞ야 두더니 ᄯᅩ 딘다라. 좌위(左右ㅣ) 대쇼(大笑)ᄒᆞ고 긔롱(譏弄)632)ᄒᆞ니 어ᄉᆞ(御史) 긔문 왈(曰),

"네 진실로(眞實-) 긔승(氣勝)633)ᄒᆞᆫ 톄ᄒᆞ나 내야 네게 디랴? 날과 두쟈."

ᄒᆞᆫ대 뎡싱(-生)이 ᄉᆞ양(辭讓)ᄒᆞ니 어시(御史ㅣ) 왈(曰),

"미리 겁(怯)내여 ᄉᆞ양(辭讓)ᄒᆞᄂᆞᆫ다?"

---

628) 쳥양휘(--侯ㅣ): 청양후. 이몽현의 둘째아들로 좌참정 청양후인 이세문을 이름.
629) 셜티(雪恥): 설치. 모욕을 갚음.
630) 견패(見敗): 패배를 당함.
631) 유톄(有體): 유체. 일리 있음.
632) 긔롱(譏弄): 기롱. 실없는 말로 시시덕거림.
633) 긔승(氣勝): 기승. 기운이나 힘 따위가 성해서 좀처럼 누그러들지 않음.

뎡싱(-生) 왈(曰),

"명공(明公)은 됴뎡(朝廷)의 간관(諫官)[634]이니 쇽어(俗語)의 니ᄅᆞᆫ 바 삼공(三公)은 고이디 못ᄒᆞ나 ᄃᆡ간(臺諫)[635]은 고여 두어야 산다 ᄒᆞ니 샹공(相公)이 디실딘ᄃᆡ 통훈(痛恨)ᄒᆞ야 엇디 견ᄃᆡ시리오?"

어ᄉᆡ(御史ㅣ) 대쇼(大笑) 왈(曰),

"그ᄃᆡ 샹시(常時) 언에(言語ㅣ) 드므더니 대강(大綱) 사ᄅᆞᆷ 보채기를 잘ᄒᆞᄂᆞᆫ도다. 내 아모리 ᄃᆡ간(臺諫)인들 ᄉᆞ촌(四寸) 미부(妹夫)를 간ᄃᆡ로[636] 히(害)ᄒᆞ랴?

- - -

86면

둘 만ᄒᆞ랴."

뎡싱(-生)이 ᄯᅩᄒᆞᆫ 웃고 작판(作板)ᄒᆞ더니 어ᄉᆡ(御史ㅣ) ᄯᅩ 딘디라 크게 분(忿)ᄒᆞ야 판(板)을 밀고 골오ᄃᆡ,

"과연(果然) 이제야 그ᄃᆡ 말대로 해(害)ᄒᆞ리라."

뎡싱(-生)이 의긔양〃(意氣揚揚)ᄒᆞ야 미〃(微微)히 웃고 제인(諸人)을 눈 주어 말을 아니ᄒᆞ니 모다 분(忿)키를 이긔디 못ᄒᆞ더니 쳥양휘(--侯ㅣ) 웃고 왈(曰),

"빅시(伯氏)의 묘슐(妙術)[637]이 읏듬이시니 우리 셜티(雪恥)ᄒᆞ야 주쇼셔."

광평휘(--侯ㅣ) 쇼왈(笑曰),

---

634) 간관(諫官): 임금의 잘못을 간하고 백관의 비행을 규탄하던 벼슬아치.
635) ᄃᆡ간(臺諫): 대간. 간언을 맡아보던 관리.
636) 간ᄃᆡ로: 마음대로.
637) 묘슐(妙術): 묘술. 묘한 술책.

"나눈 더욱 녹〃용지(錄錄庸才)[638]라 제데(諸弟)만도 못 ᄒ니 뎡낭
(-郞) 안젼(案前)의 어이 의ᄉ(意思)ᄒ리오?"

초휘(-侯ㅣ) 미쇼(微笑) 왈(曰),

"형(兄)은 겸ᄉ(謙辭) 말고 두셔 모든 사ᄅᆞᆷ의 분(忿)ᄒᆞᆯ 셜티(雪
恥)ᄒ쇼셔."

평휘(-侯ㅣ) 웃고 판(板)을 나와 ᄀᆞᆯ오ᄃᆡ,

"군(君)이 혹싱(學生)을 더러이 아니 너길다? 일즉 십오(十五) 셰
(歲) 제 이 노ᄅᆞᆺ술 ᄒᆞ야 보왓더니 이제 삼십지년(三十之年)의 도로
ᄋᆞ쇼(兒少)의 노ᄅᆞᆺ술 ᄒ리로다."

뎡싱(-生)이 미〃(微微)히 우으며 좌(座)ᄅᆞᆯ 갓가이 ᄒ고 왈(曰),

"초야(草野) 목동(牧童)이 ᄉ리(事理)ᄅᆞᆯ 아디 못ᄒ

· ·

87면

야 공후대신(公侯大臣)과 간관명ᄉ(諫官名士)로 분울(憤鬱)[639]ᄒ시게
ᄒ니 쟝ᄎᆞᆺ(將次ㅅ) 몸 둘 곳이 업거놀 샹공(相公)은 ᄒᆞᆯ며 됴뎡(朝
廷) 공신(功臣)이시며 뎨실지친(帝室之親)이오 일가(一家) 어룬이라
쇼싱(小生)이 감히(敢-) 슈(手)ᄅᆞᆯ ᄉ양(辭讓)ᄒ리로소이다."

평휘(-侯ㅣ) 웃고 왈(曰),

"잡계(雜計) 승부(勝負)의ᄂᆞᆫ 공후(公侯)의 셰(勢)ᄅᆞᆯ 쓰디 못ᄒᄂ니
그ᄃᆡ 일호(一毫)[640] ᄉ졍(事情)을 두디 말라."

셜파(說罷)의 흔연(欣然)이 웃고 쟝긔(將棋)ᄅᆞᆯ 어ᄅᆞ만지매 제싱(諸

---

638) 녹〃용지(錄錄庸才): 녹록용재. 평범하고 용렬한 재주.
639) 분울(憤鬱): 분한 마음이 일어나 답답함.
640) 일호(一毫): '몹시 가늘고 작은 털'이라는 뜻으로, 아주 작은 정도.

生)이 일시(一時)의 믓근 두시 안자 평후(-侯)의 이긔기룰 죄오더니 슌식(瞬息) 수이 명싱(-生)이 이긔고 믈러안주니 모다 크게 놀라며 더옥 애두라 말을 못 ᄒ고 평휘(-侯ㅣ) 우어 왈(曰),

"내 어려실 적도 그듸게톄로[641] 패(敗)티 아냣더니 진실로(眞實-)고이(怪異)ᄒ디라. 그듸 지조(才操)룰 항복(降伏)ᄒ노라."

광능휘(--侯ㅣ) 완〃(緩緩)이 우으며 명싱(-生)두려 왈(曰),

"그듸 뎌 좀톄읫[642] 쟝긔(將棋)룰 잘ᄒ노라 ᄒ고 믓 사ᄅᆷ을 다 관속(管束)[643)ᄒ니 내 볼셔 결워

88면

볼 거시로디 과연(果然) 너와 잡계(雜計)ᄒ기 욕(辱)되야 아니ᄒ더니 빅시(伯氏) 욕(辱)을 보시니 니 엇디 안연(晏然)[644]ᄒ리오? 네 일뎡(一定) 날도 이긜다?"

명싱(-生)이 쇼왈(笑曰),

"니 형(兄)들을 업슈이 너겨 이긘 거시 아니라 텬싱슈단(天生手段)[645]은 브리디 못ᄒ고 제형(諸兄)이 무지(無才)ᄒ야 디ᄂᆞᆫ 거슬 엇디ᄒ리오? 형(兄)이 ᄀ만이 안자시미 가(可)ᄒ도다."

능휘(-侯ㅣ) 박쇼(拍笑) 왈(曰),

"네 ᄀ장 담(膽) 큰 톄ᄒᄂᆞᆫ도다. 아모커나 낙이[646]룰 ᄒ리니 만일

---

641) 그듸게톄로: 그대에게처럼.
642) 좀톄읫: 대수롭지 않은.
643) 관속(管束): 행동을 잘 제어함.
644) 안연(晏然): 마음이 편안하고 침착한 모양.
645) 텬싱슈단(天生手段): 천생수단. 타고난 수단.
646) 낙이: 내기.

(萬一) 거슬딘디 인면슈심(人面獸心)⁶⁴⁷⁾이니라."

싱(生)이 쾌(快)히 응낙(應諾)ᄒ니 모다 능후(-侯)의 언경(言輕)⁶⁴⁸⁾
ᄒ믈 놀라고 블열(不悅)ᄒ더니,

능휘(-侯ㅣ) 뎡싱(-生)과 작판(作板)ᄒ야 능후(-侯)의 치슈(彩袖)⁶⁴⁹⁾
와 뎡싱(-生)의 빅포(白布) 수매 섯거뎌 어즈러이 왕니(往來)ᄒ더니,
이윽고 능휘(-侯ㅣ) 판(板)을 밀며 크게 웃고 왈(曰),

"샹위 능(能)ᄒ 지죄(才操) 어디 가뇨?"

뎡싱(-生)이 미처 말을 못 ᄒ여셔 혹시(學士ㅣ) 급(急)히 동ᄌ(童
子)룰 블러 츄슈(醜水)⁶⁵⁰⁾룰

89면

가져오라 ᄒ야 굴오디,

"임의 입의셔 말을 니여시니 네 놀개 이셔도 도망(逃亡)티 못ᄒ리
니 샐리 시힝(施行)ᄒ라."

뎡싱(-生)이 흔연(欣然) 쇼왈(笑曰),

"다 그티 딘 사름을 먹일딘대 형(兄)으로브터 칠(七) 인(人)이 ᄒ골
ᄀ티 몬져 먹고 날을 권(勸)ᄒ라."

혹시(學士ㅣ) ᄭ지저 왈(曰),

"당초(當初) 우리ᄂ 무지(無才)ᄒ 줄 스스로 알고 낙이룰 아니ᄒ여
시니 므어술 시힝(施行)ᄒ리오?"

---

647) 인면슈심(人面獸心): 인면수심. 얼굴은 사람의 모습을 하였으나 마음은 짐승과 같음.
648) 언경(言輕): 말이 경솔함.
649) 치슈(彩袖): 채수. 문채 나는 소매.
650) 츄슈(醜水): 추수. 더러운 물.

제싱(諸生)이 일시(一時)의 니러나 싱(生)을 붓잡고 시노(侍奴)를 호령(號令)ᄒ야 더러온 믈 가져오믈 지쵹ᄒ며 쾌(快)ᄒ믈 이긔디 못ᄒ니 뎡싱(-生) 왈(曰),

"그ᄃ 크게 이긔여셔든 녀대도록 쾌(快)ᄒ 줄 나ᄂ 아디 못ᄒᄂ니 더욱 이보651) 형(兄)이 마춤 텬우신조(天佑神助)ᄒ야 갓가ᄉ로 ᄒ 번(番) 비븨여 이권들 졔형(諸兄)니 맛다 가지고 이러 굴미 가(可)티 아니랴?"

능휘(-侯ㅣ) 왈(曰),

"네 말을 이러틋시 ᄒ니 니 이제 널로 두어 닐곱 판(板)을 이길딘대 네 엇딜

· ·

90면

다?"

뎡싱(-生) 왈(曰),

"만일(萬一) 그럴딘대 내 감슈(甘受)ᄒ리라."

능휘(-侯ㅣ) 즉시(卽時) 판(板)을 나와 두니 년(連)ᄒ야 닐곱 판(板)을 승텹(勝捷)ᄒ니 좌위(左右ㅣ) 일시(一時)의 대쇼(大笑)ᄒ고 뎡싱(-生)을 붓잡고 벌(罰) 먹으믈 지쵹ᄒ야 졔인(諸人)이 흔ᄃ 모다 어즈러이 지져괴더니 홀연(忽然) 하리(下吏) 급보(急報)652) 왈(曰),

"됴당(朝堂)653)의 명패(命牌)654) ᄂ려 빅관(百官)을 다 명툐(命招)655)

---

651) 이보: 광릉후 이경문의 자(字).

652) 급보(急報): 급히 알림.

653) 됴당(朝堂): 조당. 나라의 정치를 의논하고 집행하던 곳. 조정.

654) 명패(命牌): 임금이 삼품(三品) 이상의 당상관(堂上官)을 부를 때 보내던, 명자를 쓴 붉은 칠을 한 나무 패(牌).

흥시누이다.”

제인(諸人)이 놀라 년망(連忙)이 됴복(朝服)656)을 추자 닙고 분〃
(紛紛)이 나가니 뎡싱(-生)이 대쇼(大笑) 왈(曰),

“그디니 너모 흥(興)을 니엿더니 조믈(造物)이 거티셔 보닷다.”

어싀(御史ㅣ) 왈(曰),

“네 죄(罪)룰 아모 적인들 니즐가 너기누냐? 돈녀 나와 너룰 죽도
록 보채리라.”

셜파(說罷)의 총657)〃(恖恖)이658) 일시(一時)의 나가니라.

이적의 졍통(正統) 황뎨(皇帝)659) 즉위(卽位)ᄒ션 디 오라시고 츈
취(春秋ㅣ)660) 놉ᄒ시니 드디여 일병(一病)이 침곤(侵困)661)ᄒ샤 둘
포 미류(彌留)662)ᄒ시더니 이날 위듕(危重)663)ᄒ시매 급(急)히 빅관
(百官)을 패쵸(牌招)664)ᄒ시니 졔신(諸臣)이 일

..

91면

시(一時)의 궐하(闕下)의 나아가니,

샹(上)이 승샹(丞相)을 누은 탑(榻)665)ᄀ의 브른샤 손을 잡고 닐러

---

655) 명툐(命招): 명초. 명령해 부름.
656) 됴복(朝服): 조복. 조정에 나아갈 때 입는 의복.
657) 총: [교] 원문에는 ‘충’으로 되어 있으나 문맥을 고려해 규장각본(23:85)과 연세대본(23:90)을 따름.
658) 총〃(恖恖)이: 총총히. 몹시 급하고 바쁜 모양.
659) 졍통(正統) 황뎨(皇帝): 정통 황제. 정통은 중국 명(明)나라 제6대 황제인 영종(英宗) 때의 연호(1435~1449). 영종의 이름은 주기진(朱祁鎭, 1427~1464)으로, 복위 후에 연호를 천순(天順, 1457~1464)으로 바꿈.
660) 츈취(春秋ㅣ): 춘추. 어른의 나이를 높여 이르는 말.
661) 침곤(侵困): 몸에 병이 들어 피곤함.
662) 미류(彌留): 병이 오랫동안 낫지 않음.
663) 위듕(危重): 위중. 병세가 위험할 정도로 중함.
664) 패쵸(牌招): 패초. 임금이 명패를 내려 관리를 부름.

ᄀᆞᆯ오샤ᄃᆡ,

"딤(朕)이 블쵸(不肖)ᄒᆞᆫ 위인(爲人)으로 황고(皇考)[666]의 대위(大位)[667]ᄅᆞᆯ 니어 젼후(前後) 실덕(失德)ᄒᆞᆷ이 만흐디 샹부(相父)[668]의 보졍(輔政)[669]ᄒᆞᄆᆞᆯ 힘닙어 국개(國家ㅣ) 태평(太平)ᄒᆞ더니 블ᄒᆡᆼ(不幸)ᄒᆞ야 경(卿)이 금쥬(錦州)로 슈상(守喪)[670]ᄒᆞ야 도라간 후(後) 딤(朕)이 초야(草野)의 파월(播越)[671]ᄒᆞ야 다시 텬일(天日) 보미 어렵거ᄂᆞᆯ 경(卿)이 삼상(三喪)을 디내고 대의(大義)ᄅᆞᆯ 구디 잡아 딤(朕)을 일만(一萬) 어려온 가온대 구(救)ᄒᆞ야 다시 군신(君臣)이 태평(太平)을 누 련 디 오라니 이제 도라가매 낫브미 업ᄂᆞᆫ디라. 경(卿)은 태ᄌᆞ(太子)ᄅᆞᆯ 도와 국ᄉᆞ(國事)ᄅᆞᆯ 힘쓰라."

승상(丞相)이 ᄭᅮ러 듯기ᄅᆞᆯ ᄆᆞᄎᆞ매 냥안(兩眼)의 톄뤼(涕淚ㅣ) 횡뉴(橫流)[672]ᄒᆞ야 돈슈(頓首) 왈(曰),

"셩샹(聖上)[673] 옥휘(玉候ㅣ)[674] 일시(一時) 블평(不平)ᄒᆞ시나 엇디 이대도록 블길(不吉)ᄒᆞᆫ 말ᄉᆞᆷ을 ᄒᆞ시ᄂᆞ니잇고? 왕ᄉᆞ(往事)ᄂᆞᆫ 신ᄌᆞ(臣子)의 의법(宜法)[675]ᄒᆞᆫ 도리(道理)라 셩괴(聖敎ㅣ)[676] 블

---

665) 탑(榻): 길고 좁게 만든 평상.
666) 황고(皇考): 돌아간 황제를 높여 이르는 말.
667) 대위(大位): 높은 지위. 여기에서는 황제의 지위를 이름.
668) 샹부(相父): 상부. 황제가 자신보다 나이가 많으면서 앞선 조정에서 재상을 한 사람을 높여 이르는 말.
669) 보졍(輔政): 보정. 도와서 나라를 다스림.
670) 슈상(守喪): 수상. 상을 치름.
671) 파월(播越): 임금이 도성을 떠나 다른 곳으로 피란함. 여기에서는 정통 황제가 오이라트 부족의 에센에게 붙잡혀 있던 일을 이름.
672) 횡뉴(橫流): 횡류. 줄줄 흘림.
673) 셩샹(聖上): 성상. 살아 있는 자기 나라의 임금을 높여 이르는 말.
674) 옥휘(玉候ㅣ): 임금의 건강 상태.
675) 의법(宜法): 마땅히 따름.
676) 셩괴(聖敎ㅣ): 성교. 황제의 명령.

승황공(不勝惶恐)677) 호이다."

샹(上)이 탄식(歎息)호시고 연왕(-王)을 도라보와 골오샤디,

"경(卿)은 딤(朕)의 은인(恩人)이라. 평싱(平生)애 일″블견(一日不見)678)을 삼츄(三秋) 7티 너기더니 이제 유명(幽明)679)을 그음호니 가(可)히 늣겁다 호려니와 디하(地下)의 가도 경(卿)의 은혜(恩惠)룰 닛디 아니호리라."

왕(王)이 팔치(八彩)680) 뉴미(柳眉)681)의 슬프믈 먹음어 고두(叩頭)682) 왈(曰),

"쥬욕신수(主辱臣死)683)눈 즈고(自古)로 덧″호니 왕일(往日) 미(微)호 공노(功勞)룰 이대도록 과(過)히 일크르시리오? 성휘(聖候 ㅣ)684) 위예(違豫)685)호시니 신(臣)의 간댱(肝腸)이 촌단(寸斷)686)호ᄂ이다."

샹(上)이 기리 탄식(歎息)호시고 태즈(太子)룰 블러 하교(下敎)호야 골오샤디,

"딤(朕)이 이제 망(亡)호매 국가(國家) 샤직(社稷)이 너 흔 몸의 잇ᄂ니다. 삼가고 삼가 텬해(天下 ㅣ) 태평(太平)킈 홀딘대 딤(朕)이 구원(九原)687)의 우음을 먹으므리라. 샹부(相父) 니(李) 공(公)은 쳔고

---

677) 블승황공(不勝惶恐): 불승황공. 두려움을 이기지 못함.
678) 일″블견(一日不見): 일일불견. 하루를 보지 않음.
679) 유명(幽明): 저승과 이승.
680) 팔치(八彩): 팔채. 중국 고대 요(堯) 임금의 눈썹에 여덟 가지 채색이 있었다는 전설에서, 임금의 눈썹을 이르는 말.
681) 뉴미(柳眉): 유미. 버들잎 같은 눈썹.
682) 고두(叩頭): 경의를 나타내기 위해 머리를 조아림.
683) 쥬욕신수(主辱臣死): 주욕신사. 임금이 모욕을 당하면 신하가 죽음.
684) 셩휘(聖候 ㅣ): 성후. 임금 신체의 안위.
685) 위예(違豫): 황제의 병을 직접 이르지 않고 부르는 말.
686) 촌단(寸斷): 마디마디 찢어짐.

(千古)의 드믄 우인(爲人)이라. 네 아븨 스승이니 일죵(一從)⁶⁸⁸⁾ 그 말대로 홀딘대 네 명군(名君)이 되믈 근심

흐리오?"

태지(太子ㅣ) 울며 슈명(受命)ᄒ시더라.

샹(上)이 겨유 말을 ᄆᆞ추시고 긔운이 혼〃(昏昏)⁶⁸⁹⁾ᄒ시니 태지(太子ㅣ) 급(急)히 칼을 ᄲᅡ혀 단지(斷指)⁶⁹⁰⁾ᄒ랴 ᄒ시니 연왕(-王)이 밧비 손을 머므러 톄읍(涕泣)⁶⁹¹⁾ 왈(曰),

"뎐하(殿下)는 신톄발부(身體髮膚)룰 싱각ᄒ쇼셔."

태지(太子ㅣ) 오열(嗚咽) 브답(不答)ᄒ시니 좌위(左右ㅣ) 기읍뉴톄(皆泣流涕)⁶⁹²⁾러라.

이날브터 셩휘(聖候ㅣ) 더욱 위〃(危危)⁶⁹³⁾ᄒ시니 됴애(朝野ㅣ)⁶⁹⁴⁾ 황〃(遑遑)⁶⁹⁵⁾ᄒ야 아모리 홀 줄 모ᄅᆞ고 계양 공쥐(公主ㅣ) 대닉(大內)⁶⁹⁶⁾의 드러와 디령(待令)⁶⁹⁷⁾ᄒ여시니 니부(李府) 일개(一家ㅣ) 흥티(興致)⁶⁹⁸⁾ ᄉ연(捨然)⁶⁹⁹⁾ᄒ디,

---

687) 구원(九原): 사람이 죽은 뒤에 그 혼이 가서 산다고 하는 세상. 저승.
688) 일죵(一從): 일종. 한결같이.
689) 혼〃(昏昏): 정신이 가물가물하고 희미한 모양.
690) 단지(斷指): 손가락을 벰.
691) 톄읍(涕泣): 체읍. 눈물을 흘리며 슬피 욺.
692) 기읍뉴톄(皆泣流涕): 개읍유체. 모두 눈물을 흘림.
693) 위〃(危危): 병이 깊은 모양.
694) 됴애(朝野ㅣ): 조야. 조정과 민간.
695) 황〃(遑遑): 갈팡질팡 어쩔 줄 모르게 급함.
696) 대닉(大內): 대내. 임금이 거처하는 곳.
697) 디령(待令): 대령. 명령이나 지시를 기다림.
698) 흥티(興致): 흥치. 흥(興)과 운치(韻致)를 아울러 이르는 말.
699) ᄉ연(捨然): 사연. 없어짐.

하람공(--公) 데팔즈(第八子) 형문이 년(年)이 십뉵(十六)이라. 옥안풍되(玉顔風度ㅣ)[700] 일디(一代) 가시(佳士ㅣ)[701]니 참정(參政) 왕밍이 극(極)히 ᄉ랑ᄒ야 그 녀ᄋ(女兒)로 혼[702]긔(婚期)를 뎡(定)ᄒ엿더니, 날이 임의 다ᄃᄅ니 남공(-公)이 마디못ᄒ야 뎡일(定日)의 공ᄌ(公子)를 보내고 신부(新婦)의 녜(禮)ᄂ 날회고, 안두후(--侯) 추ᄌ(次子) 닌문이 년(年)이 십외(十五ㅣ)라 어ᄉ(御史) 두쳥의 녀(女)로 셩녜(成禮)만 ᄒᆡᆼ(行)ᄒ니라.

이후(以後) 삼(三) 일(日) 만의 황뎨(皇帝) 댱낙궁(長樂宮)

의셔 븡(崩)ᄒ시니 태ᄌ(太子ㅣ) 즉위(卽位)ᄒ시니 이 곳 셩화(成化) 황뎨(皇帝)[703]라. 발상(發喪)[704] 거이(擧哀)[705]ᄒ시니 슬프미 좌우(左右)를 동(動)ᄒ더라. 녜(禮)대로 념빙(殮殯)[706]ᄒ야 ᄌ궁(梓宮)[707]을 졍침(正寢)[708]의 뫼ᄋᆸ고 텬ᄌ(天子ㅣ) 팔방(八方)의 대샤반포(大赦頒布)[709]ᄒ신 후(後) 니(李) 승샹(丞相)을 다시 셔ᄌᆔ 열 두 고을 버혀 식읍(食邑)[710]을 더ᄋ시니 승샹(丞相)이 대경(大驚)ᄒ야 죽기로

---

700) 옥안풍되(玉顔風度ㅣ): 옥 같은 얼굴과 풍채.
701) 가시(佳士ㅣ): 가사. 아름다운 선비.
702) 혼: [교] 원문에는 '흔'으로 되어 있으나 문맥을 고려해 규장각본(23:87)과 연세대본(23:93)을 따름.
703) 성화(成化) 황뎨(皇帝): 성화 황제. 성화는 중국 명(明)나라 제8대 황제인 헌종(憲宗) 때의 연호(1465-1487). 헌종의 이름은 주견심(朱見深)임.
704) 발상(發喪): 상례에서, 죽은 사람의 혼을 부르고 나서 상제가 머리를 풀고 슬피 울어 초상난 것을 알림.
705) 거이(擧哀): 거애. 발상과 뜻이 같음.
706) 념빙(殮殯): 염빈. 시체를 염습하여 관에 넣어 안치함.
707) ᄌ궁(梓宮): 재궁. 황제, 태후, 황후, 태자 등의 시신을 넣던 관.
708) 졍침(正寢): 정침. 집의 몸체가 되는 방.
709) 대샤반포(大赦頒布): 대사반포. 크게 사면한다고 반포함.

수양(辭讓)혼대 샹(上)이 읍왈(泣曰),

"션뎨(先帝) 님붕(臨崩)[711] 시(時)의 션싱(先生)의게 딤(朕)을 의탁(依託)ᄒ시니 딤(朕)이 새로 즉위(卽位)ᄒ야 봉(封)ᄒ미 업ᄉ리오?"

승샹(丞相)이 고두(叩頭) 뉴톄(流涕) 왈(曰),

"미신(微臣)이 션뎨(先帝) 홍은(鴻恩)[712]을 태산북두(泰山北斗)[713]ᄀ티 닙ᄉ와 쳑촌(尺寸)[714]도 갑흐미 업시 듕도(中道)의 붕(崩)ᄒ시니 국골(刻骨)[715]혼 유흔(幽恨)[716]이 통입골슈(痛入骨髓)[717]ᄒ여숩거놀 ᄎ마 다시 후직(厚職)[718]을 밧ᄌ오리오?"

인(因)ᄒ야 구디 ᄉ양(辭讓)ᄒ미 혈심소지(血心所在)[719]로 지극(至極)ᄒ니 샹(上)이 다시 권(勸)티 못ᄒ시고 감탄(感歎)ᄒ믈 마디아니ᄒ시더라.

비(妃) 니(李) 시(氏)로 황후(皇后)

95면

룰 칙봉(冊封)ᄒ시고 됴 시(氏)로 귀비(貴妃)룰 봉(封)ᄒ시며 연왕(-王)을 황댱(皇丈)[720]이라 ᄒ샤 다시 산음(山陰)[721], 하셔(河西)[722],

---

710) 식읍(食邑): 왕족, 공신, 대신들에게 공로에 대한 특별 보상으로 주는 영지(領地). 그 지역 조세를 받아 먹게 하였고, 봉작과 함께 대대로 상속되었음.

711) 님붕(臨崩): 임붕. 임금이 죽음을 맞이함.

712) 홍은(鴻恩): 커다란 은혜.

713) 태산북두(泰山北斗): 태산북두. 태산과 북두성이라는 뜻으로 매우 큼을 이름.

714) 쳑촌(尺寸): 척촌. 한 자 한 치라는 뜻으로, 얼마 되지 않는 조그마한 것을 이르는 말.

715) 국골(刻骨): 각골. 뼈에 사무침.

716) 유흔(幽恨): 유한. 그윽한 한.

717) 통입골슈(痛入骨髓): 통입골수. 억울하고 분한 마음이 골수에 깊이 사무침.

718) 후직(厚職): 두터운 벼슬.

719) 혈심소지(血心所在): 혈심소재. 진심이 있는 바.

720) 황댱(皇丈): 황장. 천자의 장인.

721) 산음(山陰): 현재 중국의 절강성(浙江省) 소흥(紹興) 일대.

하븍(河北)723) 수십(四十) 고을을 더으시더 왕(王)이 ᄆᆞᄎᆞ니 고ᄉᆞ(固
辭)724)ᄒᆞ야 밧디 아니ᄒᆞ니 샹(上)이 강권(强勸)725)티 못ᄒᆞ시고 됴 황
후(皇后)를 존(尊)ᄒᆞ야 태후(太后)를 삼아 미앙궁(未央宮)의 뫼오니
됴휘(-后ㅣ) 비록 셜우시나 강잉(强仍)ᄒᆞ야 죽음(粥飮)726)을 나오시
디 양 현비(賢妃) 샹(上)이 빈텬(賓天)727)ᄒᆞ시므로브터 ᄒᆞᆫ 술 믈을
나오디 아니코 칠(七) 일(日) 만의 ᄌᆞ진(自盡)728)ᄒᆞ매 님망729)(臨
亡)730)의 샹(上)과 후(后)를 쳥(請)ᄒᆞ야 울고 골오디,

"쳡(妾)이 비박지질(卑薄之質)731)로 션뎨(先帝)의 디우(知遇)732)를
닙ᄉᆞ와 뫼션 디 히 오라나 이제 븡(崩)ᄒᆞ시매 홀로 셰샹(世上)의 머
믈기를 원(願)티 아닛는 고(故)로 셩샹(聖上) 뒤흘 조ᄎᆞ려 ᄒᆞ거니와
샹(上)의 외로오신 졍ᄉᆞ(情事)를 늣기고 황후(皇后)를 어던 디 오라
디 아냐 유명(幽明)을 즈음ᄒᆞ니 가(可)히 늣겁도다. 샹(上)이 너모 소
활(疎闊)733)ᄒᆞ니 쳡(妾)이 깁히

근심ᄒᆞᄂᆞᆫ 배라 황후(皇后)의 슉딘(淑眞)734)ᄒᆞᆫ 빅ᄒᆡᆼ(百行)이 호리(毫

---

722) 하셔(河西): 하서. 중국의 황하 서쪽 지역을 통틀어 이르는 말.
723) 하븍(河北): 하북. 중국의 황하 북쪽 지역을 통틀어 이르는 말.
724) 고ᄉᆞ(固辭): 고사. 굳이 사양함.
725) 강권(强勸): 억지로 권함.
726) 죽음(粥飮): 죽음. 미음.
727) 빈텬(賓天): 빈천. 천자와 같이 높은 지위에 있는 사람의 죽음.
728) ᄌᆞ진(自盡): 자진. 스스로 죽음.
729) 망: [교] 원문에는 '방'으로 되어 있으나 문맥을 고려해 규장각본(23:89)과 연세대본(23:95)을
    따름.
730) 님망(臨亡): 임망. 죽음을 맞이함.
731) 비박지질(卑薄之質): 격이 낮고 박한 자질.
732) 디우(知遇): 지우. 인격이나 재능을 알고 잘 대우함.
733) 소활(疎闊): 버성기고 서먹서먹함.

鏊) 유차(有差)735)호미 업스니 뎨(帝)는 모로미 빅년(百年)을 화동(和同)736)호야 어려오미 업게 호라."

설파(說罷)의 졸(卒)호니, 샹(上)과 휘(后ㅣ) 망극(罔極)호샤 능히(能-) 긔운을 슈습(收拾)디 못호시니 좌우(左右) 궁인(宮人)이 일시(一時)의 통곡(慟哭)호미 산쳔(山川)이 믄허디는 둧호더라. 후(后)는 더욱 어려서 뫼와 그 은이(恩愛)룰 닙으믈 주못 두터이 호엿더니 덧업시 여희믈 지극(至極)혼 효셩(孝誠)의 셜워호미 그이업고 샹(上)이 일시(一時)의 부모(父母)룰 여희시고 호텬지통(呼天之痛)737)이 그음업서 소ᄉ치깅(蔬食菜羹)738)을 운졀이훼(殞絕哀毀)739)호시미 과도(過度)호시니 신민(臣民)이 우려(憂慮)호믈 마디아니호더니,

일월(日月)이 수이 가 대힝(大行)740) 황뎨(皇帝) 지궁(梓宮)741)을 선능(先陵)의 뫼옵고 양비(-妃) 장ᄉ(葬事)룰 또 디내니 샹(上)의 망극(罔極)호시미 비(比)홀 곳 업더라.

추시(此時) 니(李) 승샹(丞相)이 션뎨(先帝) 빈텬(賓天)호시므로브터 슬허

. .

97면

호미 과도(過度)호야 거쳐(居處) 식음(食飮)이 상인(喪人)으로 다르미

---

734) 슉딘(淑眞): 숙진. 착하고 참됨.

735) 유차(有差): 어긋남이 있음.

736) 화동(和同): 뜻이 잘 맞음.

737) 호텬지통(呼天之痛): 호천지통. 하늘을 우러러 부르짖는 고통이라는 뜻으로 부모가 죽었을 때 느끼는 고통을 이름.

738) 소ᄉ치깅(蔬食菜羹): 소사채갱. 채소 반찬뿐인 밥과 채소 국.

739) 운졀이훼(殞絕哀毀): 운절애훼. 기운이 끊어질 정도로 매우 슬퍼함.

740) 대힝(大行): 임금이나 왕비가 죽은 뒤 시호를 아직 올리기 전의 칭호.

741) 지궁(梓宮): 재궁. 황제, 태후, 황후, 태자 등의 시신을 넣던 관.

업고 남공(-公) 등(等) 다숫 사룸이 더옥 흐굴ㄱ티 부친(父親)을 쓸오
는 듕(中) 연왕(-王)이 과도(過度)히 셜워 일쯕 니실(內室)의 드디 아
니흐고 외당(外堂)의 쳐(處)흐야 죵일(終日)토록 입을 여러 언쇼[742]
(言笑)[743]흐미 업고 말이 션뎨(先帝)긔 미처눈 눈물이 옷 알플 젹시
니 인〃(人人)이 그 튱의(忠義)룰 감탄(感歎)흐고 졔ᄌ(諸子ㅣ) 위로
(慰勞)흐야 슬허흐며 틱부(太傅)와 샹셰(尙書ㅣ) 듀야(晝夜) 뫼셔 일
시(一時)룰 니측(離側)[744]디 아니흐더라.

이ᄱ 뎡싱(-生)이 드러가 쇼져(小姐)룰 디(對)흐야 굴오디,

"훅싱(學生)이 지금(只今)의 니ᄅ히 일ᄌ(一字)룰 브디(不知)흐니
진실로(眞實-) 놈 보기 붓그러오디 슈훅(修學)흘 곳이 업더니 나지
그디 ᄌᆡ조(才操)룰 보니 나의 스싱이라 슈고로오믈 개회(介懷)티 말
고 ᄀᆞᄅ치미 엇더뇨?"

쇼졔(小姐ㅣ) 졍식(正色) 왈(曰),

"쳡(妾)이 어려셔 글ᄌ룰 겨유 비화 셔간(書簡)을 히몽(解蒙)[745]흔
들 놈 ᄀᆞᄅ칠 지략(智略)[746]이 이시며 더

98면

옥 군ᄌ(君子ㅣ) 당〃(堂堂)흔 대댱부(大丈夫)로 쳐ᄌ(妻子)의게 슈훅
(修學)흐미 극(極)히 가(可)티 아닌디라 삼형(三兄)긔 비호쇼셔."

싱(生)이 쇼왈(笑曰),

"주(子)의 말이 올흐나 운븨 일죽 쳐주(妻子)의게 너모 주접 드러 니실(內室)을 쩌나디 아니ᄒᆞ니 어ᄂᆞ 틈의 날을 글을 ᄀᆞᄅᆞ치며 남궁(-宮) 제싱(諸生)이 알딘대 싱(生)을 더욱 업슈이 너기리니 고요혼 밤의 그디로 논문(論問)ᄒᆞ미 졍(正)히 묘(妙)ᄒᆞ리니 그디는 ᄉᆞ양(辭讓)티 말라."

쇼졔(小姐ㅣ) 츠언(此言)을 듯고 ᄯᅩ혼 유리(有理)히 너겨 싱각ᄒᆞᄃᆡ,

'녀주(女子)의 작시음영(作詩吟詠)747)ᄒᆞ미 가(可)티 아니나 지아비를 발쳔(發闡)748)ᄒᆞ미 ᄯᅩ혼 남ᄉᆡ(濫事ㅣ)749) 아니라.'

ᄒᆞ고 드디여 허락(許諾)ᄒᆞ니,

싱(生)이 크게 깃거 칙(冊)을 나와 쇼져(小姐)의게 비ᄒᆞ매 텬지(天才)750) 춍명(聰明)이 과인(過人)ᄒᆞ고 쇼졔(小姐ㅣ) ᄀᆞᄅᆞ치기를 졍셩(精誠)으로 ᄒᆞ매 주연(自然) 일취월댱(日就月將)751)ᄒᆞ야 문니(文理)752) 댱진(長進)753)ᄒᆞᄃᆡ 제싱(諸生)이 일죽 아디 못ᄒᆞ더라.

이ᄯᅢ 화 쇼졔(小姐ㅣ) 만삭(滿朔)ᄒᆞ야 싱

99면

주(生子)ᄒᆞ니 혹ᄉᆡ(學士ㅣ) 늣거야 처엄으로 농쟝(弄璋)754)ᄒᆞᄂᆞᆫ 경ᄉᆞ

---

747) 작시음영(作詩吟詠): 시를 짓고 읊음.
748) 발쳔(發闡): 발천. 싸이거나 가리어 있던 것이 열려서 드러남.
749) 남ᄉᆡ(濫事ㅣ): 남사. 외람한 일.
750) 텬지(天才): 천재. 타고난 재주.
751) 일취월댱(日就月將): 일취월장. 나날이 다달이 자라거나 발전함.
752) 문니(文理): 문리. 글의 뜻을 깨달아 아는 힘.
753) 댱진(長進): 장진. 매우 빠르게 나아감.
754) 농쟝(弄璋): 농장. 아들을 낳은 즐거움. 예전에, 중국에서 아들을 낳으면 규옥(圭玉)으로 된 구슬의 덕을 본받으라는 뜻으로 구슬을 장난감으로 주었다는 데서 유래함.

(慶事)룰 보고 대희(大喜)ᄒ며 구괴(舅姑ㅣ) 환희(歡喜)ᄒ더라. 처엄
의 쇼졔(小姐ㅣ) 히만(解娩)755)ᄒ매 본부(本府)의 도라가니 혹시(學
士ㅣ) 튜756)일(追日)757)ᄒ야 왕ᄂᆡ(往來)ᄒ더니, 밋 쇼졔(小姐ㅣ) 히산
(解産)을 비ᄅᆞ스매 화 공(公)이 사ᄅᆞᆷ으로 ᄒᆞ여곰 니부(李府)의 통(通)
ᄒ니,

혹시(學士ㅣ) 총망(怱忙)758)이 니ᄅᆞ러 의약(醫藥)을 다ᄉᆞ리며 미우
(眉宇)룰 수식(愁色)ᄒ야 능히(能-) 좌(座)의 안잣디 못ᄒ다가 아히
(兒孩) 소리룰 듯고 몸이 ᄂᆞᆯ 듯ᄒ야 급(急)히 드러가 보고 입을 주리
디 못ᄒ니 공(公)의 부뷔(夫婦ㅣ) 두굿기고 슈찬(修撰) 등(等)이 인ᄉᆞ
(人事ㅣ) 눈회(輪廻)759)ᄒᄆᆞᆯ 암희(暗喜)760)ᄒ며 우이 너겨 긔롱(欺弄)
ᄒ디 혹시(學士ㅣ) 텽이블문(聽而不聞)761)ᄒ고 쇼져(小姐)로 언쇠(言
笑ㅣ) 무궁(無窮)ᄒ더니,

칠(七) 일(日) 후(後) 아히(兒孩)룰 싯겨 누이매 ᄒᆞᆫ 자 옥(玉)뎡이
ᄀᆞᆮᄐᆞᆫ디라 혹시(學士ㅣ) ᄉᆞ랑이 미칠 듯ᄒ야 어ᄅᆞᄆᆞᆫ져 쇼져(小姐)룰
향(向)ᄒ야 웃고 ᄀᆞᆯ오ᄃᆡ,

"그ᄃᆡ 싱(生)을 구슈(仇讐)762)로 마련ᄒ더니 ᄎᆞᄋᆡ(此兒)룰 보니 뉘
덕(德)이뇨?

---

755) 히만(解娩): 해만. 아이를 낳는다는 뜻이나 여기에서는 임신한 것을 이름.
756) 튜: [교] 원문에는 '류'로 되어 있으나 문맥을 고려해 규장각본(23:93)과 연세대본(23:99)을 따름.
757) 튜일(追日): 추일. 날을 좇음. 매일.
758) 총망(怱忙): 매우 급하고 바쁨.
759) 눈회(輪廻): 윤회. 수레바퀴처럼 돌아감.
760) 암희(暗喜): 속으로 기뻐함.
761) 텽이블문(聽而不聞): 청이불문. 들어도 못 들은 척함.
762) 구슈(仇讐): 구수. 원수.

이제나 구훈(舊恨)을 프러 브려 싱(生)을 은인(恩人)으로 알라.”

쇼제(小姐ㅣ) 닝연(冷然) 브답(不答)ᄒ고 벼개의 비겨 신음(呻吟)ᄒ믈 마디아니ᄒ니 싱(生)이 대쇼(大笑)ᄒ고 견권(繾綣)ᄒᆫ 은졍(恩情)이 무궁(無窮)ᄒ니 화부(-府) 일개(一家ㅣ) 대희(大喜)ᄒ더라.

일삭(一朔)⁷⁶³⁾ 후(後) 쇼제(小姐ㅣ) 여샹(如常)⁷⁶⁴⁾ᄒ매 흑시(學士ㅣ) 쇼져(小姐)를 지쵹ᄒ야 두리고 본부(本府)의 니르니 왕(王)의 부뷔(夫婦ㅣ) 손ᄋᆞ(孫兒)를 보고 ᄉᆞ랑ᄒ믈 마디아냐 일흠 지어 영닌이라 ᄒ니 흑시(學士ㅣ) 더옥 쇼져(小姐)를 과혹(過惑)⁷⁶⁵⁾ᄒ야 슈유블니(須臾不離)⁷⁶⁶⁾ᄒ니 쇼제(小姐ㅣ) 비록 쵸독(楚毒)⁷⁶⁷⁾ᄒ나 유티(幼稚)⁷⁶⁸⁾를 두매 ᄌᆞ연(自然)ᄒᆫ ᄉᆞ랑이 텬셩(天性)으로조차 나거든 엇디 미양 미믈ᄒ리오. 브야흐로 흑ᄉᆞ(學士)를 사괴여 관″(關關)⁷⁶⁹⁾ᄒᆫ 화락(和樂)⁷⁷⁰⁾이 교칠(膠漆)⁷⁷¹⁾ ᄀᆞᄐᆫ디라 일개(一家ㅣ) 깃거ᄒ더라.

신텬지(新天子ㅣ) 즉위(卽位)ᄒ샤 즉시(卽時) 니빅문으로 병부샹셔(兵部尚書)를 뎨슈(除授)⁷⁷²⁾ᄒ시니 흑시(學士ㅣ) 샹소(上疏)ᄒ야 스스로 죄명(罪名)이 듕(重)ᄒ니 후직(厚職)⁷⁷³⁾을 감당(堪當)티 못ᄒ믈 ᄉᆞ

---

763) 일삭(一朔): 한 달.
764) 여샹(如常): 여상. 평상시와 같이 건강하게 됨.
765) 과혹(過惑): 지나치게 빠짐.
766) 슈유블니(須臾不離): 수유불리. 잠시도 떨어져 있지 않음.
767) 쵸독(楚毒): 초독. 매섭고 독함.
768) 유티(幼稚): 유치. 어린아이.
769) 관″(關關): ‘물수리가 끼룩끼룩 우는 소리’라는 뜻으로, 부부 사이가 좋음을 비유하는 말.『시경』, <관저(關雎)>에 나오는 말.
770) 화락(和樂): 화평하고 즐거움.
771) 교칠(膠漆): 아교와 옻칠이라는 뜻으로, 매우 친밀하여 서로 떨어질 수 없는 관계를 비유적으로 이르는 말.
772) 뎨슈(除授): 제수. 천거에 의하지 않고 임금이 직접 벼슬을 내림.
773) 후직(厚職): 후한 녹봉을 받는 관직.

양(辭讓)후니

샹(上)이 듯디 아니시고 됴셔(詔書)774)로 위로(慰勞)후샤디,

'경(卿)의 당년(當年) 과실(過失)이 이시나 이 도시(都是) 요인(妖人) 노녀(-女)의 죄(罪)라 엇디 경(卿)의 타시리오? 션뎨(先帝) 미양 경(卿)의 웅지대략(雄才大略)775)을 닛디 못후시던디라 딤(朕)이 새로 즉위(卽位)후야 됴뎡(朝廷)의 직신(直臣) 냥쟝(良將)776)이 업수니 모루미 젹심(赤心)777)으로 딤(朕)을 도우라.'

후시니 혹시(學士ㅣ) 다시 샹소(上疏)후야 굴오디,

'셕년(昔年)의 신(臣)의 죄괘(罪科ㅣ)778) 비록 노녀(-女)의779) 타시나 소범(所犯)780)이 등한(等閑)티 아니후니 셰지(歲載) 오라도 감히(敢-) 군녈(群列)781)의 나아가 금즈(金紫)782)룰 녕(領)티 못홀 거시어늘 후믈며 수졸(守拙)783)후연 디 수년(數年)이 못 되엿거놀 므슴 디식(知識)으로 병부(兵部) 큰 소임(所任)을 감당(堪當)후리잇가? 원(願) 폐하(陛下)눈 틱명(勅命)784)을 도로 환슈(還收)후쇼셔.'

---

774) 됴셔(詔書): 조서. 제왕의 뜻을 일반에게 알릴 목적으로 적은 문서.
775) 웅지대략(雄才大略): 웅재대략. 크고 뛰어난 재능과 지략.
776) 냥쟝(良將): 양장. 재주와 꾀가 많은 훌륭한 장수.
777) 젹심(赤心): 적심. 정성스럽고 참된 마음.
778) 죄괘(罪科ㅣ): 죄와 허물.
779) 의: [교] 원문에는 '와'로 되어 있으나 문맥을 고려해 규장각본(23:95)과 연세대본(23:101)을 따름.
780) 소범(所犯): 저지른 죄.
781) 군녈(群列): 군열. 뭇 관리의 열.
782) 금즈(金紫): 금자. 금인(金印)과 자수(紫綬)로, 금인은 관직의 표시로 차고 다니던 금으로 된 조각물이고 자수는 고위 관료가 차던 호패(號牌)의 자줏빛 술임.
783) 수졸(守拙): 착한 본성을 지킴.
784) 틱명(勅命): 칙명. 임금이 내린 명령.

샹(上)이 듯디 아니시고 힝공(行公)785) ᄒᆞ믈 지촉ᄒᆞ시디 혹시(學士
ㅣ) 무춤내 고ᄉᆞ(固辭)786)ᄒᆞ야 나디 아니터니 샹(上)이 짐즛 노(怒)ᄒᆞ
야 됴셔(詔書)ᄒᆞ야 글ᄋᆞ샤디,

'혹ᄉᆞ(學士) 니빅문이 쇼년(少年) 츌

신(出身)으로 오래 국ᄉᆞ(國事)를 부리니 딤(朕)이 특명(特命)으로 졔
슈(除授)ᄒᆞ매 ᄉᆞ양(辭讓)ᄒᆞ미 신ᄌᆞ(臣子)의 되(道ㅣ) 아니라. 파쳔(播
遷)787)ᄒᆞ야 남방(南方) 졔도(諸道) 안찰ᄉᆞ(按察使)788)를 ᄒᆞ이ᄂᆞ니 일
(一) 년(年) 닉(內) 다ᄉᆞ리고 샹경(上京)홀딘대 샹(賞)이 잇고 만일(萬
一) 못 미츨딘대 듕죄(重罪)를 ᄂᆞ리오리라.'

ᄒᆞ시고 삼일(三日) 츌ᄉᆞ(出仕)789)ᄒᆞ라 ᄒᆞ시니 니부(李府) 일개(一
家ㅣ) 대경(大驚)ᄒᆞ야 근심ᄒᆞ믈 마디아니ᄒᆞ디 연왕(-王)이 홀로 타연
(妥然)790)ᄒᆞ야 이에 혹ᄉᆞ(學士)를 블러 무러 골오디,

"남방(南方)은 듕디(重地)791)오 ᄒᆞ믈며 졔읍(諸邑)이 쳔(千) 리(里)
의 버러시니 너의 블민(不敏)ᄒᆞ므로792) 능히(能-) 일(一) 년(年) 닉
(內)의 다ᄉᆞ리고 도라올가 시브냐? 유여(裕餘)793) 당(當)ᄒᆞ량이면 갈

---

785) 힝공(行公): 행공. 공무를 집행함.
786) 고ᄉᆞ(固辭): 고사. 굳이 사양함.
787) 파쳔(播遷): 파천. 벼슬 자리를 옮겨 감.
788) 안찰ᄉᆞ(按察使): 안찰사. 지방 군현을 다스리며 풍속과 교육을 감독하고 범법을 단속하던 벼슬.
789) 츌ᄉᆞ(出仕): 출사. 벼슬을 해서 관아에 나감.
790) 타연(妥然): 편안한 모양.
791) 듕디(重地): 중지. 매우 중요한 땅.
792) 므로: [교] 원문에는 '믈'로 되어 있으나 문맥을 고려해 규장각본(23:96)과 연세대본(23:102)을 따름.
793) 유여(裕餘): 넉넉함.

거시오 녀식(女色)의 팀혹(沈惑)[794]ᄒᆞ야 군명(君命)을 져ᄇᆞ릴딘대 아이의 가디 말고 대리시(大理寺)[795]의 대죄(待罪)ᄒᆞ미 올흐니 네 스스로 헤아려 ᄒᆡᆼ(行)ᄒᆞ고 타일(他日) 나의게 욕(辱)이 잇게 말라.”

혹시(學士ㅣ) 비샤(拜辭)[796]ᄒᆞ야 ᄀᆞᆯ오디,

“신지(臣子ㅣ) 나라히 몸을 허(許)ᄒᆞ매 ᄉᆞ딘(死地ㄴ)들 ᄉᆞ양(辭讓)ᄒᆞ

..

103면

리잇가? 쇼지(小子ㅣ) 블민(不敏)ᄒᆞ나 당〃(堂堂)이 군부(君父)[797]를 욕(辱)디 아니ᄒᆞ리니 대인(大人)은 믈우(勿憂)ᄒᆞ쇼셔.”

왕(王) 왈(曰),

“범(凡) 니ᄉᆞ(來事)[798]는 능히(能-) 측냥(測量)티 못ᄒᆞᄂᆞᆫ디라 너의 말이 언과무실(言過無實)[799]ᄒᆞᆯ가 ᄒᆞ노라.”

혹시(學士ㅣ) 디왈(對曰),

“셩괴(盛敎ㅣ) 지극(至極) 맛당ᄒᆞ시니 쇼지(小子ㅣ) ᄯᅩᄒᆞᆫ 져기 혜아리옵ᄂᆞᆫ 비 이시니 일편도이 국ᄉᆞ(國事)를 그르게 ᄒᆞ리잇고?”

왕(王)이 잠쇼(暫笑) 무언(無言)ᄒᆞ니 기국공(開國公)이 이에 잇다가 웃고 ᄀᆞᆯ오디,

“빅문이 당년(當年)의 운수(運數)를 ᄣᅢ노라[800] 외입(外入)ᄒᆞ미 이시나 흉듕(胸中)[801]의논 제갈(諸葛)[802]의 모계(謀計)[803]와 듕달(仲

---

794) 팀혹(沈惑): 침혹. 푹 빠짐.
795) 대리시(大理寺): 추포(追捕)·규탄(糾彈)·재판(裁判)·소송(訴訟) 따위를 맡아보던 관아.
796) 비샤(拜辭): 배사. 삼가 공손히 사양함.
797) 군부(君父): 임금과 아버지.
798) 니ᄉᆞ(來事): 내사. 미래의 일.
799) 언과무실(言過無實): 말이 지나쳐 실제가 없음.
800) ᄣᅢ노라: 때우느라.

達)804)의 슬긔를 품어시니 녹″(錄錄)흔 남도(南道) 수천(數千) 니(里)를 못 다ᄉ리리오? 형댱(兄丈)은 브졀업슨 념녀(念慮)를 마르쇼셔."

왕(王)이 웃고 왈(曰),

"너의 언변(言辯)이 진짓 소딘(蘇秦)805) ᄌ공(子貢)806)이라 빅문이 만일(萬一) 네 말 ᄀ톨딘대 니 셜ᄉ(設使) 우몽(愚蒙)807)ᄒ나 잡말(雜-)을 어이 ᄒ리오?"

공(公)이 대쇼(大笑)ᄒ더라.

흑시(學士ㅣ) 즉시(卽時) 궐하(闕下)의 가 샤

104면

은(謝恩)ᄒ고 도라와 힝장(行裝)을 출혀 길 나려 훌 시, 부모(父母) 형뎨(兄弟) 근심이 측냥(測量)업고 흑시(學士ㅣ) ᄯ호 ᄉ졍(事情)이 참년(慘然)808)ᄒ여 년일(連日) 제(諸) 형뎨(兄弟)로 별회(別懷)를 니르더니,

---

801) 흉듕(胸中): 흉중. 가슴 속.

802) 졔갈(諸葛): 제갈. 제갈량(諸葛亮, 181-234)을 이름. 제갈량의 자(字)는 공명(孔明)이고, 또 다른 별호는 복룡(伏龍)임. 유비를 도와 오(吳)나라와 연합하여 조조(曹操)의 위(魏)나라 군사를 대파하고 파촉(巴蜀)을 얻어 촉한을 세움. 유비가 죽은 후에 무향후(武鄕侯)로서 남방의 만족(蠻族)을 정벌하고, 위나라 사마의(司馬懿)와 대전 중에 오장원(五丈原)에서 병사함.

803) 모계(謀計): 꾀와 계책.

804) 듕달(仲達): 중달. 중국 삼국시대 위(魏)나라의 명장 사마의(司馬懿, 179-251)의 자(字). 촉한(蜀漢) 제갈공명의 도전에 잘 대처하는 등 큰 공을 세워, 그의 손자 사마염이 위(魏)에 이어 진(晋)을 세우는 데에 기초를 세움.

805) 소딘(蘇秦): 소진. 중국 전국시대의 유세가(遊說家, ?-?). 진(秦)에 대항하여 산동(山東)의 6국인 연(燕), 조(趙), 한(韓), 위(魏), 제(齊), 초(楚)의 합종(合從)을 설득함.

806) ᄌ공(子貢): 자공. 중국 춘추시대 위나라의 유학자(B.C.520?-B.C.456?). 성은 단목(端木), 이름은 사(賜). 공자(孔子)의 제자로서 언어에 뛰어난 것으로 전해짐.

807) 우몽(愚蒙): 어리석고 사리에 어두움.

808) 참년(慘然): 참연. 슬퍼하는 모양.

발힝(發行)홀 날이 밤이 ㄱ려시매 일반(一般) 제809)븡(諸朋)이 쥬호(酒壺)810)롤 ㄱ초와 니르러 젼별(餞別)811)ㅎ기롤 죵일(終日)ㅎ고 밤을 니으니, 광능휘(--侯ㅣ) 크게 돗글 여러 ㅈ가(自家) 부인(夫人)의게 야찬(夜餐)812)을 ㅎ야 니라 ㅎ고 모든 군죵(群從)813) 형뎨(兄弟)와 븡우(朋友)로 녈좌(列坐)814)ㅎ야 담쇼(談笑)ㅎ니 뇽(龍) 그린 쵹(燭)이 별ㄱ티 버러시니 빅듀(白晝)롤 블워 아닐 거시오, 졔인(諸人)이 션명(鮮明)흔 의관(衣冠)으로 버러시매 옥안(玉顔)이 쇄락(灑落)ㅎ야 광치(光彩) ᄉ벽(四壁)의 ᄡ이더라. 광평휘(--侯ㅣ) 혹ᄉ(學士)ᄃ려 닐오ᄃᆡ,

"국은(國恩)이 오문(吾門)의 듕어태악(重於泰嶽)815)ㅎ샤 형뎨(兄弟) 이런 듕임(重任)을 맛다 블모디(不毛地)롤 향(向)ㅎ니 현뎨(賢弟)의 ᄌ죄(才操ㅣ) 소리(率爾)816)ㅎ미 업ᄉ려니와 ᄉ졍(事情)의 의연(依然)817)ㅎ믈 춤디 못ㅎ리

105면

로라."

혹ᄉ(學士ㅣ) 손샤(遜謝) 왈(曰),

---

809) 제: [교] 원문에는 '셰'로 되어 있으나 문맥을 고려해 규장각본(23:98)과 연세대본(23:104)을 따름.
810) 쥬호(酒壺): 주호. 술과 술병.
811) 젼별(餞別): 전별. 잔치를 베풀어 작별함.
812) 야찬(夜餐): 밤참.
813) 군죵(群從): 군종. 뭇 사촌.
814) 녈좌(列坐): 열좌. 벌이어 앉음.
815) 듕어태악(重於泰嶽): 중어태악. 태산보다 무거움.
816) 소리(率爾): 솔이. 어설픈 모양.
817) 의연(依然): 느끼는 모양.

"쇼뎨(小弟)의 용녈(庸劣)[818]ᄒ미 엇디 셩공(成功)ᄒ믈 ᄇ라리잇가 마ᄂ 황은(皇恩)을 위월(違越)[819]티 못ᄒ야 ᄆᆞᆯ 머리를 남(南)으로 도로혈딘대 고당(高堂)의 학발(鶴髮)[820] 조부모(祖父母)를 념녀(念慮)ᄒ며 졔(諸) 형졔(兄弟)를 ᄉ렴(思念)ᄒ야 쟝ᄎᆞᆺ(將次ㅅ) 셩질(成疾)[821]ᄒ리로소이다."

초휘(-侯ㅣ) 안식(顔色)을 화(和)히 ᄒ고 ᄀᆞᆯ오디,

"남ᄌ(男子ㅣ) 되여 국ᄉ(國事ㅣ) 몸의 이신 후(後) 구ﾞ(區區)ᄒᆞᆫ ᄉ졍(事情)을 발뵈리오? 현뎨(賢弟)ᄂ 무ᄎᆞᆷ내 형양(衡陽)을 다ᄉ리ᄃᆞ시 ᄒ야 영명(榮名)[822]을 후셰(後世)의 드리오라."

능휘(-侯ㅣ) 니어 ᄀᆞᆯ오디,

"시(士ㅣ) 나라히 몸을 허(許)ᄒᆞᆫ즉 죽기를 혜디 아닛ᄂ느니 너ᄂ 이ᄒᆞᆫ 일을 싱각ᄒ야 국ᄉ(國事)를 진심(盡心)[823]ᄒ고 타ᄉ(他事)를 ᄆ음의 두디 말라."

혹시(學士ㅣ) 사례(謝禮) 슈명(受命)ᄒ니 어ᄉ(御史) 긔문이 웃고 ᄀᆞᆯ오디,

"모다 잡말(雜-)을 그치고 운뵈 ᄲᆞᆯ리 니당(內堂)의 드러가게 ᄒ라."

혹시(學士ㅣ) 쇼이디왈(笑而對曰),

"쇼뎨(小弟) 이제 쳔(千) 리(里)의 형뎨(兄弟)를 분슈(分手)[824]ᄒ매 도라올 디쇽(遲速)[825]이

---

818) 용녈(庸劣): 용렬. 못생기고 재주가 남만 못하고 어리석음.
819) 위월(違越): 어김.
820) 학발(鶴髮): 학의 깃처럼 흰 머리털.
821) 셩질(成疾): 성질. 병이 남.
822) 영명(榮名): 빛나는 명성.
823) 진심(盡心): 마음과 정성을 다함.
824) 분슈(分手): 분수. 손을 나눈다는 뜻으로 이별함을 이름.
825) 디쇽(遲速): 지속. 더디고 빠르다는 뜻으로 기약을 이름.

업스니 엇디 닉실(內室)을 싱각호리잇가?"

평휘(-侯ㅣ) 웃고 왈(曰),

"무음의 업순 스양(辭讓) 말디니 이보[826]의 평싱(平生) 졍대(正大) 혼 톄(體)로도 산동(山東) 안디(按臺)[827] 적 형상(形象) 다 아라보왓 느니 허믈며 너는 본디(本-) 호식지인(好色之人)[828]이 춤기 쉽오랴? 우리 허믈 아닐 거시니 드러가 둘게 자고 닉일 평안(平安)이 가게 호 라."

능휘(-侯ㅣ) 미쇼(微笑) 왈(曰),

"실로(實-) 이 말숨 흐기 범남(汎濫)[829]호나 우리 형데(兄弟) 모다 흥미(興味) 잇다가도 형(兄)으로 인(因)호야 주연(自然) 주러디느이 다. 무음의 쳐지(妻子ㅣ) 듕(重)혼들 념티(廉恥) 잇느니야 동싱(同生) 이에셔 더 알리잇가?"

평휘(-侯) 대쇼(大笑) 왈(曰),

"내 본디(本-) 입바른 말 흐기로 너히게 믜이노라커니와 거줏말은 아닛느니라."

능휘(-侯ㅣ) 완〃(緩緩)이 웃고 왈(曰),

"우리 등(等)은 아모라 흐여도 몸이나 셩흐고 집의셔 법다이 굴거 니와 누고는 곡경(曲徑)[830]의 거조(擧措)도 잇더이다."

---

826) 이보: 이경문의 자(字).
827) 안디(按臺): 안대. 안찰사. 중국 송나라·명나라 때에, 지방 군현을 다스리며 풍속과 교육을 감독하고 범법을 단속하던 벼슬.
828) 호식지인(好色之人): 호색지인. 여자를 좋아하는 사람.
829) 범남(汎濫): 범람. 바람직하지 못한 것들이 크게 나돎.
830) 곡경(曲徑): 예법에 어긋난 정당하지 않은 행동.

평휘(-侯) 웃고 왈(曰),

"네 감히(敢-) 날을 긔롱(欺弄)홀다?"

능휘(-侯ㅣ) 쇼

이디왈(笑而對曰),

"형댱(兄丈)이 무슴 허믈 겨시다 ᄒᆞ고 긔롱(欺弄)ᄒᆞ리잇가? 주연(自然) 그러니가 이시니 우리 등(等)의 쇼〃(小小) 과실(過失)은 대단티 아니란 말이로소이다."

모다 대쇼(大笑)ᄒᆞ고 초휘(-侯ㅣ) ᄯᅩᄒᆞᆫ 웃기ᄅᆞᆯ 그치디 못ᄒᆞ니 영양후(--侯)와 어시(御史ㅣ) 일시(一時)의 닐오디,

"경문이 극(極)히 방ᄌᆞ(放恣)ᄒᆞ야 빅시(伯氏)ᄅᆞᆯ 죠롱(操弄)ᄒᆞ니 그 죄(罪) 경(輕)티 아닌디라 댱〃(堂堂)이 다ᄉᆞ리리라."

셜파(說罷)의 좌우(左右)로 측슈(厠水)831)ᄅᆞᆯ 가져오라 ᄒᆞ니 능휘(-侯ㅣ) 쇼왈(笑曰),

"나ᄂᆞᆫ 빅시(伯氏) 죠롱(操弄)ᄒᆞᆫ 일 업ᄉᆞ니 죄(罪) 닙을 일이 꿈의도 업서이다."

평휘(-侯ㅣ) 웃고 왈(曰),

"네 가지록 날을 공티(公恥)832)ᄒᆞ거니와 내 비록 허믈이 이신들 네 감히(敢-) 긔롱(欺弄)ᄒᆞ랴?"

능휘(-侯ㅣ) 왈(曰),

---

831) 측슈(厠水): 측수. 뒷간의 물.

832) 공티(公恥): 공치. 대놓고 모욕을 줌.

"쇼뎨(小弟) 언제 형댱(兄丈)긔 죠롱(操弄)ᄒ니잇가?"

평휘(-侯ㅣ) 왈(曰),

"그리면 앗가 그 말이 엇던 말인고? 주시 알외라."

능휘(-侯ㅣ) 소매로 입을 ᄀ리와 웃고 디왈(對曰),

"니ᄅ기 가쇼(可笑)로오니 토셜(吐說)833)티 아닛ᄂ니이다."

영양휘(--侯ㅣ) 어즈러

이 ᄭ지저 의관(衣冠)을 벗고 꿀라 ᄒ니 능휘(-侯ㅣ) 왈(曰),

"아모리 형(兄)의 위엄(威嚴)이 크신들 쇼뎨(小弟) 죄(罪) 업거든 므슴 곡졀(曲折)로 꿀리잇가?"

어시(御史ㅣ) 왈(曰),

"네 일뎡(一定) 빅시(伯氏)ᄅᆯ 긔롱(欺弄) 아닌다? 그 말숨의 곡졀(曲折)을 주시 알외라."

능휘(-侯ㅣ) ᄯ오 술이 ᄎ(醉)ᄒ엿ᄂ 고(故)로 옥안(玉顔)의 훈식(纁色)834)을 ᄭ여 낭〃(朗朗)이 박쇼(拍笑)ᄒ고 왈(曰),

"빅시(伯氏) 아등(我等)의 ᄉ실(私室)의셔 쳐주(妻子)로 희롱(戲弄)ᄒ믈 큰 허믈로 아ᄅ시나 요ᄉ이 ᄒᆫ 지샹(宰相)은 귀향 가며 므슴 경(景)이 잇던디 햐쳐(下處)835)의셔 부인(夫人)을 친(親)ᄒ야 옥836)동(玉童)을 ᄉᆡᆼ(生)ᄒ다 ᄒ더이다."

---

833) 토셜(吐說): 토설. 숨겼던 사실을 비로소 밝히어 말함.

834) 훈식(纁色): 훈색. 붉은색.

835) 햐쳐(下處): 하처. 손이 객지에서 묵는 곳.

836) 옥: [교] 원문에는 '유'로 되어 있으나 문맥을 고려해 규장각본(23:102)과 연세대본(23:108)을 따름.

평휘(-侯ㅣ) 즉시(卽時) 답왈(答曰),

"ᄎ시(此事ㅣ) 니 소실(所實)837)이니 네 긔롱(欺弄)ᄒ미 올흐냐?"

능휘(-侯ㅣ) 경왈(驚曰),

"형(兄)의 정대(正大)ᄒ시므로 진짓 말이니잇가? 이거시 쇼뎨(小弟) 죄(罪)를 삼으려 ᄒ시고 ᄌ당(自當)838)ᄒ시ᄂ이다."

평휘(-侯ㅣ) 왈(曰),

"네 ᄀ장 담(膽) 큰 톄ᄒ거니와 니의 소실(所實)인 줄 네 일뎡(一定) 모르ᄂ댜? 니 그리ᄒ엿노라."

능휘(-侯ㅣ) 급(急)히 관(冠)을

벗고 ᄭ러 왈(曰),

"쇼뎨(小弟)ᄂ 혼암용녈(昏闇庸劣)839)ᄒ 위인(爲人)이매 눔이 이런 말을 ᄒ거늘 듯고 앗가 형(兄)이 우리 년쇼(年少) 허믈을 과도(過度)히 아르실 시 소견(所見)을 토셜(吐說)ᄒ미러니 뉘 이런 줄 알리잇고? 쇼뎨(小弟) 죄(罪) 실로(實-) 듕(重)ᄒ니 죽기를 쳥(請)ᄒᄂ이다."

좌위(左右ㅣ) 일시(一時)의 크게 웃고 평휘(-侯ㅣ) 혀 차 왈(曰),

"이뵈 희롱(戲弄)을 ᄒ들 거동(擧動)이 아니 요괴(妖怪)로오냐? 연(然)이나 죄(罪)ᄂ 아니 다ᄉ리디 못ᄒ리라."

초휘(-侯ㅣ) ᄯ흔 우어 왈(曰),

"ᄎ뎨(次弟) 죄(罪) 듕(重)ᄒ니 ᄲᆯ리 삼슉부(三叔父) 자시던 술을

---

837) 소실(所實): 행한 일.
838) ᄌ당(自當): 자당. 스스로 감당함.
839) 혼암용녈(昏闇庸劣): 혼암용렬. 어리석고 못나서 사리에 어두우며 용렬함.

가져오라."

동ᄌᆞ(童子ㅣ) 텽령(聽令)ᄒ고 도라가 가져오니 어ᄉᆞ(御史ㅣ) 그ᄅ
슬 들고 알ᄑᆡ 가 굴오디,

"네 죄(罪)로 혜아리건대 벌(罰)이 경(輕)ᄒ나 우리 형댱(兄丈)이
관홍840)(寬弘)841) 대도(大度)842)ᄒ샤 져근 벌(罰)을 ᄂᆞ리오시ᄂᆞ니 ᄉᆞ
양(辭讓)티 말라."

휘(侯ㅣ) 쇼왈(笑曰),

"쇼뎨(小弟) 죄(罪) 듕(重)ᄒ니 매 맛기ᄅᆞᆯ 등디(等待)843)ᄒ더니 ᄎᆞ
(此)ᄂᆞᆫ 큰 덕(德)인 줄 형(兄)이 니ᄅᆞ시디 아니타 모ᄅᆞ리잇가?"

셜파(說罷)의 세 그ᄅ

· ·

110면

술 년(連)ᄒ야 마시고 믈러안ᄌᆞ니 좌위(左右ㅣ) 크게 웃고 텰 혹ᄉᆞ
(學士ㅣ) 왈(曰),

"인간(人間)의 아오 되기 셜운 일이로다. 바른 말 ᄒ고 죄(罪)ᄅᆞᆯ
바드니 긔 아니 ᄡᅩᄒ냐?"

능휘(-侯ㅣ) 웃고 왈(曰),

"아모리 바ᄅᆞᆫ 말인들 우흘 쵹범(觸犯)844)ᄒ미 그르디 아니리잇가?
만일(萬一) 아던들 말 거ᄉᆞᆯ 모론 죄(罪) 깁허이다."

---

840) 홍: [교] 원문과 규장각본(23:103), 연세대본(23:109)에 모두 '홍'으로 되어 있으나 문맥을 고
려해 이와 같이 수정함.
841) 관홍(寬弘): 너그럽고 도량이 큼.
842) 대도(大度): 도량이 큼.
843) 등디(等待): 등대. 윗사람의 지시나 명령 따위를 미리 준비하고 기다림.
844) 쵹범(觸犯): 촉범. 꺼리고 피해야 할 일을 저지름.

텰 혹시(學士ㅣ) 쇼왈(笑曰),

"네 과연(果然) 죄(罪) 닙어 뽀다. 가지록 간샤(奸邪)845)히 꾸미니 어이 아니 믜오리오?"

혹시(學士ㅣ) 왈(曰),

"형(兄)이 벌쥬(罰酒)를 진(盡)하시고 셩 프실 디 업서 하시니 젼일(前日) 뎡 샹유846)847)로848) 낙이를 시힝(施行) 못 하여시니 오늘 힝(行)하게 하사이다."

모다 씨다라 즉시(卽時) 좌우(左右)를 도라보니 뎡싱(-生)이 업거늘 혹시(學士ㅣ) 즉시(卽時) 시녀(侍女)로 브르니 회보(回報)849) 왈(曰),

"침소(寢所)의셔 볼셔 츄침(就寢)하야 겨시더이다."

혹시(學士ㅣ) 씨와 부르라 하거늘 초휘(-侯ㅣ) 왈(曰),

"뎡낭(-郎)이 네 노예(奴隸) 아니니 자다가 므엇 하라 올가 시브뇨? 밤이 임의 깁허시니 드러가 자미 올토다."

111면

혹시(學士ㅣ) 디왈(對曰),

"쇼뎨(小弟) 블쵸(不肖)하나 엇디 형뎨(兄弟)로 한화(閑話)850)하믈 파(罷)하고 니실(內室)을 츠즈리잇가?"

초휘(-侯ㅣ) 왈(曰),

---

845) 간샤(奸邪): 간사. 성질이 간교하고 사곡함.
846) 샹유: [교] 원문에는 '유샹'으로 되어 있으나 앞의 예를 따라 이와 같이 수정함.
847) 샹유: 상유. 정희의 자(字).
848) 로: [교] 원문과 규장각본(23:104), 연세대본(23:110)에 모두 '으로'로 되어 있으나 앞 어휘와 의 관계를 고려해 이와 같이 수정함.
849) 회보(回報): 어떤 문제에 관한 요구나 물음에 대해 대답으로 보고함.
850) 한화(閑話): 한가하게 서로 주고받는 이야기.

"우리로 더브러 임의 냥야(良夜)[851]를 디내여시니 평명(平明)[852]은 분요(紛擾)[853]홀 거시니 이제 드러가 돈녀오라."

혹시(學士ㅣ) 슈명(受命)ᄒᆞ야 몸을 니러 운셩각(--閣)의 니르니,

화 쇼제(小姐ㅣ) 상상(床上)의셔 ᄋᆞᄌᆞ(兒子)를 픔고 돈줌이 ᄇᆞ야히 어늘 혹시(學士ㅣ) 나아가 ᄭᅵ온대 쇼제(小姐ㅣ) 놀라 니러 안거늘 혹시(學士ㅣ) 왈(曰),

"만리(萬里) 가는 가부(家夫)의 힝도(行途)[854]를 념녀(念慮)티 아니코 편(便)히 줌만 자ᄂᆞ뇨?"

쇼제(小姐ㅣ) 정식(正色) 왈(曰),

"군ᄌᆞ(君子)의 원힝(遠行)[855]이 념녀(念慮)로오나 이 ᄉᆞ별(死別)이 아니어늘 구″(區區)히 ᄉᆞ렴(思念)ᄒᆞ야 줌을 아니 자리오? 연(然)이나 셔당(書堂)의셔 자디 아니코 ᄯᅩ 드러오샤 힝신(行身)[856]의 구″(區區)ᄒᆞ믈 나[857]타내시ᄂᆞ니잇고?"

혹시(學士ㅣ) 쇼왈(笑曰),

"그디ᄂᆞᆫ 가지록 밍녈(猛烈)ᄒᆞᆫ 언ᄉᆞ(言事ㅣ) ᄭᅵ디[858] 아냣도다. 셔당(書堂)의 잇더니 냥형(兩兄)의 드러가믈 니르시니 엇디 위월(違越)[859]ᄒᆞ리오?"

셜파(說罷)의 흔연(欣然)

---

851) 냥야(良夜): 양야. 좋은 밤.
852) 평명(平明): 해가 뜨는 시간.
853) 분요(紛擾): 어수선하고 소란스러움.
854) 힝도(行途): 행도. 멀리 가는 길.
855) 원힝(遠行): 원행. 먼 곳으로 감.
856) 힝신(行身): 행신. 세상을 살아가는 데 가져야 할 몸가짐이나 행동.
857) 나: [교] 원문에는 '다'로 되어 있으나 문맥을 고려해 규장각본(23:105)과 연세대본(23:111)을 따름.
858) ᄭᅵ디: 없어지지.
859) 위월(違越): 위반함.

이 옥슈(玉手)를 어루만져 보듕(保重)860)ᄒᆞ믈 당보(當付)ᄒᆞ야 은근
(慇懃)ᄒᆞᆫ 언에(言語ㅣ) 금셕(金石)이 녹ᄂᆞᆫ 둣ᄒᆞ니 쇼졔(小姐ㅣ) 졍식
(正色) 왈(曰),

"보듕(保重)ᄒᆞ시믄 쳔(千) 리(里)를 딘슈(鎮守)861)ᄒᆞ시ᄂᆞᆫ 샹공(相公)
긔 이시니 집의 편(便)히 안잣ᄂᆞᆫ 쳡(妾)의 편(便)커야 념(念)ᄒᆞ시리오?
일노(一路)의 무ᄉᆞ(無事)히 가샤 왕ᄉᆞ(王事)를 수이 션티(善治)862)ᄒᆞ
시고 오시믈 ᄇᆞ라ᄂᆞ이다."

싱(生)이 손샤(遜謝) 왈(曰),

"부인(夫人)의 ᄀᆞᄅᆞ치미 올흐니 당〃(堂堂)히 씌예 사겨 닛디 아니
리라. 밤이 만히 깁허시니 잠간(暫間) 혈슉(歇宿)863)ᄒᆞ믈 막디 말디
어다."

인(因)ᄒᆞ야 부인(夫人)을 잇그러 상상(床上)의 나아가매 견권(繾
綣)ᄒᆞᆫ 은이(恩愛) 터산북히(泰山北海) ᄀᆞᆺ고 ᄋᆞᄌᆞ(兒子)를 어루만져 이
듕(愛重)864)ᄒᆞ미 측냥(測量)업더니,

이윽고 동방(東方)이 붉으매 혹시(學士ㅣ) 니러 관셰(盥洗)865)ᄒᆞ고
쇼져(小姐)로 지삼(再三) 니별(離別)을 ᄆᆞ춘 후(後) 졍당(正堂)의 드
러가 모든 ᄃᆡ 하딕(下直)ᄒᆞ니 존당(尊堂) 졔슉(諸叔)이 일시(一時)의
집슈(執手) 위로(慰勞)ᄒᆞ야 보듕(保重)ᄒᆞ믈 일ᄏᆞᆺ고 수이 도라

---

860) 보듕(保重): 보중. 몸을 아끼어 잘 가짐.
861) 딘슈(鎮守): 진수. 군대를 주둔하여 군사적으로 중요한 곳을 지킴.
862) 션티(善治): 선치. 백성을 잘 다스림.
863) 혈슉(歇宿): 헐숙. 어떤 곳에서 대어 쉬고 묵음.
864) 이듕(愛重): 애중. 사랑하고 소중하게 여김.
865) 관셰(盥洗): 관세. 손발을 씻음.

오믈 니ᄅ니 싱(生)이 ᄌ비(再拜) 샤례(謝禮)ᄒ고 부모(父母) 알픠 나아가 ᄭ러 절ᄒ기ᄅᆯ 당(當)ᄒ야ᄂ 옥안(玉顔) 츄파(秋波)866)의 누쉬(淚水 ㅣ)867) 어리믈 ᄭᅵᆺ디 못ᄒ니 왕(王)이 안ᄉᆨ(顔色)을 블변(不變)ᄒ고 ᄎᆨ(責)ᄒ야 ᄀᆯ오디,

"인〃(人人)이 부ᄌ(父子ㅣ) ᄉ별(死別)을 당(當)ᄒ여도 슬프믈 ᄎᆷ으ᄆᆫ 대의(大義)ᄅᆯ 도라보미어ᄂᆯ 네 블민(不敏)ᄒᆫ 위인(爲人)으로 군은(君恩)868)이 듕(重)ᄒ야 대임(大任)을 맛다 경ᄉ(京師)ᄅᆯ ᄭ나며 셜〃(屑屑)869)ᄒᆫ 티도(態度)ᄅᆯ ᄒᄂ뇨? 츄호(秋毫)나 국ᄉ(國事)ᄅᆯ 그릇ᄒᆯ딘대 싱젼(生前)의 너ᄅᆯ 보디 아니ᄒ리라."

ᄒᆨ시(學士ㅣ) 연망(連忙)870)이 ᄇᆡ샤(拜謝)ᄒ고 ᄎᆼᄎᆼ(恖恖)871)이 니러나 궐하(闕下)의 가 황월(黃鉞)872)과 샹방검(尙方劍)873)을 밧ᄌ올ᄉᆡ, 샹(上)이 인견(引見)874)ᄒ샤 위유(慰諭)875)ᄒ시고 수이 도라오믈 니ᄅ시니 ᄒᆨ시(學士ㅣ) ᄇᆨᄇᆡ(百拜) 샤은(謝恩)ᄒ고 절월(節鉞)876)을 거ᄂ려 길 나니 모든 형뎨(兄弟) 십(十) 니(里) 댱뎡(長亭)877)의 가

---

866) 츄파(秋波): 추파. 가을철의 잔잔하고 맑은 물결 같은 눈.
867) 누쉬(淚水 ㅣ): 누수. 눈물.
868) 군은(君恩): 임금의 은혜.
869) 셜〃(屑屑): 설설. 자질구레하게 부스러지거나 보잘것없이 됨.
870) 연망(連忙): 급한 모양.
871) ᄎᆼᄎᆼ(恖恖): 급하고 바쁜 모양.
872) 황월(黃鉞): 황금으로 장식한 도끼.
873) 샹방검(尙方劍): 상방검. 상방서(尙方署)에서 특별히 제작한, 황제가 쓰는 보검. 중국 고대에 천자가 대신을 파견하여 중대한 안건을 처리하도록 할 때 늘 상방검을 하사함으로써 전권을 주었다는 표시를 하였고, 군법을 어긴 자가 있을 때 상방검으로 먼저 목을 베고 후에 임금에게 아뢰도록 하였음.
874) 인견(引見): 윗사람이 아랫사람을 불러 봄.
875) 위유(慰諭): 위로하고 타이름.
876) 절월(節鉞): 절월. 절(節)과 부월(斧鉞). 절은 수기(手旗)와 같고, 부월은 도끼같이 만든 것으로 생살권(生殺權)을 상징함.

송별(送別)ᄒᆞ매 피추(彼此) 의〃(依依)[878]ᄒᆞᆫ 뜻이 측냥(測量)업서 서
로 손을 잡고 수이 모도믈 원(願)ᄒᆞ더라.

혹

시(學士ㅣ) 비도(倍道)[879]ᄒᆞ야 남경(南京) 디경(地境)의 니르러는 각
관(各官)의 슌힝(巡行)[880]ᄒᆞ야 옥숑(獄訟)[881]을 션티(善治)ᄒᆞ미 신명
(神明) ᄀᆞᆺ고 창고(倉庫)를 여러 녀민(黎民)[882]을 진제(振濟)[883]ᄒᆞ며
탐남(貪婪)[884]ᄒᆞᆫ 관원(官員)을 듕(重)히 다ᄉᆞ려 죠곰도 요디(饒貸)[885]
티 아니ᄒᆞ고 츌쳑(黜斥)[886]이 분명(分明)ᄒᆞ며 샹벌(賞罰)이 싁〃ᄒᆞ니
남도(南都) 졔군(諸郡)이 망혼상담(亡魂喪膽)[887]ᄒᆞ야 아모리 ᄒᆞᆯ 줄
아디 못ᄒᆞ고 혹시(學士ㅣ) 이십(二十) 쇼년(少年)으로 옥면뉴풍(玉面
柳風)[888]이 하안(何晏)[889], 왕ᄌᆞ딘(王子晉)[890] ᄀᆞᆺ거ᄂᆞᆯ 품복(品服)이

---

877) 댱뎡(長亭): 장정. 먼 길을 떠나는 사람을 전송하던 곳. 과거에 5리와 10리에 정자를 두어 행
　　　인들이 쉴 수 있게 했는데, 5리에 있는 것을 '단정(短亭)'이라 하고 10리에 있는 것을 '장정'이
　　　라 함.
878) 의〃(依依): 헤어지기가 서운함.
879) 비도(倍道): 배도. 이틀 갈 길을 하루에 감.
880) 슌힝(巡行): 순행. 감독하거나 단속하기 위해 돌아다님.
881) 옥숑(獄訟): 옥송. 형사상의 송사.
882) 녀민(黎民): 여민. 백성.
883) 진제(振濟): 진제. 가난하고 어려운 사람을 구제함.
884) 탐남(貪婪): 탐람. 재물이나 음식을 탐함.
885) 요디(饒貸): 요대. 너그러이 용서함.
886) 츌쳑(黜斥): 출척. 허물이 있는 사람을 내쫓아 쓰지 아니함.
887) 망혼상담(亡魂喪膽): 넋을 잃고 간담이 서늘함.
888) 옥면뉴풍(玉面柳風): 옥면유풍. 아름다운 얼굴과 버들 같은 풍채.
889) 하안(何晏): 중국 삼국시대 위(魏)나라 사람(196-249)으로 자(字)는 평숙(平叔). 조조(曹操)의
　　　의붓아들이자 사위. 반하(潘何)라 하여 서진(西晉)의 반악(潘岳)과 함께 잘생긴 남자의 대명사
　　　로 불림.
890) 왕ᄌᆞ딘(王子晉): 왕자진. 중국 주(周)나라 영왕(靈王)의 태자 진(晉)을 이름. 성은 희(姬). 자
　　　(字)가 자교(子喬)여서 왕자교(王子喬)로도 불림. 일찍 죽어 왕위에 오르지는 못함. 전설에 따

의 〃(猗猗)891)ᄒ고 치거(彩車) 졀월(節鉞)로 풍우(風雨) ᄀ티 힝(行)ᄒ매 각도(各道) 슈령(守令)이 본읍(本邑) 위의(威儀)892)를 ᄀ초와 디경(地境)ᄀ디 나와 마즈니 엄 〃(嚴嚴)893)ᄒ 위의(威儀)ᄂ 니르도 말고 영요(榮耀)ᄒ 광치(光彩) 원근(遠近)의 들리고 티셩(致聲)894)이 대진(大振)895)ᄒ더라. 안디(按臺) 두로 도라 수월(數月) 만의 복건디계(福建之界)896)의 니르럿더라.

이적의 노 시(氏) ᄉ화(肆禍)897)를 만나 미처 부모(父母) 동싱(同生)도 뉴렴(留念)898)티 못ᄒ고 창황(倉黃)899)이 홍영으로 더브러 남장(男裝)을 기탁(改着)900)ᄒ고

115면

문(門)을 나 거쳐(去處) 업시 가더니 ᄆ춤 복건(福建) 장ᄉ의 비를 만나 듕가(重價)901)를 주고 비의 올라 복건(福建)의 니르러ᄂ 비에 ᄂ려 촌샤(村舍)를 ᄎ자 쥬인(主人)902)ᄒ고 ᄇ야흐로 홍영으로 더브러 의논(議論)ᄒ야 굴오디,

르면 그는 신선이 되어 학을 타고 다니면서 영생하였다 함.
891) 의〃(猗猗): 아름답고 성함.
892) 위의(威儀): 무게가 있어 외경할 만한 거동.
893) 엄〃(嚴嚴): 매우 엄함.
894) 티셩(致聲): 치성. 치하하는 소리.
895) 대진(大振): 크게 떨침.
896) 복건디계(福建之界): 복건지계. 중국 복건 땅의 경계. 복건은 중국 동남부에 있는 지역으로 대부분이 산악 지대로 이루어져 있음.
897) ᄉ화(肆禍): 사화. 행동을 방자하게 해 일어난 재앙.
898) 뉴렴(留念): 유념. 마음에 둠.
899) 창황(倉黃): 허둥지둥 당황하는 모양.
900) 기탁(改着): 개착. 바꿔 입음.
901) 듕가(重價): 중가. 두둑한 값.
902) 쥬인(主人): 주인. 잠시 머물러 살 집을 정함.

"우리 죄악(罪惡)이 극(極)ᄒᆞ야 ᄒᆞᆫ 번(番) 챵누(彰漏)903)ᄒᆞ매 죽기를 도망(逃亡)티 못ᄒᆞᆯ러니 요힝(僥倖) 버서나 이곳의 오니 이제ᄂᆞᆫ 우리 거쳐(居處)를 알 리 업ᄂᆞᆫᄃᆡ라 냥ᄎᆡᆨ(良策)904)을 싱각ᄒᆞ야 원슈(怨讐)를 갑흐미 엇더뇨?"

홍영 왈(曰),

"쇼져(小姐) 말ᄉᆞᆷ이 올흐시나 혈〃(孑孑) ᄋᆞ녀ᄌᆞ(兒女子) 냥인(兩人)이 남방(南方) 쳔(千) 리(里)의 뉴락(流落)905)ᄒᆞ야 쟝ᄎᆞᆺ(將次ㅅ) ᄆᆞ슴 계규(計巧)를 일우리오? 아직 고요히 이셔 됴뎡(朝廷)의 ᄎᆞᆺᄂᆞᆫ 긔미(幾微) 쇼삭(蕭索)906)ᄒᆞᆫ 후(後) 싱각ᄒᆞ미 올흐니이다."

노 시(氏) 올히 너겨 유벽(幽僻)907)ᄒᆞᆫ 집을 어더 쥬인(主人)ᄒᆞ니, 이 곳 뉴현이 원뎍(遠謫)908)ᄒᆞᆫ 곳이라.

현이 뎍거(謫居)909)ᄒᆞ연 디 히 오라ᄃᆡ 죄악(罪惡)이 텬디(天地)의 ᄀᆞ득ᄒᆞᆫ 고(故)로

. .

116면

싱환(生還)ᄒᆞᆯ 긔약(期約)이 묘연(渺然)ᄒᆞ니 일야(日夜) 쵸조(焦燥)ᄒᆞ되 기쳐(其妻) 셜 시(氏) 극(極)히 냥슌(良順)910)ᄒᆞ야 그 가부(家夫)를 위로(慰勞)ᄒᆞ야 듀야(晝夜)로 기유(開諭)911)ᄒᆞ니 현이 져기 ᄭᆡᄃᆞᆺ고

---

903) 챵누(彰漏): 창루. 드러나 퍼짐.
904) 냥ᄎᆡᆨ(良策): 양책. 좋은 계책.
905) 뉴락(流落): 유락. 자기 고향이 아닌 고장에서 삶.
906) 쇼삭(蕭索): 소삭. 다 사라짐.
907) 유벽(幽僻): 한적하고 외짐.
908) 원뎍(遠謫): 원적. 멀리 귀양 감.
909) 뎍거(謫居): 적거. 귀양 가 삶.
910) 냥슌(良順): 양순. 어질고 순함.
911) 기유(開諭): 개유. 사리를 알아듣도록 타이름.

셜 시(氏) 쏘흔 금빅(金帛)912)을 내야 정결(淨潔)흔 집을 사고 바느질
흐야 겨유 일월(日月)을 머므더니,

이날 노 시(氏) 긱실(客室)의 쥬인(主人)흐믈 보고 현이 즉시(卽是)
나와 서로 녜필(禮畢)흐매 뎌의 옥안영풍(玉顔英風)913)을 긔특(奇特)
이 너겨 셩명(姓名)을 무르대 노 시(氏) 디왈(對曰),

"쇼싱(小生)의 셩명(姓名)은 노홰로소이다. 존공(尊公)의 대명(大
名)을 듯고져 흐느이다."

현이 제 셩명(姓名)을 곰초고 뉴현이로라 흐며 굴오디,

"싱(生)은 본토인(本土人)이라 농업(農業)을 즈싱(資生)914)흐거니
와 그디는 엇던 스룸으로 이곳의 므엇 흐라 니르럿느뇨?"

노 시(氏) 디왈(對曰),

"즈연(自然)이 뉴리(流離)915)흐야 니르럿느이다."

현이 뎌의 옥셩(玉聲)이 쳥아(淸雅)흐믈 즈못 의심(疑心)흐야 후디
(厚待)916)흐야 셔실(書室)의 머

· ·

117면

믈우고 튜일(追日)917)흐야 흔곳의 모다 논문(論問)흐매 쇼인(小人)의
뜻이 즈연(自然) 합(合)흐야 친(親)흐미 아던 바 ᄀ튼 듕(中) 현이
졈"(漸漸) 의심(疑心)이 동(動)흐고 스모(思慕)흐미 듕(重)흐야,

---

912) 금빅(金帛): 금백. 금과 비단.
913) 옥안영풍(玉顔英風): 옥처럼 아름다운 얼굴과 헌걸찬 풍채.
914) 즈싱(資生): 자생. 어떤 직업을 가지고 생계를 유지함.
915) 뉴리(流離): 유리. 일정한 집과 직업이 없이 이곳저곳으로 떠돌아다님.
916) 후디(厚待): 후대. 후하게 대접함.
917) 튜일(追日): 추일. 날마다 좇음.

일 "(一日)은 월야(月夜)를 타 노 시(氏) 곳의 니르러 말솜ᄒ더니 밤이 깁흐매 홍영이 조으름을 견디디 못ᄒ야 섬 아래셔 자거늘 현이 짐즛 노 시(氏) 손을 잡고 웃고 글오디,

"그디로 수월(數月)을 샹슈(相隨)918)ᄒ야 졍(情)이 동긔(同氣) ᄀ타니 가(可)히 오늘으란 일침(一寢)의셔 자미 엇더뇨?"

노 시(氏) 심하(心下)의 오래 독쳐(獨處)ᄒ야 음심(淫心)이 나는 고(故)로 ᄉ양(辭讓)티 아니ᄒ고 상(牀)의 오르매 현이 그 녀진(女子ㅣ)줄 알고 대희(大喜)ᄒ야 핍박(逼迫)919)ᄒ야 운우지락(雲雨之樂)920)을 일우며 글오디,

"그디 엇던 녀즈(女子)로 이에 니르럿는다?"

노 시(氏) 울며 글오디,

"본디(本-) ᄉ족(士族) 녀즈(女子)로 가부(家夫)의게 실의(失義)921)ᄒ야 니티믈 닙으디 친개(親家ㅣ) 녕낙(零落)922)ᄒ고 ᄉ고923)무친(四顧無親)924)ᄒ야 남장(男裝)으로 두로 둔

---

918) 샹슈(相隨): 상수. 서로 따름.

919) 핍박(逼迫): 몸을 가까이 함.

920) 운우지락(雲雨之樂): 구름과 비를 만나는 즐거움이라는 뜻으로, 남녀의 정교(情交)를 이르는 말. 중국 초나라의 회왕(懷王)이 꿈속에서 자신을 무산(巫山)의 여자라 소개한 여인과 잠자리를 같이 했는데, 그 여인이 떠나면서 아침에는 구름이 되고 저녁에는 비가 되어 양대(陽臺) 아래에 있겠다고 했다는 고사에서 유래함. 『문선(文選)』에 실린 송옥(宋玉)의 <고당부(高唐賦)>에 나오는 이야기.

921) 실의(失義): 부부로서의 의리를 잃음.

922) 녕낙(零落): 영락. 권세나 살림이 줄어서 보잘것없이 됨.

923) 고: [교] 원문과 규장각본(23:111), 연세대본(23:117)에 모두 '구'로 되어 있으나 문맥을 고려해 이와 같이 수정함.

924) ᄉ고무친(四顧無親): 사고무친. 사방을 돌아보아도 친한 사람이 없다는 뜻으로 의지할 만한 사람이 아무도 없음을 이르는 말.

니더니 군주(君子)의게 욕(辱)을 볼 줄 알리오?"

현이 은근(慇懃)이 다래여 골오디,

"그디 임의 쇼텬(所天)⁹²⁵⁾의게 실의(失義)ᄒ고 날을 만나미 텬연(天緣)⁹²⁶⁾이라 ᄉ양(辭讓)티 말고 날로 더브러 빅년히로(百年偕老)ᄒ미 올흐니라."

노 시(氏) 다시 ᄉ양(辭讓)티 아니코 밤을 디내매 냥정(兩情)이 미흡(彌洽)⁹²⁷⁾ᄒ야 ᄎ후(此後)ᄂ 듀야(晝夜)로 음난(淫亂)ᄒ디 가듕(家中)이 모ᄅ더라.

노 시(氏) 드듸여 공교(工巧)히 쇠를 일워 현의게 셜 시(氏)를 춤소(讒訴)ᄒ니 현이 대로(大怒)ᄒ야 셜 시(氏)를 내치고 노 시(氏)로 기복(改服)⁹²⁸⁾ᄒ야 가ᄉ(家事)를 맛디니 셜 시(氏) 우분필ᄉ(憂憤必死)⁹²⁹⁾ᄒ더라.

냥인(兩人)이 거릿긴 거시 업서 삼(三) 년(年)을 즐기매 ᄌ연(自然) 둘히 근본(根本)을 서로 안디라 노 시(氏) 궁흉(窮凶)ᄒ 계규(計巧)를 내여 현이ᄃ려 닐으디,

"우리 냥인(兩人)이 다 이미ᄒ 일로 기인(棄人)⁹³⁰⁾이 이러틋 되야 싱환(生還)ᄒᆯ 긔약(期約)이 업ᄉ니 직분(職分)을 딕희고 잇디 못ᄒᆯ디라 여ᄎ(如此)ᄒ미 엇더뇨?"

---

925) 쇼텬(所天): 소천. 남편.
926) 텬연(天緣): 천연. 하늘이 정해 준 인연.
927) 미흡(彌洽): 두루 흡족함.
928) 기복(改服): 개복. 옷을 바꿔 입음.
929) 우분필ᄉ(憂憤必死): 우분필사. 근심하고 분노해 죽음.
930) 기인(棄人): 세상에서 버려진 사람.

현

이 크게 씨두라 손벽 티고 글오디,

"나는 남지(男子ㅣ)라도 이런 뜻이 업더니 그디는 과연(果然) 긔특
(奇特)훈 녀지(女子ㅣ)로다."

노 시(氏) 환희(歡喜)ᄒ야 ᄌ긔(自己) ᄌ쟝(資裝)931)의 금빅(金帛)
을 내야 현이로 근쳐(近處) 무뢰협긱(無賴俠客)932)들을 무궁(無窮)이
결납(結納)933)ᄒ야 무예(武藝)를 니긴 후(後) 셩듕(城中)의 드러가 태
슈(太守)를 죽이고 고을을 웅거(雄據)934)ᄒ니 복건(福建) 일읍(一邑)
군병(軍兵)이 ᄌ연(自然) 다 쇽(屬)ᄒ더라. 현이 크게 깃거 노 시(氏)
를 더옥 츄존(推尊)935)ᄒ고 귀(貴)히 너기며 병긔(兵器)를 다ᄉ려 쟝
ᄎᆞᆺ(將次ㅅ) 오초(吳楚)를 아오로려 ᄒ더니,

니(李) 안찰(按察)이 복건디계(福建之界)의 니르러 이 긔별(奇別)을
듯고 디경(大驚)ᄒ야 물 머리를 두로혀 양〃(襄陽) 아듕(衙中)의 니르
러 튀슈(太守ㅣ)로 더브러 일을 의논(議論)홀 시 튀슈(太守) ᄯᅩᄒᆫ 적
(賊)의 세(勢) 커 디뎍(對敵)디 못홀 줄로 니르거눌 안디(按臺) 왈(曰),

"뉴현이는 젼(前) 승샹(丞相) 뉴영걸의 쳡지(妾子ㅣ)936)라. 샤형(舍
兄)937)이 일즉 뉴가(-家)의 의지(依支)ᄒ야실 적

---

931) ᄌ쟝(資裝): 자장. 길을 떠날 때 꾸리는 행장.
932) 무뢰협긱(無賴俠客): 무뢰협객. 성품이 막되어 예의와 염치를 모르며 함부로 행동하는 사람들.
933) 결납(結納): 주로 나쁜 일을 꾸미려고 서로 한통속이 됨.
934) 웅거(雄據): 일정한 땅을 자리잡고 막아 지킴.
935) 츄존(推尊): 추존. 높이 받들어 존경함.
936) 쳡지(妾子ㅣ): 첩자. 서자.
937) 샤형(舍兄): 사형. 자기의 형을 남에게 겸손하게 일컫는 말. 여기에서는 이경문을 이름.

뎌의 모해(謀害)를 무궁(無窮)이 닙고 ᄒ마 몸을 보젼(保全)티 못홀
번ᄒ엿다가 겨유 투ᄉᆡᆼ(偸生)⁹³⁸⁾ᄒ고 저의 죄(罪) 슈ᄉᆞ난쇽(雖死難
贖)⁹³⁹⁾이어놀 가친(家親)이 구(救)ᄒ샤 뉴찬(流竄)⁹⁴⁰⁾이 과분(過分)⁹⁴¹⁾
커놀 슈졸(守拙)⁹⁴²⁾키ᄂᆞᆫ 멀고 이런 역심(逆心)⁹⁴³⁾을 품엇ᄂᆞᆫ 줄 엇디
알리오? 근쳐(近處) 군ᄉᆞ(軍使)를 니ᄅᆞ혀 당〃(堂堂)이 텨 멸(滅)ᄒ리
라."

태슈(太守ㅣ) 왈(曰),

"안디(按臺) 말ᄉᆞᆷ이 올흐시나 뉴현이 용녁(勇力)이 졀뉸(絕倫)⁹⁴⁴⁾
ᄒ고 부하(部下)의 용ᄉᆡ(勇士ㅣ) 젹디 아니ᄒ니 경뎍(輕敵)⁹⁴⁵⁾디 못
홀디라 경ᄉᆞ(京師)의 구병(救兵)을 쳥(請)ᄒ사이다."

안디(按臺) 노왈(怒曰),

"디댱뷔(大丈夫ㅣ) 되야 초개(草芥)⁹⁴⁶⁾ ᄀᆞ툰 도적(盜賊)을 두려 슈
고로이 텬뎡(天廷)⁹⁴⁷⁾을 어즈러이리오? 혹ᄉᆡᆼ(學生)이 당〃(堂堂)이 훈
븍의 ᄎᆞ적(此賊)을 멸(滅)티 못훈즉 머리를 버혀 졔군(諸軍)의게 샤
례(謝禮)ᄒ리라."

태슈(太守ㅣ) 숑연(悚然)⁹⁴⁸⁾ᄒ야 말을 그치거놀 안디(按臺) 격셔

---

938) 투ᄉᆡᆼ(偸生): 투생. 구차하게 산다는 뜻으로, 죽어야 마땅할 때에 죽지 아니하고 욕되게 살기를
꾀함을 이르는 말.
939) 슈ᄉᆞ난쇽(雖死難贖): 수사난속. 비록 죽어도 속죄하기 어려움.
940) 뉴찬(流竄): 유찬. 죄인을 귀양 보내던 일.
941) 과분(過分): 분수에 넘침.
942) 슈졸(守拙): 수졸. 착한 본성을 지킴.
943) 역심(逆心): 반역하려는 마음.
944) 졀뉸(絕倫): 절륜. 무리 가운데 매우 빼어남.
945) 경뎍(輕敵): 경적. 경솔하게 대적함.
946) 초개(草芥): 풀과 티끌이라는 뜻으로 쓸모없고 하찮은 것을 비유적으로 이르는 말.
947) 텬뎡(天廷): 천정. 궁궐.

(檄書)949)룰 근쳐(近處) 쥐군(州郡)의 눌려 군마(軍馬)룰 조련(調練)호고 의갑(衣甲)을 졍돈(整頓)호야 슈만(四萬) 졍병(精兵)을 니르혀 다시 복건(福建)

의 니르러 격셔(檄書)룰 보내니 호야시디,

'텬됴(天朝) 특명(特命) 흠치(欽差)950) 남경(南京) 안출ᄉ(按察使) 니빅문은 글을 너 현이게 브티ᄂ니 네 본디(本-) 음흉극악(陰凶極惡)훈 죄슈(罪囚)로 몸이 능디쳐ᄉ(陵遲處死)951)호매 남디 못홀 거시어늘 셩샹(聖上)의 일월(日月) ᄀ투신 덕틱(德澤)이 너의 죽을죄(罪)룰 샤(赦)호시고 목숨을 살라 졀역(絶域)의 내티시미 극(極)히 엇디 못홀 셩틱(聖澤)952)이니 네 만일(萬一) 인심(人心)이 이실딘대 기과쳔션(改過遷善)953)호야 인도(仁道)의 나아가미 졀을티 못홀 거시어늘 또 엇디 쥐군(州郡)을 팀학(侵虐)954)호야 대역브도(大逆不道)955)룰 쇠호ᄂ뇨? 가(可)히 공슌(恭順)이 미이여 군문(軍門)의 니롤딘대 죽기룰 샤(赦)호려니와 블연(不然)즉 대군(大軍)이 훈번(-番) 동(動)호매 옥셕(玉石)956)을 굴히디 못호리라.'

---

948) 숑연(悚然): 송연. 두려워서 몸을 옹송그림.
949) 격셔(檄書): 격서. 적군을 설복하거나 힐책하는 글.
950) 흠치(欽差): 흠차. 황제의 명령으로 보내던 파견인.
951) 능디쳐ᄉ(陵遲處死): 능지처사. 대역죄를 범한 자에게 과하던 극형. 죄인을 죽인 뒤 시신의 머리, 몸, 팔, 다리를 토막 쳐서 각지에 돌려 보이는 형벌.
952) 셩틱(聖澤): 성택. 거룩한 은택.
953) 기과쳔션(改過遷善): 개과천선. 잘못을 뉘우치고 착한 길로 나아감.
954) 팀학(侵虐): 침학. 침노하여 포학하게 행동함.
955) 대역브도(大逆不道): 대역부도. 임금이나 나라에 큰 죄를 지어 도리에 크게 어긋나 있음. 또는 그런 짓.
956) 옥셕(玉石): 옥석. 옳은 것과 그른 것.

ᄒᆞ엿더라.

··

122면

현이 보기를 ᄆᆞᆺ고 앙텬대쇼(仰天大笑)957) 왈(曰),

"니빅문은 이 곳 황구쇼ᄋᆡ(黃口小兒ㅣ)958)라 제 엇디 날을 항거(抗拒)959)ᄒᆞ리오?"

드듸여 답셔(答書)를 지어 도라보내여 ᄀᆞᆯ오디,

'션시(先時)의 오운960)(伍員)961)이 몬져ᄂᆞᆫ 고초(苦楚)ᄒᆞ나 후(後)의 원슈(怨讎) 갑흐미 ᄌᆞ못 븕고 구쳔(句踐)962)이 오왕(吳王)963)의게 욕(辱)을 보나 필경(畢竟)의 승텬입디(昇天入地)964)ᄒᆞ여시니 금셰(今世)와 녜 비록 다ᄅᆞ나 나의 ᄒᆞᄂᆞᆫ 일이 이 사름들과 ᄒᆞᆫ가진 줄 네 능히(能-) 모ᄅᆞᄂᆞᆫ다? 나의 죄(罪) 업ᄉᆞ미 빅옥무하(白玉無瑕)965)ᄒᆞ디 여

---

957) 앙텬대쇼(仰天大笑): 앙천대소. 하늘을 우러러 크게 웃음.

958) 황구쇼ᄋᆡ(黃口小兒ㅣ): 황구소아. 부리가 누런 새 새끼처럼 어린아이라는 뜻으로 철없이 미숙한 사람을 낮잡아 이르는 말.

959) 항거(抗拒): 대항함.

960) 운: [교] 원문과 규장각본(23:115), 연세대본(23:122)에 모두 '원'으로 되어 있으나 문맥을 고려해 이와 같이 수정함.

961) 오운(伍員): 중국 춘추시대 오나라의 정치가로 자는 자서(子胥, ?-B.C. 485). 원래 초나라 출신이었으나 아버지 오사와 형 오상이 평왕(平王)의 노여움을 사 처형된 뒤 초나라를 떠나 오나라로 감. 이후 오나라의 발전에 공헌했으나 오왕 부차(夫差)의 미움을 받아 부차가 준 칼로 자결함.

962) 구쳔(句踐): 구천. 중국 춘추시대 월(越)나라의 왕(?-B.C.464). 구천이 오(吳)나라의 왕 합려(闔閭)를 죽이자, 합려의 아들 부차(夫差)가 구천과 싸워 항복시키고, 구사일생으로 살아난 구천은 오왕 부차에게 복수하기로 다짐하고 곰의 쓸개를 핥으며 지내다가 끝내 부차를 죽임. 사마천, 『사기(史記)』, 「월세가(越世家)」.

963) 오왕(吳王): 중국 춘추시대 오(吳)나라 왕 부차(夫差, ?-B.C.473)를 이름. 성은 희(姬). 월왕(越王) 구천(句踐)에게서 패한 부왕(父王) 합려(闔閭)의 유언에 따라 구천에게 복수하기 위해 장작더미 위에서 자며 마침내 구천을 패배시켰으나 구천을 살려 주고, 후에 구천에게 패배해 자살함.

964) 승텬입디(昇天入地): 승천입지. 원래 하늘로 오르고 땅속으로 들어간다는 뜻으로, 자취를 감추고 없어짐을 이르는 말이나 여기에서는 자신의 뜻을 이룬 것을 이름.

965) 빅옥무하(白玉無瑕): 백옥무하. 백옥처럼 타가 없음.

형(汝形)이 머리의 관(冠)을 쓰고 몸의 유의(儒衣)를 닙으며 사름의 집의 의탁(依託)흐야 작해(作害)966)흐미 종(宗)967)을 업티고 ㅅ(嗣)968)를 졀(絕)흐야 무춤내 날로써 타향(他鄕) 뎍긱(謫客)을 삼아 싱환(生還)홀 긔약(期約)이 돈연(頓然)969)흐니 내 엇디 남글 딕희여 톳기 좃 눈 익화(厄禍)970)를 취(取)흐리오? 고(故)로 쳘긔(鐵騎)971)를 오초(吳楚)의 버리고 병긔(兵器)를 다둠아 녈읍(列邑)을 즛볼와 비록 텬지(天子ㅣ) 되디 못흐나 동오(東吳)972) 손권(孫權)973)의

· ·

123면

삼분텬하(三分天下)974)를 법바드려 흐느니 너 쇼즈(少子)의 알 배 아니라. 슈골리975) 죽기를 두토디 말고 도라가라.'

흐엿더라.

안디(按臺) 보기를 뭇고 대경대로(大驚大怒)흐야 손으로 셔안(書案)을 티고 골오디,

"현이 도적(盜賊)이 이디도록 방즈(放恣)흐리오?"

즉시(卽時) 디오(隊伍)를 졍돈(整頓)흐야 셩하(城下)의 딘(陣)티고

---

966) 작해(作害): 해를 끼침.
967) 종(宗): 가문.
968) ㅅ(嗣): 사. 후사(後嗣).
969) 돈연(頓然): 소식 따위가 끊어져 감감함.
970) 익화(厄禍): 액화. 액운과 재앙.
971) 쳘긔(鐵騎): 철기. 철갑을 입은 기병.
972) 동오(東吳): 중국 삼국시대, 222년에 손권이 건업(建業)에 도읍하고 강남에 세운 나라. 280년 서진(西晉)에게 멸망함.
973) 손권(孫權): 중국 삼국시대 오나라의 첫 번째 황제(182-252). 자는 중모(仲謀).
974) 삼분텬하(三分天下): 삼분천하. 온 나라를 세 개의 부분으로 나눔. 즉 한 나라를 세 사람의 군주나 영웅이 나누어 차지함.
975) 슈골리: 수고로이.

싸호믈 쳥(請)ᄒ니 현이 쏘ᄒᆫ 장속(裝束)976)을 웅위(雄威)977)히 ᄒ고 수쳔(數千) 텰긔(鐵騎)를 거ᄂᆞ려 ᄂᆞᄂᆞ려 ᄂᆞᆫ ᄃᆞᆺ 나와 일ᄌᆞ댱샤딘(一字長蛇 陣)978)을 티니 장졸(將卒)이 극(極)히 효용(驍勇)979)ᄒ고 현이 몸의 홍금쇄ᄌᆞ갑(紅錦鏁子甲)980)을 닙고 구화젼포(九花戰袍)981)ᄅᆞᆯ 셔시며 머리의 봉시투고(鳳翅--)982)ᄅᆞᆯ 쁘고 빅운총(白雲驄)983)을 ᄐᆞ고 손의 산호편(珊瑚鞭)984)을 드러시며 좌우(左右)의 용장(勇將)이 옹위(擁 衛)ᄒᆞ야 위엄(威嚴)이 늠〃(凜凜)ᄒ니 안딕(按臺) 보기를 밋디 못ᄒᆞ여 셔 노(怒)ᄒᆞᆫ 눈섭이 관(冠)을 ᄀᆞ르쳐 대즐(大叱)985) 왈(曰),

"네 이 곳 뉴노(-奴)의 셔얼(庶孼)이오 하방(遐方)986) 뎍킥(謫客)987) 이어ᄂᆞᆯ 금일(今日) 춤남(僭濫)ᄒᆞᆫ 거동(擧動)이 텬앙(天殃)988)이 두립 디 아니냐?"

현이

· ·

124면

답즐(答叱) 왈(曰),

---

976) 장속(裝束): 입고 매고 하여 몸차림을 든든히 갖추어 꾸밈.
977) 웅위(雄威): 웅장하고 위엄이 있음.
978) 일ᄌᆞ댱샤딘(一字長蛇陣): 일자장사진. 한 줄로 뱀처럼 길게 벌인 군진(軍陣).
979) 효용(驍勇): 사납고 날쌤.
980) 홍금쇄ᄌᆞ갑(紅錦鏁子甲): 홍금쇄자갑. 붉은 비단에 철사로 작은 고리를 만들어 서로 꿰어서 만든 갑옷.
981) 구화젼포(九花戰袍): 구화전포. 국화 무늬의 전포. 전포는 장수가 입던 긴 웃옷.
982) 봉시투고(鳳翅--): 봉시투구. 봉의 깃 모양으로 만든 투구.
983) 빅운총(白雲驄): 백운총. 온몸의 털이 희고 입술만 검은 말. 백설총(白雪驄).
984) 산호편(珊瑚鞭): 산호로 꾸민 채찍.
985) 대즐(大叱): 대질. 크게 꾸짖음.
986) 하방(遐方): 서울에서 먼 지방.
987) 뎍킥(謫客): 적객. 귀양살이하는 사람을 점잖게 이르는 말.
988) 텬앙(天殃): 천앙. 하늘에서 내리는 앙화.

"네 집 부주(父子) 형뎨(兄弟)는 촌공(寸功)[989]도 업시 봉왕(封王) 봉공(封公) 봉후(封侯) 봉샹(封相)ᄒ여도 엇디 텬앙(天殃)이 업ᄂ뇨? 사ᄅᆞᆷ의 흥패(興敗)는 귀쳔(貴賤)의 잇디 아닌디라. 진시황(秦始皇)[990] 은 ᄒᆞᆫ낫 오랑캐라도 디위(地位) 만승텬ᄌᆞ(萬乘天子ㅣ)[991] 되엿거늘 니 엇디 홀로 뎌만 못ᄒᆞ리오? 당〃(堂堂)이 오초(吳楚)ᄅᆞᆯ 아올라 텬 하(天下)의 패졔후(覇諸侯)[992]ᄒᆞ려 ᄒᆞᄂᆞ니 너는 잡말(雜-)을 그치고 도라가라."

안디(按臺) 디로(大怒)ᄒᆞ야 창(槍)을 드러 냥매(兩馬ㅣ) 교봉(交 鋒)[993]ᄒᆞ매 현이 비록 일시(一時) 무예(武藝)ᄅᆞᆯ 닉여시나 니(李) 흑ᄉᆞ (學士)의 냥비(兩臂) 쳔(千) 근(斤) 용녁(勇力)을 당(當)ᄒᆞ리오. 십여 (十餘) 합(合)의 스ᄉᆞ로 믈을 두로혀 셩(城)으로 드러가니 흑ᄉᆞ(學士 ㅣ) 뒤흘 ᄶᅩᆯ와 군쟝(軍將)[994]을 무수(無數)히 죽이고 긔갑(機甲)[995] 칙듕(輜重)[996]을 아사 대채(大砦)[997]예 도라와 졔쟝(諸將)의 공뇌(功 勞ㅣ)ᄅᆞᆯ 티부(置簿)[998]ᄒᆞ고,

다시 군ᄉᆞ(軍士)ᄅᆞᆯ 졍졔(整齊)[999]ᄒᆞ야 십여(十餘) 일(日)을 셩(城) 을 듀야(晝夜)로 급(急)히 티니 현이 능히(能-) 디뎍(對敵)디 못ᄒᆞ야 ᄀᆞ만이 노 시(氏)ᄅᆞᆯ 싯고 북문(北門)으로 ᄃᆞ라

---

989) 촌공(寸功): 아주 조그마한 공로.
990) 진시황(秦始皇): 중국 진(秦)나라의 제1대 황제(B.C.259~B.C.210). 이름은 정(政). 기원전 221 년에 중국을 통일하고 스스로 시황제라 칭함. 중앙 집권을 확립하고, 도량형·화폐의 통일, 만리장성의 증축, 아방궁의 축조, 분서갱유 따위로 위세를 떨침. 재위 기간은 기원전 247~기 원전 210년.
991) 만승텬ᄌᆞ(萬乘天子ㅣ): 만승천자. 만 대의 수레를 징발할 수 있는 천자.
992) 패졔후(覇諸侯): 패제후. 제후의 패자가 됨.
993) 교봉(交鋒): 교전(交戰).
994) 군쟝(軍將): 군장. 병졸과 장수.
995) 긔갑(機甲): 기갑. 기동력과 기계력을 갖춘 병기로 무장함. 또는 그런 병과(兵科).
996) 칙듕(輜重): 치중. 군대의 여러 가지 물품.
997) 대채(大砦): 큰 요새.
998) 티부(置簿): 치부. 금전이나 물건 따위가 들어오고 나감을 기록함. 또는 그런 장부.
999) 졍졔(整齊): 정제. 정돈하여 가지런함.

나니, 안디(按臺) 알고 디경(大驚)ᄒ야 급(急)히 풍우(風雨)ᄀ티 ᄲᆞ와 사로잡으매 드디여 셩듕(城中)의 드러가 방(榜) 브텨 빅셩(百姓)을 무휼(撫恤)[1000]ᄒ고 젼(前) 태슈(太守)의 가쇽(家屬)[1001]을 추ᄌᆞ며 현이 여당(餘黨)[1002]을 다 죄(罪)예 경듕(輕重)을 의논(議論)ᄒᆞᆯ 시 일시(一時) 무뢰협긱(無賴俠客)들이라 져근 용녁(勇力)이 이시나 잡히믈 수이 ᄒᆞ엿고 실(實)은 무죄(無罪)ᄒᆞᆫ디라 다 노화 보내고,

현이 부″(夫婦)룰 미여 댱젼(帳前)의 ᄭᅮ리매 안디(按臺) 눈을 드러 ᄒᆞᆫ번(-番) 노 시(氏)룰 보고 대경(大驚)ᄒᆞ야 제쟝(諸將)을 명(命)ᄒᆞ야 굴오디,

"ᄎᆞ인(此人)의 근패(根派ㅣ)[1003] ᄒᆞ인(何人)인[1004]고? ᄌᆞ시 무러 알외라."

제인(諸人)이 일시(一時)의 소리ᄒᆞ야 문왈(問曰),

"네 엇던 사룸인다? 근본(根本)을 ᄌᆞ시 고(告)ᄒᆞ라."

노 시(氏) 이째 셤″약질(纖纖弱質)[1005]이 큰 쇠사술의 미이여 운신(運身)을 못 ᄒᆞ므로 안디(按臺)룰 분변(分辨)티 못ᄒᆞ고 겨유 디답(對答)ᄒᆞ디,

"쳡(妾)은 이 짜 냥민(良民)이로소이다."

모다 이대로 알외니 안디(按臺) 의심(疑心)ᄒᆞ야 ᄂᆞ리와 가도라 ᄒᆞ

1000) 무휼(撫恤): 어려운 처지에 있는 사람을 불쌍히 여겨 위로하고 물질로 도움.
1001) 가쇽(家屬): 가속. 한집안에 딸린 구성원.
1002) 여당(餘黨): 패하거나 망하고 남은 무리.
1003) 근패(根派ㅣ): 겨레의 근본.
1004) 인: [교] 원문에는 '잇'으로 되어 있으나 문맥을 고려해 규장각본(23:118)과 연세대본(23:125)을 따름.
1005) 셤″약질(纖纖弱質): 섬섬약질. 가냘프고 연약한 체질.

고 현이를 져주

126면

어[1006] 주시 무른대, 현이 죽기를 당(當)ᄒ야 므어술 은닉(隱匿)ᄒ리
오. 답왈(答曰),

"ᄎ(此)ᄂ 안디(按臺)의 춍실(冢室)[1007] 노강의 녜(女ㅣ)니 엇디 날
드려 무른시ᄂᆞ뇨?"

안디(按臺) 텽파(聽罷)의 진젹(眞的)[1008]ᄒᆫ 줄 씨ᄃᆞ라 더옥 통히(痛
駭)ᄒᄆᆞᆯ 이긔디 못ᄒ야 문왈(問曰),

"네 뎌를 엇디 어더 실가(室家)[1009]를 삼은다?"

현이 바른대로 고(告)ᄒ니 안디(按臺) 텽파(聽罷)의 새로이 한심
(寒心) 졀티(切齒)[1010]ᄒ고 현이를 가도아 경ᄉᆞ(京師)의 올리려 ᄒ다
가 싱각ᄒ디,

'ᄎ형(次兄)의 관인(寬仁)ᄒ시미 일야(日夜) 뎌를 닛디 못ᄒ시던 거
시니 경ᄉᆞ(京師)의 가 죽이미 비회(悲懷)[1011]를 돕ᄂ 쟉이라 이곳의
셔 죽이미 올타.'

ᄒ고 좌우(左右)로 술을 가져오라 ᄒ야 먹여 굴오디,

"너의 죄악(罪惡)이 범연(汎然)[1012]티 아냐 대역(大逆)을 범(犯)ᄒ
야 국법(國法)이 용샤(容赦)ᄒᆯ 배 아니라. 내 능히(能-) ᄉᆞ졍(事情)을

1006) 져주어: 신문해.
1007) 춍실(冢室): 총실. 아내.
1008) 진젹(眞的): 진적. 사실 그대로 참되고 틀림없는 모양.
1009) 실가(室家): 아내.
1010) 졀티(切齒): 절치. 분하여 이를 갊.
1011) 비회(悲懷): 슬픈 회포.
1012) 범연(汎然): 평범함.

도라보디 못ᄒ나 가형(家兄)의 대덕(大德)이 너의 슈졸(守拙)[1013]ᄒ
믈 듀야(晝夜) ᄇᆞ라시고 젼두(前頭)의 조각을 어더 싱

환(生還)코져 ᄒ시미 발분망식(發憤忘食)[1014]ᄒ시던 ᄠᅳᆺ을 싱각ᄒ니
스스로 감샹(感傷)ᄒ믈 이긔디 못ᄒ야 ᄒᆞᆫ 잔(盞) 술로 형(兄)의 디신
(代身)을 ᄒ노라.”

현이 텽파(聽罷)의 눈믈이 여우(如雨)ᄒ야 굴오ᄃᆡ,

“오늘이야 나의 젼〃(前前) 죄악(罪惡)을 ᄭᆡᄃᆞᆺ누니 악(惡)과 과(過)
를 ᄲᆞᄒ미 극(極)ᄒ야 필경(畢竟) 대역(大逆)을 범(犯)ᄒ야시니 엇디
놈을 혼(恨)ᄒ리오? 녕형(令兄)의 대덕(大德)을 당〃(堂堂)이 구쳔(九
泉)의 삭이리라.”

안ᄃᆡ(按臺) 비열(悲咽)[1015]ᄒ야 다시 뭇디 아니코 져재 가 참(斬)
ᄒ야 슈죡(手足)을 사름을 뵈고 ᄀᆞ만이 심복(心腹) 쟝ᄉᆞ(將士)로 관
곽(棺槨)을 ᄀᆞ초와 조흔 ᄆᆡ히 무드니, 희(噫)라 현이의 사오나오미
이에 미ᄎᆞ니 후인(後人)이 딩계(懲戒)홀디어다.

안ᄃᆡ(按臺) 텹음(捷音)[1016]을 경ᄉᆞ(京師)의 주(奏)ᄒ고 다시 각군
(各郡)을 슌힝(巡行)[1017]ᄒ야 뉵칠(六七) 삭(朔) 만의 관ᄉᆞ(官事)를 ᄆᆞᆺ
고 도라올 시 티셩(致聲)이 원근(遠近)의 진동(震動)ᄒ거늘, ᄯᅩ다시
경ᄉᆞ(京師) ᄉᆞ재(使者ㅣ) 니ᄅᆞ러 도적(盜賊)을 멸(滅)ᄒ믈 표

1013) 슈졸(守拙): 수졸. 착한 본성을 지킴.
1014) 발분망식(發憤忘食): 끼니까지도 잊을 정도로 어떤 일에 열중하여 노력함.
1015) 비열((悲咽): 슬퍼서 목이 멤.
1016) 텹음(捷音): 첩음. 전쟁에 이겼다는 소식.
1017) 슌힝(巡行): 순행. 감독하거나 단속하기 위해 돌아다님.

쟝(表章)[1018]ᄒ시고 호부샹셔(戶部尙書) 츄밀ᄉ(樞密使)로 브ᄅ시니 혹시(學士ㅣ) 관복(官服)을 고티고 위의(威儀)ᄅᆞᆯ 거ᄂᆞ려 승치(陞差)[1019]ᄒ야 가ᄂᆞᆫ 영광(榮光)이 일노(一路)의 진동(震動)ᄒ더라.

1018) 표쟝(表章): 표장. 드러내어 칭찬함.
1019) 승치(陞差): 승차. 벼슬이 오름.

니시셰디록(李氏世代錄) 권지이십수(卷之二十四)

1면

지셜(再說). 니부(李府)의셔 흑수(學士)의 쳔(千) 리(里) 원힝(遠行)을 근심ㅎ미 만복(滿腹)[1]ㅎ엿더니 오리디 아냐 치관(差官)[2]이 니르러 현이 모역(謀逆)ㅎ미 텨 멸(滅)호 긔별(奇別)을 보(報)ㅎ니 샹(上)이 경희(驚喜)ㅎ시고 니부(李府) 일개(一家ㅣ) 깃거ㅎ나 현이의 흉포블량(凶暴不良)[3]ㅎ믈 시로이 추탄(嗟歎)[4]ㅎ고 쥭으믈 쾌(快)히 너기디 능휘(-侯ㅣ) 좌(座)룰 퇴(退)ㅎ야 밧긔 나가 크게 통곡(慟哭)ㅎ미 흐르는 눈믈이 강뉴(江流) 가튼지라.

평후(-侯) 등(等)이 일시(一時)의 모다 말리고 브졀업수믈 지시(旨示)[5]ㅎ니 능휘(-侯ㅣ) 눈믈을 흘니며 골오디,

"졔형(諸兄)이 엇지 이런

2면

말숨을 ㅎ시느뇨? 현이 블쵸(不肖)ㅎ나 ㅇ시(兒時)로브터 동슉동흑(同宿同學)[6]ㅎ야 졍(情)이 얽미엿다가 듕간(中間)의 제 눌을 져브려

---

1) 만복(滿腹): 배에 가득함.
2) 치관(差官): 차관. 일정한 임무를 맡기어 파견된 벼슬아치.
3) 흉포블량(凶暴不良): 흉포불량. 성품이 흉악하고 포악하며 좋지 않음.
4) 추탄(嗟歎): 차탄. 탄식하고 한탄함.
5) 지시(旨示): 뜻을 드러냄.

시나 명명(明明)호 동싱(同生)의 일홈이 잇던 거시니 제 비록 국가(國家)의 죄(罪)롤 어더시나 亽졍(私情)7)의 슬프믈 춤으리잇가?"

언필(言畢)8)의 봉안(鳳眼)9)의 믈근 눈믈이 횡뉴(橫流)10)ᄒ야,

즉시(卽是) 뉴부(-府)의 나아가 뉴 공(公)을 됴위(弔慰)11)ᄒ니 공(公)이 비록 현이 죄(罪)롤 통호(痛恨)ᄒ나 즈가(自家) 혈쇽(血屬)12)이 믄자 망(亡)ᄒᄆᆯ 크게 슬허 이호(哀號)13)ᄒᄆᆯ 마지아니ᄒ니 능휘(-侯ㅣ) 지극(至極)히 위로(慰勞)ᄒ야 셩복(成服)14)을 므ᄎ매 복제(服制)15)롤 극진(極盡)이 ᄒ고 눌

· ·

3면

이 오러도록 쇼션(素膳)16)을 나와 슬허ᄒ미 지극(至極)ᄒ니 샹셰(尙書ㅣ) 감동(感動) 칭션(稱善)17)ᄒ고 왕(王)이 크게 두굿겨 더옥 ᄉ랑ᄒ니 모다 긔특(奇特)이 너기더라.

오러지 아냐 혹亽(學士)의 오는 션문(先聞)18)이 니ᄅ미 모든 형뎨(兄弟) 일시(一時)의 교외(郊外)의 가 마즈 별회(別懷)롤 니ᄅ며 반기

---

6) 동슉동혹(同宿同學): 동숙동학. 함께 자고 함께 공부함.
7) 亽졍(私情): 사정. 사사로운 정.
8) 언필(言畢): 말을 끝냄.
9) 봉안(鳳眼): 봉의 눈같이 가늘고 길며 눈초리가 위로 째지고 붉은 기운이 있는 눈. 잘생긴 남성의 눈을 이름.
10) 횡뉴(橫流): 횡류. 줄줄 흐름.
11) 됴위(弔慰): 조위. 죽은 사람을 조상하고 유가족을 위문하는 것.
12) 혈쇽(血屬): 피붙이.
13) 이호(哀號): 애호. 슬피 부르짖음.
14) 셩복(成服): 성복. 초상이 나서 처음으로 상복을 입음. 보통 초상난 지 나흘째 되는 날에 입음.
15) 복제(服制): 상례(喪禮)에서 정한 오복(五服)의 제도.
16) 쇼션(素膳): 소선. 어물이나 육류가 없는 간소한 반찬.
17) 칭션(稱善): 칭선. 착함을 칭찬함.
18) 션문(先聞): 선문. 어떤 일이 일어나기 전에 미리 알리는 소문. 또는 소식.

믈 이긔지 못ᄒ고 혹시(學士ㅣ) 부모(父母) 존후(尊候)[19]를 무러 피치(彼此ㅣ) 환희(歡喜)ᄒ미 측냥(測量) 업더니 반향(半晑)[20] 후(後) 혹시(學士ㅣ) 평후(-侯)를 향(向)ᄒ야 샤례(謝禮) 왈(曰),

"쇼뎨(小弟) 셕년(昔年) 죄괘[21](罪科ㅣ) 심샹(尋常)치 아니디 형댱(兄丈)의 관인(寬仁)ᄒ샤미 다시 일쿳지 못ᄒ게 ᄒ시니 ᄒᆫ 번(番)도 샤례(謝禮)치 못ᄒ엿더니 금번(今番) 힝도(行途)[22]의 요인(妖人) 노녀(-女)를

．．

4면

좁은지라 가(可)히 형댱(兄丈) 원슈(怨讎)를 갑흘쇼이다."

제인(諸人)이 디경(大驚)ᄒ고 평휘(-侯ㅣ) 눗비출 변(變)ᄒ여 왈(曰),

"쟝ᄎᆞ(將次ㅅ) 어디 잇더뇨?"

혹시(學士ㅣ) 슈말(首末)을 조시 고(告)ᄒ니 모다 추악(嗟愕)[23]ᄒ며 평휘(-侯ㅣ) 분연(奮然)히 션즈(扇子)[24]로 ᄯᅡ흘 치고 졀치(切齒)ᄒ야 골오디,

"니 슈년(數年)을 이즌 ᄃᆞᆺᄒ여시나 ᄒᆞᆫ ᄆᆞᄋᆞᆷ의 미치미야 어디 가리오? 다만 톄면(體面)을 도라보디 아니면 친(親)히 그 시슈(屍首)[25]를 각각(各各) 니야 념통과 간(肝)을 ᄲᅡ힐 거시로디 능히(能-) ᄯᅳᆺ갓지 못ᄒ야 도부슈(刀斧手)[26]의 칼눌을 더러일놋다."

---

19) 존후(尊候): 어른의 건강 상태.
20) 반향(半晑): 한나절의 반.
21) 괘: [교] 원문에는 '쾌'로 되어 있으나 문맥을 고려해 규장각본(24:2)와 연세대본(24:3)을 따름.
22) 힝도(行途): 행도. 멀리 가는 길. 또는 그 길의 이수(里數).
23) 추악(嗟愕): 차악. 몹시 놀람.
24) 션즈(扇子): 선자. 부채.
25) 시슈(屍首): 시수. 시체와 머리.

능휘(-侯丨) 쇼왈(笑曰),

"쳐춤(處斬)27)ᄒ미 족(足)홀 거시니 스스로 쥭이셔든 더 쾌(快)ᄒ시리오?"

텰

· ·

5면

흑시(學士丨) 이의 왓더니 크게 웃고 왈(曰),

"노 시(氏) 두 지아븨게 다 졀치(切齒)ᄒ미 되여시니 두 숀의 쥭노라 ᄒ면 슈족(手足)도 남지 아니킈 ᄒ엿다. 그리 말고 셩보28)ᄂᆞᆫ 머리를 버히고 운보29)ᄂᆞᆫ 허리롤 버히라."

평휘(-侯丨) 졍식(正色) 왈(曰),

"형(兄)은 욕(辱)된 말 말나. 니 엇디 뎌 블측(不測)30)ᄒᆞᆫ 음녀(淫女)의 지아비리오?"

텰 흑시(學士丨) 더욱 웃고 왈(曰),

"아모리 욕(辱)된들 둘히 다 빙치(聘采)31) 빅냥(百兩)32)으로 취(娶)ᄒ엿거든 어디 가 발명(發明)ᄒ리오?"

제인(諸人)이 일시(一時)의 디쇼(大笑)ᄒ니 평후(-侯)와 흑시(學士丨) 어히업셔 또ᄒᆞᆫ 미쇼(微笑)ᄒ더라.

---

26) 도부슈(刀斧手): 도부수. 큰 칼과 큰 도끼로 무장한 군사. 여기서는 망나니를 말함.
27) 쳐춤(處斬): 처참. 목을 베어 죽이는 형벌에 처함.
28) 셩보: 성보. 광평후 이흥문의 자(字).
29) 운보: 학사 이백문의 자(字).
30) 블측(不測): 불측. 생각이나 행동 따위가 괘씸하고 엉큼함.
31) 빙치(聘采): 빙채. 빙물(聘物)과 채단(采緞). 빙물은 결혼할 때 신랑이 신부의 친정에 주던 재물이고, 채단은 신랑 집에서 신부 집으로 미리 보내는 푸른색과 붉은색의 비단임.
32) 빅냥(百兩): 백량. 신부를 맞아 오는 일. 백 대의 수레로 신부를 맞이한다 하여 이와 같이 씀. 『시경(詩經)』, <작소(鵲巢)>에 "새아씨가 시집옴에 백량으로 맞이하도다. 之子于歸, 百兩御之."라는 구절이 있음.

형뎨(兄弟) 말 머리롤 ᄀᆞᆯ와 궐하(闕下)의 니

...

6면

ᄅᆞ러 샤은(謝恩)ᄒᆞ니 샹(上)이 인견(引見)ᄒᆞ샤 흔연(欣然)[33]이 ᄀᆞᆯ오샤ᄃᆡ,

"경(卿)이 나히 쇼년(小年)이오 ᄒᆞ믈며 풍샹비환(風霜悲患)[34]을 가초 겻거 졍녁(精力)이 모손(耗損)[35]ᄒᆞ여실 거시어ᄂᆞᆯ 일(一) 년(年)이 못 ᄒᆞ야 남경(南境) 슈쳔(數千) 니(里)롤 딘슈(鎭守)[36]ᄒᆞ고 역젹(逆賊)을 쇼제(掃除)[37]ᄒᆞ야 국가(國家) 근심을 더러 바리니 엇지 긔특(奇特)지 아니며 깃브디 아니리오?"

드ᄃᆡ여 호부샹셔(戶部尙書) 좌참졍(左參政) 츄밀ᄉᆞ(樞密使) 졔ᄅᆞᆷ후(--侯)롤 봉(封)ᄒᆞ시니 ᄒᆞᆨᄉᆡ(學士ㅣ) 구디 ᄉᆞ양(辭讓) 왈(曰),

"신(臣)이 본ᄃᆡ(本-) 셰샹(世上) 기인(棄人)으로 폐하(陛下)의 징쇼(徵召)[38]ᄒᆞ시ᄂᆞᆫ 명(命)을 거역(拒逆)지 못ᄒᆞ야 져근 ᄯᅡ흘 다ᄉᆞ리고 미친 도젹(盜賊)을 치나 젼죄(前罪)롤

...

7면

속(贖)디 못ᄒᆞ엿ᄉᆞ오니 다시 슈년(數年)을 슈졸(守拙)[39] 개과(改過)

---

33) 흔연(欣然): 기쁘거나 반가워 기분이 좋음.
34) 풍샹비환(風霜悲患): 풍상비환. 바람과 서리를 맞는 듯한 슬픔과 환난.
35) 모손(耗損): 닳아 없어짐.
36) 딘슈(鎭守): 진수. 군대를 주둔시켜 중요한 곳을 지킴.
37) 쇼제(掃除): 소제. 쓸어 없앰.
38) 징쇼(徵召): 징소. 초야에 있는 선비를 벼슬자리에 불러서 씀.

호야 폐하(陛下)를 돕스오믈 원(願)호느니 후직(厚職)40)을 감당(堪當)
치 못홀쇼이다."

샹(上)이 웃고 굴오샤디,

"경(卿)이 이젼(以前)붓허 형양(衡陽)을 션치(善治)41)호야 국가(國
家)의는 져즌 죄(罪) 업거놀 엇진 고(故)로 이런 말을 호느뇨? 비록
국가(國家)의 유죄(有罪)호나 항쥐(杭州) 원찬(遠竄)42)호야 고쵸(苦
楚)를 겻그미 만커놀 엇던 고(故)로 일(一) 개(個)로 칙(責)호리오? 모
로미 딤(朕)의 미(微)호 뜻을 수양(辭讓)치 말나."

혹시(學士ㅣ) 황공(惶恐)호야 다시 수양(辭讓)치 못호고 빅비(百拜)
샤은(謝恩)호고 믈러 집의 니르러 밧비 훤당(萱堂)43)의 비알(拜謁)호
미 쳔(千)

．．

8면

리(里)의 딘슈((鎭守)호고 왕반(往返)44)호미 일(一) 년(年)이 되엿는
고(故)로 부모(父母) 존당(尊堂)이 각각(各各) 우음을 먹음고 반기믈
이긔디 못호미 희식(喜色)이 미우(眉宇)의 돌츌(突出)호여시니 혹시
(學士ㅣ) 쏘훈 깃부믈 먹음고 별후(別後)45) 존문(存問)46)을 뭇즈오며
남도(南道) 니졍득실(理政得失)47)을 고(告)호야 말숨이 유열(愉悅)48)

---

39) 슈졸(守拙): 수졸. 착한 본성을 지킴.
40) 후직(厚職): 후한 녹봉을 받는 관직.
41) 션치(善治): 선치. 백성을 잘 다스림.
42) 원찬(遠竄): 먼 곳으로 귀양을 보냄.
43) 훤당(萱堂): 남의 어머니를 높여 이르는 말. 여기에서는 가문의 어른들을 이름.
44) 왕반(往返): 갔다가 돌아옴.
45) 별후(別後): 헤어진 뒤.
46) 존문(存問): 안부.
47) 니졍득실(理政得失): 이정득실. 정사를 다스리는 것의 이해득실.

ᄒ고 긔운이 ᄂᆞ죽ᄒ니 부모(父母) 존당(尊堂)이 더옥 아름다이 너겨 승샹(丞相)이 손을 잡고 어ᄅᆞ만져 글오ᄃᆡ,

"네 샹시(常時) 인시(人事ㅣ) 쇼활(疏闊)⁴⁹⁾ᄒ고 ᄒᆡᆼ지(行止)⁵⁰⁾ 활발(活潑)ᄒ니 이런 지략(才略)⁵¹⁾이 이시믈 노뷔(老父ㅣ) 아지 못ᄒᆞ닷다. 슈연(雖然)이나 져근 공노(功勞)로 군은(君恩)이 듕어튀악(重於泰嶽)⁵²⁾ᄒ시니 가지록 조심(操心)

. .

9면

ᄒ야 셩샹(聖上)을 돕ᄉᆞ오라."

흑시(學士ㅣ) 샤례(謝禮)ᄒ고 모다 말숨이 니음ᄎᆞ⁵³⁾ 긋치지 아니터니, 냥구(良久)⁵⁴⁾ 후(後) 남휘(-侯ㅣ) 피셕(避席)ᄒ야 노 시(氏) 잡으믈 고(告)ᄒ니 모다 디경디희(大驚大喜)ᄒ고 왕(王)이 미우(眉宇)를 찡긔고 글오ᄃᆡ,

"악인(惡人)의 보복(報復)⁵⁵⁾ᄒᆞ미 여ᄎᆞ(如此)ᄒ니 텬되(天道ㅣ) 엇지 붉지 아니ᄒ리오? 임의 잡아시니 나라히 고(告)ᄒ고 죽일디라 거덜기⁵⁶⁾ 욕(辱)되디 아니리오?"

남공(-公)이 더옥 통훈(痛恨)ᄒ야 말은 아니나 블평지ᄉᆡᆨ(不平之色)이 은은(隱隱)ᄒ니 사ᄅᆞᆷ마다 블평(不平)ᄒ나 일ᄏᆞᆮ디 아니터라.

___

48) 유열(愉悅): 유쾌하고 기쁨.
49) 쇼활(疏闊): 소활. 꼼꼼하지 못하고 어설픔.
50) ᄒᆡᆼ지(行止): 행지. 행동거지.
51) 지략(才略): 재략. 재주와 지략.
52) 듕어태악(重於泰嶽): 중어태악. 태산보다 무거움.
53) 니음ᄎᆞ: 잇달아.
54) 냥구(良久): 양구. 시간이 꽤 지나.
55) 보복(報復): 앙갚음.
56) 거덜기: 언급하기.

이윽고 믈러 셔당(書堂)의 니르러 제(諸) 형데(兄弟) 모다 좌(座)를 뎡(定)ᄒᆞ미

· ·

10면

능휘(-侯ㅣ) 춤졍(參政)을 향(向)ᄒᆞ야 눈믈이 ᄂᆞᆺ치 가득ᄒᆞ야 다만 닐오디,

"현뎨(賢弟) 능히(能-) 쳔(千) 리(里)의셔 니 ᄯᅳᆺ을 짐작ᄒᆞᆫ다?"

춤졍(參政)이 츄연(惆然)57) 디왈(對曰),

"쇼뎨(小弟) 불민(不敏)ᄒᆞ나 엇디 아지 못ᄒᆞ리잇고? 현이 죄(罪) 슈ᄉᆞ난쇽(雖死難贖)58)인 고(故)로 법(法)을 졍(正)히 ᄒᆞ여시나 시슈(屍首)를 후댱(厚葬)59)ᄒᆞ엿ᄉᆞᆸᄂᆞ이다 과려(過慮)60)치 마르쇼셔."

능휘(-侯ㅣ) 텽파(聽罷)의 블승희열(不勝喜悅)61)ᄒᆞ야 년망(連忙)이 칭샤(稱謝)62)ᄒᆞ야 ᄀᆞᆯ오디,

"현뎨(賢弟)의 관인ᄌᆞ샹(寬仁仔詳)63)ᄒᆞ미 이 ᄀᆞᄐᆞ여 우형(愚兄)의 지극(至極)ᄒᆞᆫ 유훈(幽恨)64)을 프러지게 ᄒᆞ니 엇지 다샤(多謝)치 아니ᄒᆞ리오?"

춤졍(參政)이 툰식(歎息)고 님죵ᄉᆞ어(臨終辭語)65)를 베

---

57) 츄연(惆然): 추연. 슬퍼하는 모양.
58) 슈ᄉᆞ난쇽(雖死難贖): 수사난속. 비록 죽어도 속죄하기 어려움.
59) 후댱(厚葬): 후장. 후하게 장사를 지냄.
60) 과려(過慮): 지나치게 염려함.
61) 블승희열(不勝喜悅): 불승희열. 기쁨을 이기지 못함.
62) 칭샤(稱謝): 칭사. 고마움을 표현함.
63) 관인ᄌᆞ샹(寬仁仔詳): 관인자상. 너그럽고 어질며 자상함.
64) 유훈(幽恨): 유한. 깊은 한.
65) 님죵ᄉᆞ어(臨終辭語): 임종사어. 임종 때 한 말.

프니 능휘(-侯ㅣ) 더옥 슬허 츄파(秋波) 봉안(鳳眼)의 눈믈이 쉼 솟둧
ᄒ거ᄂ놀 도어시(都御使ㅣ) 쇼왈(笑曰),

"이보ᄂ는 실로(實-) 일일마다 눈믈 허비(虛費)홀 일이 즐도 ᄂ는도
다. 현이 죄(罪)ᄂ는 듕(重)ᄒ나 너의 덕(德)으로 닛디 못ᄒ야 듁으미
슬플 시ᄂ는 올흐ᄂ, 더디도록 이챵(哀愴)66)이 셜워ᄒ리오?"

능휘(-侯ㅣ) 탄식(歎息) 왈(曰),

"형댱(兄丈)이 엇디 이런 말숨을 ᄒ시ᄂ느니잇가? 제 그리 죽어셔도
쇼제(小弟)의 ᄉ정(事情)이 슬프미 넘ᄋ려든 타향(他鄕)의 뉴락(流
落)67)ᄒ야 다시 보디 못ᄒ고 촌츰효시(寸斬梟示)68)ᄒ니 춤혹(慘酷)
ᄒ믈 셕목(石木)인들 춤으리잇고? 쇼뎨(小弟) 또흔 비환(悲患)의 샹
(傷)ᄒ엿

ᄂ는 고(故)로 늘이 오릴ᄉ록 능히(能-) 춤디 못ᄒ쇼이다."

형양휘(--侯ㅣ) 탄왈(嘆曰),

"삼뎨(三弟) 말은 희롱(戲弄)이어니와 과연(果然) 너의 덕(德)이 크
미 듕니(仲尼)69)의 경셔(經書)의 디지 아니ᄒ니 엇디 긔특(奇特)지

---

66) 이챵(哀愴): 애창. 슬픔.
67) 뉴락(流落): 유락. 고향을 떠나 타향에서 떠돌아다님.
68) 촌츰효시(寸斬梟示): 촌참효시. 토막토막 몸을 자른 뒤에 그 목을 장대에 걸어 길거리에 두어
    뭇사람들에게 본보기를 보임.
69) 듕니(仲尼): 중니. 공자(孔子). 중니는 공자의 자(字)임. 공자는 유가의 교조로서 춘추시대 노
    (魯)나라 사람. 이름은 구(丘). 처음에 노나라에서 사구(司寇) 벼슬을 하다가 사직하고 여러 나

아니ᄒ리오?"

능휘(-侯ㅣ) 탄식(歎息)ᄒ더라. 뎔 혹시(學士ㅣ) 문왈(問曰),

"운뵈 남경(南境) 가톤 번화지디(繁華之地)의 가 졀식(絶色) 주비[70]
룰 언마나 드럿던요? 각관(各官)마다 드러 ᄒ나식 어도도 몃치리오?"

남휘(-侯ㅣ) 쇼이디왈(笑而對曰),

"각관(各官)의 드러 ᄒᄂ식은커니와 겨유 드러오노라 ᄒ나토 아니
어더시니 므어술 디답(對答)ᄒ리오?"

제인(諸人)이 일시(一時)의 니로디,

"네 일뎡(一定)[71] 미녀(美女)룰 아니 가튝(家畜)[72]ᄒ

13면

엿ᄂ다? 수슈(嫂嫂) 귀의 갈가 두리미로다."

휘(侯ㅣ) 웃고 왈(曰),

"화 시(氏)ᄂ 쵸독지인(楚毒之人)[73]이니 투긔(妬忌)룰 ᄒ라 ᄒ여도
아니홀 거시니 디시(大事ㅣ) 아니오 신기(神祇)[74] 님(臨)ᄒ여도 긔일
일이 업ᄂ이다."

제인(諸人)이 크게 웃더라.

추야(此夜)의 혹시(學士ㅣ) 운셩각(--閣)의 드러가 쇼저(小姐)로 반

라를 두루 돌아다니며 도를 행하려 하였으나 쓰이지 않아 노나라로 돌아와서 『시경(詩經)』・
『서경(書經)』・『예기(禮記)』・『악기(樂記)』・『역경(易經)』・『춘추(春秋)』 등 육경(六經)을 산술
(刪述)함.

70) 주비: 어떤 일이 되기 위하여 필요한 물건, 자세 따위가 미리 갖추어져 차려지거나 그렇게 되
게 함. 또는 그 물건이나 자세. 채비.

71) 일뎡(一定): 일정. 정말.

72) 가튝(家畜): 가축. 집에 둠.

73) 쵸독지인(楚毒之人): 초독지인. 매섭고 독한 사람.

74) 신기(神祇): 하늘의 신령과 땅의 신령. 천신지기(天神地祇).

기믈 니긔지 못ᄒ고 ᄋᄌ(兒子)룰 ᄉ랑이 과도(過度)ᄒ야 한홰(閑話ㅣ)75) 긋지 아니ᄒ니 화 시(氏) ᄯ호흔 면강(勉强)76)ᄒ야 화답(和答)ᄒ니 혹시(學士ㅣ) 디희(大喜)ᄒ야 흔흔화락(欣欣和樂)ᄒ며 밤든 후(後) 샹(牀)의 나아가 동침(同寢)ᄒ야 은ᄋ(恩愛) 교밀(巧密)77)ᄒ미 측냥(測量)업ᄉ나 쇼제(小姐ㅣ) 뎌의 챵녀(娼女)로 환오(歡娛)78)ᄒ던가

졍틱(情態)79)룰 더러이 너겨 용납(容納)디 아니니 휘(侯ㅣ) 경문(驚問) 왈(曰),

"오릐 ᄶ젓던 싱(生)을 거졀(拒絕)ᄒᄆ 엇디오?"

화 시(氏) 졍ᄉᆨ(正色) 답왈(答曰),

"군(君)이 원노(遠路)의 구치(驅馳)80)ᄒ야 집의 굿 드러오며 그디도록 호ᄉᆨ(好色)ᄒ미 가(可)치 아니ᄐ."

ᄒ디 혹시(學士ㅣ) 웃고 왈(曰),

"그디 눌노ᄡ 챵녀(娼女)와 음난(淫亂)턴가 너겨 들니치미라. 하눌을 두고 밍셰(盟誓)ᄒᄂ니 일(一) 인(人)도 갓가이ᄒ미 업ᄉ니라."

쇼제(小姐ㅣ) 믁연(默然) 브답(不答)ᄒ더라.

이튼눌 혹시(學士ㅣ) 됴회(朝會) 후(後) 쇼(訴)룰 올녀 굴오디,

'젼년(前年)의 신(臣)의 죄괘(罪科ㅣ) 심샹(尋常)치 아니나 이 곳

---

75) 한홰(閑話ㅣ): 한가하게 서로 주고받는 이야기. 또는 중요하지 않은 이야기.
76) 면강(勉强): 억지로 함.
77) 교밀(巧密): 깊음.
78) 환오(歡娛): 기쁘고 즐거움. 또는 기뻐하고 즐거워함.
79) 졍틱(情態): 정태. 어떤 일의 사정과 상태.
80) 구치(驅馳): 몹시 바삐 돌아다님.

요인(妖人) 노녀(-女)의 죽히(作害)[81]호미러니 또 유수(攸司)[82]

로써 법(法)을 무릅시미 도듀(逃走)호야 형영(形影)이 묘연(渺然)호연 디 셰지(歲載) 삼(三) 년(年)이라. 신(臣)이 더옥 우분(憂憤)[83]호믈 이긔디 못호더니 죄인(罪人) 뉴현이롤 멸(滅)호고 그 가속(家屬)을 위로정속(爲奴定屬)[84]고즈 호미 곳 노녜(-女ㅣ)라. 신(臣)이 절치통흔(切齒痛恨)[85]호믈 이긔디 못호야 함거(轞車)[86]의 가도와 니르럿습더니 요승(妖僧) 혜션을 디면(對面)호야 본형(本形)을 드러니고 능지쳐수(陵遲處死)[87]호여이다.'

샹(上)이 디경(大驚)호샤 비답(批答)[88]호시디,

'노녀(-女)의 궁흉(窮凶)[89]호미 마춤니 이 가투니 념(念)컨더 뉴현이 반역(反逆)흠도 추녀(此女)의 죽용(作用)이라 엇지 통히(痛駭)치 아니리오.

당〃(堂堂)이 법(法)디로 쳐치(處置)호라.'

---

81) 죽히(作害): 작해. 해로운 일을 지음.
82) 유수(攸司): 유사. 담당 관청.
83) 우분(憂憤): 근심하며 분하게 여김.
84) 위로정속(爲奴定屬): 위노정속. 죄인을 노비로 삼음.
85) 절치통흔(切齒痛恨): 절치통한. 이를 갈며 괘씸하게 여김.
86) 함거(轞車): 죄인을 실어 나르던 수레.
87) 능지쳐수(陵遲處死): 능지처사. 대역죄를 범한 자에게 과하던 극형. 죄인을 죽인 뒤 시신의 머리, 몸, 팔, 다리를 토막 쳐서 각지에 돌려 보이는 형벌.
88) 비답(批答): 임금이 상주문의 말미에 적는 가부의 대답.
89) 궁흉(窮凶): 아주 흉악함.

호시니 참정(參政)이 샤은(謝恩)호고,

드디여 본부(本府) 무스(武士)를 명(命)호야 혜션을 가돈 디 가 즙
아니여 와 노 시(氏)와 혼가지로 볼 시 오운뎐(--殿) 너룬 텽샹(廳上)
의 연왕(-王) 등(等) 오(五) 인(人)과 여러 졔싱(諸生)이 삼다(蔘-)가치
버럿고 뎐하(殿下)의 쟝졸(將卒) 무시(武士ㅣ) 구룸갓치 좌우(左右)
로 갈나 시립(侍立)호엿는디 노 시(氏)와 혜션을 쓰어 앏히 니르니
모다 눈을 드러 보미 노 시(氏) 뇨뇨가려(嫋嫋佳麗)[90]혼 긔질(氣質)
이 죠곰도 쇠(衰)치 아냣는디라.

혜션을 명(命)호야 본형(本形)을 니라 호니 혜션이 노 시(氏)를 가
르쳐 꾸지져 굴오디,

"너

· ·

17면

요녀(妖女)로 인(因)호야 내 듕형(重刑)을 닙고 삼(三) 년(年)을 니옥
(內獄)의 고쵸(苦楚)호니 날노 더부러 블공디쳔디쉬(不共戴天之讐
ㅣ)[91]라. 금일(今日) 너룰 보니 혼 입으로 무러 먹고 시분디라 일회
(一毫ㅣ)나 요디(饒貸)[92]호리오?"

즉시(卽時) 부작(符作)[93]을 닑으며 진언(眞言)을 념(念)호고 품으
로죠추 환약(丸藥)을 니야 믈의 타 먹이니 홀연(忽然) 노 시(氏) 변
(變)호야 본형(本形)이 드러나니 젼일(前日)은 이십(二十) 쇼년(少年)

---

90) 뇨뇨가려(嫋嫋佳麗): 요요가려. 맵씨 있고 아름다움.
91) 블공디텬디쉬(不共戴天之讐ㅣ): 불공대천지수. 함께 하늘을 받들고 살 수 없는 원수.
92) 요디(饒貸): 요대. 너그러이 용서함.
93) 부작(符作): 부적.

으로 뇨뇨셤셤(嫋嫋纖纖)[94]ㅎ니 이제는 삼십(三十)이 당추(當次)[95]ㅎ
녀지(女子ㅣ) 되미 의심(疑心) 업슨 이젼(以前) 노 시(氏)라. 만좌(滿
座ㅣ) 막불통훈(莫不痛恨)[96]ㅎ고 연왕(-王)은 도로혀 어히업셔 쇼리
ㅎ야 무러 굴

18면

오디,

"네 젼젼(前前) 과얼(過孽)[97]은 니르도 말고 뉴현이를 무주 붓도도
와 블궤(不軌)[98]의 쌘지게 ㅎ믄 엇디오?"

노 시(氏) 능히(能-) 홀일업셔 셜 시(氏)를 잡아 니침과 기여(其餘)
져의 죄상(罪狀)을 가쵸 고(告)ㅎ니 왕(王)이 더옥 분훈(憤恨)[99]ㅎ야
남공(-公)을[100] 향(向)ㅎ야 굴오디,

"주고(自古)로 쇼인(小人)과 찰녜(刹女ㅣ)[101] 왕왕(往往)이 잇다
ㅎ든 추인(此人) 가트니 만고(萬古)의 어디 잇느니잇가? 흥문을 그릇
밍그디 아냐시나 빅문을 ㅎ마면 역신(逆臣)을 밍글 번ㅎ고 뉴현이를
디역(大逆)의 너허 쳐수(處死)ㅎ게 ㅎ니 아니 흉춤(凶慘)[102]ㅎ니잇가?"

남공(-公)이 신식(神色)[103]이 춘 지 가트여 굴오

---

94) 뇨뇨셤셤(嫋嫋纖纖): 요요셤셤. 맵씨가 있고 가냘픔.
95) 당추(當次): 당차. 차례를 당함.
96) 막불통훈(莫不痛恨): 막불통한. 몹시 분하거나 억울하여 한스럽게 여기지 않음이 없음.
97) 과얼(過孽): 과오.
98) 블궤(不軌): 불궤. 법이나 도리를 지키지 않는 것. 여기서는 반역을 꾀한다는 뜻.
99) 분훈(憤恨): 분한. 분하고 한스러워함.
100) 을: [교] 원문과 연세대본(24:18)에는 '으로'로 되어 있으나 문맥을 고려해 규장각본(24:12)을 따름.
101) 찰녜(刹女ㅣ): 여자 나찰. 나찰(羅刹)은 푸른 눈과 검은 몸, 붉은 머리털을 하고서 사람을 잡아먹으며, 지옥에서 죄인을 못살게 군다고 함. 여기에서는 못된 여자의 뜻으로 쓰임.
102) 흉춤(凶慘): 흉참. 흉악하고 참혹함.

디,

"추인(此人)은 능히(能-) 니룰 거시 업ᄂᆞ니 시비(是非)ᄒᆞ야 브졀업
ᄂᆞᆫ지라 ᄲᆞᆯ니 져지의 가 ᄒᆡᆼ형(行刑)104)ᄒᆞ게 ᄒᆞ라."

왕(王)이 죠ᄎᆞ 무ᄉᆞ(武士)룰 명(命)ᄒᆞ야 니여 가라 ᄒᆞ니 참졍(參政)
이 몸을 니러 셔당(書堂)의 가 노 시(氏)를 잡아 오라 ᄒᆞ야 결박(結
縛)ᄒᆞ야 ᄭᅮᆯ니고 소리ᄒᆞ야 ᄭᅮ지즈디,

"음뷔(淫婦ㅣ)105) 이제 촌참효시(寸斬梟示)106)ᄒᆞᄆᆡ 족(足)히 ᄃᆞᆺ
렴 즉디 아니ᄒᆞ나 네 날을 그른 곳의 너허 부즈(父子) 형뎨(兄弟) ᄉᆞ
이룰 다 니간(離間)ᄒᆞ던 죄(罪)룰 내 스스로 ᄃᆞᆺᄉᆞ리ᄂᆞ니 음뷔(淫婦ㅣ)
아ᄂᆞᆫ다?"

셜파(說罷)의 힘센 무ᄉᆞ(武士)로 큰 ᄆᆡ룰 굴히여 고찰(考察)ᄒᆞ야
오십(五十) 댱(杖)을 밍타(猛打)ᄒᆞ니 노 시(氏) 숀으로 ᄯᅡᆯ흘 허위며107)
못 견디여 ᄒᆞᆯ

제 어디가 아니 드러ᄂᆞ리오. 블근 술이 곳고지 드러ᄂᆞ니 보ᄂᆞ니 입
을 가리오고 혹시(學士ㅣ) 노긔(怒氣) 졈졈(漸漸) 더ᄒᆞ야 친(親)히 버

---

103) 신ᄉᆡᆨ(神色): 신색. 낯빛.
104) ᄒᆡᆼ형(行刑): 행형. 형벌을 행함.
105) 음뷔(淫婦ㅣ): 성격이나 행동이 음란하고 방탕한 여자.
106) 촌참효시(寸斬梟示): 죄인의 몸을 토막 낸 후 머리를 높이 달아 사람들에게 내보임.
107) 허위며: 손톱이나 날카로운 물건 따위로 긁어 파며.

히고 시브나 엄뷔(嚴父ㅣ) 다스린 고(故)로 쓰어 니치니 무시(武士
ㅣ) 슈족(手足)을 씨드러 문(門)밧긔 니여 가 기듕(其中) 무사(武士)
위한이 쑤지져 굴오디,

"어인 녀지(女子ㅣ) 그리 스오나와 죽용(作用)을 그디도록 블측(不
測)이 흐야 이 디경(地境)의 니라럿는다?"

노 시(氏) 눈을 감고 혼미(昏迷)흐야 다만 가는 쇼리로 이고(哀
告)[108]홀 ᄯᅲᆫ이라. 위훈이 ᄯᅩ 듀머괴로 노 시(氏)의 ᄲᅵᆷ을 미이 치고
왈(曰),

"이 요괴(妖怪)로온 녀ᄌᆞ(女子)야! 네 이제도 녯닐이 뉘웃부지 아
니냐? 너 년을 씨드러 가지고 ᄃᆞᆫ니기 우리 욕(辱)되다."

모다 소

. .

21면

왈(笑曰),

"뎌만 못흔 도젹놈(盜賊-)도 ᄃᆞ리고 ᄃᆞᆫ녀시니 욕(辱)되기야 므어시
욕(辱)되리오?"

위한 왈(曰),

"그디는 모르는 쇼리 말나. 도젹놈(盜賊-)이야 죡히 죠흐랴? 이 녀
ᄌᆞ(女子)의 쇼실(所實)[109]은 비(比)키 더럽고 그ᄃᆞ니도 녁녁(歷歷)히
아디[110] 아니흐거니와 일뎡(一定)[111] 고금(古今)의 이런 발측흔 거

---

108) 이고(哀告): 애고. 슬피 고함.
109) 쇼실(所實): 소실. 행한 일.
110) 디: [교] 원문과 규장각본(24:14), 연세대본(24:21)에 모두 '니'로 되어 있으나 문맥을 고려해
    이와 같이 수정함.
111) 일뎡(一定): 일정. 정말.

시 잇더냐?"

모다 디쇼(大笑)ᄒᆞ더라.

이의 슐위의 시러 뎌지의 가 춤(斬)홀 시 굿보리[112] 길히 머여 사ᄅᆞᆷ마다 숀으로 가ᄅᆞ쳐 그 과악(過惡)을 니ᄅᆞ며 ᄭᅮ짓고 춤 밧ᄐᆞ 죽으믈 쾌활(快闊)타 ᄒᆞ는 쇼리 진동(震動)ᄒᆞ니 과연(果然) 텬디(天地) 슬피미 쇼쇼(昭昭)[113]ᄒᆞᆫ 줄 씨ᄃᆞ롤너라.

임의 힝형(行刑)ᄒᆞ야 슈족(手足)을 팔도(八道)의 효시(梟示)[114]ᄒᆞ고

. .

22면

시신(屍身)을 길가의 바려 마제(馬蹄)[115]의 밟히ᄂᆞᆫ디라.

추회(嗟乎 ㅣ)라. 노 시(氏) 지샹(宰相)의 녀ᄌᆞ(女子)로 귀(貴)ᄒᆞ미 금옥(金玉)으로 비(比)치 못홀 거시여ᄂᆞᆯ 간험(姦險)[116]ᄒᆞ기 고금(古今)의 업순 고(故)로 시슈(屍首 ㅣ)[117] 각각(各各) 나니 보복(報復)이 명명(明明)ᄒᆞᆷ믈 가(可)히 알 거시오,

혜션이 삼(三) 년(年)을 옥듕(獄中)의셔 고쵸(苦楚)를 무궁(無窮)히 겻고 왕ᄉᆞ(往事)를 뉘웃츠며 셜우믈 이긔지 못ᄒᆞ더니 이날 모든 군시(軍士 ㅣ) 미러 문(門)밧긔 구류(拘留)[118]ᄒᆞ야 웃 쳐치(處置)를 기ᄃᆞ리더니,

홀연(忽然) ᄂᆞᆫ디업순 도시(道士 ㅣ) 학챵의(鶴氅衣)[119]를 브치고 문

---

112) 굿보리: 굿 보는 사람이.
113) 쇼쇼(昭昭): 소소. 밝음.
114) 효시(梟示): 목을 베어 높은 곳에 매달아 놓아 뭇사람에게 보임.
115) 마제(馬蹄): 말발굽.
116) 간험(姦險): 간사하고 음험함.
117) 시슈(屍首ㅣ): 시수. 시체와 머리.
118) 구류(拘留): 신체의 자유를 구속해 머무르게 함.

(門)밧긔 니르러 능후(-侯)긔 뵈믈 쳥(請)ᄒ니 능휘(-侯ㅣ) 고이(怪異)히 너겨 쳥(請)ᄒ야 드러오미 이

. .

23면

곳 익진관이라 놀나 년망(連忙)이 계(階)의 나려 마ᄌ 왈(曰),

"션싱(先生)으로 손을 논혼 후(後) 다시 음신(音信)[120]을 통(通)치 못ᄒ연 지 오리더니 금일(今日) 죤개(尊駕ㅣ)[121] 무슴 연고(緣故)로 쳔(千) 리(里)의 니르시뇨?"

진관이 공슈(拱手)[122]ᄒ야 ᄀᆞᆯ오디,

"빈되(貧道ㅣ) ᄯᅩᄒᆞᆫ 명공(明公)을 니별(離別)ᄒᆞᆫ 후(後) 침좌(寢坐)[123] 간(間)의 닛지 못ᄒ야 샹샹(常常) ᄉᆞ모(思慕)ᄒ미 깁더니 오ᄂᆞᆯ은 부득이(不得已)ᄒᆞᆫ 일노 니르과이다."

능휘(-侯ㅣ) 연고(緣故)ᄅᆞᆯ 무른대 진관 왈(曰),

"죤[124]부(尊府)의 격년(隔年) 화른(禍亂)이 노녀(-女)의 죄(罪)나 도시(都是)[125] 텬슈(天數ㅣ) 크게 뎡(定)ᄒᆞᆯ 씨미러니 이제 노녜(-女ㅣ) 임의 듀(誅)ᄒ미 기여(其餘) 협종(脅從)[126]은 죽여 블관(不關)[127]ᄒ니 녀승(女僧) 혜션은 금년(今年)이 죽

---

119) 학챵의(鶴氅衣): 학창의. 소매가 넓고 뒤 솔기가 갈라진 흰옷의 가를 검은 천으로 넓게 댄 웃옷.
120) 음신(音信): 먼 곳에서 전하는 소식이나 편지.
121) 죤개(尊駕ㅣ): 존가. 지위가 높고 귀한 사람의 탈것이라는 뜻으로, 지위가 높고 귀한 사람의 행차를 비유적으로 이르는 말.
122) 공슈(拱手): 공수. 절을 하거나 웃어른을 모실 때, 두 손을 앞으로 모아 포개어 잡음. 또는 그런 자세.
123) 침좌(寢坐): 잠을 자거나 앉아 있음. 자나 깨나.
124) 죤: [교] 원문에는 '초'로 되어 있으나 문맥을 고려해 규장각본(24:16)과 연세대본(24:23)을 따름.
125) 도시(都是): 모두.
126) 협종(脅從): 남의 위협에 못 이겨 복종함.
127) 블관(不關): 불관. 긴요하지 않음.

을 쉬(數ㅣ) 아니오 쏘 션가(仙家)의 인년(因緣)이 이시니 빈되(貧道
ㅣ) 두리라 니르럿느니 가(可)히 허(許)호믈 어드랴?"

능휘(-侯ㅣ) 왈(曰),

"존언(尊言)이 올흐시나 추(此)는 등한(等閑)호 녀승(女僧)이 아니
라 후일(後日) 죽히(作害)호미 이실가 두리느니 션싱(先生)은 고이(怪
異)히 너기지 말나."

진관이 쇼왈(笑曰),

"빈되(貧道ㅣ) 비록 우용(愚庸)[128]호나 우흐로 텬슈(天數)를 술피
고 아리로 신슈(身數)[129]를 츄뎜(推占)[130]호느니 죠곰이나 쇼리(率
爾)[131]호믈 힝(行)호리오? 혜션의 죽악(作惡)이 다시 힝(行)치 못호리
니 명공(明公)은 의심(疑心) 말나."

능휘(-侯ㅣ) 쏘훈 녀의 긔이(奇異)호믈 아는 고(故)로 즉시(卽是)
허(許)호니 진관이 칭샤(稱謝)호고 도라갈 시

능휘(-侯ㅣ) 약(藥)을 보니여 혹ᄉ(學士)를 구활(救活)[132]호 은혜(恩
惠)를 칭샤(稱謝)호니 진군이 쇼왈(笑曰),

---

128) 우용(愚庸): 어리석고 용렬함.
129) 신슈(身數): 신수. 한 사람의 운수.
130) 츄뎜(推占): 추점. 앞으로 닥칠 일을 미루어서 점을 침.
131) 쇼리(率爾): 솔이. 어설픔.
132) 구활(救活): 목숨을 구해 삶.

"니(李) 혹亽(學士)는 귀인(貴人)이라 빈되(貧道ㅣ) 약(藥)을 아니 주다 엇지 사디 못홀가 근심ᄒᆞ리오?"

드ᄃᆡ여 표연(飄然)[133]이 나가 혜션을 압세우고 화쥐(華州)로 도라가 크게 션도(仙道)를 가르치니 션이 상연(爽然)[134]이 ᄭᆡᄃᆞ라 ᄎᆞ후(此後) 그른 ᄯᅳᆺ을 아니 먹고 쳥졍(淸淨)이 일월(日月)을 보ᄂᆡ더라.

능휘(-侯ㅣ) 모든 ᄃᆡ 익진군이 와셔 혜션 두려가믈 고(告)ᄒᆞ니 모다 놀나고 평휘(-侯ㅣ) 탄왈(嘆曰),

"니 ᄎᆞ(此) 요리(妖尼)[135]를 만(萬) 죠각의 ᄂᆡ여 분(憤)을 플녀 ᄒᆞ니 엇지 평안(平安)히 노화 보ᄂᆡ리오?"

초휘(-侯ㅣ) 쇼왈(笑曰),

"임의 괴슈(魁首)를 죽

26면

이고 ᄌᆞ개(自家ㅣ) 평(平)ᄒᆞ니 구ᄐᆞ야 뎌 요승(妖僧)을 죽여든 므어시 쾌(快)ᄒᆞ리오?"

평휘(-侯ㅣ) 미쇼(微笑)ᄒᆞ니 텰 혹시(學士ㅣ) 쇼왈(笑曰),

"앗가 운빅 노 시(氏)를 잔잉(殘忍)히 티니 보기의 춤혹(慘酷)ᄒᆞᆫ지라 엇지 그런 비인졍(非人情)의 노릇슬 ᄒᆞ리오? 연(然)이나 둘히 가치 치미 올턴 거슬 셩뵈[136] 엇지 아니 친다?"

평휘(-侯ㅣ) 졍식(正色) 왈(曰),

---

133) 표연(飄然): 바람에 팔랑거려 모양이 가벼운 모습.
134) 상연(爽然): 시원한 모양.
135) 요리(妖尼): 요망한 비구니.
136) 셩뵈: 성보. 이흥문의 자(字).

"듯고 시브지 아닌 말을 다시 거드지[137] 마른쇼셔. 니 엇지 그런 츨녀(刹女)[138]룰 디(對)ᄒ야 안주 치리오?"

텰 혹시(學士ㅣ) 박댱디쇼(拍掌大笑) 왈(曰),

"그려도 구졍(舊情)이 우연(偶然)치 아니타. 티기롤 블샹이 너기니 노 시(氏) 명명(冥冥)[139] 듕(中) 감격(感激)ᄒ미 젹디 아니리로다."

평휘(-侯ㅣ) 죽식[140](作色) 왈(曰),

"형(兄)이 희롱(戲弄)

. .

27면

ᄒ신들 쇼뎨(小弟)룰 이디도록 욕(辱)ᄒ시ᄂ뇨?"

셜파(說罷)의 ᄉ미룰 썰치고 블연(勃然)[141]이 니러나니 챵닌이 쏘 지측(在側)이러니 졍식(正色) 왈(曰),

"슉뷔(叔父ㅣ) 엇디 야야(爺爺)의 빙[142]쳥(氷淸) 가타시미 뎌 노녀(-女)의 말만 드르셔도 측(測)[143]ᄒ야 ᄒ시미 분즙(糞汁)[144]을 님(臨)ᄒ미가치 너기시거놀 뎌룰 비겨[145] 구졍(舊情)이라 ᄒ시ᄂ니잇가? 진실노(眞實-) 이듧도쇼이다."

---

137) 거드지: 언급하지.
138) 츨녀(刹女): 찰녀. 여자 나찰. 나찰(羅刹)은 푸른 눈과 검은 몸, 붉은 머리털을 하고서 사람을 잡아먹으며, 지옥에서 죄인을 못살게 군다고 함. 여기에서는 못된 여자의 뜻으로 쓰임.
139) 명명(冥冥): 저승.
140) 식: [교] 원문에는 '상'으로 되어 있으나 문맥을 고려해 규장각본(24:18)과 연세대본(24:26)을 따름.
141) 블연(勃然): 발연. 왈칵 성을 내는 태도나 일어나는 모양이 세차고 갑작스러움.
142) 빙: [교] 원문에는 이 글자가 없으나 문맥을 고려해 규장각본(24:18)과 연세대본(24:27)을 따라 첨가함. 참고로 연세대본에는 '빙'이 원래 없으나 오른쪽에 붉은색으로 가필함.
143) 측(測): 더럽게 여김.
144) 분즙(糞汁): 똥물.
145) 겨: [교] 원문과 연세대본(24:27)에는 '례'로 되어 있으나 문맥을 고려해 규장각본(24:18)을 따름.

혹시(學士 ㅣ) 쇼왈(笑曰),

"아모리 더러온들 네 아비 빙녜[146](媌禮)[147]로 취(娶)ᄒᆞ엿던 거시니 니 말이 그ᄅᆞ냐?"

공ᄌᆞ(公子 ㅣ) 디왈(對曰),

"비록 그러나 당시(當時)ᄒᆞ야 노녀(-女)의 더러오미 뭇 ᄉᆞ룸을 다 지니여 측냥(測量)업거놀 야야(爺爺)긔 비기시믄

··

28면

가(可)치 아니ᄒᆞ니이다."

모다 웃고 그 영오(穎悟)[148]ᄒᆞ믈 칭션(稱善)ᄒᆞ더라.

이ᄲᅵ 홍영이 노 시(氏)ᄅᆞᆯ ᄯᆞᆯ와 셔울 니ᄅᆞ럿더니 노 시(氏) 임의 죽으미 가마니 그 시슈(屍首)ᄅᆞᆯ 거두워 간ᄉᆞ[149]ᄒᆞ고 스스로 머리ᄅᆞᆯ 갓가 보응시(--寺 ㅣ)룬 뎔의 가 승(僧)이 되니 제승(諸僧)이 그 영오(穎悟) 쇼통(疏通)[150]ᄒᆞ믈 ᄉᆞ랑ᄒᆞ야 ᄒᆞᆫ가지로 이셔 의식(衣食)을 후(厚)히 치니 영이 일신(一身)이 평안(平安)ᄒᆞ나 ᄒᆞᆫ ᄆᆞ음의 니문(李門)의 보복(報復)기ᄅᆞᆯ 싱각ᄒᆞ니 하회(下回)ᄅᆞᆯ 보라.

어시(於時)의 니부(李府)의셔 노녀(-女)ᄅᆞᆯ 마ᄌᆞ ᄎᆞᄌᆞ 죽이미 일개(一家 ㅣ) 디락(大樂)ᄒᆞ야 부야흐로 시름 업시 환낙(歡樂)ᄒᆞ니 아춤마다 치의(彩衣)ᄅᆞᆯ 츕츄고 관ᄉᆞ(官司)

---

146) 네: [교] 원문과 연세대본(24:27)에는 '데'로 되어 있으나 문맥을 고려해 규장각본(24:18)을 따름.
147) 빙녜(媌禮): 빙례. 혼인의 예식 가운데 하나로, 빙물(聘物) 즉 예물을 보내는 절차를 말함.
148) 영오(穎悟): 총명함.
149) 간ᄉᆞ: 간사. 건사하거나 간수함.
150) 쇼통(疏通): 소통. 막히지 않고 잘 통함.

의 츌입(出入)ᄒ미 ᄉ마빵곡(駟馬雙轂)151)이 부문(府門)의 메여 번셩
(蕃盛)ᄒ미 결우리 업는 듕(中),

이히 ᄀ을의 알셩(謁聖)152)이 이셔 관문, 힝문, 슈문, 최문이 일방
(一榜)의 고등(高登)153)ᄒ니 각각(各各) 부모(父母)의 깃거ᄒ미 측냥
(測量)업고 니문(李門) 영화(榮華) 복녹(福祿)이 당시(當時)의 결우리
업거놀 국가(國家)로 년친(連親)154)ᄒ야 황후(皇后)의 ᄉ숑(賜送)155)
ᄒ시는 은영(恩榮)156)이 도로(道路)의 니음ᄎ니 사룸마다 블워ᄒ고
긔특(奇特)이 너기더라.

제인(諸人)이 숨일(三日) 충방(唱榜)157) 후(後) 관문, 힝문은 한님
흑ᄉ(翰林學士)를 ᄒ고 슈158)문, 최문은 금문박ᄉ(今文博士)를 ᄒ니
ᄉ(四) 인(人)이 다 일디(一代) 풍뉴긔남(風流奇男)으로 쳥ᄉ(靑紗)159)
를 찍고 탑뎐(榻前)의 근시(近侍)160)ᄒ니 명망(名望)이

ᄉ셔(士庶)의 진동(震動)ᄒᄂ지라 부뫼(父母ㅣ) 두깃기믈 이긔지 못

---

151) ᄉ마빵곡(駟馬雙轂): 사마쌍곡. 네 마리 말이 끄는 수레와 두 바퀴 달린 수레. 모두 고귀한 사
  람들을 가리키는 데 쓰임.
152) 알셩(謁聖): 알성. 황제가 문묘에 참배한 뒤 실시하던 비정규적인 과거 시험.
153) 고등(高登): 좋은 성적으로 과거에 급제함.
154) 년친(連親): 연친. 인척 관계를 맺음.
155) ᄉ숑(賜送): 사송. 황제가 신하 등에게 물건을 내려보냄.
156) 은영(恩榮): 은혜와 영광.
157) 충방(唱榜): 창방. 방목(榜目)에 적힌 과거 급제자의 이름을 부름. 또는 그 일.
158) 슈: [교] 원문에는 '슉'으로 되어 있으나 앞의 예를 따라 이와 같이 수정함.
159) 쳥ᄉ(靑紗): 청사. 푸른색의 관복.
160) 근시(近侍): 가까이에서 모심.

ᄒᆞ더라.

추셜(且說). 필듀 쇼져(小姐)를 ᄃᆞ려간 노옹쟈(老翁者)의 셩명(姓
名)은 안셩이니 이 곳 남챵(南昌) 사롬이오 춤졍(參政) 왕밍의 종이
라. 왕 공(公)이 남챵(南昌)셔 ᄉᆞ라 가지(家財)[161] 누거만(累巨萬)[162]
이오 노복(奴僕)이 슈(數)업더니 벼슬ᄒᆞ야 경ᄉᆞ(京師)로 도라가미 안
셩이 근신(勤信)[163]ᄒᆞ고 튱후(忠厚)[164]ᄒᆞ믈 미더 모돈 뎐토(田土) 츌
쳑(黜陟)[165]을 다 맛지니 안셩이 ᄯᅩᄒᆞᆫ 브즈런ᄒᆞ고 츅실(着實)ᄒᆞ야 년
년(年年)이 농ᄉᆞ(農事)를 슈츅(收蓄)[166]ᄒᆞ고 쇼츌(所出)을 일일히(一
一-) 바다 올리고 져의 가음열기[167] ᄯᅩᄒᆞᆫ 남챵(南昌)의 읏듬이로디
ᄌᆞ식(子息)이 남녀간(男女間) 일(一) 인(人)도 업스니 팔ᄌᆞ(八字)를
탄(嘆)

31면

ᄒᆞ더니,

모야(某夜)의 산ᄌᆞ히[168]로 더브러 ᄉᆞ숨을 ᄯᅩ오다가 필쥬를 만ᄂᆞᆫ
고(故)로 그 영오(穎悟)ᄒᆞᆷ믈 어엿비 너겨 ᄃᆞ리고 집의 도라와 기쳐
(其妻) 윤파(-婆)를 뵈여 굴오디,

"우리 늣도록 ᄌᆞ식(子息)이 업스니 후ᄉᆞ(後嗣)를 근심ᄒᆞ더니 ᄎᆞ이

---

161) 가지(家財): 가재. 한집안의 재산.
162) 누거만(累巨萬): 매우 많음. 또는 매우 많은 액수.
163) 근신(勤信): 부지런하며 믿음직함.
164) 튱후(忠厚): 충후. 충직(忠直)하고 순후(淳厚)함.
165) 츌쳑(黜陟): 출척. 내보내고 들임.
166) 슈츅(收蓄): 수축. 수확해 쌓음.
167) 가음열기: 풍부하기.
168) 산ᄌᆞ히: '산자락'의 뜻으로 보이나 미상임.

(此兒ㅣ) 이럿툿 긔이(奇異)ᄒ니 우리 노경(老境)[169]의 ᄌ미ᄅᆞᆯ 삼으
미 엇지 묘(妙)치 아니리오?"

윤파(-婆ㅣ) ᄎ언(此言)을 듯고 경희(驚喜)ᄒ야 밧비 필쥬ᄅᆞᆯ ᄂᆞ오혀
보니 과연(果然) 텬하(天下)의 무ᄡᆞᆼ(無雙)ᄒᆞᆫ 절염미ᄉᆡᆨ(絶艶美色)[170]이
라. 다ᄒᆡᆼ(多幸)ᄒ야 ᄀᆞ오ᄃᆡ,

"이ᄂᆞᆫ 하ᄂᆞᆯ이 우리의 무ᄌᆞ(無子)ᄒᆞᆷ을 어엿비 너기샤 이럿툿 긔특
(奇特)ᄒᆞᆫ 녀ᄋᆞ(女兒)ᄅᆞᆯ 어드미라."

ᄒ고 향긔(香氣)로온 실과(實果)ᄅᆞᆯ 쥬

고 다ᄅᆞ니 필쥬 영오(穎悟)ᄒ야 부모(父母) 셩시(姓氏)ᄅᆞᆯ 긔록(紀錄)
ᄒ나 ᄂᆞ히 오(五) 셰(歲) ᄒᆡ이(孩兒ㅣ)라 무어슬 알니오. ᄌᆞ연(自然)
울음을 그치고 윤파(-婆)ᄅᆞᆯ ᄯᆞᆯ오니 윤파(-婆ㅣ) ᄃᆡ열(大悅)ᄒᆞ야 ᄎᆞ후
(此後) 금슈(錦繡)[171]의 ᄡᆞ 기ᄅᆞ며 귀듕(貴重)ᄒᆞᆷ을 만금지보(萬金之
寶)[172]가치 ᄒ더니,

칠팔(七八) 셰(歲)의 니ᄅᆞ미 안셩이 글로ᄡᅥ 가라치니 문니(文理)[173]
날로 쟝진(長進)[174]ᄒ고 총명(聰明) 특[175]달(特達)[176]ᄒᆞ야 일ᄎᆔ월댱
(日就月將)ᄒ니 안노(-老) 부체(夫妻ㅣ) 더옥 ᄉᆞ랑ᄒ더니,

---

169) 노경(老境): 늙어서 나이가 많은 때. 또는 그때 즈음.
170) 절염미ᄉᆡᆨ(絶艶美色): 절염미색. 매우 빼어난 미색.
171) 금슈(錦繡): 금수. 수놓은 비단.
172) 만금지보(萬金之寶): 만금의 값어치가 나가는 보물.
173) 문니(文理): 문리. 글의 뜻을 깨달아 아는 힘.
174) 쟝진(長進): 장진. 크게 나아감.
175) 특: [교] 원문에는 '측'으로 되어 있으나 문맥을 고려해 규장각본(24:22)과 연세대본(24:32)을
따름.
176) 특달(特達): 남달리 사리에 밝고 특별히 재주가 뛰어남.

춤졍(參政)의 딜ᄌ(姪子) 왕긔 니르러 부모(父母)의 분뫼(墳墓ㅣ) 황폐(荒廢)ᄒ여시믈 보고 다시 다ᄉ린 후(後) 안[177)]노(-老)의 브릉(不能)[178)]이 슬피미라 노(怒)ᄒ야 다라니ᄅᆞᆯ 직희오고 안노(-老)ᄅᆞᆯ 잡아 경ᄉ(京師)의 니ᄅᆞ니, 춤졍(參政)이 제 타

33면

시 아니라 ᄒ야 문하(門下)의 머믈우고 긔실(記室)[179)]을 숨으니 안뇌(-老ㅣ) 황공(惶恐) 감은(感恩)ᄒ야 윤파(-婆)로 더브러 젹은 집의 머무더니,

필쥐 일일(一日)은 무러 굴오ᄃᆡ,

"니 일즉 ᄉ족(士族)의 녀ᄌ(女子)로 블ᄒᆡᆼ(不幸)ᄒ야 이의 니라러 노파(老婆)와 노쟝(老長)의 디은(大恩)을 닙으니 감격(感激)ᄒ나 본부모(本父母)ᄅᆞᆯ 춫고ᄌ ᄒᄂ니 부친(父親)이 가(可)히 두로 ᄎᆞᄌ미 엇더ᄂᆈ?"

안뇌(-老ㅣ) 그 영오(穎悟)ᄒ믈 칭찬(稱讚)ᄒ나 그 본부모(本父母) 싱각ᄒ믈 깃거 아냐 허(許)치 아니ᄒ니,

필쥐 나히 십여(十餘) 셰(歲) 된 후(後)ᄂ 녯일이 녁녁(歷歷)ᄒ야 ᄌ가(自家) 부친(父親)은 부마(駙馬)오 모친(母親)은 댱 시(氏)며 죠부(祖父)ᄂ 승샹(丞相)이런 줄 녁녁(歷歷)히 싱각ᄒ미 ᄉᄉ

---

177) 안: [교] 원문과 규장각본(24:22), 연세대본(24:32)에 모두 '왕'으로 되어 있으나 문맥을 고려해 이와 같이 수정함.

178) 브릉(不能): 불능. 능력 없음.

179) 긔실(記室): 기실. 집안의 기록을 담당하는 사람.

로 셜워 싱각ᄒ더,

'ᄂ니 팔지(八字ㅣ) 박(薄)ᄒ야 고이(怪異)ᄒᆫ 곡경(曲境)을 만나 쳔가(賤家)의 뉴락(流落)ᄒ니 엇지 셟지 아니ᄒ리오? 뎌 노댱(老丈)으로셔ᄂ 니 부모(父母)ᄅᆯ 츠줄 쥬리(理) 업ᄉ니 ᄂ니 두어 히 뎌 길녀 부모(父母)ᄅᆯ 츠즈리라.'

ᄒ고 다시 ᄉ식(辭色)지 아니ᄒ더니,

왕 쇼제(小姐ㅣ) 일일(一日)은 필쥬ᄅᆯ 보고 ᄉ랑ᄒ야 윤파(-婆)ᄃ려 니ᄅ고 시녀(侍女)ᄅᆯ 삼으니 필쥬 쇼제(小姐ㅣ) 블안(不安)ᄒ나 ᄒᆫ가지 규슈(閨秀)오 듀야(晝夜)의 윤파(-婆)의 무식(無識)ᄒᆷᄅᆯ 뒤(對)ᄒ엿다가 왕 쇼져(小姐)의 아담혜일(雅淡慧逸)[180]ᄒᆷ과 쳥아(淸雅)ᄒ믈 주연(自然) ᄉ랑ᄒ야 ᄒᆫ가지로 장각(粧閣)[181]의 듀야(晝夜) 거쳐(居處)ᄒ야 시ᄉ녜악(詩詞禮樂)을 논문(論問)[182]ᄒ니

왕 쇼제(小姐ㅣ) 가장 ᄉ랑ᄒ야 동긔(同氣)가치 ᄒ고 ᄯ 뎌의 긔질(氣質)이 졀식(絕色)일 분 아냐 쇄락(灑落)[183]ᄒ미 츄텬명월(秋天明月)[184] 가ᄐ야 죠곰도 하류(下流)[185]의 쳔퇴(賤態)[186] 업ᄉ믈 고이

---

180) 아담혜일(雅淡慧逸): 고상하면서 담백하고 슬기로우면서 빼어남.
181) 장각(粧閣): 여자가 거처하는 집.
182) 논문(論問): 논하고 물음.
183) 쇄락(灑落): 기분이나 몸이 상쾌하고 깨끗함.
184) 츄텬명월(秋天明月): 추천명월. 드높은 가을하늘과 보름달.
185) 하류(下流): 수준 따위가 낮은 부류.

(怪異)히 너겨 ᄒᆞ더라.

왕 공(公)이 일ᄌᆞ일녀(一子一女)ᄅᆞᆯ 두어시니 맛은 곳 왕 쇼져(小姐)오 남ᄋᆞ(男兒)ᄂᆞᆫ 기ᄌᆡ(奇才)[187]니 명(名)은 션이오 ᄌᆞ(字)ᄂᆞᆫ 봉희니 어려셔브터 옥모뉴풍(玉貌柳風)[188]이 하안(何晏)[189], 반악(潘岳)[190]을 모시(藐視)[191]ᄒᆞ고 긔질(氣質)이 녀슈(麗水)[192]의 겸금(兼金)[193] 가ᄐᆞ야 일ᄃᆡ(一代) 풍뉴랑(風流郞)이라. 공(公)의 부뷔(夫婦)ㅣ ᄉᆞ랑ᄒᆞᆷᄅᆞᆯ 능히(能-) 이긔지 못ᄒᆞ더니,

왕 쇼졔(小姐ㅣ) 십뉵(十六) 셰(歲) 되미 니(李) 공ᄌᆞ(公子) 형문을 친영(親迎)[194]ᄒᆞᆯ 시 왕ᄉᆡᆼ(-生)이 이ᄦᅵ 십오(十五) 셰(歲)라 풍ᄎᆡ(風采) 쳥고(淸高)[195]ᄒᆞ야 두목지(杜牧之)[196], 왕

희지(王羲之)[197]ᄅᆞᆯ 모시(藐視)ᄒᆞ고 텬셩(天性)이 호방(豪放)ᄒᆞ야 눈

---

186) 천ᄐᆡ(賤態): 천태. 천한 태도.
187) 기ᄌᆡ(奇才): 기재. 아주 뛰어난 재주를 가진 사람.
188) 옥모뉴풍(玉貌柳風): 옥모유풍. 옥 같은 외모와 버들 같은 풍모라는 뜻으로 남자의 잘생긴 외모를 비유하는 말.
189) 하안(何晏): 중국 삼국시대 위(魏)나라 사람(196-249)으로 자(字)는 평숙(平叔). 조조(曹操)의 의붓아들이자 사위. 반하(潘何)라 하여 서진(西晉)의 반악(潘岳)과 함께 잘생긴 남자의 대명사로 불림.
190) 반악(潘岳): 중국 서진(西晉)의 문인(247-300)으로 자는 안인(安仁), 하남성(河南省) 중모(中牟) 출생. 용모가 아름다워 낙양의 길에 나가면 여자들이 몰려와 그를 향해 과일을 던졌다는 고사가 있음.
191) 모시(藐視): 묘시. 업신여기어 깔봄.
192) 녀슈(麗水): 여수. 금이 많이 난다고 하는, 형남(荊南) 땅에 있던 강. 『한비자(韓非子)』, 「내저편(內儲篇)」.
193) 겸금(兼金): 품질이 뛰어나 값이 보통 금보다 갑절이 되는 좋은 황금.
194) 친영(親迎): 육례의 하나. 신랑이 신부의 집에 가서 신부를 직접 맞이하는 의식.
195) 쳥고(淸高): 청고. 맑고 고상함.
196) 두목지(杜牧之): 중국 당(唐)나라 때의 시인인 두목(杜牧, 803-853)으로 목지(牧之)는 그의 자(字). 호는 번천(樊川). 이상은과 더불어 이두(李杜)로 불리며, 작품이 두보(杜甫)와 비슷하다 하여 소두(小杜)로도 불림. 미남으로 유명함.

의 지닉 보는 미인(美人)이 업ᄉ므로 필쥐 뎌를 그림지 응(應)홈가치 피(避)ᄒ고 왕 쇼제(小姐ㅣ) 쏘훈 그 거거(哥哥)를 긔이더니,

혼인(婚姻)놀 필쥐 피(避)ᄒ야 안노(-老)의 집으로 나갈 제 공직(公子ㅣ) 우연(偶然)이 보고 과혹(過惑)[198] ᄒ야 평싱(平生)의 노치 아니키를 밍셰(盟誓)ᄒ나 그 져져(姐姐)를 두려 ᄉ식(辭色)지 못ᄒ고 또 져부(姐夫)[199]를 만나 극(極)히 샹뎍(相適)[200] ᄒ야 쥬야(晝夜)로 달눈(團欒)[201] ᄒ더니,

샹(上)의 쟝ᄉ(葬事) 후(後) 니싱(李生)이 쇼져(小姐)를 ᄃ려 본부(本府)로 가미 필듀를 ᄃ려가려 ᄒ거놀 왕싱(-生)이 웃고 골오ᄃ,

"쇼제(小弟) 져져(姐姐)의 비ᄌ(婢子) 텬영을 보디 못ᄒ엿더니 이는 안셩이 기명(改名)ᄒ미라. 몬져 줌간(暫間)

37면

보니 텬하졀염(天下絕艶)[202]이라 니형(李兄)이 방탕(放蕩)ᄒ니 지닉 보지 아닐 거시니 두고 가쇼셔."

쇼제(小姐ㅣ) 싱(生)의 깁흔 뜻은 아지 못ᄒ고 올히 너겨 허락(許諾)고 두고 가니,

싱(生)이 암희(暗喜)ᄒ야 슈일(數日) 후(後) 서당(書堂)의셔 시노

---

197) 왕희지(王羲之): 중국 동진(東晉)의 서예가(307~365)로 자는 일소(逸少)이고 우군 장군(右軍將軍)을 지냈으며 해서・행서・초서의 3체를 예술적 완성의 영역까지 끌어올려 서성(書聖)이라고 불림.

198) 과혹(過惑): 지나치게 미혹됨.

199) 져부(姐夫): 저부. 매부. 이형문을 이름.

200) 샹뎍(相適): 상적. 서로 잘 맞음.

201) 달눈(團欒): 단란. 여럿이 함께 즐겁고 화목함.

202) 텬하졀염(天下絕艶): 천하절염. 천하의 빼어난 미색.

(侍奴)로 윤파(-婆)와 안셩을 블러 닐오디,

"니 드르니 너의 쏠 텬영이 지뫼(才貌ㅣ)203) 민쳡(敏捷)다 ᄒᆞ니 즘간(暫間) 보고즈 ᄒᆞᄂᆞ니 드려오라."

안뇌(-老ㅣ) 슈명(受命)204)ᄒᆞ야 윤파(-婆)로 ᄒᆞ야금 드려오라 ᄒᆞ니 윤파(-婆ㅣ) ᄂᆞ가 필쥬를 보고 ᄉᆞ연(事緣)을 니르고 가즈 ᄒᆞ니 쇼제(小姐ㅣ) 디경(大驚)ᄒᆞ야 골오디,

"쇼녜(小女ㅣ) 비록 쳔(賤)ᄒᆞ나 규슈(閨秀)의 몸이어ᄂᆞᆯ 엇진 고(故)로 방외(房外) 남즈(男子)를 무단(無端)205)이 보리오? 죽

· ·

38면

을지언뎡 가지 못ᄒᆞᄂᆞ이다."

윤파(-婆ㅣ) 원닉(元來) 공즈(公子)의 옥모뉴풍(玉貌柳風)206)이 필쥬의 ᄯᅳᆨ인 줄 희ᄒᆡᆼ(喜幸)ᄒᆞᄂᆞᆫ지라 그 유의(留意)ᄒᆞᄂᆞᆫ 줄을 깃거ᄒᆞ거ᄂᆞᆯ 엇지 뎌 말을 드라리오. 지숨(再三) 개유(開諭)ᄒᆞ디 쇼제(小姐ㅣ) 울며 마ᄎᆞᄂᆡ 듯지 아니ᄒᆞ니 파(婆ㅣ) 홀일업셔 도라와 이디로 고(告)ᄒᆞ니,

공지(公子ㅣ) 디로(大怒)ᄒᆞ야 모든 시녀(侍女)를 보니여 잡아 오라 ᄒᆞ니 모든 시비(侍婢) 쥬군(主君)의 호령(號令)을 듯고 망혼상담(亡魂喪膽)207)ᄒᆞ야 ᄂᆞᆫ 드시 가 쇼져(小姐)를 겁박(劫迫)208)ᄒᆞ야 셔당

---

203) 지뫼(才貌ㅣ): 재모. 재주와 용모.
204) 슈명(受命): 수명. 명령을 받음.
205) 무단(無端): 아무 사유가 없음.
206) 옥모뉴풍(玉貌柳風): 옥모유풍. 옥처럼 아름다운 외모와 버들 같은 풍채.
207) 망혼상담(亡魂喪膽): 망혼상담. 넋이 달아나고 간담이 떨어짐.
208) 겁박(劫迫): 으르고 협박함.

(書堂)의 니르니,

　공지(公子ㅣ) 디희(大喜)ᄒ야 합문(閤門)[209]을 닷고 제인(諸人)을 믈너가라 혼 후(後) 눈을 드러 보니 이 곳 월궁(月宮) 쇼이(素娥ㅣ)[210] 강누(降樓)[211]ᄒ며 요

디(瑤池)[212] 션지(仙子ㅣ)[213] 쩌러진 듯ᄒ지라. 졍혼(精魂)이 비월(飛越)[214]ᄒ야 년망(連忙)이[215] 옥슈(玉手)를 잇글고 방(房)의 드러가니 쇼제(小姐ㅣ) 이씨 모든 시비(侍婢)의 ᄡ이믈 닙어 어즐혼 졍신(精神)이 왕싱(-生)의 이 가톤 거죠(擧措)[216]를 보고 혼비빅산(魂飛魄散)ᄒ야 황망(慌忙)이 쩔치나 왕싱(-生)이 엇지 노흐리오. 쵸죠츅급(焦燥着急)[217]ᄒ야 신식(神色)이 엄엄(奄奄)[218]ᄒ니 싱(生)이 웃고 다리여 굴오디,

　“네 니 집 비지(婢子ㅣ)라 니 엇지 너를 친(親)치 못ᄒ리오? 당당(堂堂)이 금ᄎ지녈(金釵之列)[219]을 빗ᄂ리니 너ᄂ 두려 말나.”

　쇼제(小姐ㅣ) 이 말을 듯고 더옥 황겁(惶怯)[220]ᄒ야 무슈(無數)혼

---

209) 합문(閤門): 대문이나 정문 옆에 있는 작은 문. 협문(夾門).
210) 쇼이(素娥ㅣ): 소아. 선녀. 항아(姮娥)를 이름.
211) 강누(降樓): 강루. 누대에 내려옴.
212) 요디(瑤池): 요지. 중국 곤륜산(崑崙山)에 있다는 연못으로 주(周) 목왕(穆王)이 서왕모(西王母)를 만나 즐겼다는 곳임.
213) 션지(仙子ㅣ): 선자. 선녀.
214) 비월(飛越): 정신이 아뜩하도록 낢.
215) 년망(連忙)이: 연망히. 황급히.
216) 거죠(擧措): 거조. 말이나 행동 따위를 하는 태도.
217) 쵸죠츅급(焦燥着急): 초조착급. 애가 타서 마음이 조마조마하고 몹시 급함.
218) 엄엄(奄奄): 숨이 곧 끊어지려 하거나 매우 약한 상태에 있음.
219) 금ᄎ지녈(金釵之列): 금차지열. 첩의 항렬. 금차는 금비녀라는 뜻으로 첩을 말함.
220) 황겁(惶怯): 겁이 나서 얼떨떨함.

눈믈이 북바치니 싱(生)이 웃고 친(親)히 스스며 의샹(衣裳)을 벗겨 주리

..

40면

의 나아가려 ᄒ니 쇼제(小姐 ㅣ) 황겁(惶怯)ᄒ야 다만 골오ᄃᆡ,

"첩(妾)이 쳔(賤)ᄒ나 샹공(相公)이 이 엇진 거죄(擧措 ㅣ)뇨?"

싱(生) 왈(曰),

"너는 나의 죵이라 무슴 녜(禮) 이시리오?"

쇼제(小姐 ㅣ) 디로(大怒)ᄒ야 힘ᄡᅥ 밀치고 니러셔니 싱(生)이 놀나 년망(連忙)이 붓좁고 핍박(逼迫)ᄒ믈 급(急)히 ᄒᆡᄃᆡ 쇼제(小姐 ㅣ) 구지 밀막아221) 마ᄎᆞᆷᄂᆡ 듯지 아니ᄒ니 싱(生)이 크게 노(怒)ᄒ야 텰편(鐵鞭)222)을 드러 무수(無數)히 ᄂᆞᆫ타(亂打)ᄒ니 쇼제(小姐 ㅣ) 약질(弱質)의 능히(能-) 견디지 못ᄒ야 긔졀(氣絶)ᄒ야 것구러지거ᄂᆞᆯ 싱(生)이 놀나 붓드러 ᄌᆞ리의 누이고 구완ᄒ야 겨유 ᄭᅢᄆᆡ 흐ᄅᆞᆫ 눈믈이 년화(蓮花)223) 가튼 화싀(花腮)224)의 졋고 읍읍(悒悒)225) 툰셩(歎聲)ᄒ믈 마지

..

41면

아니ᄒ니 싱(生)이 이창(哀愴)226)이 너겨 위로(慰勞) ᄎᆡᆨ왈(責曰),

---

221) 밀막아: 핑계를 대고 거절하여.
222) 텰편(鐵鞭): 철편. 포교(捕校)가 가지고 다니던 채찍. 자루와 고들개가 모두 쇠로 되어 있음.
223) 년화(蓮花): 연화. 연꽃.
224) 화싀(花腮): 화시. 꽃 같은 뺨.
225) 읍읍(悒悒): 근심하는 모양.

"너 쳔비(賤婢) 나의 죠흔 뜻을 거스리니 니 엇지 너룰 요디(饒貸)227)ᄒ리오? 다시 거스릴진디 죽여 훈(恨)을 플니라."

쇼졔(小姐ㅣ) 부답(不答)ᄒ더라.

이튼놀 쇼졔(小姐ㅣ) 니러나고즈 ᄒ나 만신(滿身)228)이 다 붓고 쑤러뎌 운신(運身)229)치 못ᄒ야 누어 분한(憤恨)230)ᄒ미 측냥(測量)업셔 울기롤 그치지 아니ᄒ니 싱(生)이 그 괴독(怪毒)231)ᄒ믈 민망(憫惘)이 너기고 듕(重)히 치믈 뉘웃쳐 약뉴(藥類)로 다스리고 다시 침범(侵犯)치 아니니 쇼졔(小姐ㅣ) 스스로 죽기룰 ᄌ분(自分)232)ᄒ야 약(藥)을 먹지 아니코 종일(終日)토록 우더니,

싱(生)이 문안(問安) 드러간 씨 윤픠(-婆ㅣ) 드러와 보고 위로(慰勞)ᄒ

· ·

42면

디 쇼졔(小姐ㅣ) 놋츨 니지 아니니 윤픠(-婆ㅣ) 개유(開諭)ᄒ야 공즈(公子)의 명(命)을 슌(順)홀진디 복(福)이 이시믈 니르거놀 쇼졔(小姐ㅣ) 노왈(怒曰),

"파랑(婆娘)233)이 비록 날을 휵양(畜養)234)ᄒ나 본디(本-) 나는 ᄉ족(士族)이어놀 엇진 고(故)로 샹님(桑林)235) 쳔뉴(賤類)롤 감심(甘

---

226) 이챵(哀愴): 애창. 슬픔.
227) 요디(饒貸): 요대. 너그러이 용서함.
228) 만신(滿身): 온몸.
229) 운신(運身): 몸을 움직임.
230) 분한(憤恨): 분하고 한스러워함.
231) 괴독(怪毒): 괴이하고 독함.
232) ᄌ분(自分): 자분. 스스로 헤아림.
233) 파랑(婆娘): 노파.
234) 휵양(畜養): 기름.

心)호리오? 당당(堂堂)이 즈결(自決)호야 욕(辱)을 보지 아니리니 즙
말(雜)을 그치라."

피(婆ㅣ) 무류(無聊)[236]호야 나가고 공지(公子ㅣ) 다시 드러와 옥
슈(玉手)를 줍고 분흉(憤胸)[237]을 어르만져 이셕(哀惜)흔 졍(情)이 무
궁(無窮)호야 다리믈 마지아니호니 쇼졔(小姐ㅣ) 더옥 죽을 무움이
급(急)호야 다만 넓써 안즈 싱(生)의 츤 칼흘 썌혀 지르려 호니 싱
(生)이 년망(連忙)이 앗고 그 강녈(剛烈)훈

..

43면

믈 크게 노(怒)호나 홀일업셔 다만 간권(懇拳)[238]이 다릴 분이러니,
홀연(忽然) 시동(侍童)이 니(李) 공즈(公子)의 와시믈 고(告)호니
공지(公子ㅣ) 이곳의 안즈 쳥(請)호야 셔로 볼 시 형문이 드러와 한
훤(寒暄)[239] 후(後) 말솜흘 시 눈을 드러 보니 구석의 일위(一位) 녀
지(女子ㅣ) 눈믈이 가득호야 고개를 숙이고 안줏거놀 고이(怪異)히
너겨 무론디 왕싱(-生)이 쇼왈(笑曰),

"이눈 여츠여츠(如此如此)훈 녀지(女子ㅣ)라. 쇼졔(小弟) 그 지용
(才容)[240]을 스랑호야 블녀 드려오미 거죄(擧措ㅣ) 이러툿 간악(姦
惡)호니 졍(正)히 듕치(重治)[241]코즈 호느이다."

형문 왈(曰),

---

235) 샹님(桑林): 상림. 뽕나무 숲이라는 뜻으로 남녀가 은밀히 만나는 장소를 이름.
236) 무류(無聊): 무료. 부끄럽고 열없음.
237) 분흉(憤胸): 분통한 가슴.
238) 간권(懇拳): 정성스러운 모양.
239) 한훤(寒暄): 날씨의 차고 따뜻함을 묻는 인사.
240) 지용(才容): 재용. 재주와 용모.
241) 듕치(重治): 중치. 엄중히 다스림.

"제 만일(萬一) 원(願)치 아닐진디 셜스(設使) 죵인들 겁박(劫迫)ᄒ리오?"

왕싱(-生)이 쇼이부답(笑而不答)242)ᄒ니 형문이 ᄯᅩ

44면

ᄒᆫ 다ᄅᆞᆫ 말 ᄒ더니 왕싱(-生)이 니문(李門) 번셩(蕃盛)ᄒ믈 일ᄏ라 말 긋마다 부마(駙馬) 샹공(相公)을 일ᄏᆞᆺ거ᄂᆞᆯ 쇼제(小姐 |) 의심(疑心)ᄒ고 겻눈으로 니싱(李生)을 보미 의희(依稀)히243) 반가온 ᄃᆞᆺᄒ며 용모(容貌) 음셩(音聲)이 ᄌᆞ가(自家)로 방블(髣髴)244)ᄒ거ᄂᆞᆯ 더옥 ᄆᆞ음이 동(動)ᄒ디 ᄌᆞ개(自家 |) 몬져 무라미 가(可)치 아냐 눈믈이 안즌 좌(座)의 고이거ᄂᆞᆯ 형문이 ᄌᆞ연(自然) 텬졍(天情)245)이 동(動)ᄒ야 ᄎᆞᆷ연(慘然)246)ᄒ야 골오디,

"미인(美人)이 이 집 비ᄌᆞ(婢子)로 공ᄌᆞ(公子)의 쇼실(小室) 되미 족(足)ᄒ거ᄂᆞᆯ 엇지 더디도록 슬허ᄒᄂᆞ뇨?"

쇼제(小姐 |) 뎌의 무ᄅᆞᆷ믈 영ᄒᆡᆼ(榮幸)247)ᄒ야 즉시(卽時) 디왈(對曰),

"쇼쳡(小妾)이 본디(本-) 이 집 비지(婢子 |) 아니니 가슴의 원통(怨痛)ᄒᆫ 쇼회(所懷)

---

242) 쇼이부답(笑而不答): 소이부답. 웃고 대답하지 않음.
243) 의희(依稀)히: 어렴풋이.
244) 방블(髣髴): 방불. 매우 비슷함.
245) 텬졍(天情): 천정. 타고난 정.
246) ᄎᆞᆷ연(慘然): 참연. 슬퍼하는 모양.
247) 영ᄒᆡᆼ(榮幸): 영행. 기쁘고 다행스러움.

이시니 대샹공(大相公)이 니(李) 부마(駙馬)를 아르시느니잇가?”

형문이 놀나 디왈(對曰),

“니(李) 부마(駙馬)는 나의 가친(家親)이시라 미인(美人)이 엇지 아는다?”

쇼제(小姐ㅣ) 실셩톄읍(失聲涕泣)[248]ᄒᆞ고 굴오디,

“부마(駙馬)의 녀이(女兒ㅣ) 필쥬른 아히(兒孩) 잇더니잇가?”

니싱(李生)이 텽파(聽罷)의 디경(大驚) 왈(曰),

“네 엇지 필쥬를 아는다? 연(然)이나 부마(駙馬) 명ᄌᆞ(名字)를 아는다?”

쇼제(小姐ㅣ) 울고 왈(曰),

“쳡(妾)이 과연(果然) 나히 다ᄉᆞᆺ 술인 제 부모(父母)를 ᄯᅩᆯ와 어딘지 가다가 미친 사ᄅᆞᆷ을 만나 길니여시니 아시(兒時) 젹 일이 녁녁(歷歷)ᄒᆞ야 부친(父親)은 니(李) 부마(駙馬ㅣ)라 ᄒᆞ고 모친(母親)은 댱 시(氏)라 ᄒᆞ며 슉부(叔父)는 문졍후(--後)와 빅형(伯兄) 미쥬를 싱각ᄒᆞ디 시

러곰 츠즐 길이 업ᄉᆞ니 애 그츨 거시오, 쳔가(賤家)의 ᄌᆞ라 욕(辱)을 감심(甘心)[249]ᄒᆞ다가 필경(畢竟)의 방외(房外) 남ᄌᆞ(男子)의 그믈의 드니 엇지 셟지 아니ᄒᆞ리잇가? 부명(父名)은 싱각지 못ᄒᆞ디 놈이 언

---

248) 실셩톄읍(失聲涕泣): 실성체읍. 목이 쉴 정도로 슬프게 욺.
249) 감심(甘心): 괴로움이나 책망 따위를 기꺼이 받아들임.

어간(言語間)의 빅균250)이라 ᄒ던가 시버이다."

드듸여 팔흘 니여 뵈며 굴오듸,

"잉혈(鶯血)251) 딕을 제 우리 댱거거(長哥哥)252) 홍문이라 ᄒ고 필 줘라 쓰단 일이 녁녁(歷歷)ᄒ니 이제 샹공(相公)이 니(李) 부마(駙馬) 공지(公子ㅣ)시라 ᄒ니 의심(疑心)이 동(動)ᄒᄂᆫ 고(故)로 우회(憂懷)253)를 딘달(陳達)254)ᄒᄂ니 샹공(相公)은 디즈디비(大慈大悲)255) ᄒ샤 쳡(妾)의 부모(父母)를 ᄎᆽ게 ᄒ쇼셔."

언미필(言未畢)256)의 형문이 부지블각(不知不覺)257)의 드리ᄃ라 붓들고 굴오듸,

47면

"네 진실노(眞實-) 필뎐다? 부뫼(父母ㅣ) 듀야(晝夜) 너를 일흐시고 됴운셕월(朝雲夕月)258)의 간댱(肝腸)을 슬워 싱각ᄒ시미 몃 츈츄(春秋ㅣ) 되엿ᄂ뇨마ᄂᆫ ᄆᆞᄎᆷ니 그림지 묘연(渺然)259)ᄒ야 쇼식(消息)을 듯지 못ᄒ더니 오ᄂᆯ이 무ᄉᆷ 눌이완듸 너를 만놀 줄 알니오? 너의 니ᄅᄂᆫ 비 야야(爺爺)의 지(字ㅣ)오, 미쥬 미져(妹姐)260)ᄂᆫ 텰 혹ᄉᆞ(學

---

250) 빅균: 하남공 이몽현의 자(字).
251) 잉혈(鶯血): 앵혈. 순결의 표식. 장화(張華)의 『박물지』에서 그 출처를 찾을 수 있음. 근세 이 전에 나이 어린 처녀의 팔뚝에 찍던 처녀성의 표시를 말하는 것으로 도마뱀에게 주사(朱沙) 를 먹여 죽이고 말린 다음 그것을 찧어 어린 처녀의 팔뚝에 찍으면 첫날밤에 남자와 잠자리 를 할 때에 없어진다고 함.
252) 댱거거(長哥哥): 장거거. 큰오빠.
253) 우회(憂懷): 근심 어린 회포.
254) 딘달(陳達): 진달. 베풀어 올림.
255) 디즈디비(大慈大悲): 대자대비. 넓고 커서 끝이 없는 자비.
256) 언미필(言未畢): 말이 끝나지 않음.
257) 부지블각(不知不覺): 부지불각. 자신도 모르는 결.
258) 됴운셕월(朝雲夕月): 조운석월. 아침 구름과 저녁 달.
259) 묘연(渺然): 아득함.

士) 부인(夫人)이며 문졍후(--侯)는 ᄎ슉(次叔)[261]이라 의심(疑心) 업순 필뒤로다."

쇼졔(小姐ㅣ) ᄎ경(此景)[262]을 보고 비챵(悲愴)[263]ᄒᆞᆫ 졍신(精神)이 구롬 밧긔 ᄡᅥ 긔운이 혼미(昏迷)ᄒᆞ니 형문이 역시(亦是) 눈믈을 흘니며 구호(救護)ᄒᆞᆯ 시 만신(滿身)이 다 샹(傷)ᄒᆞ야 셩ᄒᆞᆫ 곳이 업ᄂᆞᆫ지라 크게 놀나 왕싱(-生)을 도라보와

· · ·

48면

ᄭᅮ지져 글오ᄃᆡ,

"너의 경박(輕薄)ᄒᆞ미 나의 쳔금미ᄌᆞ(千金妹子)[264]룰 겁ᄎᆡᆨ(劫敕)[265]ᄒᆞ며 네게 무슴 원슈(怨讐ㅣ) 잇관ᄃᆡ 이디도록 텨 샹(傷)히왓ᄂᆞ뇨? 그 죄(罪) 가(可)히 죽고 남지 못ᄒᆞ리라."

왕싱(-生)이 이씨 좌(座)의셔 쇼져(小姐)의 거동(擧動)을 보고 놀나고 깃거 어린 ᄃᆞᆺᄒᆞ더니 ᄎ언(此言)을 듯고 우어 왈(曰),

"나ᄂᆞᆫ 일죽 녕미(令妹) 쟝각(粧閣)의 드러가 겁ᄎᆡᆨ(劫敕)ᄒᆞ미 업기ᄂᆞᆫ 니ᄅᆞ도 말고 니 집 죵의 ᄯᅩ노 풍뉴남ᄌᆞ(風流男子ㅣ) 그 ᄌᆡ식(才色)[266]을 과(過)ᄒᆞ야 친압(親狎)[267]고져 ᄒᆞ미 언에(言語ㅣ) 블슌(不順)ᄒᆞ고 믈니치믈 싀호(豺虎)[268]가치 ᄒᆞ니 통ᄒᆡ(痛駭)[269]ᄒᆞ믈 춤지

---

260) 미져(妹姐): 매저. 누이.
261) ᄎ슉(次叔): 차숙. 둘째숙부. 여기에서는 이몽창을 이름.
262) ᄎ경(此景): 차경. 이 광경.
263) 비챵(悲愴): 비창. 슬픔.
264) 쳔금미ᄌᆞ(千金妹子): 천금매자. 천금처럼 소중한 누이.
265) 겁ᄎᆡᆨ(劫敕): 위협하고 타이름.
266) ᄌᆡ식(才色): 재색. 재주와 미색.
267) 친압(親狎): 강제로 잠자리를 함.
268) 싀호(豺虎): 시호. 승냥이와 호랑이.

못ᄒ야 약간(若干) 구타(毆打)ᄒ미 이시나 엇지 녕믜(令妹ㄴ) 줄 알니오?"

형문이 노왈(怒曰),

"네 가지록 완(頑)²⁷⁰⁾ᄒᆫ 말을

. .

49면

ᄒᄂᆫ뇨? 셜ᄉ(設使) 늬 누원 줄 아지 못ᄒ나 네 어린 아ᄒᆡ(兒孩) 풍졍(風情)이 과도(過度)ᄒ야 이러ᄐᆺ 하니 야애(爺爺ㅣ) 아ᄅᆞ실던디 엇디 노(怒)치 아니시리오?"

왕싱(-生)이 쇼왈(笑曰),

"녕믜(令妹)라 ᄒ고 곡뒤의 뼈 브치더면 쇼제(小弟) 알 거술 모른 후(後)야 일홈이 내 죵이어든 엇지 치지 못ᄒ며 부마(駙馬) 샹공(相公)이 아ᄅᆞ신들 모ᄅᆞ고 져즌 일을 노(怒)ᄒ시랴?"

니싱(李生)이 노(怒)ᄒ야 답(答)지 아니ᄒ고 좌우(左右)로 안셩을 블너 필듀 엇던 슈말(首末)²⁷¹⁾을 힐문(詰問)²⁷²⁾ᄒ니 안셩이 주시 고(告)ᄒ니 그젹²⁷³⁾ 닙엇던 오술 가져오니 형문이 더옥 비열(悲咽)²⁷⁴⁾ᄒ야 즉시(卽時) 시동(侍童)으로 본부(本府)의 긔별(奇別)ᄒ고 거마(車馬)를 가쵸와 오라 ᄒ니 왕

---

269) 통히(痛駭): 통해. 몹시 이상스러워 놀람.
270) 완(頑): 성질이 억세게 고집스럽고 사나움.
271) 슈말(首末): 수말. 자초지종.
272) 힐문(詰問): 따져 물음.
273) 그젹: 그적. 말하는 이와 듣는 이가 알고 있는 어느 시점. 주로 과거의 시점을 이름.
274) 비열(悲咽): 슬퍼 오열함.

싱(-生)이 막아 굴오디,

 "녕미(令妹) 님의 날노 동듀(同住)[275]ᄒ야 명회(名號ㅣ)[276] 부부(夫婦)의 의(義) 이시니 형(兄)이 간디로[277] 주임(恣任)[278]치 못ᄒ리라 니게 엇지 췌품(取稟)[279]치 아니ᄒ고 가리오?"

 싱(生)이 디로(大怒) 왈(曰),

 "니 누의 엇디 ᄉ싱(死生)이 네 슈듕(手中)의 뒤여시리오? 당당(堂堂)이 빅금(百金)을 속냥(贖良)[280]ᄒ야 가리라."

 왕싱(-生)이 웃고 왈(曰),

 "그럴진디 속냥(贖良)ᄒ여다가 다른 호걸(豪傑)을 마즈려 ᄒᄂ냐?"

 형문 왈(曰),

 "호걸(豪傑)을 마즈나 군즈(君子)를 마즈나 너의 아롱곳업ᄉ니 무슴 줍말(雜-)을 ᄒᄂ뇨?"

 왕싱(-生)이 쇼왈(笑曰),

 "너의 인ᄉ(人事ㅣ) 쾌활(快活)ᄒ나 녕미(令妹) 임의 나의 나븨 줍ᄂ 그믈의 걸녀시니 날을 브리고 어디롤

---

275) 동듀(同住): 동주. 같은 곳에 함께 삶.
276) 명회(名號ㅣ): 겉으로 내세우는 이름이나 명분.
277) 간디로: 마음대로.
278) 주임(恣任): 자임. 마음대로 함.
279) 췌품(取稟): 취품. 웃어른께 여쭈어서 그 의견을 기다림.
280) 속냥(贖良): 속량. 몸값을 받고 노비의 신분을 풀어 주어서 양민이 되게 하던 일.

가리오?"

언미필(言未畢)의 니부(李府)로조추 하람공(--公)이 니르니 왕싱(-生)과 형문이 니러 마즈미 쇼졔(小姐ㅣ) 겨유 요동(搖動)ᄒ야 알퍼 나아가 ᄉ비(四拜)ᄒ고 크게 통곡(慟哭)ᄒ니, 남공(-公)이 밧비 손을 줍고 어르만져 ᄋ주(兒子)ᄅ 향(向)ᄒ야 어든 연고(緣故)ᄅ 무르니, 형문이 드디여 ᄉ연(事緣)을 주시 고(告)ᄒ니 공(公)이 쳥파(聽罷)의 블승흔심(不勝寒心)281)ᄒ야 묵묵(默默)이어늘 왕싱(-生)이 좌(座)ᄅ ᄯ나 샤죄(謝罪) 왈(曰),

"쇼싱(小生)이 일죽 아지 못ᄒ고 녕ᄋ쇼져(令兒小姐)긔 셜만(褻慢)282)ᄒ미 만ᄉ온지라 쳥죄(請罪)ᄒᄂ이다."

공(公)이 졍식(正色) 부답(不答)ᄒ고 좌우(左右)ᄅ 블러 교주(轎子)ᄅ 가져오라 ᄒ야 녀ᄋ(女兒)ᄅ 붓드러 너코 표연(飄然)이 도라가니

왕싱(-生)이 심(甚)히 무류(無聊)283)히 너기더라.

댱 부인(夫人)이 필듀 일흔 후(後) 니즌 수이 업고 ᄎ녀(次女) 명듀ᄅ 이희의 셩가(成嫁)284)ᄒ야 위싱(-生) 쳐(妻)ᄅ 숨으니 더옥 필듀 싱각이 간졀(懇切)ᄒ더니 쳔만의외(千萬意外)의 싱존(生存)ᄒ 쇼식

---

281) 블승흔심(不勝寒心): 불승한심. 한심함을 이기지 못함.
282) 셜만(褻慢): 설만. 하는 짓이 무례하고 거만함.
283) 무류(無聊): 무료. 부끄럽고 열없음.
284) 셩가(成嫁): 성가. 시집보냄.

(消息)을 드른니 심신(心身)이 비월(飛越)285)ᄒ고 정혼(精魂)이 표탕
(飄蕩)286)ᄒ야 공(公)의 ᄃ려오믈 셔셔 기ᄃ리더니,

이윽고 공(公)이 도라오고 쇼져(小姐)의 치게287)(彩車ㅣ)288) 니르
러ᄂᆞᆫ 부인(夫人)이 발을 벗고 듕계(中階)의 ᄂ리다라 밧비 댱(帳)을
들혀니 쇼졔(小姐ㅣ) 남누(襤褸)ᄒᆞᆫ 의샹(衣裳)으로 겨유 알푼 슈족
(手足)을 ᄲ어 교ᄌ(轎子)의 나 모친(母親) 오ᄉᆞᆯ 줍고 눈믈이 옥협(玉
頰)289)의 딘딘(津津)290)ᄒ니 댱 부인(夫人)이 븟들고 구ᄋᆞ

·· ·

53면

며 통곡(慟哭)ᄒ더니,

이러 굴 제 광평후(--侯) 등(等)이 니음ᄎ291) 모다 듕계(中階)의 ᄂ
러셔셔 모친(母親)을 븟드러 말녀 당(堂)의 오르ᄆᆡ 쥬비(朱妃) 칠보
영낙(七寶瓔珞)292)을 드리오고 쇼옥 등(等)을 거ᄂ려 완완(緩緩)
이293) 듕당(中堂)의 니르러 댱 부인(夫人)과 쇼져(小姐)의 비이(悲哀)
ᄒ믈 보고 쳑연(戚然)294)이 위로(慰勞)ᄒ야 굴오ᄃᆡ,

"부인(夫人)은295) 브졀업시 심ᄉ(心思)ᄅᆞᆯ 슬오지 마르실지니 십

---

285) 비월(飛越): 아득하도록 정신이 낢.
286) 표탕(飄蕩): 정처 없이 흩어져 떠돎.
287) 게: [교] 원문에는 '계'로 되어 있으나 문맥을 고려해 규장각본(24:35)과 연세대본(24:52)을 따름.
288) 치게(彩車ㅣ): 채거. 채색 가마.
289) 옥협(玉頰): 아름답고 고운 여인의 볼.
290) 딘딘(津津): 진진. 매우 많은 모양.
291) 니음ᄎ: 연이어.
292) 칠보영낙(七寶瓔珞): 칠보영락. 칠보 구슬 목걸이. 칠보는 금, 은, 구리 따위의 바탕에 갖가지
    유리질의 유약을 녹여 붙여서 꽃, 새, 인물 따위의 무늬를 나타내는 공예. 또는 그 공예품.
293) 완완(緩緩)이: 천천히.
294) 쳑연(戚然): 척연. 슬퍼하는 모양.
295) 은: [교] 원문과 연세대본(24:53)에는 '올'로 되어 있으나 문맥을 고려해 규장각본(24:36)을 따름.

(十) 년(年)을 떠나셔도 견디엿거늘 이제 만나미 과도(過度)히 슬허 흐시며 녀 (女兒)는 어미롤 보디 엇지 아룬 톄 아닛는다?"

쇼제(小姐ㅣ) 째다라 즉시(卽時) 니러 절흐니 쥬비(朱妃) 나오혀 손을 줍고 부인(夫人) 방(房)의 드러가 굴오디,

"네 거동(擧動)이

고이(怪異)흐니 남이 보면 고이(怪異)히 너길 거시니 피(避)흐미 올토다."

셜파(說罷)의 좌정(坐定)흐니 남공(-公)이 쏘흔 드러와 쓰다드머 무이(撫愛)296)흐며 깃브믈 이긔지 못흐니 제싱(諸生)이 쏘흔 희힝(喜幸)297)흐디 연고(緣故)롤 몰나 흐거놀 형문이 니르니 쇼제(小姐ㅣ)는 시로이 붓그려 고개롤 슈겨 듀뤼(珠淚ㅣ)298) 만면(滿面)흐고 제싱(諸生)이 블승통완(不勝痛惋)299)흐야 굴오디,

"미지(妹子ㅣ) 시운(時運)이 긔구(崎嶇)300)흐야 역경(逆境)을 가초 겻그니 엇지 혼(恨)흡지 아니리오? 슈연(雖然)이나 이리로 모드미 쳔고희시(千古喜事ㅣ)301)어놀 일편도이 슬허흐느뇨?"

댱 부인(夫人)이 툰셩(歎聲) 왈(曰),

"제 나의 쳔금쇼교 (千金所嬌兒)302)로 쳔가(賤家)의 비쳔(卑賤)303)

---

296) 무이(撫愛): 무애. 어루만지며 사랑함.
297) 희힝(喜幸): 희행. 기쁘고 다행스러움.
298) 듀뤼(珠淚ㅣ): 주루. 구슬 같은 눈물.
299) 블승통완(不勝痛惋): 불승통완. 쾌씸함과 한탄을 이기지 못함.
300) 긔구(崎嶇): 기구. 세상살이가 순탄하지 못하고 가탈이 많음.
301) 쳔고희시(千古喜事ㅣ): 천고희사. 천고에 없는 기쁜 일.
302) 쳔금쇼교 (千金所嬌兒): 천금소교아. 천금처럼 어여쁜 아이.

이 즈라 남

도 즌잉304)커눌 방외(房外) 남즈(男子)룰 만나 무샹(無上)305)혼 욕(辱)을 보니 셜워ᄒᆞᆷ이 엇지 고이(怪異)ᄒᆞ리오?"

드듸여 몸을 샹고(詳考)306)ᄒᆞᆷ이 만신(滿身)이 프르고 터져 셩혼 곳이 업ᄂᆞᆫ 듕(中) 더옥 뎡박이307)와 두 팔은 혈흔(血痕)이 낭즈(狼藉)ᄒᆞ야 셩혼 곳이 업ᄂᆞᆫ지라. 부인(夫人)이 실식(失色)ᄒᆞ야 오열뉴톄(嗚咽流涕)308)ᄒᆞ고 남공(-公)은 어히업셔 말을 아니코 제싱(諸生)이 디경(大驚)ᄒᆞ야 크게 혼(恨)ᄒᆞ야 골오ᄃᆡ,

"왕가(-哥)ᄂᆞᆫ 엇던 거시완ᄃᆡ 더러틋 흉포(凶暴)혼 심슐(心術)이 잇ᄂᆞ뇨? 아등(我等)이 당당(堂堂)이 츳인(此人)을 셜치(雪恥)309)ᄒᆞ리라."

쥬비(朱妃) 완완(緩緩)이310) 졍식(正色) 왈(曰),

"뎌도 ᄉᆞ족(士族)이오 너히도 ᄉᆞ족(士族)이니 무어시 못 ᄒ

미 이셔 다ᄉᆞ리려 ᄒᆞᄂᆞ뇨? 필듀의 교염(嬌艶)311)ᄒᆞᆷ이 텬하(天下)의

---

303) 비천(卑賤): 비천. 낮고 천함.
304) 즌잉: 불쌍함.
305) 무샹(無上): 무상. 그 위에 더할 수 없음.
306) 샹고(詳考): 상고. 자세히 살핌.
307) 뎡박이: 정수리.
308) 오열뉴톄(嗚咽流涕): 오열유체. 오열하고 눈물을 흘림.
309) 셜치(雪恥): 설치. 치욕을 씻음.
310) 완완(緩緩)이: 천천히.

엇지 못홀 식(色)이니 년쇼(年少) 남지(男子ㅣ) 지녀 보지 아니미 고이(怪異)치 아니커놀 녀등(汝等)은 언머나 힝실(行實)을 줄 가지고 눔을 시비(是非)ᄒᆞᄂᆞ뇨?"

제싱(諸生)이 함쇼(含笑)[312] 궤복(跪伏)[313]ᄒᆞ엿고 공(公)은 ᄉᆞ식(辭色)이 블열(不悅)ᄒᆞ야 일언(一言)을 아니터니,

샹부(相府)로죠ᄎᆞ 연왕(-王) 등(等) ᄉᆞ(四) 인(人)과 제싱(諸生)이 일시(一時)의 모다 필쥬의 싱환(生還)[314]ᄒᆞ믈 치하(致賀)ᄒᆞ고 어든 연고(緣故)룰 무룰 시 연왕(-王)이 쇼져(小姐)룰 나오혀 어루만ᄌᆞ 흔연(欣然)이 굴오디,

"딜이(姪兒ㅣ) 십(十) 년(年)을 친측(親側)[315]을 ᄶᅥ놋다가 이의 모드니 깃부나 쟝ᄎᆞᆺ(將次ㅅ) 어디로죠ᄎᆞ 니르럿관디 경식(景色)[316]이

··

57면

이러틋 슈참(愁慘)[317]ᄒᆞ뇨?"

형문이 미쇼(微笑)ᄒᆞ고 ᄉᆞ연(事緣)을 ᄌᆞ시 고(告)ᄒᆞ니 모다 경아(驚訝)[318]ᄒᆞ고 연왕(-王)이 쇼왈(笑曰),

"이 ᄯᅩ 딜녀(姪女)의 운슈(運數ㅣ) 긔구(崎嶇)ᄒᆞ미라 남을 엇지 흔(恨)ᄒᆞ리오? 슈연(雖然)이나 이리 모드미 깃브니 슈슈(嫂嫂)는 슬허

---

311) 교염(嬌艶): 아리따움.
312) 함쇼(含笑): 함소. 웃음을 머금음.
313) 궤복(跪伏): 무릎 꿇고 엎드림.
314) 싱환(生還): 생환. 살아 돌아옴.
315) 친측(親側): 어버이 곁.
316) 경식(景色): 경색. 광경.
317) 슈참(愁慘): 수참. 을씨년스럽고 구슬픔.
318) 경아(驚訝): 놀라고 의아해 함.

마르쇼셔."

기국공(--公)이 쪼훈 웃고 왈(曰),

"딜녀(姪女)두려 뭇누니 왕싱(-生)이 엇더호관디 너를 뎌디도록 듕(重)히 샹(傷)히왓누뇨?"

소제(小姐ㅣ) 춤슈(慙羞)319) 묵연(默然)호고 남공(-公)이 줌쇼(暫笑) 왈(曰),

"뎌 왕개(-哥ㅣ) 엇지훈 거시라 녀이(女兒ㅣ) 엇지 알니오?"

공(公)이 디쇼(大笑) 왈(曰),

"형(兄)은 하 쾌(快)훈 말 마르쇼셔. 딜녜(姪女ㅣ) 이제눈 텬황디로(天荒地老)320)호여도 왕 시(氏) 집 사롬이라 그 현블쵸(賢不肖)321)룰

58면

뭇기 고이(怪異)호리니잇가?"

남공(-公)이 정식(正色) 왈(曰),

"녀ᄋ(女兒)룰 심규(深閨)의 늙히려 뎡(定)호엿누니 엇지 왕가(-家)의 가리오?"

연왕(-王)이 쇼이디왈(笑而對曰),

"형댱(兄丈)의 통텰(通哲)322)호시므로323) 잇다감 되지 못홀 말숨을 호시니 쇼뎨(小弟) 항복(降服)지 아닛누니이다. 필듀 텬싱특용(天

---

319) 춤슈(慙羞): 참수. 부끄러워함.
320) 텬황디로(天荒地老): 천황지로. 하늘이 황폐해지고 땅이 다함.
321) 현블쵸(賢不肖): 현불초. 어질고 어질지 않음.
322) 통텰(通哲): 통철. 슬기롭고 영리하여 사물의 도리를 분명히 앎.
323) 므로: [교] 원문과 연세대본(24:58)에는 '믈'로 되어 있으나 문맥을 고려해 규장각본(24:39)을 따름.

生特容)324)으로 죠믈(造物)이 다싀(多猜)325)호믈 닙어 쵸년(初年) 운쉬(運數ㅣ) 수오나와 남의 업슨 역경(逆境)을 가쵸 겻거시나 스세(事勢) 훌일업셧거늘 쏘 심규(深閨)의 늙힐 즈(字)룰 노흐시느뇨? 미쥬 젹도 줄 늙히시더이다."

언파(言罷)의 제공(諸公)이 더쇼(大笑)호고 남공(-公)이 쏘훈 미쇼(微笑)호더라.

이윽고 제인(諸人)이 다 허여진 후(後) 공(公)이 녀

59면

우(女兒)룰 위로(慰勞)호야 편(便)히 누어 됴리(調理)호라 호고 부인(夫人)으로 더브러 탄식(歎息)호기를 긋치지 아니호니,

쇼제(小姐ㅣ) 부모(父母)룰 만나 평싱(平生) 유훈(幽恨)326)이 푸러지나 왕싱(-生)의 거동(擧動)을 싱각호미 통훈(痛恨)327)호미 볏기 어려온지라. 스스로 명도(命途)328)룰 추탄(嗟歎)329)호야 금니(衾裏)330)의 몸을 부려 눗출 여러 제(諸) 거거(哥哥)도 간디로331) 보지 아니호니 부뫼(父母ㅣ) 잔잉이 너기고,

왕 쇼제(小姐ㅣ) 추수(此事)룰 듯고 크게 무안(無顔)호야 샹셔(上書)332)호야 부모(父母)긔 싱(生)의 호방(豪放)호믈 금(禁)치 아니믈

---

324) 텬싱특용(天生特容): 천생특용. 타고난 특출난 용모.
325) 다싀(多猜): 다시. 시기가 많음.
326) 유훈(幽恨): 유한. 그윽한 한.
327) 통훈(痛恨): 통한. 몹시 한스러워함.
328) 명도(命途): 운명과 재수를 아울러 이르는 말.
329) 추탄(嗟歎): 차탄. 한숨 쉬고 탄식함.
330) 금니(衾裏): 금리. 이불 속.
331) 간디로: 마음대로.
332) 샹셔(上書): 상서. 웃어른에게 글을 올림.

이돌와ᄒᆞ엿ᄂᆞᆫ지라. 왕 공(公) 부뷔(夫婦ㅣ) 쳐엄으로 알고 경히(驚
駭)333)ᄒᆞ야 싱(生)을 블러 대착(大責)ᄒᆞ니 싱(生)이

대왈(對曰),

"쇼지(小子ㅣ) 뎌를 알고 침노(侵擄)334)ᄒᆞ여시면 죄(罪) 듕(重)ᄒᆞ려
니와 일즉 아지 못ᄒᆞ고 ᄌᆞ가(自家) 쇼비(小婢)로 아라 친(親)코져 ᄒᆞ
미 뎌의 초독(楚毒)335)ᄒᆞ미 마ᄎᆞ니 용납(容納)지 아냐 비샹홍뎜(臂上
紅點)336)이 의연(依然)337)ᄒᆞ여시니 쇼ᄌᆞ(小子)의 죄(罪)ᄂᆞᆫ 츄호(秋毫)
도 업ᄂᆞ이다."

공(公)의 부뷔(夫婦ㅣ) 믁연(黙然)이러라.

필듀 쇼제(小姐ㅣ) 십여(十餘) 일(日) 됴리(調理)ᄒᆞ야 ᄇᆞ야흐로 샹
톄(傷處ㅣ) 완합(完合)338)ᄒᆞ미 쇼장(梳粧)339)을 즙간(暫間) 일우고 샹
부(相府)의 니ᄅᆞ러 죠부모(祖父母)긔 뵈니 승샹(丞相) 부쳐(夫妻)와
뉴 부인(婦人)이 블승이경(不勝愛驚)340)ᄒᆞ야 어ᄅᆞ만져 굴오대,

"금듀(錦州)셔 샹경(上京)ᄒᆞᆯ 제 너ᄅᆞᆯ 일코 그 후(後) 존망(存亡)을

---

333) 경히(驚駭): 경해. 뜻밖의 일로 몹시 놀라 괴이하게 여김.
334) 침노(侵擄): 성가시게 달라붙어 손해를 끼치거나 해침.
335) 초독(楚毒): 매섭고 독함.
336) 비샹홍뎜(臂上紅點): 비상홍점. 팔뚝 위의 붉은 점. 붉은 점은 앵혈(鶯血)을 이름. 앵혈은 순결
    의 표식으로, 장화(張華)의 『박물지』에서 그 출처를 찾을 수 있음. 근세 이전에 나이 어린 처
    녀의 팔뚝에 찍던 처녀성의 표시를 말하는 것으로 도마뱀에게 주사(朱沙)를 먹여 죽이고 말
    린 다음 그것을 찧어 어린 처녀의 팔뚝에 찍으면 첫날밤에 남자와 잠자리를 할 때에 없어진
    다고 함.
337) 의연(依然): 그대로 있음.
338) 완합(完合): 상처 따위가 완전히 아묾.
339) 쇼장(梳粧): 소장. 빗질하고 화장함.
340) 블승이경(不勝愛驚): 불승애경. 사랑함과 놀라움을 이기지 못함.

듯지 못ᄒ니 듀야(晝夜) 닛지 못ᄒ더니

61면

텬ᄒᆡᆼ(天幸)으로 네 집을 ᄎᆞᄌᆞ 니ᄅᆞ니 엇지 깃부지 아니ᄒ리오?"

쇼제(小姐ㅣ) 비샤(拜謝)ᄒ고 모든 슉당(叔堂)과 양 시(氏) 등(等)
이 쳐엄으로 쇼져(小姐)를 보고 놀나며 칭찬(稱讚)ᄒ믈 니긔지 못ᄒ
더니,

제(諸) 쇼년(少年)이 모다 듕당(中堂)의 니ᄅᆞ미 텰 혹ᄉ(學士) 부인
(夫人) 미쥬와 남 혹ᄉ(學士) 부인(夫人) 쵸듀와 뉴 한님(翰林) 부인(夫
婦) 효듀 필듀를 잇글고 좌(座)의 니ᄅᆞ러 회합(會合)ᄒ믈 치ᄉ(致謝)ᄒ
미 담쇠341)(談笑ㅣ) 낭낭(朗朗)ᄒ고 뎡싱(-生) 쳐(妻) 월듀 쏘ᄒᆫ 니ᄅᆞ
러 가장 ᄉᆞ랑ᄒ야 그 손을 노치 아니ᄒ니 필쥬 쏘ᄒᆫ 녀 시(氏), 위 시
(氏) 등(等)의 특이(特異)ᄒᆫ 용광(容光)342)과 월듀의 쇄락(灑落)343)ᄒᆫ
용치(容彩)344) 의의(猗猗)345)히 ᄶᆡ여ᄂᆞᆯ 칭찬흠복(稱讚欽服)346)

62면

ᄒ고 골육(骨肉)의 졍(情)이 동(動)ᄒ야 친ᄋᆡ지졍(親愛之情)347)이 뉴

---

341) 쇠: [교] 원문에는 '싁'로 되어 있으나 문맥을 고려해 연세대본(24:61)을 따름. 참고로 규장각
본(24:41)에는 '쇠'로 되어 있음.
342) 용광(容光): 빛나는 얼굴.
343) 쇄락(灑落): 기분이나 몸이 상쾌하고 깨끗함.
344) 용치(容彩): 용채. 용모.
345) 의의(猗猗): 아름다운 모양.
346) 칭찬흠복(稱讚欽服): 칭찬하며, 마음 속 깊이 복종함.
347) 친ᄋᆡ지졍(親愛之情): 친애지정. 골육 사이에 사랑하는 정.

츌(流出)[348]ᄒᆞ고 녀 시(氏) 등(等)이 뎔 ᄒᆞᆨᄉᆞ(學士) 부인(夫人) 등(等)을 향(向)ᄒᆞ야 필쥬의 ᄉᆡᆼ존(生存)ᄒᆞ믈 하례(賀禮)[349]ᄒᆞ니 뎔 부인(夫人)이 흔연(欣然) 왈(曰),

"십(十) 년(年) 샹니(相離)[350]ᄒᆞ엿던 동ᄉᆡᆼ(同生)을 긔특(奇特)이 어드미 조션여경(祖先餘慶)[351]이라 져져(姐姐)ᄂᆡ 치하(致賀)ᄅᆞᆯ 엇지 ᄉᆞ양(辭讓)ᄒᆞ리오?"

셜파(說罷)의 좌우(左右)로 셩찬(盛饌)[352]을 나와 통[353]음(痛飮)[354]ᄒᆞ더니 도어ᄉᆞ(都御使)와 졔ᄅᆞᆷ휘(--侯ㅣ) 엇게ᄅᆞᆯ ᄀᆞᆯ와 디나가다가 댱(帳)을 드리고 쇼왈(笑曰),

"져져(姐姐)ᄂᆞᆫ 오ᄂᆞᆯ 무ᄉᆞᆷ ᄒᆡᆼ(幸)으로 이리 모다 즐겨 ᄒᆞ시ᄂᆞ뇨?"

뎔 부인(夫人)이 낭쇼(朗笑)[355] 왈(曰),

"오리 일헛던 동ᄉᆡᆼ(同生)을 엇고 ᄒᆞᆼ아(姮娥) 가ᄐᆞᆫ 형뎨(兄弟)들의게 쇄옥(碎玉)[356] 가ᄐᆞᆫ 치하(致賀)ᄅᆞᆯ 바드니 즐겨

63면

ᄒᆞ미 여등(汝等)의 무러 알 ᄇᆡ 아니로다."

도어ᄉᆡ(都御使ㅣ) 쇼왈(笑曰),

"져져(姐姐)의 즐겨 ᄒᆞ시ᄂᆞᆫᄃᆡ 쇼제(小弟) 등(等)도 ᄎᆞᆷ녜(參預)치 못

---

348) 뉴츌(流出): 유출. 흘러넘침.
349) 하례(賀禮): 축하하며 예를 차림.
350) 샹니(相離): 상리. 서로 떨어짐.
351) 조션여경(祖先餘慶): 조선여경. 조상들이 쌓은 덕으로 후손에게 경사가 생김.
352) 셩찬(盛饌): 성찬. 풍성하게 잘 차린 음식.
353) 통: [교] 원문에는 '동'으로 되어 있으나 문맥을 고려해 규장각본(24:42)과 연세대본(24:62)을 따름.
354) 통음(痛飮): 술을 썩 많이 마심
355) 낭쇼(朗笑): 낭소. 낭랑히 웃음.
356) 쇄옥(碎玉): 부서지는 옥.

흐리잇가?"

부인(夫人)이 쇼왈(笑曰),

"니 엇지 흔 좌(座)룰 아니 허(許)흐리오마는 냥 시(氏) 등(等)이 불쾌(不快)히 너길가 흐노라."

어시(御使ㅣ) 웃고 왈(曰),

"슈수(嫂嫂) 등(等)이 임의 오문(吾門)의 드러오션 지 오러니 아등(我等)을 엇디 니외(內外)흐시리오?"

남휘(-侯ㅣ) 미미(微微)히 우으며 필듀룰 향(向)흐야 굴오디,

"현미(賢妹) 왕싱(-生)을 싱각흐야 슉식(宿食)이 두지 아니냐? 엇지 더디도록 우식(憂色)357)이 은은(隱隱)흐뇨?"

쇼제(小姐ㅣ) 추언(此言)을 듯고 옥면(玉面)의 홍광(紅光)이 췹지(聚之)흐야 믁연(黙然)이 고개룰 슈기니 텰 부인(夫人)이 꾸지

..

64면

져 왈(曰),

"그리 아냐도 셜워흐는 ㅇ(兒)룰 너줏추 욕(辱)흐기는 어인 일고?"

어시(御使ㅣ) 쇼왈(笑曰),

"운뵈358) 엇지 쇼미(小妹)룰 욕(辱)흐리잇가? 극(極)흔 졍논(正論)이라. 왕싱(-生)이 쇼미(小妹)룰 쓰어 훌그을359) 제 디례(大禮)360)룰 아냐시나 부뷔(夫婦ㅣ)나 다르리잇가? 쇼미(小妹)는 임의 왕 시(氏)

---

357) 우식(憂色): 우색. 근심하는 빛.
358) 운뵈: 운보. 이백문의 자(字).
359) 훌그을: 후려 끌.
360) 디례(大禮): 대례. 혼례를 치르는 큰 예식.

집 사룸이라 관겨(關係)치 아니ᄒᆞ니이다."

텰 부인(夫人) 왈(曰),

"이러나져러나 어이 듯고져 아닛ᄂᆞᆫ 말을 실업시 구ᄂᆞ뇨? ᄲᆞᆯ니 나가라."

냥인(兩人)이 크게 웃고 도라가니,

쇼졔(小姐ㅣ) 붓그럽기를 이긔지 못ᄒᆞ야 믹믹(脈脈)[361]히 모친(母親) 침쇼(寢所)의 도라와 두문블츌(杜門不出)ᄒᆞ고 ᄎᆞ후(此後) 듕회(衆會) 듕(中) 나ᄃᆞᆫ니지 아니ᄒᆞ니 부뫼(父母ㅣ) 잔

· · ·

65면

잉히 너기믈 니긔지 못ᄒᆞ고 형뎨(兄弟) 블샹이 너겨 원(怨)이 왕싱(-生)의게 도라가더니,

수일(數日) 후(後) 왕 참[362]졍(參政)이 미파(媒婆)로 구혼(求婚)ᄒᆞ거ᄂᆞᆯ 남공(-公)이 회답(回答)ᄒᆞ디,

"녀이(女兒ㅣ) 나히 어리니 아직 혼ᄉᆞ(婚事)의 념(念)이 업ᄂᆞ이다."

ᄒᆞ니 연왕(-王)이 이의 잇다가 간(諫)ᄒᆞ야 닐오디,

"필듕 홍안(紅顔)이 박명(薄命)ᄒᆞ야 고이(怪異)ᄒᆞᆫ 지경(地境)을 다 겻고 왕싱(-生)의 무식(無識)ᄒᆞ미 통ᄒᆡ(痛駭)[363]ᄒᆞ나 일이 고요ᄒᆞ미 올ᄒᆞ니 됴히 녀를 마ᄌᆞᆷ만 갓지 못ᄒᆞ거ᄂᆞᆯ 무ᄉᆞ 일 견집(堅執)[364]ᄒᆞ시ᄂᆞ니잇고? 남ᄋᆞ(男兒)의 호방(豪放)은 녀ᄉᆡ(例事ㅣ)라 홀노 녀를 칙

---

361) 믹믹(脈脈): 맥맥. 오랫동안 가만히 있음.
362) 참: [교] 원문과 연세대본(24:65)에는 '쳠'으로 되어 있으나 문맥을 고려해 규장각본(24:44)을 따름.
363) 통ᄒᆡ(痛駭): 통해. 몹시 이상스러워 놀람.
364) 견집(堅執): 의견을 바꾸지 않고 굳게 지님.

(責)디 못ᄒ리이다.”

공(公)이 쇼이답왈(笑而答曰),

“니 쏘 아

66면

눈 비로디 왕싱(-生)의 경박(輕薄)ᄒ미 통히(痛駭)ᄒ지라 잠간(暫間) 징계(懲戒)코져 ᄒ고 쏘 국휼(國恤)365) 삼년(三年)이 진(盡)치 아냐시니 후일(後日) 주연(自然) 니 쳐치(處置) 이시리라.”

왕(王)이 칭샤(稱謝)ᄒ더라.

남공(-公)이 이의 안노(-老) 부쳐(夫妻)를 불너와 크게 후샹(厚賞)366)ᄒ야 그 은혜(恩惠)를 갑흐니 안셩 부쳬(夫妻ㅣ) 황공(惶恐) 돈슈(頓首)367)ᄒ고 믈너ᄂ다.

왕가(-家)의 브린 미피(媒婆ㅣ) 도라가 허(許)치 아니믈 고(告)ᄒ니 춤졍(參政)이 가장 무류(無聊)368)ᄒ야 굴오디,

“뎌 녀지(女子ㅣ) 임의 오ᄋ(吾兒)로 동슉(同宿)ᄒ야 의(義)예 져ᄇ리지 못홀 거시므로 구친(求親)369)ᄒ엿더니 이럿툿 뇌거(牢拒)370)홀 둘 어이 알니오? 텬하(天下)의 녀지(女子ㅣ) 젹지 아니ᄒ

---

365) 국휼(國恤): 백성들이 복상(服喪)을 하던 황실의 초상.
366) 후샹(厚賞): 후상. 상을 많이 줌.
367) 돈슈(頓首): 돈수. 고개를 조아림.
368) 무류(無聊): 무료. 부끄럽고 열없음.
369) 구친(求親): 혼인하기를 청함.
370) 뇌거(牢拒): 굳게 거절함.

67면

니 며느리를 근심홀 비 아니로디 뎌 녀주(女子)의 무힝(無行)³⁷¹⁾ᄒᆞ기 통훈(痛恨)ᄒᆞ고 니몽현이 군지(君子ㅣ)라 말이 허언(虛言)이로두.”

왕싱(-生)이 ᄎᆞ언(此言)을 듯고 탹급(着急)³⁷²⁾ᄒᆞ야 그윽이 니(李) 공(公)을 훈(恨)ᄒᆞ고 믈러 셔지(書齋)의 도라와 스스로 닐러 굴오디,

“대댱뷔(大丈夫ㅣ) 니(李) 시(氏) 가튼 절식슉녀(絕色淑女)³⁷³⁾를 눔 의 숀의 너코 어이 줌시(暫時)나 인셰(人世)의 머믈니오? 뎌의 실졀 (失節)³⁷⁴⁾ᄒᆞ미 가(可)히 분(憤)ᄒᆞᆫ지라 니 맛당히 아모 계교(計巧)로나 뎌를 욕(辱)ᄒᆞ야 다른 디 가지 못ᄒᆞ게 ᄒᆞ리라.”

쏘훈 탄왈(嘆曰),

“니 두 풀히 쳔근지력(千斤之力)³⁷⁵⁾이 잇거놀 뎌 숨쳑(三尺) ᄋᆞ녀 주(兒女子)를 이긔지 못ᄒᆞ야 그 비홍(臂紅)³⁷⁶⁾을

68면

멸(滅)치 아닌 고(故)로 혼시(婚事ㅣ) 거츠러지니 엇지 이듧지 아니 리오?”

---

371) 무힝(無行): 무행. 볼 만한 행실이 없음.
372) 탹급(着急): 착급. 몹시 급함.
373) 절식슉녀(絕色淑女): 절색숙녀. 빼어난 미색의 착한 여자.
374) 실졀(失節): 실절. 절개를 잃음.
375) 쳔근지력(千斤之力): 천근지력. 천 근을 들 만한 힘.
376) 비홍(臂紅): 팔뚝 위의 붉은 점. 앵혈을 말함. 앵혈은 순결의 표식으로 장화(張華)의 『박물지』 에서 그 출처를 찾을 수 있음. 근세 이전에 나이 어린 처녀의 팔뚝에 찍던 처녀성의 표시를 말하는 것으로 도마뱀에게 주사(朱沙)를 먹여 죽이고 말린 다음 그것을 찧어 어린 처녀의 팔 뚝에 찍으면 첫날밤에 남자와 잠자리를 할 때에 없어진다고 함.

정(正)히 민민초亽(憫憫焦思)377)ᄒᆞ더니 ᄒᆞᆫ 계교(計巧)ᄅᆞᆯ 싱각ᄒᆞ고 가마니 ᄒᆞᆫ 봉(封) 셔간(書簡)을 지어 윤파(-婆)ᄅᆞᆯ 블너 니가(李家)의 가 쇼져(小姐)ᄅᆞᆯ 보고 뎐(傳)ᄒᆞ라 ᄒᆞ니,

윤파(-婆ㅣ) 슈명(受命)ᄒᆞ야 니부(李府)의 니ᄅᆞ러 쇼져(小姐)긔 뵈와지라 ᄒᆞ니 여러 시비(侍婢) 나와 윤파(-婆)ᄅᆞᆯ 쳥(請)ᄒᆞ야 져근 월앙(月廊)378)의다가 안치고 쥬찬(酒饌)을 가쵸와 디졉(待接)ᄒᆞ니 파(婆ㅣ) 亽샤(謝辭)379)ᄒᆞ고 쇼져(小姐) 보믈 지쵹ᄒᆞ니 시녜(侍女ㅣ) 드러가더니 나와 뎐(傳)ᄒᆞ디,

"쇼제(小姐ㅣ) 왕부(-府)로좃ᄎ 도라오신 후(後) 병환(病患)이 듕(重)ᄒᆞ샤 샹요(牀-)380)ᄅᆞᆯ ᄯᅥᄂᆞ지 못ᄒᆞ시ᄂᆞᆫ 고(故)로 파파(婆婆)381)ᄅᆞᆯ 보지 못

· ·

69면

ᄒᆞ신다."

ᄒᆞ니 윤파(-婆) 아연(啞然)382)ᄒᆞ야 굴오디,

"노쳡(老妾)이 쇼져(小姐)ᄅᆞᆯ 휵양383)(畜養)384)ᄒᆞ야 일일(一日) ᄯᅥᄂᆞ믈 삼츄(三秋)가치 너기다가 존부(尊府)의 오션 지 둘이 진(盡)ᄒᆞ디 보옵지 못ᄒᆞ니 우심(憂心)385)이 경경(耿耿)386)ᄒᆞ믈 이긔지 못ᄒᆞ야

---

377) 민민초亽(憫憫焦思): 민민초사. 근심하며 애를 태움.
378) 월앙(月廊): 월랑. 행랑(行廊)과 같은 말로 대문 안에 죽 벌여서 지어 주로 하인이 거처하던 방.
379) 샤亽(謝辭): 사사. 고마운 뜻을 나타냄.
380) 샹요(牀-): 상요. 침상에 편 요라는 뜻으로, 잠자리를 이르는 말.
381) 파파(婆婆): 할미.
382) 아연(啞然): 놀라는 모양.
383) 양: [교] 원문과 연세대본(24:69)에는 '향'으로 되어 있으나 문맥을 고려해 규장각본(24:46)을 따름.
384) 휵양(畜養): 기름.

뵈옵고즈 ᄒ거눌 엇지 아니 보시ᄂᆞ뇨? 진실노(眞實-) 뵈옵지 못훈 젼(前)은 못 도라가리로다."

시녜(侍女ㅣ) 또 드러가더니 다시 나와 쇼졔(小姐ㅣ) 말솜으로 골오디,

"파랑(婆娘)의 권권(拳拳)387)훈 후의(厚意)388)룰 감격(感激)지 아니미 아니로디 진실노(眞實-) 질병(疾病)이 듕(重)ᄒ야 보지 못ᄒ니 후일(後日) 오라 ᄒ시더이다."

윤피(-婆ㅣ) 훌일업셔 다만 골오디,

"병쇼(病所)389)의 드러가 뵈옵지 못ᄒ랴?"

시녜(侍女ㅣ) 왈(曰),

"쇼

..

70면

졔(小姐ㅣ) 부인(夫人) 침쇼(寢所)의 계시고 노애(老爺ㅣ) 지금(只今) 니뎐(內殿)의 계시니 드러오란 말솜을 못 ᄒ시고 가장 챵연(愴然)390) ᄒ야 ᄒ시더이다."

윤피(-婆ㅣ) 다시 쳥(請)치 못ᄒ고 도라가 이디로 고(告)ᄒ니 왕싱(-生)이 더옥 실망(失望)ᄒ야 무언부답(無言不答)이러라.

십여(十餘) 일(日) 후(後) 니부(李府)의 니르러 미져(妹姐)391)룰 볼

---

385) 우심(憂心): 걱정하는 마음.
386) 경경(耿耿): 마음에서 사라지지 않고 염려가 됨.
387) 권권(拳拳): 살뜰하게 보살피고 사랑해 주는 모양.
388) 후의(厚意): 남에게 두터이 인정을 베푸는 마음.
389) 병쇼(病所): 병소. 병을 치료하기 위하여 환자가 거처하는 방.
390) 챵연(愴然): 창연. 슬퍼하는 모양.
391) 미져(妹姐): 매저. 누이.

시 왕 쇼제(小姐ㅣ) 가뎨(家弟)³⁹²⁾룰 보고 반기나 젼일(前-)을 니르고 무례(無禮)ᄒᆞ믈 칙(責)ᄒᆞ니 싱(生)이 쇼왈(笑曰),

"져져(姐姐)ᄂᆞᆫ 일편된 말ᄉᆞᆷ 마르쇼셔. 쇼제(小弟) 뎌 니(李) 시(氏)룰 도장³⁹³⁾ 속의 드러와 겁칙(劫勅)³⁹⁴⁾ᄒᆞ여시면 그르려니와 져져(姐姐)의 비ᄌᆞ(婢子)로 알고 그 ᄌᆞ식(姿色)을 혹(惑)ᄒᆞ야 친압(親狎)³⁹⁵⁾ᄒᆞ미 엇지 왕공(王公)의게 죄(罪) 되미 그리 쉬올 쥴

아라시리잇고? 연(然)이나 뎌의 무ᄒᆡᆼ(無行)ᄒᆞ미 더러오니 다시 일ᄏᆞᆺ지 마르쇼셔."

쇼제(小姐ㅣ) 칙왈(責曰),

"네 그릇ᄒᆞ여 두고 샤죄(謝罪)ᄂᆞᆫ 아니코 이 무슴 말이며 ᄯᅩ 쇼괴(小姑ㅣ)³⁹⁶⁾ 무슴 무ᄒᆡᆼ(無行)ᄒᆞᆫ 일이 잇ᄂᆞ뇨?"

싱(生)이 디왈(對曰),

"쇼제(小弟) 뎔노 더브러 이셩(二姓)의 친(親)³⁹⁷⁾을 일우지 아냐시나 냥야(兩夜)룰 동슉(同宿)ᄒᆞ니 이러 굴 제 그 숀이 뎌의 몸의 아니 간 곳이 업스니 부뷔(夫婦ㅣ) 아니라 ᄒᆞ기룰 못 ᄒᆞᆯ 거시어늘 져져(姐姐)의 존귀(尊舅ㅣ)³⁹⁸⁾ 쇼제(小弟)룰 남으라 퇴(退)ᄒᆞ니 녀ᄌᆞ(女子)의 뎡졀(貞節)은 놉다 못 ᄒᆞᆯ쇼이다."

---

392) 가뎨(家弟): 가제. 친정 동생.
393) 도장: 부녀자가 거처하는 방.
394) 겁칙(劫勅): 겁박하여 탈취함.
395) 친압(親狎): 강제로 관계를 가지려 함.
396) 쇼괴(小姑ㅣ): 소고. 시누이.
397) 이셩(二姓)의 친(親): 성이 다른 두 사람이 성교를 하는 것.
398) 존귀(尊舅ㅣ): 시아버지를 높여 이르는 말.

쇼제(小姐ㅣ) 변식(變色) 왈(曰),

"네 호방(豪放)ᄒ야 누의로뻐 낫 드러 구가(舅家)의 무안(無顔)[399]ᄒᆞᆯ 보게 하고 가지록 실셩(失性)ᄒᆞᆫ 언

· ·

72면

ᄉ(言辭)로 규듕(閨中) 녀ᄌ(女子)를 침범(侵犯)ᄒᄂ냐? 존귀(尊舅ㅣ) 엇지 쳔금녀ᄋ(千金女兒)를 너 허랑직(虛浪客)[400]의게 허(許)ᄒ시리오? 어린 의ᄉ(意思)로 ᄇᆞ라도 말나."

ᅵᆼ(生)이 흔연(欣然) 쇼왈(笑曰),

"쇼뎨(小弟) 엇지 ᄇᆞ라리잇가? 다만 뎌의 실ᄒᆡᆼ(失行)[401]이 디단ᄒᆞᆯ 니ᄅᆞ니이다."

셜파(說罷)의 웃고 니러 나오더니,

ᄎ시(此時) 광평후(--侯) 등(等)이 셔당(書堂)의 모닷더니 ᅵᆼ(生)이 왓다 듯고 제람휘(--侯ㅣ) 형문을 쵹(囑)ᄒ야 쳥(請)ᄒᆫ디 왕ᅵᆼ(-生)이 즉시(卽時) 니ᄅᆞ러 모든 디 뵈미 너른 텽상(廳上)의 금디(金帶)[402]를 가(加)ᄒᆫ 재(者ㅣ) 삼(蔘) 버듯 ᄒᆞ여시니 휘황(輝煌)ᄒᆫ 위의(威儀) 숨엄(森嚴)[403]ᄒᆞᆫ지라. ᄌ연(自然) 긔운(氣運)이 구속(懼慄)[404]ᄒᆞ야 용모(容貌)를 ᄂᆞ쵸고 의관(衣冠)을 다시옴 슈렴(收斂)[405]

---

399) 무안(無顔): 수줍거나 창피하여 볼 낯이 없음.
400) 허랑직(虛浪客): 허랑객. 언행이나 상황 따위가 허황하고 착실하지 못한 사람.
401) 실ᄒᆡᆼ(失行): 실행. 여자로서의 행실을 잃음.
402) 금디(金帶): 금대. 금빛의 띠.
403) 숨엄(森嚴): 삼엄. 무서우리만큼 질서가 바로 서고 엄숙함.
404) 구속(懼慄): 구속. 몹시 두려움.
405) 슈렴(收斂): 수렴. 심신을 다잡음.

ᄒ야 모든 디 녜필(禮畢)406)ᄒ고 말셕(末席)의 안ᄌ니 광평후(--侯)로
브터 제인(諸人)이 일시(一時)의 팔흘 드러 답녜(答禮)ᄒ고 눈을 드
러 보니 왕싱(-生)의 표치(標致)407) 헌아(軒雅)408) 쇄연(灑然)409)ᄒ야
가(可)히 반악(潘岳)410)이 죽지 아니코 위개(衛玠)411) 지싱(再生)ᄒ미
라도 이의 더으지 못홀 듯 표일(飄逸)412)흔 풍치(風采)와 당당(堂堂)
흔 골격(骨格)이 사룸의 눈을 어리오눈지라.

모다 경아(驚訝)ᄒ야 심듕(心中)의 칭찬(稱讚)ᄒ나 광평후(--侯) 등
(等)은 쇼미(小妹)로 인(因)ᄒ야 다 각각(各各) 미온지심(未穩之心)413)
을 품고 정식(正色) 믁되414)(黙睹ㅣ)415)어눌 광능휘(--侯ㅣ) 몬져 흔
연(欣然)이 말슴을 펴 골오디,

"일죽416) 주유417) 형(兄)으로 인(因)ᄒ야 공주(公子)의 성화(聲

---

406) 녜필(禮畢): 예필. 인사를 마침.
407) 표치(標致): 얼굴이 매우 아름다움.
408) 헌아(軒雅): 당당하고 우아함.
409) 쇄연(灑然): 시원한 모양.
410) 반악(潘岳): 중국 서진(西晉)의 문인(247-300)으로 자는 안인(安仁), 하남성(河南省) 중모(中牟) 출생. 용모가 아름다워 낙양의 길에 나가면 여자들이 몰려와 그를 향해 과일을 던졌다는 고사가 있음.
411) 위개(衛玠): 중국 서진(西晉) 때의 인물(286-312). 자(子)는 숙보(叔寶). 서진 때 태자세마(太子洗馬) 벼슬까지 함. 어려서부터 용모가 준수해 시장에 가면 사람들이 둘러싸 그를 '벽인(璧人)'이라 불렀다 함. 위개의 외삼촌인 표기장군 왕제(王濟)가 또한 용모가 아름다웠으나 매양 위개를 보면 탄식하며 주옥이 앞에 있어 자신의 더러움을 깨닫는다고 하였다 함.
412) 표일(飄逸): 성품이나 기상 따위가 뛰어나게 훌륭함.
413) 미온지심(未穩之心): 평온하지 않은 마음.
414) 되: [교] 원문과 규장각본(24:49), 연세대본(24:74)에 모두 '뒤'로 되어 있으나 문맥을 고려해 이와 같이 수정함.
415) 믁되(黙睹ㅣ): 묵도. 묵묵히 봄.
416) 죽: [교] 원문에는 '즈'로 되어 있으나 문맥을 고려해 규장각본(24:49)과 연세대본(24:73)을 따름. 다만 연세대본에는 원래 '즈'로 써져 있고 바로 아래에 'ㄱ'을 작은 글씨로 가필한 흔적이 있음.
417) 주유: 왕선의 사촌인 왕기의 자(字)로 보임.

華)⁴¹⁸⁾룰 니기 듯고 앙모(仰慕)⁴¹⁹⁾호미 깁흐디 진짓 얼골을 보옵

74면

지 못호엿더니 금일(今日) 하힝(何幸)으로 옥모(玉貌)룰 구경호니 듯
던 바의 더노지라 이모(愛慕)호믈 춤지 못호리로다. 년치(年齒)⁴²⁰⁾
몃치나 호시노?"

왕싱(-生)이 피셕(避席) 디왈(對曰),

"샹공(相公)이 표형(表兄)⁴²¹⁾으로 교계(交契)⁴²²⁾ 딘번(陳蕃)⁴²³⁾을
효측(效則)⁴²⁴⁾호시니 쇼싱(小生)이 쏘호 아르미 셔의(鉏鋙)⁴²⁵⁾치 아
니디 황구쇼이(黃口小兒ㅣ)⁴²⁶⁾ 디신(大臣) 안젼(案前)⁴²⁷⁾의 비알(拜
謁)⁴²⁸⁾호믈 주연(自然) 구속(懼慄)⁴²⁹⁾호야 일죽 뵈옵지 못호엿더니
오늘 우연(偶然)이 수미(舍妹)⁴³⁰⁾룰 비견(拜見)호라 니루럿다가 녈위
(列位)⁴³¹⁾ 샹공(相公)긔 뵈옵고 디인(大人)의 위유(慰諭)⁴³²⁾호시논 말
숨을 듯주오니 평싱(平生) 영힝(榮幸)⁴³³⁾이로쇼이다. 쳔(賤)호 나흔

---

418) 셩화(聲華): 셩화. 빛나는 명성.
419) 앙모(仰慕): 우러러 그리워함.
420) 년치(年齒): 연치. 나이.
421) 표형(表兄): 이종, 고종 및 외 사촌형.
422) 교계(交契): 서로 사귄 정.
423) 딘번(陳蕃): 진번. 중국 후한(後漢) 때의 인물. 진번이 예장(豫章) 태수(太守)로 있을 적에 다른
빈객은 맞지 않고 오직 서치(徐稚)만을 위해서 걸상 하나를 준비하여 서치가 와 담소를 하고
떠나면 걸상을 다시 위에 올려놓았다는 고사가 전함.
424) 효측(效則): 효칙. 본받아 법으로 삼음.
425) 셔의(鉏鋙): 서어. 익숙하지 아니하여 서름서름함.
426) 황구쇼이(黃口小兒ㅣ): 황구소아. 부리가 누런 새 새끼처럼 어린아이.
427) 안젼(案前): 안전. 높으신 어른이 앉아 있는 자리의 앞.
428) 비알(拜謁): 배알. 지위가 높거나 존경하는 사람을 찾아가 뵘.
429) 구속(懼慄): 두려워함.
430) 수미(舍妹): 사매. 자기의 누이를 낮추어 부르는 말.
431) 녈위(列位): 열위. 여러.
432) 위유(慰諭): 위로하고 타일러 달램.

헛도이 십오(十五) 셰(歲)룰 지니엿누이다."

능휘(-侯ㅣ) 칭샤(稱謝) 왈(曰),

"공주(公子)의 년

75면

치(年齒)룰 드루니 약관(弱冠)[434] 셔싱(書生)이로디 힝동거지(行動擧止) 뎌러툿 슉셩(夙成)ᄒ뇨?"

언미필(言未畢)[435]의 도어시(都御史ㅣ) 봉안(鳳眼)을 흘녀 능후(-侯)룰 보며 굴오디,

"이뵈[436] 쥬쇼(自少)로 지인(知人)ᄒ는 안총(眼聰)[437]이 잇더니 엇지 이디도록 혼암(昏闇)[438]ᄒ뇨? 져 혼굿 실셩[439]지인(失性之人)[440]을 슉셩(夙成)타 훌진디 진짓 슉셩(夙成)ᄒ니는 쟝ᄎᆞ(將次ㅅ) 무어시라 ᄒ리오?"

셜파(說罷)의 왕싱(-生)을 향(向)ᄒ야 굴오디,

"혹싱(學生)이 당돌(唐突)ᄒ나 공주(公子)긔 뭇누니 나의 미지(妹子ㅣ) 공주(公子)긔 무슴 죄(罪)룰 지엇관디 구타(毆打)의 춤혹(慘酷)ᄒ미 만신(滿身)을 혜지 아냐 공연(空然)혼 듕풍(中風) 마즌 사름이 되게 ᄒ뇨? 연고(緣故)룰 듯고주 ᄒ노라."

---

433) 영힝(榮幸): 영행. 기쁘고 다행스러움.
434) 약관(弱冠): 남자 나이 스무 살을 이름.
435) 언미필(言未畢): 말이 끝나지 않음.
436) 이뵈: 이보. 이경문의 자(字).
437) 안총(眼聰): 물체의 존재나 형상을 인식하는 눈의 능력.
438) 혼암(昏闇): 어리석고 못나서 사리에 어두움.
439) 셩: [교] 원문과 연세대본(24:75)에는 '졍'으로 되어 있으나 문맥을 고려해 규장각본(24:50)을 따름.
440) 실셩지인(失性之人): 실성지인. 정신에 이상이 생겨 본정신을 잃은 사람.

왕싱(-生)이 공경(恭敬)ᄒᆞ야 듯고 눌호여 디왈(對曰),

"쇼싱(小生)이

. .

76면

비록 블ᄒᆞᆨ무식(不學無識)441)ᄒᆞ나 싱아442)십오(生我十五)443)의 오륜(五倫) 눈샹(倫常)444)을 삼가고 남녜(男女ㅣ) 유별(有別)ᄒᆞᄆᆞᆯ 아ᄂᆞ니 녕ᄆᆡ(令妹) 도장445) 가온ᄃᆡ 겨시거ᄂᆞᆯ 그리ᄒᆞ지 아냣ᄂᆞ이다."

어ᄉᆞ(御史ㅣ) 변ᄉᆡᆨ(變色) 왈(曰),

"군(君)이 ᄒᆞᆫ갓 말 죠흐믈 ᄌᆞ랑ᄒᆞ야 이갓치 디답(對答)ᄒᆞ나 아ᄆᆡ(阿妹)446) 만일(萬一) 도장 가온ᄃᆡ 이실진ᄃᆡ 무슴 쳥승447)으로 그ᄃᆡ의게 미ᄅᆞᆯ 마ᄌᆞ리오?"

왕싱(-生)이 미쇼(微笑) 왈(曰),

"봉졉(蜂蝶)448)이 길가의 ᄭᅩᆺ츨 지니 보지 아니ᄒᆞ니 샹공(相公)이 남ᄌᆡ(男子ㅣ)시니 ᄯᅳᆺ은 다 ᄒᆞᆫ가지실지라. 쇼싱(小生)이 본ᄃᆡ(本-) 풍뉴협ᄀᆡᆨ(風流俠客)449)이어놀 녕ᄆᆡ(令妹) ᄒᆞᆫ 송이 년화(蓮花)로 쇼싱(小生)의 눈의 뵈엿거든 엇지 가마니 두고져 ᄯᅳᆺ이 나리오? 만일(萬一) 녕ᄆᆡ(令妹ㄴ) 쥴 알고 범(犯)ᄒᆞ엿실진ᄃᆡ 쇼

---

441) 블ᄒᆞᆨ무식(不學無識): 불학무식. 배우지 못해 무식함.
442) 아: [교] 원문에는 '이'로 되어 있고, 규장각본(24:51)과 연세대본(24:76)에는 '어'로 되어 있으나 문맥을 고려해 이와 같이 수정함.
443) 싱아십오(生我十五): 생아십오. 부모님이 나를 낳아 주신 지 열다섯. '생아(生我)'는 『시경』, <육아(蓼莪)>에 나오는 구절임.
444) 눈샹(倫常): 윤상. 윤리.
445) 도장: 규방.
446) 아ᄆᆡ(阿妹): 아매. 우리 누이.
447) 쳥승: 청승. 궁상스럽고 처량하여 보기에 언짢은 태도나 행동.
448) 봉졉(蜂蝶): 봉접. 벌과 나비.
449) 풍뉴협ᄀᆡᆨ(風流俠客): 풍류협객. 노는 것을 즐기는 사람.

싱(小生)의 죄(罪) 슈亽난쇽(雖死難贖)[450]이려니와 니 집 종의 쓸노 져져(姐姐)의 져근 비지(婢子ㅣ)라 즘간(暫間) 침셕(寢席)[451]의 졍 (情)을 머므르미 히(害)롭지 아니타 ᄒ야 블너 드려오미 남ᄌ(男子) 의 풍졍(風情)[452]을 믈니치믈 싀호샤갈(豺虎蛇蝎)[453]가치 ᄒ는지라 쇼싱(小生)이 그씨 녕미(令妹ㄴ) 둘 아지 못ᄒ고 쇼비(小婢)로 혜미 그 능만(凌慢)[454]ᄒ믈 통히(痛駭)[455]ᄒ야 쳔(賤)ᄒ 셩이 긋치 누르지 못ᄒ야 실슈(失手)ᄒ[456]미 과도(過度)ᄒ니 알고 범(犯)ᄒ 일이 아니 니 텬위지쳑(天威咫尺)[457]의 가도 죄(罪)를 아니 바들쇼이다. 녕미쇼 져(令妹小姐)의 무힝(無行)ᄒ미 쇼싱(小生)의 희롱(戲弄)홀 제 다ᄃ라 죠용이 근본(根本)을 니를진더 쇼싱(小生)이 놀나고 공경(恭敬)ᄒ야 치는 폐(弊)도 업고 亽亽(事事ㅣ)

다 슌편(順便)[458]홀 거시어ᄂ놀 유유(幽幽)[459]히 함호(含糊)[460]ᄒ니 쇼

---

450) 슈亽난쇽(雖死難贖): 수사난속. 비록 죽어도 속죄하기 어려움.
451) 침셕(寢席): 침석. 잠자리.
452) 풍졍(風情): 풍정. 풍치(風致) 있는 정회(情懷).
453) 싀호샤갈(豺虎蛇蝎): 시호사갈. 승냥이와 호랑이, 독사, 전갈.
454) 능만(凌慢): 깔보고 교만하게 굶.
455) 통히(痛駭): 통해. 몹시 이상스러워 놀람.
456) ᄒ: [교] 원문과 연세대본(24:77)에는 이 앞에 '업시'가 있으나 문맥을 고려해 규장각본(24:52) 를 따라 삭제함.
457) 텬위지쳑(天威咫尺): 천위지척. 천자의 위광이 지척에 있다는 뜻으로, 임금과 매우 가까운 곳 또는 제왕의 앞을 이르는 말.
458) 슌편(順便): 순편. 마음이나 일의 진행 따위가 거침새가 없고 편함.
459) 유유(幽幽): 깊고 그윽함.

싱(小生)이 수광지총(師曠之聰)461)인들 엇지 씨다르리오? 속절업시 천디(賤待)462)후야 비록 이셩합근(二姓合졸)463)은 아냐시나 부부지도(夫婦之道)룰 다후엿더니 도금(到今)후야 녕미(令妹) 쇼싱(小生)을 남으라 부리기룰 홍모(鴻毛)464)가치 후고 다른 군주(君子) 옥낭(玉郎)을 마주런다 후니 쇼싱(小生)이 각별(各別) 뉴렴(留念)465)후는 비업수디 녀주(女子)의 더러오믈 개탄(慨嘆)후야 졍(正)히 샹공(相公)니 안젼(案前)의 셜파(說破)코져 후더니 디인(大人)이 엇지 쇼주(小子)룰 칙(責)후시느니잇가?"

셜파(說罷)의 졔인(諸人)이 그 산협슈(山峽水)466) 가튼 말솜을 심하(心下)의 칭찬(稱讚)후고 어스(御史)는 졍식(正色) 왈(曰),

"그디 과연(果然) 념치(廉恥) 죠흔 사롬이로다. 셜수(設使) 미진(妹子 ㅣ)

줄 당초(當初) 몰나시나 져그나 념치(廉恥) 잇는 남질(男子 ㅣ)진디 종인들 그디도록 치리오? 쇼졔(小姐 ㅣ) 본디(本-) 나히 어리고 긔골(肌骨)467)이 쟝셩(長成)치 못후거놀 그디의 흉(凶)훈 슈단(手段)을 만

---

460) 함호(含糊): 죽을 머금었다는 뜻으로 말을 입속에서 중얼거리며 분명하게 하지 않는다는 말.
461) 수광지총(師曠之聰): 사광지총. 사광의 귀 밝음. 사광은 중국 춘추시대 진(晉)나라 사람으로 자는 자야(子野)로 저명한 악사(樂師)임. 눈이 보이지 않아 스스로 맹신(盲臣), 명신(瞑臣)으로 부름. 진(晉)나라에서 대부(大夫) 벼슬을 했으므로 진야(晉野)로 불리기도 함. 음악에 정통하고 거문고를 잘 탔으며 음률을 잘 분변했다 함.
462) 천디(賤待): 천대. 천하게 대우함.
463) 이셩합근(二姓合졸): 이성합근. 부부간의 성교를 이르는 말.
464) 홍모(鴻毛): 기러기의 털이라는 뜻으로, 매우 가벼운 사물을 이르는 말.
465) 뉴렴(留念): 유념. 잊거나 소홀히 하지 않도록 마음속에 깊이 간직하여 생각함.
466) 산협슈(山峽水): 산협수. 무산(巫山) 협곡의 물. 무산은 사천성(四川省) 무산현(巫山縣)에 있는 산으로, 험하기로 이름 높은 곳임.

나 쪠 붓아졋던 양ᄒᆞ야 ᄌᆞ가(自家)의 온 후(後) 쳔(千) 가지로 다ᄉᆞ리 디 촌회(寸效])468) 업서 ᄉᆞ지(四肢)ᄅᆞᆯ 영영(永永)이 쓰지 못ᄒᆞ니 됴 셕(朝夕) 밥 먹이기도 다 ᄂᆞᆷ이 ᄒᆞ고 입좃ᄎᆞ 샹(傷)ᄒᆞ야 말을ᄉᆞ 변변 이 못 ᄒᆞ니 부뫼(父母]) 즌잉히 너기시미 각골(刻骨)ᄒᆞ샤 듀야(晝 夜) 우룸으로 지ᄂᆡ시니 어ᄂᆞ 경(景)469)의 혼ᄉᆞ(婚事)다히 념(念)이 이 셔 그ᄃᆡᄅᆞᆯ 마ᄌᆞ시리오? 쇼ᄆᆡ(小妹) ᄯᅩᄒᆞᆫ 말은 아니나 싱젼(生前)의 그ᄃᆡ 보기ᄅᆞᆯ 원(願)치 아녀 승(僧)이 되

··

80면

고져 ᄒᆞᆫ다 ᄒᆞ니 그ᄃᆡᄂᆞᆫ 남의 일싱(一生)을 ᄆᆞᆺ고 붓그려 줌줌(潛潛)키 ᄂᆞᆫ 아니코 도로 ᄃᆞ라 욕(辱)ᄒᆞᆷ믄 어인 일이뇨?"

왕싱(-生)이 쇼왈(笑曰),

"샹공(相公)은 쇼싱(小生)을 어둡게 너기시지 말지니 쇼싱(小生)이 니(李) 시(氏) 샹쳐(傷處)ᄅᆞᆯ 다 보왓ᄂᆞ니 곳곳이 프ᄅᆞ고 히여뎌시나 쎠ᄂᆞᆫ 샹(傷)치 아냣더이다. 이러나뎌러나 이제ᄂᆞᆫ 쇼싱(小生)의게 간 셥(干涉)지 아녀시니 쇼싱(小生)ᄃᆞ려 니ᄅᆞ지 마ᄅᆞ쇼셔. 풍치(風采) 미 믈(埋沒)470)ᄒᆞ야 슉녀(淑女)의 ᄇᆞ리미 되과이다."

어ᄉᆡ(御史]) 왈(曰),

"쇼ᄆᆡ(小妹) 그ᄃᆡᄅᆞᆯ ᄇᆞ리며 아닐 거시 이시리오? 쇼ᄆᆡ(小妹)ᄂᆞᆫ 쇼 ᄆᆡ(小妹)오 그ᄃᆡᄂᆞᆫ 그ᄃᆡ니 셔ᄅᆞ 총단(總斷)471)ᄒᆞᆯ 일이 업ᄂᆞ이다."

---

467) 긔골(肌骨): 기골. 살과 뼈대를 아울러 이르는 말.
468) 촌회(寸效]): 조금의 효과.
469) 경(景): 겨를.
470) 미믈(埋沒): 매몰. 파묻힘.
471) 총단(總斷): 혼자서 모든 일을 판단하거나 결정함.

왕싱(-生) 왈(曰),

"총단(總斷)홀 일이 본디(本-) 업

81면

스디 니(李) 시(氏) 쇼싱(小生)으로 더브러 냥야(兩夜)룰 동슉(同宿)
후고 써눗눈 고(故)로 부부(夫婦)의 명회(名號ㅣ)[472] 잇논디라 주연
(自然)이 말이 그리 되니 니(李) 시(氏) 임의 실졀(失節)[473]후니 쇼싱
(小生)이 다시 총단(總斷)후리잇가? 근심 마루쇼셔. 연(然)이누 샹공
(相公) 벼술이 간관(諫官)이시니 그런 녀주(女子)눈 엄(嚴)히 다스리
미 올토쇼이다."

셜파(說罷)의 흔흔(欣欣)이 우으니 옥(玉) 가툰 얼골의 도화(桃花)
훈식(暈色)[474]을 씌이고 블근 입 스이로 흰 니 빗최여 쇼셩(笑聲)[475]
이 낭낭(朗朗)후니 좌위(左右ㅣ) 또훈 우음을 먹음고 어시(御史ㅣ)
크게 쇼리 질너 왈(曰),

"그디 엇지 날을 이디도록 업슈이 너기눈고? 아미(阿妹) 실졀(失
節)홀 제 그디 본증(本證)[476]이 되엿누냐? 그디 니루지 아냐도

82면

청텬빅일지하(靑天白日之下)[477]의 스부가(士夫家) 규슈(閨秀) 더러인

472) 명회(名號ㅣ): 겉으로 내세우는 이름이나 명분.
473) 실졀(失節): 실절. 절개를 지키지 못함.
474) 훈식(暈色): 훈색. 붉은 빛깔.
475) 쇼셩(笑聲): 소성. 웃는 소리.
476) 본증(本證): 책임을 지는 사람이 그 사실을 증명하려고 제출하는 증거.

도적놈(盜賊-)을 다슬녀 풍화(風化)[478]를 졍(正)히 ᄒ려 ᄒ노라."

왕싱(-生)이 웃고 디왈(對曰),

"샹공(相公)은 식노(息怒)[479]ᄒ시고 니 말을 들으쇼셔. 셩텬ᄌᆞ(聖天子ㅣ) 화이(華夷)[480]를 일통(一統)ᄒ샤 졍ᄉᆞ(政事ㅣ) 신명(神明) 가 투시니 신민(臣民)의 쇼쇼지ᄉᆞᆫ(小小之事ㄴ)[481]들 다 아니 슬피시리오? 뉘 그리 쳥명(淸明)[482]ᄒ고 챡ᄒ야 ᄌᆞ가(自家) 누의 비ᄌᆞ(婢子)를 남의 ᄉᆞ부가(士夫家) 녀ᄌᆞ(女子ㅣ)라 ᄒ야 공경(恭敬)ᄒ리오? 무심(無心)코 범(犯)ᄒ여시나 비샹홍뎜(臂上紅點)[483]이 분명(分明)ᄒ고 일즉 존부(尊府)의 와 무단(無斷)이 겁칙(劫敕)[484]ᄒᆞᆫ 일이 업ᄉᆞ니 법뷔(法部ㅣ) 뭇ᄂᆞᆫ 눌 쇼싱(小生)이 입이 이시니 ᄉᆞ연(事緣)을 분명(分明)이 못 ᄒ며 풍화(風化)를 졍(正)히 홀 젹

· ·

83면

이면 녕미(令妹) 몬져 죄(罪)를 닙으미 가애(可也ㅣ)니 쇼싱(小生)은 모ᄅᆞ고 져즌 일이나 당당(堂堂)ᄒᆞᆫ ᄉᆞ족(士族) 녀ᄌᆞ(女子ㅣ) 타문(他門) 남ᄌᆞ(男子)의게 빅(百) 가지로 희롱(戱弄)ᄒᆞ믈 닙고 부모(父母)를 ᄎᆞᄌᆞ미 여러 동싱(同生)의 위셰(威勢)를 ᄲᅴ노라 ᄒ야 믈니치니 엇지

---

477) 쳥텬빅일지하(靑天白日之下): 청천백일지하. 하늘이 맑게 갠 대낮 아래.
478) 풍화(風化): 교육이나 정치의 힘으로 풍습을 잘 교화하는 일.
479) 식노(息怒): 분노를 삭임.
480) 화이(華夷): 중화와 오랑캐.
481) 쇼쇼지ᄉᆞᆫ(小小之事ㄴ): 소소지사. 자잘한 일.
482) 쳥명(淸明): 청명. 맑고 분명함.
483) 비샹홍뎜(臂上紅點): 비상홍점. 팔뚝 위의 붉은 점. 앵혈(鶯血)을 이름. 앵혈은 순결의 표식으로, 장화(張華)의『박물지』에서 그 출처를 찾을 수 있음. 근세 이전에 나이 어린 처녀의 팔뚝에 찍던 처녀성의 표식을 말하는 것으로 도마뱀에게 주사(朱沙)를 먹여 죽이고 말린 다음 그것을 찧어 어린 처녀의 팔뚝에 찍으면 첫날밤에 남자와 잠자리를 할 때에 없어진다고 함.
484) 겁칙(劫敕): 겁박하여 탈취함.

우읍고 붓그러온 일이 아니리오?"

어시(御史丨) 더옥 노왈(怒曰),

"쇼미(小妹) 언제 그디룰 믈리치뇨?"

싱(生)이 쇼이디왈(笑而對曰),

"뎌씨 가친(家親)이 죠흔 뜻으로 존부(尊府)의 구친(求親)[485]ᄒ시디 허(許)치 아니시니 이 엇지 녕미(令妹) 실절(失節) 아니니잇가?"

어시(御史丨) 왈(曰),

"앗가 아니 니른냐? 쇼미(小妹) 수지(四肢)룰 움죽이지 못ᄒ니 공연(空然)ᄒ 병폐지인(病癈之人)[486]이 되엿거든 엇

지 움죽여 혼인디레(婚姻大禮)룰 지니리오? 식니(識理)[487]룰 통(通)ᄒ노라 ᄒ며 그만 일을 싱각지 못ᄒᄂ냐?"

왕싱(-生) 왈(曰),

"쇼싱(小生)이 쏘ᄒ 어리지 아니ᄒ니 샹공(相公)의 쇼기믈 닙으리오? 수지(四肢)룰 줌기[488]로뻐 흐렷ᄂ[489] 거시라 쁘지 못ᄒ리잇가? 뎌ᄂ 약(弱)ᄒ고 쇼싱(小生)은 쟝(壯)ᄒ니 핍박(逼迫)[490]ᄒᆯ 제 막오 줍아 힐난(詰難)[491]ᄒ여 샹(傷)ᄒ여시나 디단치 아니턴 거시여늘 이디도록 ᄒ리오? 샹공(相公)은 데실지친(帝室至親)[492]으로 쟉위(爵位)

---

485) 구친(求親): 혼인하기를 청함.
486) 병폐지인(病癈之人): 병 때문에 몸을 제대로 쓰지 못하게 된 사람.
487) 식니(識理): 식리. 지식과 이치.
488) 줌기: 쟁기.
489) 흐렷ᄂ: '누르는'의 뜻으로 보이나 미상임.
490) 핍박(逼迫): 바싹 죄어서 몹시 괴롭게 함.
491) 힐난(詰難): 트집을 잡아 거북할 만큼 따지고 듦.

한원(翰苑)[493] 티각(台閣)[494]을 지니시고 지금(只今)의 지녈(宰列)[495]의 츙슈(充數)[496]ᄒ시거ᄂᆞᆯ 쇼견(所見)이 이디도록 녹녹(錄錄)[497]ᄒ샤 ᄒᆞᆫ 누의ᄅᆞᆯ 셔방(書房) 마치려 ᄒ시미 그 젼(前)

사ᄅᆞᆷᄃᆞ려 셩ᄒᆞᆫ 사ᄅᆞᆷ을 업ᄂᆞᆫ 병(病) 잇다 쇼기시니 엇지 구ᄎᆞ(苟且)치 아니리잇가? 셩타 ᄒᆞ셔도 쇼ᄉᆡᆼ(小生)이 두 ᄯᅳᆺ 두ᄂᆞᆫ 녀ᄌᆞ(女子)ᄂᆞᆫ 아니 거둘쇼이다."

셜파(說罷)의 크게 웃고 ᄉᆞ미ᄅᆞᆯ 썰쳐 도라가니,

좌위(左右 ㅣ) 일시(一時)의 웃고 왕ᄉᆡᆼ(-生)의 언변(言辯)을 일ᄏᆞᆯᄂᆞ니 어ᄉᆡ(御史 ㅣ) 줌줌(潛潛)키ᄅᆞᆯ 냥구(良久)[498]의 손의 드럿던 션ᄌᆞ(扇子)[499]ᄅᆞᆯ 니여 더지고 크게 쇼ᄅᆡᄒᆞ여 왈(曰),

"오ᄂᆞᆯ노좃ᄎᆞ 디뎐(代傳)[500]ᄒ여 가며[501] ᄯᅩᆯ 나치 말나 ᄒᆞ미 올토다."

좌위(左右 ㅣ) 무심듕(無心中) 어ᄉᆞ(御史)의 웅장(雄壯)ᄒᆞᆫ 쇼리ᄅᆞᆯ 듯고 놀나 연고(緣故)ᄅᆞᆯ 무ᄅᆞ니 어ᄉᆡ(御史 ㅣ) 탄(嘆)ᄒᆞ여 ᄀᆞᆯ오ᄃᆡ,

"왕낭(-郞)의 말을 너히 드러 가지고 어이 뭇ᄂᆞᆫ다? 니 홀 말이 업ᄉ

---

492) 뎨실지친(帝室至親): 제실지친. 황실의 가까운 친족.
493) 한원(翰苑): 조정.
494) 티각(台閣): 태각. 재상.
495) 지녈(宰列): 재열. 재상의 반열.
496) 츙슈(充數): 충수. 필요한 수효를 채움.
497) 녹녹(錄錄): 녹록. 평범하고 보잘것없음.
498) 냥구(良久): 양구. 시간이 오래됨.
499) 션ᄌᆞ(扇子): 선자. 손으로 흔들어 바람을 일으키는 물건. 부채.
500) 디뎐(代傳): 대전. 대대로 전함.
501) 며: [교] 원문에는 '면'으로 되어 있으나 문맥을 고려해 규장각본(24:57)과 연세대본(24:85)을 따름.

86면

미 아니라 조연(自然) 구쇽(拘束)502)ᄒ고 왕낭(-郞)은 졈졈(漸漸) 말
이 쾌(快)ᄒ니 어이 아니 통분(痛忿)503)ᄒ리오? 누의게 니러니 녀ᄋ
(女兒)의게 ᄃ다ᄅᆫ 디욕(大辱)을 먹을 거시니 당당(堂堂)이 ᄌ손(子
孫)의 뎐(傳)ᄒ야 ᄯᆞᆯ을 두지 마ᄌ ᄒᆞᄌᆞ."

좌위(左右ㅣ) 디쇼(大笑)ᄒ고 광평휘(--侯ㅣ) 왈(曰),

"너ᄃ려 아이의 말ᄒ라 ᄒ드냐? 나ᄂ 그럴 둘 알고 ᄌᆞᆷᄌᆞᆷ(潛潛)ᄒ엿
더니라."

어ᄉᆡ(御史ㅣ) 왈(曰),

"어이 져ᄃ려 말을 못 ᄒᆞᆯ가 시브니잇가? ᄌᆞᆷᄌᆞᆷ(潛潛)코 잇기ᄂ 더
통분(痛忿)ᄒ이다."

광능휘(--侯ㅣ) 웃고 왈(曰),

"형댱(兄丈)은 어려온 계훈(誡訓)504)도 ᄌ손(子孫)의게 ᄂ리오ᄌ
ᄒ시ᄂ이다. ᄌ녀(子女)를 님의(任意)로 ᄂᆞᆯ 거시면 뉘 무ᄌ식(無子
息)ᄒ니 이시리오? 먼니 ᄌ손(子孫)의게 유505)교(遺敎) 마ᄅ시고 즉

87면

금(卽今) 형(兄)의게 두 ᄯᆞᆯ이 이시니 엇지ᄒᆞ랴 ᄒ시ᄂ니잇가?"

---

502) 구쇽(拘束): 구속. 행동이나 의사의 자유를 제한하거나 속박함.
503) 통분(痛忿): 몹시 분함.
504) 계훈(誡訓): 경계와 가르침.
505) 유: [교] 원문에는 이 글자가 없으나 문맥을 고려해 규장각본(24:58)과 연세대본(24:86)을 따
라 첨가함.

어시(御史]) 머리롤 흔드러 왈(曰),

"그러므로 슬믜기506) 뚝 업스니 녀승(女僧)의 슈도(修道)ᄒᄂᆫ 디 뎨ᄌ(弟子)롤 듀고ᄌ ᄒ노라ᄏᄂ니와 네 쏠도 부졀업다."

능휘(-侯]) 디왈(對曰),

"쇼졔(小弟)ᄂᆫ 위 시(氏) 다병질약(多病質弱)507)ᄒ니 다시 ᄌ식(子息)을 못 나흘가 시분지라 녀ᄋ(女兒) 일(一) 인(人)을 쳔금만보(千金萬寶)508)가치 너기ᄂ니 어이 브졀업스리잇고? 두고 보고져 ᄒ쇼셔. 열 쏠을 나하도 다 종요로온509) 슈회롤 어더 ᄒᆫ 집의 거ᄂ려도 욕(辱)먹ᄂᆫ 폐(弊) 업게 ᄒ리이다."

어시(御史]) 왈(曰),

"네 뎌리 니ᄅ지 말나. 위션(于先) 너브터도 위 공(公)을 욕(辱)ᄒ더라."

능휘(-侯])

88면

왈(曰),

"그 악댱(岳丈)은 욕(辱)ᄒ고 시블시 ᄒ엿거니 졍(情)다이 이시면 미친 슈회롤 엇다 욕(辱)먹으리잇가?"

광평휘(--侯]) 왈(曰),

"삼뎨(三第) 공연(空然)이510) 안ᄌᆺ다가 왕싱(-生)을 맛다 가지고

---

506) 슬믜기: 싫어하고 미워하기.
507) 다병질약(多病質弱): 병이 많고 몸이 약함.
508) 쳔금만보(千金萬寶): 천금만보. 매우 귀중한 보물.
509) 종요로온: 없어서는 안 될 정도로 매우 긴요한.
510) 공연(空然)이: 괜히.

브졀업시 말을 시쥭(始作)ᄒ여 두고 뎌러 구니 엇지 고이(怪異)치 아니리오? 이보[511]의게 쑬이 이시나 업ᄉ나 네 아랑곳가?”

어시(御史ㅣ) 왈(曰),

“싱각ᄒ니 쑬의 히(害) 비경(非輕)[512]커든 그리 아니ᄒ리잇가? 왕낭(-郞)의 언변(言辯)을 못 ᄯ로미 아냐 말긋마다 녀ᄌ(女子)의 실ᄒᆡᆼ(失行)을 드노ᄒ니[513] 무어시라 변ᄇᆡᆨ(辨白)[514]ᄒ리잇가?”

쵸휘(-侯ㅣ) 눌ᄒ여 줌쇼(暫笑) 왈(曰),

“그러ᄒᄆ로 아이의 함구(緘口)[515]홈만 갓지 못ᄒ거놀 ᄃ토시기를

89면

부졀업시 ᄒ엿ᄂ이다.”

어시(御史ㅣ) 긔운(氣運)이 분분(紛紛)[516]ᄒ야 그치지 아니ᄒ니 모다 웃더라.

져녁 문안(問安)의 안히 드러가 평휘(-侯ㅣ) 모든 ᄃᆡ 어ᄉ(御史)의 말과 왕ᄉᆡᆼ(-生)의 거동(擧動)을 고(告)ᄒ니 모다 어히업시 너기고 남공(-公)이 어ᄉ(御史)의 언경(言輕)[517]ᄒ야 누의 욕(辱)먹이믈 ᄃᆡ칙(大責)ᄒ니 어시(御史ㅣ) 황공(惶恐)ᄒ야 샤죄(謝罪)ᄒ고 믈너 쇼미(小妹) 곳의 가 쇼져(小姐)ᄃ려 닐오ᄃᆡ,

“나ᄂᆞ 오ᄂᆞᆯ 널노 인(因)ᄒ야 두로 다 슈ᄎᆡᆨ(受責)[518]ᄒ니 우분(憂

---

511) 이보: 이경문의 자(字).
512) 비경(非輕): 가볍지 않음.
513) 드노ᄒ니: 들어 놓으니.
514) 변ᄇᆡᆨ(辨白): 변백. 옳고 그름을 가려 사리를 밝힘.
515) 함구(緘口): 입을 다문다는 뜻으로, 말하지 아니함을 이르는 말.
516) 분분(紛紛): 어지러운 모양.
517) 언경(言輕): 말이 경솔함.

憤)519)ᄒᆞᄆᆞᆯ 이긔지 못ᄒᆞ리로다.”

쇼졔(小姐ㅣ) 경문(驚問) 왈(曰),

“무ᄉᆞᆷ 일이니잇가?”

어ᄉᆡ(御史ㅣ) 쇼왈(笑曰),

“나지 왕ᄉᆡᆼ(-生)이 왓거ᄂᆞᆯ 하 과심코 믜워 여ᄎᆞ여ᄎᆞ(如此如此) 꾸짓다가 도로혀 졔 알피 견ᄎᆡᆨ(見責)520)

· ·

90면

ᄒᆞ고 ᄇᆡᆨ형(伯兄)과 이보 등(等)지이 다 그ᄅᆞ다 ᄒᆞ더니 앗가 야야(爺爺)긔 ᄃᆡᄎᆡᆨ(大責)을 듯ᄌᆞ와시니 아니 원통(冤痛)ᄒᆞ냐?”

쇼졔(小姐ㅣ) 아미(蛾眉)521)ᄅᆞᆯ 슈기고 탄식(歎息) 왈(曰),

“거게(哥哥ㅣ) 부졀업시 ᄒᆞ여 겨시이다. 뎌 왕개(-哥ㅣ) ᄒᆞᆫ낫 광ᄀᆡᆨ(狂客)522)이어ᄂᆞᆯ 결워 말ᄉᆞᆷ을 ᄒᆞ시뇨?”

어ᄉᆡ(御史ㅣ) 텽파(聽罷)의 크게 웃고 왈(曰),

“너의 말은 너모 심(甚)토다. 왕낭(-郎)이 당당(堂堂)ᄒᆞᆫ 옥인(玉人) 긔남ᄌᆞ(奇男子)어ᄂᆞᆯ 엇지 광쟈(狂者)의 비기ᄂᆞ뇨?”

쇼졔(小姐ㅣ) 왈(曰),

“ᄒᆡᆼ실(行實)이 그러ᄐᆞᆺ ᄒᆞ니 밋치나 다르리잇가?”

ᄒᆞ더라.

---

518) 슈ᄎᆡᆨ(受責): 수책. 책망을 들음.
519) 우분(憂憤): 근심하고 분함.
520) 견ᄎᆡᆨ(見責): 견책. 꾸짖음을 당함.
521) 아미(蛾眉): 누에나방의 눈썹이라는 뜻으로, 가늘고 길게 굽어진 아름다운 눈썹을 이르는 말. 미인의 눈썹을 이름.
522) 광ᄀᆡᆨ(狂客): 광객. 미친 사람 또는 말이나 짓이 상리(常理)에 벗어난 사람.

왕싱(-生)이 도라가 부야흐로 쇼져(小姐)의 다른 뜻 업스믈 슷치고 깃브믈 이긔지 못ㅎ야 그 유병(有病)ㅎ믈 우려(憂慮)ㅎ고 과연(果然) 듕

· ·

91면

샹(重傷)ㅎ엿더니 진실노(眞實-) 스지(四肢)룰 쓰지 못ㅎ눈가 초조(焦燥)ㅎ디 알 길이 업셔 민면(憫面)[523]ㅎ고 왕 공(公)은 다른 딕 구친(求親)코주 ㅎ거놀 싱(生)이 구지 밀막아[524] 듯지 아니ㅎ니 공(公)이 훌일업셔 드듸여 그치니,

싱(生)이 크게 깃거 이에 가마니 쇼출(小札)[525]노 그 져져(姐姐)의게 니(李) 시(氏) 병(病)의 경듕(輕重)을 무르니 왕 쇼졔(小姐ㅣ) 쏘훈 믹이 너기눈 고(故)로 딕답(對答)ㅎ딕,

"의원(醫員)이 날마다 딕령(待令)ㅎ야 침약(鍼藥)을 아닛눈 비 업스딕 좌우(左右)룰 쓰지 못ㅎ니 쇼괴(小姑ㅣ) 만일(萬一) 싱도(生道)룰 엇지 못훌진딕 니 쟝츳(將次人) 무슴 눗츠로 이곳의 이시리오?"

ㅎ여시니 싱(生)이 과연(果然)ㅎ야 근심이 만

· ·

92면

복(滿腹)ㅎ고 샹스(相思) 일념(一念)이 시시(時時)로 밍동(萌動)[526]ㅎ디 능히(能-) 훌 일이 업셔 다만 깁히 드러 공부(工夫)룰 츅실(着實)

---

523) 민면(憫面): 민망하고 면구스러움.
524) 밀막아: 말려.
525) 쇼출(小札): 소찰. 편지.
526) 밍동(萌動): 맹동. 어떤 생각이나 일이 일어나기 시작함.

이 흐더라.

남공(-公)이 왕싱(-生)을 남으라미 아니로디 그 녀식(女色)을 듕(重)히 너겨 톄면(體面) 일흐믈 블쾌(不快)히 너기고 쏘 션데(先帝)[527] 삼년(三年)이 지나디 못흐여시믈 구인(拘礙)[528] 흐야 일졀(一切) 혼亽(婚事)다히 말을 아니흐니 쇼졔(小姐ㅣ) 가쟝 다힝(多幸) 흐야 듀야(晝夜) 모친(母親) 겨틱 이셔 일시(一時)롤 떠나지 아니코 듕인(衆人) 듕(中) 노돈니지 아니니 이는 그 여러 군종(群從)[529] 거거(哥哥) 등(等)의 호방(豪放)혼 보치이믈 붓그리고 괴로이 너기미라. 댱 부인(夫人)이 더욱 인지듕지(愛之重之)흐야 안주미 슬하(膝下)의 두고 누으미 품

93면

의 품어 ᄉ랑혼 졍(情)이 간간(懇懇)[530] 흐고 공(公)이 주로 드러와 무인(撫愛)[531] 흐믈 강보영익(襁褓嬰兒)[532] 가치 흐니 쇼졔(小姐ㅣ) 일신(一身) 영화(榮華)로오미 미진(未盡)흐미 업ᄉ니 몽미(夢寐)의나 녀 왕싱(-生)을 개렴(介念)[533] 흐리오.

일일(一日)은 쇼데(小姐ㅣ) 왕 쇼져(小姐) 침쇼(寢所)의 가 박혁(博奕)[534] 담쇼(談笑)로 즐기더니, 이찌 모츈(暮春)[535]이라 뉴 부인(夫

527) 션데(先帝): 선제. 돌아가신 황제.
528) 구인(拘礙): 구애. 거리끼거나 얽매임.
529) 군종(群從): 뭇 사촌.
530) 간간(懇懇): 정성스러움.
531) 무인(撫愛): 무애. 어루만지며 사랑함.
532) 강보영익(襁褓嬰兒): 강보영아. 아직 걷지 못하여 포대기에 싸서 기르는 어린아이.
533) 개렴(介念): 개념. 어떤 일 따위를 마음에 두고 생각하거나 신경을 씀.
534) 박혁(博奕): 장기와 바둑.
535) 모츈(暮春): 모춘. 늦은 봄. 음력 3월.

人)이 후당(後堂)의 완화(玩花)536)ᄒ시믈 인(因)ᄒ야 모든 녀ᄌ(女子)를 다 모호니,

왕 쇼졔(小姐ㅣ) 쏘혼 니러나고 쇼졔(小姐ㅣ) 홀노 셔안(書案)의 비겨 『녜긔(禮記)』537)를 술피더니, 마춤 왕싱(-生)이 니르러 져져(姐姐)긔 뵈오믈 쳥(請)ᄒ니 져근 시녀(侍女) 쵸옥이 쳘을 몰으고 왕싱(-生)을 인도(引導)ᄒ야 당듕(堂中)의 니르미 싱(生)이 문(門)을

· ·

94면

녀니 져져(姐姐)ᄂ 보지 못ᄒ고 필듀 쇼졔(小姐ㅣ) 셔안(書案)을 디(對)ᄒ야 글을 보다가 싱(生)을 보고 디경(大驚)ᄒ야 몸을 니러셔거ᄂᆞᆯ 왕싱(-生)이 쏘혼 놀나ᄂ 오미ᄉ복(寤寐思服)538)던 가인(佳人)을 만나 ᄎᆞ마 더지고 갈 의ᄉ(意思ㅣ) 업셔 졀ᄒ디 쇼졔(小姐ㅣ) 만신(滿身)이 침샹(針上)539)의 안즌 ᄃᆞᆺᄒ야 능히(能-) 움죽이지 못ᄒ거ᄂᆞᆯ 싱(生)이 부지블각(不知不覺)540)의 나아가 셤슈(纖手)를 닦고 탄식(歎息) 왈(曰),

"쇼싱(小生)은 쇼져(小姐)를 위(爲)ᄒ 졍(情)이 금셕(金石)541) 갓거ᄂᆞᆯ 쇼졔(小姐ㅣ) 바리믈 헌542) 신갓치 ᄒ고 다시 용납(容納)ᄒᆯ 뜻이 젹으니 이 엇진 일이뇨? 싱(生)이 그디로 동방(洞房)543)의 디례(大禮)

---

536) 완화(玩花): 꽃을 구경함.

537) 『녜긔(禮記)』: 『예기』. 오경(五經) 중의 하나로, 진한(秦漢) 시대의 고례(古禮)에 관한 말을 수록한 책.

538) 오미ᄉ복(寤寐思服): 오매사복. 자나 깨나 늘 그리워함.

539) 침샹(針上): 침상. 바늘 위.

540) 부지블각(不知不覺): 부지불각. 자신도 모르는 결.

541) 금셕(金石): 금석. 쇠붙이와 돌이라는 뜻으로 매우 단단한 것을 비유한 말.

542) 헌: [교] 원문에는 '허'로 되어 있으나 문맥을 고려해 규장각본(24:64)과 연세대본(24:94)을 따름.

543) 동방(洞房): 신방.

룰 힝(行)치 못ᄒ여시나 젼일(前日) 일방(一房)의 동슉(同宿)ᄒ야 부부지도(夫婦之道)

룰 다ᄒ엿시니 이제 다ᄃ라 시로이 슈렴(收斂)544)홀 비 아니라. 쳥(請)컨디 좀간(暫間) 안ᄌ 졍회(情懷)룰 니ᄅ미 엇더뇨?"

쇼졔(小姐ㅣ) 일즉 쳐엄으로 왕싱(-生)의 호방(豪放)ᄒ 숀씨545)룰 지니고 그 후(後) 싱각ᄒ면 시시(時時)로 넉시 놀납고 꿈의 븰가 금즉이 너기던디 쳔만의외(千萬意外)의 다시 만나 숀을 잡고 ᄂᆞᆺ출 갓가이 ᄒ며 몸을 결우ᄂᆞᆫ 졍ᄐᆡ(情態)546)룰 디(對)ᄒ니 몸이 만댱(萬丈) 굴헝의 ᄲᅡ진 ᄃᆞᆺ 놀ᄂᆞ오미 머리의 급(急)ᄒᆞᆫ 벽녁(霹靂)547)이 ᄂᆞ려진 ᄃᆞᆺᄒ고 ᄯᅩ ᄃᆡ로(大怒)ᄒ야 년망(連忙)이 ᄲᅳ리친ᄃᆞᆯ 어ᄃᆡ 가 햐슈(下手)548)ᄒ리오. 능히(能-) 홀 일이 업고 난간(欄干)의 시녀(侍女)의 무리 가득ᄒ여시니 발

악(發惡)지 못ᄒ야 다만 안식(顔色)을 싁싁이 ᄒ고 굴오디,

"군ᄌᆡ(君子ㅣ) 엇던 사ᄅᆞᆷ이완디 이디도록 무례(無禮)ᄒ시뇨?"

---

544) 슈렴(收斂): 수렴. 심신을 다잡음.
545) 숀씨: 솜씨.
546) 졍ᄐᆡ(情態): 정태. 어떤 일의 사정과 상태.
547) 벽녁(霹靂): 벽력. 날벼락.
548) 햐슈(下手): 하수. 손을 씀.

왕싱(-生)이 츄연(惆然)549) 탄왈(嘆曰),

"복(僕)550)이 쏘훈 붉히 아는 비로디 졍(情)이 뉴동(流動)ᄒ니 능히551)(能-) 녜(禮)를 도라보지 못ᄒ미라 ᄌ(子)는 고이(怪異)히 너기지 말나. ᄌ(子ㅣ) 이제 텬황지로(天荒地老)552)ᄒ나 싱(生)의 안히어늘 엇진 고(故)로 길ᄉ(吉事)를 늣츄고 거즛 병(病)들믈 칭탁(稱託)553)ᄒᄂ뇨?"

쇼졔(小姐ㅣ) 뎌의 거동(擧動)이 ᄌ가(自家)를 두리고 수는 안히쳐로 굴믈 어히업고 노(怒)ᄒ미 극(極)ᄒ야 불연(勃然)554)이 안식(顔色)을 변(變)ᄒ고 왈(曰),

"군ᄌ(君子ㅣ) ᄉ류(士類)의 몸으로 이 엇진 거죄(擧措ㅣ)뇨? 젼일(前日) 피치(彼此ㅣ) 무심듕(無心中) 실톄(失體)ᄒ미

· ·

97면

이제 싱각홀ᄉ록 훈심(寒心)ᄒ거늘 ᄆ음을 고쳐 가다듬지 아니코 엄연(奄然)이555) 니실(內室)의 드러와 남의 녀ᄌ(女子)를 디(對)ᄒ야 언ᄉ(言辭ㅣ) 픠만(悖慢)556)ᄒ믄 니르도 말고 블측(不測)557)훈 거동(擧動)이 쳡(妾)을 샹님(桑林)558) 쳔녀(賤女)가치 너기니 당당(堂堂)이

---

549) 츄연(惆然): 추연. 슬퍼하는 모양.
550) 복(僕): 남자가 자신을 낮추어 부르는 말.
551) 히: [교] 원문에는 '훠'로 되어 있으나 문맥을 고려해 규장각본(24:65)과 연세대본(24:96)을 따름.
552) 텬황지로(天荒地老): 천황지로. 하늘이 무너지고 땅이 다함.
553) 칭탁(稱託): 사정이 어떠하다고 핑계를 댐.
554) 불연(勃然): 발연. 왈칵 성을 내는 모양.
555) 엄연(奄然)이: 매우 급작스러운 모양. 갑자기.
556) 픠만(悖慢): 패만. 사람됨이 온화하지 못하고 거칠며 거만함.
557) 블측(不測): 불측. 생각이나 행동 따위가 괘씸하고 엉큼함.
558) 샹님(桑林): 상림. 뽕나무 숲이라는 뜻으로 남녀가 은밀히 만나는 장소를 이름.

주결(自決)ᄒᆞ야 이 욕(辱)을 감심(甘心)559)치 아니리라."

싱(生)이 흔연(欣然)이 웃고 팔을 어ᄅᆞ만져 굴오ᄃᆡ,

"임의 그ᄃᆡ 니 손의 술을 피(避)치 못ᄒᆞ엿던 거시니 ᄒᆞᆫ 번(番) 그리ᄒᆞ나 두 번(番) 이리ᄒᆞ나 무어시 관겨(關係)ᄒᆞ리오? 만일(萬一) 길ᄉᆞ(吉事)ᄅᆞᆯ 슈이 ᄐᆡᆨ(擇)ᄒᆞ라 허락(許諾)ᄒᆞᆯ진ᄃᆡ 니 즉시(卽時) 노코 도라가리라."

쇼졔(小姐ㅣ) 더옥 ᄃᆡ로(大怒)ᄒᆞ야 신식(神色)560)이 춘 ᄌᆡ 가ᄐᆞ여

98면

굴오ᄃᆡ,

"당당(堂堂)ᄒᆞᆫ 뉵녜(六禮)561) 빅냥(百兩)562)ᄒᆞᆫ 부뷔(夫婦ㅣ)라도 빅듀(白晝)의 친이(親愛)ᄒᆞ지 못ᄒᆞ거ᄂᆞᆯ 나는 타문(他門) 녀ᄌᆞ(女子)오, 군ᄌᆞ(君子)ᄂᆞᆫ 방외(房外) 남지(男子ㅣ)니 금일(今日) 경식(景色)563)이 댱ᄎᆞ(將次ㅅ) 무슴 변(變)이뇨? 혼녜(婚禮) 길ᄉᆞ(吉事)ᄂᆞᆫ 부뫼(父母ㅣ) 듀댱(主張)ᄒᆞ실 일이어든 규듕(閨中) ᄋᆞ녀지(兒女子ㅣ) 알 비 아니라

---

559) 감심(甘心): 괴로움이나 책망을 달게 여김.

560) 신식(神色): 신색. 안색.

561) 뉵녜(六禮): 육례. 『주자가례』를 따른 혼인의 여섯 가지 의식. 곧 납채(納采)·문명(問名)·납길(納吉)·납징(納徵)·청기(請期)·친영(親迎)을 말함. 납채는 신랑 집에서 청혼을 하고 신부 집에서 허혼(許婚)하는 의례이고, 문명은 납채가 끝난 뒤에 남자 집의 주인(主人)이 서신을 갖추어 사자를 여자 집에 보내어 여자의 생모(生母)의 성(姓)을 묻는 의례며, 납길은 문명한 것을 가지고 와서 가묘(家廟)에 점쳐 얻은 길조(吉兆)를 다시 여자 집에 보내어 알리는 의례고, 납징은 남자 집에서 여자 집에 빙폐(聘幣)를 보내어 혼인의 성립을 더욱 확실하게 해주는 절차이며, 청기는 성혼(成婚)의 길일(吉日)을 정하는 의례이고, 친영은 신랑이 신부 집에 가서 신부를 맞이하여 신랑 집에 돌아오는 의례.

562) 빅냥(百兩): 백량. 신부를 맞아 오는 일. 백 대의 수레로 신부를 맞이한다 하여 이와 같이 씀. 『시경(詩經)』, <작소(鵲巢)>에 "새아씨가 시집옴에 백량으로 맞이하도다. 之子于歸, 百兩御之."라는 구절이 있음.

563) 경식(景色): 경색. 광경.

군(君)이 추마 쳡(妾)을 니디도록 욕(辱)ᄒ고 무슴 ᄂᆞᆺ추로 텬일(天日)을 보려 ᄒᄂᆞ뇨?"

왕싱(-生)이 디왈(對曰),

"그딕 갓튼 국식(國色)을 ᄒᆞᆫ 번(番) 친(親)ᄒ고 듁다 무슴 흔(恨)이 이시리오? 그딕 만일(萬一) 아니 허락(許諾)ᄒᆞᆯ진딕 홍뎜(紅點)을 이제 멸(滅)ᄒ리니 그딕 비록 녀력(膂力)564) 이 과인(過人)565) ᄒ나 니 슈듕(手中)의 버셔날가 시부냐?"

쇼졔(小姐ㅣ) 추언(此言)을 듯고 분

. .

99면

긔(憤氣) 엄이(奄藹)566) ᄒ야 긔운(氣運)이 혼미(昏迷)567) ᄒ거ᄂᆞᆯ 싱(生)이 놀나 즉시(卽時) 노코 도라가니 이ᄂᆞᆫ 졔싱(諸生)이 혹(或) 알가 두리미라.

쇼졔(小姐ㅣ) 반향(半晌)568) 후(後) 겨유 졍신(精神)을 츌혀 시로이 심신(心身)이 썰니고 혼빅(魂魄)이 나라나 듁고져 ᄒ딕 ᄯᅩ 능히(能-) 못 ᄒ고 이곳의 온 둘 쳔(千) 번(番) 뉘웃츤들 쇽졀 이시리오. ᄒᆞᆫ갓 유유(幽幽)569) 히 함흔(含恨)570) 탄식(歎息)고 즉시(卽時) 모친(母親) 침쇼(寢所)의 니ᄅᆞ러 두문블츌(杜門不出)ᄒ고 다시 나단니지 아니나 시시(時時)로 왕싱(-生)의 거동(擧動)을 싱각ᄒᆞᆫ죽 만신(滿身)이 썰니

---

564) 녀력(膂力): 여력. 육체적인 힘.
565) 과인(過人): 남보다 뛰어남.
566) 엄이(奄藹): 엄애. 갑자기 기운이 막힘.
567) 혼미(昏迷): 의식이 흐림.
568) 반향(半晌): 반나절.
569) 유유(幽幽): 그윽한 모양.
570) 함흔(含恨): 함한. 한을 머금음.

기룰 마지아니ᄒ더라.

왕싱(-生)이 도라가 쇼져(小姐)의 병(病)드다 ᄒ미 허언(虛言)인 둘
씨둣고 그 옥모염ᄐ(玉貌艷態)[571]룰 다

시 보미 더옥 ᄉ모(思慕)ᄒ미 미칠 둧ᄒ야 그 종형(從兄) 왕긔룰 보
니여 혼인(婚姻)을 슈이 일우게 ᄒ믈 쳥(請)ᄒ니 왕 한님(翰林)이 웃
고 왈(曰),

"하룸공(--公) 고집(固執)은 니 ᄌ쇼(自少)로 아ᄂ니 혼인(婚姻)이
필경(畢竟) 되기ᄂ 되려니와 슈이 될 니(理)ᄂ 업ᄉ니 니 비록 쇼진
(蘇秦), 댱의(張儀)[572] 구변(口辯)이 이시나 엇지 ᄒ리오?"

왕싱(-生) 왈(曰),

"형(兄)이 니경문을 보시고 줄 조어(措語)[573]ᄒ샤 왕(王)이 하룸공
(--公)을[574] 개유(開諭)[575]ᄒ면 혼시(婚事ㅣ) 슈이 되리니 쥬션(周
旋)[576]ᄒ시미 형댱(兄丈)긔 잇ᄂ니다."

왕 한님(翰林) 왈(曰),

"어렵지 아니ᄒ디 니경문이 위인(爲人)이 심(甚)히 쳥한(淸閑)[577]

---

571) 옥모염ᄐ(玉貌艷態): 옥모염태. 옥처럼 빼어난 모습과 아름다운 자태.
572) 쇼진(蘇秦), 댱의(張儀): 소진, 장의. 중국 전국시대의 변론가인 소진(蘇秦, ?-?)과 장의(張儀,
?-B.C.309)를 이름. 소진은 합종(合從)을, 장의는 연횡(連橫)을 주장했음. 합종은 서쪽의 강국 진
(秦)나라에 대항하기 위하여 남북으로 위치한 한·위·조·연·제·초의 여섯 나라가 동맹하자
는 것이고, 연횡은 진나라가 이들 여섯 나라와 횡(橫)으로 각각 동맹을 맺어 화친하자는 것임.
573) 조어(措語): 말을 맞춤.
574) 을: [교] 원문과 연세대본(24:100)에는 '이'로 되어 있으나 문맥을 고려해 규장각본(24:68)을
따름.
575) 개유(開諭): 사리를 알아듣도록 타이름.
576) 쥬션(周旋): 주선. 일이 잘되도록 여러 가지 방법으로 힘씀.
577) 쳥한(淸閑): 청한. 맑고 깨끗하며 한가함.

낙낙(落落)578)ᄒᆞ야 셰쇽(世俗) 번요579)(煩擾)580)를 비쳑(排斥)ᄒᆞ니
이런 일을 힘쓰지 아니면

. .

101면

엇지ᄒᆞ리오?"

왕싱(-生) 왈(曰)

"되ᄂᆞ 못 되ᄂᆞ 형댱(兄丈) 힘 가지셔 도라보쇼셔. 쇼뎨(小姐ㅣ) 만
일(萬一) 니(李) 시(氏)를 슈이 엇지 못ᄒᆞᆯ진디 샹명(喪命)581)ᄒᆞ미 쉽
올쇼이다."

한님(翰林)이 웃고 허락(許諾)ᄒᆞ니 왕싱(-生)이 디희(大喜)ᄒᆞ더라.

왕 한님(翰林)이 이의 니부(李府)의 니르러 능후(-侯)를 ᄎᆞᄌᆞ보고
죵용(從容)이 한담(閑談)ᄒᆞ더니 한님(翰林)이 문왈(問曰),

"죵뎨(從弟) 나히 약관(弱冠)이 거의오 긔골(氣骨)이 쟝셩(壯盛)ᄒᆞ
니 남교(藍橋)582)의 기럭이를 뎐(奠)ᄒᆞ미 홀니 밧브디 존부(尊府)의
셔 엇지 틱일(擇日)ᄒᆞᄂᆞ 거죄(擧措ㅣ) 업ᄂᆞ뇨?"

능휘(-侯ㅣ) 디왈(對曰),

"쇼미(小妹) 일쥭 유병(有病)ᄒᆞ고 슉뷔(叔父ㅣ) 왕ᄌᆞ(-子)의 방일
(放逸)583)ᄒᆞᆷ믈 미안(未安)이 너기시니 엇지 친영(親迎)584)을 일우리

---

578) 낙낙(落落): 낙락. 작은 일에 얽매이지 않고 대범함.
579) 요: [교] 원문과 규장각본(24:68), 연세대본(24:100)에 모두 '오'로 되어 있으나 문맥을 고려해
    이와 같이 수정함.
580) 번요(煩擾): 번거롭고 요란스러움.
581) 샹명(喪命): 상명. 목숨을 잃음.
582) 남교(藍橋): 중국 섬서성(陝西省) 남전현(藍田縣) 동남쪽에 있는 땅. 배항(裴航)이 남교역(藍橋
    驛)을 지나다가 선녀 운영(雲英)을 만나 아내로 맞고 뒤에 둘이 함께 신선이 됨. 당나라 배형
    (裴鉶)의 『전기(傳奇)』에 이야기가 실려 있음.
583) 방일(放逸): 제멋대로 거리낌 없이 방탕하게 놂.

오?"

한님(翰林) 왈(曰),

"죵뎨(從弟) 방ᄌᆞ(放恣)ᄒᆞᆫ 죄(罪) 이시나 이 ᄯᅩ 알고 ᄌᆞᆫ 일이 아니오, 녕ᄆᆡ(令妹) 일이 져ᄇᆞ리지 못ᄒᆞ게 되엿거ᄂᆞᆯ 일편도이 증염(憎厭)585)ᄒᆞ야 엇지ᄒᆞ리오? 슉뷔(叔父ㅣ) ᄒᆞᆫ 눗 며ᄂᆞ리 보시기 더디니 가댱 우민(憂悶)586)ᄒᆞ샤 눌노 ᄒᆞ여금 녕존디왕(令尊大王)긔 이 쇼유(所由)ᄅᆞᆯ 고(告)ᄒᆞ고 혼인(婚姻)이 슈이 되게 쳥(請)ᄒᆞ라 ᄒᆞ시니 이보ᄂᆞᆫ 듀션(周旋)ᄒᆞ미 엇더뇨?"

능휘(-侯ㅣ) 침음(沈吟)587) 냥구(良久)의 눌호여 니로디,

"녕뎨(令弟) 쇼실(所實)은 드럼 즉지 아닌지라 다시 거더지588) 말나. 만일(萬一) 군ᄌᆞ유힝(君子攸行)589)이 이실진디 비ᄌᆞ(婢子)ᄅᆞᆯ 암통(暗通)590)ᄒᆞᄂᆞᆫ 거죄(擧措ㅣ) 이시며 ᄯᅩ 톄면(體面) 업시 구타(毆打)ᄒᆞ미 올ᄒᆞ리오? 아ᄆᆡ(阿妹ㄴ) 둘 아지 못

ᄒᆞ고 ᄒᆞ여시나 극(極)히 한심(寒心)ᄒᆞ니 슉뷔(叔父ㅣ) 쇼ᄆᆡ(小妹)로ᄡᅥ

---

584) 친영(親迎): 친히 맞이함. 혼례의 여섯 가지 의식 중 신랑이 신부 집에 가서 신부를 맞이하여 신랑 집에 돌아오는 의례.
585) 증염(憎厭): 미워하고 싫어함.
586) 우민(憂悶): 근심하고 번민함.
587) 침음(沈吟): 한참을 깊이 생각함.
588) 거더지: 언급하지.
589) 군ᄌᆞ유힝(君子攸行): 군자유행. 군자가 행하는 바. 『주역(周易)』, 곤괘(坤卦), 단사(彖辭)에 나오는 구절.
590) 암통(暗通): 몰래 간통함.

다른 곳을 싱각ᄒ시미 아니로디 그 허랑(虛浪)ᄒ믈 맛당이 아니 너기셔 그 기과(改過)키를 기ᄃ리시고 ᄯᅩ 션뎨(先帝) 삼년(三年)이 지ᄂ지 아냐시니 혼인디ᄉ(婚姻大事)를 디닐 ᄣᅵ 아니라 형(兄)은 녕뎨(令弟)ᄃ려 닐너 슈심셥ᄒᆼ(修心攝行)591) ᄒ기 브즈런이 ᄒ고 어즈러이 념녀(念慮)를 말나 ᄒ라."

셜파(說罷)의 긔위(氣威)592) 침엄(沈嚴)593)ᄒ니 왕싱(-生)이 칭샤(稱謝) 왈(曰),

"이보의 말ᄉᆷ이 극(極)ᄒᆫ 정논(正論)이라 쇼뎨(小弟) 항복(降伏)ᄒ노라. 연(然)이나 션뎨(先帝) 쇼긔(小朞)594) 머지아냐 겨시고 슉뷔(叔父ㅣ) 독ᄌ(獨子)로ᄡᅥ 가취(嫁娶)595) 긔약(期約)596)이 느ᄌ믈 민망(憫惘)이 너기시ᄂ니 이보ᄂ 일

104면

편도이 뇌 아을 칙(責)지 말고 도모(圖謀)ᄒ야 듀믈 ᄇ라노라."

능휘(-侯ㅣ) 미쇼(微笑) 왈(曰),

"쇼제(小弟) 본ᄃ(本-) 쇼흑(所學)이 용녈(庸劣)ᄒ야 어룬의게 범남(氾濫)597)ᄒᆫ 말ᄉᆷ ᄒ기를 못 ᄒᄂ 듕(中) 슉부(叔父)의 쳥한(淸閑)ᄒ시미 셰속(世俗) 이런 그윽ᄒ고 음밀(陰密)598)ᄒᆫ 일을 ᄡᅥ리시ᄂ니 녕

591) 슈심셥ᄒᆼ(修心攝行): 수심섭행. 마음을 닦고 행동을 다잡음.
592) 긔위(氣威): 기위. 기운과 위엄.
593) 침엄(沈嚴): 진중하고 엄숙함.
594) 쇼긔(小朞): 소기. 사람이 죽은 지 1년 만에 지내는 제사.
595) 가취(嫁娶): 가취. 혼인.
596) 긔약(期約): 기약. 때를 정하여 약속함. 또는 그런 약속.
597) 범남(氾濫): 범람. 제 분수에 넘침.
598) 음밀(陰密): 숨어 있어서 겉으로 드러나지 아니함.

슉(슉叔)이 듕미(中媒)로 다시 구혼(求婚)ᄒ시거ᄂ 친(親)히 와셔 쳥
(請)ᄒ시거ᄂ ᄒ미 올흐니 쇼뎨(小弟) 엇지 알니오? 형(兄)은 졈지 아
닌 아히(兒孩) 방탕(放蕩)ᄒ 죵뎨(從弟) 쳥(請) 듯고 분듀(奔走)ᄒ믄
엇디오?"

한님(翰林)이 미쇼(微笑) 왈(曰),

"죵졔(從弟)ᄂ 일죽 혼 말도 날드려 ᄒ미 업거놀 이 엇진 말이뇨?
슉부(叔父) 명(命)으로 그디의

· ·

105면

게 의논(議論)ᄒ려 혼 거시 그디 뉴슈언변(流水言辯)599)의 견피(見
敗)600)혼괘라."

능휘(-侯ㅣ) 쇼이디왈(笑而對曰),

"쇼뎨(小姐ㅣ)ᄂ 본디(本-) 둔질(鈍質)601)이어놀 언변(言辯)이 잇다
ᄒᄂ뇨?"

한님(翰林)이 웃고 다른 말 ᄒ더니,

이윽고 한님(翰林)이 도라간 후(後) 휘(侯ㅣ) 니당(內堂)의 드러가
모친(母親)긔 뵈옵고 봉각(-閣)의 니르니, 이씨 녀ᄋ(女兒ㅣ) 돌시 지
낫ᄂ 고(故)로 힝쥬(行走)602)ᄒ기를 ᄲ니 ᄒ고 말쏨 낭낭(朗朗)이 ᄒ
며 ᄯ 얼골이 긔이(奇異)ᄒ미 비(比)홀 곳이 업거놀 부친(父親)의 오
믈 보고 나ᄂ ᄃ시 니러 ᄋᆲ히 와 금포(錦袍) ᄌ락의 ᄲᆞ이고 이러603)

599) 뉴슈언변(流水言辯): 유수언변. 물이 흐르는 것처럼 잘하는 말.
600) 견피(見敗): 견패. 패배를 당함.
601) 둔질(鈍質): 자질이 둔함.
602) 힝쥬(行走): 행주. 걷고 달리기.
603) 이러: 어리광.

ᄒ며 교ᄐᆡ(嬌態)ᄒᄂᆞᆫ 거동(擧動)이 가초 졀묘(絕妙)ᄒᆞᆫ지라. 휘(侯ㅣ) 비록 침엄(沈嚴)ᄒᆞ나 이듕(愛重)[604]ᄒᆞ믈

ᄎᆞᆷ지 못ᄒᆞ야 나호여 안고 좌뎡(坐定)ᄒᆞ미 웅닌과 샹닌이 ᄯᅩᄒᆞᆫ 일시(一時)의 ᄃᆞ라드러 녑녑(獵獵)히[605] 안기이ᄂᆞᆫ지라 휘(侯ㅣ) 옥면(玉面) 봉안(鳳眼)의 희긔(喜氣) 가득ᄒᆞ야 각각(各各) 어ᄅᆞ만뎌 유희(遊戲)ᄒᆞ디 부인(夫人)이 혼편(-偏)의 단졍(端正)이 안주 눈을 드지 아니커ᄂᆞᆯ 휘(侯ㅣ) 쇼이문왈(笑而問曰),

"인ᄉᆡᆼ(人生) 빅(百) 년(年)이 플ᄭᅩᄐᆡ 이슬 가ᄐᆞ니 오늘날 이 가ᄐᆞᆫ 주미로온 거동(擧動)을 디(對)하야 만ᄉᆞ(萬事ㅣ) 여의(如意)ᄒᆞ디 부인(夫人)은 무단무려(無端無慮)[606]ᄒᆞ미 ᄐᆡ고(太古)젹 사름 가ᄐᆞ뇨?"

부인(夫人)이 졍ᄉᆡᆨ(正色) 디왈(對曰),

"주식(子息)이론 거시 이시미 밉지 아닐 ᄯᆞ롬이라 그디도록 탐탐(耽耽)[607]이 어엿브도록 ᄒᆞ리오?"

휘(侯ㅣ) 미소(微笑) 왈(曰),

"과연(果然) 모딘 녀지(女子ㅣ)로다. 녀ᄋᆞ(女兒)의 이러틋 긔특(奇

---

604) 이듕(愛重): 애중. 깊이 사랑함.
605) 녑녑(獵獵)히: 엽렵히. 가볍고 부드럽게.
606) 무단무려(無端無慮): 사유도 없고 염려도 없음.
607) 탐탐(耽耽): 깊고 그윽한 모양.

特) 졀묘(絶妙)ᄒᆞ믈 노인(路人)608) 보둣 ᄒᆞ니 ᄌᆞ식(子息)의게 이럿툿 박(薄)ᄒᆞ거든 가부(家夫)의게야 니ᄅᆞ리오?"

부인(夫人)이 졍식(正色) 왈(曰),

"쏠ᄌᆞ식(-子息)은 본ᄃᆡ(本-) 부모(父母)를 욕(辱)먹일 거시라 ᄉᆞ랑이 브졀업지 아니리오?"

휘(侯ㅣ) 무심(無心)코 쇼왈(笑曰),

"고이(怪異)ᄒᆞᆫ 말 말나. 쏠이면 구ᄐᆡ여 어버609)이룰 욕(辱)먹이리오? 니 극튁(極擇)ᄒᆞ야 종요로온 ᄉᆞ회룰 어드리니 무슴 ᄒᆞ라 욕(辱)먹두록 ᄒᆞ리오?"

부인(夫人)이 안셔(安舒)610)히 골오ᄃᆡ,

"구ᄐᆡ여 ᄉᆞ회라고 악부모(岳父母)611)룰 다 욕(辱)ᄒᆞ리잇가마ᄂᆞᆫ 쳡(妾)은 사름의 쏠노 부모(父母)긔 블효(不孝)ᄂᆞᆫ 니ᄅᆞ도

. .

108면

말고 무고(無故)612)ᄒᆞᆫ 욕언(辱言)을 하 드ᄅᆞ시게 ᄒᆞ여시니 ᄎᆞ고(此故)로 쳡(妾)은 더옥 쏠을 원슈(怨讎)로 아ᄂᆞ이다."

셜파(說罷)의 능휘(-侯ㅣ) 미쇼(微笑)ᄒᆞ고 즉시(卽時) 밧그로 나가니 난혜 좌(座)의 잇ᄃᆞ가 골오ᄃᆡ,

"쥬군(主君)이 아니 우으시니잇가? 부인(夫人)의게 견픽(見敗)ᄒᆞ셔

---

608) 노인(路人): 길을 지나는 사람.
609) 버: [교] 원문에는 이 글자가 없으나 문맥을 고려해 규장각본(24:72)과 연세대본(24:107)을 따라 첨가함.
610) 안셔(安舒): 안서. 편안하고 조용함.
611) 악부모(岳父母): 장인과 장모.
612) 무고(無故): 까닭 없음.

말디답(對答)기 슬흐신가 ᄒ야 ᄂ가시ᄂ이다."

쇼제(小姐 |) 눈을 흘녀 보며 왈(曰),

"군지(君子 |) 엇지 ᄂ의게 견피(見敗)ᄒ시리오? 엇지 마춤 셩이 아니 ᄂ미 슌(順)히 나가시나 그 셩곳 나더면 ᄯᅩ 네가 되엿거나 유뫼(乳母 |) 미룰 맛거나 ᄒ여시리라."

난혜 크게 웃고 ᄋ쇼져(兒小姐)룰 어ᄅ만져 왈(曰),

"이리 어엿븐 네 거동(擧動)을

109면

보시다 이제야 쇼져(小姐)룰 엇지 ᄒ시랴?"

소제(小姐 |) 추언(此言)을 듯고 미쇼(微笑) 왈(曰),

"만일(萬一) 니 죄(罪) 이실진디 여ᄋ(女兒)의 ᄂ츨 보미 쉽오리오?"

이러 굴 졔 ᄐ부(太傅 |) 거룸을 머츄워 ᄌ시 듯고 그윽이 웃고 나가더라.

이ᄯᅵ 왕 한님(翰林)이 도라가 왕싱(-生)ᄃ려 ᄌ시 니ᄅ니 싱(生)이 아연(啞然)[613]ᄒ야 답(答)디 아니코 추후(此後) 만시(萬事 |) 무심(無心)ᄒ야 듀야(晝夜) 미우(眉宇)[614]룰 싱긔여 근심ᄒ믈 마지아니니 왕공(公)이 ᄒ ᄂ ᄋᄌ(兒子)의 져 가ᄐ믈 민망(憫惘)ᄒ야,

일일(一日)은 니부(李府)의 니ᄅ러 녀ᄋ(女兒)룰 보고 셔헌(書軒)의 나가 남공(-公) 등(等)으로 말ᄉᆷᄒ더니 냥구(良久) 후(後) 참졍(參政)이 남공(-公)을 향(向)ᄒ야

---

613) 아연(啞然): 너무 놀라거나 어이가 없어서 또는 기가 막혀서 입을 딱 벌리고 말을 못 하는 모양.
614) 미우(眉宇): 이마의 눈썹 근처.

ᄋᆞᄌᆞ(兒子)의 실톄(失體)⁶¹⁵⁾ᄒᆞᄆᆞᆯ 일ᄏᆞᄅᆞᆫᄃᆡ 남공(-公)이 ᄉᆞ샤(謝辭) 왈(曰),

"이ᄂᆞᆫ 쇼녀(小女)의 운쉬(運數ㅣ) 블리(不利)ᄒᆞᄆᆞᆯ 비로ᄉᆞ셧ᄂᆞᆫ지라 엇지 녕낭(令郞)을 혼(恨)ᄒᆞ리오?"

왕 공(公)이 샤례(謝禮) 왈(曰),

"ᄋᆞᄌᆞ(兒子)의 방ᄌᆞ(放恣) 호탕(豪宕)ᄒᆞᄆᆡ 녕녀(令女)의 평싱(平生)을 어ᄌᆞ러이ᄂᆞᆫ 마장(魔障)⁶¹⁶⁾이 되니 엇디 혼(恨)홉지 아니리오? 슈연(雖然)이나 일이 이의 니ᄅᆞᆫ 후(後)ᄂᆞᆫ 탄(嘆)ᄒᆞ야 ᄒᆞᆯ일업고 피ᄎᆞ(彼此ㅣ) 셔ᄅᆞ 져ᄇᆞ리지 못ᄒᆞ게 되엿ᄂᆞᆫ지라 명공(明公)은 쟝ᄎᆞ(將次ㅅ) 엇지코져 ᄒᆞ시ᄂᆞ니잇가?"

남공(-公)이 침음(沈吟) 냥구(良久)의 굴오ᄃᆡ,

"엇지코져 ᄒᆞᄆᆡ 아니라 신ᄌᆡ(臣子ㅣ) 되야 군샹(君上)의 최복(衰服)⁶¹⁷⁾이 몸 우희 이시니 ᄌᆞ녀(子女)의 혼취(婚娶)ᄅᆞᆯ 엇지 의논(議論)

ᄒᆞ리오?"

왕 공(公) 왈(曰),

"죤언(尊言)이 맛당ᄒᆞ시나 소뎨(小弟) 일쥭 블쵸ᄋᆞ⁶¹⁸⁾(不肖兒)ᄲᅮᆫ이

---

615) 실톄(失體): 실체. 예의를 잃음.
616) 마장(魔障): 귀신의 장난이라는 뜻으로, 일의 진행에 나타나는 뜻밖의 방해나 헤살을 이르는 말.
617) 최복(衰服): 상중에 입는 상복.
618) 쵸ᄋᆞ: [교] 원문에는 '츙'으로 되어 있으나 문맥을 고려해 규장각본(24:75)과 연세대본(24:111)

라 신부(新婦)룰 어드미 홀니 밧부거눌 셩샹(聖喪)⁶¹⁹⁾ 삼년(三年)을 등디(等待)⁶²⁰⁾ᄒ고 이시미 ᄉ셰(事勢)⁶²¹⁾ 졀박(切迫)⁶²²⁾ᄒ니 존공(尊公)은 닉이 혜아리시미 엇더ᄒ뇨?"

남공(-公)이 디왈(對曰),

"쇼뎨(小姐ㅣ) ᄯ호 형(兄)의 졀박(切迫)ᄒ 형셰(形勢)룰 아ᄅ디 ᄌ가(自家)논 일즉 군은(君恩)을 닙ᄉ오미 등한(等閑)치 아니ᄒ니 그 삼샹(三喪)⁶²³⁾이 엇지 부모샹(父母喪)과 다르미 이시리오? 형(兄)은 하 초조(焦燥)치 말지니 이⁶²⁴⁾제 십삼(十三) 삭(朔)이 언마 지나리오? 션뎨(先帝) 지긔(再忌)⁶²⁵⁾ 지논 후(後) 당당(堂堂)이 뉵녜(六禮)⁶²⁶⁾룰 가쵸리라."

왕 공(公)이 홀일업셔 다시 텽(請)

··

112면

치 못ᄒ고 도라가 ᄋᄌ(兒子)룰 디(對)ᄒ야 ᄌ시 니ᄅ니 왕싱(-生)이

을 따름.

619) 셩샹(聖喪): 싱상. 천자의 상.

620) 등디(等待): 등대. 미리 준비하고 기다림.

621) ᄉ셰(事勢): 사세. 일의 형세.

622) 졀박(切迫): 절박. 어떤 일이나 때가 가까이 닥쳐서 몹시 급함.

623) 삼샹(三喪): 삼상. 삼년상.

624) 이: [교] 원문에는 '어'로 되어 있으나 문맥을 고려해 규장각본(24:75)과 연세대본(24:111)을 따름.

625) 지긔(再忌): 재기. 죽은 지 이 년째 되는 날 지내는 제사.

626) 뉵녜(六禮): 육례. 『주자가례』를 따른 혼인의 여섯 가지 의식. 곧 납채(納采)·문명(問名)·납길(納吉)·납징(納徵)·청기(請期)·친영(親迎)을 말함. 납채는 신랑 집에서 청혼을 하고 신부 집에서 허혼(許婚)하는 의례이고, 문명은 납채가 끝난 뒤에 남자 집의 주인(主人)이 서신을 갖추어 사자를 여자 집에 보내어 여자의 생모(生母)의 성(姓)을 묻는 의례며, 납길은 문명한 것을 가지고 와서 가묘(家廟)에 점쳐 얻은 길조(吉兆)를 다시 여자 집에 보내어 알리는 의례고, 납징은 남자 집에서 여자 집에 빙폐(聘幣)를 보내어 혼인의 성립을 더욱 확실하게 해주는 절차이며, 청기는 성혼(成婚)의 길일(吉日)을 정하는 의례이고, 친영은 신랑이 신부 집에 가서 신부를 맞이하여 신랑 집에 돌아오는 의례.

텽파(聽罷)의 ᄇ라미627) 망단(望斷)628)ᄒ야 다만 기리 탄식(歎息)고
글을 측실(着實)이 넑어 셔ᄉ(書史)629)로 벗을 숨고 일월(日月)이 슈
이 감을 기ᄃ릴 분이러라.

이씨 연왕(-王)의 뎨ᄉᄌ(第四子) 챵문의 ᄌ(字)ᄂ 옥뵈니 정궁(正
宮) 쇼 시(氏) 쇼싱(所生)이라. 방년(芳年)이 십ᄉ(十四) 셰(歲)니 옥
안풍되(玉顔風度ㅣ)630) 지셰반악(再世潘岳)631)이오, 당시(當時) 위개
(衛玠)632) 지싱(再生)ᄒᄂ 둧 표일(飄逸)633)ᄒ 톄지(體止)634)와 은은(隱
隱)ᄒ 골격(骨格)이 진짓 금마옥당(金馬玉堂)635)의 그ᄅ시오, 셩힝
(性行)636)이 단졍(端正)637)ᄒ야 일동일졍(一動一靜)638)을 녜(禮) 밧
글 범(犯)치 아니ᄒ니 부뫼(父母ㅣ) 가댱 ᄉ랑ᄒ고 뎨(諸) 형뎨(兄弟)
긔디(企待)ᄒ야 칭앙(稱仰)639)ᄒ

---

627) 미: [교] 원문에는 '며'로 되어 있으나 문맥을 고려해 규장각본(24:75)과 연세대본(24:112)을
    따름.
628) 망단(望斷): 바라는 것이 끊김.
629) 셔ᄉ(書史): 서사. 서적.
630) 옥안풍되(玉顔風度ㅣ): 옥 같은 얼굴과 풍채, 태도.
631) 지셰반악(再世潘岳): 재세반악. 세상에 다시 태어난 반악. 반악(247-300)은 중국 서진(西晉)의
    문인으로 자는 안인(安仁), 하남성(河南省) 중모(中牟) 출생. 용모가 아름다워 낙양의 길에 나
    가면 여자들이 몰려와 그를 향해 과일을 던졌다는 고사가 있음.
632) 위개(衛玠): 중국 서진(西晉) 때의 인물(286-312). 자(子)는 숙보(叔寶). 서진 때 태자세마(太子
    洗馬) 벼슬까지 함. 어려서부터 용모가 준수해 시장에 가면 사람들이 둘러싸 그를 '벽인(璧
    人)'이라 불렀다 함. 위개의 외삼촌인 표기장군 왕제(王濟)가 또한 용모가 아름다웠으나 매양
    위개를 보면 탄식하며 주옥이 앞에 있어 자신의 더러움을 깨닫는다고 하였다 함.
633) 표일(飄逸): 성품이나 기상 따위가 뛰어나게 훌륭함.
634) 톄지(體止): 체지. 몸과 행동거지.
635) 금마옥당(金馬玉堂): 중국 한(漢)나라 때 금마문(金馬門) 옥당전(玉堂殿)으로, 이것들은 문학(文
    學)하는 선비가 출사(出仕)하는 관아(官衙)임. 후세에는 한림원(翰林院)을 일컫는 이름이 됨.
636) 셩힝(性行): 성행. 성품과 행실.
637) 단졍(端正): 단정. 옷차림새나 몸가짐 따위가 얌전하고 바름.
638) 일동일졍(一動一靜): 일동일정. 하나의 움직임과 하나의 고요함이라는 뜻으로 모든 행동거지
    를 이르는 말.
639) 칭앙(稱仰): 칭송하고 우러러봄.

미 타뉴(他類)[640]와 갓지 아니ᄒ니 일가(一家)의 이모(愛慕)[641]ᄒ미 더옥 깁더니,

일일(一日)은 댱 샹[642]셔(尙書) 옥디 연부(-府)의 니르러 공ᄌ(公子)ᄅᆞᆯ 쳐엄으로 보고 가쟝 ᄉᆞ랑ᄒ야 연왕(-王)ᄃᆞ려 닐오디,

"빅달[643]이 이런 긔동(奇童)[644]을 두어시디 엇지 날을 지금(至今) 뵈디 아니터뇨?"

왕(王)이 줌쇼(暫笑) 왈(曰),

"형(兄)이 ᄎᆞᄌ보기ᄅᆞᆯ 늣게야 ᄒ미라 쇼뎨(小弟) 엇지 허다(許多)ᄒᆞᆫ 제ᄋ(諸兒)ᄅᆞᆯ 블너 슌(旬)마다 형(兄)의게 진전비(進前拜)[645]ᄅᆞᆯ 시기리오?"

댱 공(公)이 디쇼(大笑) 왈(曰),

"빅달의 구변(口辯)이 이졔도 ᄭᅵ지[646] 아냣도다. 슈연(雖然)이나 왕(王)의 호방(豪放)ᄒᆞᆷ믈 ᄌᆞ못 ᄭ려 인친(姻親)[647]을 숨고 시븐 ᄯᅳ지 업더니 이계 이

---

640) 타뉴(他類): 타류. 다른 무리.

641) 이모(愛慕): 애모. 사랑하며 그리워함.

642) 샹: [교] 원문에는 이 글자가 없으나 문맥을 고려해 규장각본(24:76)과 연세대본(24:113)을 따름. 참고로 연세대본에도 원래는 이 글자가 없었으나 '댱'과 '셔' 사이 오른쪽에 붉은색으로 이 글자를 가필함.

643) 빅달: 백달. 이몽창의 자(字).

644) 긔동(奇童): 기동. 기이한 아이.

645) 진전비(進前拜): 진전배. 앞에 나아와 절하는 예.

646) ᄭᅵ지: 없어지지.

647) 인친(姻親): 혼인으로 맺어진 관계. 또는 혼인 관계로 척분(戚分)이 있는 사람. 사돈.

아히(兒孩)룰 보니 가댱 단시(端士])⁶⁴⁸⁾라. 니 숨ᄌ삼녀(三子三女)룰
다 셩츼(成娶)⁶⁴⁹⁾ᄒ고 필녜(畢女])⁶⁵⁰⁾ 금년(今年)이 십ᄉᆷ(十三)이라
얼골 힝시(行使])⁶⁵¹⁾ 제(諸) 형제(兄弟) 듕(中) 뛰여나디 가랑(佳
郎)⁶⁵²⁾을 엇지 못ᄒ엿더니 당당(堂堂)이 ᄎᄋ(此兒)의게 쇽현(續絃)⁶⁵³⁾
코져 ᄒ노라.”

왕(王)이 쇼왈(笑曰),

“쇼뎨(小弟) 호방(豪放)ᄒ나 일즉 형(兄)의게 근심 기틴 일이 잇ᄂ
냐? 슈연(雖然)이나 니 ᄌ식(子息)이라 엇지 아비룰 아니 달맛시며
ᄎᄋ(此兒)ᄂ 제(諸) 형뎨(兄弟) 듕(中) 말ᄌᆡ(末子])어늘 형(兄)이 과
츤(過讚)⁶⁵⁴⁾ᄒ야 옥녀(玉女)로 허(許)코ᄌ ᄒ니 눈이 쑤러져실 시 젹
실(的實)⁶⁵⁵⁾토다.”

댱 공(公)이 디쇼(大笑) 왈(曰),

“왕(王)이 엇지 사룸을 이디도록 업슈이 너기ᄂ뇨? 녕낭(令郎) 현

보⁶⁵⁶⁾ᄂ 일즉 ᄋ시(兒時)브터 녀 공(公) 녀셰(女壻])⁶⁵⁷⁾오, 이보⁶⁵⁸⁾

---

648) 단시(端士]): 단사. 단정한 선비.
649) 셩츼(成娶): 성취. 혼인시킴.
650) 필녜(畢女]): 막내딸.
651) 힝시(行使]): 행사. 행동이나 하는 짓.
652) 가랑(佳郎): 아름다운 신랑.
653) 쇽현(續絃): 속현. 거문고와 비파의 끊어진 줄을 다시 잇는다는 뜻으로, 아내를 여읜 뒤에 다
    시 새 아내를 맞는 일을 비유적으로 이르는 말. 여기에서는 아내를 맞아들임을 뜻함.
654) 과츤(過讚): 과찬. 지나치게 칭찬함.
655) 젹실(的實): 적실. 틀림이 없이 확실함.

눈 셩댱(成長) 후(後) 부모(父母)룰 츳고 운뵈659) 또훈 ㅇ시(兒時)의
화 공(公)으로 뎡친(定親)660)ᄒ엿던 거시니 니 엇지 아ᄉ리오? 추ㅇ
(此兒)는 아직 공믈(空物)661)이오, 뎡혼(定婚)훈662) 곳이 업ᄉ 가온디
아녀(阿女) 지졍(才情)663)의 긔이(奇異)ᄒ미 범인(凡人)이 아니미 그
디 며ᄂ리 삼기 욕(辱)되나 추ㅇ(此兒)룰 ᄎ마 놋치 못ᄒ미라 ᄲᆯ니
허락(許諾)ᄒ라.”

왕(王)이 웃고 왈(曰),

“뎌가치 난쳐(難處)히 너기눈 혼인(婚姻)을 간구(懇求)664)ᄒ미 부
졀업지 아니랴? 형(兄)의 싱(生)훈 바 녀ㅇ(女兒) 오죽ᄒ여야 놀가치
흐린 농판(弄-)665)을 맛지고져 ᄒ랴?”

댱 공(公) 왈(曰),

“니 녀ㅇ(女兒) 블쵸(不肖)훈가

116면

그디 댱니(將來) 보면 알니라.”

왕(王) 왈(曰),

“임의 블쵸(不肖)ᄒᆯ진디 어든 후(後) 아므만 본들 좃ᄎ 니칠 셰(勢)

656) 현보: 이몽창의 첫째아들 이성문의 자(字). 이성문은 아버지 이몽창의 친구 양세정의 사위임.
657) 녀세(女壻ㅣ): 여서. 사위.
658) 이보: 이몽창의 둘째아들 이경문의 자(字). 이경문은 아버지 이몽창의 친구 위공부의 사위임.
659) 운뵈: 운보. 이백문의 자(字). 이백문은 아버지 이몽창의 친구 화진의 사위임.
660) 뎡친(定親): 정친. 혼인을 정함.
661) 공믈(空物): 공물. 주인 없는 것.
662) 훈: [교] 원문에는 이 글자가 없으나 문맥을 고려해 규장각본(24:78)과 연세대본(24:115)을 따
라 첨가함. 참고로 연세대본에도 원래 이 글자가 없었으나 오른쪽에 붉은색으로 가필함.
663) 지졍(才情): 재정. 재치 있는 생각.
664) 간구(懇求): 간절히 바람.
665) 농판(弄-): 실없고 장난스러운 기미가 섞인 행동거지. 또는 그런 사람.

업스니 아이의 뎡혼(定婚) 아님만 굿지 못ᄒ도다.”

댱 공(公)이 디쇼(大笑)ᄒ고 다시 쳥혼(請婚)ᄒᆞ미 왕(王)이 쾌허(快許)ᄒ야 돗 우ᄒᆡ셔 졍약(定約)[666]ᄒ고 길녜(吉禮)[667]ᄂᆞᆫ 황샹(皇喪) 삼년(三年) 후(後) 지ᄂᆡ려 ᄒ나 피ᄎᆡ(彼此ㅣ) 환희(歡喜)ᄒ고 댱 공(公)이 공ᄌᆞ(公子)ᄅᆞᆯ 더옥 ᄉᆞ랑ᄒᆞ야 쾌셔(快壻ㅣ)[668]라 일콧더니,

하람공(--公) 등(等)이 드러와 일시(一時)의 녈좌(列坐)[669]ᄒᆞ미 댱 공(公)이 남공(-公)을 향(向)ᄒ야 웃고 굴오ᄃᆡ,

“니 오ᄂᆞᆯ 블ᄒᆡᆼ(不幸)ᄒ야 빅달노 더브러 혼ᄉᆞ(婚事)ᄅᆞᆯ 뎡(定)ᄒ니 엇디 욕(辱)되지 아니리오?”

남공(-公)

이 미쇼(微笑) 왈(曰),

“욕(辱)된 혼인(婚姻)을 뉘 뎡(定)ᄒ라 ᄒᆞ더냐?”

댱 공(公) 왈(曰),

“빅균[670]이 보ᄃᆞ시 니 녀ᄋᆞ(女兒)ᄂᆞᆫ 계궁(桂宮)[671] 항아(姮娥)[672]오, 요디(瑤池)[673] 션ᄌᆞ(仙子)어ᄂᆞᆯ 챵문의 풍치(風采) 비록 졀승(絕勝)ᄒ나 어이 미ᄎᆞᆯ가 시브뇨마ᄂᆞᆫ 빅달의 ᄂᆞᆺ 보와 마디못ᄒᆞ야 허(許)

---

666) 졍약(定約): 정약. 약속을 정함.
667) 길녜(吉禮): 길례. 혼례(婚禮).
668) 쾌셔(快壻ㅣ): 쾌서. 마음에 드는 좋은 사위.
669) 녈좌(列坐): 열좌. 벌여 앉음.
670) 빅균: 백균. 하남공 이몽현의 자(字).
671) 계궁(桂宮): 달.
672) 항아(姮娥): 달 속에 산다는 선녀.
673) 요디(瑤池): 요지. 중국 곤륜산(崑崙山)에 있다는 연못으로 서왕모(西王母)가 사는 곳으로 전해짐.

흐나 쾌(快)치 아니ᄒᆞ여라."

남공(-公) 왈(曰),

"ᄎᆞ뎨(次弟)의게 형(兄)의 녀ᄋᆞ(女兒) 아녀도 춍부(冢婦)674) 녀 시(氏)와 ᄎᆞ부(次婦) 위 시(氏)ᄂᆞ 고금(古今)의 엇디 못ᄒᆞᆯ 식(色)이오, 삼부(三婦) 화 시(氏), 현보675)의 지실(再室) 임 시(氏) 셰(世)의 드믄 경국식(傾國色)676)이라 녀 시(氏), 위 시(氏)의게 ᄶᅥ러지나 형(兄)의 녀ᄋᆞ(女兒)ᄂᆞ 이긔리니 가쇼(可笑)로온 쇼ᄅᆡ 말나."

왕(王)이 쇼이ᄃᆡ왈(笑而對曰),

"댱형(-兄)이 공연(空然)이677) 쇼졔(小弟)를 보치여 혼

ᄉᆞ(婚事)를 뎡(定)ᄒᆞ시고 도로 두라 뎌러 구ᄅᆞ시니 엇지 가쇼(可笑ㅣ)678) 아니리잇가?"

긔국공(--公) 왈(曰),

"이 반두시 댱형(-兄)이 광증(狂症)을 들미로다. 셩ᄒᆞᆫ 사ᄅᆞᆷ의 쳐ᄉᆞ(處事ㅣ) 이러ᄒᆞ리오?"

졔공(諸公)이 ᄃᆡ쇼(大笑)ᄒᆞ고 각각(各各) 통음(痛飮)679)ᄒᆞ다가 흐터지다.

일월(日月)이 광뉴(光流)680)ᄒᆞ야 임의 나라 삼년(三年)이 지나미

---

674) 춍부(冢婦): 총부. 종자(宗子)나 종손(宗孫)의 아내. 곧 종가(宗家)의 맏며느리를 이름.

675) 현보: 이성문의 자(字).

676) 경국식(傾國色): 경국색. 임금이 혹하여 나라가 기울어져도 모를 정도의 미인이라는 뜻으로, 뛰어나게 아름다운 미인을 이르는 말. 경국지색(傾國之色).

677) 공연(空然)이: 공연히. 아무 까닭이나 실속이 없게. 괜히.

678) 가쇼(可笑ㅣ): 가소. 어처구니가 없음.

679) 통음(痛飮): 술을 썩 많이 마심.

텬지(天子ㅣ) 크게 과거(科擧)를 베프샤 셜댱인지(設場人材)[681]ᄒ실 시 팔방(八方) 거지(擧子ㅣ)[682] 구룸 뫼듯 ᄒ야 댱옥(場屋)[683]의 춤녜(參預)ᄒ니,

이씨 뎡싱(-生)이 쇼져(小姐)의게 슈혹(修學)ᄒ지 숨(三) 년(年)의 문니(文理)[684] 크게 니러 셔셔 쳔(千) 언(言)을 일우는 지죄(才操ㅣ) 이시디 사롬이 아지 못ᄒ더니, 이날 냥형(兩兄)을 쓸와 댱옥(場屋)의

· ·

119면

드니 냥인(兩人)이 쇼왈(笑曰),

"네 댱ᄎᆺ(將次ㅅ) 무슴 글을 가지고 시쇼(試所)[685]의 춤녜(參預)ᄒ려 ᄒ는다?"

싱(生)이 쇼이디왈(笑而對曰),

"이는 냥형(兩兄)의 아ᄅ실 비 아니라 념녀(念慮) 마ᄅ쇼셔."

제인(諸人)이 웃고 ᄒ는 거동(擧動)을 보려 ᄒᆫ가지로 금궐(禁闕)의 나아가미 텬지(天子ㅣ) 놉히 구룡금상(九龍金牀)[686]의 안즈 겨시고 좌우(左右)로 빅관(百官)이 제제(齊齊)[687]히 항녈(行列)을 가쵸와시며 챵부(倡夫)[688]와 지인(才人)[689]은 문(門)밧긔셔 방(榜)을 기[690]다

---

680) 광뉴(光流): 광류. 빛처럼 빨리 흐름.
681) 셜댱인지(設場人材): 설장인재. 과거를 베풀어 인재를 뽑음.
682) 거지(擧子ㅣ): 거자. 과거를 보던 선비.
683) 댱옥(場屋): 장옥. 과장(科場)에서, 햇볕이나 비를 피하여 들어앉아서 시험을 칠 수 있게 만든 곳.
684) 문니(文理): 문리. 글을 깨우치는 이치.
685) 시쇼(試所): 시소. 과거 보는 곳.
686) 구룡금상(九龍金牀): 구룡금상. 아홉 마리의 용이 새겨진 금 의자.
687) 제제(齊齊): 제제. 나란한 모양.
688) 챵부(倡夫): 창부. 남자 광대.
689) 지인(才人): 재인. 재주를 넘거나 짓궂은 동작으로 사람을 웃기며 악기로 풍악을 울리던 광대.
690) 기: [교] 원문에는 '가'로 되어 있으나 문맥을 고려해 규장각본(24:80)과 연세대본(24:119)을

리고 황홀(恍惚)흔 꼿가지눈 옥계(玉階)의 셩(盛)히 핀 둧흐여시니 이 졍(正)히 모돈 거주(擧子)의 이롤 술올 씨라. 져마다 고개롤 느리혀고 의수(意思)롤 싱각흐야 글을 셩편(成篇)[691]흐더니 뎡희 홀노 주약(自若)[692]

히 훗거러[693] 제수(諸士)의 분분(紛紛)[694]흐믈 귀경흐거놀 삼형(三兄) 뎡의 굴오디,

"너두려 귀경흐라 드러오라 흐더냐? 샐니 글을 지어 밧치라."

원리(元來) 이 말이 그 거동(擧動)을 보미어놀 뎡희 웃고 굴오디,

"형(兄)은 쇼뎨(小弟)롤 웃디 말나. 지어 밧티니도 낙방(落榜)흐느니 못 지어 밧치다 그리 디수(大事)로오리잇가?"

냥형(兩兄)이 웃고 디죽(代作)[695]흐야 쥬마 흐니 싱(生) 왈(曰),

"니 잇다가 셩편(成篇)흘 거시니 냥형(兩兄)은 슈고롤 더으지 마르쇼셔."

이(二) 인(人)이 그 아이 말이 거즛말만 너겨 다시 응(應)치 아니터니 이윽고 뎐문(殿門)의 븍이 크게 울며 글 지촉흐눈 쇼리 진동(震動)흐

따름.

691) 셩편(成篇): 셩편. 시문(詩文) 따위를 지어 완성된 한 편을 이룸.
692) 주약(自若): 자약. 큰일에도 영향을 받지 않고 편안하여 평소와 다름이 없음.
693) 훗거러: 여기저기 걸어 다님.
694) 분분(紛紛): 어지러운 모양.
695) 디죽(代作): 대작. 대신 지어 줌.

니, 뎡싱(-生)이 가연이[696] 일(一) 복(幅) 명지(名紙)[697]를 취(取)ᄒᆞ야 총망(悤忙)이[698] 붓을 두르니 경긱(頃刻)[699] ᄉᆞ이의 만댱(滿張)[700]의 주옥ᄒᆞ여시디[701] 귀귀(句句) 금슈(錦繡ㅣ)[702]오, 언언(言言)이 듀옥(珠玉)이라 창파(蒼波) 가튼 문쟝(文章)이 니두(李杜)[703]를 묘시(藐視)[704]ᄒᆞ니 이(二) 인(人)이 보기를 믓지 못ᄒᆞ여셔 디경(大驚) 왈(曰),

"네 일즉 일ᄌᆞ(一字)를 브디(不知)ᄒᆞ더니 금일(今日) 경식(景色)이 어인 연괴(緣故ㅣ)뇨?"

싱(生)이 쇼이디왈(笑而對曰),

"제형(諸兄)이 엇디 쇼제(小弟)를 이디도록 업슈이 너기시나뇨? 스스로 ᄡᅵᄃᆞ라 거년(去年)의 니부(李府)의 가 이신 제 니싱(李生) 등(等)으로 논문(論問)ᄒᆞ야 인(因)ᄒᆞ여 공부(工夫)ᄒᆞ미니이다."

냥형(兩兄)이 긔특(奇特)이 너기고 칭[705]찬(稱讚)ᄒᆞ믈 마지아녀 왈(曰),

"네 션비

---

696) 가연이: 선뜻.
697) 명지(名紙): 과거 시험에 쓰던 종이.
698) 총망(悤忙)이: 급히.
699) 경긱(頃刻): 경각. 눈 깜빡할 사이. 또는 아주 짧은 시간.
700) 만댱(滿張): 만장. 종이에 가득함.
701) 다: [교] 원문에는 '디'로 되어 있으나 문맥을 고려해 규장각본(24:81)과 연세대본(24:121)을 따름.
702) 금슈(錦繡ㅣ): 금수. 수를 놓은 비단.
703) 니두(李杜): 이두. 이백(李白, 701-762)과 두보(杜甫, 712-770). 모두 중국 성당(盛唐) 때의 시인. 중국의 최고 시인들로 꼽히며 이백은 시선(詩仙)으로, 두보는 시성(詩聖)으로 칭하여짐.
704) 묘시(藐視): 업신여기어 깔봄.
705) 칭: [교] 원문에는 '챵'으로 되어 있으나 문맥을 고려해 규장각본(24:82)과 연세대본(24:121)을 따름.

몸으로 혹공(學工)을 젼폐(全廢)[706]ㅎ니 부모(父母) 형뎨(兄弟)의 근심이 젹디 아니터니 이럿툿 능(能)ㅎ 지죄(才操ㅣ) 이시니 우리 듀야(晝夜) 독셔(讀書)ㅎ던 둘이 붓그러온지라. 연왕(-王)이 과연(果然) 너를 아라보미 그릇지 아니토다.”

명싱(-生)이 미쇼(微笑) 무언(無言)ㅎ고 즉시(卽時) 밧티고 또 니닌문, 니형문 등(等)이 모다 명싱(-生)으로 뎜심(點心) 먹더니 뎡연[707]이[708] 니닌문을 향(向)ㅎ야 졔 아의 지조(才操)를 일콧고 왈(曰),

“샤뎨(舍弟)[709] 거시(去時)의 존부(尊府)의 피우(避憂)[710]ㅎ야 가신 졔 어느 명공(明公)긔 슈혹(修學)ㅎ뇨?”

닌문이 경왈(驚曰),

“젼일(前日) 샹위[711][712] 연부(-府)의 가실 졔 듀야(晝夜) 쇼미(小妹) 방듕(房中)의 잇고 셔헌(書軒)의 주로 나오도 아냐시

니 어느 틈의 슈혹(修學)ㅎ리오?”

---

706) 젼폐(全廢): 전폐. 아주 그만둠.
707) 뎡연: 정연. 정희의 둘째형.
708) 연이: [교] 원문에는 ‘언’으로 되어 있으나 문맥을 고려해 규장각본(24:82)과 연세대본(24:122)을 따름. 다만 연세대본에는 ‘이’가 원래 없었으나 오른쪽에 붉은 글씨로 가필함.
709) 샤뎨(舍弟): 사제. 자기 아우를 낮추어 부르는 말.
710) 피우(避憂): 우환을 피함.
711) 위: [교] 원문에는 ‘위’로 되어 있으나 앞의 예와 규장각본(24:83), 연세대본(24:122)을 따라 이와 같이 수정함.
712) 샹위: 상유. 정희의 자(字).

명싱(-生)이 웃고 왈(曰),

"그디 말이 가쇠(可笑ㅣ)로다. 그디 일즉 날을 쓸와둔니며 본다?"

닌문 왈(曰),

"그럿튼 아냣거니와 네 즈슐 어이 모르리오? 이 반두시 쇼미(小妹)의게 비호미로다."

명싱(-生)이 디쇼(大笑) 왈(曰),

"내 비록 녹녹(錄錄)ㅎ나 쳐주(妻子)의게 글을 비호며 녕미(令妹) 엇지 사룸 가라칠 지죄(才操ㅣ) 이시리오?"

형문 왈(曰)

"네 쇼미(小妹)룰 아지 못ㅎ눈도다. 쇼스(蘇謝)713)룰 묘714)시(藐視)715)ㅎ눈 지죄(才藻ㅣ)716) 잇ᄂ니라."

명싱(-生) 왈(曰),

"비록 그러나 나눈 보지 아냐시니 아지 못ᄒ노라. 주가(自家)의 이실 제 문주(文字)룰 비호나 공부(工夫)튼 아녓다가 존부(尊府)의 가 실 제

· ·

124면

울젹(鬱寂)이 드러시믈 인(因)ㅎ야 두어 둘 독셔(讀書)ㅎ미라 늬 그

---

713) 쇼스(蘇謝): 소사. 소혜(蘇蕙)와 사도온(謝道蘊). 모두 중국 위진남북조 시기 동진(東晉) 때의 여류 시인. 소혜는 자(字)인 약란(若蘭)으로 더 잘 알려져 있는데, 남편 두도(竇滔)에게 보낸 회문시(回文詩)인 <직금시(織錦詩)>로 유명함. 사도온은 재상 사안(謝安)의 조카딸로, 문장으로 유명함.

714) 묘: [교] 원문에는 '모'로 되어 있으나 문맥을 고려해 규장각본(24:83)과 연세대본(24:123)을 따름.

715) 묘시(藐視): 업신여기어 깔봄.

716) 지죄(才藻ㅣ): 재조. 시문(詩文)을 짓는 재능.

디닉쳐로 듀야(晝夜) 머리를 굽혀 줌심(潛心)717)ᄒ리오?"

졔인(諸人)이 디쇼(大笑)ᄒ더니 이윽고 뎐(殿) 우히셔 크게 블너 왈(曰),

"장원(壯元)은 하룸인(河南人) 졍희오, 부(父)는 젼님(前任) 샹셔(尙書) 뎡광718)이라."

ᄒ니 좌위(左右ㅣ) 놀나고 깃거 밧비 졍싱(-生)을 디(對)ᄒ야 티하(致賀)ᄒ고 은명(恩命)을 승슈(承受)719)ᄒ믈 지쵹ᄒ니 뎡싱(-生)이 총망(悤忙)이 니러나 의관(衣冠)을 졍(正)히 ᄒ고 츄진(趨進)720)ᄒ야 옥계(玉階)의 다ᄃᄅ믜 옥모류풍(玉貌柳風)721)이 표일(飄逸)722) 쇄락(灑落)723)ᄒ고 톄지(體止)724) 은은(隱隱)ᄒ야 긴 눈셥과 봉(鳳)의 눈이며 모진 입이 일디(一代) 풍뉴(風流) 흑시(學士ㅣ) 아니오 입각(入閣) 지

125면

샹(宰相)의 골격(骨格)이 나타나니 뎐샹(殿上) 뎐히(殿下ㅣ) 경아(驚訝)725)ᄒ고 샹(上)이 희열(喜悅)ᄒ샤 뎡 샹셔(尙書)를 인견(引見)726)

717) 줌심(潛心): 잠심. 마음을 두어 깊이 생각함.
718) 광: [교] 원문과 규장각본(24:84), 연세대본(24:124)에 모두 이 글자가 없으나 앞의 예를 따라 삽입함. 앞부분에 정희의 아버지가 '정광'으로 소개되어 있음.
719) 승슈(承受): 승수. 아랫사람이 윗사람의 명령을 받들어 이음.
720) 츄진(趨進): 추진. 잰걸음으로 나아감.
721) 옥모류풍(玉貌柳風): 옥모유풍. 옥 같은 외모와 버들 같은 풍모라는 뜻으로 남자의 잘생긴 외모를 비유하는 말.
722) 표일(飄逸): 빼어남.
723) 쇄락(灑落): 기분이나 몸이 상쾌하고 깨끗함.
724) 톄지(體止): 체지. 몸과 행동거지.
725) 경아(驚訝): 놀라고 의아해 함.
726) 인견(引見): 황제가 의식을 갖추고 관리를 만나 봄.

ᄒᆞ샤 각별(各別) ᄉᆞ듀(賜酒)727)ᄒᆞ시고 쳥삼(靑衫)728) 어화(御花)729)
를 ᄉᆞ급(賜給)730)ᄒᆞ시ᄆᆡ 츠례(次例)로 블너드리니 둘지ᄂᆞᆫ 니닌문이오,
셋지ᄂᆞᆫ 뎡의오, 넷지ᄂᆞᆫ 니형문이오, 다ᄉᆞᆺ지ᄂᆞᆫ 왕ᄉᆡᆼ(-生)이니 다ᄉᆞᆺ 신ᄅᆡ
(新來)731) ᄒᆞᆫ갈가치 옥안풍되(玉顏風度ㅣ)732) 의의(猗猗)733)히 툐734)
튤(超出)735)ᄒᆞ야 구텬(九天)736)의 신션(神仙)이 ᄂᆞ린 ᄃᆞᆺ 헌앙쇄락(軒
昂灑落)737)ᄒᆞᆫ 거동(擧動)이 니팅빅(李太白)738), 두목지(杜牧之)739) ᄌᆡ
ᄉᆡᆼ(再生)ᄒᆞᄆᆡ라도 이의 더으디 못ᄒᆞᆯ지라. 샹(上)이 딕열(大悅)ᄒᆞ샤 니
(李) 승샹(丞相)을 도라보와 ᄀᆞᆯ으샤ᄃᆡ,

　"조종ᄌᆡ텬지녕(祖宗在天之靈)740)이 도으시믈 닙

·　·

126면

어 딤(朕)이 쳐엄으로 인ᄌᆡ(人材)를 탁발(擢拔)741)ᄒᆞᄆᆡ 이러틋 긔이

---

727) ᄉᆞ듀(賜酒): 사주. 황제가 신하에게 술을 내려 줌.
728) 쳥삼(靑衫): 청삼. 조복(朝服) 안에 받쳐 입는 옷. 남빛 바탕에 검은 빛깔로 가장자리를 꾸미고 큰 소매를 달았음.
729) 어화(御花): 임금이 하사하신 꽃.
730) ᄉᆞ급(賜給): 사급. 임금이 신하에게 물품 등을 내려 줌.
731) 신ᄅᆡ(新來): 신래. 과거에 급제한 사람.
732) 옥안풍되(玉顏風度ㅣ): 옥 같은 얼굴과 풍채, 태도.
733) 의의(猗猗): 아름다운 모양.
734) 툐: [교] 원문에는 '죠'로 되어 있으나 문맥을 고려해 규장각본(24:84)과 연세대본(24:125)을 따름.
735) 툐튤(超出): 초출. 다른 사람에 비하여 두드러지게 뛰어남.
736) 구텬(九天): 구천. 궁중.
737) 헌앙쇄락(軒昂灑落): 풍채가 좋고 시원스러움.
738) 니팅빅(李太白): 이태백. 이백(李白, 701-762)을 말함. 태백은 그의 자(字)이고 호는 청련(靑蓮)임. 젊어서 여러 나라에 만유(漫遊)하고, 뒤에 출사(出仕)하였으나 안녹산의 난으로 유배되는 등 불우한 만년을 보냄. 칠언절구에 특히 뛰어났으며, 이별과 자연을 제재로 한 작품을 많이 남겼음. 시성(詩聖) 두보(杜甫)에 대하여 시선(詩仙)으로 칭하여짐.
739) 두목지(杜牧之): 중국 당(唐)나라 때의 시인인 두목(杜牧, 803-853)으로 목지(牧之)는 그의 자(字). 호는 번천(樊川). 이상은과 더불어 이두(李杜)로 불리며, 작품이 두보(杜甫)와 비슷하다 하여 소두(小杜)로도 불림. 미남으로 유명함.
740) 조종ᄌᆡ텬지녕(祖宗在天之靈): 조종재천지령. 하늘에 계신 선조의 신령.

(奇異)ᄒ니 종샤(宗社)의 만힝(萬幸)이 아니리오?"

승샹(丞相)이 고두(叩頭)[742] 비무(拜舞)[743]ᄒ야 셩덕(聖德)을 칭숑
(稱頌)ᄒ고 빅관(百官)이 산호만셰(山呼萬歲)[744]ᄒ더라.

졔인(諸人)이 어화(御花)를 슈기고 쳥숨(靑衫)을 그어 츄진(趨進)
ᄉ비(謝拜)[745]를 ᄆ고 일시(一時)의 퇴됴(退朝)ᄒ야 궐문(闕門)을 나
미 뎡 샹셰(尙書ㅣ) 냥ᄌ(兩子)의 득의(得意)ᄒ믈 경희(驚喜)ᄒᄂᆫ 가
온디 더옥 뎡희ᄂᆫ 일ᄌ무식(一字無識)ᄒ므로 아랏다가 일됴(一朝)의
능운(凌雲)[746]ᄒᄂᆫ 경시(慶事ㅣ) 이시믄 니르도 말고 당당(堂堂)ᄒ
흔 쟝원낭(壯元郞)이 되여 영화(榮華) 믈망(物望)[747]이 만인(萬人)을
경동(驚動)[748]ᄒ니 깃부미 측냥(測量)업셔,

두리고 부듕(府中)

127면

의 니르러 가묘(家廟)의 현알(見謁)[749]ᄒ고 부인(夫人)으로 더브러
하례(賀禮)ᄒ더니 빅관(百官)이 일시(一時)의 부문(府門)의 메여 티하
(致賀)ᄒ고 쟝원(壯元)의 헌앙(軒昂)[750]ᄒ 풍치(風采)를 칭찬(稱讚)ᄒ

---

741) 탁발(擢拔): 여러 사람 가운데서 쓸 사람을 뽑음.
742) 고두(叩頭): 공경하는 뜻으로 머리를 땅에 조아림.
743) 비무(拜舞): 배무. 엎드려 절하고 춤을 추는 행위로서 조정에서 절을 하는 예식.
744) 산호만셰(山呼萬歲): 산호만세. 나라의 중요 의식에서 신하들이 임금의 만수무강을 축원하여
   두 손을 치켜들고 만세를 부르던 일. 중국 한나라 무제가 숭산(嵩山)에서 제사 지낼 때 신민
   (臣民)들이 만세를 삼창한 데서 유래함.
745) ᄉ비(謝拜): 사배. 사은숙배(謝恩肅拜). 임금의 은혜에 감사하며 공손하고 경건하게 절을 올리
   던 일.
746) 능운(凌雲): 구름까지 올라간다는 뜻으로, 지향하는 바가 고매함을 비유적으로 이르는 말. 여
   기에서는 과거에 급제함을 이름.
747) 믈망(物望): 물망. 여러 사람이 우러러보는 명망.
748) 경동(驚動): 놀라서 움직임.
749) 현알(見謁): 낮은 사람이 높은 사람을 뵙는 것을 말함. 알현(謁見).

야 부야흐로 연왕(-王)의 디인(知人)[751]이 긔특(奇特)ᄒ믈 일ᄏ더니,

이윽고 연왕(-王)이 룡포옥디(龍袍玉帶)[752]로 삼ᄌ(三子)를 거ᄂ려 드러오미 제인(諸人)이 일시(一時)의 ᄂ려 마ᄌ 당(堂)의 오르미 왕(王)이 명싱(-生)의 손을 줍고 샹셔(尙書)룰 향(向)ᄒ야 티하(致賀)ᄒ니 샹셰(尙書ㅣ) 칭샤(稱謝) 왈(曰),

"블쵸(不肖) 돈ᄋᆞ(豚兒ㅣ) 나히 만토록 문ᄌᆞ(文字)룰 아지 못ᄒ니 흑싱(學生)이 훈ᄌᆞ(訓子)의 블엄(不嚴)ᄒ믈 스ᄉ로 붓그리더니 뎐히(殿下ㅣ) 그 췌루(醜陋)[753]

ᄒ믈 개회(介懷)치 아니시고 거두어 동상(東床)[754]을 삼으시며 ᄯᅩ 흑공(學工)을 힘뻐 가라치샤 이졔 몸이 셤궁(蟾宮)[755]의 올나 금계(金階) 어향(御香)[756]을 ᄲᅩ이고 블셰(不世)[757]의 셩은(聖恩)이 평싱(平生) 영홰(榮華ㅣ)라 엇지 디왕(大王)의 덕틱(德澤)이 아니리오?"

왕(王)이 흔연(欣然) 쇼왈(笑曰),

"명공(明公)이 엇진 말ᄉᆞᆷ이뇨? 명ᄌᆞ(-子)ᄂᆞᆫ 니룬바 오쟉(烏鵲) 듕(中) 봉황(鳳凰)이오, 우마(牛馬) 가온디 긔린(麒麟)이라 오늘날이 이

---

750) 헌앙(軒昂): 풍채가 좋고 의기가 당당함.
751) 디인(知人): 지인. 사람을 알아봄.
752) 룡포옥디(龍袍玉帶): 용포옥대. 곤룡포와 옥띠.
753) 췌루(醜陋): 추루. 거칠고 비루함.
754) 동상(東床): 동상. 동쪽 평상이라는 뜻으로 사위를 이르는 말. 중국 진(晉)나라의 태위 극감이 사윗감을 고르는데 왕도(王導)의 집 동쪽 평상 위에 엎드려 음식을 먹고 있는 왕희지(王羲之)를 골랐다는 고사에서 온 말.
755) 셤궁(蟾宮): 섬궁. 월궁(月宮)의 다른 말. 달에 두꺼비가 산다 하여 붙여진 이름.
756) 어향(御香): 궁중에서 쓰는 향. 천향(天香)과 같은 말.
757) 블셰(不世): 불세. 세상에 다시 없음.

실 둘 과인(寡人)은 임의 혜아린 일이라 내 엇지 가르쳐시리오?"

덩 공(公)이 또 쵸후(-侯)롤 향(向)ᄒ여 웃고 골오디,

"요ᄉᆞ이 급뎨(及第) 흔타도 ᄒ련마ᄂᆞᆫ 만싱(晚生)758)은 돈ᄋᆞ(豚兒)
의 영광(榮光)을 셰샹(世上)의

. .

129면

업시 너기미 가(可)히 뭇ᄂᆞ니 어니 명공(明公)이 돈ᄋᆞ(豚兒)롤 더가
지 가라쳐 겨시더뇨? 금일(今日) 당(當)ᄒ야 치샤(致謝ㅣ) 업디759) 못
ᄒᆞᆯ 거시니 ᄲᆞᆯ니 닐너 의심(疑心)을 빙셕(氷釋)760)ᄒ라. 슈연(雖然)이
나 만싱(晚生)의 블민쇼활(不憫疎闊)761)ᄒᆞ미 금일(今日)을 당(當)ᄒᆞ
야 더 붓그럽지 아니리오?"

이씨 광릉후(--侯) 등(等)이 명싱(-生)의 등뎨(登第)ᄒᆞ미 쳔만(千萬)
무심듕(無心中)이라 실노(實-) 고이(怪異)히 너기더니 믄득 쇼미(小
妹) 작용(作用)인 둘 씨다라 긔특(奇特)이 너기디 발셜(發說)이 가
(可)치 아닌 고(故)로 덩 공(公)의 무르믈 조츠 일시(一時)의 몸을 굽
혀 왈(曰),

"샹워 지졍(才情)이 춍민(聰敏)ᄒᆞᆫ 아ᄒᆡ(兒孩)라 쇼싱(小生) 등(等)
이 아니 가라치

---

758) 만싱(晚生): 만생. 자신을 낮추어 부르는 말.

759) 업디: [교] 원문에는 '엇지'로 되어 있고, 연세대본(24:129)에는 '엇디'로 되어 있으나 문맥을
고려해 규장각본(24:87)을 따름.

760) 빙셕(氷釋): 빙석. 얼음이 녹듯이 의심이나 의혹 따위가 풀림.

761) 블민쇼활(不憫疎闊): 불민소활. 민첩하지 못하고 꼼꼼하지 못하며 어설픔.

다 닙신(立身) 발쳔(發闡)⁷⁶²⁾이 더디리오? 뎌즈음긔 쇼미(小妹) 본부
(本府)의 피우(避憂)ᄒ야 와실 제 우연(偶然)이 샹유로 더브러 아등
(我等)이 ᄌ로 논문(論問)ᄒ미 이시나 구튀야 ᄉ부(師父) 쇼임(所任)
ᄒ니ᄂᆞᆫ 업ᄂᆞ이다.”

명 공(公)이 쇼왈(笑曰),

“지쟈(知子)ᄂᆞᆫ 막여뷔(莫如父ㅣ)⁷⁶³⁾니 노뷔(老夫ㅣ) 돈ᄋᆞ(豚兒)의
일을 닉이 아ᄂᆞ니 일즉 일ᄌ(一字)ᄅᆞᆯ 모로든 거시어든 힘뻐 가라치
리 업시셔 엇디 등뎨(登第)ᄒᄂᆞᆫ 경ᄉᆡ(慶事ㅣ) 니라리오? 명공(明公)니
ᄂᆞᆫ 긔이디 말고 바로 니ᄅᆞᆯ를 ᄇᆞ라노라.”

쵸후(-侯) 형뎨(兄弟) 심하(心下)의 우읍기ᄅᆞᆯ 이긔지 못ᄒ야 미미
(微微)히 웃고 ᄉ미ᄅᆞᆯ 드러 제람후(--侯)ᄅᆞᆯ 가라쳐 디왈(對曰),

“쇼싱(小生) 등(等)은 미일(每日) 관ᄉ(官事)⁷⁶⁴⁾의 분듀(奔走)ᄒ

니 놈 ᄀᆞᄅᆞ칠 틈이 업ᄉᆞ디 그씨 마ᄎᆞᆷ 이 아이 기직(棄職)⁷⁶⁵⁾ᄒ고 드
럿던 고(故)로 가라치미 잇ᄂᆞᆫ가 ᄒᄂᆞ이다.”

명 공(公)이 년망(連忙)이 제람후(--侯)ᄅᆞᆯ 향(向)ᄒ야 칭샤(稱謝) 왈
(曰),

---

762) 발쳔(發闡): 발천. 앞길이 열려 세상에 나섬.
763) 지쟈(知子)ᄂᆞᆫ 막여뷔(莫如父ㅣ): 지자는 막여부. 아들을 아는 사람은 아버지만 한 사람이 없음.
764) 관ᄉ(官事): 관사. 관청 일.
765) 기직(棄職): 벼슬을 버림.

"운보의 웅호디지(雄豪大才)[766]는 아란 지 오라나 엇지 돈ᄋ(豚兒)를 이다도록 잘 인도(引導)ᄒ야 오놀날 일홈을 금방(金榜)[767]의 걸고 몸이 만인(萬人) 듕(中) 웃듬이 될 둘 알니오? 이 은혜(恩惠)눈 싱(生)의 부지(父子ㅣ) 간뇌도지(肝腦塗地)[768]ᄒ나 다 갑지 못ᄒ리로다."

셜파(說罷)의 좌우(左右)로 큰 잔(盞)의 슐을 부어 오라 ᄒ야 친(親)히 남후(-侯)를 권(勸)ᄒ야 ᄀᆯ오디,

"명공(明公)의 은혜(恩惠)로 혜아리건디 가(可)히 우리 부지(父子ㅣ) 머리털을 ᄲᆞ혀

· · ·

132면

도 다 갑지 못훌 ᄃᆺᄒ나 이눈 만싱(晚生)의 일시(一時) 깃브믈 갑눈 ᄯᆺ이니 ᄉᆞ양(辭讓)치 말나."

제람휘(--侯ㅣ) 의외(意外)의 냥형(兩兄)의 디믈 닙어 뎡 공(公)의 이 갓튼 경샹(景狀)[769]을 안도(眼睹)[770]ᄒ니 경히(驚駭)[771]ᄒ야 믄득 안식(顏色)을 싁싁이 ᄒ고 발명(發明)코져 ᄒ더니 냥휘(兩侯ㅣ) 눈 듀눈디라 마지못ᄒ야 우음을 먹음고 손샤(遜辭)[772] 왈(曰),

"쇼싱(小生)은 블학무식(不學無識)ᄒᆫ 필뷔(匹夫ㅣ)라 스스로 죄(罪)를 가국(家國)의 어더 셰샹(世上)의 지시(指笑)[773]ᄒ믈 면(免)치 못ᄒ

---

766) 웅호디지(雄豪大才): 웅호대재. 매우 뛰어난 재주.
767) 금방(金榜): 과거에 급제한 사람의 이름을 써서 거리에 붙이던 글.
768) 간뇌도지(肝腦塗地): 참혹한 죽임을 당하여 간장(肝臟)과 뇌수(腦髓)가 땅에 널려 있다는 뜻으로, 나라를 위하여 목숨을 돌보지 않고 애를 씀을 이르는 말. 여기에서는 죽음을 이름.
769) 경샹(景狀): 경상. 광경.
770) 안도(眼睹): 눈으로 봄.
771) 경히(驚駭): 경해. 몹시 놀람.
772) 손샤(遜辭): 손사. 겸손히 사양함.
773) 지시(指笑): 지소. 지목해 비웃음.

논 기인(棄人)이어눌 엇지 눔 가라칠 지죄(才操ㅣ) 이시리오? 샹위 텬직(天才) 총명(聰明)이 과인(過人)[774]혼 고(故)로 뎌즈음긔 더브러 논문(論問)호미 이시나 이

133면

형뎨지[775]간(兄弟之間)의 녜시(例事ㅣ)어눌 대인(大人)이 이디도록 과댱(過獎)[776]호샤 톄면(體面)을 숀익(損益)호시며 쇼싱(小生)으로 황공(惶恐)호미 몸 둘 곳이 업게 호시느니잇가?”

뎡 공(公)이 다시 샤례(謝禮) 왈(曰),

“돈이(豚兒ㅣ) 존부(尊府)의 입댱(入場)호던 시(時)의 져기 텬디(天 地)나 분변(分辨)호여시면 만싱(晩生)의 깃부미 이디도록지 아닐 거 시로디 동셔(東西)를 블분(不分)호던 목동(牧童)이 삼년지니(三年之 內)의 문댱(文章)이 디달(大達)[777]호야 오눌날 쟝원낭(壯元郎)이 되 니 명[778]공(明公)의 힘뻐 가르치미 젹지 아니커눌 니디도록 매미(浼 浼)[779]호야 안식(顔色)을 무류(無聊)[780]키 호느뇨?”

드디어 권(勸)호기를 졀당(切當)[781]이 호니 남휘(-侯ㅣ) 극(極)히 블열(不悅)호고 가

---

774) 과인(過人): 남보다 뛰어남.
775) 지: [교] 원문에는 ‘진’으로 되어 있으나 문맥을 고려해 규장각본(24:90)과 연세대본(24:133)을 따름.
776) 과댱(過獎): 과장. 과도하게 칭찬함.
777) 디달(大達): 대달. 크게 통달함.
778) 명: [교] 원문에는 ‘명’으로 되어 있으나 문맥을 고려해 규장각본(24:90)과 연세대본(24:133)을 따름.
779) 매미(浼浼): 매매. 창피를 줄 정도로 거절하는 태도가 쌀쌀맞음.
780) 무류(無聊): 무료. 부끄럽고 열없음.
781) 졀당(切當): 절당. 매우 간절함.

쇼(可笑)롭기를 이긔지 못ᄒᆞᄃᆡ 마디못ᄒᆞ야 공경(恭敬)ᄒᆞ야 **쌍슈(雙手)**로 바다 거후로기를 ᄆᆞᄎᆞ미 뎡 공(公)이 ᄯᅩ 쟝원(壯元)을 명(命)ᄒᆞ야 글오ᄃᆡ,

"늬 너를 나하시나 사룸이 되믄 젼(專)혀 연뎐하(-殿下) 대덕(大德)이라 모르미 샤례(謝禮)ᄒᆞ라."

쟝원(壯元)이 슈명(受命)ᄒᆞ야 연왕(-王)을 향(向)ᄒᆞ야 흔연(欣然)이 ᄌᆡᄇᆡ(再拜)ᄒᆞ니 뎡 공(公)이 ᄯᅩ 글오ᄃᆡ,

"네 사룸이 되믄 연뎐하(-殿下) 은혜(恩惠)나 닙신양명(立身揚名)ᄒᆞ믄 졔람후(--侯) 은덕(恩德)이라 맛당히 샤례(謝禮)ᄒᆞ믈 연뎐하(-殿下)긔와 ᄀᆞᆺ치 ᄒᆞ라."

쟝원(壯元)이 슈명(受命)ᄒᆞ미 믄득 우음을 먹음고 남후(-侯)를 향(向)ᄒᆞ여 졀ᄒᆞ니 초후(-侯)와 광

능휘(--侯ㅣ) 춤지 못ᄒᆞ야 광슈(廣袖)[782]로 차면(遮面)[783]ᄒᆞ고 일댱(一場)을 기쇼(皆笑)ᄒᆞ며 남후(-侯)를 보니 남휘(-侯ㅣ) 가쇼(可笑)롭기는 니ᄅᆞ도 말고 심하(心下)의 졈즉고[784] 괴로오미 극(極)ᄒᆞ야 이의 졍식(正色) 왈(曰),

---

782) 광슈(廣袖): 광수. 통이 넓은 소매.
783) 차면(遮面): 얼굴을 가리어 감춤.
784) 졈즉고: 부끄럽고.

"샹유눈 진짓 슈흑(修學)훈 ᄉ부(師父)의게 비사(拜謝)785)ᄒ미 올
커눌 익구즌 날을 가지고 이럿툿 고이(怪異)히 구ᄂ뇨?"

명싱(-生)이 ᄎ언(此言)을 듯고 미미(微微)히 우으며 믈너가ᄂ지라.

좌위(左右ㅣ) 일시(一時)의 남후(-侯)를 향(向)ᄒ야 뎨ᄌ(弟子) 쥴
가ᄅ치믈 긔롱(譏弄)786)ᄒ고 치하(致賀)ᄒᄂ 가온더 시어ᄉ(侍御史)
녀박이 쇼왈(笑曰),

"운뵈 일즉787) 복녹(福祿)788)이 구든 사ᄅᆷ이라 우연(偶然)이 미부
(妹夫)를 가라치미 이디도록 희한(稀罕)훈 경ᄉ(慶事ㅣ)

136면

이셔 뎡 대인(大人)이 톄면(體面)을 싱각지 아니ᄒ시고 무룹흘 기리
굽히실 둘 어이 알니오?"

도어ᄉ(都御使) 니긔문이 응셩(應聲) 왈(曰),

"녀 형(兄)의 말ᄉᆷ이 졍(正)히 올흔지라. 아등(我等)은 닙됴(入朝)
십여(十如) 년(年)이로디 일즉 훈 일도 일홈날 일이 업ᄉ디 운뵈 이
십(二十) 쇼년(小年)으로 벼술이 졔후(諸侯)의 니르고 뎨ᄌ(弟子)를
십(十) 년(年) 셩도(成道)훈 ᄉ부(師父)도 욕(辱) 보ᄂ니 흔커눌 잠간
(暫間) 논문(論問)훈 연고(緣故)로 금일(今日) 쳔고(千古)의 업손 장
관(壯觀)이 되니 아등비(我等輩) 블워훈들 가(可)히 밋ᄎ랴?"

셜파(說罷)의 일좨(一座ㅣ) 박쇼(拍笑)789)ᄒ니 남휘(-侯ㅣ) 미쇼(微

---

785) 비사(拜謝): 배사. 절해 사례함.
786) 긔롱(譏弄): 기롱. 실없는 말로 놀림.
787) 즉: [교] 원문과 연세대본(24:135)에는 '추'로 되어 있으나 문맥을 고려해 규장각본(24:91)을
    따름.
788) 복녹(福祿): 복록. 타고난 복과 벼슬아치의 녹봉. 복되고 영화로운 삶을 이르는 말.

笑) 무언(無言)이러라.

종일(終日) 진환(盡歡)790)ᄒ고 셕양(夕陽)의 왕(王)이 뎡 공(公)의

· ·

137면

게 쳥(請)ᄒ야 장원(壯元)과 녀ᄋ(女兒)를 두려 집의 가 노친(老親)긔
뵈믈 쳥(請)ᄒ니 뎡 공(公)이 쾌허(快許)ᄒᄃᆡ,

왕(王)이 희열(喜悅)ᄒ야 즉시(卽時) 위의(威儀)를 갓쵸와 녀아(女
兒)를 두리고 문(門)을 나미 **쌍쌍**(雙雙)ᄒᆫ 시녀(侍女)와 무슈(無數)ᄒᆫ
츄죵(騶從)791)이 길흘 덥흐니 이ᄂᆞᆫ 예ᄉ(例事) 쇼져(小姐)의 위의(威
儀)오, 뒤히 왕(王)이 룡포옥ᄃᆡ(龍袍玉帶)로 ᄉ마**쌍**곡(駟馬雙轂)792)을
모라 븕은 냥산(陽傘)을 밧치고 슈빅(數百) 츄죵(騶從)을 거ᄂᆞ려 완
완(緩緩)이793) 힝(行)ᄒᄂᆞᆫᄃᆡ 쵸후(-侯) 등(等) ᄉ(四) 인(人)이 다 벽지
(辟除)794)를 셰우고 일품(一品) 관면(冠冕)795)으로 뒤흘 좃ᄎ시니 호
호(浩浩)ᄒᆫ 영광(榮光)과 거록ᄒᆫ 위의(威儀) 휘황(輝煌)커눌 뎡 장원
(壯元)이 옥안셩모(玉面星眸)796)의 꼿가지를

---

789) 박쇼(拍笑): 박소. 손뼉을 치며 크게 웃음. 박장대소.
790) 진환(盡歡): 흥을 다함.
791) 츄죵(騶從): 추종. 윗사람을 따라다니는 종.
792) ᄉ마쌍곡(駟馬雙轂): 사마쌍곡. 네 마리 말이 끄는, 두 바퀴의 수레.
793) 완완(緩緩)이: 천천히.
794) 벽지(辟除): 벽제. 지위가 높은 사람이 행차할 때, 구종(驅從) 별배(別陪)가 잡인의 통행을 금
하던 일.
795) 관면(冠冕): 관과 면류관.
796) 옥안셩모(玉面星眸): 옥안성모. 옥 같은 얼굴과 별 같은 눈동자.

슈기고 화주[797]와 악공(樂工)[798]을 거느려 훈가지로 힝(行)ᄒ니 팔음
오악(八音五樂)[799]이 뇨량(嘹喨)[800]ᄒ야 구쳔(九天)의 ᄉᄆᆺ출 듯ᄒ거
ᄂᆞᆯ 지인(才人)의 잇다감 휘ᄑᆞ람 쇼리 귀롤 어ᄌᆞ러이니 도로(道路) 인
인(人人)이 거롬을 머츄워 칭찬(稱讚)ᄒ고 블워ᄒᆞᄂᆞ 환셩(歡聲)이 ᄌᆞ
ᄆᆺ 요란(擾亂)ᄒ더라.

---

797) 화주: '재주 부리는 사람'으로 보이나 미상임.

798) 악공(樂工): 궁중이나 관아에 소속되어 주로 속악을 연주하는 연주자.

799) 팔음오악(八音五樂): 팔음과 오악. 팔음은 악기를 만드는 재료에 따라 나눈, 아악(雅樂)에 쓰
는 여덟 가지 악기. 또는 그 각각의 소리. 여덟 악기의 재료는 금(金), 석(石), 사(絲), 죽(竹),
포(匏), 토(土), 혁(革), 목(木) 따위임. 오악은 다섯 종류의 악기로 금슬(琴瑟), 생우(笙竽), 북
[鼓], 쇠북[鍾], 경(磬)을 가리키기도 하고 북[鼓], 쇠북[鍾], 탁(鐸), 경(磬), 작은 북[鞀]을 가리
키기도 함.

800) 뇨량(嘹喨): 요량. 소리가 맑고 낭랑함.

주요 인물

남관: 이몽현의 둘째딸 이초주의 남편. 학사. 그 아버지 남한이 죽을
　　 때 이몽현에게 남관을 부탁하여 이몽현이 어려서 데려다 기름.
노강: 노몽화의 아버지. 추밀부사.
노몽화: 원래 이흥문의 아내였다가 쫓겨나 비구니 혜선 밑에 있다가
　　 모습을 바꿔 이백문의 첩이 됨. 유현아의 아내가 되어 반란
　　 을 일으켰다가 이백문에게 잡혀 능지처참을 당함.
소령: 소형의 셋째아들. 낭중.
소문: 소형과 소월혜의 아버지. 소운의 할아버지. 상서.
소염: 소형의 첫째아들. 시랑.
소옥주: 소형의 막내딸. 이팽문의 재종(再從)이자 아내.
소운: 소형의 넷째아들. 이팽문의 친구.
소천: 소형의 둘째아들. 한림.
소형: 참정. 사자삼녀를 둠. 소월혜의 오빠.
안성: 왕맹의 종. 이필주를 어려서부터 길러 줌.
양난화: 이흥문의 정실.
여박: 여빙란의 오빠. 이성문의 손위처남. 한림학사.
여빙란: 이성문의 정실.
왕선: 참정 왕맹의 아들. 이필주의 남편. 왕 소저의 남동생. 자는 자유.
왕맹: 참정. 왕선의 아버지. 이필주의 시아버지.

왕기: 참정 왕맹의 조카.

왕소저: 참정 왕맹의 큰딸. 왕선의 누나.

원부인: 소형의 아내. 소옥주의 어머니.

위공부: 위홍소의 아버지. 이경문의 장인.

위중량: 위공부의 둘째아들. 위홍소의 오빠. 어사.

위최량: 위공부의 첫째아들. 위홍소의 오빠. 시랑.

위후량: 위공부의 셋째아들. 위홍소의 오빠. 학사.

위홍소: 이경문의 정실.

유영희: 이몽현의 셋째딸 이효주의 남편. 자는 운석.

유현아: 이경문의 배다른 형제. 노몽화를 만나 반란을 일으켰다가
　　　　이백문에게 잡혀 죽음.

윤파: 안성의 아내. 이필주를 어려서부터 길러 줌.

이경문: 이몽창의 둘째아들. 소월혜 소생. 위홍소의 남편. 한림학사
　　　　중서사인. 병부상서 대사마 태자태부. 광릉후.

이관문: 이몽현의 일곱째아들. 계양 공주 소생. 자는 연보. 아내는 급
　　　　사중승 대열의 첫째딸.

이관성: 승상. 이현과 유 태부인의 첫째아들. 정몽홍의 남편. 이연성
　　　　의 형. 이몽현 오 형제의 아버지.

이기문: 이몽현의 셋째아들. 계양 공주 소생. 자는 경보. 아내는 교 씨.
　　　　도어사.

이낭문: 이몽창의 재실 조제염이 낳은 쌍둥이 중 오빠. 어렸을 때 이
　　　　름은 최현이었는데 이경문이 찾아서 낭문으로 고침. 어머니
　　　　조제염과 함께 산동으로 가다가 도적을 만나 고옹 집에서
　　　　종살이하다가 이경문이 찾음.

이명주: 이몽현의 딸. 장 부인 소생. 장 부인 소생으로서는 둘째딸.

이몽상: 이관성과 정몽홍의 넷째아들. 안두후 태상경. 자는 백안. 별호는 유청. 아내는 화 씨.

이몽원: 이관성과 정몽홍의 셋째아들. 개국공. 자는 백운. 별호는 이청. 아내는 최 씨.

이몽창: 이관성과 정몽홍의 둘째아들. 연왕. 자는 백달. 별호는 죽청. 아내는 소월혜.

이몽필: 이관성과 정몽홍의 다섯째아들. 강음후 추밀사. 자는 백명. 별호는 송청. 아내는 김 씨.

이몽현: 이관성과 정몽홍의 첫째아들. 하남공. 일천 선생. 자는 백균. 정실은 계양 공주. 재실은 장 씨.

이백문: 이몽창의 셋째아들. 소월혜 소생. 자는 운보. 화채옥의 남편. 호부상서 좌참정 추밀사 제남후.

이벽주: 이몽창의 재실 조제염이 낳은 쌍둥이 중 여동생. 어렸을 때 이름은 난심이었는데 이경문이 찾아서 벽주로 고침.

이봉린: 이성문의 첫째아들. 정실 여빙란 소생.

이상린: 이경문의 둘째아들. 재실 조 씨 소생.

이성문: 이몽창의 첫째아들. 소월혜 소생. 여빙란의 남편. 자는 현보. 이부총재 겸 문연각 태학사. 초국후.

이세문: 이몽현의 둘째아들. 장옥경 소생. 자는 차보. 태상경 유잠의 딸과 혼인함. 좌참정 청양후.

이연성: 이관성의 막내동생. 태자소부 북주백. 자는 자경.

이영린: 이백문과 화채옥의 첫째아들.

이웅린: 이경문의 첫째아들. 정실 위홍소 소생.

이원문: 이몽원의 첫째아들. 자는 인보. 아내는 김 씨.

이월주: 이몽창의 셋째딸. 남편은 정희. 남편 정희를 가르쳐 과거에

급제하게 함.

이인문: 이몽상의 둘째아들. 아내는 어사 두청의 딸.

이일주: 이몽창의 첫째딸. 자는 초벽. 태자비.

이창린: 이흥문의 첫째아들.

이창문: 이몽창의 넷째아들. 자는 옥보. 정실 소월혜 소생. 아내는 장 씨.

이최문: 이몽상의 첫째아들. 자는 영보. 아내는 형부상서 장옥계의 딸.

이팽문: 이몽원의 둘째아들. 자는 희보. 아내는 소옥주. 영양후.

이필주: 이몽현의 셋째딸. 장 부인 소생. 장 부인 소생으로서는 첫째 딸. 왕선의 아내. 어려서 부모와 헤어져 안 씨 노부부에게서 길러지다가 부모를 찾기 전에 왕선의 마음에 들어 부모를 찾은 후 왕선과 혼인함. 안 씨 노인이 바꿔 준 이름은 천영.

이협문: 이몽필의 첫째아들. 자는 승보. 아내는 공부낭중 맹경의 딸.

이형문: 이몽현의 여덟째아들. 아내는 참정 왕맹의 큰딸.

이효주: 이몽현의 셋째딸. 남편은 유영희.

이흥문: 하남공 이몽현의 첫째아들. 광평후.

임 씨: 이성문의 재실.

장 부인: 소문의 아내. 소옥주의 할머니.

정광: 하남 사람. 자는 사희. 아내는 요 씨. 네 명의 아들을 둠. 이몽 창의 친구.

정천: 정광과 요 씨의 맏아들. 한림.

정연: 정광과 요 씨의 둘째아들.

정의: 정광과 요 씨의 셋째아들.

정희: 정광과 요 씨의 넷째아들. 이월주의 남편. 자는 상유.

조여구: 조 황후의 조카. 이경문의 재실. 이경문을 보고 반해 사혼으로 이경문의 아내가 됨.

조여혜: 태자비. 조 황후의 조카.

조제염: 이낭문과 이벽주의 어머니. 이몽창의 재실.

철수: 철연수의 첫째아들. 자는 창징. 이미주의 남편.

최연: 유영걸이 강간해 자결한 노 씨의 남편. 최백만의 아버지.

최백만: 최연의 아들. 이벽주의 남편. 자는 인석.

최숙인: 유 태부인의 양녀. 이관성의 동생.

한성: 이흥문이 서측으로 귀양 가다가 병이 났을 때 이흥문의 아들
　　　이창린에게 환약을 주어 병을 낫게 한 인물.

화숙: 화진의 아들. 홍문수찬. 자는 영무.

화연: 화숙의 아들. 화채옥의 조카.

화진: 화채옥의 아버지. 이부시랑.

화채옥: 화진의 딸. 자는 홍설. 이백문의 아내.

역자 해제

1. 머리말

<이씨세대록>은 18세기에 창작된 것으로 추정되는 작가 미상의 국문 대하소설로, <쌍천기봉>[1]의 후편에 해당하는 연작형 소설이다. '이씨세대록(李氏世代錄)'이라는 제목은 '이씨 가문 사람들의 세대별 기록'이라는 뜻인데, 실제로는 이관성의 손자 세대, 즉 이씨 집안의 4대째 인물들인 이흥문·이성문·이경문·이백문 등과 그 배우자의 이야기에 서사가 집중되어 있다. 이는 전편인 <쌍천기봉>에서 이현[2](이관성의 아버지), 이관성, 이관성의 자식들인 이몽현과 이몽창 등 1대에서 3대에 걸쳐 서사가 고루 분포된 것과 대비되는 모습이다. 또한 <쌍천기봉>에서는 중국 명나라 초기의 역사적 사건, 예컨대 정난지변(靖難之變)[3] 등이 비중 있게 서술되고 <삼국지연의>의 영향을 받은 군담이 흥미롭게 묘사되는 가운데 가문 내적으로 혼인담, 부부 갈등, 처첩 갈등 등이 배치되어 있다면, <이씨세대록>에서는 역사적 사건과 군담이 대폭 축소되고 가문 내적인 갈등 위주로 서사가 전개된다는 점에서 큰 차이가 있다.

---

1) 필자가 18권 18책의 장서각본을 대상으로 번역 출간한 바 있다. 장시광 옮김, 『팔찌의 인연, 쌍천기봉』 1-9, 이담북스, 2017-2020.

2) <쌍천기봉>에서 이현의 아버지로 이명이 설정되어 있으나 실체적 인물이 등장하지 않고 서술자의 요약 서술로 짧게 언급되어 있으므로 필자는 이현을 1대로 설정하였다.

3) 중국 명나라의 연왕 주체가 제위를 건문제(재위 1399-1402)로부터 탈취해 영락제(재위 1402-1424)에 오른 사건을 이른다. 1399년부터 1402년까지 지속되었다.

2. 창작 시기 및 작가, 이본

<이씨세대록>의 정확한 창작 연도는 알 수 없고, 다만 18세기의 초중반에 창작되었을 것으로 추정된다. 온양 정씨가 정조 10년 (1786)부터 정조 14년(1790) 사이에 필사한 것으로 추정되는 규장각 소장 <옥원재합기연>의 권14 표지 안쪽에 온양 정씨와 그 시가인 전주 이씨 집안에서 읽었을 것으로 보이는 소설의 목록이 적혀 있다. 그중에 <이씨세대록>의 제명이 보인다.4) 이 기록을 토대로 보면 <이씨세대록>은 적어도 1786년 이전에 창작된 것으로 추측할 수 있다. 또, 대하소설 가운데 초기본인 <소현성록> 연작(15권 15책, 이화여대 소장본)이 17세기 말 이전에 창작된바,5) 그보다 분량과 등장인물의 수가 훨씬 많은 <이씨세대록>은 <소현성록> 연작보다는 후대의 작품일 가능성이 높다. 요컨대 <이씨세대록>은 18세기 초중반에 창작된 작품으로, 대하소설 중에서는 비교적 이른 시기의 창작물이다.

<이씨세대록>의 작가는 알려져 있지 않다. 다만 작품의 문체와 서술시각을 고려하면 전편인 <쌍천기봉>과 마찬가지로 경서와 역사서, 소설을 두루 섭렵한 지식인이며, 신분의식이 강한 사대부가의 일원으로 추정할 수 있다. <이씨세대록>은 여느 대하소설과 마찬가지로 국문으로 표기되어 있으나 문장이 조사나 어미를 제외하면 대개 한자어로 구성되어 있고, 전고(典故)의 인용이 빈번하다. 비록 대하소설 <완월회맹연>(180권 180책)의 수준에는 미치지 못하지만, 다른 유형의 고전소설에 비하면 작가의 지식 수준이 매우 높은 편이다.

---

4) 심경호, 「樂善齋本 小說의 先行本에 관한 一考察 −온양정씨 필사본 <옥원재합기연>과 낙선재본 <옥원중회연>의 관계를 중심으로−」, 『정신문화연구』 38, 한국정신문화연구원, 1990.
5) 박영희, 「소현성록 연작 연구」, 이화여대 박사논문, 1994 참조.

<이씨세대록>에는 또한 강한 신분의식이 드러나 있다. 집안에서 주인과 종의 차이가 부각되어 있고 사대부와 비사대부의 구별짓기가 매우 강하다. 이처럼 <이씨세대록>의 작가는 학문적 소양을 갖추고 강한 신분의식을 지닌 사대부가의 남성 혹은 여성으로 추정되며, 온양 정씨의 필사본 기록을 통해 유추할 수 있듯이 사대부가에서 주로 향유된 것으로 보인다.

  <이씨세대록>의 이본은 현재 3종이 알려져 있다. 한국학중앙연구원의 장서각에 소장된 26권 26책본과 서울대학교 규장각에 소장된 26권 26책본, 연세대학교 도서관에 소장된 26권 26책본6)이 그것이다. 세 이본 모두 표제는 '李氏世代錄', 내제는 '니시셰더록'으로 되어 있고 분량도 대동소이하고 문장이나 어휘 단위에서도 매우 흡사한 면을 보인다. 특히 장서각본과 연세대본의 친연성이 강한데, 두 이본은 각 권의 장수는 물론 장별 행수, 행별 글자수까지 거의 같다. 다만 장서각본에 있는 오류가 연세대본에는 수정되어 있는 경우가 적지 않아 적어도 두 이본에 한해 본다면 연세대본이 선본(善本)이라 말할 수 있다. 연세대본·장서각본 계열과 규장각본을 비교해 보면 오탈자(誤脫字)가 이본마다 고루 있어 연세대본·장서각본 계열과 규장각본 중 어느 것이 선본(善本) 혹은 선본(先本)인지 단언할 수는 없다.

---

6) 연세대학교 도서관에 소장된 26권 26책본: <이씨세대록> 해제를 작성해 출간할 당시에는 역자의 불찰로 연세대 소장본의 존재를 알지 못했다가 최근에 알게 되어 5권의 교감 및 해제부터 이를 반영하게 되었음을 밝힌다.

3. 서사의 특징

<이씨세대록>에는 가문의 마지막 세대로 등장하는 4대째의 여러 인물이 병렬적으로 구성되어 있다는 서사적 특징이 있다. 인물과 그 사건이 대개 순차적으로 등장하지만 여러 인물의 사건이 교직되어 설정되기도 하여 서사에 다채로움을 더하고 있다. 이에 비해 <쌍천기봉>에서는 1대부터 3대까지 1명, 3명, 5명으로 남성주동인물의 수가 점차 확대되어 가고 서사의 양도 그에 비례해 세대가 내려갈수록 확장되어 있다. 곧, <쌍천기봉>에서는 1대인 이현, 2대인 이관성·이한성·이연성, 3대인 이몽현·이몽창·이몽원·이몽상·이몽필 서사가 고루 등장한다는 점에서 <이씨세대록>과 차이가 난다. <이씨세대록>에도 물론 2대와 3대의 인물이 등장하기는 하나 그들은 집안의 어른 역할을 수행할 뿐이고 서사는 4대의 인물 중심으로 전개된다. 이를 보면, '세대록'은 인물의 서사적 비중과는 무관하게 2대에서 4대까지의 인물을 등장시켰다는 점에서 붙인 제목으로 이해할 필요가 있다.

이처럼 <이씨세대록>에 가문의 마지막 세대 인물이 주로 활약한다는 설정은 초기 대하소설로 분류되는 삼대록계 소설 연작[7]과 유사한 면이다. <소씨삼대록>에서는 소씨 집안의 3대째[8] 인물인 소운성 형제 위주로, <임씨삼대록>에서는 임씨 집안의 3대째 인물인 임창흥 형제 위주로, <유씨삼대록>에서는 유씨 집안의 4대째 인물인 유세형 형제 위주로 서사가 전개된다.[9] <이씨세대록>이 18세기 초

---

7) 후편의 제목이 '삼대록'으로 끝나는 일군의 소설을 지칭한다. <소현성록>·<소씨삼대록> 연작, <현몽쌍룡기>·<조씨삼대록> 연작, <성현공숙렬기>·<임씨삼대록> 연작, <유효공선행록>·<유씨삼대록> 연작이 이에 해당한다.

8) 소운성의 할아버지인 소광이 전편 <소현성록>의 권1에서 바로 죽는 것으로 설정되어 있어 1대로 보기 어려운 면이 있으나 제명을 존중해 1대로 보았다.

중반에 창작된 초기 대하소설임을 감안하면 인물 배치가 이처럼 삼대록계 소설과 유사한 것은 이상하지 않다.

한편, <쌍천기봉>에서는 군담, 토목(土木)의 변(變)과 같은 역사적 사건, 인물 갈등 등이 고루 배치되어 있다. 구체적으로, 작품의 앞과 뒤에 역사적 사건을 배치하고 중간에 부부 갈등, 부자 갈등, 처첩(처처) 갈등 등 가문에서 벌어질 수 있는 다양한 갈등을 배치하였다. 이에 반해 <이씨세대록>에는 군담 장면과 역사적 사건이 거의 보이지 않는다. 군담은 전편 <쌍천기봉>에 이미 등장했던 장면을 요약 서술하는 데 그쳤고, 역사적 사건도 <쌍천기봉>에 설정된 사건을 환기하는 정도이고 새로운 사건은 보이지 않는다. <쌍천기봉>이 역사적 사실에 허구를 가미한 전형적인 연의류 작품인 반면, <이씨세대록>은 가문에서 발생할 수 있는 다양한 갈등, 예컨대 처처(처첩) 갈등, 부부 갈등, 부자 갈등 위주로 서사를 구성한 작품으로, <이씨세대록>은 <쌍천기봉>과는 다른 측면에서 대중에게 흥미를 유발할 만한 요소로 구성되어 있음을 알 수 있다.

여느 대하소설과 마찬가지로 <이씨세대록>에도 혼사장애 모티프, 요약 모티프 등 다양한 모티프가 등장해 서사 구성의 한 축을 이루고 있다. 이 가운데 가장 눈에 띄는 것은 기아(棄兒) 모티프이다. 대표적으로는 이경문의 경우를 들 수 있는데 기아 모티프가 매우 길게 서술되어 있다. <쌍천기봉>의 서사를 이은 것으로 <쌍천기봉>에서 간간이 등장했던 이경문의 기아 모티프를 본격적으로 다루고 있다. 즉, <쌍천기봉>에서 유영걸의 아내 김 씨가 어린 이경문을 사서 자기 아들인 것처럼 꾸미는 장면, 이관성과 이몽현, 이몽창이 우연히

---

9) 다만 <조씨삼대록>에서는 3대와 4대의 인물인 조기현, 조명윤 등이 활약한다는 점에서 차이가 난다.

이경문을 만나는 장면, 이경문이 등문고를 쳐 양부 유영걸을 구하는 장면이 나오는데, <이씨세대록>에서는 그 장면들을 모두 보여주면서 여기에 덧붙여 이경문이 유영걸과 그 첩 각정에게 박대당하지만 유영걸을 효성으로써 섬기는 모습이 강렬하게 나타나 있다. 이경문이 등문고를 쳐 유영걸을 구하는 장면은 효성의 정점에 해당한다. 이경문은 후에 친형인 이성문에 의해 발견돼 이씨 가문에 편입된다. 이때 이경문과 가족들과의 만남 장면은 매우 감동적으로 그려져 있다. 이처럼 이경문이 가족과 헤어졌다가 만나는 과정은 연작의 전후편에 걸쳐 등장하며 연작의 핵심적인 모티프 중의 하나로 기능하고 있고, 특히 <이씨세대록>에서는 결합에 초점이 맞춰져 있어 그 감동이 배가되어 있다.

4. 인물의 갈등

<이씨세대록>에는 다양한 갈등이 등장하는데 이 가운데 핵심은 부부 갈등이다. 대표적으로 이몽창의 장자인 이성문과 임옥형, 차자인 이경문과 위홍소, 삼자인 이백문과 화채옥의 갈등을 들 수 있다. 이성문과 이경문 부부의 경우는 반동인물이 개입되지 않은, 주동인물 사이의 갈등이라는 공통점이 있다. 이성문의 아내 임옥형은 투기 때문에 이성문의 옷을 불지르기까지 하는 인물이다. 이성문이 때로는 온화하게 때로는 엄격하게 대하나 임옥형의 투기가 가시지 않자, 그 시어머니 소월혜가 나서서 임옥형을 타이르니 비로소 그 투기가 사라진다. 이경문과 위홍소는 모두 효를 중시하는 인물인데 바로 그러한 이념 때문에 혹독한 부부 갈등을 벌인다. 이경문은 어려서 부모와 헤어져 양부(養父) 유영걸에게 길러지는데 이 유영걸은 벼슬은

높으나 품행이 바르지 못해 쫓겨나 수자리를 사는데 위홍소의 아버지인 위공부가 상관일 때 유영걸을 매우 치는 일이 발생한다. 이 때문에 이경문은 위공부를 원수로 치부하는데 아내로 맞은 위홍소가 위공부의 딸인 줄을 알고는 위홍소를 박대한다. 위홍소 역시 이경문이 자신의 아버지를 욕하자 이경문과 심각한 갈등을 벌인다. 효라는 이념이 두 사람의 갈등을 촉발시킨 원인이 된 것이다. 두 사람은 비록 주동인물로 설정되어 있지만, 이들을 통해 경직된 이념이 주는 부작용이 만만치 않음을 보여준다.

이백문 부부의 경우에는 변신한 노몽화(이홍문의 아내였던 여자)가 반동인물의 역할을 해 갈등을 벌인다는 특징이 있다. 이백문은 반동인물의 계략으로 정실인 화채옥을 박대하고 죽이려 한다. 애초에 이백문은 화채옥을 마음에 들어하지 않았는데 이유는 화채옥이 자신을 단명하게 할 상(相)이라는 것 때문이었다. 화채옥에게는 잘못이 없는데 남편으로부터 박대를 받는다는 설정은 가부장제의 질곡을 드러내 보이는 장면이다. 여기에 이홍문의 아내였다가 쫓겨난 노몽화가 화채옥의 시녀가 되어 이백문에게 화채옥을 모함하고 이백문이 곧이들어 화채옥을 끝내 죽이려고까지 하는 데 이른다. 이러한 이백문의 모습은 이몽현의 장자 이홍문과 대비된다. 이홍문은 양난화와 혼인하는데 재실인 반동인물 노몽화가 양난화를 모함한다. 이런 경우 대개 이백문처럼 남성이 반동인물의 계략에 속아 부부 갈등이 벌어지지만 이홍문은 노몽화의 계교에 속지 않고 오히려 노몽화의 술수를 발각함으로써 정실을 보호한다. <이씨세대록>에는 이처럼 상반되는 사례를 설정함으로써 흥미를 배가하는 동시에 가부장제의 문제점을 드러내고 있다.

5. 서술자의 의식

<이씨세대록>의 신분의식은 이중적이다. 사대부와 비사대부 사이의 구별짓기는 여느 대하소설과 마찬가지지만 사대부 내에서 장자와 차자의 구분은 표면적으로는 존재하나 서술의 실상은 그렇지 않다. 사대부로서 그렇지 않은 신분의 사람을 차별하는 모습은 경직된 효의 구현자인 이경문의 일화에서 두드러진다. 예컨대, 이경문은 자기 친구 왕기가 적적하게 있자 아내 위홍소의 시비인 난섬을 주어 정을 맺도록 하는데(권11) 천한 신분의 여성에게는 정절을 전혀 배려하지 않는 것을 엿볼 수 있다. 또한 이경문이 양부 유영걸의 첩 각정의 조카 각 씨와 혼인하게 되자 천한 집안과 혼인한 것을 분하게 여겨 각 씨에게 매정하게 구는 것(권8)도 그러한 신분의식이 여실히 드러나는 장면이다. 기실 이는 <이씨세대록>이 창작되던 당시의 사회적 모습이 반영된 것이라 추측할 수 있는 장면들이다.

사대부와 비사대부 사이의 구별짓기는 이처럼 엄격하나 사대부 내에서의 구분은 꼭 그렇지만은 않다. 서사적으로 등장인물들은 장자와 비장자의 구분을 하고 있고, 서술의 순서도 그러한 구분을 따르려 하고 있다. 서술의 순서를 예로 들면, <이씨세대록>은 이관성의 장손녀, 즉 이몽현 장녀 이미주의 서사부터 시작된다. 이미주가 서사적 비중이 그리 크지 않음에도 이미주부터 이야기가 시작되는 것은 그만큼 자식들 사이의 차례를 중시한다는 점을 의미한다. 다만, 특기할 만한 것은 남자부터 먼저 시작하지 않았다는 점이다. 여자든 남자든 순서대로 서술했다는 점이 중요하다. 이미주의 뒤로는 이몽현의 장자 이흥문, 이몽창의 장자인 이성문, 이몽창의 차자 이경문, 이몽창의 장녀 이일주, 이몽원의 장자 이원문, 이몽창의 삼자 이백

문, 이몽현의 삼녀 이효주 등의 서사가 이어진다. 자식들의 순서대로 서술하려 하는 강박증이 있다고 생각될 정도로 서술자는 순서에 집착한다. 이원문이나 이효주 같은 인물은 서사적 비중이 매우 미미하지만 혼인했다는 사실을 서술하고 있는 것이다. 그런데 이러한 순서 집착에도 불구하고 서사 내에서의 비중을 보면 장자 위주로 서술되어 있지 않음을 알 수 있다. 전편 <쌍천기봉>의 주인공이 이관성의 차자 이몽창이었던 것과 마찬가지로 후편에서도 주인공은 이성문, 이경문, 이백문 등 이몽창의 자식들로 설정되어 있다. 이몽현의 자식들인 이미주와 이흥문의 서사는 그들에 비하면 미미한 편이다. 이처럼 가문의 인물에 대한 서술 순서와 서사적 비중의 괴리는 <이씨세대록>을 특징짓는 한 단면이다.

 <이씨세대록>에는 꿈이나 도사 등 초월계가 빈번하게 등장해 사건을 진행시키고 해결한다. 특히 사건이나 갈등의 해소 단계에 초월계가 유독 많이 보인다. 예를 들어 이경문이 부모와 만나기 전에 그 죽은 양모 김 씨가 꿈에 나타나 이경문의 정체를 말하고 그 직후에 이경문이 부모를 찾게 되는 장면(권9), 형부상서 장옥지의 꿈에 현아(이경문의 서제)에게 죽은 자객들이 나타나 현아의 죄를 말하고 이성문과 이경문의 누명을 벗겨 주는 장면(권9-10), 화채옥이 강물에 빠졌을 때 화채옥을 호위해 가던 이몽평의 꿈에 법사가 나타나 화채옥의 운명에 대해 말해 주는 장면(권17) 등이 있다. 이러한 초월계의 빈번한 등장은 이 세계의 질서가 현실적 국면으로는 해결할 수 없을 정도로 질곡에 빠져 있음을 의미한다. 현실계의 인물들은 얽히고설킨 사건들을 해결할 능력이 되지 않고 이는 오로지 초월계가 개입되어야만 해소될 수 있는 성질의 것임을 보여주고 있는 것이다.

6. 맺음말

<이씨세대록>은 조선 후기의 역동적인 사회에서 산생된 소설이다. 양반을 돈으로 살 수 있을 정도로 양반에 대한 권위가 땅에 떨어지고 양반과 중인 이하의 신분 이동이 이루어지던 때에 생겨났다. 설화 등 민중이 향유하던 문학에 그러한 면이 잘 드러나 있다. 그러나 이 작품에는 그러한 시대적 변동에 맞서 기득권을 유지하려는 사대부 계층의 의식이 강하게 드러나 있다. 사대부와 사대부 이하의 계층을 구별짓는 강고한 신분의식은 그 한 단면이다.

그렇지만 한편으로는 가부장제의 질곡에 신음하는 여성들의 목소리가 드러나 있기도 하다. 까닭 없이 남편에게 박대당하는 여성, 효라는 이데올로기 때문에 남편과 갈등하는 여성들을 통해 유교적 가부장제가 여성에게 가하는 억압적 모습이 서술의 이면에 흐르고 있다. <이씨세대록>이 주는 흥미와 그 서사적 의미는 바로 이러한 데에서 찾을 수 있지 않을까 한다.

장시광

서울대 강사, 아주대 강의교수 등을 거쳐 현재 경상국립대학교 국어국문학과 교수로 재직 중이다. 논문으로 「대하소설의 여성반동인물 연구」(박사학위논문), 「여성영웅소설에 나타난 여화위남의 의미」, 「대하소설 갈등담의 구조 시론」, 「운명과 초월의 서사」 등이 있고, 저서로 『한국 고전소설과 여성인물』이 있으며, 번역서로 『조선시대 동성혼 이야기 방한림전』, 『여성영웅소설 홍계월전』, 『심청전: 눈먼 아비 홀로 두고 어딜 간단 말이냐』, 『팔찌의 인연: 쌍천기봉 1-9』 등이 있다.

(이씨 집안 이야기) 이씨세대록 12

초판인쇄 2024년 8월 9일
초판발행 2024년 8월 9일

지은이 장시광
펴낸이 채종준
펴낸곳 한국학술정보㈜
주   소 경기도 파주시 회동길 230(문발동)
전   화 031) 908-3181(대표)
팩   스 031) 908-3189
홈페이지 http://ebook.kstudy.com
E-mail 출판사업부 publish@kstudy.com
등   록 2003년 9월 25일 제406-2003-000012호

ISBN 979-11-7217-472-9 04810
        979-11-6801-227-1 (전 13권)